正 青 ◎ 著

最后的乡土

下册

花山文艺出版社

卷 四

第七十六章

搬不走的田禾庄,永远是葛洪山下尧河水岸的自然村落。在这里,只要春暖花就会开放,只要春种秋就能收获,一切浑然天成,一切自然而然。

方载德死后的年根,我们的方载亲心有遗憾,他觉得兄弟应该再挺一挺,把农历也活进新的一年,因此弄丢了嘻嘻哈哈和大大咧咧,也弄瘦了饭量。方敬来信说廿六日带男朋友回家,家里要多个新人,他这才有心思为人民币站岗为年关放哨,但安友会还是怕他散架,早早地杀了猪来改善伙食。

廿六日前夜,方载亲在茅房蹲了半个小时才哆嗦着跑回来,安友会把暖水袋踢给他说:"又拉线屎?"

"肠胃不好,拉不出来,不等着怎么办?"

"你说,他长什么样?"安友会给他掖了掖被子。

"谁?"方载亲冻得像只虾米,头脑也有点儿发僵。

"谁?"安友会踹他一脚说,"你大姑爷呗!"

"那……谁知道，照片不给看名字也不说。"说这话时方载亲嘻嘻哈哈的，仿佛准女婿不单心好还更有本事，于是安友会顺着他的这份心意说，"死小敬子一向都自己拿主意，拿得还挺准！"

"唉。"方载亲翻个身无奈地说，"她做事也毛糙。非掏钱买户口，撂到这会儿少扔一千。"

安友会也觉得可惜，却只说："谁一辈子倒不几回霉，谁一辈子不被敲几回竹杠，过去了就算了吧。我看你就是小心眼，铜钱似的那么小。"

"我不钻钱眼行不，钢磨挣的刨除电费刚够嚼裹，孩子的学费，家里的油盐酱醋，地里的种子化肥……将来永儿要是考上高中开销更大！还有小爱子，不得准备俩？敬子结婚，不也得出？再往远里说，孩子们过得不顺溜，当爹娘的不得接济？这还没算上活倒霉，万一得个病症闹个灾星……"

"行了行了，照你这么说别人都不活了。"

"别人我不知道，反正比咱过得熨帖的不少，比咱过得不熨帖的也不少。咱就是正当间，比不起大鱼大肉的，但比得起炒菜不放油黑夜不点灯的。"

"那你就知足，还说道什么哩。"

"知足行不？孩子们都不省心，稍微不注意就白忙活。"

"行了行了不说这个。谁家不是过，没病没灾苦就苦点儿，还不是有盼头？永儿要考上就是上个台阶，敬子要结婚不是又少一件？她将来过得好，拉扯一把兄弟妹子，不也是替你忙活？"

"你净想美事，又做梦。"方载亲笑着否定她，似乎只有这样才算肯定她。

"我生的孩子哪个比别人的差？谁不夸永儿材料强，爱子人听说，敬子有个好工作？我知足哩。"安友会的确心满意足，尽管她清楚别人当面的夸赞是客套。

方载亲又笑起来，直直腿又挺挺腰，精神顿时足了。

"问你哩，你说他长什么样？"安友会又在一门心思地琢磨。

"我哪知道去，照片都没见过一张。"方载亲还是刚才的话，还是刚才的神态。

"我让你猜，就没一点儿模样？"

"那谁猜得准。"

"对了，来了让永儿喊人家哥。"

"先叫着。"

"唉！被子都没准备，死小敬子要早说我给她做两床。好像有一床新点儿的被子，我给他拿出来。"安友会抻着灯要下炕。

"来得及。"方载亲抻灭了灯。

"你哩？"

"我，我什么？"方载亲又摸不着头脑了。

"来了让人家干冻着？"

"早想好了，明儿把炉子搪搪。煤结炕够了，还拾掇了好多煤块，劈柴也有。要嫌麻烦，要过不惯，就去乡里拉车蜂窝煤。"

"你倒是会做好人。"

"这怎么叫做好人，头回来，该着。"

"你都弄好了……我明儿把被褥拿出来晒半天。"安友会趴着看眼窗外，黑漆漆的，她倒觉得天气还不错。

"忘了忘了！"方载亲猛然说，"忘了买烟囱。"

"明儿反正是年集，正好买。"

"嗯，想起来了，当初我就是这么盘算……"

"我不说你还不得爬起来现买？"

"我没你这么没气没囊，先见见人吧。"方载亲冷静地说。

"是这么个理。"

"睡吧，累又睡不着。"方载亲枕着胳膊发起了呆。

"不早了，明儿事多。"安友会寻思说，"你记着，少推钢磨。别推起来没完没了，跟你爹似的活脱一个老财迷，干脆别推了。"

"你爹跟我爹不一样，街上看见驴粪就回家拷粪筐。"

"说你哩，别推了干脆。"

"把后响那几家推了，别的撂着行不？"

"都别推了。"

"好，你三婶子的也不推。"

"那得推，她今儿跟我说急着籴粮食买小猪，怕猪秧涨价。"

"你刚不是说谁的也不推？"

"少装蒜，就给我三婶子推！"

"行，钢磨一响全来了。"

"那你不会说啊，年集，早干什么去了，非凑热闹。"

"好了。我有准。九点出发，行不？"

"行。"

"好了，睡觉吧。"

"就是……"

"什么？"

"到底是个什么人，你说心眼儿好不？"

"好。"

"干什么工作？"

"好。"

"长得什么样？"

"好。"

"还有件事，来了让他怎么住？"

"怎么住？"

"嗯。"

"敬子会做主。"

"让永儿跟他一块，她姐儿俩住这头？"

"理是这么个理。"

"那他长什么样？"

"不知道。"

"我问你哩……"

方载亲背转身打起了呼噜。

"这个死丫头真恨人，这么大的事也不说在前头……唉，不是一家人不进一家门。"安友会又埋怨几句才往踏实里睡。

第七十七章

闭塞的乡村热闹莫过于年，过年时最不讲究的人也会讲究起来，他们认为，年过得好来年的生活就会好。

方载亲没有食言，九点准时换上中山装出门，到崖右时撵上了田学富一家，膁着晾晾走不多时就望见了集市。集市像条人龙，懒洋洋地躺在乡镇唯一的柏油路上，汽车的鸣笛声、商贩的叫卖声、骡马的嘶鸣声和你的一言他的一语纠缠在一处。买全年货后我们田禾庄的地主田学富又想买头驴，三岁口最好，方载亲手里有攒给方永读高中的牛犊儿，因此也跟去了牲口市。今天市价走高，他心痒痒：卖吧，永儿上高中有了本钱，卖吧，眼时不用钱……他问田学富，田学富说，照我看也是个不买的行市。

日近中午，远远地传来大客车的鸣笛，方永在张望，安友会在拢头发，方载亲则蹲在供销社的台阶上没有动弹。汽车近了，车窗伸出方敬的手，方永忙奔过去堵在门口。

"永儿！爱子！"方敬激动地朝里面说，"我兄弟我妹子，那是娘……"她指着向里张望的安友会。

车窗挤来一张脸，脸上有双大眼睛，面对这张脸，短暂的不知所措后安友会问方敬："是……他吧？"

方敬拍拍那颗脑袋笑着答："是，就是，娘。"紧接着吩咐，"愣什么哩，拿包，到家了！"安友会还在扒车窗，方敬忙把她的脑袋推了出来。

方载亲已经远远地看到了人，他不似安友会那般迫不及待，脸上的笑意悄然隐退了几分，但还是走到车门伸手等着接行李。那人背着个包，提着个箱子，拎着个塑料袋，堵着门等方敬，其他要下车的人纷纷催促，他便躲上发动机盖，方敬过来又拍着他的脑袋说："那是我爹，非等我？"那人忙向方载亲伸手，嘴里还说着听不懂的话，方敬笑着说，"手都伸错了。"那人忙倒换手，不想方敬又说，"别握了，知道是谁就行，快下车。"

"一看就是新女婿上门，比大姑娘上轿还沉哩，快喊爸！"说话的是中年妇女，售票员。

"喊一个听听！"有人在起哄。

众人哄然大笑，几个女孩子捂着嘴巴比画起了悄悄话。

方敬先下车，那人跟下车后方载亲伸手接行李，他还是笑着说听不懂的话，方载亲问方敬，方敬却懒得翻译："只是问你好。我教他说田禾庄话，可他的舌头笨。"

"不怕，怕什么。"安友会笑着说，"慢慢学，咱的话山冈子味，儿话音不好拐。"

方载亲又去接提包，这回他蹩脚地说："没、事、儿、哩，拿、里、动。"方载亲也不答话，伸手摘下了背包。

"爹，让他背吧，他属牛。"

"属相挺好，跟你爹一样。"安友会掰起了指头。

"那属猪，比猪吃得多。"方敬笑着搂住方永又拉来方爱。

"你看看你，到底属什么？这么大个人还不正经。"

"你看他傻不？"忽然看到田学富，方敬连忙说，"叔也来了，年货，买全了？"

"小敬子越长越喜眼，还是城市的水养人。"田学富家的说。

说道着往家走，路上田学富冷不丁地问："他叫什么？"

"你信里也不说。"安友会这才想起埋怨，方敬却笑个不停，直急得她起了斥责，"我看你才傻哩！"

"他姓丰叫收，难听不？"方敬嘻嘻哈哈的模样颇像方载亲。

"挺好，大姐。"方爱第一个称赞说。

"好，庄稼主子别的不盼，就盼这个！"田学富大加赞赏。

"嘿……"方载亲忽然笑出声来。

"爹，笑什么？"方敬紧问。

"没笑，什么时候笑了？"

"他怎么样，爹，实打实说。"方敬很是紧张。

"人挺老实。"我们的方大脚不单对外人嘻嘻哈哈，对丫头有时也不例外。

"爹、爹，行不，他？"

"行。"方载亲大大咧咧地说，"怎么不行，就是……"

"就是什么？"

安友会也凑过来说："个头不高说话不像城市人，像老醯。"

"他就是老醯，那里说话都这样，不分城市不城市。"

"那……你快说行啊！"安友会在催促方载亲。

"你说行就行，小敬子。"

"那我赶他走,给他买张票。"

安友会忙对身后的丰收说:"累不,让他帮你提溜。"丰收听不懂,她就以田禾庄的普通话说,"我问你累不累?要累让她爹帮你扛。"说完觉得口气生硬,就打起笑脸。

"不、累。"丰收尴尬地笑着。

"还有好几里道……地……路!"

"娘!快别牙痒我,叫他扛。"

"行,敬子。"方载亲下了决心,因为她知道方敬已下决心。

田学富主动脱离方家队列后方永慢慢地靠近丰收,但俩人没有话说,他觉得无聊又追方敬,方敬问他:"永儿,待见他不?"

"我哥?待见,就是听不懂。"

家里人没有明确反对,但方敬仍旧提心吊胆地盘算方载亲和安友会的其他心思。是的,我们的丰收的名字听上去比他的人看上去要好,他比方敬矮,走在一起更显矮。方载亲对他的身高不满意,但对他的憨实傻愣很满意。就在我们的方大脚还在心里挑丰收时安友会却在努力地习惯人生中这份丰厚的收获,还时不时地回头望几眼,像是在刻意改造头脑里的印象。到苗洼台时方载亲停下来,巴望着葛洪山等方敬。方敬赶过来,以为他要表达对丰收的不满,便板起脸说:"回家说。"他却指着祖坟说,"你叔走了。"

"哪去了?"方敬马上回过味来,问,"殁了?"方载亲拐进村,她又追着问,"什么时候?是病吧?怎么不递我说?"

"没几天,来不及。"方载亲的脸上没有一丝表情。

"叔命不好,这世道就是好人不长寿。"方敬叹了口气。

"良子刚回来,也没赶上。"

"我兄弟婶子都好不?"

"去看看你婶子,带点儿好东西,再给你叔拿上好烟好酒。"

方敬的情绪一下子低落了,直到进家都没有理会丰收,但在安友会的热情招待下丰收还是迈进了方家大门。进屋后,想了好一阵的方敬说:"爹,你脸色也不好,跟我娘去县医院看看。"

"我有什么,就是推钢磨累,快别糟践钱。"

"这钱省不下。"

"过完年我自己去。"

"我撂下怕你舍不得。"方敬半信半疑地说,"真去?"

"你留着你们用。"方载亲大大咧咧地说,"钱有什么舍不得。"

丰收似乎听明白了,掏出一沓钱说:"这给……叔和婶,还有方爱和方永。"

"不是这意思!我们不要,该给你们……"方载亲连忙推辞。

"你听错了,我们真不是那意思!"安友会紧跟着说。

再说下去更离谱,丰收忽然拽来方永硬塞了一百元。

"谁叫你拿,一点儿礼貌都不懂,给你哥!"安友会说。

方载亲上来抠,方敬急道:"别闹腾了!"

"忘了!老觉着忘一事,忘了买烟囱。"方载亲一甩手说。

"你说说你,有闲工夫坐着臊也不买,赶紧去,发什么愣!"

"我看了,没有,得去大悲。"

"那你倒是去啊,家里又不是没有自行车!"

一脸别扭的方载亲骑上车,对丰收说句"你待着"就走了,不管他听不听得懂。

第七十八章

突然闯进田禾庄的人,田忠之外是丰收。

丰收是方敬的同事，煤矿技术员，年龄小于方敬，身高也没能超过她。他分来没两年这个事故不断的煤矿便有所改善，不但出煤正常了产量也翻了番。靠关系从省城调到小山沟后方敬特别留意起他，终在同事的撮合下先斩后奏。临近年底她心里嘀咕，于是写了封让方载亲两口子都摸不着头脑的信。

丰收到家的当晚很忙乱，年像是提前降临了。

饭菜在安友会母女的话茬儿里有条不紊地倒腾着，和面擀面的丰收插不上嘴，只好偷学田禾庄话，默默地揣摩意思熟练发声。微笑能代表所有的语言和心思，当听到类似"丰收"的声音时他会抬起头，端着一脸谨慎的笑。方敬总逗他，要么拍后脑要么丑脑门，安友会反倒有些袒护他，方载亲买来烟囱后她已是心满意足。

饭间一家人围坐一处，边询问丰收边吃饭。丰收的酒敬得勤，直喝得方载亲乐不可支。此刻他已然扫除心中不快，对憨实的丰收多了好感，觉得他一下子高大得撑破了要求。方敬欢喜，时不时拿余光揣测他的熨帖是否发自内心，饭吃得差不多时说："爹，别喝起来没完没了。"

"没事儿，高兴。"丰收的田禾庄话还是不太灵光。

酒足饭饱后安友会要去整理床铺，方敬忽地把她拉上炕沿，随即跪下来，像个犯错的孩子般泪汪汪地说："娘，爹，我有事瞒着你们。"丰收察觉到计划有变，也凑到一旁跪着，嘻嘻哈哈的方载亲警觉地问事体，她吭哧说，"我们结婚了。"

听到这话安友会顿时哑口无言了，目光躲躲闪闪的，像是在找一个理由，找一个亲生女儿结婚都不肯告诉亲生爹娘的理由。方载亲的脸色也吃紧了，他没有想到方敬如此独断专行。

方敬不停地解释着："娘，不是不想给你信，是离得远，你们上了年岁家里又忙乱……汽车倒火车光路上就得两天，还是夜车，我……就……"

"就不告诉你娘?我是你后娘?"安友会气息难平。

"娘,我真想告诉你们,可事实上还有别的事。那阵子他挺忙,上头检查我也忙,你们过去不方便,不如把钱省下……这会儿回来说也不晚,人也见了……"方敬找来一堆理由,掺些搪塞一股脑倒出来,而脸上却是胆怯。

"我要是后娘你早尥蹶子跑了哩!死活都不看一眼哩!"安友会不依不饶的。

气氛一下子变得紧张,方爱和方永识趣地走后方敬把头垂得更低了,像等候发落的罪犯。安友会到底是不明白含辛茹苦养大的女儿居然结婚时抛开她,心痛之下她惶恐难安,而方载亲则盘腿坐在炕上,面带凝霜一言不发的,像个大老爷在等罪犯招供。

试想,如果方敬无视安友会的操劳而忍心隐瞒,那情况可能会不一样。是的,假如她伪装成正经八百的样子和安友会耐心又细致地商量一下结婚的事体,这就完全尊重了她这个当娘的,然后再把探亲假当婚假回一趟田禾庄该多好?可是这个傻乎乎的方敬,平时看起来机灵的方敬,偏偏在节骨眼连个善意的谎言都不会编,致使安友会伤心落魄,就连方载亲好不容易建立起来的好感也在瞬间瓦解殆尽。安友会好歹还在说责怨的话,我们的方大脚居然连话都不肯说,好半天都不动弹了。

要闹大了。

方敬还跪在那里,丰收也跪在那里。

安友会找不到合适的话,气狠狠地瞪着方载亲。

方载亲清清嗓子,示意方敬和丰收先站起来,待他们站好之后才不温不火地说:"敬子,你不小了,有些事完全可以拿主意,只要你认为合适认为对我跟你娘没有旁外话……有也没用。

"丰收人看了,要不是你们演这出,我跟你娘二话不说……想必你也琢磨透我们了。

"这会儿,关键是你做得不对,你不该跳过你娘跟我,你这么做得叫你娘多寒心?你别忘了小时候,我打针不说,就说你娘。你当时瘦得像小鸡子,吃口奶呛多半口,要不是你娘天天喂嚼食,好东西都给你……还有你那个兄弟……不说这些个。

"把你养活这么大,你得懂心疼你娘才对。

"这些年你在外头,一个人,不容易,我跟你娘白操心干着急,心疼你就是不知道怎么帮扶你。

"话说回来,你那些理由不成立。你可能是真有难处。有难处,不怕,你上头有爹有娘。有什么难处要言语,老一个人扛不是办法,包括以后,明白不?

"知道你过年来,领着人来,你娘欢喜得好几宿没睡,准备这个准备那个比我还忙活。你思想思想,先不说这么做对不对,等你将来有了孩子,孩子也这么做……到时你就明白你娘了。

"好了,丰收我们看了,小伙子不错,将来好好过日子,有什么难处短处要跟家里说,跟你娘说,跟我说,提前说。"

方敬想继续听下去,好一会儿没有听见话便说:"爹,让丰收敬你一杯酒?"方载亲点头后她忙和丰收叽里咕噜地说一通。

丰收拘谨地满下两杯酒,双手捧一杯给方载亲,方载亲接下,他喊声"爸"一仰而尽,方载亲顿了片刻也是一仰而尽。方敬又和丰收说一通,丰收便给安友会满杯热水递过去,自己倒杯酒喊声"妈"还是一仰而尽,安友会看着水,热乎乎的水,清亮亮的水,一声叹息后也喝下了满杯。

屋里的气氛在静悄悄地转变,安友会愣了半响,心里想过千言万语,安慰好自己才说:"我给你们铺床去。"转对方载亲说,"别躺着享福,看看火,那屋里阴冷,光个电褥子不管用。"

方载亲没有动弹,只说:"那屋没火炕,只是一张床,头一宿暖暖墙,屋子怕是暖和不了。"

"没事儿,妈,我天天跟煤打交道,我管哩。"丰收听明白了。

安友会抱着被子走了,不一会儿方爱和方永过来唤"大姐夫",这一声把丰收的眼洼喊红了,也把方敬的眼泪喊掉了。

一夜不成眠。

第二天清晨方载亲带着方敬去给方载德上坟,方敬哭诉烧纸时他看到祖宗的坟丘消瘦了不少,便默不言声地拔除杂草敛坟培土,那一心一意的样子,像是在侍弄庄稼地,像是地里种着人。

是的,我们知道,多年以后方载德也会像他的远祖那样日渐消瘦平易近地,或许土地上再起"变动"时他们瘦弱的身躯会被犁刀、盖板甚至机械夷为平地,从而成为真正的庄稼地。

第七十九章

家里来了有文化的女婿,方载亲觉得有些事不妨和他商量商量。年初二晚上方永和方爱不在家,正看电视时他突然问丰收:"初中毕业你考的什么学校?"

"中专。"有方敬在丰收的沟通没有问题。

"不是高中?"

"家里没钱儿,供不起。"说这话时丰收的脸上没有任何表情,田禾庄话儿化的"钱儿"字格外清晰准确,但和不伦不类的其他发音连成串又显得滑稽可笑。

"也是他姐供的,我们结婚帮助也挺大。"方敬赶忙解释。

"那你对大姑姐好点儿。"安友会插了句话。

"中专以后哩?"方载亲又问。

"后来进修大专参加工作。"丰收仍是一副事不关己的模样,浓重的眉毛不曾动一动。

"看来中专未必不好,可以进修大专……还能往上爬?"我们的方大脚现在当丰收是权威。

"行。"丰收干脆地擤了擤鼻涕,尽管只擤出了空气还是招来方敬的数落。天天下井,虽不像矿工那样劳作但也是一鼻子煤灰,天长日久形成了随时随地擤鼻子的毛病。方敬时刻监督着他,可他还是成了瘾,如今竟然在老丈人面前出了丑。

问一句答一句,方载亲拿这根木头没有办法,场面一下子冷清下来,目光纷纷投给了电视机。突然,安友会问:"刚说到哪了,要干什么来着?"她看眼方载亲,方载亲清清嗓子对方敬说:"丰收脾气好,你跟他我们放心。往后的日子还长,你的脾气起小就不好,那是你娘……跟我惯坏了。唉,也算你命硬,到这会儿我们才算真正放心。丰收不傻你也不笨,不愁以后没好日子过,关键是齐心协力。说老实话,你们结婚这么大的事不跟爹娘商量真不对。不对归不对,手头上暂时没有,牛没卖出去,钢磨多也减价,忙活一冬攒不下俩,猛一下又没个准备,先拿两千。不给你,你娘给丰收,你看看,行不行?"

"爹,我不是要嫁妆来了,是带他认亲!"方敬急了。

安友会掏钱硬要塞给丰收,丰收硬是不接,她只得说方敬:"死小敬子!这是礼数,老理就这样,别说我跟你爹有,没有就是借也得这么着……添柴加火,嫌少是不?"

"娘,你不要我了是不?"方敬一下子哭了。

安友会捉摸不透,给她抹着眼泪说:"什么时候说不要你了?"

方敬哽咽着说:"我知道,丫头嫁到婆家,娘家出了嫁妆就没事了,名义上还当丫头待……"

"那是别人家。咱家不,咱家按礼数办也按人情走。你放心,到什么时候你都是我丫头我都是你亲娘,凡事跟以前一模一样,我心疼你你孝顺我……"安友会也泪潸潸的。

是时候了,不待安友会支配方载亲主动说:"敬子,你说这话根本就不对,有这想法更不对。要不是你娘……她能不要你?说白了你得拿,要不外人笑话。是我们的心意,不给你,给丰收。"

方敬攥上钱对凄伤的安友会说:"结婚时丰收就给我说,他是他姐供的,也支持我供兄弟,念一天供一天,尽最大努力。"

"我们……"丰收从口袋里掏出一沓钱,但他不知道该怎么说,撂上炕沿又木头似的坐回了板床。

"爹、娘,你们得拿,你不拿就是不要我了。给我兄弟念书,你们也买点儿奶粉,坚持喝下去,有空再去趟医院。"

方载亲没有再说道,方家人再次把目光给了电视机,它在上演一个蹩脚的小品。方永和方爱进家后方敬提议打天九,丰收连忙取来一沓崭新的零钱。无本买卖方永乐意,挑了几张面额大的,方敬问他:"输了啼哭不?以前输不起,今年长一岁。"

"我得赢你们哩!"

"以前他老找钱乱买。"安友会说,"上回找了个缴电费都不收的破五块还花出去了,让我一顿好打。"

方敬笑嘻嘻地搂来方永说:"还记着不,爹娘不在家你要西瓜,我没给你换。我不换你小姐就不要了,你偏偏打滚,后来我打了你一顿。"转对安友会说,"娘,我做不出来,那么大的丫头拿粮食换吃食……"

"嗯。要强。起小就是。"安友会幸福又满足。

一家人打起牌来,丰收现学现卖很高兴地输着钱,玩过几把方载亲找话说:"明儿去爬山吧,葛洪山,就在村边。"

丰收说:"好。"

方敬说:"山上什么都没有,就几间养不起神仙的破庙,等以后三月庙吧。"

丰收马上改口说:"也行。"

安友会却说:"想去就去,过年就是凑热闹,憋家里难受。"

方敬说:"在井底掏煤他都不难受。"

"明儿去看看,带上你兄弟妹子。"安友会寻思说,"背个书包带挂肠子带瓶水,玩它一天去吧。"

丰收看着方敬说:"以后再去吧。"

方敬反倒说:"想去就去吧。"

方载亲很满意自己的提议,趁安友会她们商量的工夫去插大门,刚到影壁却碰到了安再启老两口。三人进来,安友会忙让出炕头问:"爹、娘,又怎么了?"

"你说。"再启老汉吩咐他家的。

"还不是你兄弟,谁说不一样。"

"把你们撵出来了?"安友会眼里冒着火。

"是吧。"安再启家的刚要回话再启老汉却纠正说,"不是。"

"还袒护他,撵就是撵,跟他还有什么好说道的!你说,娘,我兄弟又怎么你老俩了?"安友会跳过了不说实话的爹。

"败家子又要去房,说没钱过年,明儿打手印。"

"我找他去,房子不是他的,再去没得住了!到时不把你老俩踢出来?"安友会气愤极了。

"中人都找好了,定钱都收了。"再启老汉说。

"定钱退了!谁是中人,这么缺德?"安友会在刨是非。

"定钱早花光了,我说过年称几斤肉,他一分也不给。"安再启家的哭丧着脸说,"中人是大草包。"

"我不是送肉了吗?"安友会也意识到自己问了句废话。

"年三十只剩下点儿油脂。"安再启家的说。

"过年图热闹,不吃肉也没事,反正是年。"再启老汉说。

"爹!你跟我兄弟合伙气死我娘算了……你别忘了,这会儿你占的房子属我娘!"安友会狠狠地剜了再启老汉一眼。

再启老汉避开她的脸,指着电视机笑着问方永:"永儿,你说这玩意儿巧不巧,箱子似的东西通上电就出人,蹊跷不?"

哭笑不得的方载亲转身就走,心里话,我说这个年过得怎么这么熨帖,原来不熨帖单等着哩!安友会吩咐方敬弄吃的,摸出手电也跟了去。

第八十章

安友杰躲出去了,他家的带着孩子瘫在炕上。炕上有几床破被子,几件脏衣服就卷在破被子的旋涡里,而炕台上则蹲着几只饭碗,碗里还有几口饭食,菜没有,但看得出炒菜时放了不少油。

安友会本是来兴师问罪,但不忍心这个家没有年味,于是帮着一起收拾起来。安友杰家的三两下把被子团成团扔到炕头,随手拍着炕沿请安友会坐。安友会坐不住,翻翻面瓮瞧瞧米缸,都见了底,再问安友杰的下落,她一脸茫然地说:"不知道,跟爹娘吵了几句也走了。"安友会转问起因,她只说天天吵,具体为什么也不清楚,安友会晓得她在装傻,撬不出实话要动真格,当场沉下脸说:"他不好我知道,可是过大年的,爹娘出门,你就不言语?外头有多冷,在炕头上你知道?"

安友杰家的晓得大姑姐惹不起,想必已经得到风声,于是一五一十地说:"他想去房子,娘不让,吵嘴。这头一劈两半,中间打院墙,临街的卖,里头给爹娘住。"

"去房干什么?房又不姓安。"

"缺钱呗,缺钱的时候再缺德他都干!我劝他他打我,这个丧德的货剐他一千刀都不解心头恨。"安友杰家的撸起棉袄,胳膊上青一块紫一块,又拢拢头发,额头上也盖着血手印。

安友会无话可说,她盘算开了:眼下最大的问题不是安友杰败家,而是如何留住眼前的女人,方才她凶巴巴的眼神让人不放心。这个该死的安友杰,不给人家好日子还往死里糟践,哪个女人扛得住?果真跑了怎么办?她越想越担心,不敢多寻思,只想找玉皇阁的李半仙告诉自己将来的后果以及现在的打算。

方载亲一直在找安友杰,找不见才进家问他要钱干什么,安友杰家的说:"过年要账的见天来,不修工没地方来钱。"

"他什么时候欠下那么多账?"方载亲看着安友会问。

"赌。输。不改。"方载亲又问有没有别的,她又答,"以前说买柴油机,想打井挣俩钱,谁知道真假。"

安友会仿佛看到安友杰正热火朝天地打机井,好几口在冒清水,转念想这比修工还要累,就问:"他怎么不修工去?"

"我让他去,他不听。"安友杰家的凄凉地说,"他不打我我就烧香,等身子好点儿我去修工。"

安友会忙说:"女人家修工干什么,明儿我送吃食来。"

"他吃不饱谁敢动筷子?"安友杰家的凶巴巴地说。

听着弟媳数落安友会心里别扭,此刻想宽慰几句竟找不到话,只得盼咐方载亲:"你,明儿,把米面肉弄过来。我不回了,我等着看他成精!"说着脱鞋上炕,给安友杰家的和安东林捂了捂被子。

"光是等有屁用?定金收下肯定花了,再说合同在他手,手印也长在他手,你怎么办?"方载亲的脑子里是一团乱麻。

"我……死也不让他再败家!"

"你瞎操心,他有什么权力,房子是他的不?这事成不了!以前没管他,你瞧我明儿说房子不属他,凭大草包还想当中人?"方载亲觉得自己出了下策,但总比眼看着安友会着急忙慌要强。

"定金怎么办?他要赖皮让你还,你有?"安友会顺势说。

"定金他花了凭什么让我还?"

"叫他自己擦屁股,总之一句话我不能再当睁眼瞎!"安友会下了决心,对弟媳说,"我接爹娘过来,再给你捎点儿吃食。"

方载亲和安友会这就往家走,刚进院又听得再启老汉的声音:"永儿,你说这玩意儿巧不巧,箱子似的东西通上电就出人,蹊跷不?"

方载亲还是哭笑不得,安友会却是端着笑脸对丰收说:"家事就是一摊子紧接着另一摊子,没个清整儿的时候。"找件大衣披上又对安再启家的说,"娘,咱走。"

"走。"再启老汉也下了炕。

方载亲索性连夜扛着米面肉跟过去,再回家时交代留守的安友会有事务必先通知他。

第二天早上放炮的人家少多了,年马上就要走。

昨晚意外相继发生,今早方家没有饺子吃。方敬热了几个菜,方载亲和丰收喝上后她去姥姥家送饭,进院听得吵闹,是安友会的声音:"你说去就去?"

"我占着哩我说了算!"安友杰的声音。

"你们别嚷道,大过年哩。好说好商量,总有折中的办法。"这声音来自中人,我们田禾庄永远的干部,刘大民。

"去就去吧,见天要账过不安生。"微弱的声音属于再启老汉。

"爹!你说得轻巧,你那份我兄弟早替你败光了!"

方敬忙唤来方载亲,方载亲径直说刘大民:"大草包,这么败家的事你也做中人?"

"一个愿卖一个愿买,就撮合撮合。"

方载亲再看屋里人,有熟的有不熟的,就问刘大民哪个是买家,刘大民指过后他顿起疑心:那人的兄弟在村西开磨房,价格压得电费都吃紧。

"你小舅子想卖,我买是帮他渡难关。他欠我的老账,我出的价钱还高。"那人把话说在了前头。

"你知不知道这房子属谁?"方载亲说。

"他敢卖我就敢买。"那人铁定了要收宝地。

"贵贱不卖……"安友会的嗓子已然沙哑。

"你真当你舅什么都不知道?"方载亲恐吓似的说安友杰。

"总之贵贱不让卖,有我在别想再败家!"安友会一个劲地说。

再说道下去安友杰知道自己必定失败,所以抄起墙角的顶门杠对方载亲说:"你非得给我使绊脚是不?"

"你打死他、打死我、打死爹、打死娘、打死老婆、打死孩子算了!"安友会狠狠地抽了安友杰俩耳光。

安友杰没有还手,仍举着顶门杠瞪着方载亲。

刘大民忙两头劝:"冷静!好商量!不急一时!"

安友会说:"你那窝败不败,要败递我说,我买!"

刘大民摘下顶门杠气呼呼地说:"中人我不当了!你们爱怎么着就怎么着,大过年的我不生歪门邪气哩!"

那人说:"定金付了,摁个手印就成了!"

刘大民盘算片刻避开方载亲和安友会,径直问安友杰:"你说话到底算不算,要不算把定金还给人家。"

安友杰说:"算!"

安再启家的过来说:"这不属你不属我卖不得哩……"

安友杰没有让她说完,一把搡了个跟头,众人反应过来已是后脑见血。安友会忙扶起来去找李民庆,刘大民甩下合同走后那人也撅屁股走了。

方载亲成功地阻击了安友杰的图谋,但他意识到安友杰不会善罢甘休,定会或明或暗地达到目的。不出所料,年初四一早安再启家的报信说去了一溜自留地。听后方载亲安心了,安友会看似也安心了,她不慌不忙地走出家门,可奇怪的是并没有去娘家,而是找到店社抓起电话报警说:"小子打亲娘,你们公家管不管……"

当天派出所下来俩人,验过伤就铐上了安友杰,其中一个警察问:"你知道过去打亲爹骂亲娘是什么罪不?"另一个警察说,"杀父弑君要寸斩!这会儿是什么罪你知道不?情节严重直接判刑,最轻也得拘留十五天!"

安友杰傻了眼,他不知道怎么惊动的公家,安友会说:"我干的哩,我管不了你有国家管,国家管不了你再翻天!别以为我使不出来,出来再打骂爹娘,不去法院告你我不是你亲大姐!"是的,她下了狠心,她觉得自己太需要清净了,于是想到这事的中人是刘大民——他是谁,他是干部,好歹大小是国家的人。那好吧,就让国家来收拾这个烂摊子吧……

安友杰明白过来,竟然主动坐上了警车。

第八十一章

年过初四要破五,热闹过后田禾庄得承认年前的田禾庄。

安友会把安友杰送给公安后告诉安再启老两口和弟媳,你们过几天安生日子,好吃好喝,不够我送。处理完劳神费力的家变,她想做两床新被子给方敬,多少尽一尽母亲的责任,可一时巧妇难为无米之炊。方敬得知后笑着求她:"娘,以后做好放在家里,我年年来年年用。"

"本该一结婚娘家就出。"安友会仍旧不肯放过方敬。

"你就是做好我又怎么带上火车?"

"这是当娘的本分,你别说了。"安友会自顾自地说着。

方敬寻思大过年的没有集市,除非让我拖几天再走,果然安友会说,迟几天走,车不挤被子也做好了。方敬只得笑着说:"迟一天扣一天工资,不想让我上班,干脆留在家陪着你好了。"此路不通,安友会另起盘算,突然喊道,"你给我进来!"

噔噔噔的脚步声,丰收一脸迷惑地说:"妈,我在院里哄孩子,小舅家小子。"

安友会忙笑着说:"不是你,你出去。"

慢腾腾的脚步声,方载亲还没有进门安友会就数落起他那双大脚:"俩大脚,穿得一码整齐,时刻想跑出去打天九?"

"摸也没摸。"

"今儿初几?"

"初四。"方敬答。

"三六九,往外走。"安友会掐算说,"明儿你去乡里……干脆去县城,去给我买俩绸被面、俩绸被里、俩床单、俩枕套、俩枕巾,要成对要喜兴,牡丹鸳鸯最好。有多早你走多早,有多好你买多好,有多快你跑多快,县城没有去地区,当天去当天回。我不管,总之得给我买回来!"方载亲蒙了,方敬傻了,丰收愣了,"我去找棉花,换也好买也好……"她怕不嘟囔抬脚又忘了。

方敬回过神来，急切地说："娘，你这是干什么！"

"干什么干什么……"安友会反复念叨说，"给你做被子。"见方载亲还没动弹又嘱咐说，"别忘买提包，防水的最好。"

方载亲咬着牙，发出叹息。

"娘，不在这一时！"

"该娘家头回出，你别说了。"安友会瞪眼方载亲去找棉花了。

"爹，你不劝劝我娘？"

"她什么时候听我劝？"方载亲思量说，"理该着，你娘对。"

"爹！"

"爸，用不着。"丰收猜了七八分。

"你看你，回来就找下这么多事！"方敬数落起丰收，丰收自觉罪孽不浅要追安友会，方敬又说他，"别追了，再给我丢了人！"

"你娘就是这脾气，那就这么办。我这就动身，要快明儿晌火来，最迟后晌。"

"爹，你把我娘追回来，迟走两天算了。"

"迟两天？"方载亲还是坚定地迈开大脚说，"你们不是庄稼主，今儿不想干不干，明儿下雨阴天干不了也不干。"

俩小时后安友会回到家问方载亲的去处，方敬答了，她破天荒地夸赞说："那俩大脚头一回这么顶用！"放下新棉花，挑挑拣拣拍拍打打絮絮叨叨没完没了，"你什么都不会，我也没教过你。你得学怎么做被子，将来……"

"娘！"方敬一句话也听不进去了。

"行行，你们不当庄稼主，不学就不学。"安友会翻腾着针线筐说，"嗯……线够。"见方敬苦恼万分，她又说，"娘就得这么当，你结婚了得知道这套礼数。唉，人世间没有不尽心的爹娘，谁家都一样，就算生在天王老子家也吃这一套。"

"来不及,娘,真来不及。"

"怎么就来不及,一黑夜就够。我叫你姥姥你妗子帮忙,两床被子齐下手。"

"不睡觉了?"

"占半条炕,你们凑合一宿,把你兄弟妹子打发到姥姥家去。"

"我说你们。"

"关键是你们。"安友会又缠起线,一把线绕在膝盖,手拿着线板缠来缠去地说,"你们得坐一天车,我们不怕,好歹一后晌一黑夜,到时叫你爹把磨房的灯换过来,一百度的大灯泡。"

这个有些健忘的安友会居然把事情盘算得如此清楚,晚上一切准备妥当后方敬做好饭几个人默默地吃着,谁也没有话说,都满怀的心事。方永的心事很简单,他知道方敬要走,再见是下一年,他有点儿舍不得,方爱的心事看上去比较成熟……

"也不知道你爹到哪了?"收拾碗筷时安友会才开口。

"娘,没事,买不上等下回。"方敬递个眼色,丰收忙接下安友会的活儿。安友会心事重重地坐上炕沿,墙上的挂表嘀嗒嘀嗒地走着,她的心也扑通扑通地跳着。

这一晚方家很安生,根本不像在过年。第二天一早安友会要往行李里装粗粮,方敬把住她的手说:"娘,我带被子,我就带被子。"她想了一晚终于想通了,安友会和方载亲定会在初六早上做好新被子,而自己也必须带走。

安友会不再坚持,反倒数落起方载亲,快吃午饭时数落的话仍旧滔滔不绝,说他大大咧咧,没干过一件痛快事,说他嘻嘻哈哈,没当过一天正经人……就在数落即将重样时方载亲背着个大包回来了,果真是大大咧咧的模样,果真是嘻嘻哈哈地说:"你看看,是不是这些!"

安友会哆哆嗦嗦地拿出面料,抖搂一番又比画一番说:"你可算是长了回出息!"

昨天,我们的方大脚撒开大脚去了乡里,半天才等到一辆去尧县城的外地货车,司机路不熟正好捎上他,天黑前顺利赶到尧县城,一打听市场只卖百货,于是连夜奔赴冀中,路边冻一宿天刚亮便等在了商场门口……

安友会不管过程,见到结果忙不迭地吩咐方爱:"把你姥姥妗子叫过来,吃饭干活儿。"随即腾开炕和床,各铺块塑料布准备随时开工。安再启一家到场后几个人边吃饭边商量,饭后忙活开一摊立马起另一摊。因为要求高所以进度慢,安友会想,三个人,一后晌一黑夜,怎么也够了。的确,忙活到后半夜提前完工了。方载亲一直站在走地看电视,活儿好后也凑过来大加赞赏,安友会扔掉针线已是力不从心,只得指使他——这么叠,那么放。

不一会儿,天亮了,吃罢饭到苗洼台送走方敬和丰收后方载亲不无失落地说:"年过完了,小敬子他们是第一批走的哩!"

其实他漏算了一个人,这个人是田禾庄本年度走得最早的一个,也是最风光的一个——安友杰,他年初四就走了。如果还算上他,那么他也是田禾庄本年度来得最早的一个,但是最窝囊的一个。他在年初四后的第十五天就落魄地回到了田禾庄,进村他就拐进方家,进家他就喊叫"大姐"。安友会见是他转身回了屋,他却跟进来说:"大姐,我错了。"

安友会没有理他,只当屋里只有自己。

安友杰先是找吃食,吃罢又对方载亲说:"大姐夫,我错了。"

安友会说:"你别给我搭理这个败家子!"

安友杰扑通一声跪下来说:"大姐,这是最后一回。不去那溜自留地还不起债,更没有本钱!"

"够不？不够接着去。"

"别老是不把我当人看。"

"你是人？你见过人打爹娘？你算人？你见过人败家业？"

"在拘留所我什么都懂了，以后我孝顺爹娘。"

"你孝顺爹娘？你不打他老俩我年年三月庙给你烧高香！"

"大姐！"

"我不是你大姐，我没有你这么个兄弟。你给我滚，有多远滚多远，眼不见心不烦。"安友杰不起身，安友会就继续痛心地说，"你这么败下去，爹娘糟践死不算老婆也得跑！爹娘怎么修下你这么个狼羔子，一点儿人性一点儿良心都没有！"

"我就想弄点儿钱干点儿事业。"

"事业？事业是败家干出来的哩？你要是再唱下一出，你等着，不送你进监狱……"

"我这就给爹娘磕头去。"安友杰站起身就走了。

安友会不放心，叫上方载亲跟在后头，果然见他给安再启老两口磕了个头，我们的再启老汉慌里慌张地搀起了他……

见此情景方载亲扭头就走，安友会问他，他什么都没有说。

第八十二章

有的时候，田禾庄土地上的时间在寸步生长。

大多数农人无须时间，闻一闻清晨的空气就知道庄稼的长势。方载亲也无须时间，磨房什么时候有活儿什么时候开工。

田禾庄最守时的人是方军，他每日每夜都在时间里备受煎熬。他时间的开始是方载德去世的那一天，直到满七才有了属于自己的时间。满七后他叫来方良和方杰，在李学勤的见证下开始盘算一家人往后的活路。他坐在昔日方载德的位子上狠命地抽着烟,而方良垂头坐在左边,方杰则迷茫地蹲在右边。

我们的方军瘦了,脸盘很像方载德,酱紫的脸膛皱纹不多,在胡楂的衬托下显得沉稳又老练。他眉头紧锁,目光深邃得不可捉摸,这种深邃与不可捉摸或许正是茫然在悲怆时期的表现。烟蒂烧到手时他才开始说话:"爹走,我在场,交代我照顾你们,还有娘。老这样不行,得想个具体可行的办法,把家业过好。"

"我还修工攒本钱。"方良冷静地说,"这世道离不开钱。"

"我跟二哥走。"

"你说什么,杰子!"骤然间方军目光如炬。

"让我跟二哥走吧。"方杰的泪光在闪烁。

"你再给我说一遍!"方军收回举起的拳头说,"杰子,爹说让我照顾好你,爹不说我也知道。你最小,好好念书,其他事一概别管。有我和二哥,一切都跟原先一样,知道不?"

"你听大哥的,用心念,念到什么地步都不怪罪你。"方良说。

"咱都修工,多个人钱不是更好挣?"

方军含着的泪终于掉了下来,他捣了方杰一拳,抬手指着外屋方载德的家信帖说:"你知不知道爹在看着咱?你知不知道你怎么做爹才欢喜?你知不知道以后还有多少日子得忙活?你知不知道谁肯对你好?你知道不、知道不你?"

"大哥你打我吧!我不想待在学校,我想跟爹一样跟你们一样!"方杰看着方军的眼洼,两个人的泪水都滑过了面颊。

方军突然笑了,拍着他的肩头说:"真是好兄弟!你有这份心思就够,咱哥儿仨没一个孬种,还愁什么哩?爹说……"他哽咽了却仍旧笑着,"听说,杰子,我跟二哥先去修两年工,把账还清楚,再攒点儿钱贷点儿款买台二手客车。咱们最好跑客运,跑县城,跑地区,跑省城。你这会儿什么都别管,就念你的书,将来能考上大学最好,考不上也不怨你,到时再回来一块干!只要你尽心尽力,只要娘好你好你二哥好……"

方军说不下去了,方良说:"咱俩修一两年欠账能还个差不多。贷款,不知道能不能贷到。"

"先走完第一步,一步一个踏实脚印。"方军思量说。

这时李学勤苦楚地说:"杰子,你爹当初最不放心你,这会儿你得听大哥指派,听他就是听你爹。"说着跑到外屋对着家信帖哭诉起来,"你走得痛快,给我留下仨好小子……"

她这一哭三兄弟忍不住,但方军没有哭出声,他把李学勤扶进里屋又安抚方良和方杰说:"计划赶不上变化,但你不迈左脚右脚怎么迈?当年爹就是这样,朝向目标一步一个踏实脚印!"他鼓着劲,又拿出烟,点上,抽着,火光映红了他的脸。

方良不住地点着头。他早已明白人世艰难,他早已知晓事在人为。是的,需要果断地迈出脚,将来即便这一步没能达到预期目标,但那时的你已经站在另一个起跑线,自然也就多了新选择。

方杰满脑子糨糊。他不知道在跟自己赌气。是的,我们的小伙子在意气用事,他只是寻思我不能拖累家,我不能让大哥和二哥受罪,我也是男人,爹不在咱们都长大了……

方军知道他没有拐过弯,想了些帮他开窍的话终是没有说出口,突然间意识到他已经落下不少课程,难免急躁地说:"方杰,明儿就给我去学校!"

方杰看看他又看看方良,转脸问李学勤:"开学了?"

"明儿就去!"方军不容置疑。

"我也忘了,该早点儿让他去。"方良的口气温和多了。

看着方军冷酷的面容方杰顺从地点了点头,但还是说:"那得让我知道你们在干什么，要不我不放心。"

"行！"方军深吸一口烟，待烟的能量在全身释放出来才痛快地说，"你二哥待两天走，我也走，去看看爹的老战友。要行，就先跑着货运，不行再去工地。"

方杰"哦"一声说："我有个要求。"

"说。"

"说吧。"

"你们得月月给我来封信，要不……"

"要不不放心？"方军的笑看起来很冷也很沉。

"好吧。"方良说。

"好。"方军也答应了。

"还得给娘来信。"

"嗯？"方军看着方良。

"嗯。"方良说。

方杰仍在思考还有什么话需要当面说，他知道这次分别后再聚首起码是年底。方军也在思考，首要的问题是家里的汽车还能不能经得起满世界的折腾……直到李学勤喊他才回过神来。

"我明儿去学校。"方杰说。

"嗯。"方军掏出钱说，"娘，杰子往常用多少？"

"月月一百多。"

方军择出一百五十元人民币，方杰见他所剩无几只肯收一百，方军训斥一句他才接下。李学勤早就洗净了方杰的衣物，现在拿出来就可成行，没一会儿他的生活便和年前接轨了。

忽然李学勤琢磨说："军子，你爹当初有没有提车的事？"

"没说。"方军又仔细地回想了一遍方载德的遗言。

"哦。"

"怎么，爹另有想法？"方军多次回想方载德的嘱托，也奇怪为什么父亲不肯清楚地告诉他具体的忙活之路，比如家里的汽车怎样处置，如何开车倒是叮嘱过很多次。

"没有。"李学勤悲痛又无奈地说，"我不愿意你再开它，你爹就是跑东跑西得了病。那条道辛苦，小命顾不上，车轮子一转只知道拼命往前冲，行军打仗似的。"

"娘，能干就干下去，你放心，我外加小心。"

"有些事，不是你外加小心就万事大吉。总之，我不想你再走那条道。"经过这场变故李学勤对人情事物理的看法已有改观。

"那怎么办？"一时间方军毫无主张。

"哥，不急，我大后天再走，工地上多得是活儿，咱哥儿俩朝一个方向使劲，我就看不透能有什么一步登天的捷径。"

方军又思谋片刻说："娘，先试一下，车要不受使或者活儿接不上再修工，还完账就考虑跑客运。过两年修工的更多，再加上三里五乡去县城的，买个二手客车肯定不赔，再干三五年赚出本钱好给良子成家……杰子先念书，看情况再给他定。你说哩，娘？"

"哥，你别管我，你先成家爹跟娘才放心。"

"你大后天走，到工地万事小心，只要有个好身板不愁没有好活路。"方军说完站起身，点根烟去了院里。

天色已黑，方载德留在当院的汽车分外庄严，像一堵厚实的影壁矗立在家门……

今天，对死去的方载德来说是个特殊的日子，从明天开始他留在人世的一切就画上了"圆满"的句号。同样，对与方载德有关的生者来说也是个特殊的日子，所以我们的方载亲又迈着大脚奔到北庄子，他想看看他的侄子们，以及他们今后的生活。路上他又想起方载德去世当天的蹊跷事,想着想着来到门口,抬眼看到汽车旁的影子脱口叫道:"德子?"

"大大,军子。"方军听出了声音。

"少抽。"方载亲也认出了个头。

"嗯,大大。"

屋里的灯光还是方载德喜欢的那份昏暗,方载亲照一眼家信帖进到里屋说:"把灯泡换个大度数的。"

李学勤找来,方军换上,再抻灯绳果然亮堂许多,她不禁自语道:"是有光明了。"

方载亲坐下,方军也坐下,方良和方杰也坐到一旁。

"他大哥,喝水,缸子没用过。"

"推钢磨嗓子干。"方载亲不渴,但还是喝了个底朝天,之后愤慨地说出话头,"过年你们知道,你大姐没把你妈给气死!"

李学勤一脸无奈地说:"唉,这会儿的孩子翅膀骨一硬什么都敢主张。我看着小敬子长大,他大哥也别笑话,实打实说,敬子做的事我早忘了,这会儿她一成家……"

"娘,过去的别说了。"方军打断了她。

李学勤忙改口:"孩子这么做肯定有她的苦衷。"

方良笑着说:"姐夫个头不高人倒是不错,就是说话听不懂。"

方载亲也笑着说:"你大姐不在家我们都不张嘴。"

方军又问:"大大,我妈……"

"那个败家子差点儿气死你妈!"方载亲晓得在说安友杰。

"大嫂也是受累的命,摊上这样的兄弟。"李学勤说。

既然开了头方载亲便问方军要打算,方军说了,他说:"军子,我跟你爹没法比,他脑瓜比我灵,你说的我看行得通。只是你年纪轻容易毛躁,有坎儿要迈,迈不过就绕,别钻牛犄角。你能这么想就得这么做,还得坚持做下去,以后有什么急难事跟大大说。"

"大大看这么办可行那就这么办。"

"军子,这不对。以后你当家,什么都得自己主张,别人的意见只能当参考,认为对就用,不对得知道哪里不对又怎样才算对。"我们不知道方载亲想表达什么意思,只是听出他的话前后有矛盾:前者要方军有事找他,后者要方军有事自己主张。

李学勤听懂了矛盾,解释说:"你大大的意思是你们往后要自力更生,给你们拿一次主意行两次也行,最终还是得独立。"

"就是这意思!"方载亲嘻嘻哈哈地笑过后又严肃地说,"家里的车你打算怎么办?"

"车?"方军下意识地反问道。

方载亲搔挠着头皮颇是为难地说:"你爹在时跟我说过。"

"我爹怎么说?"三兄弟齐刷刷地瞅着方载亲。

"叫你卖。好早了,我过来你爹说。"方载亲一脸的不忍。

"具体说什么?"李学勤也眼巴巴地问。

"说等军子退伍他打算把车卖掉,还说这事让我留心。"方载亲猜想说,"依这会儿看,我猜他是想变个本钱渡难关。"

我们现在知道了,方载德对身后事的拿捏竟然如此周全,他这步棋走得颇似刘备托孤。是的,病,花光家底还欠下外债,但他宁愿不再治疗也没把车卖掉,而是留到今天,留作种子,留给孩子。是的,我们总是不把方载德当作方载亲看成庄稼主,今天来看他却是个聪明的庄稼主!他给孩子们留下了一粒不错的种子——

正是这粒种子,曾经给家庭增添积蓄,也让方军学会开车;正是这粒种子,能让他们往后的生活有了起始的资本与一份可能的忙活;也正是这粒种子,让他身染绝症……

方军刹那间明白了父亲的无怨无悔,他的热泪涌了出来,方载亲连忙安慰说:"你爹还说,车况一直好着哩,这我不懂,可是我知道他不想让你跑运输,只想让你卖本钱。"

"他没有说更具体的事?"李学勤又问。

"没有。他本意是留点儿好东西给孩子,具体做什么在孩子。"

李学勤心里话,德子,你对,就算划出道来让他们走你也看不到管不了,更何况这世道变得这么快……

"我知道了,大大。"方军狠命地抽口烟说,"我爹的想法让我先想想,想好再决定。"

决定。

决定。

决定什么呢?

方军没有说,方载亲也没有说,方载德更没有说!

看来这个决定今晚做不出来,我们只能在日后的生活里通过三兄弟的作为去总结了。是的,如果让一个人在一个晚上对一家人的余生与活路做出决定,这也未免太难了,或者说根本做不到——

不知道为什么,我们的眼前仿佛出现了正开着汽车在康庄大道上奔驰的方军,在高高的脚手架上忙活的方良,在拥挤的教室里安心听讲的方杰,当然还有独自在家默默祈盼的李学勤。可是,我们不曾看清方军开的是什么车,不曾看清方良的面色如何,不曾看清方杰身在高中还是大学——我们最不能看清的是李学勤,她在我们的视界里,模糊得像一团来回飘荡的思绪……

在一家三兄弟隐匿悲痛即将开始新生的庄严时刻,我们不去打扰他们了!就让他们用内心的一片天地,去博取现实中更加宽广的一片天地吧!就让方载德悉心守护的那粒种子落地、生根、发芽!

为了减少他们忙活的苦难与奋斗的慌张,我们再次穿越时空去接轨真实的"未来",就让我们进步到方永中考后的那一天——

"今天",是公元一九九六年尧县中考成绩公布的日子。
"今后",都是从今天开始的。

第八十三章

天下黄河九十九道弯,尧河弯道三十三。

安友会相信方永的命运,会在今年转过一道弯。

今天,方永在学校等来了风尘仆仆的校长,校长对两个班主任说:"俩尧中一人一个,中师中专也一人一个!"

这的确是个好成绩,老师们沸腾了。

自信的家长大声催问究竟是谁考走了尧中,成绩中上游的家长则问二中考走了几个。校长似乎在故意折磨大家,先带着班主任进了办公室,半小时后才出来公布名单。名单里有方永,他考走了尧中,这个省重点高中。在羡慕的目光下他开心地笑了,忽听得校长问他:"你就是方永?数学满分到底是多少?"

"今年是一百四。"班主任说。

"那就对了。我以为抄错了成绩,后来以为人家给错了成绩,再后来以为你没考上……"方永一下子哭了,班主任感觉事态严重就问校长,校长又肯定地说,"你考上了!真是个孩子,既然满分一百四你一百三十九就对了,给你通知书!"

方永赶忙接下通知书,生怕人家反悔似的跑回家。磨房门口的安友会正眼巴巴地张望,见方永手里拿着一封信,忙拽进家紧盯着问:"真考上了?尧中?多少分?"

方永喘口气说:"考上了考上了!"

"好好好。"安友会又欢喜地问,"第几?"

"娘,你别问了,考上了就行了呗,还管他第几哩!"方爱见方永不耐烦就接走了话。

"也是。"安友会仍旧开心地说,"算卦的半仙说……"

"我没考上!你别麻烦了!"方永生气了。

安友会脸色一紧,见他在赌气才放心地说:"想吃什么?要不摊个片,放俩鸡蛋?还是单煎鸡蛋?"

在方爱的建议下安友会去做饭了,同样欢喜的方载亲赶忙捞来腌肉——他们要包饺子。是的,今晚他们要好好地吃一顿熨帖饭。就在方家开开心心地包饺子时田学富给方永带来了玩伴,他的到来让方家人高兴,方载亲特意双手给他递水,甚至放下擀面杖和他臊晾晾。田学富也似看到了希望,觉得田宝也可以照葫芦画瓢,所以很开心地问方永离开田禾庄的日子。方载亲扭头看安友会,安友会摇头,他问方永,方永甩下一句:"通知书上什么都有!"

方载亲见通知书上写着开学日期和注意事项,当然也看到了需要缴纳的费用,田学富再问他,他就把它给了他。我们的田学富念一个跳两个地看完通知书的正反面,直看得流下了口水,递还时说:"供高中比起初中来,要费娘家的娘家姥姥家的劲。"

"学费、杂费……"这些名目和花费和方载亲的设想差不多,高中一年等于初中三年,还是在方永俭省的前提下。

"开销忒大。"录取通知书上仿佛也挤着田宝的名字。

"怎么办?考上了只能供呗!"嘻嘻哈哈的方载亲像是在说田学富的风凉话。

"住校和吃饭最花钱。"田学富很是认真地说。

"住校见天花,不像在家念初中。"安友会端起饺子说,"宝儿明年也这样,过一天日子花一天钱,不敢看日历,紧张。"

"永儿的书本还有不,宝儿用。"田学富笑着说。

方永带田宝去东房挑来一摞,田学富像模像样地点验一番,指着试卷上的红色对钩说:"对,就要这些。"

方载亲也凑过去看了看平日的成绩,心里更是欢喜,安友会则从田学富手里挑走一张分数最高的说:"别全拿走。"

"你小子都考上了还留着?"

"留念想。"安友会把卷子叠得整整齐齐地放到了炕席下。

"烧火熏煳了。"方爱说,"还当宝贝。"

安友会忙取出来,四下看看觉得没有一个保险的地方。

"先给我。"田学富吩咐田宝说,"把卷子做了,不懂就问。"

当场田宝把板床当考桌蹲在地上考试了。这是张普通的物理测验卷,他答起来挺顺手,因为试卷上有答案,这场考试看起来更像是抄袭。有几道题他一时想不通,方永就悄悄地解释,可是他们居然发现了一道画得乱七八糟的都不会的题,饺子都熟了也没能想到答案,戳在一旁的安友会庆幸地说:"幸亏没考这道题。"

方爱瞅一眼说:"那是错题,老师出错了。"她清楚地记得关于这道考题的故事……

"是错题。"方永这才想起来。

"错了也得答对!"田学富生怕明年会考这道错题。

田宝一脸委屈,方永说:"错题没答案!"

田学富想了想,也是,错题和假种子一样,是不该也不会有正确结果的,于是盯着墙上的挂表说:"再检查五分钟。"

田宝只得把板床搬到一边,腾出方家吃饭的地方安心去检查了。这场像模像样的考试结束后田学富就走了,方载亲一家则热热闹闹地吃起了大馅饺子,然而这顿饺子的圆满滋味在第二天才被咀嚼出来——田禾庄人尽皆知后,方大脚家生在计划生育半道上的小子才算真正地考走尧中。

喜悦过后是沉重的负担,安友会的告诫始终围绕着大学。方永多少明白些，甚至一个人时也警醒自己：考高中就为上大学，但考上高中未必等于考上大学。他在纸上反复描绘这句话，最后把它烧成灰才算罢休。是的，他不想让安友会和方载亲发现他的秘密。

等待入学的日子很无聊，方永索性和玩伴去放牛。先前他很不情愿放牛，其实放牛是一件很简单的事，把它们从家里赶出来，方家的红牛会带领它们走向目的地。这头红牛很有灵性，能记住它所走过的田禾庄的每一条道路，能记住它所经历的方家的大事小情，有它在牛群很好放养。太阳落山时只要找到它也就找到了牛群，剩下的事情依然由它做主，它会带领牛群去河边喝水，然后向村里溜达，放牛娃只需在岔路口把自家的截回自家就算完工。每到最后只剩下方家的三头牛时它都要停下来看一看，像是在数自己的子女，然后再看着方永哞一声，像是在说，到家了，傻小子。

方载亲待红牛更好了，每晚都要拌一盆细糠，亲眼见它吃进肚里才算安心。他是得器重它，因为方永的高中还要仰仗它。安友会待它也是很好，耕地时总是耕一分歇一会儿，拉车也只装一半，宁可多跑一遭——在她和方载亲的心目中，这头曾想用来发家致富的红牛就是方永的福星，就是方家的一口子人。

临近开学时方载亲不再为中考的胜利而喜悦，安友会明白他牵肠挂肚的愁，时常安慰说："车到山前必有路，至少这年不用愁。"

方载亲苦笑说："初中靠养牛能糊弄，差不多一年一个牛犊儿不是特别紧张，高中真不行哩！"

"小牸牛不卖，当种子，光卖撒欢的小氓牛。你算算，一年俩牛犊儿，能不能将就过去哩？"

"可是我想买新式碾米机，不卖它哪有本钱？"

"先别买，永儿上学更要紧。"

"不买更不行，你没见推稻子的净往村西跑？"

小牸牛非卖不可了，倘若磨房少了生意家计也要成问题。安友会心里苦楚，看看红牛回来说："那就给它好喂养，它是咱家的大功臣，永儿上高中多多少少还得指望它。"

连续数个晚上方载亲都蹲在院里在为钱发愁，方永上学的学费以及换钢磨的本钱。面对愁眉苦脸的方载亲我们的红牛不管不顾，只是瞪着铜铃般的眼睛悠闲地倒嚼——它早看透了方载亲，也早看透了自己的使命，兴许也想加把劲掖扯掖扯这不堪的日子……

不几天方永开学，经由苗洼台，这个古代穆桂英点将的地方，我们田禾庄的小伙子迈出了离开田禾庄的第一步，从今往后，他稚嫩的身影，将在卑微的田禾庄断断续续地生长。

第八十四章

白合镇，是尧县山上与山下的节点，也是太行山与冀中平原的地理分界。经过这里，田禾庄人将离开世代依靠的葛洪山与尧河水，开阔世界的怀抱就横在面前。

穿过白合镇，方永打量起车窗外的景象，广袤的原野望不到边际，天空辽阔，风儿热情，他身不由己地憧憬起了校园生活……

方载亲曾经到过尧中，但只是在大门口徘徊，他梦想着有朝一日送方永来这里读书，而今如愿以偿。他阔绰地迈进校门，正要询问入学手续时先被人问了话："老乡，你孩子几班？"山冈子味十足，他忙回应，"高一八班，你家的哩？"

"同班。"那人拎出个瘦高个说，"程跃，你家的叫什么哩？"

方载亲拉着方永说："四方块的方，永远的永，十六周。"

"你家的小一岁哩！"程跃的父亲满是羡慕。

攀谈下来，洪城读书的方永与白合读书的程跃居然在同一间宿舍，而且两家在不大的洪城乡还带着曲溜拐弯的姨亲。办过手续方永和程跃去了班级，不久方载亲听得广播里传来校长的训话：

——同学们，欢迎你们来尧中读书！考入尧中，意味着你们的一只脚已经迈入大学的门槛！只要努力，人人都有希望！

家长们激动地拍响了手掌。

——你们背负着父母亲的殷切希望，你们肩负着建设伟大祖国的光荣使命，你们必将成为我们尧县子弟的骄傲！

家长们再次报以热烈的掌声。

——我希望大家努力学习，从今天起制订一个为期三年的学习计划，按部就班、脚踏实地去努力拼搏！我相信，你们一定会在尧中度过快乐、充实而又有意义的三年！

热烈的掌声中有家长叫起了好。

——预祝各位新同学，三年后以优异的成绩考取理想的学府！

热烈的掌声和连连的叫好声混响成片。

校长的话让方载亲心生底气，中午他兴高采烈地去赶车了，而方永则参加了第一堂班会。班主任李清志老师临时定下班干部和课代表，搬来新书后同学们都急切地想知道知识的深浅，可是戴着厚厚眼镜的班主任兼物理老师李清志，却要他们以"我的这三年"为题写一篇作文。他走后班级的气氛逐渐活跃起来，但我们田禾庄的小伙子却不怎么说话，无论同桌的首任班长朱晓辉说什么他都是以微笑应对，原来他知道自己满嘴的山冈子味，他担心别人取笑他分不清"z、c、s"和"zh、ch、sh"。待到难免回话时他也是尽可能地绕开这些字眼，并且默默地学习更正。呵，我们居然到现在才发觉他是个有心之人。是的，你看，晚自习后他的语气虽然还是田禾庄味，但平舌与翘舌的常用字已大为熟练，并且从交流中得知，这个班长居然和他同年同月同日生，只是时辰上要晚一些。

电铃响过，同学们三五成群地赶回宿舍，这是一天中最热闹的时刻，混熟后排座次理所当然。宿舍的第一把交椅是"王学强"，他的家在葛洪山的另一面，尧河的再上游，而最末的是县城八里外有着肥嘟嘟肉脖子的"小猪"朱晓辉。

离开家乡的第一晚很是难熬，方永他们热闹到后半夜才稀里糊涂地睡去，而在同一个夜晚，方载亲和安友会也是难以入眠。

炕上突然少个人显得分外冷清，安友会就冷冷地问："你说永儿睡上铺？"

"上下铺，差不多大的小牤牛。"

"永儿睡觉没个样，床板结实不，摔下来怎么办？"

"铁床木板，我晃悠着挺结实。"方载亲也不无担心地说，"摔不下来吧，有钢筋护着？"

"适应了就好，你说哩？"

方载亲却枕起胳膊说："嘿！这会儿怕是正热闹，一群齐码大小的黄嘴家雀，刚出窝子。"

"老师不看着？"

"老师就不睡了？"

"晚上睡不好白天没精力做功课。"

"对了，我碰见你那亲戚了，洪城屠夫老程，他小子大一岁叫程跃，在白合念的初中。"

"怎么这会儿才说？听说人家材料挺强。"

"回来就推钢磨。"

"论辈分叫得着哥。"安友会翻个身说，"这敢情好，有伴。"

"嘿！满世界都是你们安家的亲戚，初中打架的是，高中念经的还是。我说你别不信，同班同学同宿舍还上下铺！"

"这么巧？"安友会又翻过身来说，"这下可有得比。"

"有得比。"

"他俩谁分数高?"安友会忽而自信地说,"比就比,反正算卦的半仙说能考上大学。"

"半仙还说活到半道时狗也能改了吃屎,这你信不?"

"什么?"

"你兄弟。"

"狗嘴里吐不出象牙。没准哩!只要不是忒败家,最起码不打我爹娘我就没有白烧香!"

"哈哈,给永儿算得还真准。"

"是我生下的好小子,你看计划生育那茬,谁有永儿的好命?"

"行。是你带来的福气。"方载亲累了,而安友会心怀里却是满满当当的憧憬,依旧反反复复地睡不着⋯⋯

方永去县城上学后方爱消沉了一段时间,有一天忽然告诉安友会说要修工。安友会问和谁,她说小妗子。安友会忙跑到娘家问,果有此事,三两天就动身。她不放心,便和方载亲商量,却不想方载亲说:"去吧,在家闲一年心也累。"安友会说他狠心,"不为那几个钱,是小爱子跟她大姐一样要强,不想吃现成。兴许,真能挣俩回来帮帮家里哩!"安友会说他见钱眼开,"今儿不让走,明儿还不是得走?锻炼一下长个见识,当初小敬子就是一出门碰了个巧。她要是能挣来救救急,用多少我记着,将来加倍还。"

安友会不放心世道,安友杰家的又来求情:"大姐,跟着我还不放心?跟她吃住在一块,就是去地区摘豆角,只俩月!"

想起春节那回事安友会勉强同意了,一再嘱咐安友杰家的,倘若有委屈一分钟也不许耽误,另外也悄悄地嘱咐方爱,和你小妗子,要寸步不离,你得向着你亲小舅哩!

方爱动身的前一天方敬的信到了家，内容很简单，除问候方载亲和安友会就是为方永感到骄傲，并且痛快地答应一起供他，然后又问方爱的打算。这封信给发愁的方载亲带来了希望，方爱替他写好回信，路过县城时寄走了。她这一走方家只剩下了方载亲两口子和红牛娘儿仨，这个宅院头一次空空落落的。

近来生意明显减少，据说村西那家磨房把稻米琢磨得颗粒饱满还有光泽，这让方载亲头疼，时不时地盯着红牛瞅。红牛看透了他的心思，不再好好吃食，似乎是在抗议：你别想了，这俩孩子我还留着养老送终哩！方载亲似乎也听懂了它的心声，喂食时反复在它耳根旁念叨：我给你养老送终，你拿你小子供我小子吧！红牛看起来相当不悦意，大舌头卷一嘴糠食却要漏半盆子闲话。

唉。

空荡荡的饭桌上再没有孩子的争吵了，安友会索性做一顿新的吃两顿旧的。这让方载亲恼火，累得够呛想吃热乎饭还得亲自动手，但他充分地理解，只好边嚼烙饼卷大葱边灌白开水，偶尔也巴望着走地寻思，仨孩子说长大就全出了窝，还飞得远得够不着！

晚上，方爱走后的第一个晚上，家里的电视没人看，方载亲索性拔掉了插销。冷冷清清里安友会的唠叨开了头就没完没了，有几次方载亲说："来，我给小敬子写信，让她回来！"

"小爱子跟小永儿回来不？"

"简单。工作的不工作，上学的不上学，修工的不修工，都回来孝顺娘。"

"除非过年。"安友会苦恼地盯着月份牌。

"那就等过年，过年又得飞回来。"

又过了一段时间，方永大概回过两次家了可方爱还是没有消息，安友会总跑去大队看信，每次都是失望而归，每次都要对方载亲抱怨:"说出去俩月,到了哩,死小爱子!"

方爱她们摘豆角的活儿已经完结,可是安友杰家的的亲戚要她们去北京当保姆,所以方爱也跟了去,找到东家才来信。接到信时方载亲眼睁睁地说:"这个死丫头,比敬子还野脚!"好在方永每月准时回来两天,安友会心里的没着没落总要缓解两天。

孩子们不在眼前,方载亲把精力给了磨房。

他终日琢磨如何改造旧碾米机,可是无论如何鼓捣结果都让他沮丧。田学富反馈消息说,人家的机器确实好,只一遍就让米糠兄弟分家,集市枭还贵两分!方载亲明白打价格战和持久战人家有的是本钱。眼见旺季近在眼前,他终于狠狠心拉来了成套的机器。放下的当天,他就在心里一口气推完了全尧河的水稻!

第八十五章

赶在腊月前,方载亲找到大队吆喝说,方大脚家新式碾米机,今儿推稻米只收电费,不满意电费都不收!果然生意找上门,从早上八点一直忙活到下午两点,他身体吃不消机器也受不了,索性拉闸晾机器,排队的听不见声响就喊:"大脚,说话不算?"

"我铁打的身子骨不吃不喝不歇着行,可机器连轴转不行。"方载亲心里气嘴上却笑着说,"话。算。"

"以前推一天一宿都不腰疼,心疼钱耍弄人是不?"

"你说什么哩!不想在我这推走人。"方载亲看他满满一单轮车的稻子就火了,却对众人解释,"以前我推会儿稻子推会儿面再推会儿玉米,机器轮流使唤人也能喝口热水。这会儿全是稻子,这半天没歇着吧?可是借钱买的新家什!"又对帮忙的安友会说,"先把玉米跟麦约了。"言外之意只推稻子的先靠边站。

"给你弄口吃食再说。"安友会也撂下了生意。

方载亲又嘻嘻哈哈地对众人说："我喘口气,电机不那么烫手再推,你们谁有闲工夫就进来膘会子。"

邋邋挤进磨房摸把电机搭帮说："以前队长不说老实话,这会儿是真的哩,电机快着火了!"

"不修工是挣够了。"方载亲不疼不痒地膘他一句。

安友会也和一群女人说道着和面,正愁没人烧火时再启老汉推来一车玉米,她心里话,也伺候你丫头一回?于是指派他烧火。再启老汉的到来给众人带来了话题,娘家那点儿汤汤水水早已沸沸扬扬,她此刻反倒想听听别人如何说道。人们的侧重已不在事情本身,而是引以为戒。对旁人的说道再启老汉像是在听也像是没在听,烙出来的饼没半点儿糊煲。毕竟在安友会面前谈论再启老汉不像话,所以人们把焦点转移到了安友杰和方载亲身上。那些关系要好从不抹零的仍旧是先前的腔调,他们问方载亲："大脚,听说大年初三跟咱小舅子干架,拿顶门杠打照面?"

方载亲被烙饼噎得脸红脖子粗的,旁人给他倒碗水,喝罢喘息定了说："他掠我一棍子,我劈他一菜刀。"

安友会却笑着跟女人们解释："没打起来,有我在,我看他敢!"人们没有深究这个"他"是指方载亲还是安友杰,因为大家看到夹着根烟进来的正是安友杰。

"杰子,这会儿上手,你大姐夫直不起腰了!"

"我帮你推。"安友杰笑眯眯地扔了烟头。

"要工钱!"有人起哄说,"仨饱一个倒,半天二十块!"

"你行不?"方载亲不太放心。

"整天游手好闲养膘卖肉?叫他试试!"安友会说。

"一遍就会,还磨蹭什么哩?"

方载亲寻思以他的机灵劲应该不难,吃过烙饼跟叼着烙饼的他说起注意事项,又眼看着他顺利地做了桩买卖。因是下午电压稳定,所以方载亲又开了玉米机,两台机器同时运转进度就快了。安友会索性去娘家接来母亲和侄子,几个人在灶膛忙活起饭菜来。

晚上完工后安友会喜兴地伺候着安友杰吃饭,她那个样子像是方敬提前告诉了她婚事,像是方永提前考上了大学,像是方爱脱胎换骨成了懂事明理的大人。是的,她有说不出的高兴,临了掏把零钱给侄子又塞十圆给母亲,最后给安友杰十五元说,回家好好想想怎么忙活人!娘家人走后她又明知故问:"今儿他听说不?"

"听说,着实听说,叫他烧火就烧火。"方载亲躺上了炕。

"你个奸臣,不盼一点儿好!"

"我盼了大半辈子好,可你爹就是不争这个气。"

"我爹是老好人就是这脾气,我是问你我兄弟,改了不?"

"早改了几十回了。"方载亲有气无力的。

"我说正经哩,你就不盼个好?"

"我盼有用不?要是我盼有用,国家早找请我盼香港回归台湾解放天下太平了,还待在田禾庄愣屁哩?"

"我兄弟就是能改!"安友会怒气冲冲的。

"他天生反骨。"方载亲一锤定音。

"话非得往死里说?我兄弟就是能改!"

"改了又能干什么?我看除非当皇上,还得当成崇祯。"

"我看我兄弟能当朱元璋!"方载亲懒得接话,安友会收拾掉碗筷又来说他感兴趣的话题,"机子受使不?"

"受使,可账眼子腻歪人。"方载亲喜忧参半地掏出辛苦钱,数着说,"今儿忙个底朝天,赔了赔了。"

"赔了二十五块多?"安友会没有好声气。

方载亲笑着说："给你娘你兄弟是应该,我是说电费。"

"还不到缴电费怎么算出个赔?"

"开多少钟头,多少千瓦的电机,多少钱一度电。"每月缴多少电费方载亲不看电表就一清二楚,可是今天算来居然赔了三十多元!他在想是不是电机和碾米机不配套。

安友会不吭声,待他想破了头才说:"你再账头清可脑袋瓜也随你爹,老糊涂,刚开始我过秤!"方载亲恍然大悟,安友会把口袋里的钱翻给他说,"唉,这会儿的人你说不要钱他宁可排队等一天,占了便宜还嫌你磨蹭。"

"起码咱的优势还在,供完学生还完账再说。"

"高中、大学、研究生、联合国,你熬散了架就到了头。"

方载亲不再言语,闭上眼就睡着了。第二天醒来收到了方爱的来信,信里说她很好,叫家里放心,并且寄来一张照片。照片上的她穿着件白背心,上面印着两行字母,而脸上挂着从没有过的笑容,看样子像是找到了好人家。令安友会没有想到的是,信来的当天下午方爱就到了家,进屋关上门竟然哭了半天,再打开却是笑着说:"娘,我没事,我再也不伺候那个死老婆子了,以后我单伺候你。那个死老婆子忒她娘不是东西,她把钱藏忘了就冤枉我,非扣我工资。我生气,让她翻包,她没翻着……"

"后来哩?"安友会紧张地瞅着。

"后来她折腾一宿才从破鞋里找着,找着了没一句人话,我生气就不给她干了。"

"以后咱再也不去伺候别人了,娘伺候你。"

"我伺候你,你伺候我爹。"

"那老婆子耍故意吧?"

"我看不出来,反正懒得搭理她,她找着了我就收拾东西。她叫我等几天,等她找着人再走。我呸!多看一眼就腻歪!"

"咱不挣她那俩臭钱也不受她那份委屈。"

"临了她求我,我不,她就说不给工钱,我压根没想要她那俩臭钱!我有路费,摘豆角挣的。"

"这个老不死的!娘没教你骂人,要不骂一句解气的。"安友会拿捏着腔调说,"攒着吧,临了孩子不孝顺雇个人挖坑!"

"我挣的,供我兄弟念书。"方爱掏出来三百元。

"好丫头,供你兄弟不是你的责任。你挣的你花,不够管娘要。"安友会的眼洼里泛起了泪花。

"我不花。给你。"方爱塞给了安友会。

"那娘替你拿着,什么时候花尽管张嘴,花多少娘给多少。"安友会的眼泪"吧嗒"一声掉了下来,她既难受又庆幸,因为她看到了遭遇是非才脱胎换骨的二丫头。是的,失学以来,即便嘴上不说,我们的方爱心里也是疙疙瘩瘩的。

第八十六章

一九九六年从年头就过得紧锣密鼓,最终不声不响地进入岁尾。方载亲盘点全年的收获,发觉除儿女孝顺外再没有什么值得称道的,而背负的债务像悬在头顶的鞭子迫使他不停地忙活。

越临近年关安友会心里越紧张,总要唠叨今年怎么过,总要拿方敬起话头。方载亲顾虑重重地说,她今年来?安友会说,田禾庄是她的根,过年不来能去哪。可是田禾庄并非丰收的根,他的根扎在另一方土地。醒悟后她心里伤伤的,像是失去了一半的方敬。方载亲又说今年方敬不回家可能另有原因,她想了想说,我找新棉花,年集你买小花布。方载亲笑她见风就是雨,她却一门心思地去做了。果然,腊月中旬方敬来了信，信里的问候格外长，连红牛都提到了，最末尾说今年不回家，因为怀孕了……

信在安友会的手心里攥了三天，她逐字逐句反复念叨，有不认识的就拽方载亲，问他什么意思的同时骂方敬，骂她白念了初中，连封信都不会写。她一直不让回信，说得想几天。方载亲等啊等，十天后催促说，再不让我回她只能年后收了。安友会这才一句一句地口述，写完又要他念，总感觉他歪曲了诸多心意，于是和方爱又折腾了一天才把信写满，交代他第二天务必寄走。

就在这天晚上方家来了贵客，方至书校长。

他去年总算退休了，但还是时不时地去上几节课。今晚方家人没有听到开大门响，不知道他百感交集地照了照福字影壁，待他进屋方载亲忙嘻嘻哈哈地说："大伯来了，会子。"

安友会忙不迭地找杯泡茶，客套地递过去说："家里乱糟。"今年方敬不回家，她连收拾的心情都没有。

方爱觉得没有尽到责任，拿起笤帚说："爷，我扫两把。"

方载亲抬脚，等她扫净坑坑洼洼的走地才说："大伯，有什么事捎话，不用专门跑一遭。"

方校长看着方爱说："来看看。"

"为小爱子？"安友会似看出了端倪。

"想问她念到几年级。"

出于母亲的直觉，安友会本以为他要为孙女提亲，现在"哦"一声看向方载亲，方载亲嘻嘻哈哈地说："糊弄到初中毕业。"

"够了。"方校长解释说，"她念的书够用了。"

安友会紧巴巴地问："为什么事？"

"教育改革，县城好学校的老师下放蹲点。咱村也来了人，现如今生孩子去了。这会儿缺老师，于是想到小爱子。"

"想给小爱子找活儿干是不?"安友会不敢表露喜兴。

"不知道她愿不愿意。"方校长看着方爱。

方爱尴尬地瞅着方载亲,方载亲说:"初中毕业能行不?"

"她才念几年……"安友会顾虑重重。

"我干得了?"方爱也兴奋地怀疑着自己的能力。

"人家小学都没毕业照样干得挺好。我教她,姓方的都是一点就透。"方校长把目光给了方永。

方永只知道来人姓方,此刻一句话都没有说,安友会命他喊过"爷"又内疚地说:"跟他说过家里都有什么亲戚……他不长记性。其实怪我,怪我这个娘没当好。"

"大了自然就懂。"方校长又严肃地说,"这会儿不同以往,代课老师也得高中毕业。"

"小爱子才……"方载亲瞪安友会一眼,她咽了话。

"不怕。咱村有人都高中毕业,把毕业证拿过来改个名。"安友会还有疑问,方载亲知道但他不管那么多,倘若人家生完孩子坐完月子要回来再让方爱转投其他门路,方校长当然知道两口子的心思,所以波澜不惊地说,"人家下放基层只为挂个名镀镀金。"

好,那就让方爱替你挂着,永远都替你挂着吧!眉开眼笑的安友会觉得干一两年没有问题。

"代课老师拿不了多少,月月开支开不满。一月一百,一天三块三,行不,爱子?"

"只要有活儿就行。"安友会当是生意了。

"教几年级?什么时候去?"方爱紧张地问。

"过完年开学教一年级,你没问题,就是数学语文。数学是加减算术,语文是山石田土,别没什么。"

"要准备什么不?"安友会问。

"什么都不用,她去我带她。孩子不听说就罚,叫家长,确实皮再严点儿。不过要带出成绩来,仨班好好教,督促紧点儿,不考老末就行。有把握吧,爱子?"

"说不好。"方爱憨实地笑着。

"这有什么准?试试看,起码是个机会。"方载亲刚开口就看见安友会在递眼色,忙跑出去拿来五百元钱说,"大伯,这会儿干什么都要它,你拿着使唤,我知道这个数不够。"

"你这是干什么,有它没它一个样,干吗还要它?我跟你爹从来不兴这一套,兄弟情分。"方校长断然拒绝了"它"。

方载亲只得收起"它",安友会忙说:"叫爷哩,一家子!"

"你多听会子,她开明。"方校长又问过家庭近况就走了。

方载亲一直送过濠坑,回家见方爱的脸上又出现了难得的笑容。是的,她不知道自己还有这样的机会,但她害怕空欢喜一场,安友会便劝她:"你爷怎么说也是校长,就算退休了名誉地位也还在。他既然开口就是有把握,再说人家小学都没念完也代课,你还怕什么?教几岁的孩子,一个字,打。不听说就打,不完成作业就打。我怎么教你跟你兄弟,你就怎么教他们。"

方爱觉得最该担心的是高中毕业证,方载亲又说:"最多是个假的,要是比真的还真就万事不愁了。"

"咱书教得年年考第一,怕什么?"安友会自信地说。

方载亲却唱起反调:"你以为有本事就行?这会儿是会来事的吃香!咱村那些干部哪一个有真本事?卖树卖山,卖光大队还卖出几十万外债,电费都缴不起,供电所动不动就掐电,气死我了!"

话扯远了,安友会不管那么多闲事,她只说:"我命好,给你生的孩子命也好。"

方载亲嘻嘻哈哈地笑,心里话,这回也算到你头上吧……

接下来的几天方爱开开心心地借来课本悄悄地看,边看边揣摩第一堂课的第一句话。

第一句话该怎么说呢?

我是你们的老师,姓方叫爱?

不行,肯定被调皮捣蛋的学生笑话。他们会起哄说,我知道你叫方爱,还知道你是大队门口推钢磨的方大脚的二丫头!

我只说姓方,你们的新老师?

也不行,肯定还被调皮捣蛋的学生笑话。他们还会起哄说,我知道你姓方叫爱,还知道你是大队门口推钢磨的方大脚的二丫头!

难道什么都不说,上去叫他们把书翻到第几页?或许下课他们会议论我,知道我的自然会传出去。

好吧,上课钟一敲我就进去,他们会站起来喊"老师好",我先说"同学们好",再说"坐下"……

我照着念吗?

不,那显得我多没水平。

我要和他们打成一片,要变着法让他们知道怎么学,让他们知道学到了什么,让他们知道该用到什么地方。完不成作业又怎么罚?不能打也不能骂,得让他们知道哪错了,得让他们知道怎样才算对再把错改成对。课文背不过回家背,不嫌丢人就站着听!

要是他们真不嫌丢人可怎么办呀……

方爱杂七杂八地想了一堆,最后还是觉得自然些好。是的,一切要自然而然,只要张开第一嘴剩下的就现学现卖吧。至于教学经验,多用心思弥补!只是……万一教得好好的她回来了怎么办?

唉!

爹,你也不问清楚,这到底是个什么活儿呀!

方爱把心情想糟了,安友会抽空劝她:"教几天算几天,实在不行咱不要那俩锄子。"见方爱很在乎,又说,"说不定将来你大姐好了会把你弄出去,咱也不窝在田禾庄,也不和一亩三分地上钩心斗角的人打交道。眼下你要想长久干,就得出成绩,就得比别人强,知道不?"这话方爱听得懂,她使劲地点着头。

方爱的事情有了着落,方敬又不回家,方家的年转眼就过。安友会总担心某一天会看到不愿意看到的事情,总是提心吊胆地跑娘家,有时一天两三趟,眼见到安再启老两口好好的才敢放心。

第八十七章

我们田禾庄的小伙子适应了尧中生活。

他告别了乡村低矮的教室,但是他还没有来得及意识到人生犹如攀爬阶梯。与初入洪城乡中时一样,到尧中后他的成绩并非数一数二,要想出类拔萃需要付出新的更大的努力。是的,他必须榨取自己,只有在尧中这块人生的垫脚石上站稳根基,才能够踏足更高的平台,否则他将被无情地打回田禾庄,只存在于葛洪山与尧河水营造的低洼盆地。我们多么希望他能够早一天领悟此种命运的真谛,多么希望他能够早一天开启属于他的或许是唯一的出路。

在命运潜伏的新环境里,方永的身体远比内心更加积极向上。半年的高中生活悄然改变着他的模样,个头拔节,胡子冒尖,声线变粗,早已像个能扛起事情的大小伙了。每到月底从县城返回家中,安友会总要和洪城毕业时的小个子比对一番,欢喜过后总得埋怨方载亲:可别长出你那副嘻嘻哈哈又大大咧咧的土嗓子。

尧中的一天很规律,踏实学习会很充实,否则很无聊,一种想逃脱的无聊。临近寒假的期末考,晚自习时教室里颇显沉闷,就连平日里咋咋呼呼的自费生也安生地守着书本,忽然不知从哪里冒出一句:

"今儿是班副的生日!"

副班长是位名叫王倩的走读女生,生得秀美又矜持。她听到了叫喊,但没有抬头。自费生董浩及时地抓住了空气中悬而未决的话题,匆忙叫道:"美女请客!"

"唱首歌吧,倩倩!"另一个自费生张雄说。

他俩和王倩同来自尧中初中部,彼此熟得很。气氛活跃后其他人也望向方永后桌的王倩,可她还是无动于衷,董浩便蹭到朱晓辉身旁说:"猪头,大秘过生日,不得肆无忌惮地庆祝庆祝?"

"唉。我说她不听。你去劝。"朱晓辉好脾气,脸上发笑时脖子上的赘肉会扎成堆。

"倩倩,猪头小队长发了话,咱唱首歌乐和乐和?"张雄也蹭到方永身旁,探手摸着朱晓辉的脖子说。

"你俩滚。我给你们考勤。"朱晓辉难以招架,起身说。

有比不上自习更大的乐趣,张雄当然不肯错过,也搔挠着朱晓辉的脖子说:"脖子长到您这水平,嘿,还真对得起咱这张猪头脸!"

这话引来哄堂大笑,男生们张着嘴,女生们捂着唇,方永也忍不住,往后看一眼,正看到王倩撇着嘴说:"俩死疯子。"

既然王倩开了口,张雄赶忙扳住朱晓辉的下颌给她瞧着说:"猪头,开个临时班会,为咱家倩倩祝贺十六大寿!"

董浩索性霸占了朱晓辉的座位,张雄也挤掉了方永的半拉屁股,朱晓辉只得走上讲台说:"呃,开个临时班会吧。今儿是王倩同学的生日,大家祝贺一下。"转身写下"祝尧中高一八班王倩同学生日快乐"几个彩字后又说,"以后班里谁过生日,都可以开临时班会,明天统计日期。"

掌声过于热烈,王倩过意不去,起身说:"以后不管谁过生日,咱都拿出十分钟……"董浩抢道:"还不上台答谢?好歹唱首歌慰问慰问父老乡亲，同志们，呱唧呱唧！"

"奴家谢谢众位客官。"张雄忙不迭地朝四周作揖。

王倩狠狠地瞪了张雄一眼才走上台，看罢板书思量说："我唱一首小虎队的'一路顺风'吧，预祝每一位同学的大学之路都能够一路顺风。"说完果真哼唱起来。

方永目不转睛地盯着她，也被轻轻浅浅的声音带入了忧伤的境地。她刚唱完，赶在掌声之前张雄嚷道："再来一个树上的草鸡成双又成对！"

王倩抓起粉笔头朝他扔来，不想眼尖的董浩推开了他，粉笔头不偏不倚地砸中了方永的额头。确实有些疼，方永不知道柔弱的王倩居然有这么大的力气，抹掉粉笔屑他把粉笔头轻巧地弹进了书堆，只当什么事情都没有发生。

董浩嬉皮笑脸地叫道："猪头，今儿也是我的生辰！不瞒您说，今儿还是我的死忌！我跟我们家倩倩同年同月同日生也同年同月同日死，这辈子一个亲娘胎还一口活棺材！"

朱晓辉不再答话，这时李老师轻飘飘地进来，看过板书敲击着黑板擦说："以后，过生日可以拿出十分钟，但是，庆祝完该干吗干吗，别给我瞎折腾！"顿了一口气又盯着董浩和张雄说，"咱班一直缺体委，体育老师说过……张雄，就你当，当不好换董浩！"扔掉黑板擦临出教室又说，"要当，就给我当出个熊样来！"

大家头一次见识文弱的班主任发火，更提心吊胆的是他的神出鬼没，直到下自习铃声响过后依旧不敢张扬，离开教室时都一声不吭的。朱晓辉走后方永还埋头于恼人的英语作文中，忽觉得凳子晃了一下，他下意识地挪动屁股，坐稳后又翻起英语书来。不一会儿凳子接连晃了两下，他蹊跷地检查凳子时发现了王倩的脚——那只脚上穿着红色的棉靴，棉靴里装着粉色的袜子，正看得入神时身后传来窃笑，这声音仿佛也是非红即粉的——他的心莫名其妙地紧张起来，正琢磨要不要回头时有一根指头或者圆珠笔在捅他的后背，于是慢慢地抬起头轻轻地扭过去，这便撞见了王倩亲切的微笑和柔软的话语："对不起，我本是教训他们……"

王倩在道歉。

王倩在微笑着道歉。

王倩为什么要向我道歉？

就在方永愣神时王倩指着他的额头说："你抹成了花脸猫。"轻巧地笑过后又是一脸诚恳地说，"我确实是朝张雄扔的。"

蹭掉额头的痕迹方永"嗯"了一声，这回应里没有夹杂任何情绪，仅像是一团寻常的气息。王倩听到后没有再作回应，而是低头整理起桌面，方永则回头继续胡乱地翻书，但书中本来规矩的字母此刻正乱纷纷地变换着形状，像是在纸张的广场上"稍息"了。面对如此陌生的词句他无所适从，只觉得明天的作业难以交差。

说一说我们田禾庄的小伙子吧。

虽然和这位县城的姑娘只是前后桌的距离，但在整个高一的上学期他俩的交谈微乎其微，朱晓辉倒是经常和她交头接耳，多是商量班级建设或者干脆开些玩笑，而我们的小伙子，每一日里，从课间到自习始终游离在她和朱晓辉的世界之外，如同身处田禾庄大队会议室的田学富。假如今天的事情不发生，那么三年的高中生活定会如此安然度过，而在往后繁杂的人生里他和王倩也会少有交集，最终不过是毕业照上可供指认的同学——

今天的粉笔头偶然打破了微妙的生态，但是王倩没有意识到主动的道歉之举正在潜移默化地影响着方永，当她拿起自行车钥匙打算回家时忽听得方永说："没关系。"她怔了一下，又笑了一下，接着俯下身好奇地打量着他说，"还写呀？"随手撩开低垂的长发，猛地伸手指点说，"单词写错啦！"

方永忙翻字典，比对过后才承认："是错了。"

"我看你完不成呢，一会儿不熄灯吗？"

"那就早自习再补吧。"方永索性推掉了作业。

"给你。"王倩掏出一张皱巴巴的纸，丢在课桌就走了。

方永展开，见是英语作文的草稿，便从中挑一段凑上，再数数字数叫道："够八百了！"

这一晚我们的小伙子睡不着了。

熄灯后他尝试着入睡，可是闭上眼睛王倩就会撑破眼帘——那亲切的微笑轻轻柔柔的，如同二月荡漾的春风；那长长的头发垂呀垂的，如同三月摇摆的春柳；那纤细的指头点来点去的，如同四月萌动的春芽……

那是个什么单词？

他决心第二天死活也要记住它，永远都不要忘记。

是的，虽然在以前的每一天里他都曾注意过王倩，但是从来没有哪一次目光的交错带给他今晚的感觉。这感觉，春天般的感觉，正在暗夜里恣意蔓延，像植株的根系一样牢牢地把控着大地。后半夜朱晓辉的鼾声响起后他依旧辗转反侧，而心里反复的念想，无非是王倩那招人的微笑。

第八十八章

春节前安友会更念叨方敬了，不住地对方载亲强调，是亲闺女，娘家该去伺候，一封信打发不了儿女情，还说婆家人说话听不懂肯定伺候不周到，甚至根本就不懂得伺候人。方载亲笑着说，敬子能听懂，敬子更懂指挥丰收，你这老丈母放一万颗心吧，等到快生时再去,眼下先忙活年。安友会这就翻起了月份牌,觉得过到一九九七年的麦秋就差不多了,但那时节的方载亲肯定无法指望,让方爱送行又放心不下。待年底方永放了寒假,她偷偷地问麦秋能不能送娘上火车,不想方永直白地说今后没有麦秋假了,她再问,他说只有暑假,她接着问,他说要到阳历七月。她生怕赶不上,心里一头嫌弃碍事的春节,一头不住地希望尧县的日子过得快些,而黄帝县的日子再过得慢些……

希望尧县的日子过得快些的还有方永。

他急切地盼望着回到学校回到教室,不,回到王倩身边。是的,短短几天下来他和王倩已然混熟,时不时地借块橡皮或者笔记,甚至随着朱晓辉喊声"倩倩"再开开玩笑。他的睡眠也有所好转,睡前只要想一想醒来就能见到王倩,那么入梦反倒是件容易又惬意的事情。你看他花里胡哨的梦境,那中心生有一棵老树,老树上长着嫩绿的叶子,叶子们陪衬着娇艳的花朵,花朵们则绽放着一世界诗歌般的芬芳——我们春日的大地不也是如此的生机盎然吗?

是的,被方家嫌弃的春节走后,浇过返青水,麦子们说长也长起来了。和麦田同步生长的还有方永愉快的尧中生活,可在学期的末尾李老师带来了并不愉快的消息,这消息炸开了高一八班:

文理分科。

"高二开始文理分科,大家好好想想念文科还是理科,选定后可以适当偏科。高考是硬仗,是一生的转折……"班级里交头接耳的,李老师拍拍黑板擦说,"文科强选文科,理科好选理科,旗鼓相当看兴趣。兴趣,说大点儿就是理想……"

听到理想二字董浩正经地问道:"李Sir,何谓理想?"

"对你来说,理想就是干什么吃,就是将来吃哪一碗饭,我看你们一个个的都不知道理想是个什么属相。"李老师又笑着说,"八班将来是理科班,我欢迎同学们留下来,也欢送同学们去文科班。不管是去还是留,我都希望大家考出好成绩。"

李老师走后朱晓辉问方永:"这位胎里带,你报什么?"方永捏着他的脖子反问,他破例没有躲避,而是正经地说,"学好数理化,走遍天下都不怕。"

王倩踢了踢方永的凳子问道:"你又报什么呢?"方永想知道她的想法,正要反问时朱晓辉说:"咱家倩倩适合文科。"他点着头对王倩说,"英语好是适合文科。"

"猪头报理,你报文?"王倩还在问。

"我们说你适合文,我还没想好。"方永趴在桌上不再参与讨论,而心里在想高考已经提前分开了他和王倩,正伤感得紧时听得董浩嚷道:"同志们!高二有可能骑驴找马分道扬镳,所以趁我们还是一窝子得先乐和乐和!"

"干点儿什么好?"张雄忙接走了话。

"这几天爹娘们不乐意生孩子玩,班级的气氛不是特别友好,所以我提议给猪头小队长热热闹闹地过一过生辰!"

"他从没过过,那就补一个吧!"张雄示意大家附和。

朱晓辉觉得众人的兴不好扫,去走廊看了看其他班级也很疯狂,再回来站上讲台说:"我和方永同一天生日,那我俩先把暑假阳历的生日挪过来,阴历的正经生日可不能给你们糟蹋。"

事情要闹大,众人忙起哄,但方永闷着头,王倩踹一脚凳子他还是不反应,便探身敲他的头。见他要掉链子,董浩和张雄硬是把他架上了讲台。第一次被摆上台面我们的小伙子显得拘束,陌生地问朱晓辉唱什么歌,董浩带头嚷道:"唱歌没劲了!"

朱晓辉晓得自己五音不全,把方永拉到走廊说:"演双簧。"

"歌都不会还演双簧?"方永嘿嘿地自嘲着。

"算是讲笑话，昨晚说的头一个，你说我演或者我说你演。这样咱俩只弄一个，要不这帮败类非叫咱俩都丢丑不可。"

"我演。"方永担心满嘴的"田禾庄"，所以宁可站到前台。

二人商量好再进来已是嘘声一片，朱晓辉不紧不慢地说："咱把话说在明处，姐妹不为难兄弟，我俩只演一个双簧……"

台下叫好一片，王倩也饶有兴致地催："快点儿！"

张雄和董浩显然知道双簧是个什么，俩人搬走讲桌又搬来椅子，待方永正襟危坐下朱晓辉就藏到了身后，双簧就此开始——

这算不得什么双簧。

这也算不得什么表演。

是的，方永有时口型对得慢，而朱晓辉的语速却很快，有时肢体动作不到位，而朱晓辉的情绪却饱满得夸张……

磕磕绊绊演完后众人果真没有为难他们，哈哈一笑又把注意力给了文理分科。再回到座位王倩捅了捅方永，问朱晓辉笑话哪来的，朱晓辉笑着说："还有更可笑的。"王倩要他讲，他却说，"我歇会儿，方永会。"王倩转问方永，方永却是一脸纳闷儿，他坏笑着提示说"鹦鹉"，王倩再问，方永只说少儿不宜。

不一会儿铃声响起王倩自顾自地走了，并没有像往常那样说几句闲话，可是很快又折回来对着空气大喊："你们班谁叫方永？有没有这个人？校门口有人找！"

"谁找我？是不是跟我挺像？我哥？"

"你有哥？你哥是谁？谁是你哥？"王倩斜斜地打量他几眼又说，"嗯。像。真是你哥。你哥叫什么。"

"方杰。"

"对。他就叫方杰。"

方永忙跑出去，王倩则骑着自行车跟在后头。校门口没有方杰，方永知道受骗了，回头瞧见红色的自行车驶来了慢慢悠悠的王倩，正要讨说法时她朝马路对面努努嘴说："操场呢。"

方杰肯定不会这么晚过来，即便来也是去宿舍或者教室。方永知道她在闹腾自己，但还是身不由己地走向操场。操场里没有灯火，漆黑一片中隐约能看到边边角角里成双成对的影子，王倩避开他们，停在空旷处冷冰冰地问："什么笑话。"

方永嘿嘿一笑，笑罢才解释："真的少儿不宜。"

见他还不松口，王倩琢磨片刻说："你不说下回还哄你！"

"你敢！"方永怔了一下又平和地说，"随你吧。"

"说吧，一个笑话而已，至于这么小气？"王倩央求似的说，"算我求你啦好不好！"

"我说你会生气，让你生气不如不说。"方永的嘴还是很严。

"那……"王倩想不到办法，推起自行车朝巷子里走去。方永紧跟着她，与其说在等下半句话不如说她的身上有无形的引力。

"你不说我睡不着。"王倩开口时二人已来到小巷，远远地望过去，路灯的尽头明明暗暗的，又忽明忽暗的。

"那真说了？"

"啰唆，要回家呢！"王倩急得直跺脚。

方永猛然说："有个小孩把妓院的鹦鹉偷回了家。一进门鹦鹉就叫搬家啦。见到小孩他妈又叫老板娘换啦。见到小孩他姐又叫小姐也换啦。见到小孩他爸大喊我×，还是老客户。"

本以为王倩会笑得前仰后合，却不想没有半点儿声色。方永只当她生气了，便歉意地说："我说过少儿不宜……"

王倩仍旧一声不吭，抬脚要走。

方永忙拦住她说："当我没说过行不？"

王倩还是骑上自行车走了，就在方永琢磨她的心思时忽听得

"呀"的一声,再看她已经摔倒在地。他忙奔过去扶她起来,正好车把问她能不能骑,她摇了摇头,看样子像是崴了脚。好一会儿我们的小伙子才鼓足勇气说:"……我……送你吧。"

于是自行车稳稳地钻出小巷,在岔路口方永问朝向,身后的人儿还是不答话,左拐时便捅捅他的左腰,右转时便拍拍他的右肩。她这个样子更让方永心神无主,实在无法耐受时才问是不是还在生气,可她仍旧是一味冰冷的沉默,被问得紧才摇起头来——他确信她没有生气,他知道她在摇头,因为车把接连晃了好几次。

路好像有点儿长,两个人的沉默好像也有点儿长。

方永想不出改造气氛的好办法只得把力气用在脚上,猛蹬一下刚蹿出去身后的人儿就抱住了他。当他意识到她抱着自己时有一辆自行车刚好掠过,响亮的口哨声中她倏地放了手,他的内心瞬间弥漫起了甜蜜的遗憾。不一会儿,她悄悄地揽住他的腰……

目的地很快就到了。

下车后王倩想了想说:"你骑回去吧。"

"明天你怎么办?"

"让她送我。"

"他?"

"初中同学,一个家属院。"

直到慢腾腾的王倩拐进楼道后方永也没能想明白,这个人,究竟是一个"她",还是另一个"他"。

第八十九章

牛背梁名副其实,去路高又陡,但上头阔又平,这样的地貌根本不像是葛洪山的支脉。

盛夏时节，方家的红牛在牛背梁上吃草，方家的小子则在牛背梁上仅有的几棵柏树下看信。红牛吃几口草就抬头看一看，看一看自己生的半大牛犊，再看一看安友会生的半大方永，然后还要看一看远方，像是在找寻别的孩子。它找不见的，因为那些孩子早被方大脚做成了买卖。此刻方大脚的孩子肯定没有念想它的孩子，他正端着信纸看得没完没了。信来自王倩，所以字迹很清秀，所以文笔透着暗香，所以被精巧地叠成了船的模样——

方永：

你好！

我想好报文科考师范了。你最好选理科，毕竟你理比文强。

虽然高二要在不同的班级，但我们的友谊会地久天长，我仍旧是你的班长呢！真心希望你用心学习，有事情尽管找我。暑假前猪头说假期要搞一场离别会，我知道你家离县城远，来不了不要紧。如果提前返校也可以先找我，我家电话是××××××× 。

另外，暑假也要学习！分科分班后更要努力，差距拉大不好赶。好了，就此搁笔，顺祝健康、快乐！代我向你的家人问好。

礼

王倩
一九九七年七月六日

方永仿佛看到了王倩，她正拢着长长的头发寻思，良久才敢写下言外之意。正如他所想，这封信王倩写得格外用心，思量再三才加上

"代我向你的家人问好"。当然,她知道方永不会把问候转达给方载亲和安友会,她也知道这封信定会让方永多起思量。

是的,我们的小伙子在思量。

他想,这封信是从尧中门口的邮筒寄来的。

是的,王倩是从尧中门口的邮筒寄走的。当时她骑着那辆红色的自行车,穿过半个尧县城,亲手把信件托付给了邮筒。

他想,王倩现在可能后悔了。

她后悔了吗?

我们还是问一问王倩吧,她在吃饭,我们叫她,就打信里的电话,骗她到事发地,就当着邮筒的面亲口问一问她。

她来了,被红色的自行车送来了,但是见到我们大失所望。我们赶紧问她,给方永写信,写那样的信,你后悔吗?她懒得理会,从愤怒的脸上我们找不到有价值的线索。赶在她出逃前,我们抓住车把又问了一遍。她晃动车把试图甩开我们,但是她没有那么大又那么多的力气,无力挣扎后才勉强回应:"我不后悔行吧!"

她居然不后悔。

谨慎起见我们又问了一遍。

她显得烦躁不安,一跺脚说:"我后悔啦!"

趁我们猜想时她慌慌张张地溜掉了,可是又在不远的地方回头瞥了一眼邮筒。我们到底是无法猜透她和后悔之间的关系,但方永已有答案——信里的字迹书写得工整,扬帆的小船折叠得工整,邮票尽管贴倒了,但也是工工整整的……

他心满意足,他想回报她的情谊,他想抒发自己的情意。除过依言提一提中等的成绩,难不成真要回一封热情洋溢的信?

牛背梁上的牛儿们早已散成漫山遍野,身为头牛我们的红牛却是不管不顾,它只围着方永转圈吃草,有几次甚至停住嘴头专意瞅他,一副有话要说的样子。方永没有注意到它,他的心思已然翻山越岭来到县城,正守着邮筒回想放假时自己在做什么,以至于忘了和最在意的人儿打声招呼。当时的王倩肯定是有话要说的,所以才从生日登记簿上抄下地址。不过那情那景已经不再重要,重要的是自己知道了她书信里封装的心思——

她知道我对她有意思。

她对我也有意思。

想到这两点儿意思后我们的小伙子仰躺下来,看看蓝天,看看白云,看着看着更不知道如何回信了。瞅着他无解又无能的样子红牛叫了一声,他转脸瞅它,只见嘴头上别着一支山丹丹——那花的红,像自行车的红;那红的花,像骑自行车的人。他忙摘下来举到空中去,发觉蓝天白云映衬下的山丹丹愈发娇艳……

红牛不耐烦,便哞哞地叫,似在说:小子,憋首诗算啦!

真是个好主意。

言简意赅还不废笔墨,看后像是什么都说了又像是什么都没有说。我们的小伙子果真清空草地划拉起来,日头掉到山头才罢休。见他大功告成红牛忙不迭地过来嗅,可是嗅过之后连连摇头,因为在盛夏的天气里它嗅到了早春的味道,在自由的世界里又嗅到了缰绳的味道,它觉得这既不对,又不好——

> 层层的春色袭来
> 花犯了春天
> 那杨柳的肆意不能阻挡的仍是
> 絮语
> 扬言呵
> 赞美春神

这主宰精神的灵
　　犯了花
　　犯了美丽
　　犯了寂寞的
　　神

　　回信有了着落，信中所提的文理分科我们的小伙子也有了主见，他打算自作主张，但是从牛背梁下来又觉得方载亲应该知道有过这档子事，进家刚想提时发现院里像是在争吵——
　　"孩子不在家，没人得罪你。"
　　"唉，过麦秋了，我想伺候小敬子去。"
　　"我出路费。"
　　"家里就你跟小爱子，能拾掇清楚？"
　　"你别操心，地里没活儿。"
　　"钢磨跟牛哩？"
　　"牛轮流放，钢磨抽空推。"
　　"吃饭哩？"
　　"小爱子放学做。"
　　"我哪舍得走，家里……"
　　"家里我扛。"
　　"那……"
　　"去吧，满月再来，几个月都行。"
　　"不放心……"
　　"有什么不放心的，只管去。"
　　"我可真去了？"
　　"去吧去吧，收拾收拾，正好永儿跟着你。"

"我等着过麦秋就是为让你送我哩!"

"这头叫永儿送,那头叫丰收接,当间你娘儿俩看行李。"

"也不怕丢了我们娘儿俩?"

"出个门能有什么,外甥傍相舅,杰子当初一个人跑得更远。你放心,让永儿记住丰收的电话,我再递他说怎么买票、候车、检票、上车……你只管看行李。"

"他没出过远门。"

"谁生下来……"

"行。试试。不行再回来。起码县城他熟。"

不几日安友会收拾好行李,这个方载亲果真撂了挑子,他只送到苗洼台。我们生在半路的小伙子第一次离开尧县行走上世间大道便不负所托,经由冀中市平安地把安友会带到了黄帝县。

第九十章

京西塞口的张市,自古为兵家必争之地,游牧民族的铁骑时常随着风并且风一样地袭扰中原。方敬所在的张市黄帝县煤矿,地处桑干河畔的"蛮子营",据说就是当年北人南下的前哨,不过此刻的她待在县城的租室待产。

丰收已经学会田禾庄的日常用语,路上和方永说话,方永不太乐意搭理。安友会也不太乐意搭话,她在猜测素昧平生的亲家母会是个怎样的女人。她很快见到了这个女人,一时间二人卡在门里门外,都面带着微笑说对方听不懂的话。方敬忙叫她进来,娘儿俩在炕头唠叨田禾庄时她始终瞥着炕下的亲家母寻思:我不帮忙拾掇饭菜,不是我懒哩!初来乍到的我不能太热情,太热情你会小看人哩!还特意交代方敬:"我当娘的绷住脸才能长下脸,我长下脸你在婆家才有靠山。"

方敬懂她的心思，笑呵呵地说："黄帝县没有尧县那么多的假正经虚客套穷讲究。这里的普通人打交道只讲求自然而然，整个人也活得自然，一方水土养活一方人。"

安友会不相信这世道上有外乎情理的自然人，吃饭时特意给亲家母夹下一筷子菜又说下一堆客套话，可人家脸上波澜不惊的，她心里翻了汪，生怕年深日久方敬变得寡情薄义。在她脸色更难看之前，方敬开导说："快别胡思乱想，她没有不好的意思。你给她夹一筷子她给你还一箸子，客套来客套去还不是各吃一口饭？"

"黄帝县风气不好。"安友会下了定论。

"你就当这里是山大冈吧。"方敬倒觉得这里民风简单相应的活法也轻松，但又不得不顺着安友会。

山大冈是尧县的自然村，在葛洪山背后的背后，那里的人有制陶手艺，常年倒腾米缸面瓮，就连叫卖声都瓮声瓮气的。他说一口好缸十块零五毛，你磨破嘴皮也不肯降价，磨来磨去磨得你甩他十一块，他非得倒追你七里地耽误六桩买卖再退你五毛钱。想到山大冈的硬实安友会了无食欲，像是对这门亲事不满。方敬没有再帮她排解，转见面红耳赤的丰收便数落，丰收只得捎着酒杯问："永儿，还喝不？娶媳妇得会喝酒哩。"

方永一直不理他。

方敬接茬儿问："上高中考大学，什么时候娶媳妇？"

方永的脑海里顿时闪现出了王倩的长发、微笑和书信，心想回尧县时一定要先见她一面。

"想媳妇了。"丰收嬉皮笑脸地喝着酒。

这时间安友会下了狠心，她觉得只要方敬不受指使，这门亲，当丈母娘的，还是得走心。是的，她早已错失计较婆家短娘家长的先机,所以打算入乡随俗,也想体验一把黄帝县的自在活法。此刻听得谈论方永,便插话说:"永儿上高中后变化大不?"

"个头高了胡楂显了。"

"没别的?"安友会想提点方敬,方敬横竖里打量说,"永儿,大白背心挺洋气,哪买的哩?"

"小姐给我了。"

安友会这就说起方爱修工的事,方敬气恨半晌岔开话题说:"样板好穿什么都好,不像你大姐夫,矬地丁。"

丰收指着电视里循环播放的香港主权交接仪式说:"衣服我要量身定做,领导人才有这资格。"又拨拉正方永,以黄帝县口音念出了那两行英文字母:

Rule 1: The boss is always right.

Rule 2: If the boss was wrong, please see Rule 1.

"念得鸟语花香得不行,说说意思吧。"方敬阴阳怪气地问丰收,他却笑而不语,方永便翻译:"我总对,错也对。"他这才拍着胸脯说:"我,BOSS,大老板!"

"狗腿子还差不多。你见哪个大老板给老婆租房住?少说也得两室一厅!"见他挂不住脸方敬才补上一句,"还算差不多,结婚许下的金戒指刚买到手,项链跟耳环哩?"

"八年抗战。"

"等不起就靠不住。我只愿。孩子念书时。咱家有个窝棚。"

方载亲偷偷地老了,因为方敬生下了丰宁,有了外孙他的辈分水涨船高。安友会更觉得此行意义重大,若在田禾庄她会很长脸,走路想翘尾巴婆家就得撩屁股帘子,说加强营养婆家就得现买奶粉,可这事发生在黄帝县,一个和尧县大不一样的地方……

尧县这头的方载亲把日子过乱了套,家里少个女人事情显得旁外多,这愁坏了他,几天后索性破罐子破摔,地里活儿干多少算多少,只把方爱当半个人使唤。老红牛虽然好养,但每天要啃几嘴青草,他只好托人家捎带脚轰一轰,而难熬的晚上他也憋出了串门子的消遣活儿。他去走动,人家也来走动,渐渐的方家成了臊晾晾的中心,每晚都有三五个人。方家热闹起来后田学富每晚必到,连续好些天都是话题人物,因为田宝考上了冀中师范学校。

你看,今晚我们的田学富又来了,脸上还是挂着颤颤巍巍的笑,而方载亲则嘻嘻哈哈地通报说:"大熨帖来了!"

"田校长来啦!"下棋的牛友金老汉头也不抬地说。

"哎呀哎呀,死马当成活牛医吧!"官街里知名的臭棋篓子王二好正举"马"不定,瞟一眼也招呼说,"田校长请上座。"

方载亲不会下棋,他只要人家帮他打发时间,因此每天备下一包赖烟两壶开水,那架势摆明了是要抽烟来,要下象棋来,要喝水臊晾晾也来,来者不拒多多益善。

田学富进屋,方载亲踢个板床说:"今儿点过卯才来?"

"柴火潮,下雨忘了备。"

金老汉酷爱下棋,屋里没有对手,轻轻松松就能把他们全部打发,此刻胜券在握,等王二好钻套的空闲卷根旱烟说:"田校长,你家宝贝疙瘩啥时候动身?"

"八月底九月初。"

"下步吃你的车!"金老汉弹指间给了王二好一个下"马"威,趁他琢磨如何丢"车"时又对方载亲说,"大学生他爹,你看,人家再念几年吃公家饭,你小子非上高中,只为折腾你几头牛?"

"他不愿意，我求他有用不。"方载亲拍着脖颈子说罢田学富忙低声下气地说，"中师有什么用，出来只是个小老师，一月两三百，也是赔本买卖。"

"抱肋抱肋！"金老汉看得着急，指点过王二好又说，"那也是板上钉钉子，高中三年之后哩？"他点中了方载亲的软肋。

"我抱个屁的肋！"王二好"咣"一"炮"打了金老汉的"士"。这破釜沉舟的败招彻底打蒙了金老汉，他反复念叨着"赔本买卖"硬趸摸起活路来。

方载亲和田学富还在同病相怜般相互恭维，他说上高中好，将来大学毕业有出息，不窝在田禾庄；他说上中师好，少供几年少花钱不说还早挣，更何况不像上高中那么悬乎。二人拿这个话题引开，反复说道好多遍总觉得对方的决策英明，而王二好已经咆哮般狂笑起来："死了死了！你老头子没得救了！"

"我活得好着哩！你才死了哩你才死了哩！没得救了你合眼吧你……"金老汉被气得嘴皮子直哆嗦。

"你看，肋牛车！我这马使的是牛劲！我肯白给你个白龙马？你没得救，这都不死还等什么哩？"王二好扯着青筋指画说。

金老汉脸红脖子粗的，还在寻找反败为胜的那一招。

终于轮到王二好游刃有余地腺睛睛了，他点根烟卷不紧不慢地招呼说："田校长，你能耐，捡来这么大的便宜，有福！大学生他爹也是，将来说不定……"见金老汉要悔棋，忙捂住棋盘乞求说，"你见天弄死我，也让我弄死你一回，只一回，行不？"

"我哪回不让你悔十步，你让我……"

"不行不行！好不容易打你个牛虎眼，说什么都不能悔棋，你哩，今儿黑夜必须死！"王二好的态度很坚决，坚决不让金老汉悔棋，坚决要让金老汉"今儿黑夜必须死"……

第九十一章

我们的小伙子像是早恋了,他不愿意文理分科从身边分走心上的人儿。独自从黄帝县回到尧县,他买了一包烟,像模像样地抽过几根才拨通烂熟于心的电话。是的,他急切地想见到王倩,急切地想补一补暑假丢落的功课,青梅竹马的功课——

"嘟……嘟……嘟……"

"喂?"

是她,是王倩,方永激动如海。

"通了。"摊主提示说。

"嗯。"

"方永?"王倩听出了他,可是电话里又传来另一个声音,"谁的电话,倩倩。"

——"同学。"

——"谁?"

——"同学。"

——"什么事?"

——"妈!"

——"那你打过去聊。"

听得王倩在打发母亲,方永连忙说:"我在广场。"

广场其实是一处街心花园,花园里竖着一身真人大小的铜像,黑色大理石基座上刻着"白求恩"三个大字。是的,伟大的国际主义战士诺尔曼·白求恩就牺牲在尧县热土。今天的方永并没有纪念他的意思,而是扶着他跷着脚,焦急地观望着王倩的来路——

那辆红色的自行车姗姗来迟。

"怎么挂得那么快！为什么不回信！没收到吗？"见面王倩就是劈头盖脸的训斥，方永只是嘻嘻哈哈地看着她，王倩任由他多看了几眼才冷冷地说，"我脸上有花儿吗？"方永还是止不住地乐和，她摇摇头递来车把说，"绕道走。"

方永骑上车，不见她上来，回头指着后座说："走啦！"

王倩犹豫片刻才坐上去，坐上去就把脸藏到了背后。自行车晃晃悠悠地穿过人群，钻进胡同后她拍拍方永的肩膀说："走走吧。"或许是胡同过于狭窄，或许是胡同过于幽深，下车后方永发觉心里的话无从开口，幸好她及时地打破了沉默，"我真要报文了。"

"我早说……"

"你早说什么？"王倩蹦过了水沟。

"你报文。程跃也报的文。"方永踩着自行车溜过了水沟。

"你那么愿意我报文？"王倩看着他问，他也看着她答，"不愿意。可是念文我考不上，读理你也悬。"

"给你买了几本学习资料。"王倩叹了口气。

"文科的我用不上。"

"用不上还买给你？"王倩撇撇嘴说。

方永赶忙赔笑，但她还是冷着脸走开了。二人默默地拐过几个弯迎面戳着一堵墙，方永纳闷儿地说："死胡同。"

"早知道是死胡同。"王倩咯咯地笑了。

"为什么不早说？"

"你还能分清东南西北吗？"

"南？"方永指着死胡同不敢确定。

"就想看看你到底撞不撞南墙！"王倩的笑声被胡同放大了。

听到这话方永支好自行车冲向了南墙，但是跑到跟前又收住了脚，看似愣了一下才撞到墙上。王倩"哎呀"一声跑过来，见额头血红血红的，忙掏出纸巾擦拭着说："真撞呀？疼不疼？"

"没感觉。"方永纳闷儿地说，"像是谁在推我。"

"你是真蠢还是犯蠢呀？"王倩眼洼里的泪水明确了。

"真不知道怎么回事。"方永也在思考究竟是什么力量促使他冲刺，又是什么力量迫使他收脚，再是什么力量推着他撞墙。

"以后不和你开玩笑了。"王倩转身抹掉了泪水。

方永知道她眼洼里的泪水是如何生长出来的，突然很想亲近那颗泪水的源泉，于是走近她，挨着她，问她："怎么哭了。"

"跟你一样，不知道怎么回事呢！"王倩的第二滴泪水长成了，就挂在长长的睫毛上，说话间又要掉下来。我们的小伙子难以克制了，他一把将心爱的人儿揽进胸怀，两个人就在胡同的尽头忘情地拥抱在一起，都沉浸在一片五光十色的美好里。

忽然墙外传来脚步声，王倩挣脱不开，只得求："来人啦。"

"他看不见我们。"

那人急匆匆地走后王倩说："他为什么看不见我们呀？"

"他再回来还看不见我们。"

"他还会回来呀？"王倩胆怯地摇着头。

不一会儿急匆匆的脚步声再次传来，方永抱着王倩挪向角落，两个人不约而同地闭上了眼。脚步声近了，更近了，停顿一下走远了，待声音消失后方永说："走了，倩倩。"

倩倩！

倩倩睁开眼说："真是呢！"

方永不无得意地说："他不会傻到钻死胡同。"

倩倩脸红了，央求说："好了吗？"

"什么？"

"我们呀！"

方永搂紧一分，感觉着她的心跳说："他再出来就放开你。"

"他……呀？"倩倩瞪大了眼睛。

脚步声突然响起来，方永慌忙拉起倩倩，刚跳上自行车身后就传来叫喊："别走呀！我什么都看不见呀！"

"你不是说他看不见吗？可是他什么都看见了呀！"经过那人时倩倩狠狠地捶打着方永的后背。

"他是看不见，他自己都说看不见啦！"

逃远后倩倩跳下车摸着怦怦乱跳的心说："你几点走呀？"

是的，这世道就是有来就有去的，正如田厚生所言；这世道上的任何一件事也是有头就有尾的，一如安友会所讲。我们的小伙子不想回田禾庄去，他觉得如果这个世界上只有他和倩倩或者他的倩倩该多好，或者说让所有的人和事都不要和他俩沾边该多好！然而，现实把他和倩倩或者他的倩倩扯进了很多人的事情里。

"几点？"倩倩又问。

"最后一班车是中午。"

"我请你吃饭吧，算是给你补一个生日，也好好地送你一回。"倩倩叹了口气。

"撑我？"

"你不走了吗？真不走了吗？不走了是吗？"

"算了，今儿不回了！"方永遥望着田禾庄紧咬着牙关。

"你爸妈不担心吗？"

"爹娘，我们那不兴叫爸妈。"方永刻意地纠正了她。

倩倩一脸别扭地说："那……爹、娘……放心吗？"

"我说当天可能回不去。"

"回不去？有那么远吗？你是不是见我之前还去了什么地方见了什么人呀？你最先见的人不是我呀？你来不是为见我呀……"

"我从黄帝县来的。"方永连忙和她解释经过。

"这样呀?那今天不回家你住哪呀……爹、娘……要是问又该怎么说呀?说见我吗?对了,我的信他们有没有看呀!"

"我说可能去二中找我哥。"

"方杰吗?"

"嗯,他要上高三,提前开学了。"

"这样呀!"倩倩的脸上露出了笑容。

"你中午不回家怎么跟爸妈交代?"

倩倩扳着指头说:"我就告诉妈妈,中午陪一个叫方永的男生吃饭,而且下午还陪他一起玩,很可能还要一起吃晚饭呢!"

"然后呢?"

"然后?"

"是,然后。"

"然后把他扔在大街上!"

就在这时返回洪城的汽车刚好经过,原来望着它远去是一件很开心的事情,于是我们的小伙子心无旁骛地载着心爱的倩倩在县城里转悠开来,一圈过后停到了一条旱河旁。整治出新的堤坝赏心又悦目,阴凉处的台阶上有两沓报纸,报纸挨得很近,坐下去就是肩并肩。第一次坐得如此亲密竟然挤掉了话题,好一会儿方永才说:"倩倩,再开学我们就分开了。"

"可是我们现在在一起呀?比前后桌都近呢!"

"倩倩,你根本不愿意知道我在说什么。"

倩倩狡黠地玐点着他的胸口说:"我肯定知道你在说什么,我肯定知道你在想什么,但是你未必知道我要说什么。"方永想了想,觉得她要说的或许不是自己想听的,便问她,她望着河道一五一十地说,"我要说呀,高二开始不管有没有我在你都要好好学习,将来咱俩都考上大学，都去外地，那得多自由呀！"

"我知道，还以为……"

"光知道不行呀，还得做到呢！"倩倩撇撇嘴又说，"你还以为，你还以为什么呀？我告诉你，今天呢，咱俩吧……"

"怎么啦？"

"哼！不要再有第二次啦！我们还是做朋友吧！"倩倩看到方永的脸色变了，又安慰似的说，"等高考……好吗，方永？"

"我知道，可是我想……"

倩倩急切地说："想我就多翻翻书呀！开学我做两份学习计划，你一个我一个，完不成任务你就等着后悔去吧！"

"倩倩，我……"

"对了，为什么不给我回信呀？"方永这便掏出《花犯》郑重地交给她，她入神地看起来，嚼完每一个字才说，"你会写情诗呀！这算是情诗吧？这就是情诗吧？这是不是你写给我的情诗呀？"方永抓住她激动的手，可她还在兴高采烈地提疑问，"你什么时候学的呀？教教我好吧？还有没有让别的读者看呀？"

"倒是有一头牛看过。"方永扑哧笑了。

"牛？什么样的牛能看懂呀？"

"红牛，比我小又比我老，一直供我读书，我叫它老红。"

"我喜欢红色的，红牛我也喜欢，有俩大犄角……"

"倩倩，你根本不愿意知道我在说什么。"

"我知道呢！你说老红有俩大犄角，它供你读书……不对！它怎么可能供你读书呢？没有它你是不是读不成书了？"

"当我没说吧。"方永微笑着无奈地说。

"我老家不在尧县，也不在农村，真不知道田禾庄是什么样子呢！"王倩当真不能理解他和老红了，怔了片刻忽地仰脸问道，"老红，你是头什么牛？"

第九十二章

时代的列车奔驰到一九九七年时，更多的田禾庄人加入了修工大军，他们四季不着家，不再与土地建立正经的关系，偌大的田禾庄，正儿八经的庄稼主大概只有田学富了。

是的，种地的人少了，田禾庄看起来就瘦了。

瘦了的还有洪城乡长赵爱民。

在洪城连蹲几年成绩平平，得不到上级的肯定，饭量和人形自然难逃一瘦。瘦归瘦，但他仍旧保持着与农人和土地的距离，黑亮的头发整齐又乖巧地向上头中央靠拢着。前不久收秋期间，他去县里集中学习《中共中央办公厅、国务院办公厅关于进一步稳定和完善农村土地承包关系的通知》，回来又翻出一九九三年《中共中央、国务院关于当前农业和农村经济发展的若干政策措施》的文件，两相比较着"增人不增地、减人不减地"和"大稳定、小调整"，他思谋了好多天，最终觉得人地关系处理起来相对容易，唯需遵循具体要求扎实推进即可，而需要格外劳心费力的却是农业税费问题。是的，逐渐逐渐地，他内心的观照脱离开文件，身心重归了现实。浸泡在纷繁芜杂的基层现实里，他的立场开始有了倾向，他的内心最终有了选择，于是紧锣密鼓地召集班子，决心彻底解决新增与遗留的税费问题，从而让基层组织顺利运转，从而让很多人的露水工资有个着落。布置任务时他要求各村动用铁心肠、铁面孔、铁手腕，先拿"抗税分子"开刀，务必按时足额完成任务。各村干部纷纷表态，甚至立下军令状，因此田禾庄的大喇叭传来了王建国的声音："社员听着。农业税费关系国家大计，法律上规定缴多少就是多少！拖欠等同于没缴、没缴等同于拒缴、拒缴就是违法、违法就是犯罪、犯罪必须严惩、严惩就是坐牢!

"县、乡要求基层一把手亲自挂帅,百分百按时完成新增与遗留的各项税费,百分百不纵容、百分百不姑息!县、乡下了大决心,要花大力气整治这股歪风邪气!

"乡里乡亲的,我奉劝大家一句,收秋了家家户户不是没有,就算真没有大伙粜粮食借钱也得补上这个天大的窟窿!你们不为我着想可以,你们不为田禾庄着想也可以,但是要顾及老婆孩子!就心甘情愿顶着'抗税分子'的帽子游街示众?

"你们不要脸,我不要脸,可是田禾庄得要脸!再像前几年,我保不了你们、保不起你们、更不能保你们!从今儿起,补上窟窿的我担保既往不咎,继续扎刺胡来的罪上加罪!

"是得动动脑筋了,别只顾着拿锄榜地。

"都来开会!"

王建国的话像汛期的尧河水浩浩荡荡波澜壮阔,口头禅竟然一次都没有出现,甚至没有打一个磕巴。如此慷慨激昂又酣畅淋漓的讲话田禾庄人还是头一次听到,倘若无关自身利害,他们肯定会对王建国这颗不落的太阳连连叫好。然而他的话也挑明了立场,多数没有缴足新增与遗留各项税费的田禾庄人被自动地划归到了"不法分子"的阵营,从而拥有两条截然相反的前途:补缴,既往不咎;拒缴,罪上加罪。

会议紧锣密鼓地开始了。

王建国隐匿掉精彩演讲带来的愉悦,沉痛地说:"想必你们听着风声了,一股强劲的东风势不可挡。我没有办法,干工作光是菩萨心肠没有用。你们有想法,保留,别在高人面前说废话。从今往后咱上了同一条船,都听掌舵的指挥!别管他是你叔伯姑婶侄女外甥,不支持工作就是给你难堪。要么六亲不认,要么别当芝麻官。自己选,决定了别后悔,反正到头税费都得缴。共事多少年,这会儿风口浪尖,天要下雨娘要嫁人,先跟自己打过吧!"

党员、干部没有想到照面就是破釜沉舟,当下招架不住。王建国对他们的讨论充耳不闻,紧握着茶缸,像是在和过去的自己告别。果然,有些平时对村务不积极的干部拍屁股走了,有些则带着一怀的眷念说,国儿,以后有啥,言语。王建国头也不抬地摆摆手,之后对剩下的人凄愁又开明地说:"无论何时无论何地,天下都有正反两派。没有两派就没有是非,没有是非就没有矛盾,既然有矛盾自然就需要两派。他们选择了逃避,这不怪他们,我们要充分尊重,但是他们逃避不掉责任!呃,大民,另拟名单报到乡里。"刘大民的笔头点过在座的人,在花名册上浓墨重彩地勾掉了出走的人,王建国看一眼又说,"这次税收咱县督导咱乡,咱乡督导咱村……呃,干得不漂亮一锅端,削职为民永不录用!"说到这里他忽然发起了呆,无神的目光更显得深邃,深邃到不可捉摸。

"办法总比困难多……呃,这个,大家集思广益找准病根,先选突破口……呃,这个……"刘大民补了几句也哑巴了。

"大民说得对。"王建国赞许地说,"私下跟乡领导讨论过咱村的形势,又琢磨过几宿,只能是老办法,先啃硬骨头。"

"谁是硬骨头?"刘大民插话说,"就当这是民主生活会,大家都说道说道。"他一劈两半的话把王建国的下文憋了回去,王建国白他一眼顺势说,"那就说道吧,党建、村务都讲求民主。"

"群众意见大的就是最难啃的骨头。"有人说。

"对,三提五统。"

"好多人都不知道为什么有这些费……"

"农林特产税!"有人嚷道。

"对!农林特产税!"王建国及时地抓住了话头。

"李器休！"有人喊出一个名字。

突破口越找越准，王建国面露笑容，正当他打算把火引向李器休时那个老红军说："你们这么干不行！做群众的思想工作硬碰硬不行，历来没有这个道理。我看民主生活会开走了样，你们该讨论为什么干群关系紧张，为什么税收工作不好开展，眼下群众最关心的该是工作重点。"

"老干部对！社员最关心什么？"有人在跟风。

"什么？"王建国瞅刘大民，刘大民摇头，他摊开双手说，"研究吧，讨论吧，民主吧。"一副要撂挑子的架势。

刘大民忙说："没人总结继续说农林特产税和李器休。"

这时有人说："我们初步想了想，也看了看闲书聊了聊闲天，农民、社员、群众的关心，主要是六大问题。"

王建国气道："别没事找事！税收搞不好只是你我的问题！"

"六大问题起码得知道，解不解决另说。"那人自顾自地说，"一、税赋过重，上面是不是知道；二、城里人走路、孩子上学缴不缴修路钱、教师工资钱；三、农产品价格不升反降，农资价格却一升再升，是谁造成的，国家的农业投入哪去了，中间的利润被谁盘剥了；四、村提留、乡统筹什么时候能不收，农特税什么时候能减下来；五、上面政策很好下面政策好狠是谁造成的，有没有人替农民说话，有没有人为农民办事；六、农村信用社干什么吃的，农民只能存款不能贷款，为什么？"

"这是根。"

"对！"

"你总结的这六条，归根结底是一条。"王建国现琢磨说，"哪条？如何发展生产……对！老顶门杠似的跟干部顶，不好好发展生产哪能奔小康？所以先撤顶门杠！"

"一有百有。"刘大民看着那些留下来又不服气的人说，"这些都是天大的事，咱没资格决断，讨论也是屁用没有……眼下，难题是税费，回到这上面来。"

那人不再言语，他无非是砸王建国几句消消气而已。

王建国见老红军要走，就客气地说："老书记干什么去呀？再坐会子啊，没有你我们不行吧。"

"写信去。"老红军像是在赌气。

"你给县里写了一百封了吧，地区也有五十了吧，听说省里刚到二十五？"刘大民说，"这一封给谁哩。"

"中央。"

老红军走后田禾庄的会议室又沉闷下来，王建国仍旧主持着大局，他已经选定农林特产税为突破口，而"李器休"自然而然地成了最先要啃下的"硬骨头"。

几年前，王家林场的农林特产税、农药、肥料和人工等硬成本始终无法降低，难以为继时王建立找到李器休接手烂摊子。李器休有文化又肯钻研，精心照料加上天公作美，好收成卖到县城后收入赶上了修工。前年卖得一万四，本该按一万五的额定缴税一千二，再扣除管护开销的六千以及一千五的承包费，同一个林场改姓李后能年入五千，而姓王时只有一千。王建立觉得他占了自己的大便宜，总想收回承包权。刚好前年农林特产税改革，由销售额定税变成了"测产定税"，他便把李器休的税测成了两千八。李器休不愿意，找村里交涉，王建国说，你收益好就该多养活人。他只得先凑了两千二的先期款，不几天税收干部找到家，他家的又拿出一张一千八的结算单。后来两口子找王建国要结余，王建国说钱在乡里。两口子找过去，乡干部说顶明年的税款，不想来年十月新干部不管旧账，结余非但不能顶税，还扣给他一顶"抗税分子"的帽子……

选对突破口的第二天王建国和税收干部陪同副乡长找到李家,家里只有李器休的丫头,王建国开口说:"让你爹缴税。"

见这阵仗交好的邻居忙去找李器休,李器休的丫头则堵在门口气哼哼地说:"没有。有也不缴。你们还欠我们哩。"

王建国被噎得说不出话,看眼副乡长,副乡长说:"查封。"

"丫头,广播你也听了,别不懂事理……"刘大民的脸上立马多了两道血印。

"抄家。"副乡长甩掉了烟头。

"搬!"税收干部说。

"敬酒不吃吃罚酒。"刘大民也说,"锅也砸了。"

于是一帮人闯进去七手八脚地翻腾起来,副乡长指挥说:"电视机、摩托车,都弄走。"

"欠着国家的账自己倒先奔上了小康!"王建国说。

"什么时候买的摩托车?"刘大民乐呵呵地问李器休的丫头。

王建国骑上摩托车却不会打火,副乡长拨开他,跨上去脚一蹬就冒出了黑烟。这时李器休赶到了家,挡在摩托车前说:"我买车为跑业务,你们不能推走!"

"把税款补上!"

"你们不抹我那一千二,我能不缴?"

王建国没有说什么,刘大民替副乡长说:"税收干部换了!你拜错了神仙。"

"和尚跑了庙就不是庙?"

"分明就是顶门杠!"王建国对副乡长说。

副乡长跳下摩托车摘下眼镜,哈口气擦了擦又戴上说:"我看你是名如其人!来,给你算一卦!李器休的'器',一只'犬'四张口,让人永无宁日!李器休的'休',一个'亻'外加一根榆

'木','亻'一条腿'木'三条腿，四条腿折腾起来无休无止！"

"你他娘说什么！"李器休抄起果木枝拍过去。

副乡长跳开说："搬！"

人们忙不迭地搬电视机推摩托车，李器休家的又哭哭啼啼地跑进来诉苦："刚买的摩托车，没有它苹果卖不走，苹果卖不走税费缴不起，别人的欠账更还不起！"

"娘儿们就知道啼哭！"王建国来了气。

"推走！"处理过大场面的副乡长说，"不惯着！"

李器休家的见他们打着了火，情急之下嚷道："你们敢……我就喝敌敌畏！"

"走。"副乡长头也没有回。

一群人浩浩荡荡地朝外走去，知道拦不住，李器休家的果真摘下门楣上吊着的敌敌畏，在李器休的目瞪口呆里一口气喝了个精光。回过味的来李器休一脚踹开推摩托车的人，匆忙夹上她赶去了卫生所——可是，他的女人，还是死在了半路的某个地方，但他坚持让医生过目，像是一场必经的仪式，亲口听到医生宣布死亡后才背回田禾庄，就停放在大队，一天接一天地停放着，他也一天接一天蹲守着，一下接一下地砸着大队的玻璃，直砸得没有一块是完整的，直砸得整个大队死寂死寂的。虽是秋末，可他的女人仍旧坚决地腐烂了，像是急着回归田野。在众人的轮番劝解下他出了殡，之后超然物事外对一切都不再关心，甚至不知道自家的苹果已经由青变红、由红变烂了。

突如其来的变故脱离了干部的掌控，李器休家的入土后王建国去了趟大队，吆喝说，我王建国不当干部了！话音未落刘大民也凑过来说，还有我刘大民！从这天起田禾庄没有村干部了，乡干部也没有再下来过，甚至连邮递员都不肯来了，身在外地的田禾庄人只能把家信寄到小学校，再由小学生一封封地往家带。

我们的李器休像是咽下了恶气，他没有再找王建国或者刘大民，不几日变卖掉电视机和摩托车，在一个清晨带走了孩子。是的，他的宅院空荡荡的了，只是半扇家门上多了这样一句炭黑的话——

我他娘再也不回这个王八村子了！

李器休去了哪里？

修工回来的人，有的说在县城见过他，他带着孩子；有的说在地区见过他，他带着孩子；有的说在省城见过他，他带着孩子。说见过他的人越说越悬，有的说瘦了一圈，有的说矮了半截，有的说只剩了俩眼珠子火辣辣地灼人。但是他到底要去往何方投奔何人，没有谁能够说清楚，于是他成了田禾庄的传说，就像穆桂英大破洪州城那场久远战事里失去身家的无名士卒。

如火如荼的税费工作在田禾庄戛然而止时，尧县出台了"千名干部下百村"的政策。千名干部下百村，当然是为了工作，税收工作，平均来算每个村庄要进驻十名，然而下放田禾庄的一个都没有。就这样，田禾庄的土地连同土地上生长着的人，一道被抛荒了，但是在其他"九十九村"看来，他们更像是缴足了税费。

第九十三章

身在黄帝县的安友会手上只有一件事情，照顾方敬和丰宁，而心里却揣着田禾庄全家的事情。方敬早就许下春节回家，在她的声声念叨中春节临近，终在一个晚上几人起程回到了田禾庄。

家里实在太乱糟，虽然方爱收拾了两天，尽管方永也在方载亲的指使下扫净了积雪，但看起来还是破败。安友会伸手就是忙活，在每个熟悉的地方都接续上生活的头绪才缓口气说："这个家，还真离不开我。"

方载亲一直在嘻嘻哈哈地逗丰宁,方敬则心满意足地操持着团圆饭。待饭食上桌安友会才顾得上嚼村里的事情,正说道李器休时方军过来了,他径直对方载亲说:"大大,我打算把卡车卖了,换个二手客车跑县城。"看样子我们的方军做出了决定,他终于在时间的土壤里发掘到了生机。

方敬摆筷置杯时听得方载亲大大咧咧地拍板说:"买什么车我不懂,你懂……不过,我看行!"

安友会忙说:"你大大不懂,光是个参谋能有用不?"

方敬却说:"我兄弟有这门技术就该讨这份忙活,最起码眼下开车跑活儿,比我们上班强得多。"

"先闹活一阵子,好的话再让良子回来帮忙。"方军抓挠头发的样子很像为生意犯愁时的方载亲。

"那车……人家肯卖?要真这么赚钱。"方载亲分析说。

"大大,人家买了大车。"

"那跑车不是更困难?"方载亲从钢磨竞争的角度想开了。

"不是一道线。"方军逗着丰宁说。

方载亲不明白"线"是什么,但觉得他有底气,刚要鼓励时听得安友会问:"杰子该考大学了吧?"

"嗯。"方军又搔挠着头发说,"他不如永儿。"

"永儿也不强,都是别人瞎吹捧,整天瞎叫唤'大学生他爹'!"安友会战战兢兢地问,"杰子报的什么班,文还是武?"

"文还是理。"方敬笑嘻嘻地看着方永。

一直没有吭声的方永很纳闷儿,他不知道安友会和方敬从哪里听说的分科,想来想去觉得只能是从田禾庄别的"大学生他爹"嘴里道听途说的。其实我们的小伙子想错了,他不知道的事情还有很多,在黄帝县时方敬偷偷地翻过他的包,看到了班长的来信,也看到了他的回诗,甚至还看到了他和王倩的故事,只是我们精明的方敬仅仅和丰收、安友会说起过文理分科的事。

"你小哥报的理,你哩?"方军说。

"早报了,也是理。"

方载亲摇起了头,正要说时听得安友会说:"我跟你大大都不懂,文也好武也好理也好,有这回事就行。"转眼看着方永说,"你兄弟凡事都不递我们说,我跟你大大想参谋他都嫌多余。"

"理科学技术,跟大姐夫一样,将来不愁没饭吃。"方军说得丰收脸红了,丰收忙和他碰了一杯酒。

"那……这么着,军子,你的技术没问题,挣不挣钱先不说,安全和身体最要紧。"这时间方载亲已然想出眉目,一个劲地嘱咐说,"咱只求稳成,车开慢点儿,哪怕钱来得也慢点儿,千万别为抢个把人就疯似的开。我这话,你千万得记住!"

"嗯,大大。"

安友会也说:"你大大这句话说得对,主要是怕你毛躁。光急着挣车本可不行,咱宁可细水长流也求个顺风又顺水。"

"嗯,妈。"

"年底回家的人多,开春走的人多,你好好谋算……"方载亲心里泛酸了,挤对着眼角说,"那个绿皮大解放,跟着你爹东奔西跑打江山,现如今把它拾掇了,真挺舍不得。"

"没事,大大。"方军的情绪也低落了。

安友会忙劝:"军子,你别想那么多,这会儿你当家你主张。"转对方载亲说,"你手上还有不,多少帮衬一把。"

方军连说:"妈。我够。真够。你供我兄弟上高中。"

方载亲没有再言语,方敬说:"既然打算换就宜早不宜迟,赶不上年根就赶开春,开春之后还有三月庙,先打开门路。"

"我也这么想。"方军和方载亲、丰收碰过酒喃喃地说,"卡车好着哩,一直好着哩,明儿我开到白合,六点出发七点到,办完事九点,要是顺当十点到冀中,一上午能办利落。"

"军子!"方载亲嚷道,"刚说什么来着?别毛躁!"

方军满口应下,心里又提醒过自己就走了。他一走方载亲来到南屋,面对着怀犊的红牛说:"德子,我养红牛你养绿车,我拑摸缰绳你拑摸方向盘……"正寻思间红牛站起身很快又卧下去,他知道要产犊,忙不迭地拾掇起炭火盆来。

安友会过来看情况,心疼地抚摸过红牛对跟来的方敬母子说:"牛,其实本命就是人,它的忙活跟人也是一条道,就连产犊同样是十月怀胎一朝分娩。"

"娘,你这是当它是一口子人哩。"方敬也打量着红牛说,"爹,它来咱家多少年了,我记着我兄弟跟它差不多大。"

方载亲侍弄好炭火,放下棉门帘又推开窗户缝,忙活妥当才接话:"八六年它进的咱家,刚好一轮,你看这十二年咱家的变化大不大?单说你,离家上班又结婚生子,一个毛丫头好歹当了人家的娘。你常年不在家,可能感觉不出来,其实你的这份稳成里,也有它的一份苦劳,不单是永儿从小到大靠着它。"

"它是咱家的大功臣,就是咱家的一口子人。"安友会摸一把红牛黑亮湿冷的鼻子说,"买它时三岁口正当年,只比你兄弟小三岁,可你看这会儿,你兄弟越长越大它是越长越老。"安友会又拍了拍它的牛头指着方载亲对它说,"我跟他也是越长越老,咱不怕。"转身又对方敬说,"你爹还属它,你小子刚好也属它,咱家三辈子人都跟牛有过不完的交情。"

这话说得方敬心里沉甸甸的,只觉得不拿它当人看待真不算有人性，正琢磨间红牛探头嗅她怀里的丰宁，伸舌头像是要舔舐，她下意识地搂紧丰宁，安友会却说："你叫它看看怕什么？咱家的红牛懂人性，它这是要认宁宁，它知道这是你小子，你别那么抠门。"方敬笑呵呵把丰宁递过去，紧张地看着红牛又大又圆又亮的眼睛，红牛果真闻了闻丰宁的头发，随即翻开嘴唇紧闭着门牙朝天摇起了头，安友会笑着说，"它这是笑话你哩！"

"笑话我什么。"方敬叫丰收抱走了丰宁。

"笑话你这个当娘的……"安友会还没有说完红牛又卧下去喘起了粗气，她忙道，"你等着看，你看它跟人是不是一样，你看小牛犊儿是不是跟小人儿一样胎里带。"

方载亲这就蹲守在牛屁股后头，抬起尾巴看了看不无遗憾地说："咱家的红牛老了，三年俩犊怕是吃力了。"

安友会抚摸着红牛圆鼓鼓的肚皮说："你在咱家，我给你好养活，可你也不偷懒，一年懒都没有偷，耕地走活有多大劲使多大劲，当了一辈子长工，从不跳套，跟着我们俩一道忙活一道拼命。"

红牛像是听懂了，长长的睫毛刷了刷眼洼里就多了光华。

方敬觉得神奇，凑过来抚摸着红牛的鼻梁骨对安友会说："娘，你这是把你当成地主婆了。"转眼瞅瞅方载亲单对红牛说，"老红，你还得下几个犊子，要不谁帮着咱家供大学生哩。"

听到这话安友会叹道："顶多再收俩犊子，若论人……"

方载亲拢起炭火，此刻看着黑黢黢的南屋说："老辈子，解放前，人均寿命三十五，比牛多活不了几年。这会儿，电视上说能活六七十，你爷活了五十六，寿命有富余，也不知道匀给了谁。"

"牛能活多少年。"方敬不愿意回想方才顺的死，也不愿意知道她爷爷为什么不用完寿命。

"六十能活死一大片人。"方载亲说，"它能活过二十。"

"这会儿也算四十好几的人了。"方敬算道。

"那就给它养老。"安友会搬来板床和方敬坐在了炭火旁。

说道间我们的老红接连做了数次努力,之后焦躁地喘起了粗气,看样子还得一时半刻,方敬便说起旁外话:"军子买下客车,我婶子也能缓口心气。"

"你婶子的命其实也不好。"安友会叹道,"平常人的福分只有那么一丁点儿,早吧晚吧都得不知不觉地享受光。"

"娘,还记着小时候不,咱还住在这个屋里时你跟我婶子吵嘴。"方敬把起安友会的手说,"那时我见不得她军子、良子轮换抱着找你吵,一心想你给我生个兄弟。"

"嗯,后来有了你兄弟。"安友会轻描淡写地说。

"军子当兵时给我寄照片,看到他就像看到了我兄弟。"方敬着重说,"脸盘像,那股子精神头像,越长越像。"

"永儿脸盘圆,军子脸盘方。"安友会诧异地说。

"不是说永儿。"方载亲插话说,"虎子。"

"哦,你那个兄弟。"安友会重重地叹了一口气,之后言辞闪烁起来,"是挺像,要是……这会儿……嗯,军子似的。"说罢她目不转睛地盯着红牛,红牛又在努力,硕大的鼻孔呼哧着热气。

方载亲刻意地笑着说:"要是你那个兄弟不闹病,就没有小爱子跟小永儿了,家里只有你弟兄俩。嘿,那光景,一个小子一个丫头,利落又得劲,我跟你娘早完成了使命。"

"是,还要他们干什么,一个比一个累赘。"安友会笑了。

"到底怎么回事?"方敬小心翼翼地想解开心结。

红牛的努力没有白费,小牛的前蹄露了出来,方载亲抠着蹄子说:"那时你小,身子骨不结实,接二连三地闹毛病,可把你娘吓坏了。那个兄弟倒是虎头虎脑的好养活,我跟你娘觉得你留不住……"

小牛的前腿出来了,他连抻带拽的顾不上言语了。

安友会接茬儿说:"后来因为你舅老爷的庄客,我跟你婶子在这个院里不安生,为了各自的娘家成天里打过,后来还打官司……再后来你那个兄弟病了,就……殁了。"

"哪是那么回事!"方载亲看到了小牛的鼻子,歇气的当口说,"你们两妯娌为庄客吵架是事实,虎子殁其实是咱耽误了。"

"学勤不和我打过我能忽视虎子?学勤不为庄客和我胡搅蛮缠我能和她打过?"安友会有些来气了,方载亲别过她的气头单对方敬说:"你兄弟当时说头疼,我跟你娘大意了。回头想可能是脑膜炎,其中有你婶子打过的原因,但主要还是我们把心思都用在了你身上,你成天闹灾星。"他又去拽小牛,可是牛头很难拽出来,他不得不随着红牛的节奏吭哧吭哧地使劲抻。

"反正我怨恨学勤没有错。再后来她有了良子我有了爱子,她又有了杰子我才有了永儿。"安友会愀然一叹,盯着红红的炭火说,"有永儿以后怨恨才不那么深,也才不那么重,毕竟有你叔鞍前马后的功劳在。"

"我影影绰绰地知道是因为我耽误了他,所以后来看到小永儿就来气,不愿意拿他当亲兄弟待。"方敬笑着对安友会说,"我爹跟你去做手术,你好不容易讨生来的亲小子想吃大西瓜,我不给他换,他就撒泼带打滚,我给了他一顿好打。"

"小子不打不成器,宁宁外甥狗将来也少不了挨打。"安友会说,"不光是我亲小子,还是你亲兄弟,差十岁算半个家长。"

"还说什么哩!"小牛的头出来了,但肩胛骨和脖子还卡着,方载亲气呼呼地说,"快帮着拽一把!"

安友会和方敬忙去拽,三个人费了半天劲才把小牛拽出来,一看是头小牤牛。筋疲力尽的老红牛擎着硕大的脑袋回头巴望,方载亲只得先抱到它眼前,它这就一嘴一嘴地舔舐起来。三个人又安声不语地看了一会儿,待牛犊能站稳当又吃过一口奶后安友会就走了,她一走方敬冷不丁地问:"爹,我兄弟知道这事不。"

"知道一点儿。"方载亲把炭火挪到了墙角。

"爹,你把我兄弟埋在哪了?"方敬站起了身。

"北台后头,咱家地头起。"方载亲也站起了身,还拍了拍麻木的腿,像是三伏天一口气耪完了那一亩地。

第九十四章

1998年1月7日至9日,中央农村工作会议在北京举行。

会议提出,1998年农业和农村工作的总的指导思想是:高举邓小平理论的伟大旗帜,全面贯彻党的十五大精神,坚持稳中求进的指导方针,稳定和加强农业的基础地位,稳定和落实党在农村的基本政策,稳定农产品总量,稳定农村社会秩序,力求农村改革有新突破,产业结构调整有新进展,农村经济整体素质和效益有新提高,农民收入有新增长。

9日下午,江泽民总书记在会见会议代表时指出,农业是稳民心、安天下的战略产业,任何时候都要抓得很紧很紧。特别是在连续丰收后要谨防出现松懈情绪。要十分注意研究新情况、新问题。当前的一个突出问题是,一部分农业产品销售不畅,价格下跌,农民收入增长减缓。……做好今年的农业和农村工作,关键是稳定党在农村的各项政策,特别是要进一步稳定和落实土地承包政策、减轻农民负担政策和粮食收购政策。

田禾庄没有村干部,这则消息当然没有被大喇叭播发,群龙无首的日子直奔了农历三月。

三月庙按部就班地来了。

做小买卖的人忙碌了,炸馃子的油锅,烤烧饼的炉炭,卖馄饨的雨篷备好后人们诧异了:今年的庙会没有主持人!

眼看着庙会一天天地临近,人们难免担心。有人找到王建国,提议说,你站出来吧,往年都是你主持大局,你接茬儿干吧。

王建国摆摆手说,我凭什么干?李器休一事我有责任,所以我辞了我的职,这会儿我是平头小老百姓,谁愿意干谁干去!人们说,别人对这套不熟,非你莫属。王建国说,以往我年年干年年不落好,这个说我贪污门票款,那个说我挪用香火钱,我吃一堑就为长一智哩!说什么也不干,歇一歇,带着大孙子逛逛庙会哩!

人们又找到刘大民,刘大民的说法大同小异。人们再找其他干部,他们只说,他王建国、刘大民都不肯拿白手巾擦屎屁股,我们,肯不?

局面僵持了几天,开庙门的前三天大喇叭突然传来刘大民的声音:"呃,社员们停一下,吆喝个事。三月庙来了,咱村最大的一件事来了,关系到全村老百姓的切身利益……呃,这个……有人找建国跟我,命令我们出面拾掇拾掇……呃,我跟建国这会儿没头没脸,以前说不干了就是真不干了……呃,再干我们是他娘的孙子!可是,不能眼见着大伙受损失……呃,所以我跟建国,不,建国跟我,还有其他以前的干部串通了一下,决定暂时代理主持工作……呃,先说清楚,只是暂时代理主持有关庙会的工作,其他的我们不管,没有那权利也没有那能力,只是在外人面前给咱田禾庄长长脸面……呃,给咱村百姓谋点儿福利,没别的,庙会一过……呃,我们就拆我们的台,根本用不着你们搭帮……呃,建国,我说的行不?你再补缀几句……呃,下来建国说几句撩屁股帘子的话。"

大喇叭吱啦了好一会儿才传来王建国的声音:"呃,刚才大民吆喝的那些,确实是他、我跟全数干部的思想……呃,只能说是我们往届,在没有选出新班子前碰上了庙会,我们暂时代理主持庙会事务……呃,大民说得挺清楚,大家伙也听得挺明白,从大局出发,为田禾庄着想……呃,最后说一句,庙会一过,收入,分文不少地缴电费……呃,大家都清楚,咱村老被掐电……呃,别的事没有,以前、往届的干部都来大队开会!别磨蹭了!看看月份牌!上头一天挂着多少事!赶紧来!"

田禾庄大队很快恢复了热闹,集体大生产时的场面再现了,干部们起早贪黑,拾掇出没用的工分条赶制成门票,拾掇来仓库的红绸布赶制成红旗,拾掇走街面的闲人组成巡逻队……

三月十五日,田禾庄人进山后看到了王建国和刘大民的工作效果。说实话,他们是满意的,但心里仍旧有一种说不清楚的感觉,嘴里也有一种嚼不分明的滋味,所以他们没有对王建国说是,也没有对刘大民说不是。

庙会安然度过后王建国又吆喝说,收入在明面上摆着,大家可以来查,十八岁以上的谁都可以来查,进来多少钱出去干了什么事,可以一分一分地倒着查。可是他没有再提下台的事,因为乡领导找他谈过话,希望他继续干下去,争取把田禾庄治理好。奇怪的是乡领导也没有再提税费的事。不几天县里下来文件,他掂量在手心感觉出了轻重。这文件在讲"三农问题",但说辞有所调整。他挑拣着看了看,择出了反复出现的关键词——村务公开、农业税费改革、农村基层建设、农民减负。

好。

实在是好。

我们田禾庄的"老支书""老村长"王建国预见到了,一场悄无声息的"变动"要来了。他懒得猜想起因、经过和结果,只觉得如今的世道上有这样一场"变动"就足够了,他所要做的只是迎合它,因此决定不拆自己的台,要继续"代理"下去。

方军做出了决定,他真把绿皮解放换成了红皮中巴,打算在客运的门道上勇往直前,像他父亲那样掌控生活的方向盘。

赶在三月庙前他和方良把路线牌临时换成了"尧县——葛洪山",又在后窗张贴了"直达、旅游、进香、包车"的广告,因为进香逛庙或者凑热闹的外地人需要有人提供一站式服务。但是庙会前几天在县城拉客并不容易,他索性把车停在葛洪山专程送香客回县城,再返回时捎带脚拉些油钱。他是田禾庄的车,在葛洪山活动相当便宜,因此错开时间少了竞争。

有车的日子里两兄弟风雨兼程不怕苦累,像轰鸣的发动机时刻在强力地运转着。是的,脱下军装之后,在亲近家乡的忙活之中,我们当家做主的方军逐渐领悟到了忙活的真义:只有把心里的事情忙出样子来那么活着才能有滋味。人生的道理往往很简单,简单到只有"忙活"两个字,两个时常被我们挂在嘴边的字,但并非每一个人都能够理解、贯彻并且执行。

是的,忙活。在忙活的过程中方军懂得了方载德当年的行思,加油换挡的每一个动作他都能感觉到方载德的存在——你看,我们的方载德就坐在副驾驶,正心满意足地看着方军,还在时不时地提醒他注意眼前的路,留心车上的人……

时至今日,方军拥有了方载德的忙活,他成了梦想与渴望中想成为的人,每次出车回来他都要坐在当院盯着中巴车抽上几口烟,而在他的身旁,触手可及的地方,有一副矮凳,矮凳上有一盏清茶——这样一个他数度被人们认成了方载德。

方军有车以后方家人外出省时省力又省钱,三月十九日安友会头一次坐方军的车进山,一路上都在怀想李学勤,心想一定得抽时间去看看她,因此多买了些香火,在全神庙为每一个姓方的人耐心地祷告过后才去玉皇阁找李半仙,给方永上还愿文疏时也为方爱算了一卦。卦象很好,回到家她先是和方载亲说,军子有德子那一股劲头,方载亲说:"军子就得接着德子的茬口忙活。"她又说了方爱的卦相,方载亲想了想说,"这一两年给她一个说法。"

下午方爱回家后安友会一直撵在屁股后头,见她要备课才安分地瞅着。方爱浑身不自在,就说:"娘,等会儿帮你做饭。"

"没事,你忙你的。"安友会心里踌躇。

"你有事,我还不知道你。"方爱索性合上了备课本。

"你继续备课,好好教学生。"安友会起身要走。

"你说,不说我心里膈应。"方爱猜测不出具体的事。

"你……"安友会吞吞吐吐地说,"二十了。"

"我当你要说什么哩。"方爱又翻开备课本说,"嗯,我二十了,我兄弟十八了,你想说什么就直接说吧。"

"你……有不?"安友会还是吞吞吐吐的。

"有什么不。"方爱又削起红蓝铅笔来。

"对象,姑爷。"安友会扑哧笑了。

"没有。"方爱削完蓝色的一头又削起红色的一头。

"有对眼的不?"安友会夺走了笔。

"没有。"方爱看了眼窗外,方载亲刚好经过。

"要是有就递娘说?"安友会以乞求的眼神看着她。

"不着急。"方爱起身说,"走,咱俩做饭。"

"不用你做,你就递我说,有没有待见的。"安友会拦住了她。

"我没有,你要是有就让我看看。"方爱绕开了她。

当晚安友会对方载亲说:"小爱子像是没有顺眼的。"

方载亲搔挠着头皮说:"这会儿的孩子结婚晚,不过也该着给她考虑了,二十一二结婚,正当年。"

"咱小队没有像她这么大的小子。"安友会愁眉苦脸的。

"嗯,咱小队丫头多,小子没生下来。"方载亲还在搔挠头皮。

"你说……"安友会欲言又止。

"谁家?"方载亲问。

"唉。再说。你记着操心。"安友会忽然颇是感慨地说,"小爱子也要出窝了,手心里还多余个小永儿。"

"小永儿出窝迟,不知道什么时候哩!"

"考大学,念大学,娶个城市里的儿媳妇……"

"当上大学生他爹再当老公公就更迟了。"

"高中谈恋爱的多,也不知道小永儿有没有谈。"

"你净瞎操心。"方载亲气呼呼地说,"这会儿学习最要紧。"

第九十五章

红牛十五岁了好吧?

它把自己活成田禾庄人了好吧?

是的,我们的红牛悄悄地活成了老红,它在田禾庄的春秋与田野里活出了人样。它每天走呀走的,来来去去的,尤其是上下牛背梁时那副不带劲的样子,实在是像极了攀房爬脊的方才顺。

这样说吧,老红在方家的日子,其实就是人过的日子。每一天里它要做的事情和人做下的事情差不多,吃饭、干活儿和睡觉。如果我们把日子拉长些，覆盖掉四季以春秋的尺度去衡量，那么它一年中做下的事情看上去只有两件，生养孩子和耕种土地；如果我们把日子拉得更长些，覆盖掉一生再以生命的尺度去衡量，那么它一辈子所做的事情恐怕只有一件，和任何人都一样的一件，忙活。

老红在生死大道上忙活着。

老红活着活着就得死。

老红得活死自己。

这听上去是不是满是悲哀与遗憾呢？不怕，我们也这样，在活死自己这件事情上我们和老红一样地努力，和田厚生生死大道上的人间行走一样地有成就，所以这份悲哀与遗憾其实不妨碍我们活着，所以我们也可以像方永那样用一部分生命去追求些什么。

方永在追求爱情。

每当暑假来临的时候，每当和老红在一起的时候，每当躺在牛背梁上的时候，他诗情画意般的爱情就盛放在山野。是的，高二生活说话间成为过去，这一年中他和王倩分开了教室，但王倩亲手制订的学习计划和那辆红色的自行车还是经常把他们归结在一起。方杰的高考结束后，等成绩时替换了去学驾驶的方良，单纯的卖赏有些无聊，所以他时不时地拉上方永去县城玩耍。方永去县城不愿意满街溜达，他只愿意和王倩去旱河的堤坝约会。明天去县城，今天在牛背梁上他要像往常那样憨一首见面礼。

上年岁后老红的饭量就少了，别的牛一个劲地吃草，而它却安卧着倒嚼。情诗无法信手拈来，方永毫无头绪，索性靠在它的肚皮上。这惹得小牛犊不高兴，围着他乱蹦跶，似乎在争取老红的欢心。他懒得理会小牛犊，找了个自在的姿势就睡着了。

见惯了世道上的人情是非，老红自然很清楚方永的眠梦。那境地里无非是春天、花朵和倩倩，但是它又想去看一看，所以走了进去，看到我们的小伙子正蹲在一棵树下写写画画的,便说:"小子,你在写诗。"

方永停下来,纳闷儿地说:"你叫我什么。"

"小子。"

"我比你大好吧,我大你三岁好吧,你怎么能叫我小子。"

"论年纪我快五十了好吧,论辈分我也赶上大脚跟会子了好吧,你说我能不能叫你小子。"

"算你五十,可你的辈分是怎么长上去的。"

"我卖儿卖女供你念经好吧,我对咱家的贡献一直比你大好吧,我……"

"好吧,我是你小子。"

"小子。"

"嗯。"

"你在想姑娘?"

"你……"

"你是不是在想姑娘?"

"是吧。"

"那姑娘叫什么?"

"不知道。"

"那姑娘是不是爱穿红衣裳?"

"是。"

"那姑娘是不是还有一辆红色的自行车?"

"是。"

"我也爱穿红衣裳。"

"嗯。"

"不过我的蹄子不是红色的。"

"嗯。"

"我的蹄子是什么色的？"

"黑色的吧。"

"我卖儿卖女好吧，我使牛劲供你念经好吧，可是你竟然不知道我的蹄子是什么色的。"

"我……"

"你没有良心。"

"那我看一眼吧。"

"你早该看一眼，你现在就该看一眼。"

"我看了，红不红黑不黑的，不知道是什么色的。"

"你真笨。"

"那你说是什么色的。"

"这叫牛蹄色。"

"呸。"

"哈哈。同样是一身红，我和她谁好看。"

"你……"

"我也觉得我好看，起码比她耐看。"

"不要脸。"

"指鹿为牛那才叫不要脸。"

"是指鹿为马好吧。"

"牛。"

"好吧，牛。"

"指鹿为牛和夏日思春是一样的道理。"

"你在骂我。"

"我不愿意你的诗里全是春天。"

"为什么。"

"春天的草虽然鲜嫩,但是吃不进嘴,吃不进嘴偏偏更想吃。"

"难受是不。"

"是。"

"我就是愿意和倩倩活在春天里。"

"那姑娘叫倩倩。"

"你……"

"我早知道她姓个什么又叫个什么。"

"为什么还问我?"

"我只是不知道你怎么称呼她,你俩在一起亲嘴的时候……等一下,你俩亲过嘴没有。"

"没有。"

"你看我的犄角?"

"亲嘴和你的犄角有几毛钱的关系。"

"你看。"

"我看了。"

"她脑袋上有没有这东西。"

"没有。"

"她脑袋上没有这东西你还怕什么哩。"

"也是。"

"小子,放心大胆地亲吧。"

"你……"

"你俩在一起亲嘴的时候你是不是叫她倩倩?"

"你慢慢寻思,我走了。"

"你别走。"

"你老不正经。"

"好吧,我正经地说,你别走。"

"这还差不多。"

"你等一会儿,先让我想想怎么把这么不正经的事往正经里说。"

"你……"

"想起来了,你俩亲嘴……对嘴……亲吻……接吻……嚼舌头,你俩嚼舌头的时候你叫她倩倩,她又叫你什么哩?"

"你不是什么都知道嘛。"

"这个我不想知道。"

"那你还问。"

"永。"

"嗯。你……"

"倩倩是不是这么叫你的,你俩嚼舌头的时候。"

"你真是老奸巨猾。"

"哈哈。嚼舌头……不,亲嘴,亲嘴的事不宜经常干,经常干容易得近视眼,我看你快成近视眼了。你看我的大眼睛和长睫毛,和倩倩的比,是不是更好看些。"

"去你的。"

"好了,不臊睬睬了,老爷儿快掉了。我刚想起来,大脚和会子让我给你捎句话。这话我得正经地说,说完给我看看你的诗好吧。"

"什么话。"

"小子,你要上高三了。"

"知道。"

"来,给我看看诗——"

方永忽然惊醒了,他看到老红正在舔舐他的面颊,而蹦跶累了的小牛犊则安卧在他和老红的身旁。

第九十六章

存在即合理，即便是歪理。

安友杰没有站在正道上，他的存在只合乎歪理，所以总让田禾庄人吃惊，总让安友会伤神。逢年过节安友会总得提醒自己去娘家，去看一看安友杰还安生不，去看一看爹娘还顺心不。可是连续几个节日安友杰都让她扑了空：中秋节没有数落再启老汉，阳历年没有打骂安再启家的，就连春节也没有节外生枝，日子虽然平淡却也安稳。就在她满怀憧憬时，安友杰冷不丁使出了杀手锏——

在一个毫无时间尺度的日子里安友杰家的修工回来了，到家就遭遇到安友杰的叫骂："疯疯癫癫跑什么？哪也不许去！"

"你不掖钱，光靠娘卖俩鸡蛋不够东林念书，盐都吃不起还不叫我忙活？"安友杰家的一脸冤枉，但口气像是在犟嘴。

安友杰上去就是一拳，他家的顷刻间哭出了鼻血，但脸上的表情更像是在示威。安友杰看不惯，揪住头发狠狠地撞到门扇上。这下子她里里外外都哭了，还哭得有声有色。安再启老两口一个被吓愣了一个被吓傻了，是再启老汉先回过神的，他主动蹲到灶膛，像是在等着烧火做饭。是的，安友杰一定使出了全身的力气，上顿喝的是稀粥，现在他肯定饿了……

"你掖不来，还不叫她掖。"只有安再启家的肯冒着被打骂的危险顶撞安友杰，但安友杰不当她是一回事，她嘟囔着扶起安友杰家的说，"死杰子你真少有，田禾庄盛不下你。"

安友杰的鼻子被气歪了，张嘴发出来的声音却是："还不做饭吃？别给我做白粥搅哪个！"

我们的再启老汉是多么的有先见之明啊，安友杰的话刚出口他就把柴火搂到了脚下,一副随时可以点火的样子。

"别啼哭了,再打你就递你大姐说。"安再启家的转身又说,"做什么吃?要什么没什么。"

安友杰家的擦净血,撅两根木棍夹上耳朵说:"烙饼吃?"安友杰没有反对,她便对安再启家的重申,"烙饼。"缸里的白面所剩不多,一瓢下去她挖见了底,随后和面烙饼的过程中全家人一声不吭,直到第一张烙饼出锅后安友杰才品评说:"加盐。"

"薄?"安再启家的说。

"盐全倒进去了。"安友杰家的说。

"喂驴时槽帮上留了个盐疙瘩。"关键时刻再启老汉开了口。

安友杰取来化进蒜泥,吃饱后蹲在门槛上,一副若有所思的样子。在他的背景里,他家的切开烙饼分给众人干嚼,局面显得生硬又平淡。突然,安友杰问道:"你挣的钱哩?"

听闻此话再启老汉低头看起了蒜泥,他家的愣愣地盯着安友杰的后背,而安友杰家的则放下烙饼从胸口掏出手绢,拣出三百元扔了过去。安友杰看一眼钱的邋遢相,像是受了巨大的侮辱,他腾地蹿过去,一脚把她踹翻在地。

这一次她没有哭。

是的,没有掉泪怎能算哭呢?

她挣扎起来,把烙饼扔进灶膛就跑了,安友杰居然没能拦住她。是的,没有为什么,吃饱饭的男人愣是没有拦住没有吃饱饭的女人。安友杰气急败坏地拽出顶门杠,遥遥地骂道:"我削不死你!"

安再启家的过来拽住他,哭着说:"你个狼羔子,非闹出人命?"她拽不住,再启老汉又挡住去路说,"杰子,就你这点儿我看不惯,我从来没有打过你娘一下,你要出去,先……"安友杰没有让他说完,一拨门扇他剩下的话就被撞倒了。

在这座阴暗的老宅，日本鬼子想干却没有来得及干的事情，今天我们的安友杰想都没想就干成了。我们的再启老汉也刷新了历史，他自己的历史。是的，我们听到了他的前半句话——"杰子，就你这点儿我看不惯，我从来没有打过你娘一下，你要出去，先……"他的后半句话肯定是——"打死我！"可是，我们的安友杰没有给他哪怕是一次自己给自己壮胆的机会。

安友杰家的，踉踉跄跄的，要跑到哪里去？

娘家？

挨打不是一两次，哪次她都没有想起过娘家。

方家？

是的，刚才挨第一顿打时安再启家的就搬出了安友会，现在能够阻拦安友杰的，人世间非她莫属了。

我们指出了明路，安友杰家的就疯似的逃向了方家。不过我们总觉得缺少些什么，想一想，让她迈开的步子在空中定格，就是那副上不着天下不着地的姿势，就此我们耐心地去寻思到底缺少了什么必要的元素，以至于她如此的悲怆还是让我们无动于衷。

时间。

是的，没有时间的背景一切都显得不真实。

好吧，把时间找出来，把这个不可或缺的元素加上去。

可是田禾庄的时间向来懒散，从没有过明确的钟点。我们勉为其难，就把安友杰家的放到"某一天的某一个傍晚"，比如一个灰色的傍晚，一个炊烟袅袅的傍晚，一个倦鸟归巢的傍晚。

我们释放时间——

安友杰家的掉在地上，获得支撑后马上逃向方家。

安友会在做饭，她跑进门就摔倒了，刚爬起来安友杰就追到了。方载亲忙奔过去卸下顶门杠，推搡着说："你给我滚出去！"我们的方载亲知道和安友杰讲不通道理,所以他很犯愁,一次比一次犯愁,愁自己揭不掉这块狗皮膏药。

见到弟媳的伤情安友会要拿擀面杖砸安友杰,方载亲忙拉住她,她只得叫骂:"你活脱一个败家子,我看你就是不宜搭理!我看你就是给脸不要脸!"她找不到合适的字眼,只摸到这几句对安友杰毫无伤害力的陈词滥调。

方载亲以最快的速度冷静下来,吐口唾沫抿抿嘴唇说:"不年不节的你唱的是哪一出?"是啊,以前你闹得鸡犬不宁还有章可循,定是年节手头紧,闹腾一次得点儿好处,可是今天很平凡,只是"某一天的某一个傍晚"。

安友会被点醒了,也咬牙切齿地问,安友杰家的则断断续续地哭诉说:"我修工……攒学费……挣油盐……他连踢带踹……"

安友会听明白了也冷静了,她急于要做的不是责骂安友杰,而是抚慰他家的。方载亲把安友杰拽到影壁后头,对鼻息呼哧呼哧的小舅子说:"你不照照穿衣镜,你不摸摸心口窝,当初娶媳妇多为难?别为你爹你娘你大姐你小妹子想,也别为孩子想,光为你自己想,想到了什么不?把她打跑我看你怎么找!下手这么重,是买来的媳妇?明媒正娶!不觉得有违良心?"

安友会抱着安友杰家的不断地安慰着,心里装着满满的忧虑。是的,她担心安友杰家的再修工会一去不返,她担心安友杰的家难以保全,因为这个可怜的女人真的很可怜。

方家正不可开交时安再启老两口来了,见到再启老汉头上的血包安友会的擀面杖毫不犹豫地砸出了手,我们的安友杰及时地逃走了。安顿好家人,安友会看看天又看看地,最终咬牙切齿地说:"公安局都管不好他,我看法院能不能把他管好。"

方载亲知道玉皇大帝也管不好,但安友会还是一门心思地去做了。第二天她找到方校长写下诉状,第三天坐上方军的车去了尧县城,第四天带着安再启老两口进了尧县人民法院,第五天法院派人来了解案情,第六天以"虐待家庭成员罪"传唤了安友杰,第七天直接判了他的刑。

安友会把亲兄弟送进了监狱。

这消息把田禾庄的时间炸得面目全非,黑天白日里人们都在说道:头一回,安友会报警,派出所拘留了安友杰;二一回,安友会起诉,法院直接判了安友杰……

安友会不理会传言,也不猜想法院能不能再造安友杰,她只想安家多几天安生日子。在安友杰事件上田禾庄村委会给予了她充分的支持,王建国和刘大民向法院证明了安友杰的不可救药,打骂亲爹亲娘亲媳妇件件属实,还说严重败坏了田禾庄的名声,并且要求法院宣判死刑立即执行,我们田禾庄绝不收尸!

第九十七章

从年头看到岁尾,田禾庄村边会冒出许多新宅院,高高的地基和朱红的大门在提醒别人,这家有个小子,单等着说亲。

一九九八年腊月,修工的小子们回来后田禾庄的黑夜就热闹了。过年的晚上方敬带着方爱去村西看翠凤,路上遇到一伙小子,其中有人尖声细气地说:"方老师哪去呀!"回来时这声音再次出现,方敬问是谁,方爱答:"二流子!"

"谁家的二流子放出来了?"方敬饶有兴趣。

"北庄子二丫家,跟兄弟同岁,差点儿挨罚的老小。"

"叫什么?"方敬影影绰绰地想起来了。

"大名安胜利,小名安铁锤。"

"他家的人还能共事，硌碜不？"方敬忍着笑挎住了她。

"大姐！"方爱一跺脚不走了。

后面的手电光又打过来，地上白花花一片，同时传来安胜利嬉皮笑脸的声音："方老师小心点儿，前头后头都是冰！"

亮堂堂地进家后方敬听得屋里传来几道笑声，便拽住方爱分辨：有方载亲嘻嘻哈哈的笑声，有安友会志得意满的笑声，有王二丫谦恭附和的笑声，还有田学富两口子绿叶般应景的笑声。拿定底细她撇开方爱，推门进屋笑着说："呀！婶、叔，都在哩！"

王二丫快一步攥住她的手，上下打量一番说："老同学，你说说你，生的丫头个顶个！"转眼瞅着看电视的方永说，"好不容易讨来个小子吧也这么好材料，这福气真叫人眼馋！"

方敬挎起她的胳膊，瞅着炕沿上红火的安友会回应说："婶子真会说，快趁热多说几句，你看我娘这个欢喜！"

田学富进门后就是一脸的笑，仿佛只是个陪衬，他家的不似他，时不时地见缝插针顺水推舟。屋里唯一没有笑的是方永，他一声不吭地瞅着电视机。旁人只当他念高三压力大，不过是捎带脚提一提他，根本顾不上捋摸他在寻思什么……

王二丫又嗑瓜子似的说："今儿黑夜的话没半点儿虚假！龙生龙凤生凤老鼠儿子会打洞，你们弟兄仨真是一个都没瞎！老大外头吃公家饭，老小学习又挺强，老二还是个教书匠！"

"唉，也就是替人家代代课，没着没落的。"安友会满是遗憾地说，"小爱子会教，年前拿了个全洪城乡的第二。"

"咱不缺那俩钱，教不教的都行，你说……"方爱进来了，王二丫咽下后半句话笑眯眯地瞅起了她。

方爱别过她的笑，单对田学富两口子说了句客套话，安友会沉脸斥责说："刚夸你是人民教师懂规矩，怎么又四六不懂了。"

王二丫忙说:"我见天来还讲什么规矩!会子姐、老同学、当家的,我问你,谁家的规矩是一见面就得先打招呼?"

从王二丫进门到现在已经给足了面子,此刻方载亲嘻嘻哈哈地回敬道:"嘿!我看全田禾庄没有谁比你们过得更熨帖了,修工又打铁,在台湾庄非拔尖不可!"

"你们家……"

"那怎么我该你钱,不是你该我。"安友会笑着打断了她。

"你该我钱?该多少?"王二丫一本正经地笑着。

"我知道今儿你来是为要钱,磨不开脸面就逗笑话哄。"安友会摆出了拿钱的姿势。

虽是装样子,但王二丫还是认真地阻拦说:"哎呀!这可招惹你了,你什么时候该过我钱,我怎么不记得哩?我知道我没皮没脸,明知道你家有个大学生,可推钢磨还是不掏一个镚子……"余光扫见方永不乐意,忙不迭地照顾起他的情绪,"永儿,我只是嫌胜利不争气!"见他咧了咧嘴才瞅向安友会。

安友会拍拍口袋说:"空的,你别想,今年还是还不上。"

"你就撑我吧,还好没吃你家的饺子!"王二丫一声高似一声地说,"你要是撑我,就明说,好叫胜利来炕头吃利息哩!"

方敬一直在听,在笑着听,笑得无法把持时便把王二丫拉上炕沿和安友会一边一个夹着她。没有和王二丫说一句话的方爱也笑了,红着脸笑了,笑的同时避开了她每个热情且贪婪的目光。田学富家的自觉插不上嘴,趁众人都在笑时才说:"你俩还分什么这个那个。"王二丫感激地看着她,她又说,"孩子们说话都该成家立业了,计划生育多少年过去了。"

方载亲说:"毛二十年了,第一茬孩子给折腾大了。"

田学富说:"当年折腾得惊动了祖宗。"

方载亲说:"宝儿正赶上第一波浪头。"

田学富说:"胜利跟永儿一般大吧,大宝儿一岁?"

王二丫不愿意提计划生育,忙说:"胜利比永儿大!"

安友会说:"是比永儿大几天。"

王二丫赌气似的说:"你当娘的不知道小子们差几天?"

安友会寻思说:"铁锤不是比永儿大个把月?"

王二丫攥住她的手说:"计划生育把你折腾得够呛,胜利比永儿大多了,胜利跟小爱子同岁!"

"啊?"安友会看向了墙上的挂历。

"一九九九年的新挂历能牵挂一九八〇年的旧日子不。"方载亲摇头说罢安友会就盯着他问,"铁锤不是跟永儿同年?"

方载亲干笑起来,方敬接话说:"娘你记错了,胜利是比我兄弟大两岁,我妹子也是比我兄弟大两岁。"

安友会看看方爱又看看方永说:"是,你妹子是比你兄弟大两岁,你是比你兄弟大十岁……"

王二丫忙说:"胜利跟小爱子同岁就对了!小爱子是你生的,哪年生的你知道,胜利是我生的,哪年生的我也记不差。"

"你们把我绕糊涂了。"安友会还在一门心思地琢磨,众人都在笑她,她越想越乱只得问方爱,"铁锤跟你一般大?"

方爱觉得这个问题不好回答,便看着方敬说:"你生我那天属咱娘儿俩忙活,那么忙我哪能牵挂那么多的事。"

安友会又找方载亲核实,方载亲嘻嘻哈哈的,田学富家的实在憋不住了才答复她:"你这人真是操心的命,再说下去宝儿跟永儿也同岁了。"

"计划生育把阴阳历法闹掰了,现如今连春秋年景也闹乱了。"安友会最终问到了方永头上,"你递我说,你跟铁锤谁大?"

"洪城念书时我跟姓安的一般大。"

"这会儿哩？谁大？"

"这会儿不清楚，几年不见了。"

方敬笑得前仰后合的，田学富家的也被方永的假正经逗笑了，方载亲却是摇着头说安友会："你那脑袋瓜随你娘，烙饼爱忘放盐，干什么事都是一门心思，快别瞎寻思了。"

王二丫这才说："生下来一般大不假，不过这会儿铁锤比永儿大两岁也是事实。"

"怎么弄了两岁哩？"安友会很在乎这多出来的两岁。

"填了两岁。"田学富家的比画说，"户口本。"

"啊？啊。这么看是跟小爱子一般大，挺好哩。"我们一门心思的安友会回过味来了，她会心一笑，总算找齐又认可了这两岁。

时间不早了，王二丫把着安友会的手对方敬说："过年，过去，不去不行，一定得去，明儿就去！"方敬满口应下，她又对安友会说，"别叫孩子们送。"到方爱跟前她发出了恳切的邀请，"小爱子也得去，必须得去！"方爱笑着点过头她又对方载亲说，"喝酒去，打天九去，臊晾晾去！"不待方载亲答她郑重地看着田学富家的说，"谁都不许送，别当乡亲不是亲！"说罢急匆匆地走了。

"再来！"安友会还是送了出来。

"别出来，冷！"王二丫走出大门后安友会看到一束手电光在空中乱晃，又听得官街里说，"怎么这么磨蹭？"

"还不是为了你。"

"忒磨蹭。"

"你个死小子！"

安友会知道是安胜利，再回来屋里没有方敬和方爱，田学富家的趁机说："二丫真热情，你看这事怎么样？"

安友会当然明白"这事",但她没有明说:"嗯?二丫天生火急火燎的……像个大火炉,有她在冬天就热火朝天的。"

田学富家的刚要接话时听得鼾声响,扭头见我们的田学富居然睡着了,但脸上还是挂着笑。她顾不上王二丫的嘱托,摇醒他就回了家。方载亲送出去,插好大门再回来听得另一个屋里方敬正问方爱:"你看二丫怎么样?"

"又奸又滑的泥里钻。"

门口的安友会笑着递眼色,方敬点点头关紧门说:"我看人还行,奸吧滑吧对你好就行,管他外人。"说着说着躺上床一本正经地瞅方爱,方爱要铺被子,她死压着不放。

"好好好。"方敬侧身让她铺好被窝她又说,"关我什么事。"

"你看这人又奸又滑的,真是泥里钻!不关你什么事我还问你干什么呀!"方敬拿捏着王二丫的腔调说。

"就知道哄!"方爱笑着给她也铺好了被窝。

"我过两天回去,宁宁早想我哩,我觉得今年来一趟来对了。我问你,胜利怎么样,好小子不?"方敬盯着方爱的脸色说,"肯定是!今儿黑夜的两句话能听出个大概来,跟大姐说说他吧?"

"小我两岁,修工。"方爱直截了当。

"挣钱够花不?"

"修工当大工,一天二三十吧。"

"比一般人强多了。"

"年岁小,比兄弟才大一个月。"方爱冷不丁冒出了心里话。

方敬没有笑,逮住话头说:"怕什么,过去就当家。"

"人家笑话!"

"有什么可笑话的哩?我比你姐夫也大。"

"咱村里不兴这个。"

"傻丫头。"方敬拿捏个七八分去找安友会了。第二天娘儿仨果真去了王二丫家,天黑了都没有回来,方载亲派方永去找,又是泥牛入海……

第九十八章

方杰在尧县二中经历过一次高考,但成绩并不理想,已经把日子过活泛的方军一口气给他交足了尧中的复读费,于是他和方永共同面对着一场可能改变命运的高考。

我们的方军不遗余力,他希望方杰能够成为大学生,能够离开田禾庄并且不再回到田禾庄。他的想法和方载亲如出一辙,但是田禾庄人并没有发明"大学生他哥"这样的称呼。奇怪得很,田禾庄人也没有发明"军人他爹""工人他爹",或许他们觉得当兵不再光荣,或许他们觉得修工死活都无法修成正果,即便发明出来也无用处,所以只为方载亲们准备了"大学生他爹"的名头。

公元一九九九年有二百八十八万人参加高考,这场考试关系着方家一代人的前途。

方永知道高考的重要性,因此整个高三下学期都埋首在书山题海,已经很久没有借助诗歌整理他和王倩的爱情了。王倩也不要他再写多余的情诗,在县城那条旱河的堤岸独处时她亲口告诉他,我们最好都考上大学。关于大学,田禾庄人有着自己的定义,能够带走户口不用回家种地的学校就是"大学"。他们懒得区分"本科"与"专科","重点"与"普通",好比种地,能结果的苗才算是庄稼。几次联考方永的成绩还是中游偏上,倘若发挥得好有望过本科线,所以他觉得能够为方载亲坐实"大学生他爹"的名头。

临近高考尧中不再允许学生开小灶,每晚班主任都要往宿舍里撵人,可是躺到铺位上我们的小伙子们还是难以入眠,除了眼前晃来晃去的公式定理还要思考如何面对人生中至关重要的三天,比如怎样控制呼吸的节奏,从而在考场里保持平和的情绪。是的,倘若呼吸和高考挂钩,那它就是一门学问。

这天晚上方永突然变得失落,他想到了失败,他觉得如果高考失败就会失去王倩。朱晓辉他们在七嘴八舌地压题,他心烦意乱,正想去冲凉时查寝的李清志老师踹门了,但一脚踹出了意外——

门倒进了宿舍。

"没砸着人吧?"李老师赶忙问。

"我没事。"

"我也没事。"

"都没事。"

"都没事就别喊喊喳喳的,明儿我找后勤修。"

皮鞋声远去后王学强叹了口气,方永问他,他悄悄地说:"就算上线,可是报个什么专业好哩?"

"你的理想是什么?"朱晓辉刚问出口众人就笑出了声。

"理想?"

"十几年里念出来过理想,可是又念丢了。"

"猪头。"

"嗯。"

"属你小属你接近理想,你说说。"老大想弄清楚理想这回事。

"快算了去吧。"

"说吧,你的理想是什么?"

"当科学家算不?"朱晓辉话里带着自嘲。

"哪种科学家?"

"核物理。"

"哪所学校？将来干什么？"老大接连发问。

"兰大、哈军工，造原子弹炸鬼子。"朱晓辉又笑嘻嘻地问他的理想是什么，老大如实说，"考大学。"

"你离你的理想最近，再过几天就可以实现啦！"黑暗里的朱晓辉捏着自己的脖子分外享受地说。

这时走廊又传来皮鞋声，他们关于理想的探讨就此终结了。不几天，检验三年来是否学有所成的战役打响了，他们乌泱泱地奔赴战场，或为理想而战，或为命运而战，或为别人而战。

第一场遭遇战是《语文》，压轴的作文题目出人意料：

随着人体器官移植获得越来越多的成功，科学家又对记忆移植进行了研究。据报载，国外有些科学家在小动物身上移植记忆已获得成功。他们的研究表明：进入大脑的信息经过编码贮存在一种化学物质里，转移这种化学物质，记忆便也随之转移。当然，人的记忆移植要比动物复杂得多，也许永远不会成功，但也有科学家相信，将来是能够做到的。假如人的记忆可以移植的话，它将引发你想些什么呢？

请以"假如记忆可以移植"为作文内容的范围，写一篇文章。

方永反复读题，理解的过程中发觉记忆无论多么新鲜其实也是回忆，无非是过往人生的印象与留存的信息，本质更像是对"你之所以是你""我之所以是我"进行定义。当他不断联想下去时又觉得，假如记忆存在载体，假如记忆可以移植，那么一定有办法对它进行编辑与保存，那么一定会有人对它进行复制与改造！

太可怕了。

未来，我们每个人都有可能成为记忆的存储器，我们每个人都有可能丧失身份与个性……

这不是一个理想的世界。

方永觉得他之所以喜欢王倩，是因为王倩是王倩，是全部的王倩，并不仅仅是和他拥有共同记忆的王倩。他喜欢的王倩，其实是一个真实的、客观的、全面的存在，有熟悉的部分，也有未知的部分，而这份熟悉与未知是不能更改又无可替代的。

他不敢再想下去，匆忙间安定心神，由着记忆中隐现的游丝写下了《记忆中的方虎》：

十字路口的一栋建筑翻新了，临街的两面挂起了不同的招牌，一面是"记忆储蓄银行"，一面是"记忆移植医院"。

没想到，炙手可热的新技术已经走进民间。

关于记忆，我知道它是人生的经验，以往口耳相传的分享可以感同身受，而今移植手术传递的不再是二手信息，而是真实的存在。我从没有想过移植别人的记忆，可是每天都要经过这个路口，每天都会看到人进人出，数天下来也由不得我不动心了。

我来到银行这一面。

职员热情地介绍说，您可以把美好记忆复制进银行，作为回报，可以免费移植一份别人的美好记忆。我问他，不美好的记忆呢？他说，如果您想遗忘也可以剪除给我们。我又问他，你们要移植给别人吗？他说，十年内如果没人接受，我们会先研究再销毁。

他把我领进了金库。

金库其实是仓库，仓库里满是玻璃冷柜，冷柜里满满地存储着很多人的很多记忆，多数是类似血浆的淡黄色针剂。他指着标签说，淡黄色的是美好记忆，您只能免费换取，或者花钱购买。我问淡蓝色的，他笑着说那是痛苦的根源，还说，免费。见我犹豫不决他又问我，您是不是没有拿得出手的美好记忆？我笑着说，看来只能领取一份痛苦了。他取来几包淡蓝色的，比对过后说，它的成色浅，副作用小些。我看了看标签，是"方虎"。

我们来到记忆移植医院。

大夫叫我躺下，先是对我的鼻腔进行消毒处理，之后将一根细长尖利的导管通过鼻腔经鼻窦刺入颅腔，不一会儿别人的记忆便植入了我的大脑，于是脑海里横生出两个影影绰绰的人，他们在一个模糊的时空场景中走来走去的，身影也断断续续的。我知道，这是有关"方虎"的真实存在——

一个夜晚，漆黑。

一条土路，高低不平没有方向。

一个男人，扛着铁锹迈着大脚喘着粗气。

一个女人，抱着棉被裹着孩子发出哭声。

他们来到土崖。

男人卖命地刨出一窝庵堂。

女人哼唱起来：狼来了，狗来了，猫儿背着虎来了……

——记忆到这里悄然而止了。

别人的痛苦其实没能把我怎么样。

至今我都不知道方虎是不是女人怀抱里的人，也不知道记忆里的男女到底要做什么，但是我知道剪除它的人不想遗忘得干净，他想要的，无非是一段人生的空白，从而让生活得以断续。

可是，从那时开始，在很长的一段时期里，每当我回忆起所谓的方虎，脑海里都像是下着淅淅沥沥的雨，没有来由又没有边际。

我像是多了一场梦，仅此而已。

第九十九章

人过中年，自己的经历算得上事情的已不太多，满把攥着的也会少下来，但是孩子们的经历会日渐丰满。

方爱和安胜利定亲后方载亲少了一桩心事，筹备婚礼时他不再管事，安友会也是满由着方爱。是的，我们的安友会总算聪明了一回，她没有向王二丫提旁外的要求，她知道更加聪明的王二丫不会亏待二小子。

方永的高考结束后方家像是没有了事情，日子如同一碗白水，窝藏在水面下的方载亲和安友会讨论过，觉得他考得不行。安友会没有多余的想法，不敢再寻思李半仙的预言，方载亲则更加讨厌别人喊他"大学生他爹"，如果有人喊便假装听不见，实在躲不过去才嘻嘻哈哈地腺几句，而心想的却是即便一茬接一茬也要让方永考出田禾庄。至于我们的小伙子，他把自己放到了无处可去的境地，终日躲在东房。东房里最显眼的物件是才顺老汉的家信帖，但它在他眼里不过是件摆设，他不过是听方载亲朦胧时说起过土地变动和计划生育。那些陈年往事过于遥远，眼下他最在意的只是王倩，他觉得和王倩的爱情像是走进了死胡同。是的，高考最糟糕的结局，莫过于他名落孙山而王倩鲤跃龙门了……

今年麦秋后安胜利没有去修工，他留在田禾庄筹备腊月廿六日的婚礼，时不时地以准女婿的身份来方家提前行孝。在这个闯荡多年的同学面前，在这个即将成为二姐夫的家人面前，在这个即将挑锅灶的男人面前，我们的小伙子显得过于幼稚。所以一旦他进门，方永都要躲进田忠家。

田忠的家已经闲置多年。

我们的"老绝户"走后田忠和田新凤过了几年安稳日子，但生下田禾后家境并不宽裕。田新凤决定闯荡，便把家业托付方载亲照看。两口子先在冀中市租了间窝棚，谋生的手段就是烤烧饼。凭借一门心思的吃苦耐劳，几年下来路边摊成了街头小店，烩饼、饸饹、手擀面和饺子搬上餐桌时也顺势挂起了"厚生饭馆"的招牌⋯⋯

今晚安胜利刚进家方永就躲去了对门，安胜利想去打招呼时碰见安友兰，安友兰进门就叫："小爱子！我递你说！"

"羊倌来啦。"方爱知道安友兰的来意。

安友兰和田胜心婚后喂了几只羊，现已成群。田胜心舍不得卖，天天赶大山，安友兰则三四天送一次饭。此刻听得玩笑话田胜心扑哧乐了，安友兰也笑呵呵地把孩子撂上炕说："可不许跟婆家这么闹，跟你小姨我没事。"

"你得哄着你小姨，她是土财主。"方载亲凑过来说。

"大老远跑过来干什么。"看到炕上的孩子安友会便抱起来。

"小爱子结婚，穷吧富吧毕竟是亲小姨。"安友兰看着安胜利说，"出的少娘家丢人婆家笑话，多又没有，几块钱合适哩？"

"万儿八千的。"方爱嘻嘻哈哈地强调，"亲小姨！"

"不如把我当陪送，给你俩烧火做饭带孩子。"

"那群羊得放到什么时候去？别老是鸡蛋似的攒，得舍得卖。"方载亲对田胜心说。

"想置块地，老跟我娘挤着过日子不是办法。"田胜心已经厌倦风餐露宿又翻山越岭的牧羊生活。

"小爱子结婚出羊行不,现杀现吃。"安友兰打趣说。

"一个羊打发我们俩,够不,亲小姨?"安胜利嘻嘻哈哈地说。

几人正说笑间安友杰家的来了,方爱忙搬凳子,她还没坐定安友兰就开了口:"也来看小爱子?也是问出多少吧?"

安友会忙说:"你不出,他们认你这个妗子,除非不认娘。"

"多少得出。"安友杰家的面露尴尬。

"那你出两百,到时我先给你。"安友会认可了她的心意。

"都是给娘家长脸,当妗子的出两百,小姨哩?"

"亲小姨,两万五的窟窿!"安胜利嬉皮笑脸的,方爱怨他一眼说,"你少给我瞎说八道。"

"没事,我这个亲小姨待见受气。"安友兰说罢田胜心又说,"胜利一天百头八十,别说人民币两万五千块,就算长征二万五千里一个蹶子也能尥过去。"

这话放大了方载亲的嘻嘻哈哈,安友会竟也是大大咧咧的。安友杰家的没有笑,她别别扭扭地说:"当小舅的不出力说不过去,遮遮掩掩的也不行,得添柴加火。"

"不是看不起你这个妗子。"安友会严肃地说,"你问他们,有没有看不起的意思。"

安胜利立马不笑了,方爱正经地说:"在跟小姨闹着玩。"说完把目光递给安友兰,安友兰说,"到时大姐给你,你过过手,他俩不差这几块砖。"她再把目光递给安友会,安友会便换了话题,一门心思地说,"小爱子,得给你带块儿地走,可北台后头那一亩天字号老地,是你爹跟我的命根子,得种到老、养到老、赕到老,还不能给你。其余的旱地河滩,得水得道的,你随便挑。除了两块子地,你还有什么要求不,再买个洗衣机,别的哩?"

"洗衣机、电风扇、煤气灶、电饭锅……还不够？"方爱瞪着安胜利说，"你们家真是又奸又滑，还想让我们家出多少？"

"什么你们家我们家，你这是叫说什么哩。"安胜利脸上的嘻嘻哈哈很像方载亲。

"别人家嫁妆有这么多不？别人家彩礼有那么少不？"方爱看着安友会说着安胜利。

"你说差多少我回去拿。"安胜利又大大咧咧地说。

"看不出值多少？"方爱白了他一眼。

田胜心和安友兰笑了，哄孩子的安友会也笑了，我们的方载亲一直在笑，唯独安友杰家的一直没有笑。在多数人的笑声里安胜利空手捻着指头说："一五得五、二五一十、三七二十八……"

"少给我出洋相。"方爱制止安胜利却招来安友会的数落，"小爱子，你少给我胡说八道，将来两头都是家都得顾。我这个当娘的还嫌出得少，跟彩礼没有关系，礼数……"

说道间方杰来了，他找方永，方载亲带他到田忠家，听他说成绩下来了，还说方永上了大专分数线，要他第二天去填报志愿。方载亲很高兴，分外大度地说："永儿，买个志愿花多少？"

方永的脸上没有喜悦，他问方杰的成绩，方杰说："我高你五分，志愿报得合适咱俩都能走本科。"方载亲高高兴兴地去给安友会报喜了，他走后方杰拿出王倩的信说，"她肯定走本科。"

方永捏着信想了半天才说："我不想报。"

"你想明年考个好学校，万一……"方杰见他下了决心，又问他是否清楚复读的手续，正这时方载亲领来了众人，他径直问方永拿多少钱，方永则直白地说，"我明年再考。"

众人连忙劝，可方永不为所动，最终方载亲气哼哼地走了，但他走得爽朗，因为没有人再笑话他这个"大学生他爹"了。

白求恩广场风和日丽的。

在这位外国友人不朽的塑像脚下，见到王倩后方永径直说出了打算，王倩听后满脸的愁容，像是没有考出好成绩。方永不愿多说，带头来到那条让王倩摔跤让他们亲密开始的小巷，看着操场里欢呼雀跃的同学们说："倩倩，你先走，我明年再说。"

"明年什么情况你知道？"王倩垂头思索着。

方永看到几绺头发散乱地缚在她脸上，想拨弄却抬不起手，只觉得胸腔里有一股压抑的气息在阻碍他自由地呼吸。

"真决定了？"王倩抬头盯着他的眼睛。

方永看到她的眼洼湿润了。

"你做任何事情都不和我商量。我试试吧，反正……"王倩眨眨睫毛刷亮了眼睛。

"反正什么？"方永觉得不对劲。

王倩抿抿嘴唇俏皮地笑着转了话头："你去报志愿好不？第一志愿报那些可能招不满的本科，专科就报你喜欢的。"

方永摇了摇头。

"那——"王倩的声音很大。

"我们就分开了……"倩倩的声音很小。

"就算报也不可能到一所学校。"方永的脸上终于有了遗憾。

"有可能呀！你报稳走的，大不了我也走个专科呀？"

"最后一堂班会！报志愿！"操场里传来叫声。

"你快去。"方永拍了拍她的肩头。

"你也去好不？"王倩仍旧不想放弃争取。

方永吹动了她的头发，以坚定的眼神鼓励过她又指了指旱河的方向。他知道，如果自己转身，就不能再回头了。这时刻王倩的眼洼里生成了泪滴，踌躇良久才含着它安静地走开。是的，她觉得应该尊重方永，毕竟他有自己的想法，尽管暂时无法认同。

日近中午的时候紧绷三年的神经终于松弛下来，在穿城而过的旱河堤坝，我们的年轻人看起来有说有笑的。他们呀，从尧县城谈到了田禾庄，从洪城初一谈到了尧中高三，甚至还浅浅淡淡地谈到了大学和未来，之后方永说："倩倩，给你写首诗吧。"

这的确是个值得纪念的时刻。

王倩从背包里拿出一册带锁的日记本，翻到最后一页神神秘秘地说："不许偷看！"

方永抚摸着精美的封皮说："你拟个题目。"

"在拟题目之前，我想知道你的复读计划，复读的第一件事是什么？"王倩仔细地审视着方永，方永瞪圆眼睛，把她看了又看才说，"去配副眼镜，我要好好地看一年黑板。"

听到这话王倩的心才不那么难受，她长长地嘘出一口气，四下看看，风景与往日并无不同，忽然发现对岸有一株矮小的向日葵，便指着说："以它为题吧，你看它向着阳光端着笑脸，一丝不苟地面对着每一天的日出和日落。"

我们的小伙子放眼望过去，仿佛看到了向日葵和太阳之间存在着一万道光芒的私语，情愫这便在心田滋生，立时蔓延成了《咏野葵》的篇章：

> 你把我的爱全拿走了
> 没有一点儿剩下
> 因此，我像野葵花
> 在春天的春天的开始
> 便走向明媚的夭亡

那秋天的秋天的深处
以及冬天的冬天的尽头
稚嫩的种子
才生出,我的墓志铭。

我把我的情全留给大地了
没有一点儿黏在脚下
因此,我是野葵花
在晨曦的晨曦的开始
便搜寻湛蓝的天空
这光芒的光芒的前面
甚至太阳的太阳的背后
成熟的季节
才想起,一粒种子的春天。

王倩看了好一会儿,又想了好一会儿才合上本子满怀憧憬地说:"从今天的今天开始,我要你积极地面对明天的明天。"

方永笑了。应了。还亲了。

第一百章

方家的孩子接二连三地长大了,他们对自己有了认识,他们对事情有了判断,他们对生活有了想法,才顺老汉遗留的宅院眼看着就圈不住他们了。

老红知道这方宅院将永远地圈着它,也将永远地圈着方载亲和安友会,只要他们活着,就离不开,如同才顺老汉。

突然有一天，我们的老红活死了自己。

它活死自己的那一天，是方永决定复读的第二天。

那一天方永去了尧县城，去找心爱的倩倩了；那一天方爱去了冀中市，和安胜利去游玩了；那一天田学富又筹备着加盖新房，方载亲和安友会去攒忙了。

那一天方家没有人。

那一天方家没有人知道它要死。

那一天它自己也不知道活着活着就得死。

它本该很自由，它本该悠闲地晒太阳，它本该悠闲地倒嚼，它本该悠闲地晒着太阳倒着嚼享受自由。可是方载亲可怜它，让金老汉捎带脚轰走了；可是金老汉中午犯了困，在牛背梁上睡着了；可是它突然变得很嘴馋，想吃几口嫩草了。

于是它慢悠悠地走出牛背梁去登高望远了。

其实它的命运，在它越爬越高越吃越馋的时候就注定了改变。是的，它爬得太高了，它太贪嘴了，它把自己置身在了危险的境地。它忘了自己的心力早已不济，它一不留神踩空了，它连翻带滚地摔了下来，从很高又很陡的地方摔了下来。

但是它并没有马上摔死自己。

这个老红，在活死自己这件事情上，甚至比我们的才顺老汉还要意外一些，也要悲壮一些。

金老汉发现它出事后不再是老汉了，他小伙子一样从牛背梁上跑下来，碰到人就让捎话给方载亲。方载亲一听就蒙了，匆忙间找见金老汉，金老汉解释说："它老了，打了软腿，摔坡了。在牛背梁下头的地坮，离洪城不远。你赶紧去，我找人抬。"

是的，我们的老红的确老了，平时走路与其说是慢慢悠悠不如说是慢慢腾腾，就连干活儿也很吃力，因此方载亲天天给它吃小灶，可是担心的事情还是发生了。方载亲心急如焚,边埋怨自己边翻山越岭,爬上牛背梁后远远地看到了地埝里躺着的老红,看样子奄奄一息的。在它旁边散落着几头哀伤的牛,它的小牛犊也是一副无心吃草的样子,时不时地朝它哞叫几声,悲痛又着急的。

来到地埝,方载亲见我们的老红嘴里沁着血,眼睛半闭着,肚皮和脖颈血肉模糊的,两只犄角和一条后腿也断了。他心里难受,一颗心脏像是暴露在一股一股的冷风里,守住心神看了看高陡的坡梁才俯下身捅捅它说:"你……有得救?"

老红知道方载亲来救它,耳朵动了动,铜铃般的眼睛聚拢起一抹光华后挺挺脖子试图挣扎起来。它力不从心,只有哀号,长长的睫毛刷掉了好几颗眼泪。

方载亲又绕着它行走一圈,再看看太阳才安慰放牛娃:"没事哩,把别的牛赶一赶,老爷儿要掉了,边放边回吧。"

这时田胜心轰着一群羊从高高的坡顶喊下话来:"我看见你的牛摔了!那地方羊都难过!忒远!我过不去!它卡在旮旯!前不得后不得!打软腿!"

方载亲抹把脸大声地回:"有吃的不!叫友兰给你送!"

头羊绕到了山后,田胜心掘铲土丢进羊群,吹个响亮的口哨说:"别管!"说完朝另一道山梁上的窝棚撵去。

方载亲唉声叹气地蹲在老红身旁,心疼地看着它,不住地唠叨着埋怨着:"我这是叫干什么,一点儿也不觉孽,明知道你老了还非得放……你这是干什么,哪没有青草,非得登高望远……"

老红似乎听懂了他嘟嘟囔囔的话,又起了挣扎,力图站起来追随远去的伙伴。它这个努力的样子像是不知道自己早已是半身不遂的才顺老汉,早已不能再攀房爬脊。方载亲随着它使劲,想帮它卧起来,可它支撑不住身板,只得让它躺在原地受活罪。

太阳落山时金老汉和王二好、田学富等人别着几条缆绳抬来了门扇。如何把这头伤势严重的老红尽可能轻柔地抬上门扇，是个不小的难题。方载亲想拿缆绳套住它，几个人再推钢磨抬杠似的把它抬上去，可是这种活吊毛的土办法会让它多受一份活罪。还是金老汉的方法简单，他把门扇放在老红身边，几个人合力把它滚上去，紧接着跟跟跄跄地抬出大山装上了牛车。

到家后老红的样子吓傻了安友会，她毫无主张，只是蹲在一旁凄凄伤伤地抚摸它安慰它。方载亲拌来麸子面，拌得很稀，希望它能卷几口，可是我们的老红太倔了，闻闻之后就嚼起了舌头——看样子它意识到自己不行了，想给方载亲嘱咐嘱咐。

"看样子你不行了。"金老汉对头牛说。

方载亲赶忙找来李民庆，李民庆看过一眼说："我真没有办法，干不了兽医的活儿，大脚。"

"你当它是一口子人，我出医药费。"方载亲又可怜巴巴地说，"按体重跟能力说，得当它是三口子人。"

"大脚，我只能开抗菌消炎药，撑过去的概率很小。"李民庆验过伤又说，"要是人早没戏了，牲口就是牲口，天生命硬。"

方载亲跟他取来药，安友会提来暖壶碾成粉化成水，可是刚灌进去半口药水它就吐出来一口血水，全身也抽搐起来。方载亲抱头蹲到一旁说："你想怎么着、你爱怎么着、你就怎么着吧！"

田学富晓得没有这头牛方家诸多的人情事理将难以为继，也满是感慨地说："算了，大脚，当它是一口子人了还不行？"

方载亲没有吭声。

金老汉知道它是方家的功臣，是方家忙活道上的老革命，此刻果真当它是一口子人了，预想着没有它是如何如何的不行，煞是投入地说："没有它牛不好放，那些小牛犊子调皮捣蛋，不认道不说偷嘴糟踢粮食还得赔……"

怎么办?

要是它死了怎么办?

方载亲正想得深入时田学富嚷道:"大脚,不行了!"

我们的老红沁出来一口浓血,朝方载亲挣扎几下就抻腿了,那长长的睫毛眨了几下铜铃般的眼睛就丢失了光华。

是的,我们的老红咽下了最后一口气。

亲眼见证它活眼后方载亲却气呼呼地命令它说:"老红!起来!你给我起来!耕地去!奶犊子去!供小子去!"

可是,我们的老红没有反应,眼睛已经像个死人了,它的眸子里再也不需要谁的倒影了。

方载亲看一眼安友会重重地叹口气说:"死了好,死了能清净,死了得安生。"随即拿着手电跑了。

安友会一声不吭地看着老红,忽然瞥见孤零零的小牛犊在愣愣地盯着一切,忙把它推进南屋,关好门又找来刷子细心地给老红梳理起毛皮,直到天黑黢黢的才罢手。金老汉他们则默默地下着象棋,好半天才等来方载亲,只见他拿着老红的一只断角,抚摸着茬口一圈圈带血的年轮说:"留个念想,将来给永儿刻个章子。"

"还养不,永儿还得好几年。"田学富开口了。

"这还不缴枪?等死哩!"金老汉拍了王二好一"炮"解气地说,"去年就叫你留下毛眼好的牸牛当种子……"

"养伤了。"方载亲把犄角递给了安友会。

"唉。别养了。弄钢磨吧。"安友会把犄角藏进了抽屉。

金老汉又比画着一"炮"打了王二好的马,王二好一扔棋子说:"卖了!好歹是堆肉。"

"不卖。"方载亲咬着牙根说。

"何必哩？"金老汉说，"再心疼它也是牲口。就算它是一口子人，亲娘老子，临了也想给家里再做点儿贡献……卖吧，我给你找主家，有什么臭名我老金担待着。"

方载亲不再说话，回想起了它所生养的每一个牛犊儿，以及买来卖去的生活……

田学富噆着牙缝，寻思半晌冷不丁地发出了感慨："其实，牛和其他的牲口跟人一样，都是土地里生发的庄稼。"

王二好顺着方载亲的心思说："就算埋又埋在哪？黑夜埋大早起就有人挖，你信不？这世道没主的老坟都有人挖！"

提起这事金老汉颇是愤慨地说："造孽！洪城那谁活着爱听戏，小子买了个进口录音机陪葬，三七没过就给刨了。××的！你可是给填上啊，尸首晾了三天三夜，几辈祖宗攒下的福气全他娘跑光了！"

方载亲正思虑得紧凑时官街上传来三轮车声，不一会儿有人喊他，出去看是程跃的父亲。老程看了看院里的老红一脸无奈地说："大脚，我来看看，听说你家老红出了事。"

方载亲知道他是卖肉的，也知道他来干什么，更知道他想把老红怎么样，当场咬着牙说："老了，不该轰出去。"

"牲口跟人一样，还是你好伺候，它算是老寿星了。"

"你怎么消息这么灵通……"安友会问。

"听我们村割草的说。"老程给在场的人派发过烟卷单对方载亲说，"永儿的成绩跟跃跃差不多，真是哥儿俩好。"

方载亲这才痛下决心："你弄走，只是别来田禾庄卖。"

"你抽。"老程掏来一沓钞票。

方载亲挡回去说："真不要。你弄走。越快越好。"

"咱们是亲戚，多少你得拿哩！"

"你再给，我就把它埋了。"方载亲一脸苦笑。

"你快弄走吧,没给它养老我心里膈应!"安友会催促说。

老程只得缩回手去。

"墙角有家什,地上的血一道清走,我就不出去了。二好,院里的灯抻开,帮一把。"方载亲说完上了炕。

没过多久,我们的老红,在安友会的注目下,它的遗体静悄悄地告别了田禾庄。是的,它告别了它的家,也告别了它的地。

初稿　西安　2006年09月19日

第 三 部

卷 五

第一百〇一章

新千年的地平线，被排在八月等待成熟与收获的庄稼后面，它随着风波浪般起伏不定，此刻的冀中平原，像一望无际的海。

我们田禾庄的小伙子正通过这片海赶往张市的"华北建筑工程学院"，报到之前他得先去黄帝县煤矿见方敬。通往牛西井的客车最终停在山间的蛮子营。矿区小路被重载煤车碾压得坑坑洼洼，经过这样的土路再转过一道山梁才能听到压风机钢磨般的轰鸣。

方敬去办公楼叫丰收，不想他在开会，方永看到窗户里的丰收正举着拳头对党旗宣誓：我志愿加入中国共产党，拥护党的纲领，遵守党的章程，履行党员义务……

一时半会儿完不了。

二人绕过隆隆作响的风机、绞车和煤溜子来到山坡上的家属区。家属区不过是几排砖瓦房，有方敬和丰收两间，一间卧室兼客厅，摆着几件家具；一间厨房兼储藏室，烧着一炉煤火。

方永此行是来拿钱的，看到这份清苦后起了诸多关于"家"的心思——方载亲的家,方敬的家,以及将来自己的家,梦想中和王倩组成的家。是的,历经一年沉重的蛰伏,他终于告别了田禾庄的立脚地,终于决定了去谈一场真正的恋爱,终于让我们的"大学生他爹"说出了此生中最为硬气的话:田禾庄老方家,当老百姓的日子,到我这辈子彻底算完了!

我们的小伙子还没有学会隐藏情绪,甚至没有意识到有的情绪需要隐藏,他小小的心思被忙活饭菜的方敬抓了个正着。方敬愣了片刻,略带尴尬地说:"你大姐虽说过得不好却也饿不着,家里我尽量帮。"方永背转脸,觉得有泪要掉,方敬甩净手递来钱说,"一直攒不下钱,这是一千,用得着别俭省。"方永不收,她恼着说,"我在煤场多俩闲钱,拿到手只给你和宁宁花。"方永别别扭扭地收下后又听她说,"等不在煤场干想给也拿不出来。"方永不明白"煤场"的事,她就多说了几嘴,"这几年都是我跟领导的老婆轮替,过磅有油水。"随即低头叹道,"兴许明年得替换。马无夜草不肥,光靠那俩死工资能干什么。"

方永觉得口袋里的钱在膨胀,火辣辣地硌着胸口。

丰宁不捣乱,一个人玩得叫人心疼,方敬看他一眼心事重重地换了话题:"他奶奶腿不好,矿上就是山上。我想把他送走,上学再接回来。"随即笑道,"亲爹娘也不能白看,给俩生活费。"

方永知道这些钱最终也会流到自己身上,立时觉得亏欠丰宁,便和他玩在一起,正玩得热闹时丰收擤着鼻子来了,撂下几瓶啤酒拆下一条鸡腿,递给丰宁时说:"永儿,喝两杯?"

"就你有没完没了的事。最近井口不出煤,大老板天天要煤,他可忙活了。"方敬的说道颇像安友会。

这是好事,方永觉得方敬结婚的选择是明智的。

"是?我也这么想,他人不错肯吃苦。当初……回家时爹看他不起眼，我不管，好赖都是他。其实不怪爹，咱那的老百姓只知道庄稼看着好就有好收成。"方敬吓得方永不敢再动旁外的心思，如果想到王倩如何是好？她定会刨根问底，即便守口如瓶也能猜个八九不离十；如果板上钉钉，索性说了……

说道间饭菜出锅，落座后方永看到门口立着一个黑炭样的人，丰收瞥见便慌张地招呼："老练！赶紧洗，快来凑一桌！"

丰收这个人挺忙活的，平日里话不多，走路都是忙活的样子。除了睡觉他的手脚不会闲下来，似乎永远攥着事情粘着事情，即便事情忙活到一定的地步他也不会让自己闲在，会紧跟着投身到其他的事情中。从一件事情转向另一件事情的空当，除了擤鼻子和低着头擤着鼻子走路外他没有多余的动作。是的，他是活在事情堆里的那种人，做事情和想着去做事情是他一天的全部。他仿佛憋着一口气，想凭借这口气把这辈子所有的事情都忙活完结再一股脑地享受清闲的每一天。现在他又催促别人赶紧洗澡，快来喝酒，方敬就说他："整天着急忙慌的，是不是四十岁就想退休。"

"大姐说得对。今儿在这个酒桌上，我和永儿都是客人。"丰收擤着鼻子点着头说。

"怎么着。"方敬不知道他葫芦里卖的什么药。

"你得感谢我和永儿，不对，永儿和我。"丰收找来了苹果刀。

"要升官了榆木脑袋才开窍，知道芝麻绿豆谁大谁小了。"他的改口让方敬满是不屑。

"饭不错，就是个头小了点儿。"丰收盘算起了烧鸡。

方敬把烧鸡推到方永跟前说："你还没有上过大场面，这是菜不是饭。不过，个头小了点儿是什么意思，你身高又是多少？我家看人下菜，想吃火鸡得先把个头长起来。"

丰收挺直腰背更正似的说："这不是火鸡，也不是烧鸡，是小个头的烤全羊。"

方敬撇撇嘴揽着丰宁亲昵地问:"想姥姥不?"

丰宁看着烧鸡说想,方永便把盘子推给他,不想丰收捋起袖口说:"我们拿这只烧鸡来当烤全羊吃。永儿你记着,今儿,咱大姐请咱吃烤全羊,送咱上路。"

方敬没有说什么,严肃地看着他下刀。

丰收把烧鸡翻个身,试着下几刀,不顺手,再翻过来扯起鸡大腿说:"烤全羊的正确吃法,是拿刀削。烤全羊最好吃的地方,是烤羊腿。吃烤羊腿,要一片一片地削着吃,最好再蘸点儿料。"说话间割下鸡腿说,"这条腿,给少东家,永儿跟我吃羊蝎子。"

"你是不是想把它炖二回。"方永说。

丰收果真不嫌麻烦,搬来电炉蹲上铁锅,胡乱地撅把青菜便把鸡架扔了进去,最后拍拍手说:"这个吃法就正确了,可以好好地喝一晚上的酒。"探身又数数酒瓶说,"老练来,管够。"

方敬还是没有说什么,放下丰宁又添了个菜,刚端上桌老练就来了,丰收忙不迭地招呼说:"老练,来,我们刚拿这只烧鸡在当烤全羊吃,你错过了,不过你正赶上炖羊蝎子。"

老练是井下的班长,孩子在县城读书,看样子今晚媳妇回了县城。他先是自罚三杯,然后和方永瓮声瓮气地说听不懂的话,方敬懒得翻译,他晓得方永听不懂后才和丰收吆五喝六地划拳。

这顿酒吃到了夜深。

老练摇摇晃晃地走后丰收又去了办公室,方敬边铺被窝边和方永说工作调动的事。在她说道的时候,方永脑海里那个每年腊月廿六日回家的方敬就不复存在了。是的,他理解了方敬那十天的光鲜,其实是拿全年三百五十五天的全部辛劳换来的。当她说可能离开有油水的岗位时,他难堪地懂得了田禾庄之外的生活和方载亲所说的熨帖的确是两码事，也懂得了大学对他来说是多么重要。正当他寻思得紧凑时方敬问道："你说，大姐调工作好不好？"

"不好。"

"留着？"

"有办法？"

"送礼。"

"关键是送多少怎么送。"

"前阵子闹下岗，幸好有你姐夫。这年头没点儿权势饭碗都保不住，小权柄还不行，腿不粗得搭礼钱。先送五百，中秋节。"

方永只是听说过下岗，从来没有想过这种事情会发生在自己的身边。是的，难以想象方敬下岗后的生活，更令人难以想象的是，方敬为什么没有被"下"下去，或者谁被"下"了下去。

第一百〇二章

建院所在的张市是塞上的城，这里九月下雪不稀奇，但雪来之前风会先到，雪走之后风也不会停，要再扔些劈头盖脸的沙尘才轮得到屈指可数的花红柳绿。

不过这城苍冷直硬的真面目我们的小伙子还不曾见识，他刚到这所校园，刚把腿脚直立在这塞上的青春里。在昔日老大王学强的接应下，他顺利地成为大一新生。新班级里有三十个搬砖的汉子和六个风一样的女子，这些女子不用比较，他不觉得她们好过王倩，至少在刚刚认识的十多天里。

这十多天里王倩第一次把方永弄丢了，她知道他去了哪里，但是不知道怎样联系到他，就是世界上有这个人，可这个人似乎觉得他的一切和你毫无关系的感觉——好比世界上有方才顺，但方载亲在院子里碰不到他；好比世界上有田厚生，但田禾庄还是荒废了他的宅院；好比世界上有方载德，但方军兄弟就是无法和他交接生活的方向盘。看来，我们的心中所有，有的时候未必是真实。

王倩的心啊，就在不真实的虚伪里吊着，吊了几天后她忽然理解了去年。去年是她的大一，虽然和方永复读的高三重叠但完全不在同一个时空维度里。那一年的他们，是两个世界里的两个人；那一年的他们，彼此给对方的感情不像是同一回事……

王倩的心啊，这就抖了，整天慌慌张张地跳着，跳了几天后她给朱晓辉打电话。朱晓辉说，你等着，我给你找到他。当晚朱晓辉从王学强那里要来了方永宿舍的电话，看着那串数字王倩并没有马上拨过去，而是呆呆地坐在一堆心事里。她没有拨过去是因为她还没有拾掇好这十多天的心情，她需要首先面对自己的内心，她需要首先问一问自己，究竟为什么如此牵挂方永……

在这十多天里我们的小伙子有想王倩，不止十次。入学季的紧张与忙乱过后他想给她一个电话，心里那串数字在过去的一整年里时刻闪现着，但到今天也没有拨通。之前是因为没有考上大学，现在是因为没有准备好诗歌。是的，他想亲口赞美王倩。

今天是八月十五。

建院迎新典礼后宿舍里只有方永，他终于拨通了电话。而在遥远的省城，孤零零的王倩也打开了篇篇日记和封封情书，小心地端详旧日时光时电话响了——

"您好，找下王倩。"熟悉的声音，方永的声音，王倩的心陡然间慌了，"麻烦您找下王倩，她在吗？"

"您也想我了吗？"话兀自出口王倩怔住了。

"倩倩？"

"嗯。"

"哦……想你了。"方永却听到了那头的抽泣，匆忙说，"倩倩，不是不想给你电话，是因为……"他有些后悔，后悔入学的第一天没有拨打这通电话。

王倩哭了一会儿，擦净泪水悄声说："对不起。"

"对不起？因为什么？"

"反正就是对不起。"

"你怎么了？倩倩，中秋节过得不好吗？对不起什么？"方永没有准备这样的对白，也想象不出她此刻的心情。

"反正就是对不起……你复读的时候……我做得不对。"

"每月来信还寄学习资料，你没有不对。"

"你复读我没有陪着你。大一我有好多时间，可是我没有去陪你。"王倩忽然急促地问，"你是不是还是那样喜欢我？"

"是。喜欢你。爱你。"方永看着诗歌坚定地说。

"开学这么久都找不到你，就想你是不是变了。"沉默片刻王倩突然大声地说，"我可是没有变呢！你要是变了，以后你要是变，就告诉我，提前一天告诉我好吗？"

"好吧，倩倩。不！我不会变。"方永整理过凌乱的思绪说，"有个叫李坡的同学，女朋友也在师大，国庆节我去找你吧？"

"好呀！来吧，那……下一个节日我去找你。我也想走一走看一看，有时间多陪陪你别再弄丢你。"王倩端起镜子，但镜子里的女生比她好看，她撅起嘴说，"可是我还没有准备好呢！"

"准备什么？"

"吃的喝的玩的还有住的呀！"王倩扣上镜子说，"你来电话前我在想，复读的一年你是怎么过来的。"

"过去了。"

"可我想知道，想起来后怕呢！"

"怕什么？"

"怕你不好好学习，怕你考不上，怕……"

"还怕什么？"

"怕没有你……那一年肯定挺难受的吧？"

方永回想了一下转瞬已逝的一年，只觉得陌生又冰冷，而过去的自己，恍然还在那个冰封的世界里病态地执着着。

"你怎么不说话？我说了不开心的话吗？我已经道过歉啦！如果道歉不够，我……可以补偿你！"

"怎么补偿我？补偿我什么呢？"

"陪着你呀！"

"倩倩，刚才你说怕没有我，会怎么样？"

"不说这个了，你自己去弄懂。告诉我，复读时想过我吗？"

"我去过你家。"

"什么？你去过我家？"

"是的。"

"复读的时候，你去过我家？"

"三楼吗？"

"是呀！"

"301吗？"

"是呀！"

"这就对了。"

"什么时候的事，我怎么不知道？"

"我没有进门。"

"怎么了？他们不让你进门吗？他们撵你了吗？"

"不是。"

"你快说呀，到底怎么回事？"

"那时候挺想你，就去你家楼下看自行车。看着了，成了灰色，我还擦了擦！后来听说是301，第二次去鼓足勇气按了门铃。"

"家里有人吧，妈妈应该在家吧？"

"应该在吧，不过一个虎头虎脑的小孩问我找谁。是你弟弟吧，跟我挺像的，就是没胡子。"

"瞎臭美。"

"我就去过三次。"

"下次我领你去，你还想不想去？"

"什么时候？"

"你愿意什么时候？不过去了不许抽烟，不许说脏话，不许留胡子，不许……不许说你像王宁！"

"我知道他叫王宁。"

"哎呀，你怎么知道的？你还知道什么？你是不是什么都知道啦？看来我不该给你道歉，那一年你没有干好事情！"

"第三次去碰见了你弟弟，我问他叫什么，他告诉我的。"

"幸好你不是坏蛋，下次你想什么时候去呀？"

"毕业，或者快毕业吧。"

"起码还三年呀！不过，那就打一打解放战争吧！以后你什么时候想去就告诉我，我也想去你家看看呢，去看看老红……"

"老红死了。"

"它怎么死了呀？"

"吓死的。"

"它怎么被吓死了呀？"

"它害怕我的高中念起来没完没了。"

"这就吓死自己啦？"

方永知道她无法理解老红，更无法理解田禾庄，忽然间觉得今天也应该写封信问候一下方载亲，但他不知道如何起笔。是的，他从来没有正式地和方载亲进行过书信交流。

听着电话里的沉默，王倩紧张地说："是不是来人啦？你在想什么呀？别急着挂电话呀！快告诉我为什么今天才找我呀！"

"是因为今天、才写好、新千年、送给你的、第一首、情诗。"方永满足而自信地说。

"念给我听吧，等你学会上网咱俩联系就更方便啦！"

我们的年轻人，他们的爱与情已无须包藏，他们过去的一切像是全然因为今天的存在而发生的。是的，新千年的第一个中秋节，相隔千里的他们敞开了心扉，许下了《千年未了》的诺言：

　　驿路的梨花盛开了千次

　　依然守望

　　梦中的伊人泣剪了千窗红烛

　　还在诉怨

　　我也等待了

　　一千年

　　流浪的等待

　　止在云霞与沧海的

　　邂逅

　　千年千里的牵念

　　就在海天钟情的刹那

　　共生起　一轮明月

　　起落的海潮

　　归岸的贝壳

　　是一个永永远远都消磨不了的

约定

这

何止了一个千年……

第一百〇三章

其实大学不应该被简单地看作知识的圣殿，它更应当是修行的所在。建院里有无数个"方永"，也有"方永"的无数颗心在孕育着无数个可能的未来。我们的青年在大学里修身持己，经由这里他们将进境至人生的旷阔而渐行渐远。

方永在建院里展开了术业身心的修为，短短一个月后他一扫心中经年的沉郁，每一天里都充实而小有满足。临近国庆节时李坡买来火车票也带来两封信，田禾庄那封他直接丢给了方永，省城那封则嗲声嗲气地念起来："亲爱的永：

"见信好！

"马上要到国庆节，今年有七天假期，不知道怎样安排才好，好像有点儿多呀！

"正好小赵家要去玩四天，所以呢，起码我们有四天可以在一起，你都想去什么地方玩呢？"

李坡停下来说："我可是去六天！"

方永疑惑地说："往下念，小赵是个什么。"

"我兼职做家教，小赵读初二，是个聪明懂事的女孩子。中秋节后我一直在准备这个假期，可到今天都没有准备好！对了，除了和小猪玩，真不知道怎样安排我们俩呢！你也想一想？"

李坡去收拾行头了，方永端起信，仿佛看到王倩就站在面前多情地诉说着："其实呢，国庆节有好多事情和你商量，你得听我的话才好,像尧中那样,你要是总听我的话一直听我的话,这辈子是不是很好呢?当然你的话我也会听,前提是对我们都好。说正经的,国庆节不能光是玩只是玩,我大二你大一,来了记得叫学姐!"

看罢"亲爱的"落款方永又展开方载亲的来信,不过是几行潦草的大字:

永儿:

　　家里都好。你上大学要好好工作学习,不要想家里别里事情。你上大学咱家也就没有别里事情了。

　　你娘去过张市,说冬天比田禾庄冷,你要照顾好你一个。你走一后你娘总是念叨你,要亲给你娘来信。你小姐挺好,要不远多去看看宁宁。你钱有不,不够来信说,我邮。

　　你娘就盼过年,见天翻相册,老想儿媳妇的好事。学生一学习为要紧,家里有你大姐二姐的相片就是没有你单人的大相片,记着寄。不要牵挂我和你娘。

爹

整理行装时方永心想,和王倩拍几张照片不是难事,但合照能否寄回田禾庄需要征求王倩的意见。国庆节的前夜,开往省城的列车途经冀中时,夜色里从尧县方向袭来一股烦躁,让他无法再拿捏自己的心思。是的,他不知道和王倩的感情能否放大到双方家长的层面,毕竟在未来的四年里,什么样的事情都有可能发生。

在师大门口见到王倩后,他终于意识到此行的目的只是和心上的人儿开心地游玩,所以在校园幽静的长廊里他抛弃隐忧耐心地欣赏起久未谋面的王倩。在他的审视中王倩从包里取出相机,定格下二人的几个瞬间后见他还在关注自己,便撇撇嘴说:"我脸上有花儿呀?看不够呀？走时送你几张照片看你的去吧！"

"我看我的去吧！"

"嗯！你看你的去吧！"

"我不想去小猪的宿舍呀！"

"我知道呀，所以和同学说好啦。"王倩闪着长长的睫毛又正经地说，"毛巾被和洗漱用品放过去了，晚上你可以直接去。"见方永一脸纳闷儿她又解释，"初中同学，高中没在八班，傻乎乎的不要胡思乱想。"忽而压低声音说，"你还记得不，第一次晚上你送我回家，有个死小子吹口哨……"

还是老相识。

方永拧好小小的醋瓶，亲着她的额头说："倩倩，电话里你说什么时候去你家都可以，是吧？"

"是呀。"

"你还说想去我家，是吧？"

"是呀。"

"是认真的吗？"

王倩摘下他的眼镜审视着说："你不是认真的吗？"

"当然是。"听到这话王倩才给他戴上，他看着明晃晃的太阳瞬间回想到了尧县城的旱河，回想到了复读时孤单的身影和满怀的心思，当下情不自禁地抱住她喃喃地说："倩倩……"

王倩明白他一年来承受的重压，任由他抱了一会儿才推开他说："我还有正事和你说呢！"

"嗯。"

"好好学习是第一，要像高中那样有计划。"

"嗯。"

"第二更重要呢！"

"一般来说都是第一重要。"

"不,我们是八班,在我们这里第二比第一重要。"

"那第二是个什么?"

"第二,毕业我们要在一起。"

"这个的确比第一重要。"

"我先毕业呢,毕业时看你的情况,是在这里还是你那里或者是别的什么地方。"

"是说毕业后的工作吗?"

"嗯。"

"毕业后我去有你在的地方。"

"由着我呀?"

"嗯。"

"不过还挺远的,要三年或者四年呢。"

"就像高中,眨眼就过。"

"还有个额外的事情想和你说呢。"

"什么事情?"

"大一就好好学习好好玩吧,要是大二有时间,你去社会上磨炼磨炼好吗?"

"要我兼职打工吗?"

"是的呢。"

"要我以后见面用自己的钱吗?"

"是的呢。"

"挣到钱又不丢落学习,是不是可以随时来看你。"

"是的呢。"王倩摸一把他的胡子说,"来而不往非礼也,我也会去看你的。"

"这个事情我记下了,还有吗?"

"还有个第三呢，比第二还重要呢。"

"最重要吗？"

"是的，最重要。"

"如果第三最重要就不会再有第四了，对吧？"

"对。如果再有第四，太多你会记不住。"

"第三是个什么？"

"第三就是……你不能让我做不愿意或者不想做的任何事情。"

挺绕口的，方永躺上条椅嚼了嚼说："好。"

王倩的头发垂下来，掉进了他的嘴里，她晃晃脑袋说："你知道我在说什么吧？"

"我知道。"方永吹开她的头发说，"毕业之后呢？"

王倩转脸看着来来往往的人说："毕业之后就随你的便吧。"

这个毕业未必是我毕业，三年总要好过四年。方永心中不无得意，见王倩正盯着他，忙说："你不要问我为什么窃笑。"

王倩取出相机，瞄准他"咔嚓"一声定格了表情，之后托着相机来了张合影说："我知道你在笑什么。"

"我在笑什么。"

"你不让我问我也不会答，所以你也不用问。"王倩轻轻地吁口气，转而热脸说，"你还没有叫学姐呢！"

"学姐。"

"呀！你叫得太快啦！我还没有准备好听呢！"

"你叫我什么呢。"

"让你叫学姐是因为学业上你比我小，我叫你什么呢？你的年龄可是比我大呀！"

"嗯，我的年龄比你大。你说，你叫我什么我才愿意听。"

"哥哥？"

"唉!"

第一百〇四章

公元二零零零年下半年,田禾庄还是上半年的田禾庄。

我们的田禾庄仿佛对发生在身上的一切都漠不关心,从没有过像样的表示,但这并不代表这里没有发生过惊心动魄的大事件。是的,九月间,天气转凉,田禾庄上演了一幕闹剧——

安友杰家的跑了。

安友杰家的跑之前没有任何征兆,她甚至挑拣着洗了两件安友杰的衣服,就晾在车把上。发现她跑了是晚上,安友杰像往常那样吆喝饿,叫嚷半天只见安再启家的磨蹭而来,再叫才发觉今时不同往日,家里丢了人。刚开始他骂他家的野脚,并且发誓打断她那双狗腿。自从被放出来后,他还没有动过他家的一根指头,也没有动过安再启老两口一根汗毛。多数人相信他悔过自新了,因为天下没有比"法"更大的招牌了。可是,当人们看到他满村骂街时才知道,他是独立于"法"之外的那号人。接连两天田禾庄人都担心安友杰家的那双腿脚是否结实,第三天安友会偷偷地对方载亲说出了长久以来的担心,就是那句"别不是跑了吧"被全村人听到了。人们顿时醒悟,于是解除腿脚的担心化身为看笑话的局外人。

第三天晚上,安友杰带着安东林来到方载亲家。他的脾气已无处施展,沮丧的身形像返青水浇出来的饿毛老鼠。他什么话都没有说,只是简单又聪明地把凄伤的安东林放到了安友会眼前:"亲大姐,东林没娘了,孩子没娘了……"

事态发展到如此地步是他咎由自取,但孩子无辜。为了安东林,为了安家这根独苗,安友会是得想个办法帮安友杰渡过难关。我们的方大脚对安友杰的看法另外说,眼下糟糕的境况让他束手无策:假如安友杰家的破釜沉舟,那意味着开弓没有回头箭,跑就是跑了,再也不见安友杰和安东林了,自然是另寻人家过另外的日子。现实问题是,她是一时冲动还是深思熟虑?可是三天下来这女人形同人间蒸发,压根没有留下蛛丝马迹。方载亲上了头,因为这事和种地大有不同。是的,种地,近年尧河水短,河滩浇不上,栽稻子时节缺水不要紧,大可以排旱种玉米,秋天照样赶上种小麦。如此来看土地并非不通情达理,它有商量!而安友杰家的不同。

安友会按捺不住愁苦,搂着安东林指责不吭气的方载亲:"你倒是说句话,都什么时候了!"

方载亲居然犟了句嘴:"也得让我想想吧!"

安友会只得骂安友杰:"你个败家子又打她了?"

冒失劲过去的安友杰只剩下了皮囊,像件挂在车把上的衣服。安友会冤枉了他,但他没有辩解,而是像方载亲那样搔挠着头皮寻思说:"没怎么她。"

这个说法不能成因就果,安友会见方载亲还在思索只得追问安友杰:"没怎么她那她肯跑?"

别以为方载亲在思考,他没有,此刻听得姐弟的说道长叹一声说:"到这会儿还光想自己?"言外之意该替人家想想了!

安友会思量过去,果真发现层层叠叠的情由——虽然安友杰不再以拳脚说话,可人家心有余悸,平静的日子反倒更是担惊受怕。想到这里她说:"是你把她打跑了!爹娘是没处躲,我们是没法躲……"见方载亲摇头她调转矛头说,"不是他把她打跑了?"

"看起来像是,其实是跟着他没有好日子。就算不打不骂那光景谁能过?我整天好吃懒做全家有上顿没下顿,你还伺候我?"

是的,外面的世界尽管是一片未知,但起码有希望可言。安友会意识到兄弟媳妇成为外人后于心不忍，仍旧心存侥幸，满怀期待地看着方载亲，像是在问：兴许只是躲几天，给死杰子一个教训？

"找都不用找！"方载亲粗暴地把她隐存的侥幸拔了出来，径直扔进碾米机碾了个粉碎。

这话刺激了安友会，她绝望地紧搂着安东林。

话在理但言重了，方载亲滤掉情绪重新说："得找。"

"得找！"安友会兴冲冲地去了灶膛。

我们的方载亲知道应该去找，从而表明婆家的态度，但是他不知道去哪里找，因为安友杰家的走的时候没有留下信标，也没有留下穆桂英大破洪州城一般的传说。这三天安友杰反复去娘家要人，逼问未果无非是砸砸家当泻泻火气。正这时方爱来了，安友会灵光一闪，拽住她就问是否记得修工的去处，不想方爱推脱责任似的说："真心跑肯定不去老地方。"

"你、怎、么、知、道、她、不、去？"安友会敲打着烧火棍。

"谁冬天摘豆角？"这话说得安友会泄气了。

安胜利看看方载亲说："该找，能不能找到，能不能带回来先不说，理明摆着哩。"

"跑就是跑了。"方爱像是在安友杰的伤口上撒盐，安友会却受了伤，不停地骂她，"他是你舅，你亲舅，你亲娘舅！你这么说他我答应不？就算出了门子可这是在我家里哩！"——激动她把弟弟揽进怀把丫头踢出了门。

方载亲朝方爱使个眼色说："北京，什么亲戚？"

"她娘家的亲戚，郊区，没去过。"方爱这话不像是撇责任。

安胜利一直在嘻嘻哈哈地看安友会和方爱闹别扭，此刻大大咧咧地说："北京，我熟。就算田禾庄的老鼠跑到北京修工，只要在八环内打洞我保准逮它一窝子！"

"把握大不?"比喻是糟糕的,但安友会是欢喜的。

"这事讲什么把握,可世界找呗!"安胜利看着方载亲说。

安友会有些泄气,但希望仍旧大于失望,而方爱却气呼呼地说:"别给我揽事!没把握还打包票,跟你娘一个德行,当谁都跟你爹一样是傻子,净拿好听的哄!"

安胜利不再开口,饭菜热好后安友会端给安东林,方载亲看着电饭锅若有所思。方爱结婚时的电饭锅忘了陪送,安友会做饭轻省却惹得他不高兴——只要是吃电的家什,他都看不顺眼。

安友杰吃饱饭有了底气,自己较起了劲:"找着了肯回家就骂一顿,不肯就卸大腿往家背,我看她还怎么给我丢人!"

"你别给我胡来!找着了请回来供起来,还给我吓跑她?"安友会这话的出发点像是人已经有了音信和回头念想。

难免一找。

当下安胜利和方载亲合计罢对安友会说,多则五天少则三天,你等信吧。当然,回信无非两个:找到了,没找到。可是方爱和安友杰走后方载亲又唉声叹气起来。是的,他发怵出门,在外处处用钱,而钱就是他的命。近来钢磨生意不景气,老红死后小牛犊儿早早地变成了方永的学费,现如今钱的来路也少了,而方永的开销却大了,直愁得他夜不能寐。

"我知道你心疼钱,我也舍不得动永儿上学的本钱。"

"不是心疼,是得花对地方。"

"他可是我亲兄弟,好赖就这么一个!"

"真心跑谁能找回来?分明是拿钱打水漂。"

"行了。少说两句。衣裳来不及洗先凑合着穿。"换作平时安友会早发了脾气,但是今天没有,大概也觉得这钱花得闹心。

"真着难,永儿下学期的伙食费怎么办?再放伏假还要学费住宿费,一年大学三年高中哩!"

"相比成千上万这三头两百花就花吧,以后死活不再管他。"

我们的"大学生他爹"不再言语,他想不明白如此为钱忙活的日子为什么被称为"熨帖光景",上炕时冷不丁地想到方敬,忙不迭地说:"这会儿单指望小敬子,她能帮一年,我好缓一年。"

"熬吧,小永儿念出来这日子就好过了。"

"这世道,不敢看透哩!"

第一百〇五章

在茫茫的宇宙里,在蔚蓝色的地球上,在辽阔的神州大地,有着数也数不清、想也想不到的未解之谜。不过那些未解的谜团并不是我们的主题,此刻我们只想知道,如果一个人融入十三万万的人口之中,藏身九百六十万平方公里的陆地国土之上,他能不能做到彻底消失,我们又能不能找得到他。

安友杰家的斩断了和田禾庄的一切联系,她的义无反顾让追寻者徒劳。方载亲、安友杰和安胜利在冀中和北京漫无目的地跑了几天一无所获,回家时安友杰的脸上头一次显露了生活的本貌。说实在的,我们的方载亲并没有把这回事情看得很重要,他觉得老婆跑了不重要,重要的是安友杰能不能吸取教训从头再活,如果他肯浪子回头,这反倒像是一件好事。是的,现在没有人帮得上安友杰,他只能听天由命,他只能依靠自己。

窝里窝囊地回到田禾庄后方载亲又发现了一件眼界里不净省的事情,心头随之横生出不祥的预感。

他离开田禾庄的第二天,田禾庄大队一角破土动工了。

几天下来已有地基的雏形。

安友会首先注意到了，但猜测不出大队的打算。是的，谁敢在公家的地皮上掘土动工？就算搞建筑也只能是大队建仓库。然而方载亲不认为这是一间仓库，因为门脸临街，斜朝着自家磨房，恰恰处在街巷节点，比自家更得地利。他本能地开动脑筋，觉得用作店社对自家只有好处没有坏处，甚至能捎带脚带来额外的生意；如果用作磨房，那自家就得关张。

先看看。

如果是钢磨肯定要拉三道电线。

第三天上午方载亲眼见着起了山墙，后晌时已备好椽梁和门窗，而劳动的人他一个都不认识。他憋不住，去问，人家只说"不知道"，当晚他紧张地和安友会商讨起来。

"神神秘秘的，不是好事。"安友会首先定了性。

"谁知道。"方载亲还在揣摩。

"我问过大队干部，说租出去了。"

"干什么用？"

"大队的窟窿比天大，肯给钱什么不能干？"

"租给谁了？"

"大悲？"安友会差点儿忘了。

"大悲的来咱村折腾什么。"

"谁知道，只要不开钢磨随他们。"

"开钢磨你能拿他怎么着？"

"骑在咱脑袋上拉屎？哼，不叫他消停。"

方载亲觉得倘若真开磨房那就算欺负到家了，他会成为安友杰甚至取代安友杰，人家会说，原以为方大脚是硬茬，不想也是软蛋！

"估计是开店社？"安友会不确定地说。

"开店社选变压器不？"方载亲一直在意的变压器此刻成了心理

障碍,倘若人家的磨房开在变压器底下,那自家的电压不会稳定,还怎么抢生意?

"那怎么办,你挪得走?"安友会往侥幸的层面寻思说,"碰巧,变压器一直在那。"

天亮后方载亲早早地打开磨房门,磨完几天的积活儿已是下午,他顾不上吃饭,也没心思吃饭,就蹲在自家磨房前瞅着那所上梁的房子。在他眼巴巴地监督下房子竣了工,速度奇快,像是在赶什么重要的时刻。是的,马上进腊月,钢磨的活儿要多起来。可是,就在他最没着落时最担心的事情发生了——

这天外村人抬来一捆电线,从变压器上接了三道线。

工业用电!

方载亲坐不住,抓住爬下线杆的刘志刚问接的什么线,刘志刚一脸无奈地答是钢磨。他眼前一黑险些栽倒,幸好我们这颗硬茬庄稼被愤怒及时地激活了,他紧跟着追问是谁,刘志刚一头雾水地说是大悲的人。这个时候安友会跌跌撞撞地跑过来指责刘志刚:"沾亲带故的!你小子还这么干?"

"供电所刚让我来。"刘志刚一脸的无辜。

方载亲晓得无关刘志刚,把安友会拉回家就瘫软了,今后的种种生活向他压来,但他知道自己不得不迎接这场恶战!

安友会气得浑身发抖时方爱来了,她找到了出气筒:"死丫头还进这个门!就没一点儿心眼?就眼看着爹娘受气?就眼看着兄弟念不起大学?我打死你这个死丫头……"她趿摸起东西来。

方载亲也来了火,插好大门苦口婆心地数落起方爱:"小爱子,爹娘待你怎么样,我自觉比其他爹娘不差!书,当初是你不想念,说供你兄弟。当时家境真不行,一下子供俩高中确实困难,苗,只能保一棵……你说我说的对不对,是不是事实?后来给你找活儿干,比别人家丫头一点儿也不次，又找婆家，你也情愿……你说我说的对不对，是不是事实？这会儿你究竟想干什么？就为着不让你兄弟念大学？你兄弟念出来你脸上没有光？"

方载亲说出了安友会的话，安友会就拾起墙角的棍子打了方爱。方爱没有躲避，哭诉说："娘、爹，我没有那么想，我真不知道有人开钢磨！"

"你不知道？"安友会厉声说，"你那个死老婆婆也不知道？她是干部能不知道？就算不知道她那个亲哥总该知道吧！"

见方爱不像是在说谎，方载亲指着她的脑门说："平时你看着挺机灵，其实情理上狗屁也不懂！"

安友会抢下话茬点着方爱的脑门说："我们过得好，你兄弟有出息，这才是你的保障！不想供兄弟反倒拆娘家的台，就为没让你念高中？这点儿能耐，让你念那才是真瞎了哩！"

方爱抹开泪想搀安友会进屋，安友会一手推开她，她只得表态："爹。娘。我知道。我这就去收拾。再也不进那个家。"

是的，不怪方载亲和安友会气急败坏，他们已经陷入绝境，小小的田禾庄根本盛不下门当户对的磨房，消息传开后谁都知道方载亲再也不会嘻嘻哈哈地臊睬睬了。正当两口子在生活的泥沼反复挣扎时方爱夹来了包袱，后头跟着一脸迷惑的安胜利。进家方爱就摆出了势不两立的架势："安胜利！你滚！再别来！"

安友会也是破口大骂："你个狼羔子！我们家怎么你们家了，这么害人？我们家哪点儿对不住你，当初彩礼要多了还是嫁妆给少了？我问心无愧！彩礼多？你摸摸良心！嫁妆少？我敢拍胸脯！怎么还害人？你给我滚，叫你娘来！"

"胜利，我眼看着你长大，没看出你们家是这号子人。"方载亲把安胜利推到官街口说，"叫你爹来！"

安胜利不知如何是好。他的确不明白,这两天他去外地要工钱,下午到家见方爱啼哭着回娘家,而现在又看到方载亲水火不容的架势,他摸不清头脑只得逃回家搬请救兵。

王二丫端来一身的谨慎,进门就笑着叫"亲家母",唤不来往日热切的回应顿觉事态严重,忙对安大傻子和安胜利递个眼色。进得里屋,但觉冷清,没有一张热脸。方爱瘫在炕上掉眼泪,安友会面色难看到了极点,头都不肯抬,较和善的是方载亲,虽然僵着脸但还是把他们让进屋,但随后"嘭"的一声关闭了门户。王二丫脸上的笑被门声惊丢了,随即又找出来挂上,小心地走到安友会身旁,蹲下身且矮着半个头以婆家对娘家的低姿态央求说:"老同学?会子姐?亲家母?胜利他老丈母?"每换一个称呼脸上的笑就增加一分,见安友会脸上掠过一丝笑意忙抓住说,"这是怎么了,耍娘家威风咱去大队,我背着你,你骑在我脖子上行不?"

"你们干下这号事还央求人?"安友会怒气冲冲的。

"好声好气,咱姐儿俩掰掰手腕子。"王二丫自顾自地坐下。

安胜利坐上炕去哄方爱,方爱对他没有一点儿表示,扯来被子蒙住了头脸。突然,安大傻子抡圆胳膊扇了安胜利一巴掌,当众说:"你小子干了什么没出息的事!"

一巴掌打醒了所有人。

方载亲忙拽开他,安友会跳过去看了看安胜利才对王二丫说:"无关孩子。"

安大傻子的无名之火未消,紧说:"就算不关他,可这个家发生这么大的事他也有错!"说着又要上手,方载亲忙又拽住他。

"别拿孩子置气,你有本事扇自己,你们做下了什么你们不知道?"安友会把话说开了。

"我哪又错了?"无辜的王二丫觉得语气生硬,忙又说,"老亲家母,快抱孙子了还这么大的火气,到底是为什么?"

"大队门口开钢磨怎么不跟我说?"安友会死盯着她。

"开钢磨?"王二丫回想说,"我哥只说租出去做买卖。"

"哼!"安友会气呼呼地指画说,"你们都是大头干部,我们都是平头百姓,横竖你们说了算,租出去有钱花就不顾别人死活?"

"这是……"

安友会一门心思地说:"人家开张我们关张,永儿念不起书回家种地,这下婆家舒坦了,想怎么欺负我丫头就怎么欺负……"

王二丫忙按住她的手果断地说:"永儿的书念得挺好,将来出息了还能忘了他亲二姐?还能忘了他亲外甥?我们也高兴哩!"

"娘,消消气。"方爱给安友会揉搓着肩背。

这时方载亲说:"你们做得真不对,即便你们是干部可这是在我家门口。好歹是亲家,就算阻止不了也得给个准备吧?"

方载亲言语后安大傻子开了口:"大脚,那这么着……"转而吩咐安胜利,"把你舅叫过来,马上!"

安胜利找出手电就跑了。

是的,天黑了。

第一百○六章

一束明亮的手电光打在窗户上,清脆的皮鞋声从坚冷的地面上送进来的人正是王建国,他一耸肩安胜利就接住了大衣。安友会很反感他如此有派地进自家,所以没等他捂热屁股就指名道姓:"王建国!你到底什么心肠?好歹是亲家!有你这么干的不?"

屋里没有外人,王建国丢下派头笑着说:"本想是好事,亲家,不向着你们向着谁……"

"这是好事?挖我们墙脚断我们活路。"娘家还没有理清自家又出了大事,疲于应付的安友会心存的侥幸早已荡然无存。

"你听他说!"方载亲摆出了家长的架势。

"本是为咱好。"王建国对事情定性之后道出了来龙去脉,"那天大脚他姐夫找我,说是他亲家要做生意,问我大队有没有地方出租。谁都知道大队是块风水宝地,谁都知道大队有一屁股烂账……我跟大民觉着可行……最重要的是大脚他姐夫的面子,能不给?亲家!所以他说租我们就以大队的名义……呃,我想……不,你们设身处地想,姐夫能对小舅子不好不?想不到吧!于是签了文书,他们把地皮税一缴就算完事,不想好心办了坏事!"

是的,别说王建国,方载亲也没能料到陈世好和方载萍会牵扯进来,安友会回过味来死瞪着方载亲骂道:"这就是你那亲大姐!还老说我们家这不是那不行,怎么着,被亲大姐挖了祖坟吧!我兄弟再不成器、再不正干、再败家业,可他始终认我这个亲大姐,始终没有对我有半点儿的不好!可你哩?你那亲大姐、亲大外甥,从小在这个家吃在这个院长,吃着娘家的饭喝着姥姥家的水,到头来祸害他兄弟败坏他娘家!怎么你们方家的饭净喂给白眼狼……"陈年老账一件件一桩桩被安友会说得头头是道,直憋屈得方载亲要出门去找陈世好算账。

安大傻子拉住他说:"大脚,等等!"

"我等什么!"方载亲却停下来,眼洼里的伤已是滴溜乱转。

王二丫连忙劝:"谁不是别别扭扭坎坎坷坷地活!家家有本难念的经,都在茶壶里煮饺子。会子姐,事总归要过去情总归要留下,过不去的事是活该着,留不下的情是难为情!"

安友杰的事对方载亲伤害不大,可自家的事明显让他上头。看着伤痛欲绝的安友会他的脑海里只有一个念头——撑下去!于是他想把事情弄明白，就问王建国文书内容，安友会也兴冲冲地说："对！把文书烧成灰！"

王建国点根烟品味着说："那得告我们，这档子事不能见人。"

"你在大队拉屎熏我们家？"安友会又把矛头指向了王建国，方载亲拦下她的痛快话，又问王建国文书内容，王建国憋憋堵堵地说，"我不知道你家还有这么多事！合同一签两年，保人是大民。为什么签两年……呃，先摸摸情况，万一他发了再签好的。"

"就两年，撑一撑。"王二丫忙开导安友会，"他给咱一拳咱踹他两脚，到底要看看在田禾庄谁的蹶子尥得高！"

"两年？"安友会凄伤地说，"要不是他大姐永儿一年大学都念不起……还两年？你倒会说风凉话。"

"我供。"方爱指着安胜利说，"他不修工我修工！"

王二丫忙安抚方爱："小爱子你说怎么就怎么，让胜利修工去。"转对安胜利递个眼色，安胜利说，"也是我兄弟。冬里没活儿开春再走，最重要的是眼下怎么跟他们对着干。"

"我找他去。"方载亲还是没有力气动弹。

"没跟你商量就什么都摆上桌面了！"安友会说对了，两家磨房开在一处若为两败俱伤谁也豁不出去。是的，事前不通知你反而利用你，那只为一门心思地毁灭你成就自己。

找到家门除了多受一份窝囊气再无用处，方载亲悻悻地坐下来，狠啐一口说："这他娘是什么年头？人都坏到家了！"

"坏到家了？"安友会更正说，"是坏到娘家了！"的确，发生在她身上的两样坏事都坏到了娘家。

"爹，以前我大姑夫推钢磨，贼头贼脑的……"方爱的话反而是火上浇油，安友会又翻着心里的账本说，"他们推了几年的钢磨给过你一分钱？累计下来千头八百不缺吧？还记着不，他家的粮食从不晒干,费电又打锣,米筛打了几个?一个多少钱?好几回我见他偷偷摸摸地瞎鼓捣,推完还让电机空转,我进去他才说忘了……忘不了占便宜,忘不了搞破坏!整个一奸臣,连陈世美都不如!"

"坑完你再害你真是祸胎!"方爱也认为方载亲不该把陈世好看得那么金贵。

我们的方载亲接受着庄严的审判!他太伤心了,太痛苦了,但事已至此别无选择,他只能对着干……

"就是一分不赚你也得撑下去,我兄弟有我跟大姐供!"方爱说罢王二丫也表态说,"叫胜利来。"

"肯定得来。"安大傻子的拳头攥得紧紧的,似乎要借给方载亲一柄大锤。

王建国毕竟是王建国,毕竟是田禾庄的老领导,在众人脑热的时候经过冷静的分析提出了几个紧要的问题:"呃,暂时看只能顶牛,他新开钢磨降价不?都什么机器?谁推?"

"刚开始肯定电费都不要。"安友会说。

"陈世好会,陈家豪也会,肯定是小子推,老子顾忌我硬碰他。机器说不来,至少稻子我有把握,最新式的机器,面……难说,其他的玉米、谷都是捎带脚。"方载亲寻思起来。

"谁都希望过得比别人强,谁都希望孩子有净衣热饭零花,他陈家豪俩大小子哩!修工不现开支,种地死活不赚钱,没有别的本事他能不做个窝?"安友会又说方载亲,"陈世好撕破脸了,唱这出就是不认你这门亲,你赶快给我死心塌地的吧!"

"爹!我早就看我嫂……陈家豪他媳妇不是个好东西,笑里藏刀。亏你大冬天拉着双轮车从大悲接她,还把你冻一身感冒,最终连杯酒都不让你喝吧?早知道把她扔进大河算完事!"方爱又看着安胜利说,"我住这边帮你们,叫他也来,万一打起来你一个人真打不过那几头牲口!"

安友会看看安胜利，安胜利点点头，又看看安大傻子，安大傻子又点点头。方载亲不再是单打独斗，不用再顾虑身强力壮的陈家豪。听着满是这情那意的话王建国有些不耐烦，可是考虑到事情毕竟是因自己而起，此刻也拿出了解决办法："过两年，期限一到我要还是干部，就让他们滚蛋。"

"你当了半辈子干部了怎么就不当了？"安友会诧异而坚决地说，"我支持你当！"

"要搞选举。不说这，他的机器会不会比你的好？"

"这会儿河滩排旱稻子不重要，关键是麦，他要弄台大机器一天能磨几吨面，兴许开个换面铺！"方载亲一直想朝这个方向发展，可他的钱袋子是漏的，他有心无力。

"走一步看一步，先吃点儿必要的亏。"王建国说。

"到今儿才知道……"安友会恨得找不到话了。

"娘。没事。你别上火。你要是挂了火再气出病他们更得意了！"

"我……我不挂火。我……我肯让他们称心如意！"

时候不早了，挂表走到了十一点，众人离开时王二丫对安友会说："别叫小爱子伺候她老婆婆了，你宝贝她吧。"安友会别别扭扭地笑着，王二丫临出门又臊了一句，"别亏待我丫头，老同学，会子姐，亲家母，胜利他老丈母……"

"走你的吧。"安友会这次是真笑了，把她推出屋子、院子，插上大门又回来找方载亲，但这次谈论的是方永。

"我跟大姐供兄弟，他不让咱好过咱也别让他熨帖！"方爱给安友会和方载亲吃过定心丸也给事情定下了基调。

安友会气哼哼地团团乱转，早把要做的事忘干净了，只说："就是！就是！这年头上阵就得亲兄弟打仗就得父子兵！"转念再想她又否定了自己，"你爹跟你大姑一个爹一个娘，当初她开钢磨干不下去说卖给咱，明知道可能是包袱你爹也买。当初咱多紧张，还给他现钱，十块给他十一块五。"说道着戳起了方载亲的脊梁骨，"这会儿她眼气，折腾不起别人她也不敢，就折腾你这个窝囊废！"

"过错也不全在我大姐，三分之一是陈世好人不行，三分之一是陈家豪两口子不行，三分之一……"一晚上的争论使得方载亲又眷念起姐弟情分来。

"还护短？她要当你是亲兄弟他们还这么做不！她要当自己是亲大姐，就算不做主起码也该言语吧！"

"唉……该怎么着就怎么着吧。"

"怎么着？"安友会紧咬着牙关说，"仇人不对眼了！"

"我说钢磨！"

"娘，让我爹想想。"方爱把安友会拉上了炕头。

"他肯定先试机子不要钱，咱也降价……"

"他要是好机器飞机大炮哩？难道你真拿着小米加步枪？"

"那谁有法？除非豁出去买一个！"

"就得这么办！他早看透你了，你供小子屁股帘子底下全是账窟窿，所以才敢胡来，你供不起小子又活不下去他才高兴哩！全田禾庄的活儿都归他，他好满世界显摆，你看，我把亲娘舅打趴下了！你要有本事，他早就喜眉笑眼地大舅前大舅后了！"

方载亲寻思着武装自己，但一时间想不到该找谁借钱。安大傻子这几年也不过是方载德那样的表面风光，想来想去他想到了我们田禾庄的熨帖样板："估计大傻子千头八百的攥着哩。"

"田宝刚毕业分到乡中……"安友会也在分析田学富。

"那还差多哩！"方载亲又说。

"办法总有,再说永儿下半年要得少,先糊弄一阵子。"熄灯后安友会又说,"写信叫小敬子来,她比你机灵。"

"娘,过年别让我兄弟回家,我不想他见这摊子烂事。"

"叫他去哪?"安友会显然赞同方爱的提议。

"跟我姐夫看宁宁?"

方载亲觉得有理,吭声后安友会又唠叨起来:"我生的孩子从没有偏向过谁,哪像你爹光待见丫头不待见小子。小爱子!你们弟兄仨将来互相帮助,别给我学你爹你爷!"

这一次方载亲装聋作哑了,没有再说道我们的再启老汉。

第一百〇七章

方载亲是被拖拉机声惊醒的,他感觉吃力的声响就来自房后。在淡蓝色的天光里他披衣上房,一眼看到了最不愿意看到的场景:大队门口指挥倒车的正是陈家豪,车上竖立的正是面粉机。

他不得不站在清晨的高处冷静地思量。是的,借钱买台新机器全身心地打两年消耗战!可是两年之后呢?两年收不回成本,陈家豪的来头定会重选风水宝地血拼到底!他四下看看,田禾庄最得地利的是大队,大队之外是才顺老汉遗留的这方宅院……

陈家豪要在哪里见缝插针?

他忽然看到了田忠空荡荡的房子,我们的厚生老汉的宅院兴许会被陈家豪租到或者买到!

今天之所以重要是因为还有明天。我们的方大脚不知道老奸巨猾的陈世好是否找过田忠,不管有没有找过他都得去向田忠核实。匆忙间和安友会商量,安友会坚决地说,找田忠,顺道问问面粉机,趁陈家豪安装调试的这几天。事不宜迟,他大踏步地去了田学富家。田禾庄最有福气的熨帖人已然听说方家的事情,也清楚方载亲的来意,他没说二话:"多少,言语。"

"上回的还没有还清楚。"方载亲尴尬地说,"想买个机器,看架势,陈家豪那小子是想弄死我哩!"

田学富进屋取钱,方载亲点出来一千五,他支招说:"再找几家,凑点儿度度难。"

"小爱子说供小永儿,你对号子家就不去了。"

"队长就是队长,河滩作床崖右挑粪两不耽误。"

方载亲径直来到苗洼台,方军的车正压着洪城的车收田禾庄的人。车里坐着十来个人,见到方载亲都问磨房的事。好事不出门坏事传千里,方载亲并不惊讶,当下半遮半掩地引导着田禾庄的舆论。到县城后方军和方良都后悔借钱给陈家豪了,方载亲并不责怪他们,而是说:"军子,只当买个教训……我得找田忠。"

方军一扔烟头说:"坏了!他找过了。"

"陈家豪?"

"嗯!"方军说,"前几天。"

"大大,他是不是想要那块地方?"方良很明白地说,"不过他回来时不高兴,下车都没说话。"

方载亲觉得有门,去冀中的路上都在为方载德高兴,他寻思改天真要去上个坟跟先人们说道说道家事了。想着想着来到冀中,循着记忆来到了"厚生饭馆"。

厚生饭馆是小本经营,一块招牌几张桌椅就是田忠和田新凤的全部生活。方载亲到时两口子正招呼吃早点的客人,田新凤惊喜地把他领进暗淡的里间,端上白粥油条叫来田忠。方载亲三言两语交代清楚事体说:"凤儿、忠儿,陈家豪找过你们?"

田新凤说:"要我们把房子卖给他。"

田忠说:"大脚哥,我爹对我们怎么样村里都知道,要是卖了他的家业我下去没法交代。你放心,我田忠,不做丧德的事。后来他说租,我想房子闲着也是闲着……"

田新凤说:"我问他打算,他吭哧半天也不说。后来没给他痛快,正寻思哪天回去看看。"

"借也不借给他。"田忠气愤地说,"我炒俩菜去。"

"快别忙活我,我一会儿都坐不住!"方载亲仿佛看到陈家豪竖起了面粉机。

的确是没心思叙旧,所以田新凤说:"大脚哥你言语。"

"想去农机站打听面粉机的行市。"方载亲不忍开口借钱。

"让他带你去。"

农机站里展示着各式各样的新机器,价格高得令人咋舌,方载亲看到了陈家豪那台,新机标价五千四。五千四不含电机,比方永一年的学费还多一千九,要想挣回本钱少说得三年。他寻思最好买台二手机器,全套嚼裹下来撑死四千多,手上有千头八百,再从安友会手里抠三头两百,外加田学富的一千五兴许能凑够三千——还差一两千!他忽然想到了老红,它要是还在,它要是还愿意,那它肯定会下个欢实的小牛犊儿……

"要是炸馃子、烤烧饼、做削面也有这机器该多好。"田忠也对眼前的钢筋铁骨动了情,见方载亲脸上挂着伤忙说,"大脚哥,上回他来一是想买或者租房,我没答应,二是想借钱。当时刚交房租,死期存款打算换门面,他没借着,吃顿饭就走了。"

"你们过得比田禾庄不熨帖。好好干,别忘了厚生叔。"方载亲转身走了。是的,机器就闲置在那里,你给钱它就是你的。

回到厚生饭馆田新凤拿来一千元,方载亲握着油腻腻的零钱眼眶湿润了,他知道自己必将获得这场大战的胜利,因为陈家豪没能掌握住田忠这条让他万劫不复的门路……

——不虚此行,在希望和失望的得失之间他感受到亲情血脉有时也是一层靠不住的关系。陈家豪的钢磨在他多半天的行走中被安置妥当,照此进度试营业兴许是后天,而大后天就是真刀实枪地叫阵!果然,傍晚房后传来嗡嗡声,这熟悉的响声让筹到钱的欢喜转眼成了忧愁,身旁的安友会止不住地问:"你倒是想个办法,他翅膀骨硬了,能对付你这个老娘舅了!"

方爱从房顶下来说:"那个害人精得了便宜还卖乖,碰着人就叫唤钢磨这两天开张大减价!"

方载亲当机立断,经过陈家豪两口子进了大队,不一会儿大喇叭里传来吆喝:"推钢磨的户……方大脚家大减价,稻子八厘现在六厘,玉米六厘现在四厘,麦一毛一现在八分,全都大减价……年根子给大伙攒忙,有没有免费的午餐肉吃,咱等着瞧!"

再到家方载亲吩咐方爱去喊安胜利,又让安友会绕道叫来安友杰,一切妥当时大喇叭里又传来吆喝声:"社员们,大队欠电费忒多,要掐大队的电……呃,这个,这几天正筹钱,信去小学校拿……我去乡里开几天会,还得去县里联系果树苗……呃,县里号召大家栽果树,来钱快还多,就这几样事!"吆喝完王建国揪了喇叭线,不放心的刘大民还卸了个三极管……

方载亲听后破天荒地称赞了王建国:"这个×蛋亲家,当这么些年干部总算还有良心!"

刚吆喝过没有生意上门,方载亲就拿出了自家的粮食。

让钢磨响起来!

他边推边张望,只见慌了手脚的陈家豪跑进大队,不一会儿病恹恹地出来,而他家的像是在骂:叫你偷着干,叫你早下手,你这个窝囊废,这么点儿情分都割舍不下还拿什么养活家……

这样的便宜在田禾庄自然受到欢迎，大家都权衡出了利弊，不一会儿方家门口排起了长龙。方载亲果真只收下电费，对那些赊账的照推不误。是的，现在他要的不是生意，而是钢磨的声响！晚上九点他被安胜利换下，而陈家豪还是呆坐在磨房门口，他家的则指挥着陈世好忙活。突然我们的陈家豪抄起顶门杠，疯似的跑到方家门口叫道："方大脚滚出来！"

方载亲撂下饭碗说："家豪，什么事？"

陈家豪的顶门杠众目睽睽下砸过来。

方载亲躲开，抄起门口备好的铁锹说："滚！叫你爹来！"

陈世好不闻不问，照旧收拾着钢磨，陈家豪家的颠过来指着方载亲骂道："亏你是当舅的哩！就这么对付你亲外甥？"

安友会捅捅方爱，方爱迎上去回敬道："你个害人精！别忘了是谁大冬天把你从大悲的大野地里拾回来的！还有没有良心！"

"你个死丫头片子这是跟谁说话，出了门子……"

"你骂谁？"方爱吐她一脸说，"你不是狐狸精？从你夹着尾巴来那天就知道你心怀鬼胎！"

矛盾要激化，众人连忙劝，一时间昏暗的官街口热闹异常。眼见着自家的骂不过平时憨实的方爱，陈家豪跳起来骂道："大舅大舅我×你娘！大舅大舅我×你娘！"

"骂得好！死劲骂！叫你娘来听！"安友会窝不住了。

"大妗子大妗子我×你娘！大妗子大妗子我×你娘！"我们的陈家豪及时地纠正了他的错误。

"你在这个家里长大，你姥爷怎么奶活你你不是不知道。这会儿这么败坏这个家，你真有本事，田禾庄论缺德，自老尧降世以来你属第一！"安友会却是不慌不忙地笑脸相迎。

方爱拉开安友会，别过陈家豪家的对陈家豪说："从小到大你没离开过姥爷,我娘还抱过你!早知道你是狼羔子摔不死你!"

"死小爱子……"陈家豪随后的话被他家的盖了过去,"大伙听着!我们家也开钢磨!不要钱!白推!等两天……"

方爱截道:"白推?他们心眼子好!连亲娘舅都不认开钢磨是全心全意为人民服务哩!"转眼瞪着她说,"是人就知道不做亏本买卖,偏偏你做,你真不是人哩!"

这时安友杰拿着菜刀挤进人群,瞪着陈家豪两口子说:"你他娘到底想怎么着吧!"

呵!

我们的安友杰威风极了,无牵无挂无家无业监狱里二进宫的他只凭一把菜刀就震慑住了场面……

第一百〇八章

我们总是生活在许多别人的幸或不幸里,这造就了我们自己一多半的幸或不幸。在沉默无言的田禾庄,在追求幸福的方家,方永是幸福的,国庆节返校后他整个人都沉浸在王倩火热的爱恋里,然而方载亲却是不幸的,他那双奔波的大脚,在小小的宅院,忙乱而慌张,福字影壁的外面,家门口,已不再是生活的出路。

方载亲不是方永的别人,是他的父亲。脱离田禾庄土地的方永不知道这些天他田禾庄的家正经历着什么,我们知道,即便告诉他让他知道他也无法改变现状,他比方载亲还要无能为力。当他把照片寄回田禾庄后,方载亲的回信回避了所有的现实,只道:个子长高了,脸变白了,大小伙子了,多刮刮胡子,家里一切都好,有空常来信。连身旁的那个女孩是谁,都没有过问。是的,我们的方载亲屏蔽掉了一切的幸与不幸。当方永托着这封信反复阅读那几行杂乱的大字时仿佛看到方载亲正悄无声息地面对着他，面对着他站着，只是站着，拘谨地站着端着，拘谨地嘻嘻哈哈。是的，我们的小伙子看到了这样一个陌生的父亲，他大大咧咧的躯体，就是影壁，他嘻嘻哈哈地笑容，就是福字。

方永并没有急于回信，这些天他忙于加入建院牧风文学社。在师大机房，王倩把赠诗一个字一个字地敲打出来，他就在建院把它们一页一页地打印出来。看着一首首的诗歌他喜形于色，于是淡忘了田禾庄，淡忘了方载亲的来信，也淡忘了给方载亲回信……

每当有物事被淡忘时，都有新鲜的物事被留意，我们的心田只是一亩三分地，反复种植着心事的春夏秋冬与人情的来来往往。有的时候，我们总是认为生活中充满巧合，当你越在意某个人某件事时就会发现身边有着很多人在做着类似的事。是的，在牧风文学社方永熟悉了班上那位名叫韩惠的女生，从入学的第一天开始，她就有着王倩一样长长的头发，黑亮而且顺直；从看到的第一眼开始，她就有着王倩一样长长的睫毛，闪闪动人；从人生的第一句对白开始，她就有着王倩一样的喃声细语，吐气如兰；从不远的地方，静悄悄地看过去，她就是王倩的姐妹，或者她就是倩倩。

在网络上方永说起韩惠，王倩惊讶地说，还有这么巧的事情呀！方永说，有呢，尧中我和小猪同年同月同日生还同一个班级同一个宿舍！王倩说，我真想认识一下呢，说不定我们也是同年同月同日生呢。方永即刻说，她比你大。网络那头沉默了一会儿才回过话来，你什么都打听清楚啦？人家有没有男朋友是不是也一清二楚！方永无言以对，王倩又敲过话来逼厌，我和她谁更漂亮呢？方永忙说，当然是你。王倩就说，我谅你也不敢说假话。

关于韩惠和王倩，方永只是觉得她们相像，他并没有当韩惠是王倩的替身，而是当成了化身。是的，他愿意和这个化身一起讨论诗歌，一起谈论笔头流转的心情。当然他清楚地知道，韩惠就是韩惠，王倩就是王倩，他宁愿在春夏秋冬一个又一个相似的季节轮回里一层又一层地拥抱倩倩。他慌张地敲下一段长长的相思，告诉那头的王倩他的思念有多浓有多烈，他的爱恋有多深有多重，他的期望又有多久有多远，最后还说，春节怎么办呢？王倩顿了半晌，好久才回复说，寒假到来的时候再说吧……

我们的小伙子还不知道，农历两千零一年这个春节他不在方载亲的日程安排上，他回不了尧县，他回不了田禾庄。可是，这并不妨碍一无所知的他胸怀憧憬。

我们还是让他多一些憧憬吧！

就让他憧憬尧县城那条干涸的河道吧，憧憬他心爱的倩倩那一袭红色的暗香吧，憧憬这个世界上那直白的亲切与原初的美好吧！只有当这些憧憬幻灭的时候，只有当方载亲亲口告诉他今年不要他回家的时候，他或许会懂得，人生在世，有一些憧憬或者心愿，其实是不能了却的。

今天是元旦的前一天，王倩临时决定去张市找方永。

火车从清晨走到日暮，她的心情也起起落落的。是的，她不知道自己为什么如此仓促地赶来张市，她猜想是因为如果不见到方永自己的心会日渐荒芜。

方永到火车站时她正在出站口的灯影里瑟瑟发抖，张市的寒冷让她的个头一下子小了许多。方永跑到这样一个小个子的她身边，傻呵呵地罩上外套说："冷吧？"

"嗯。"王倩看了看他的毛衣。

"怎么不提前告诉我。"方永给她搓过手拦起车来。

"真不知道张市这么生冷呢！"寒冷已经冻住王倩的心思，她不得不紧紧地依偎着方永。

"怎么办呢？我背你回去吧。"

"猪八戒背媳妇。"王倩的笑也有些僵硬。

出租车来了，二人坐下后方永嘀咕说："扔到哪里好呢？"

"我不管，在张市我什么都不想操心。"王倩果真不再操心，打量起了塞上山城的夜色。

"放到韩惠宿舍吧。"方永寻思说。

"嗯？"王倩扭头说，"怎么一来就听到这个名字呀？"

"你不想听到也没有办法。建院的老乡里没有女生，我们班也只有一个女生宿舍。"方永把她揽进了怀里。

王倩愀然一叹说："挤一挤吧，好歹我也想见识她呢！"

"不用挤，她家在张市。"方永把着她的手呵口气又亲一口说，"你来，是为我呢还是为她呢？"

直到进校后王倩才说："为你为她，也为我更为我们。"

方永跑回宿舍取来两身衣服，给各自裹上后说："我想你现在应该不冷了。"

"我像暖宝宝还是像多多？"王倩扭了扭臃肿的身子。

"多多是个什么？"

"大狗熊，胖狗熊。"

"我不认识它。"

"你会认识它的，它也要认识你的。"

"叫它来见我。"

"瞎臭美。"

二人说笑间找到韩惠，方永开口后她爽快地答应，还利落地对王倩说："你好，千年主角。"

王倩讶异地看一眼方永，方永解释过在院报上发表的《千年未了》后她高兴地说："你就是韩惠呀！方永说我们挺像的，燕瘦环肥,不过我是胖的那一个。"

"一起吃饭吧。"方永忙岔开了二人的话题。

韩惠指指路灯又对王倩笑了笑就走了。

她一走王倩说:"我俩像吗?"

"离得远像,在一起不那么像了。"

"现在,你分清楚了吧?"

"现在,我分得更清楚了。"

"像吗?"

"不像。"

"哪个是哪个,谁是谁的谁?"

"韩惠是我同学,你是我女朋友。"

"女朋友是几个意思呀?"

"女朋友是恋人,是爱人,是将来的媳妇。"

"还有呢?"

"是孩儿他娘,是相亲相爱生老病死的一家人。"

"知道我为什么在新千年跑一千里,上门来找你了吧?"

"为什么今天总是和千过不去呢?"

"你站直了给我说正经!"

"我想听你说。"方永站得笔直。

王倩抓住他的手,掰开冰冷的指头说:"我希望你是一个靠得住的男人,不要随风倒,要站得笔直又硬实,比沙漠里的胡杨还要硬实,起码要让我倚靠一千年。"

方永这就抱起她,她也乖巧地攀上去,双手拽着他的脖领子听他说道一句又一句的亲昵——那些亲昵的话呀,落在她的头发,落在她的睫毛,落在她的鼻尖,落在她的面颊,最终落在她的唇齿,被她咀嚼进了肚里。

"什么时候让我看看韩惠的诗呢？"王倩抽空说。

"我还没亲够。"

"今天的指标用完啦！"

"我用昨天的，或者明天的。"

"昨天的过期了，明天的不可预支。"王倩倏地亲他一口说，"我可以让你用多多的，或者我可以用我自己的。不过，你得回答我那个问题。"

"走前我找给你看吧，可是，你什么时候走呢？"

"我能不能不走呀！"

第一百〇九章

依附于土地的农人是依附于土地的岁月和生活的主人。

方载亲就是这样的主人。迈入新千年他斩断了手足，按照安友会的说法，方家本不该生这么多的枝丫。是的，这次钢磨大战关系到他在田禾庄立足，容不得半点儿闪失，为了获得最基本的忙活资格，他不得不放弃亲情，不得不做出痛苦的抉择。

方载亲先声夺人，召集安友杰和安胜利在两天之内把田禾庄的大部分活儿推光了。他挣到了一口气，就像挣到了一口袋钱一样满足，可这份满足的背后是酸楚——付出与收获决算后仍旧是生活的亏空。陈家豪的磨房在争吵后的第三天开了张，他放了一早上的鞭炮，然后踌躇满志地等起生意来。其实不算是生意，他已经说过这天免费。陈世好没能找到王建国和刘大民，只好骑着自行车满街转悠着吆喝："钢磨开张，今儿免费！明儿只收电费！别人什么价我就什么价！都是好机器，试巴试巴就知道！"

方载亲晓得头一天扛不过去，只得关门歇业。安友会更是紧张，搬来板床笑眯眯地蹲在自家磨房门口,石狮子一样审视着都是谁去陈家,好把账记在心里。果然有人绕不过去,从官街过来眼见着陈家免费的钢磨只有几步远还是得撂下车说:"会子。来。推。"

安友会心里话,你横竖绕不过去,我也懒得伺候你,但还是得笑着垒台阶:"他歇几天,你们忙活去。"

免费的一天过后方家和陈家都开着门,可生意都不好,毕竟小小的田禾庄地有限,庄稼有限,种地的人也有限。因为生意不够,所以生意之争顺势变成了人缘之争。凡是路过大队的都得看到安友会和陈家豪家的坐在自家门口争抢着和路人说话,但安友会拉不下脸,自然逊一筹,她受了窝囊气就回屋数落方载亲:"你们家养的白眼狼见谁巴结谁,不喊舅就喊姨,恨不得喊舅姥爷、姨姥姥!不光抢生意还抢亲戚哩!"数落完又去门口蹲守,索性一声不吭地看着陈家豪两口子演,只是偶尔冷笑一声说:"耍猴哩!"

方载亲第一时间收到了反馈,他最在意的面粉生意比不过人家,同样的价格自己一分不赚而人家还有收入!如此下去搅局三五天可以,常年死扛肯定吃不消,所以他写了两封信,抽空寄给了方永和方敬——腊月近在眼前,方永马上要放寒假了!

收到信方敬就带着丰宁赶回了田禾庄,家门口正看到陈家豪家的和旁人套近乎。她的到来给方载亲带来了希望,听罢来龙去脉她怒不可遏,当即硬邦邦地说:"爹,你怎么这么老实!要是我,他上一片瓦我卸他两块砖!我也让他知道知道,他这会儿住的房不是他姥爷瓦的,是我爷瓦的!"说罢气话才理智地说,"新钢磨多少钱,买新的把他撂走,叫他赔死!"嘻嘻哈哈的方载亲觉得方敬、方爱和方永不似他和方载萍,更像是安友会和争了气的安友杰,他为此高兴,但是不得不在孩子面前装傻哭穷,搔挠着头皮说好几千,方敬又分析说,"你愁他也愁!陈家豪就是看准你没本钱换机器,就想一棍子撂倒你让你没能力再爬起来！他还摸准了你的脾气，着急就上火，想让你跟我娘见天打过……哼！"转脸摸着丰宁的脑袋笑嘻嘻地说，"娘，又一个外甥子，我撂在家里上学再接。你看着养活吧，养成白眼狼可别怨我哩！"

"我宁宁心疼姥姥，生下来就是我的事。"安友会这就抱起丰宁亲着脸蛋说，"这个可不是外甥子，我当亲孙子奶活。"

中秋节"上供"后方敬暂时保住了煤场的活儿，入冬后煤矿生意好转她捞了些外快，尽管没有料到家里横生是非，虽然已为这些快钱找好去路，但她还是带了来，此刻底气十足地说："买来装上使！没活儿撂着看！还不把他们气死？叫他们害人终害己！"

安友会仿佛看到了崭新的机器就摆在田禾庄大队，而陈家豪他们正像旱时的禾苗般直不起脑袋。

"就是！他刚要来前年的账，凑上，等我兄弟开学让他去修工。"方爱说完安胜利就掏出一千元钱码在了炕头上。

方载亲把钱看进了眼，安友会却苦楚地说："过年你俩拿着使唤。"说着说着从方载亲眼里抠走后和方爱打过起来。

"小爱子！大姐有。"方敬见方爱占了上风才帮安友会。

"娘！大姐！我不是外人！"方爱一气之下把钱扔在了地上。

"不是外人。"方敬说，"是我妹子。"

"不是外人。知道你想帮爹娘一把，可你们也得讨生活。"安友会说，"你们的小日子刚揭开锅，锅里不能没油腥。"

方载亲把钱一张张地拾起来，吹打吹打要给安胜利，安胜利一背手说："还有五百，年够过，路费也有。"

"你留着，等你兄弟用时我拿。我跟你爹眼时不用你们操心，娘知道你是好丫头。"安友会有些抽泣了。

方爱只收下五百，另五百方载亲径直揣进了口袋。

"唉，这年头井水也不够吃，水位低了还是……"安友会唠叨着去张罗饭菜了，不一会儿又抓着笊篱找过来说，"是不是风水不好了？怎么家里净出乱七八糟的事！"

"爹，钱够了，明儿就把面粉机拉回来！"方敬不信邪。

方载亲朝她"嗯"一声却对安友会说："敢是……明儿去看看。"我们的方大脚把安友杰看进了骨髓，但是他没能料到安友杰在他急难时出手，现在碰到看不透的事体居然也相信起了风水。

"明儿不得去冀中？"安友会提醒说，"这会儿就去。"

于是我们的方大脚撒开大脚去了祖坟，他想看看我们的才顺老汉所占据的那方土地是否出了意外。安友会她们边做饭边商量买机器的事，饭菜做好后久不见方载亲回便让安胜利去找，不一会儿安胜利拽来了咋咋呼呼的方载亲，后头跟着哭哭啼啼的方载萍。

果然有事情发生！

安友会立时明白了，没等她质问方载萍一把鼻涕一把泪地解释起来："大脚，我的好兄弟亲兄弟！这些我都不知道，即便知道也管不了！我知道对不住你更对不住爹，你打死我吧！"

安友会问方载亲，方载亲绝望地说："靠山崩了一块！陈世好这个王八羔子，我×他八辈祖宗！"

安友会明白这意味着什么，谨慎地问："真是他？"

"地脚石明摆着哩！"方载亲抄起铁锹往外冲，安胜利忙追出去，方爱也跑去喊安友杰了，而方载萍则瘫在院里朝东房一个劲地哭诉说，"爹呀，我对不住你！我没脸见你……我死了算了！"

方敬径直把她拖到了官街，而大队门口红了眼的方载亲正挥舞铁锹砸陈家豪，陈家豪则拿着顶门杠招架，还不住地解释："大舅，不是我，真不是我！"

"不是你？还不是你爹！"

"真不是我！"

"是你爹就是你！"

"也不是我爹！"

俩人的打过招来许多人，陈家豪家的看不下去，想拿秤砣砸方载亲，方敬眼疾手快，上去扇了她一个响亮的耳光。这时陈世好赶过来拉住方载亲说："大脚，有气往我身上撒，别拿孩子……"

方载亲踹他一脚当众说："我方载亲今儿跟你划出道来，不整死你我不姓这个方！"说话间拍下了铁锹。众人连忙架住，可铁锹仍旧砸在了陈世好的肩头。

人越聚越多，陈家豪见父亲挨了打也不再退让，拦在方载亲跟前说："方大脚，你再找事我削不死你！"

这时方载萍哭哭啼啼地挤进来，她一手攥着陈家豪的杠头一手握着方载亲的锹把，左右看看两头哭诉说："我这是造的什么孽呀，你俩……我活不下去了，你俩打死我吧！"

场面突然变得有些尴尬，方载亲的铁锹拍不下去，陈家豪的杠子也削不出手，众人趁势将他俩分开，一时间场面似乎被控制住了。就在大家七嘴八舌地劝说时陈家豪家的朝安友会骂道："有你这么当妗子的不！有你这么当娘的不！指使一对狼羔子下黑手！生俩丫头个个缺教养！真丢田禾庄的脸哩！"

安友会没有开口，方爱戳着她的鼻梁骨恶狠狠地说："谁是你妗子！你这么个大野地里拾来的货有爹有娘不……"

陈家豪家的刚吃过方敬的耳光，此刻想在方爱身上找回来，冷不丁扇在了方爱的后脑勺上，方爱回过味来想扑过去却被方敬死死地拽住说："小爱子，你别动手！你还得在这个村子待哩。"转对陈家豪家的说，"田禾庄不要你这号伤风败俗的媳妇！"

这时蹿进来个小伙子，田禾庄人面生，以为他要讲公道话，不想他开口就骂:"你当田禾庄是什么好地方?整个一王八村子!你他娘再瞎说八道看我收拾你不!"转而看到陈家豪家的带手印的脸又说,"姐,谁打你了?"陈家豪家的努努嘴他就奔向了方敬。

安胜利推开方敬,等那人扑到跟前一抬手直截了当地戳了过去,那人立时一脸痛苦地瘫软在地,安胜利则嘿然冷笑道:"你属牛,属牛你就耍牛×,是不?"

一起修工的小伙子挤进来,踢踢半死不活的那人说安胜利:"铁锤!以前当你吹牛×,今儿才知道真会隔山打老牛的点穴手!"

闻风而来的安大傻子在那人身上拍了拍,顺过气后捣了安胜利一拳说:"你小子少他娘给我胡来!他想要你的命再把他全家往死里整!"随后对那人道,"你说田禾庄是王八村子,那田禾庄就是王八村子,你这么个小王八蛋还咬不动田禾庄的秤砣!"

酒桌上躲了几天的王建国闻讯赶来,两家各打五十大板吩咐众人劝走,事后赶到方家说:"大脚,不至于迁坟动土。"

方载亲彻底乱了分寸,茫然地蹲在走地想找个地缝钻进去。安友会铁着脸问他喝不喝水,他知道抄着手的她在说客套,抿抿嘴唇说:"买几袋洋灰,补齐靠山,大脚。"

第二天一大早,安胜利开着三轮车买来洋灰拉进祖坟,上过坟后方载亲亲手给靠山补齐水泥又刻下了"泰山石敢当"四个大字。是的,只有这样,方载亲才能对得起我们的才顺老汉——那个生前替别人瓦了一辈子房,而死后又住得寒碜的"老糊涂";也只有这样,方大脚的心里才能安生。

第一百一十章

二〇〇一年的春节,安友会疲于应付,破五方敬走后她才发觉家里短的不只是方永，还有安友杰家的。她知道这个女人再也不做田禾庄的亲戚了，但她已经足够坚强，因此不再责备安友杰，而是一脸坚忍地说，再等等，下种不回才好死心塌地。

尽管拉来了面粉机，在设备上和陈家豪有一拼，然而在地利上方载亲知道自己并不占优势，但他看到了天时与人和的胜面。就天时而言，磨房开在自家，坐等生意黑夜白日里上门，而陈家豪吃饭、睡觉要耽误时间；就人和而言，陈家豪把情事做绝自然也逊一筹口碑。另外一条弱势他也想到了，那就是身体，如今陈家豪能折腾的他方载亲折腾不起了。因此综合来看，他觉得自己不能有丝毫的松懈和麻痹，这仍将是一场势均力敌又旷日持久的大战。

大战的最终胜利归属方载亲。

这是方敬的分析：进入势均力敌的消耗阶段，抛开利弊，决定胜负的只有时间这唯一的因素。当初陈家豪就是看中这点儿才决心撕破脸，他的歪心思认定正缺钱而耗不起时间的方载亲会转投别的门路，可是现在方载亲的包袱——方永暂时由方敬姐妹接手。而他陈家豪呢？身强力壮正是忙活的大好时期，耗两年可以，再多耗几年他不顾一切赚钱的希望就会破灭——小子会长大成人，要吃要喝，要地要房，要家要业……

说白了，方载亲和陈家豪都是为了钱，为了生活，为了小子，而不是单纯地为了自己。

方敬对事态的把握让方载亲格外眼明心亮，他不再烦躁，偶尔也会强颜欢笑。是的，他知道，所谓忙活，就是在生死大道上无论如何都要忙着活下去！但豁达了的他也难免计较杀敌一千自损八百的惨胜：倘若陈家豪彻底失败变卖钢磨，他不过是从头再来，若是把钢磨迁到田禾庄的另一个地方……

呵！

我们的方载亲到了田厚生的年纪，但这世道已不允许他像田厚生那样忙活。是的，有时候他连做梦都在想，这辈子到底要怎样忙活，最终才能靠着大队北墙根晒太阳呢？

方家有事安友杰活得自在，他每天过来，要么接替方载亲忙活一会儿，要么干坐着发愣。安友会感激他，为他净衣热饭的时候心里话，若不是有这个浑货陈家豪早就耍刀弄枪了。闲下来的方载亲难免也替他盘算，想来想去做不了主，但还是和安友会一样希望他能够自强，起码像个正经的庄稼主过衣食无忧的日子。

这一天实在是无所事事，方载亲索性观望起安友杰来，冷不丁看到了他身上的变化，便嘻嘻哈哈地和安友会说消遣："你那个大兄弟亲兄弟好兄弟变了哩，看门狗似的！"

"看门狗怎么了？看门就是看家就是看财，总比白眼狼强吧！"安友会不解气，踢他一脚说，"看门狗好还是白眼狼好！"

"狗好狗好。"方载亲忙赔着笑说，"我是说他知道动脑筋了！"整天低头忙活的安友会大都是从身影和声音上识别从小到大的安友杰，此刻心头一喜眉头一皱，眼巴巴地听方载亲说，"媳妇一跑，也知道忙活人事了。"

"有你这么说话的不，只为解气？"

"不是……"方载亲想把安友杰拉长，拉成一个长长的笑话来覆盖这空荡荡的一天，因此慢声细气地说，"他似在想门路……天知道……想什么。"安友会撂下活儿要找安友杰，他忙拽住说，"问出来有屁用？要是能帮的正经事，你去问。"

正这时安友杰忽地闯进来说："大姐夫大姐夫，你去看一眼。"方载亲以为陈家豪来找事，出去见陈家豪同样干坐着，而安友杰却指着大队说，"墙上有个通缉令似的告示。"

方载亲经过陈家豪来到大队，见"村务公开栏"里号召种果树的

板报旁贴着张公文:

  2001年1月3日至5日，中央农村工作会议在北京举行。会议传达了中共中央总书记江泽民近日就做好农业和农村工作所作的重要指示。

  江泽民指出，去年在遇到严重干旱的情况下，我国农业和农村经济取得了新的成绩，是很不容易的。进入新世纪，巩固和加强农业基础的工作仍要坚持不懈地抓下去，一刻都不能放松。这是全面建设小康社会、加快推进社会主义现代化的必然要求。关键要通过改革开放和科技进步，依靠亿万农民的创造精神，大力推进农业和农村经济结构调整，努力增加农民收入，确保国家粮食安全，保持农村社会稳定。农业、农村、农民工作事关党和国家工作的全局，大家一定要发扬兢兢业业、扎扎实实的精神，切实把工作做好。

  面对公文，安友杰不识字，方载亲没兴趣。安友杰让他念，他挑拣着念了几嘴，安友杰若有所思地问："去年真那么旱？"

  "旱。尧河没水。大渠短水。去年不是种地的年景。好几年水都不够使了。"方载亲没有取笑这个好老百姓。

  "以后也这样？"

  "你看眼水井就知道，刚挖时水深一丈这会儿一尺，水位年年降！"方载亲摇着头朝家走，听得身后的安友杰止不住地乐，便回身说他，"地，你一分一厘不种。水，你一担一桶不挑。"

  "不是！"进家后安友杰正经八百地说，"我想了个法。"

  "什么？"安友会从屋里跑出来，端着满满的希望。

  "赔本买卖干脆别惦记。"是的，赔本买卖让方载亲穷得叮当响,想到本钱俩字就发怵。

"你看看你!小气蛤蟆!"安友会看透了方载亲。

"天不是旱吗?浇地吃饭不得用水吃水吗?水打哪来?得有河有井吧……"

"你机灵,你大姐没白孝顺你!"方载亲明白了。

安友会的脑筋转不过来,捋摸几遍捋不顺,只得怪方载亲:"你别打岔!杰子,你重说!"

"打井。"

"机井不行,得有钻机,把钢磨全卖了也买不起。"方载亲似乎故意要浇灭安友杰心血来潮的火花。

"我有法弄,只要老天爷保证天下大旱就行!"

"那行当不光靠蛮劲。"安友会很担心。

"打井包出水,我他娘使劲挖!"安友杰满院里趔摸着说,"打井包出水,我他娘使劲挖!得先下点儿本钱。"

"钻机买不起,买不起买不起……"

"什么?"安友会打开了方载亲搔挠脖颈子的手。

"几把铁锹、铁镐、缆绳、安全帽……"安友杰盘算说。

"还得有人合伙吧?"方载亲说。

"陈小三、安征禄。"安友杰一本正经地说。

"都是好把式铁哥们,搭伙你不吃亏。"方载亲扑哧笑了。

"你得当头。"安友会神神秘秘地出主意说,"你拿大头叫他们拿小头,还得叫他们干人事。"

方载亲哈哈大笑说:"你兄弟本来就是头。"

这话说得安友会抿着嘴唇富态地乐起来。

"我还得叫他们下本钱!"安友杰像是在起誓。

这话说得方载亲像是打败了陈家豪一样熨帖。

"得仔细谋划。"安友会的脑筋转开了。

"你兄弟脑瓜灵,就是……没有吃苦的耐磨性!"

"别老叫别人看笑话,你可得知道……"

"行了。大姐。别啰唆。"安友杰不乐意听就走了。

第三天我们的安友杰果断地成立了"田禾庄机动打井队",随后去了外地,大队的公文被扯得没边没角了还没有回来,看样子像是找到了活儿。就在人们即将淡忘他时他一身污泥垢水地回来了,进村径直来到安友会家,随手拍下安再启老两口的花销和安东林的学费,吃过一顿烙饼又走了。

他的一来二去叫田禾庄人另眼相看——

王建国图省事张贴的告示居然改变了他,人来人往的大队居然只有大字不识的他从国家大事里看出了门道!这个天生的败家子,公门里二进宫的不孝子,老婆跑了居然做起好人来!

一时间田禾庄人回不过弯,事情说话间又成了笑话,所以田禾庄人传说:安友杰,天不怕地不怕,临了闹了个中央直辖……

第一百一十一章

什么样的日子最难过?

大概是明知道有希望而看不到希望的日子。

方载亲就过着这样的日子。开春到端午他和陈家豪逐渐安于现状,顶牛之外都把时间给了家把心血给了地。当然,舅甥二人照面仍旧是一副不肯善罢甘休的架势,都显示出了斗争到底的决心。

又是一个天旱之年。

麦秋时节,烈日下的田禾庄人终日里巴望葛洪山,在他们可以预测的尺度里度过了三天又三天。是的,都不想拉水种玉米,附近的小溪断流后尧河的水量勉强盛得下孩子的屁股。这样并非风调雨顺的年景最让庄稼主头疼，但对安友杰来说再好不过了！这小子开春后再没有回来，谁都不知道他在哪里，只晓得他挣到了钱……

火辣辣的太阳地里，人们挨到节气的最末几天才车水马龙地往返于尧河与旱地。如果说撂一年地不要收成尚且得过且过，但年年撂荒他们割舍不下，会害怕连累得生活青黄不接。拉水种玉米的这几天里田禾庄欣欣向荣的，老老少少都在抢时间抢收成。

拉水队伍里出现了新面孔——

李天柱。

他回家种地了？

他可是田禾庄最大的财主，给新青年打开门路的包工头！年景好他不种，年景糟反而放下外头舒适的活路，这究竟是为什么？人们的一串疑问能从尧河排上葛洪山。起先只当他想念老家的粗粮，后来才得知我们田禾庄的骄傲破产了！是的，他有一屁股日久年深的三角债，外面混不下去只有回乡务农的老路。但他算得上衣锦还乡，到家就翻新房屋，前墙后壁贴满了抠都抠不掉的瓷砖，不过屋里没有一件像样的摆设。房子盖起来要账的人也跟过来，他好说话，下地回来赤着脚发烟说，等我缓一阵子，账我始终认。

就在田禾庄人为土地而苦恼时人们又发现了李器休的身影。

实在是太蹊跷了！

年景不好在外的人反倒在乎起这一亩三分地。与李天柱不同，李器休没有拉水，而是住进了地里。这时人们才看到他前年悄悄种下的桃树已经一码整齐！桃三杏四梨五年，枣树当年就挂货，再过一年，他那两亩桃树会披挂整齐。

年景连连不好，田禾庄让三里五乡羡慕了祖祖辈辈的河滩在这年头开始集体排旱，人们不得不为硬生生的土地找出路。以往王建国接二连三地吆喝也办不成的事现如今水到渠成，人们纷纷响应他几年前的号召，并且一再要求他来年以大队的名义引进好果苗，正经八百地为土地也找一份庄稼之外的"工作"。

土地。

我们祖祖辈辈赖以生存的庄稼地也要"修工"了。是的，农人担心成片的土地会在劳而无获的春秋里死去。

土地是不能死去的。

方载亲没有种果树的打算，他想继续种庄稼开钢磨，但他预见到了前途——倘若田禾庄的庄稼地变成果园那就没有了水稻、玉米和小麦，也就没有了磨房生意。他一筹莫展，他知道磨房开不下去的后果。在一个晚上，沉不住气的安友会问他："修工不现开支，也没人愿意修，种地年景不好都图省事栽果树，钢磨开不下去……怎么办，大脚？"她头一次喊他"大脚"。

家境四面楚歌，方载亲怕她散架，忙开导："车到山前必有路。我就怕你扛不住，你要是出点儿毛病咱家真就塌火了！"

"我活得好着哩！我？我得活到我享福才愿意哩！"安友会也晓得如果此刻身体出毛病那么家业败得会比安友杰还要快。

"学学大傻子，一门心思开钢磨吧！"方载亲真心羡慕起了田学富那四平八稳的生活，他自觉比不起田学富，方永也比不起田宝。

突然间安友会意识到精明的陈世好父子对钢磨的前途肯定也有预见，兴许放手的一刻被提前了！庄稼地变成果园还需要三年时光，不！一年之后，他和大队的合同就到期了……

田禾庄伏天的夜晚燥热难耐，划根火柴就能点燃空气。

在一个闷且热的晚上，方载亲坐在当院一声不吭地扇蒲扇，戴着老花镜的安友会则在门缝的光影里一声不吭地纳鞋底。这样的时光里田学富甩着汗巾过来说:"吃的什么。"

"水饭。"方载亲抽抽鼻子说。

安友会摘下老花镜,望见黑乎乎的板床也说:"两米水饭。"

田学富刚坐下影壁后头又拐进来一个人,身影不甚熟悉,近了才看清是李天柱。他和田学富又把土地做了交割,今日在昔日队长家碰面多少显得别扭。安友会索性收走针线,撕俩纸板给二人当扇子,顺便捅一把方载亲,方载亲开腔就臊:"柱子,不当走资派又想当地主?"安友会一巴掌拍在他汗津津的脊梁上,他正经地说,"柱子你言语。"

"队长,今儿黑夜咱就臊种地。"李天柱干笑了两声。

"种地得问傻子。"安友会盯着方载亲的后背说,"找他没一点儿用处,这会儿没有生产队。"

"队长务农是真本事,不像我一上粪催二出力桄。"田学富说。

现如今俯仰天地的李天柱果真打算种地了,但他投入产出的盘算不同于田学富种子化肥的掂量,也不同于田禾庄人大米小麦的算计。是的,这个包工头不想种田禾庄的地,他想外出包地,包很多很多的地,就像"包工"。门路已清,但他还是想让昔日的队长再拿捏,便有心无意般说:"咱田禾庄种地吃力。"

"才拉一季水,一茬庄稼都没收。咱田禾庄人,无非是年年折腾这一亩三分地。"田学富说。

"人均一亩三分?"李天柱到底是不知道自己种着多少地,田学富痴痴地笑他,方载亲呵呵地笑他,他也哈哈地取笑着自己说,"管×,一人一亩。"

"傻子对。种地吃力,不出力种不了地,咱无非是折腾这一亩赖地一条贱命。"方载亲寻思李天柱在包工与种地间骑虎难下,便说道起陈年往事,"当初傻子包你的地我算过,种地能不能赶上包工你能掂量出多或者是少来。"说罢摩挲着头皮转了话,"不推钢磨也满身刺挠。"

"推了半辈子钢磨,就算不推皮肉也有记性。"安友会朝李天柱和田学富笑着说,"地里不种庄稼,庄稼苗就发在他皮肉里。"

"不种庄稼钢磨那铁疙瘩比石头沉。"田学富很明白方载亲的苦衷,同情般说,"好端端的庄稼地种果树,稀稀拉拉的心眼子腻歪。"随即自顾自地说,"好像是得变动变动了。"

"队长,怎样种地能赚钱。"李天柱到底是精明的包工头。

这个问题方载亲没有思量过,他的多数思量是怎样种地才能满足日常开销,指望种地发家致富,他想都没有想过。李天柱一问他来了兴致,搓着脖颈子说:"还以一个人为例?"

"嗯。"赶在李天柱前头田学富说。

"风调雨顺地沃人勤,好种子真化肥外带没税费,一年两熟人均每天两块差不了。"

"每月六七十还有基本口粮。"田学富看着方载亲对李天柱说,"供个学生或者闹个病,不管家里的谁,绝对不允许。"

"大老爷们儿也知道过干净日子了。"安友会很赞同。

"再搞点儿副业养头牛喂俩羊开个磨房弄个商店,是不是更活泛。"李天柱说。

田学富吞吞吐吐地说:"猪算一窝,牛驴算一头,其他和修工不能算黄土地的行当、庄稼主的本事。"

"就说熨帖庄稼主寻常老百姓,单纯种地一月六七十,就这个情况,怎样才能赚钱?"李天柱又问。

方载亲说:"除非一个人二十亩。"

安友会说:"一个人种不完二十亩。"

田学富说:"山下的大平原铁牛能种二十亩,咱没有二十亩。"

"二六十二、二七十四，取中间，月均一千三百，日均四十三。"李天柱说，"真这样还能闹活一阵子。"

"你们净想不现实的。"见方载亲正看着黢黑的磨房发呆，安友会又说，"臊吧，想想天鹅肉也好解解馋。"

"人口减少，土地不变就是增多，刨除这些，怎样才能赚钱。"李天柱在刨根问底，但问住了方载亲，田学富反倒正经地思量说："那得粮食值钱，价格翻番，起码翻一两个番。"

方载亲觉得地里要是能长出钱那方永暑假后几千元的学费就有了着落，于是顺着田学富的方向美美地说："种一亩再给你三头五十，柱子，二十亩能比上修工！"

"做梦哩！不要你一分税费还贴补你，你们这伙大老爷们儿这晾晾臊得……嗯，不害臊。"安友会扑哧笑了。

"说到底，种地营生的关键在人地关系。"李天柱说。

"人多地少。"田学富说。

"人口转移，向着城市向着富余的土地。"李天柱又说。

"到咱这一辈纯种老百姓越来越少了。"田学富点了点头。

方载亲想到了方永、方杰和田宝，又想到了安胜利、方军和方良，他好像理解了脑子活络的李天柱。这时方爱送来了丰宁，后头跟着安胜利，安胜利抻开院灯后坐到了李天柱的旁边。

这个晚上过后，在一个清明的晨起李天柱离开了田禾庄，去苗洼台送行的只有李器休。后来人们问李器休，柱子去哪啦。

新疆。

去包工啦。

包地。

第一百一十二章

元旦当晚王倩返回省城,在站台上交给方永一封信,告诉他火车开走才能看,之后在冰冷的玻璃窗上画了一颗心,随后又画了一颗心交结,就在她画那支箭的时候我们的小伙子心疼了,觉得那支箭羽,真的穿透了心脏。

列车开动,长长的车身终于驶离站台,融入了夜色与山城,像一条轻飘飘的思绪被抻拽得越来越长。在呜咽的尾声中方永拆开信,但见上面仅有一首《微笑》:

> 我迷失了的记忆,
> 流转在谁的眼洼里?
> 去年之去年的午后,
> 有了一千零一页的空白。
> 没有光芒的一寸前行 或
> 后退,
> 形容留守,
> 藏在坚决的眸子里。
> 我抬一抬眼皮,
> 有看到你,
> 正挂在睫毛上,
> 彼此微笑地看着微笑……

王倩的一千零一面微笑刹那之间层层叠叠,令方永不能自已。抱守着这封信,他前前后后地揣测思量,揣测王倩此行的心情,思量

《微笑》背后的心语。他到底是没有想到,王倩也如韩惠一样有着落笔成行的心思,或许每个懵懂的女孩心中都有诗千首。是的,聪明的倩倩,仅以一首诗歌便在方永的潜意识里打败了昔日那个娇弱的王倩,也打败了那个比昔日娇弱的王倩更加强大的韩惠;她以一次果敢的放纵,在方永的心田种下了小小的骄傲。

寒假前方永接到了方敬的电话,电话里听说了钢磨大战,心中难堪时又收到了方载亲慢悠悠的来信。信很简单,斗大的字占满了一张没有称呼和落款的格子纸。他知道家中缺钱,他明白方载亲横横竖竖的无奈,于是年前找到黄帝县对方敬说:"我去掏煤吧。"

"去吧,也知道知道钱难挣屎难吃。"方敬付之一笑,又说,"你念你的书,钱的事情我们想办法。"

"我真想去。"

"你下窑我没法跟娘交代。"

"只一个月。"

"不行。过年就在这待着。"

"挣点儿钱。"

"那不是挣钱,是卖命。"方敬见他动了心思就认真地拒绝说,"也不是随随便便就能下井的事。"

丰收来后方永又问,不想他擤过响鼻后是连连的摇头。

"你好歹是兵头将尾,这么点儿本事都没有?"方敬看着方永嘲讽丰收,"我在煤矿上班,可咱家也用不上他掏的煤,好煤拿钱买都运不过去。"

"正好,我掏煤往家里送。"

"丰工,今年咱家能烧上你的煤不,我买,该多少就是多少。"丰收不言语,方敬又拍打着他的脖颈子问,"永儿下井行不行?"不及丰收回答她又否定了自己,"吃阳间饭做阴间事,快别挣那八百。"是的,她想到了方虎,她觉得当这个大姐责任重大。

方永不再坚持,回张市后来电话说在网吧找了份兼职。相比下井这安全许多,方敬抽空去张市,看到人声鼎沸的网吧里他做着端茶递水打扫网吧收拾电脑的活儿——方虎,这就在她的脑海里一天天地长大,最终长成了方永……

和方永一起打工的是李坡,春节过后二人商量一起租房,一来方便兼职,二来节省住宿和吃饭的开销。在不耽误学习的前提下,方便挣钱还能省钱,这颇像既修工又种地的活路,的确是美事。李坡嬉笑着说,还有更美的,倩倩要来,我去值夜班呀。方永痴痴地笑着答应了他,没几天他果真在鱼儿山下找到一处民房。房子离学校和网吧都很近,六平方米的搭建房里有一张简易的木板床,另有一张残破的小书桌和一个单眼灶,只是用水要去房东院里提。房东是对老夫妻,出租只为做伴,当场以月租一百元的价格签下为期一年的合同。回头找网吧老板问开学能不能俩人同打一份工,老板笑呵呵地说,你们是天之骄子,得照顾,不过工作也要尽心。当下约定每月俩人要上够五十个夜班,至于一千五百元工资,平分。

安定后省城不再是说去就能去的,这让方永失落,打电话给王倩,她反倒高兴地说时间正好留给学习,还说想见就梦里见呀。当晚方永还真见到了他的倩倩——

倩倩穿着大红色的羽绒服,系着暗红色的长围巾,带着金闪闪的项链、戒指和耳环,正在电脑显示屏上向他招手。

他情不自禁地说:"倩倩,你好漂亮。"

倩倩嘴角一翘倔强地说:"以前不漂亮吗?"

方永摆动鼠标,看着倩倩转了个圈说:"今天最漂亮。"

倩倩甩动围巾轻飘飘地说:"知道为什么今天的我最漂亮吗?"

方永想了想说:"要结婚吗?"

倩倩笑着说："是的呢。"

方永痴痴地说："嫁给谁呢？"

倩倩闪身拉来一个人。

方永怎么看都看不清他的面目，就问："我不认识他吗？"

"你不认识他。"

"让我看看他吧。"

"他不让你看。"

"你要嫁给不让我看的他吗？"

"嗯，我要嫁给不让你看的他。"

"好吧，你们要幸福。"

"我就是要嫁给一个让我们幸福的人。"

看着倩倩和那个人手拉手地跳起了舞，方永傻傻地说："你总算把自己嫁出去啦。"

倩倩停下舞步招呼他："来喝酒呀。"

"好啊。"

"可是你别喝醉了。"

"你结婚是好事喜事，为什么不让我吃饱喝好呢？"

"我怕你惹事呀。"

"你怕你嫁不好是吧？"

那个人在拉倩倩，倩倩就不多说了，笑了一下就闪了。

方永高兴地看着空白的显示屏说："倩倩总算把自己嫁走啦，嫁给了一个她愿意嫁人家又愿意娶的人。"

"嗯。"李坡说。

这是一场梦。

是的，万家灯火的春节过后，我们累不可支的小伙子竟然让一个藏头隐面的陌生人把心爱的倩倩从梦乡里娶走了。

被李坡晃醒后方永抹把嘴角说:"我梦到媳妇嫁人啦。"

"媳妇,嫁人啦,嫁谁啦?"

方永看了看时间说:"嫁给五点半啦。"

"六点的时候你找他谈一谈。"

"他还是她?"

"随你。"

方永拉开沉重的铁闸来到网吧外,呼吸过一口新鲜的空气说:"她愿意嫁给五点半。"

李坡撇撇嘴说:"咱俩是不是也得过个年。"

"咱俩是得过个年。"方永点着烟说,"咱俩还得喝顿酒。"

第一百一十三章

老练这个粗糙得连普通话都不愿意抟直的男人,他的粗糙在黑白之间。他每天,白天或者黑夜,都要去地下三四百米的深暗世界把自己弄得很黑很黑,然后再上来把自己洗得很白很白。洗白了的老练的确很白,但额头上的皱纹怎么洗都洗不白,像是文进了皮肉。或许是看在三道皱纹的薄面上,人们更愿意叫他王老练。

王老练喜欢抱着茶缸抽着烟卷去有两个人的地方斗地主,去有三个人的地方搓麻将。当然,王老练最喜欢干的是,拎着白酒去有更多人在的地方吹牛×。吊儿郎当的王老练在地面总是游手好闲的样子,挺会享受生活的样子。可是,当他穿上那身脏兮兮的工作服后,我们的王老练就变成了正经八百的练师傅。

练师傅四十几岁,井下的工种除救护队他都干过,不论干哪一种都是带班班长,不论哪一次下井都是最后一个升井。牛西井的人愿意跟练师傅下井,也愿意跟王老练吹牛×。

王老练和练师傅身份的转变是在澡堂。

脱掉那身长年累月的工作服,把自己扔进黑乎乎的池子后,练师傅的身份会在一把一把洗白的过程中蜕变。当他把大腿中间那东西洗净后,人们就会客气地说:"王老练,吹牛×去呀!"

王老练有很多朋友,练师傅有很多徒弟。今天练师傅要带一个新徒弟下井,这个新徒弟戴着眼镜,身子骨也不硬朗。王老练不担心练师傅带不出好徒弟,所以王老练代替练师傅对方敬打包票说:"这四十天,你交给我,我让他把本事全学了去。"

"学不学本事我不管,他非得去,那就叫他见识一下钱难挣屎难吃。"方敬看一眼丰收,丰收一脸平静,她又对王老练说,"那我给你们做四十天的饭呀,还给你打酒。"

是的,他们说道的是方永。我们的小伙子在网吧兼职半年有余,这半年他没有从方载亲手里拿钱,方敬送过一次,他只收下一千,也没有花出去。暑假开始后他立马到方敬这里要求下井做临时工,方敬耐不住软磨硬泡,终在丰收的安排下让他得偿所愿。

这天是下午,人间阳光明媚,风清气爽。方永在澡堂穿戴整齐,分配任务时已按捺不住激动的心,迫不及待地想去地下。他知道这脚踩的大地除了庄稼还生长着煤炭,煤炭曾经也是神奇的生命。是的,生命,即便扎堆死在一起,也要具有无限的能量。

领取矿灯后练师傅检查了一遍方永的矿灯和自救器,又俯身整理好他的裤腿,最后拍拍胶鞋说:"摘下你的护目镜。"

护目镜里套着眼镜,很不舒服,方永便揉了揉眼睛。这个时候练师傅舔了舔大拇指,使劲摁住他的眉头两头一捩说:"机灵点儿,我到哪你到哪。"借助一块脏兮兮的玻璃,方永看到自己的装扮很矿工,便问旁边的小王,他说:"师傅是给你开天眼哩!"

窑洞门口,签字搜身的当口安监员客气地说:"练师傅,又带新兵呀。"

练师傅嘿嘿一笑,答:"领导视察。"

安监员看眼方永,说:"保证为领导同志站好这班岗!"

说笑间风门洞开,一股巨大的吸力袭来,方永顿觉脚下生风,凉飕飕的空气就在耳畔穿梭。几人钻进去坐上罐车,铁门"咣当"关闭,一阵刺耳的铃声过后罐笼迅速下降,就这样凉风裹挟着湿气把方永送进了深不见底的暗黑。这阴冷、潮湿叫人窒息的暗黑已经超出常人对漆黑的理解,如果关掉矿灯,除了水滴声和风啸声四周会空无一物。在如此的暗黑里时间仿佛被无限拉长,许久之后罐车才停在井底,练师傅照了照方永瓮声瓮气地说:"适应不。"

方永深吸一口气,笑一下随他向矿车走去。矿车在大巷里颠簸开行,半小时后才停在一个巨大的像是中转站的空间。望着四散的人流,方永知道,他新鲜的矿工生活开始了!

牛西井是普掘井口,以炮掘为主,练师傅、小王和方永这个班的任务是背炮。火药库设在离工作面很远的地方,每班需要多少药量他们就背多少。出示领炮证后练师傅从库管手里接下雷管,小心翼翼地放进小木箱,之后吩咐小王和方永搬出三箱炸药。小王递给方永一个炮袋,帮他装好又打好背带。练师傅帮小王上身时说了一堆的话,之后小王对方永说:"师傅让我转告你,这里不同于地面,一切需要重新学习,先从走路开始学。"

我们的小伙子很快理解了练师傅的用意。在坑坑洼洼的巷道和巨大的暗黑中,走路不再是下意识地抬腿迈脚,需要头眼腰背和手脚协调,需要意识和难以预判的现实重新达成默契。走不多远肩膀生疼,他问练师傅一袋炮的重量。

"一袋六包,一包八斤。"小王说。

方永觉得远不止五十斤,小王则笑呵呵地说:"你是大学生,应该知道为什么重,因为你离地心更近。"

练师傅嘿嘿一笑说:"给我一个大学生,还你一个煤矿工。"

这活儿比三伏天耪地不轻松,走出三里方永脚下吃力,汗水也模糊了眼镜,他想摘下安全帽却被练师傅厉声制止。在一个稍微开阔的地带,练师傅把毛巾系上他的额头,休息过两分钟便催促:"还有二里,不能因为我们延误大家的工时。"

小王一口气蹿出去,一串灯光晃晃悠悠地四处碰壁。方永刚跑几步腿肚子就泛酸,但他知道不能停下来,这斜井必须一口气征服,否则每次到这里都会发怵。在坚持攀爬的过程中他手脚并用,忽然觉得自己肯定很像土地里蠕动的虫子。是的,生命,在这样的环境里的确是微不足道一掐就死的。

爬上斜井后方永挺直腰背,看到不远处有一道光芒射过来,近前才看清是丰收,丰收检查了一遍他的行头就走了,老练则远远地说:"丰工,您走呀。"

"嗯。"丰收挤出一个字。

进了盘区路更难走,上坡接着下坡,下坡连着上坡,遍布哗啦啦的水坑,没走几步胶鞋里就灌满了碎煤渣。好不容易挨到工作面巷口,小王进去后练师傅调试过皮带和信号钟后又问方永的感受,方永扫过黑黢黢的煤墙说:"累。"

"除了累?"

"想喊一嗓子。"

"闭上眼会想到谁。"

方永闭上眼,一片黑暗压来,这纯粹的暗黑怕是王倩这辈子想都不敢想的——他这就想到了王倩,他这就看到了王倩,王倩这就支开了他的眼帘乖巧地打量起他内心中暗黑的倒影。

"你想到谁了?"练师傅硬生生地从舌头上捋出来一截普通话。

"王倩。"方永如实说。

"那你对人家好一点儿。"我们的练师傅没有询问王倩是谁,我们的练师傅肯定知道王倩是个谁。

里面传来一阵炮声,不一会儿练师傅领着方永进入通往工作面的独眼巷道。巷道里热浪滚滚,越往里走越低矮,方永只得低下头再弯下腰,磕磕绊绊地走了好久才到工作面。煤层不厚,工作面高不足一米六,风筒送进来的风在矿灯的照耀下翻腾着亮闪闪的煤屑。卸下炸药方永坐在风筒前,吹着温厚的黑风看着老工人打眼,看着煤尘附着在一切可以附着的表面。不一会儿装好了炸药,所有人撤到安全区后老练再一次清点过人头才拉炮。

"轰"的声响传导而来,大地震颤,炮烟夹杂着煤尘滚滚袭来,余响被局促的巷道不断转载,一次又一次地冲击着耳膜。片刻后老练和技术员带着几个老工人猫腰钻回工作面,敲帮问顶后在比大雾更加浓重的煤粉尘里,在吱吱的水雾中反复重复着他们的工作——攉煤,打眼,上支护。

这里的确是矿井一线,这里的人一日三班夜以继日地开凿,开凿出光明、火热,开凿出支撑整个人间运转的能量……

好一会儿送饭工来了,班中餐装在铝饭盒,三个馒头一个炒菜。饿坏的方永抓起馒头便是狼吞虎咽,而练师傅却是细嚼慢咽,临了饭盒在地上轻飘飘地一舀,便生吞下几口矿泉。

一口饭、一口水,一茬炮、一茬煤,终于盼到了收工……

电车开到井底车场时丰收正等着,和练师傅叽里咕噜地说过几句后才以田禾庄话问方永:"你猜师傅给你打几分?"

方永坐上罐车说:"六十?"

丰收说:"真准。"

练师傅说:"你是我带过的第二聪明的徒弟。"

"第一是谁?"

练师傅看向丰收,矿灯照耀下他破天荒地笑了。

终于,罐车开动,我们的小伙子瞬间感受到了光明的引力,全身的汗毛自觉地舒展开,正一寸一寸地迎接着光明。他深吸一口气,嗅到了空气中游丝般的光明——这光明,干净的光明,有一种清新得让肺部开阔的味道在里头。

第一百一十四章

在有限的生命里,我们每个人都扮演过不同的角色,甚至同时扮演着多个真实或虚伪的角色。

方永同时扮演着矿工、学生、恋人和儿子等多个角色,但整个暑假里他最基本的角色是矿工。在幽深暗黑的巷道里,夜以继日地重复繁重单调的工作,这份常人难以忍受的身心磨砺迫使他拥有了生活最初的沉淀。四十天后他终于脱下脏兮兮的工作服,打算去扮演其他角色了。临行前,在方敬的授意下他给王老练敬酒,王老练喝下满杯后送给他一块琢磨得光滑的海螺化石。抚摸着黑亮化石的纹路,他想,有空的时候要打个眼,再系条红绳挂上王倩的脖子。是的,他已经好久没有见到王倩了,他很想知道现在的她是什么样子,他想如果此刻她站在面前一定能够轻松地把她举起来,人间明晃晃的阳光一定会给她披上金灿灿的衣裳……

在王老练和丰收啃着猪蹄推杯换盏间方敬问方永大二要多少钱。眼下用钱的地方只有大头的学费和房租,在方永盘点网吧兼职的收入时丰收掏出一摞钱说:"苦力钱,按最高档不剥皮预付,两千。"随后撮着鼻子说,"咱大姐要给你发全勤奖。"

王老练抹抹油乎乎的手,从胸口摸出两张大团结,捋了捋钞票和舌头说:"以后牛×吹不过徒弟,徒弟嘴上要孝敬师傅。等你毕业我会喝着东南西北风带着你亲师娘,去你那里要饭吃。"

方敬没有和他客气,指着墙角的酒和烟说:"从没叫过你师傅,以后不能老练老练地喊,你可是我们家俩大男人的亲师傅。"

肉进了肚王老练是要喝酒的,酒进了肚王老练是要抽烟的,烟劲和酒劲一道来的时候我们的王老练就会正经地胡说八道:"想当年,老子头一次下井,又热又潮又窄又深,当时啊,我就想呀,我老练这辈子,是要死在这个坑道道里呀,还是这个坑道道要他娘重生老子一回呀……"

方永也点根烟说:"师傅,您到底是重生啦!"

王老练脖子一挺说:"在他娘坑道道里进进出出的次数多了才明白,这辈子都得按这个套路活。"仰脖灌下一杯酒又说,"你别看老练黑,但心里不欠账,白净又轻省……"

丰收接走了余下的荤话,方敬取来五百元钱说:"爹来信要你回趟家,回去爹要是给你也拿上。"旋即笑道,"学费快愁死爹了,我说假期打工能挣俩他才缓过劲来。不过没敢说下井,你也别说。"又把着他满是水疱的手说,"明年打工,别张下井的嘴。"

这顿方敬撂挑子的饭直喝得日落西山,当晚醉醺醺的方永和丰收去了办公室,打开电脑王倩的诸多留言便弹了出来,于是他拨通了电话,电话里径直传来王倩的声音:"方永吗?!"

"嗯。"

"怎么四十二天都不来电话!"

"今天才找到电话。"整个暑假我们的小伙子都憋着一股劲没有联系她,只在离校时说要去工地。

"不给自己放几天假吗?"

"放。"

"现在放了吗？今天要回来吗？"

"明晚走，后天到尧县。"

"我去冀中接你呀！"

"县城吧……"

"不！我要去冀中接，春节都没有见到你！"王倩似乎在哭诉，"早知道这样，去年元旦我要多留几天呢！早知道这样，这个假期我要先见一见你呢！对了，你干吗去了？"

"这么大声不怕听到？"

"有什么好怕的？我现在什么都不怕！"

从电话里方永听到了一个坚强的倩倩，他心中满是感激。是的，四十天来，正是这样一个坚强的倩倩在暗黑的地下高擎着明灯勇敢地引领着他。当他的怀想接近无限时丰收凑了过来，拿捏着腔调说："小永儿给谁打电话哩？是弟妹吗？"

"谁在说话呀！"

"姐夫。"

"我是你姐夫，大姐夫！"丰收识趣地走了。

"真是大姐夫吗？"

"嗯，明天订到票我给你打电话。"

"好吧，早点儿订。"

"嗯。"

"你……"

"嗯。"

"你……知道吧！"

"我知道！"

刚放下电话方敬就推门进来了，她坐到旁边什么都没有问，只是说："我给娘打电话，你也说两句。"

整整一年没有回去田禾庄，那片阳光下春秋里青黄相接的土地让方永心生怀想。他清楚地记得，去年的汽车爬上崖右时，苗洼台里的方载亲，早就把自己戳成了回乡的路标。

方敬把电话打到了小商店，安友会、方载亲和丰宁正等着，说过一通后方敬笑着说："娘，你不让我跟我小子说，你就想着你跟你小子说。"

方永接过电话，忽然不知道对那头的安友会说些什么，只叫了一声："娘。"安友会仿佛听到了很多话，她回应道："嗯。好。永儿。嗯。大孩子了。过年……好不？"

随即传来方载亲的声音："你这是叫说什么？年早过了。"

安友会醒悟过来，更正说："今年过年回家，永儿？"

又是方载亲的声音："你这是叫说什么？刚才小敬子就说了，明儿黑夜走，后儿白天到。"

安友会连忙说："好好。回来说。不浪费电话费了。挺贵的。"

"娘，你小子挺好你放心，我小子哩！"方敬急了。

"好。怎么不好。也大孩子了。"电话那头安友会在哄丰宁叫妈，哄了好一会儿丰宁都不肯叫，她只得说，"你小子快成我小子了，成宿叨着妈妈，都不认你这个妈了。"

方敬忙一声声地唤："宁宁、宁宁，我是妈妈、妈妈……"

丰收也凑过来唬："小牛犊子，叫妈！"

电话那头忽然传来丰宁委屈的声音："姥姥，去小姨家玩。"

方载亲接过电话大大咧咧地说："小敬子，你小子挺好，天天跟小爱子去学校，学前班，半个小学生，将来的大学生。"

方敬却说："爹，你教他，教他认我们，教他叫爸叫妈！"

方载亲则嘻嘻哈哈地说："我跟你娘去省城做手术，回来你兄弟也不认你娘。你放心，肯定是跟你们亲，跟爹娘亲。"

方敬想了想说:"趁永儿回家接过来住几天?"

听说要接安友会不乐意地说:"接什么接,这个不是外甥狗,我给你们奶活,念书时再接。"方载亲也说:"你接过去,弄两天再送回来,结果两头都不好放。"

他们说道间我们的小伙子来到外面的高岗,点根烟独自坐上毛石,一丝不苟地打量起了眼前清清静静的世界:

月如蛾眉,遥挂西天,对面的黄羊山群峰聚首,在商谈如何把大秦铁路踩进山脚的记忆里。这时,一阵微风送来桑干河哗啦啦的水流声,在清野的空旷里和风机、煤溜子共同弹奏出牛西井交响。忽然,远处传来列车高亢的鸣唱,一道光明钻出隧道急促地追打紧凑的铁轨。光明经过,一条乌龙在紧追不舍的暗黑里铿锵奔走,长长的车身融入远方的山夜后,余音在空冥中渐衰、绝迹——

——重载运煤专列,抵达秦皇岛。

第一百一十五章

王倩呀,这个简单的人不愿意让一切变得复杂,或者说,她有把复杂的人情事物变得简单的道理。

简单,在她的世界就是纯粹,就算完美。

简单不是粗心,不是无知。细心的王倩懂得很多事理,她也有自己的情理。在怀抱胖狗熊异想天开的假期,她认为只有两件事情需要她操心,一是等于爱情的方永,二是约等于工作的学业。但她很少两件事情一起操心,往往是一件事情操心一个假期。

上个寒假方永没有回尧县,离她远归远但是每周都能在电话里听说对方,隔三岔五地还能在网络上鹊桥相会,所以"一"是不需要操心的,她操心的是"二",担心方永的兼职影响他的学业。如果学习不好将来不会有好工作,所以她要操心,还要方永上心。这个暑假方永还是没有回尧县,甚至杳无音信,在电话和网络上统统消失了。她着急,一着急就得操心"一"。她想呀,方永是不是在躲着她?她想呀,方永为什么要去老远老远的地方躲着她?她想呀,方永是不是不爱她了?她想呀,方永是不是爱上了别人或者正和别人在一起……

终于,消失四十二天后方永要露面,她立马决定去冀中,她想在第一时间看到最真实的方永,她想从他的眼注直接看到他的心里去。当方永告诉她凌晨五点才到冀中时,她抱着胖狗熊起了思量。的确,这个时间等在人地生疏的冀中是件费脑筋的事情。

凌晨五点是一个尴尬的时间。

王倩和方永四目相对的时候就在这个尴尬的时间。

王倩紧紧地盯着方永,看着他一步步地走过来,看着他的脸上挂起笑意,看着他的眼注流露出欢喜,看着他张开双臂把自己高高地举起——

我们的倩倩,半空中的倩倩,她咯咯地笑着,欢喜得像个孩子。她简单又纯粹的笑顷刻间驱散了两个人心中的阴霾。我们的小伙子不再去想任何事情了,他只愿时光在这个晨辉守候的清晨定格,他只愿和心爱的倩倩化身为雕塑永久地矗立在冀中火车站。

"还不放我下来呀?"王倩的挣扎像是在扇动羽翼。

"六八四十八,你该乘以二。"方永嘿嘿一笑说,"你是不是有九十六斤?"

"你怎么知道的,这四十二天去卖烤地瓜啦?"王倩跳下来拉他走向街角的宾馆说,"我们休息一会儿再走,现在没车呢。"到宾馆拿出牙刷和毛巾说,"我不想麻烦同学,所以昨晚住在这里。"方永打开了电视机,她递来拖鞋欲言又止,"你要不要……"

"嗯?"

"洗澡？"王倩刚解开他的鞋子臭味就散发出来。

方永惬意地倒在软绵绵的床上，一瞬间心中有了家的温馨。是的，他觉得此刻就在自己的家里，家中的女主人就是王倩。待王倩拿走袜子后他尾随进洗手间，见她正弯着腰细心地揉搓，肥皂打了一遍又一遍，头发几乎垂进了盥洗盆。他凑上去，轻轻地抱住她，伸手抚摸着她的腰身亲吻起她的脖颈。有些痒，王倩晃晃脖子，看着镜子，往他的鼻尖涂一抹肥皂后听得他的耳语："你洗不。"

"不！"王倩快速地涮净袜子说，"你不要瞎想呢！咱俩说好了的，毕业……"随即指点着他的胸口说，"你说给我的每一句话，都不可以不算话。"

"好吧！"方永重重地叹口气说，"我赶紧洗，洗完赶紧走，这个地方太他娘邪门啦！"

"你又骂人。"

方永自顾自地脱掉衣服扔给她，她抱着衣服避开，却发现镜子里还有一个赤裸裸的他，匆忙间拉上浴帘说："我去买早餐啦，你想吃什么呀？"

"随便。"

"驴肉火烧，几个？"

"随便。"

"哼！"

方载亲不想让方永见识田禾庄的盘根错节，因此春节没有让他回家，暑假再不让他回来安友会不会同意。方敬也想知道家里的现状和丰宁的情况，所以我们的小伙子没有在尧县城浪荡而是直接赶回了田禾庄。在苗洼台他先见到了方爱，到濠坑又见到了安友会，到官街口也看到了陈家豪的磨房，他瞥一眼进了家。

家里一片衰败。

方载亲是一副地道的庄稼主扮相，破烂的外套看样子好久没有推过钢磨了。见到方永他忽然意识到自己该是熨帖的"大学生他爹"才对，于是心一横嘻嘻哈哈地说："大学生，你回来啦！"

"爹，学费你不操心了。"方永一阵心酸。

"我？不操心？行不？"方载亲看着安友会说。

"我挣了。"

个把月能挣够才怪，方载亲想罢又奸臣似的看着安友会说："你娘有，走时给你拿够。"

"你操心了十几年学费，年年操心。"安友会接下方永的包又抱起丰宁说，"缓一年吧。"

方载亲不敢大意，大手揉搓着眼角说："去年七八千……"

"学费挣了，住宿费交到了年底，饭钱和路费也有。"方永及时地打消了他的顾虑。

听到这些名目方载亲的眼洼里才敢放出光华，他正色说："这样好是好就是回不了家，遭罪又受累。明年看情况，学生还是以学习为主。"转对方爱说，"捞块腌肉，吃炒菜还是捏饺子？"

家人忙乱的当口方永把丰宁带到小商店，守在那头的方敬开口就问："宁宁！想不想回矿上回家里？"

"想。"丰宁无辜地说。

"我去接你吧。"

"我知道你骗我。"丰宁紧攥着电话绳像是在自言自语，"我听姥姥的话，听姥姥的话就是听妈妈的话，谢谢妈妈。"

"为什么要谢我呀？"方敬紧张地问。

"妈妈给我买好吃的好玩的。"

"挂了吧。"这个时候，丰收冷冷地说。

舅甥二人再回来屋里多了人气,有仨女人在陪安友会捏饺子,一个是田学富家的,一个是王二丫,第三个不是田禾庄的妇女。田学富家的邀请他去找田宝,应下后听得外地女人对安友会说:"上帝给你关上一道门肯定会为你打开一扇窗。"

安友会仔细地捏着饺子的每一道褶,蹭一蹭补面端正地摆上笼子说:"人人都有罪孽,上帝不会把人一棒子打死。"

方永看一眼擀面皮的方爱,方爱笑着示意他不要说话。田学富家的注意到了姐弟俩,便说:"年纪轻可能理解不透。"

王二丫端走一箅子,又拿来一个箅子说:"行善积德总不错。"

外地女人说:"人这一辈子总有罪,只有信仰主才能洗罪。怀抱一颗仁慈博爱的心,走主指引的光明正道。主是万能的,跟随主的人都能够洗脱罪孽升上天堂。"

方载亲在灶膛里安分地烧着火,方永过去问怎么回事,他悄悄地说:"外地传教的。"

"传教?"

"耶稣教,上帝教,天主教,基督教。"方载亲说了一串。

"怎么跑到咱家来了?"

"叫你娘入会。"

"什么会?"

"福音会。"

"别叫她折腾乱七八糟的。"

"怎么哩?"

"中国这么多神仙还不够信?"

"葛洪山那么多神仙,多少人信奉了多少代,有用不?"方载亲笑呵呵地说,"你姥姥年年烧香,走到哪烧到哪,见庙就拜见神就跪,宁可买香烧也不买苹果吃……"

"不让她信不叫她入。"方永重申。

"说是信了对孩子们好。"方载亲迟疑片刻说,"家里没事,一点儿事也没有,闲着也是闲着又不妨害人,你娘愿意折腾就随你娘折腾吧,我怕把你娘憋坏了。"

这时安友会进来送饺子,特意对方永说:"你念大学应该更开明。你娘不傻,主那一套说得挺好,教人博爱教人助人,说是能帮着人渡难关。我觉得挺好,苦吧累吧起码心里轻省。"

"博爱,现在主叫你博爱,叫你爱陈家豪,叫你拆钢磨帮助陈家豪,你愿意不?"方载亲狠啐一口又嘻嘻哈哈地说,"天堂福音、上帝代表,香饽饽!"

第一百一十六章

秋天来到田禾庄,却不是一个收获的秋天。人们收拾掉邋遢的庄稼,继续祈求来年风调雨顺里的五谷丰登。

秋后,就是冬,方载亲很苦恼。往年庄稼长势好钢磨生意也好,今年肯定要白费心思。苦恼的方载亲,病恹恹的方大脚,他把脏兮兮的日子穿在了身上,破衣烂衫的,捉襟见肘的。日子无论如何都没有办法更糟糕了,安友会的操心索性全给了福音会,偶尔也鼓动方载亲听一听《圣经》故事。方载亲不领情,他觉得能在经文里学到点石成金的咒语,那才叫正经的福音会。

钱,仅仅是钱,是方载亲此刻要求的全部。

同样是因为钱,在一个晚上,陈家豪推开了方载亲的家门。

上门即是客,方载亲和安友会早已没有脾气和心力说长道短,他们放他进屋等他开口。当然,他来做什么方载亲知道,也知道他迟早得来。是的,现在田禾庄开磨房的只有他们两家,他俩谁也没能打倒谁。陈家豪的确坐不住了,他手上仅剩余一年,所以只得前来求和——两家联手把价格抬上去,好歹忙活一个冬天。方载亲当然想把价格抬上去,从而接济生活接济方永,可是那样好过的不只有他,还有陈家豪。

"大舅,以前我不对。"陈家豪主动开口了。

方载亲全当他没有称呼自己,安友会听到称呼后立马翻脸说:"你别叫这个!俩家人了,没交情!有事说事,没事就走!"

"家豪,你把你大舅害惨了知道不?"方载亲也气不可耐。

陈家豪矮着头。

"你看你大舅这会儿过的什么光景,田禾庄排第几?屁股帘子糊不住门,快苦楚死他了,都是给你折腾的吧!"

陈家豪叹了口气。

"你怎么样我知道,也不熨帖,上有老下有小我帮不了你也不能帮你。你挑事我没阻拦你,磨房谁开都行……不想临了是个你。这会儿就咱俩家弄这腻腻歪歪的钢磨,我就实打实跟你说,我真是山穷水尽了,你再坚持一年我就得砸锅卖铁。今儿你叫我一声大舅,我就给你指一条明路,是男人你就往死里扛!你年富力强,你心思过人,你总能拼死我!"

"你这是叫说什么?小永儿念二年了,再坚持坚持,他毕业哪怕飞到天边也得顾及老家,也得顾及亲爹娘!就算到时你老了,就算小爱子扛不动口袋,就算小永儿不接班,就算胜利去修工,可咱这钢磨也不能扔也不会扔!就算雇人开,就算倒贴钱,我也得争它一口气!不管什么时候,只要田禾庄还有人开钢磨,不管他开在田禾庄西还是田禾庄东,我就维持这个价,一高兴兴许再落落价,我就当全心全意为人民服务哩!"

"大舅,你看这么着行不?"陈家豪猛地抬头说,"咱先抬抬价,都过个像样的年。"

安友会立马说:"不挣那几个心疼钱。"

"我不长干,只收本钱,开春就卖。"陈家豪见方载亲似有所动,又说,"不卖咱村,你放心。"

"你别指望耍花招,想抬价你就抬,我们没那打算,等有时递你说。"安友会站起身指着门口说,"不早了,没活儿回去养精神,养足精神再批斗你大舅。你大舅上了年岁,吃一嘴饭得喘三口气,睡三天觉才能让你批一天。你快走吧,以后也别再来。"

陈家豪碰了一鼻子灰,甩开门大踏步地走了。

安友会不无得意地说:"哪是认错求和,分明是要把戏!你干脆死了旁外的心思往死里斗吧!"说着翻开《圣经》,随之变身为虔诚的基督徒,指着一篇名为《原罪》的文章哆里哆嗦地说,"明儿给你找几件干净衣裳,你挺愿意臊晾晾的,那你就出去给我臊……先看看这个,有好处,起码心里开明。"

方载亲接过书,看了下去:

伊甸园中有棵禁止享用的果树,叫分辨善恶树,是上帝为考验人的信心而设置的。据说撒旦原是上帝的天使,后来堕落成为魔鬼和恶灵的首领。有一天,他以蛇的形状向夏娃显现,并以十分狡诈的口吻试探夏娃说:"上帝岂是真说不许你们吃园中所有树上的果子么?!"

传说蛇最初人身长尾,还有一对漂亮的翅膀,能在空中飞翔,长得非常美丽;那时候所有的动物都很温驯善良,只有蛇因为有恶灵附体非常狡猾。蛇从空中飞落到地面,从地上立起身子来与夏娃说话,形状有点儿像大问号。疑问在夏娃心中萌动了。夏娃虽然有些动心,但信心的根基并没有动摇。她如实地转达了上帝的诫命:"园中树上的果子我们可以吃,唯有园当中那棵树上的果子,上帝说:'不可以吃,也不能摸,免得你们死。'"

撒旦听出夏娃口气中的丝微犹豫,他扬扬翅膀展开了攻势:"你们不一定死,因为上帝知道你们吃了果子眼睛就亮了,你们便和上帝一样知道善恶了。"

夏娃见那树上的果子非常鲜嫩光洁,悦人眼目,惹人心爱,比她吃过的任何果子都要好。她听说吃了它还可以具有与上帝一样的智慧,她纯洁天真的心理天平倾斜了,上帝的告诫被抛到了九霄云外。她终于伸手摘了那本来禁止人摘的果子,吃了下去;她又给了亚当,亚当也吃了。

两颗果子好像强力剂注入了混沌蒙昧的两颗心。二人的精神世界顿时澄清了,明晰了,他们的眼睛明亮了。他们开始分辨物我,产生了"自我"的概念,结果无比沮丧地发现,自己赤裸着身体,是羞耻的事情,于是用无花果的叶子为自己编织裙子来掩饰下体。

上帝造人以后,这是人第一次违背上帝的命令,因而犯下了必须世代救赎的罪孽,这称为原罪,意即原初的、与生俱来的罪。

方载亲托着书嘻嘻哈哈地说:"这跟因果报应那一套有什么区别。你要信就信我不挡着,反正这一套也是戏法。依我看,人世间只有一条生死大道,为了活着,奔着吃喝。"

"人活一世起码得行善积德,不为咱也得为孩子。"

"这对,跟信不信上帝没有半毛钱的生意,是人都得这么活。"

两口子唠叨着闲话,但心里好似雨过天晴,隐约浮现出了希望。

看样子，整天赋闲的陈家豪已经吃不消，要打退堂鼓了。可是第二天田禾庄出现了传言，说方载亲一直在榨取乡亲的油水，那哪是钢磨呀，分明是抽油机！进去一百斤粮食，出来米加糠满打满算九十斤，缺斤短两不是一星半点！他满嘴说是赔本赚吆喝，其实克扣几斤稻米几斤糠那赚头就有了！

方载亲洞开房门，有生意来当面过秤，磨完再过秤比较斤两长短。他本以为这样做谣言会不攻自破，哪知谣言第三天又转悠开了：他方大脚的秤有问题！表面上看不出门道，可是他过手能凭空多赚你十斤加工费！方载亲急了，拿来大队的秤在自家门口约了块大石头，指着秤星和秤砣说："大伙看看是大秤还是小秤！大队的秤是当年缴公粮的秤，我的秤跟它一样，要说我宰你们，不如说国家宰你们！老秤毕竟刀子钝，方载亲知道外人使唤里打外磕能差三两斤！为了让别人知道他要长久地干下去，所以让方军从县城捎来台秤才堵住所有的嘴巴。

田禾庄的风言风语逐渐平息，方载亲和陈家豪仍在明争暗斗，但我们老道的方载亲不再看重陈家豪处处显露的败绩。入冬活儿多，和他在田禾庄一枝独秀时无法相提并论，但总归是旺季，偶尔一天中有那么几桩买卖能赶趟，对待这样的场面他与陈家豪不同。只要生意上门陈家豪总是火急火燎地开工，而他却是和人家臊眯眯，嘻嘻哈哈大大咧咧地拉家常，在攒人缘的空闲里多多少少能盼来或是安友会截来或是主动上门的另一家，然后一道开工，如此节省下电机启动时高负荷的空转。当然他还有很多节电的经验，包括机器的维护和配件的修理……

两家的明争暗斗田禾庄人看在眼也计较在心，最终多半选择了方载亲——抛开个人关系，重要的原因是方载亲嘻嘻哈哈大大咧咧的脾气。是的，竞争初期双方的确不相上下，可是后来陈家豪家的扛不住，让陈家豪别抹零，说价钱这么低就是把"四舍五入"换成"进一"他们也值。陈家豪照做了，而我们的方载亲还是有零就抹。这也是陈家豪为什么想抬价的原因：上门生意少了。

毫无疑问，方载亲掌握着钢磨大战的进程，他的生意小有起色，供不起方永读书但能够维持住家庭的最低开销。是的，尽管他把家境过得不堪入目，但家道还是操持在安友会的手心……

第一百一十七章

时间因公平而伟大，它不会因谁而放缓脚步，也不会为谁而加快脚步。它和葛洪山一样，从不迁就人，从不顺从谁。

方载亲认为他所忙活过的所有年关，最难过的莫过于二〇〇一年的春节，因为那一年他的家庭苦不堪言，生计无着落，人丁不团圆。可是，他错了，二〇〇二年的春节有过之而无不及。他一整年都没能打倒陈家豪，他觉得人世间所有的苦痛全压在了自己身上，他觉得自己的日子真的很难过，而且过得也很难说。

终日唉声叹气的方载亲，时常口口声声地说，哎呀，过不去啦，打个小天九也输光脚！安友会反而豁达地说，有你没你老爷儿照转不误，你歇着，我掰扯你！这个春节方敬原计划接走丰宁，但方永不回家她不忍心再从方载亲和安友会的日子里抠走孩子，除夕夜只在电话里说，娘，我宁宁，你当孙子奶活行，当小子养活也行，随你们吧。年初一又打电话拜年，方载亲看着半大的丰宁问什么时候接走，她说九月上学七月接。方载亲咬咬牙说，暑假可得让永儿好好歇歇，你们都回家，咱暑假里过大年。安友会好像听到方敬告诉她陈家豪吃了败仗，也说，吃狼肉馅饺子，只放葱姜蒜，韭菜、白菜凡是菜一律不放，就吃纯白眼狼肉馅饺子。

从春起到入夏，盼望着盼望着暑假不远了，麦秋到来一场暴雨打乱了天时，田禾庄一片混沌。早晨雨歇，方载亲打开磨房习惯性地望眼大队，发觉少了些什么，再看不见陈家豪两口子，心里嘀咕着找到安友会说："没开门。"说这话时他心里的侥幸暴露无遗。

安友会看一眼回来说："这几天都不积极。"

方载亲斜眼挂历拿捏说："不到两年，到头了？"

"敢是。"安友会又说，"兴许是在耍把戏，只当没看见。"

尽管方载亲不打算当回事，可是陈家豪一天不开门他的心就堵一天，接下来的两天，外甥打灯笼——照旧。他沉不住气，天天盯着，忽一日见陈家豪拆掉钢磨运走了，又一日拆掉磨房后他悬着的心才敢放下。不一会儿，有人找他，笑呵呵地问什么时候提价，还说老这么赚吃喝也不是个事。这个时候的他宁愿相信外人，听他们如此说道喜悦才占据脸膛，可心里却是说不出的凄凉。是时候接管安友会手心里暖着的日子了，他长吁一口气，心里盘算罢去找王建国，王建国告诉他暴雨下塌了大队仓库，大队布局可能也要进行一场大变动，所以答应返还一年租金，陈家豪就坡下驴，把全套钢磨卖到了"山大冈"。想到自己的窝囊，想到方永的学费，想到不团圆的一年又一年，方载亲拜托他明天吆喝提价，只一遍，最好插在村务的末尾——要的就是像回事又不像回事。事到如今擦净了屁股，王建国欣然应允。

喜忧参半地离开大队，方载亲看到了家门口张望的安友杰，他正和一个看上去比安友会还要老气的女人嘀咕："……大姐夫。"那女人忙面向他，客气地笑着说："大姐夫。"

方载亲早听说了安友杰的邋遢事，当场只答："家里去。"

我们的安友杰从一纸公文里谋得出路后，和奔波途中的女人相好了，不为吃饭发愁后臭脾气又全来了，一点儿都没有丢落。这次到方家他本想让安友会过目新弟妹，不想安友会不冷不热，自讨没趣后临走时又说:"大姐,有空过去……让她给你做顿饭。"

安友会还是送出来,远远地说:"死杰子,多伺候娘一点儿,对东林好点儿!"话,自然是说给"她"听的。

我们的"老糊涂",才顺老汉当年栽在房后河槽的树苗如今已是参天栋梁,遗憾的是他没能料到二十年后的世道不再时兴砖木瓦房,那几棵要了他老命的树早已被遗忘,就偷偷摸摸地生长在时空的角落。不在眼前的树长成什么样,方载亲和安友会心知肚明,无非是坚持每年一轮的生长而变得高大粗实,不在眼前的方永又会长成什么样?两口子只晓得大概……

暑假方永和方敬一同回到田禾庄,挺着大肚子的方爱和安胜利过来后这个小院果真有了过大年的喜兴。

晚饭做得很快,方爱择菜,方敬炒菜,方载亲和安胜利各管一摊火,捏饽饽的安友会总要巴望方永,几眼过后她心里那个小伙子就能挑大梁了,她心满意足,方敬也心满意足地看着方爱说:"娘,我接走一个小爱子留下一个,你手里断不了孩子。"

"一个萝卜一个坑,都不是外甥子。"安友会忽地拿来相册,指着王倩对姐儿俩神神叨叨地说,"你们看,这是个什么人?"方敬知道她以前顾不上,更不敢花心思猜想,此刻抿嘴笑着对她说,"大孙子他妈。"

"什么?"安友会像是没有听清。

"你儿媳妇。"方爱说,"我早跟你说是,你非不敢说是。"探头望眼外面的方永说,"你不愿意吧。"

"这么好的丫头,我一百个愿意。"安友会的指头哆哆嗦嗦地抚摸着王倩的脸又问方敬,"叫什么?"

方敬笑弯了腰,接过相册细细地看着说:"看模样不刁,你这个老婆婆有福气。"

"面相好心差不了。"安友会这就淡忘了安友杰带来的新弟媳，又追问，"叫什么？"

"拿张相片叫人家看叫什么，半仙也掐算不出来。"方爱说。

"死小敬子！你说，叫什么。"安友会换了一张，又端详着王倩自顾自地说，"到底是不是，也不敢问。"

"是，就是。"方敬说，"安心当老婆婆吧。"

这时方载亲凑了过来，看着娘儿仨说："你娘见天黑夜看，压在枕头底下，生怕以后认不出来。"

"外甥傍相舅，不是一家人不进一家门。"方敬已然听说了安友杰带来的新妗子。

安友会捣她一拳，厉声说："外甥傍相舅，你宁宁也跑不了！我问你老半天，叫什么，你倒是递我说！"

"王倩。"

"什么？王倩？"安友会的指头反复划拉着说，"王是王二丫那个王吧，倩是哪个倩？"她把目光给了方爱。

"你看我干什么，应该是王二丫那个王。"方爱哭笑不得。

"王是那个王，倩哩？倩是哪个倩你递我说。你是老师，王二丫又是你老婆婆。"安友会咬定了方爱。

"你我给看看，我看看是哪个倩！"安友会端着相册指着王倩，方爱看了半晌又说，"下一张。"

安友会又翻下一张，方爱还是只看不说话，她难免火起："看不出来叫胜利看，他娘姓王！"

方爱忙说："看出来了！单立人一个青，准跑不了。"

安友会便吩咐方载亲："找笔，给我写下来！"

方载亲写下后问方敬："是不是高中那个班长？"方敬点过头他

安心地走了。

"长得好看,看着喜眼。"安友会把倩字夹进相册后甚是操心地说,"什么时候才能见上?"她这一寻思就吃过饭了,洗碗时才说,"明儿看看你姥姥,不在大队后头住。"

安友杰带回新媳妇后把安再启老两口撵到了曾经的新家,老两口把院子开垦成了菜园,和安东林住在一起。分开住安友会省心,三天两头去摸情况顺便拾掇些菜。现在的她不想找事,只要老两口能得清静,一切全由着安友杰——当然,对这个年纪和自己差不多的新弟妹她着实没法喜欢,甚至厌恶那张脸上的每一样表情。

第二天上午方敬买下糕点和方永绕道去看我们的再启老汉。幽深的街巷里面,两段石墙中间的豁口横着一根朽木,这朽木就是安再启的家门。门里是砖头散乱堆成的影壁,旁边是绿油油的菜地。五花八门的果蔬使这地界看起来不像是人家,倒像是菜园子,有人照看的菜园子。菜园子里的再启老汉在拔草,见有人来便撑起身,谨慎地认了半天才说:"小敬子?小永儿?"

"是我,姥爷。"方敬押住方永,方永也唤了一声。

"叫姥爷了不?"跟来的安友会生怕她的子女不认她的父亲。

方敬忙挽住她的胳膊说:"叫了。都叫了。娘。"

"耳聋可能听不见。"安友会又大声地问,"我娘哩?"

"你兄弟叫我割把韭菜。"再启老汉答非所问,但随后碰对了答案,"你娘在屋里,也给你们弄一把。"

三人进屋,只见戴着老花镜的安再启家的正跪在炕上缝被子。安东林把线板扔到眼下,她抬起头摘下老花镜,也认了半天才说:"会子,是敬子……跟永儿?"

安友会坐上炕,凑近了大声说:"你外甥女、你外甥子!"

安再启家的抱着愧疚挪过来说:"认不出来算哪门子姥姥。有几个糖包子给你们拿,东林净偷嘴,不是不叫他吃……"

方敬把糕点在她眼前晃了晃说:"单给你们跟东林。"

安友会拦住她指着被子说:"娘!忒薄,再絮点儿棉花!"

安再启家的捋摸着说:"没棉花,算了,是个事就行。"

安友会大声地说:"这么早你忙活它干什么?"

安再启家的把住她的手执意说:"这就行,我没心气鼓捣它。"

她们说道的被子很特别,白里黑面没有花纹,方永觉得眼熟。是的,方载德入殓的寿被就是如此。他看方敬,方敬示意他不要胡言乱语,这时再启老汉送来一把择得干干净净的韭菜,安友会接在手里说:"走吧,要不他们就来了。"

他们还是来了。

安友杰堵在门口说:"敬子、永儿,见见你妗子。"

方敬笑着拉来方永喊了声"妗子",安友会忙催促:"这是你们的妗子,走吧。"三人鬼鬼祟祟地绕出去,转过几条胡同方敬才说,"娘,我小舅……"

"不管。闲事。一概不管。"

快到家时方永问起被子,安友会停下脚步,心事重重地说:"那是你姥姥装老的被子。"

"装老?"

"就是带过去,下头盖的被子。"方敬接了话。

第一百一十八章

我们的方载亲舅舅终于打败了陈家豪外甥,但经历亲者痛事件后年过半百的他显露出了老态,那双屈张的大脚不经意间走出了步履蹒跚。我们知道,不用几年他会老成他的父亲方才顺,他会老过他的搭档田厚生。尽管他日渐苍老,但他的心气依旧充足。是的,他情愿在不尽的余生里驱使身体维持家道,哪怕像老红。

我们的小伙子,方永时常在夜晚的张市遥望田禾庄,那一方赋予他生命滋养他灵魂的土地。从张市望过去,远远地望穿太行山,就在广袤的冀中平原边缘,就在尧河的流域之角,小小的田禾庄就安稳地卧在山坳里。山坳里蜷缩着的方载亲,在晴朗的白天会化身一粒尘,在晴朗的夜晚会化身一颗星。每当思量走过千万重我们的小伙子都会低下头,是的,大学以来他的每一天都满满当当的,学习与打工都需要他低头忙活。说来可怜,读到大三他也没有想过成为建筑大师或者工程专家,高中关于理想的讨论,在无力追逐的日子里已经成为昙花一现的过往……

其实王倩就是方永的理想。

这一天,他的理想来电话说工作落定在省城二中,下半年到岗实习,所以要他二〇〇三年的春节务必回家,回家认亲。理想和他说这些话的时候他听着很舒服,因此放假立马奔回了尧县城。

这些年尧县城的变化很大,县政府一带更是变化多端。王倩和方永远远地参观过新建的政府大楼外立面才去采买礼品,之后来到那条熟悉的旱河。河道一如几年前没有水流过的痕迹,不过河堤上多了几棵稀稀拉拉的柳树。

"这条河好像从来没有流过一次水。"

"一会儿进家知道怎么称呼吗?"王倩显然不关心河的话题。

"爸爸、妈妈、弟弟。"

"呀!你现在就叫吗?以后一见面我也叫吗?"王倩翻翻他的眼皮说,"真叫吗?"

"真叫。"

"你叫爸妈我就叫你哥。"王倩像是在赌气。

"你叫我哥,我就叫你姐。"

"你不要犯傻装傻,第一次不许闹笑话。让你干什么就干什么,问你什么就答什么。"

"遇到难题怎么办,你替我兜着?"

"作弊呀?"王倩起身说,"好吧,今天就给你个参考答案。"

"照片他们看过吗?"方永有些担心形象。

"有一次和你打电话,妈妈就在旁边听呢!"王倩挎起他的胳膊笑盈盈地说,"基本上和大体上你合格啦!只要今天不出意外,你就是他们的女婿啦!"

"那跟小舅子干一杯吧。"

"瞎臭美!"

说笑间来到王家,开门的是王宁,看到方永他就大喊道:"妈!来啦!就是他!"

见他毛躁的样子,方永心想,是不是所有叫"宁"的男孩子,都是一个人从小玩到大,都要在十岁出头的时候把自己玩得神经兮兮的……

"鬼子进村呀?是他,是他你就抓住他。"王倩拨开了他。

进得房间,方永看到一个富态的中年女人笑着对他说:"倩倩,你招呼同学,给你爸打电话让他早点儿来。"说完示意方永坐下,见他还是很拘束便端来果盘说,"看电视吧,我做饭。"随手打开电视放下了遥控器。

方永坐在沙发一角,眼瞅着王倩端来茶水又听她打电话说:"爸,我们到家了……你来吧。"他摸摸下颌,觉得胡子没有刮净,王倩偷偷地帮他弄了弄头发才介绍,"弟弟,王宁,初二。"

"你大他几岁?"

"九岁,你大姐大你几岁?"

方永伸手比画，见王倩的母亲探头打量，便说："十岁。"

王倩把王宁种进沙发才去厨房，随即传来话语："妈，随便点儿，他一会儿就走。"

"来了多坐会儿，吃顿热闹饭。"

方永连忙起身说："下午没车不方便，阿姨，不要太麻烦。"

"不麻烦。你坐，就像在自家。"

王宁按出了电视里的游戏，方永看了一会儿便教他，两个人正谈得来时听得敲门声，王倩递个眼色才去开门。门开了，进来一位西装革履的中年男子，梳着洪城乡长一样的背头，方永忙起身握手，他坐定后点根烟说："叫什么？"

"方永。"

"哦，名字不错，谁起的？"

"叔。"

"别拘束也别太礼貌，我烦那套虚的。"他摆摆手松开领带说，"听倩倩说你在张市……"

"爸！"王倩有些生气地说，"念土木工程！"

"哦。对。工民建。学得怎样？"

"专业课多，大三累。"

"吃力？"

"有点儿。"方永尴尬地坐着半个屁股。

"那更要好好学习，多听倩倩的话，她对学习很有一套。"说完他闭眼靠上了沙发。

方永再无话题，气氛有些尴尬，直到王倩端来一道菜，两道菜，三道菜……

"喝酒不，方……永？"闻得菜香他忽地睁开眼，嘿嘿一笑边倒酒边说，"小伙子不抽烟不喝酒不行，多少得来点儿。你是倩倩的男同学,咱俩就算是好朋友。好朋友在一起得喝酒,哥们儿似的那么喝,往痛快里喝但别往死里喝。"

他的逻辑直接又跳跃,就在方永揣摩时他把酒杯递到跟前,一仰脖说:"明年毕业?"

方永点过头后也是一仰而尽。

"还做兼职吗?"

"回去就没有时间了。"方永看到王倩正偷偷地笑。

"网吧做网管?"

"顺便学一学软件。"

"Auto CAD那些?"方永点点头,诧异地看着王倩,但他的问题很快又来了,"毕业什么打算。"

"去省城找份工作,先稳定下来。"方永如实说。

"什么样的工作?"

"到时再看。"方永有些心慌了。

"来,喝完这杯酒你应该知道还有一件事情和工作一样重要。"

那事情定是婚姻与家庭,方永心知肚明,再看王倩,四目相对的刹那她没有发出任何指示。

"你和倩倩谈了好长时间吧,高中开始的?"他突然问道。

"爸,你别喝了。"王倩收走了他们的酒杯。

"以前我不管。"他一个眼色后王宁又拿来酒杯,他满上,敲打着桌面说,"我无非是想说,年轻人心思活,从高中到大学这么长时间又隔那么远,你俩挺不容易的。在一起,我支持。"

"我们家倩倩,给谁都不放心……"王倩的母亲端来了汤。

"妈!今天只是来看看你们。"

"还以为今天就娶走呢。"王倩的母亲转对方永说,"虽然第一次见面,但是听说你好多年了,高中时送倩倩回家的是你吧。"

方永不知道事情在初发之时就已败露，看看王倩，王倩摇摇头，似乎在说，我不知道到底是怎么回事呢！

王倩的父亲哈哈大笑道："只要倩倩愿意，只要你们能够处理好，我不反对。以后路过县城，记得来家里。"

时至今日我们的小伙子才知道，他和王倩的恋情从没有逃过这一对家长的眼睛。酒饭过后王倩的父亲起身就走，临出门顿下脚步说："以后去省城，找你喝酒？"

方永应下，看着他转身下楼忽然想起从他来到他走王宁一个"爸"字都没有叫出口，午后返回田禾庄时他满腹狐疑地问王倩："你们家，是不是有什么事情呢？"

"你会知道的。"王倩的脸上忽然显露出了高中时的清冷。

方永不再追问，把海螺化石琢磨而成的项链系上她的脖子后才看到她的脸色逐渐转暖，有一抹笑容悄然浮现。

第一百一十九章

有一些年份，会明显不同于其他年份，比如一九八〇年，计划生育和土地承包这样的大事相继发生。有一些年份，甚至不会太平，比如田禾庄人记忆里的一九六三年就不太平。那一年尧河发大水，冲毁了田地，淹没了村庄，让当时很多人的生活和往后很多人的记忆一道变得面目全非。

公元二〇〇三年对方家来说也不寻常。

元月，方永拜见王倩的父母亲。元月，方爱生下女儿。元月，方敬调离煤场岗位。元月，方载亲又老老实实地推起了钢磨。当然，这个元月还有另外一件事情——

2003年1月8日,为期两天的中央农村工作会议在北京闭幕。会议指出,全面建设小康社会,必须统筹城乡经济社会发展,更多地关注农村,关心农民,支持农业,把解决好农业、农村和农民问题作为全党工作的重中之重,放在更加突出的位置,努力开创农业和农村工作的新局面。

中共中央总书记胡锦涛就贯彻党的十六大精神,解决好农业、农村和农民问题,实现全面建设小康社会的宏伟目标作了重要讲话。中共中央政治局常委、国务院副总理温家宝就当前和今后一个时期的农业和农村工作作了部署。

元月在田禾庄过了一个像样的除夕,返校后大三下学期的课业更加紧张,方永没有多余的精力做兼职,每天往返于校园和租室。四月十五日,食堂的电视机播发了这样一则新闻——美军宣布,伊拉克战争的主要军事行动结束,联军"已控制了伊拉克全境",随后新闻换成了"非典"——世界卫生组织将新加坡、中国台湾、加拿大多伦多、越南河内及疫情始暴发地区的中国广东省、山西省及香港特别行政区列为疫区。

方永坐下来的时候食堂起了议论,据说建院有两名大四毕业生感染"非典"且已被隔离。"非典",就潜伏在身边。他扯扯前面素不相识的同学乙,问:"真的假的?"

"天知道。"乙拿筷子捅捅再前面的同学丙,问,"真的假的?"

"听说是。"丙拉拉再前面的同学丁,问,"真的假的?"

"大概是。"丁拽拽前面的同学戊,问,"真的假的?"

"真的吧?"戊不太确信,探头揪揪前面角落里的同学辛,显然他们认识,问,"真的假的?"

"真的。"辛肯定地说,"我们班的,去北京找工作回来就发烧,熬了几天才去医院,再没见回来。"

辛旁边紧靠墙角的壬说:"听说板蓝根卖光了,所有药店的抗感冒发烧药价钱都翻了番,还没药!"

"学校要发草药,免费,让大家熬。"壬对辛说,"听说的听说的,吃饭吃饭!"

辛悄悄地对壬说:"再熬两天咱就解放了!"

这时候从另一个方向传来亥的消息:"癸说了,可靠消息,辛和壬是非典患者的舍友,正被学校医学观察呢!"

方永从另一个方向问丑,丑问寅,寅问卯,卯问辰,辰问巳,巳问午,午问未,未问申,申问酉,酉问戌,戌问亥,亥最后把话原路传来:"己和庚是非典确诊病例,辛和壬是他们的舍友!"

两条鲜明的路线顿时沸腾了,人们纷纷挪换地方,辛和壬吃了败仗般逃离了是非之地。他们一走天干地支乱了套,校园里也传言四起,同学们不再扎堆,偌大的校园自由了。傍晚时方永路过鱼儿街发现卖菜的小贩不再热情,返回租室后李坡也憋着一肚子的火气,正骂骂咧咧时房东老两口过来问学校是否出了事,李坡看着十米开外的他们反问道:"什么事?"

"非典,你们学校不是传了好几个吗?"老太太倏地拿开撑墙的手说,"还死了一个?"

李坡的脸色愈发疑惑,单对老头儿说:"没有吧?我们没有听说,学校该上课还上课……没有的事。"

"你们多注意,居委会要撵你们走。"老头儿扶着老太太走了,不一会儿老头儿又转回来说,"以后你们把水桶放在门口,我给你们灌,房租什么的先不要交。"

二人顿觉气馁,再回校新闻已经更新。种种迹象显示北京疫情日趋严重，紧邻的张市风声鹤唳。四月二十日的"疫情日报"后建院本部的大课临时改成了小课，只在大教室里稀稀落落地上一会儿。新校区已然停课，一栋宿舍楼也被封闭——那里又发生了"非典"疑似病例，第二天本部也开始限制学生出入了。

事态严重了。

看来张市有关建院的传闻并非空穴来风，在市民眼里它已是"非典"疫情的发源地，而建院师生则成了"非典"的始作俑者。一夜之间"非典"沙尘暴般笼罩了建院，笼罩了张市，笼罩了全中国，与之相比，其他的事情是多么不值一提啊……

张市的"非典"疫情日趋严峻，建院的确是张市重灾区。四月底学校处于停课状态，本部也封闭了一栋宿舍楼。居留校外的学生早已是人人提防的过街老鼠。方永每天贼一样地穿过鱼儿街，李坡也看不起小商贩的脸色，直到五月初宿舍内打电话送来一则坏消息：即日起学校只进不出。李坡和方永匆忙赶到校门口，见到了告示也见到了蹲守的救护车和警车。这节骨眼居留校外的学生需要做一个选择，是回归校内大集体还是留守校外。多数学生选择留守校外接受网格化管理，方永和李坡也与责任老师建立起联系，趁还能活动方永把电话打给了王倩："你当老师啦！"

"我是王老师啦！"王倩顿了一下说，"上午的时候刚刚和学生们讲了一大堆的事情，可能真要停课呢！"

"你讲的什么，对那群高中生！"

"我告诉他们'非典'不是闹着玩的，我还告诉他们，尤其是女生，千万不要听男生讲笑话！"

"嘿嘿。"方永说，"我也要听你的话！"

"为什么呢？"

"因为你是王老师！"

"你打算听我的哪些话呢！"

"不要给女生讲笑话！"

"是呢！就算她是韩惠你也不可以讲笑话！"

"好吧！'非典'时期，我们还是好好活着吧！"

随之而来的隔离生活让人难耐，每日向责任老师汇报体温之余方永索性写起了诗歌，居然和韩惠一唱一和地在院报"非典"特刊上发表成了一个系列，随着笔触的层层展开他也逐渐意识到生命存在的意义。是的，他对生命的感悟，最直白的含义是活着，是拥有正常的呼吸和应有的温度。庆幸的是他和李坡两个人的身体持续正常着，即将憋得不正常时二人悄悄溜出来，站到鱼儿山放眼四望，偌大的张市俨然一座空城，冷清得令人害怕。不远处学校的大门还封闭着，救护车和警车依然蹲守。回到租室看着仅剩的三个土豆，二人意识到艰苦的日子已然来临。

再坚持几天，街上兴许就有活动的小贩了。

是的，进入六月张市非典疫情日趋稳定，中旬以后学校小范围复课，但校外人员仍旧不能进出，直到六月十九日才被通知到大门口集合，领受省教育厅和卫生厅下发的《大中专学校暑期返家学生健康登记卡》，顺便做一次体温检查。

学校的大门终于敞开了。

"非典"从何而来人们不再关心，关心的仅仅是我们可以走了。拿到通行证和车票的同时方永也领到一张"返校须知"，上面清楚地记载着八月初的返校时间和补课与考试安排，此外另有一条是"尽量避免在疫区换车、停车、饮食"。这一条，多数同学都无可避免，因为从张市到省内外任何城市都要经过疫区——

我们的首都，北京。

第一百二十章

孩子出生后安胜利顿觉负担沉重,在方爱的催促下年初便动身去北京修工。本打算年头干到岁尾,不想遭遇"非典",眼见苗头不对一伙人又返回尧县,苗洼台下车后主动走进了隔离观察点。观察点四角各拴着一条黑狗,中间是窝棚,上风向的入口处有巡逻队员和村医把守。安胜利隔离的半个月方爱送了十四天的饭,第十五日扔条大裤衩说:"去大河洗干净,回家抱孩子。"

观察点东北角站岗的大黑狗叫黑子,是从安胜利家征集来的,所以它也跟着安胜利去了大河,之后又屁颠屁颠地跟到方载亲家吃饭。黑子有灵性,知道方载亲也是主人,到方家一声不吭地卧在门口,人进人出爱理不理的,安友会踢踢它的尾巴说:"好狗不挡道,再挡道给你拴狗链子!"它摇摇尾巴,直到安胜利端来一碗饭食才伸个懒腰哼唧一声。

孩子尿了,方爱把褯子扔给安胜利,安胜利吐掉嘴里的饭食说:"你这是叫干什么。"

黑子吃掉饭食,嗅嗅褯子叼给了安友会,安友会又气又笑,拍打着狗头对方爱说:"真是好外甥子。"

方爱换掉褯子说:"娘,你当它是外甥子养,给你们看家。"

方载亲从磨房出来,后头跟着田学富。田宝后天结婚,方爱见他就问娘家要走多少钱的彩礼,他只伸出四根硬邦邦的指头。

安友会给方载亲端饭,捎带脚说:"不算多。"

安胜利忙不迭地说:"四万?真不多,行市六万六千六!"

方载亲被这疙瘩数字噎住了,咽口唾沫满是羡慕地说:"大傻子,你功德圆满了。"

"不像你，永儿结婚，不在田禾庄操办。"田学富嘬嘬牙缝，吱吱地响，像是在吸髓。

"几年大学也好几万哩！"方载亲不愿意听他的熨帖话。

"明年大四加上毕业，得一万大几。"安友会思虑说，"国家只让花钱念书不包分配，农村人进城落脚，难上难。"

方爱说："落脚得要楼房哩！"

方载亲觉得自己太失策，之前总以为考上大学就万事大吉，不想还有找工作、买房子、娶媳妇，一样不少反而更难。安友会看透了他的心思，心想着王倩对田学富说："宝儿结婚我们一家子都去，攒忙带坐席。"随即找出相片说，"今年暑假早，明儿小永儿就到家，得问他，王倩到底是不是……"

方载亲摇着头说："你这是着哪门子急，过年问也不迟。"

田学富凑过来看，安慰似的对方载亲说："上大学就是好，娶媳妇都不用麻烦媒人，城市里的儿媳妇好伺候。"

方载亲蹭把鼻子，嘻嘻哈哈地说："真不知道是不是哩！"

安友会紧跟着说："更不知道人家的要求哩！彩礼要几万？要不要楼房？大办还是小办？让不让过去住几天？孩子跟谁姓？"

安胜利说："你们是瞎操心。"

方爱说："不叫我娘操心那我操心。"

"等过年，一大家子人，我替你们问。"安胜利打了包票。

安友会说："行，你娘姓王你问。你就替我问，王倩是不是我儿媳妇，你再替我问，要多少钱的彩礼。"提到成千上万的钱方载亲吃不下饭，这远远超出了他块儿八毛的本事，此刻单望着方爱手里的孩子，安友会这就说起了方爱，"赶紧把大名定下来，别三天两头地换，我看就叫安子怡！"

"就叫这个不换了。"方爱显然也没了耐磨性。

下午磨房活儿不多，方载亲和安胜利去了田学富家。他们一走安友会起了唠叨，方爱不想听也抱着孩子走了，家里这就只剩下她和她的唠叨：计划生育那茬孩子，说话间翅膀骨都硬了，都要成家立业，都要到世面上讨生活……

要结婚的不只有田宝，还有方军和方良。

我们的方军已经摆脱了方载德的阴影，他把小客车给方良后贷款买了辆中型客车跑冀中。是的，他没能攒下钱，都嚼裹在了谋生工具上，可是谁都看得出来他与生俱来的那股子方载德的劲头。这几年里他埋头拼搏，给方良在县城找下了女朋友，也给自己物色了一门亲事。前几天两兄弟带着准媳妇找到方载亲，说婚事要定在春节前头。那一天，我们的方载亲平生头一次感受到了双喜临门，于是单等着换身衣裳前去提亲。

既然认识了王家的门，看起来又像是准女婿，那就应该多拜访。

王倩接到方永的电话时说："你上来呀。"

方永说："你下来呀。"

王倩说："你爱来不来呀。"

方永说："你快下来接我呀。"

王倩下来正看到他摆弄角落里那辆红漆斑驳的自行车，便说："王宁不骑红的。"随即蹲在一旁指点说，"链子掉啦！"

"嗯，掉链子啦。"方永挂好了链条。

"轮胎瘪啦！"

方永捏一把，感觉打足气还能骑，于是扭头问气筒，可是头刚扭过去他就怔住了，因为眼前的王倩实在是太漂亮了，直勾勾地看了好半天才说："你换发型啦！"

"好看吗？"王倩染了发还烫了大花，显得落落大方。

方永看得入迷,绕一指头嗅着说:"好看死人啦!"

王倩把他的头扳正说:"门口有修车铺呢!"

于是二人把自行车扔到修车铺,再进家后方永没有看到准岳父,跟进到房间悄悄地问:"爸呢,给他买了张市的钻石烟。"

"他很少在家。"王倩抱起床头的小狗熊像是在故意岔开话题,"这个是二多,你先认识认识。"

"二多你好。"方永抱起二多,又问有没有大多。

王倩把二多孩子似的放进他怀里说:"大多在那头看家。"

"你租了房子?"方永颇为遗憾地说,"今年暑假开学早,要不真想玩几天。"

"还玩,大四啦!春节看情况吧。"王倩转身去了厨房。

不一会儿饭菜齐备,三人坐好后王倩母亲的问题就来了:"倩倩的工作定了,你明年是不是也要去省城找工作?"

"过完年就跑。"

"有关系吗?最好进党政部门事业单位,砸不烂的铁饭碗。"

"妈,不要总问这些。"王倩及时打断了话头。

方永尴尬地说:"还没想好,但大四得找。"

"关系门路很重要,你有个好工作将来倩倩才不用我多操心。"王倩的母亲一个劲地说,"你这专业,找不到好工作会比较累。"

"等他毕业再说。"王倩理解方永的处境,便放下筷子把他叫进卧室,翻出一个手机说:"大四找工作用得上,告诉我号码。"随即做个嘘声手势,再出来二人连饭巴子都没吃就去了修车铺。

收拾一新的自行车很带劲,方永骑上去,王倩坐上去,二人轻车熟路地来到了旱河。在一棵矮柳稀稀疏疏的树荫里,刚坐定王倩就央求他写首情诗,还说:"写得好有奖励呀!"

方永闭上眼睛,把自己置身到牛背梁上,心想着身旁的王倩就是老红，于是这诗情画意便来齐全了。不一会儿，他睁开眼，捡块石头沿着堤坝的台阶一层又一层地刻下了《春约》：

> 我欠着春天一份情
> 这，春天知道。
> 因此
> 无须鸟语花香的催促
> 也无须春风化雨的叮咛
> 我就结在枝头，等。
> 所以
> 趁我还在，
> 春天会来。
> 那时，枝头的我
> 就结成春天的发卡。

写罢抬眼望向对岸，当年的野葵早已草长物消，在春秋的命运轮回里不知所终。王倩紧攥着他的手，逐字读罢愀然叹道："以后，我要让你写很开心的文字。"

方永微笑着抚摸着她光滑的手。

"不要胡思乱想，我要给你奖励呢……"

方永微笑着亲着她的脸蛋。

王倩推开他，满怀憧憬地说："学姐供你读书，你写开心的情诗给我，咱俩做笔交易好不好呀！"

方永并不答言，折柳成环，端端正正地顶在了她头上。

第一百二十一章

一粒种子,从撒进土地到破土发芽,是它理解土地的艰难过程。我们看不到种子如何与土地进行交流从而拥有信任相互依存,但我们知道,这不是一个简单的要阳光要水分要营养的过程。从破土的那一刻开始,种子将证明土地所蕴藏的生机,而土地,也将理解种子之所以成为种子的全部内涵。

方载德死后,方军和方良历经八年的坚韧才在内心埋葬父亲,而立之年两兄弟终于迎来了人生的新阶段。作为长辈,方载亲和方军、方良的岳父母们见了面,就孩子结婚的关键事务进行了沟通。回到田禾庄,在曾经的方载德家,我们的方大脚召开了一次小范围的家庭会议,除了方军和方良,与会人员还有李学勤、安友会。

里间茶桌前,方载亲面南背北端坐在板床上,方军和方良分坐左右,安友会抄手坐在炕沿,李学勤倚着门框卡在里外间。虽然刚入冬,但是李学勤已经生起煤火,火上的水已然沸腾,咕嘟咕嘟的响声和蓝色的火苗有声有色。除了一炉旺盛的煤火,外间还有一张供桌,供桌上摆放着水果,果盘旁是一盏香炉,香炉里常年燃烧着三炷香火,袅袅的青烟时刻在向家信帖诉说着什么。

坐在昔日方载德的位子上,我们的方载亲心情沉重,他不由自主地想到了和方载德曾经共有的人生——

小时候的你,整天跟在我屁股后头,像一片屁股帘子拴在裤腰上。我和你,是兄弟,也是玩伴。曾经有那么几年,我觉得父母亲是担心我孤单而故意给我生了个玩伴。那时候,我玩什么你就玩什么,我吃什么你就吃什么,你就是我的一截尾巴,或者太阳地里的一段影子。后来我有了外号,叫大脚,你不愿意别人叫我外号,原先三队大叉子老叫我外号，你还咬了他一嘴。再后来忠儿来了又走了，我们开始去念书，在老学校，我从桌子上摔下来胳膊两截了，你也就不去学校了。正好，爹也不想让咱俩去学校了。

不去学校以后，好像不是六三年，大河发大水，你漂到了河心的大石头上。水带着回头浪，我不敢捞你，只能陪着你啼哭，后来还是厚生叔把你举过来。厚生叔当时嘱咐我回去别告诉爹。我从没有和爹说过，你也是一个字都不提，照样整天跟在我屁股后头。打那以后我挺后怕的，每次出门都要看看后头，见你怪好的才敢放心。也就是从那次以后，我觉得，这辈子，都不能丢了你。

娘走那天，不知道你是不是记着，当时爹什么样我忘了，只记得你。你没掉一滴泪，出殡时一手扛着招魂幡一手抓着我，手几乎抠到了皮肉里。去时是这样，回时还是这样。在我印象里，娘走以后爹开始满世界瓦房，好像经常不在家。从那个时候起，我记着你冷不丁就喊我大哥了。直到你死，从没有再叫过我哥，都是叫大哥。你叫我大哥，好像我也就随着你叫大姐了。大姐给咱俩吃喝，还给咱俩补衣裳。大姐这辈子命也苦，后来发生的一些事情，其实不能全怪她。

再往后，我记得挺清楚的一件事是大姐给你弄了身新衣裳，你穿上的当天就当兵走了，一走就是四年。这四年，春种夏长秋收冬藏，我不知道你在部队过得怎么样，只是从黑白相片里看到你有了出息。我挺高兴的，嘻嘻哈哈的，别人问，德子什么时候回？我还大大咧咧地说，不回啦！

最终你还是回来了。

回来以后你还是叫我大哥，可是我看到你眼洼里有不清不楚的东西，概是遗憾。一年还是两年以后，学勤进家，再往后有了军子、良子。孩子们一多，队里事一忙，虽然一个院子里住，但是咱们亲兄弟越来越像两家人，尽管你还是叫我大哥。再后来爹也走了，爹走以后你也搬走了,咱俩更像是两家人了。

咱俩更像是两家人以后各忙各的,都是一摊子拾掇不开。知道你病那天我心里苦楚,直到你走,好像只见过你几面。每次见你,都能看见你心里窝着一世界的事情,晒再多的老爷儿都化不开。我知道,你操心孩子们。我想帮你一把,可是我没有你有本事,甚至也没有军子本事大。

这个大哥。

这辈子。

你算是白叫了。

我算是白当了……

"他大哥。"李学勤对陷入冥思的方载亲说,"喝水。"

方载亲知道是方载德让他回想这些的,也是方载德让他处理身后这些新发的事情。方载德,始终是这个家庭无法回避的主人。因此,他清清嗓子说:"我想到德子了。"

"他老来。"李学勤说,"总瞅着这个家,瞅着这个家变好。"

安友会叹口气,透过墙壁看了眼家信帖,没有说什么。方军也没有说什么,看似在漫不经心地把玩打火机,只是方良说:"我爹没教过我开车,是大哥教的。"

方载亲很欣慰他喊方军"大哥"。

"他大哥,德子叫你说,那你就说,说什么我们都认。"

方载亲不痛不痒地开了口:"入冬跑车加衣裳。"

"大大,不冷。"方良笑着说,"我妈气管不好得多穿。"

"三十岁前人找病,三十岁后病找人。"安友会说,"良子,可不能大意。多穿热了脱少穿没法加,身体着凉伤筋动骨。"

"你妈对。"李学勤转对安友会说,"我说他们谁也不听。"

"你们有今天我挺满足。"方载亲弹弹身上的粉尘低下了头。

方军忙说:"大大,你没什么过意不去。"说罢又看了看外面的家信帖说,"这一辈我是大哥,大大你放心永儿。"

方载亲笑了笑,之后严肃地说:"军子,事在人为,可人力有限。你俩结婚以后才算正经成人,才算有真正的忙活。那时候除了眼前的事要顾及的头绪更多,乱七八糟的事情,能预见的不能预见的早晚都得来。但有一点儿是正经,你得有奔头。"

李学勤不无担心地说:"军子有德子的闯劲,知道肩膀上站着一家子人。我不操心他别的,就是怕冒失,将来媳妇孩子也得站上去。担子两头都是骨肉,这个担子怎么挑,他得自己掂量轻重。"

方良说:"我始终帮大哥。"

方军看似思量了一会儿,忽然说:"大大,我跟良子说好了,永远不分家。"

"他大哥,要分家我还能拿捏一下。"李学勤又看着安友会笑着说,"他们不想分,我不知道是好还是不好。"

安友会会心一笑后顺着她的心思说:"历来没有不分家的弟兄,日子越过越长远,不分家家长总是提心吊胆的,好像有件天大的事情没有办,一般人家,总是赶早不赶晚。"随即话锋一转说,"各家有各家的情况,各人有各人的人性,这个家到底分还是不分或者怎么分,是得靠兄弟姊妹好商量。"

李学勤说:"他大哥,我有什么说什么。你看德子跟你,亲兄弟,家分不分的都行反正是哥儿俩掖扯,可当时我跟大嫂就不行,总想分清楚。亲妯娌也有私心,是吧,大嫂。"

"怎么不是。"安友会笑着说,"人生下来就知道什么是你的什么是我的,家业也是,兄弟分不分家不是兄弟说了算的。再说,兄弟分家也不是把自己那一份拿到手那么简单。"

方军说:"娘,妈,我明白你们的担心。到这会儿我跟良子才成家,不愿意一下子就把家拆散了。"

"大哥跟我的意思是爹留下来的一切都属娘。"方良给方载亲添过水又说,"将来娘愿意怎么分就怎么分,娘愿意给谁就是谁的。我跟大哥没意见,媳妇们也不能有意见。"

李学勤和安友会笑了。

方军说:"该孝敬娘的我跟良子没二话。杰子小,专升本将来毕业不在家,家跟娘全归我跟良子负担。"

李学勤看着安友会笑着说:"把杰子当丫头了,其实丫头好。"

这个时候看似思量了好一会儿的方载亲说:"军子、良子,有些事情还是名正言顺才好。"

方军说:"大大,要立字据是吧?"

"家业留给你娘,归根结底还是留给你们还是得分,将来你们的孩子大了也要各奔东西去忙活。"方载亲忽然觉得兴许他俩有具体的约定,便问,"这些年跑车有没有现成的规矩。"

方军说:"和良子一起运营,县城也租了房子,两头跑。"

方载亲略一思索说:"军子,如今的世道是经济挂帅,都说人民币面前无老少,老子孙子都是装。你当家这么些年,有良子帮助走得顺当。将来不同以往,包括杰子,你们都得过你们的日子,就像我跟你爹,但分家之前一定得知道分家是为个什么。"

方军点根烟琢磨起来,方良笑着看李学勤,李学勤说:"为什么要分家,听你大大怎么说。"

方载亲说:"兄弟分家不是分家产,是分门路。"

安友会说:"是分门路,门庭跟活路。"

李学勤说:"分家是为了兄弟都有一个家。"

方载亲说:"凡是家长都不愿意分家,可最终都得分家。为的就是每个孩子都有条门路,都能够开枝散叶。家业越来越大,家族越来越旺,这才是分家。"

这番话过后方军起了思量:父亲死后自己的确应该支撑起这个家庭,带领兄弟谋求一条出路与活路。兄弟毕竟要长大,兄弟毕竟有分担,如果不分家那这个家更应该操持在母亲手里。想到这里,他低头反思说:"大大,我错了。"

"你是老大,做事得立规矩,首先得让良子和你娘放心。"方载亲提醒过后又说,"换作我,未必能处理得当。"

安友会不能理解了,瞅瞅李学勤,李学勤脸色凝重,看来这话说到了她心里。方载亲并没有给安友会解释,而是看着方良,方良照旧笑着说:"大哥没有不对。"

方军拍拍方良的肩膀,对李学勤说:"娘,爹留下的这个家归你掌管。这些年闷头闯荡,挣多挣少你跟良子从来不问,这是对我放心。明儿我把钱取出来,交到你手上……"

李学勤说:"你俩能掰算清楚我就不插手。"

"军子,当初我和你爹就这样,没分家前都归你爷掌管。不过那时没有现钱,只是粮食,一天两顿饭,吃大锅。"方载亲沉闷的老脸浮现出了笑意。

"军子,你这么做妈高看你。只有你娘好这个家才算好,你放心,人世间没有嫌弃子女的亲爹娘。"安友会表态后又笑眯眯地看着李学勤说,"不过当爹娘的好偏心,不偏向老小就偏向孙子,要不就偏向好嘴头的儿媳妇。"

李学勤泪闪闪地说:"大嫂,对吧错吧咱都是方家的儿媳妇。"

方载亲打断了她们:"军子、良子,再搭伙干两年,让这个更安稳些再立个规矩吧。"

"你大大对,德子要活着……其实当爹娘的不愿意分家。"李学勤哽咽着说,"钱我拿不拿的都行,要是我拿着,哪个儿媳妇用我都给，差不了三头两百。"

方载亲这就起身说："军子，咱方家历来是先有大家后有小家，在田禾庄立足跟其他人家有不同。"临出门又对方良说，"大哥不易当，二哥卡在中间更难。"

从北庄子回来，一路上我们的方载亲都在思想，自己这辈子铁定是要和庄稼实打实地打交道了，而方军和方永他们，注定是要和钱赤裸裸地打一辈子的交道。

第一百二十二章

年底方家人最齐全，方军和方良把婚期定在了农历两千零三年的腊月廿五日——这一天宜嫁娶、订盟、入宅、安床。

婚事要在田禾庄举办，两兄弟只住一天，但这并不能给李学勤省下事情。安友会来帮她筹备，俩人边说道妯娌婆婆的老少事边忙活炕头的铺盖。方载德过世时方敬没能赶上，所以很早就打算趁方家双喜临门的机会回田禾庄过个像样的年，另外也想看看方爱家的外甥女，顺便商量商量家里的事情。方永也有一些事情要商量，但商量的对象不是方载亲和安友会，也不是方敬和方爱，而是王倩，所以寒假一到他火急火燎地去了省城。

第一次到王倩的租室方永就感受到了扑面的温馨，这温馨来自王倩的拥抱。长长的拥抱过后王倩手忙脚乱地忙活开了，她看起来不像是在做具体的家务，只是走来走去地重新摆放一些物件，觉得方永用着顺手后才抱来大熊说："认识一下吧。"

方永摸着毛茸茸的爪子说："你是多多大哥吧。"

"很高兴认识你。"王倩让大熊和方永握手，又对大熊说，"他叫方永，你也可以叫他哥哥。"

方永拽一把王倩，王倩"呀"一声倒在身上，多多熊被夹在了中间，扁扁的又软软的。方永嫌它碍事，想撤走可是王倩死活不放手，只得拍着它说："倩倩是你什么？"

王倩嘟嘴说："姐姐。"

方永一本正经地对多多熊说："姐夫有话和姐姐说，你回避吧。"

当年的约定到了兑现的时刻，若非烦人的"非典"，和方永的关系兴许早就进了一步。是的，我们的倩倩和方永一样盼望着两情相悦的幸福。如今这一刻真的到来了，她紧张地攥着多多熊，好一会儿才说："晚上……好吗？"

方永失望地看着外头的光明。

王倩把多多熊放到床上，又盖上毛毯，再出来兴冲冲地说："今天咱俩有好多事情呢！"

"都有什么。"方永冷冷地说。

"我们要去买洗漱用品、床上用品，还要买吃吃喝喝……"王倩凑过来亲他一口又掰着指头说，"你想吃什么，我做给你。"

"咱俩喝顿酒吧。"

"庆祝什么呢？"

"庆祝我荣升姐夫。"方永指了指卧室。

"瞎臭美。"王倩简单地补了个妆，扔来钥匙便去了超市。

要买的实在太多，衣食需用无一不有。看样子我们的倩倩不打算让方永走了，或者她已经把他的离开当作是出差。那么，努力吧，来省城工作吧！我们的小伙子内心激荡，他觉得身边这个人的确是他人生的福星，好比让出立脚地的才顺老汉，好比供他读书的老红。回家的路上王倩一个劲地嘟囔做什么饭菜，而他的心情却很沉重，转过几个弯角才说："倩倩，你不要我走啦？"

"嗯。"王倩把袋子一并挂在他手上,只挽住了他的胳膊。

"那我明天去找工作吧。"

"好。"

"找个什么样的工作呢?"想到准岳母的话他有些气馁。

"我没要求呢,只想是好工作。"王倩挽紧了一分。

"什么样的算是好工作呢?"

"稳定。离我近。"王倩干脆地说。

这要求不像考研或者考公务员那样难以满足,方永肯定地说:"那我们就提前庆祝这个吧!"

王倩踮脚亲上一口说:"我给你个奖励。"

"奖励?今晚咱俩……"

"哼!你就知道这个呀。"

"除了这个还能是个什么呀?"

"烟。"到家王倩果真翻出一包中华说,"我偷的爸的。"

点上烟,方永眼前就浮现出了准岳父的形象。第一次上门时那个男人在那个家里似乎很别扭。是时候弄清楚了,于是他尽量轻描淡写地说:"倩倩,说说丈母娘家的事情。"

"我们家?什么事情。"王倩的情绪陡然间变得冷淡。

"爸妈。"

"离婚了。"

方永没有想到第一次见到的那个家竟然是临时拼凑的,他更没有想到心爱的倩倩居然一直生活在残缺的家庭中。刹那间,他的眼前浮现出高中时那个不苟言笑冷若冰霜的王倩,那个因为一个笑话而刨根问底的倩倩。他很庆幸,自己和这样一个恋家的王倩相识,自己又和这样一个恋人的倩倩走到一起。

在他想入非非时王倩说:"你不想知道为什么吗?"话到嘴边她

隐匿掉了揪心的字眼。

方永揽她入怀,轻轻地拍打着说:"改天说或者不说,都行。"

"你能猜出来。"

"爸外面有人了。"

"你以后不这样吧?"王倩的眼洼里满是期待。

"死也不会。"我们的小伙子明白眼前的人儿最在乎的就是家,最渴望的就是拥有一个完整的家,最希望的就是家里装着满满的又长长久久的幸福。于是,在都还相信承诺的年纪,他觉得是时候把千年的约定浓缩成一世的承诺了。

听到承诺王倩高兴地去了厨房,伴着锅碗瓢盆的声响时不时地瞅一眼,只见方永直愣愣地盯着电视,像是在想深邃的问题。

他在想什么呢?

我们的倩倩边淘米边问自己。他大概是在想工作吧。他的专业不错,找个像样的工作不难,只不过会辛苦些,要么整天对着电脑画图,要么没白没黑地跑工地。

他在想什么呢?

我们的倩倩边择菜边问自己。他大概是在想结婚的事情吧。两个哥哥要结婚,在同一天。要是高三不复读,一家三兄弟同一天结婚,这样的事情还真没有过呢!

他在想什么呢?

我们的倩倩边炒菜边问自己。炒好一个菜,端上餐桌的时候,她看到方永歪歪扭扭地躺在沙发上,像是在想什么歪歪扭扭的事情!呀,这个臭小子不会是在想入非非吧?他不会是在想怎么欺负人吧?你看他那个样子,专盯着人家身上呢!

王倩到底是猜不透方永的心思,但我们可以告诉她:我们的小伙子在想,从今以后漫长的一生就要开始了,他将和心爱的人儿共同面对，就像他的父亲方载亲和他的母亲安友会那样，在追求小康和熨帖的家道上苦乐相依……

饭菜齐备，吃二人世界的第一口饭食前王倩忽然把住方永的手说："今天，我们是不是，得说点儿有意义的话呢？"

"是的。"

"你是家长你说。"

"什么样的话是有意义的话。"方永夹口菜放进王倩的碗里。

"大话，但不是空话。"王倩咬着筷子说。

"我要娶你算不算？"

"必须算。"

"好。毕业以后，找个时间，我娶你。"

"你娶我嫁，多有意义呀！你再说些高兴的话吧。"

"让你高兴的话还是让我们高兴的话。"

"让我高兴的话，我高兴了会让你高兴的，我高兴你高兴就是我们高兴。"

"你做的饭比你妈妈做的更好吃。"

"我不高兴，重说。"王倩在他的脸蛋上轻轻地拍了一下。

"你做的饭和……妈妈做的饭一样好吃。"

"这是事实，没什么可高兴的，重说。"王倩撇着嘴。

"那我换一个说。"

"不行，就得说饭菜。"王倩攥住了他的筷子。

"以后……我也给你做好吃的饭菜。"

"我高兴了。"王倩夹块炒鸡蛋放进了他的饭碗。

方永忽然推开饭碗倒下两杯白酒说："咱俩得喝个交杯酒。"

看着明晃晃的酒水王倩胆怯地说："我知道你想干什么，我也知道这个酒迟早得这样喝，只是喝醉了谁洗碗呢？"

"我。"

"无事献殷勤。"王倩还是盯着酒水说,"我不喝酒,打死也不喝,要喝除非是结婚,所以你不用想啦!哼,想灌醉我好下手!其实还有个别的得逞的办法,你想不想知道?"

"想。"

"作诗一首。"王倩着重说,"情诗。"

方永灌下两杯酒,想了想,突然抱起她说:"老子这就去作诗!"

第一百二十三章

方军和方良结婚当天,我们的方载亲一整天都稳坐在首席,一整天都是嘻嘻哈哈的模样,一整天都是大大咧咧的状态。他和亲家们喝了一整天的酒,最后一杯怎么喝都喝不下,便放到家信帖前说,德子,你好喝酒那你喝,之后在丰收和安胜利的搀扶下回了家。

当晚清醒的方家人坐在一起,安友会和方敬边逗安子怡边说装电话的事情,安胜利则和丰收你一言我一语地说道着给家里换个什么牌子的彩电,而方永心想着王倩在督促丰宁写作业。大家时不时地瞥一眼方载亲,像是在等他吐个稀里哗啦。

方载亲没有呕吐的迹象,鼾声如雷的他一半是睡着的,一半是醒着的,睡着的是酒精麻醉的他的身体,醒着的是他的心。人心长有眼睛,人心生有世界,方载亲在他的内心世界里看到了方载德。方载德还是旧日模样,远看像复原老兵,近看像下乡干部,锃亮的皮鞋干净的袜子,压根不是庄稼主的行头。

方载亲见他还夹着烟,就很不高兴地说:"少抽,德子。"

方载德扔掉烟说:"嗯,大哥。"

方载亲这才嘻嘻哈哈地说:"军子、良子结婚了。"

方载德点点头,脸上看不出是否喜悦。

方载亲说:"前阵子提到分家,我嘱咐过了。"

方载德说:"嗯,大哥。"

方载亲正想话头的时候方才顺和田厚生来了,方才顺看了看家里热热闹闹的人,又看了看方载亲的面色才问哪个是方永。

方载亲看眼方永说:"年年清明祭日赶不上,毕业领他去上坟。"

方才顺说:"好。"

田厚生抽出烟杆,点上说:"老糊涂,还有俩要结婚哩。"

方才顺说:"方杰、方永。"

田厚生磕打着烟锅说:"一个都没赶上。"

方才顺问:"胳膊檩条似的那个是北台铁匠家的小子吧?"

方载亲说:"永儿同年叫铁锤,我把小爱子给他了。"

田厚生看着安子怡说:"好。随爱子。好养活。"

方载亲嘻嘻哈哈地笑着说:"叔肯这么说就是着实好哩。"

方才顺又问:"永儿旁边是敬子家小子?铁锤旁边敬子家女婿?"

方载亲探头说:"丰宁,他爹丰收,外甥子。"

田厚生吐口烟圈说:"丰收加上安宁,着实好哩。"

方载亲说:"庄稼主子都这么说,也都情愿这么盼。"

方才顺又问:"忠儿今年不回家?"

方载亲说:"忠儿在冀中。忙。怕是不回。"

田厚生对方才顺说:"这个我知道。"

方载亲又说:"两口子弄了个饭馆,厚生饭馆。"

田厚生不言语了,方才顺说:"着实好哩。"

正这时李学勤在远远的地方说:"你喝,喜酒,俩好小子的喜酒。"

方载德说:"大哥,我去看看。"

方载亲说:"你去。"

方才顺又捋摸一眼方载亲的身板说:"大脚,现在你是一家之长。"

田厚生说:"载亲当得起。"

方载亲大大咧咧地说:"腰不好使,脑瓜也没当队长时灵光。"

方才顺一皱眉问:"你多大?"

方载亲说:"四九年生人。"

田厚生扑哧一口烟对方才顺说:"己丑牛,快赶上你了。"

方才顺掐指算了算却说:"你娘叫我递你说,亲大姐还得认。"

方载亲想了想说:"我始终认,只是气不过。"

田厚生收起烟锅说:"去军子家转一圈咱就走吧。"

方才顺转身走了,田厚生背身走了,方载亲睡踏实了。

在方载亲的世界之外安友会不想装电话,她觉得一个月打不了一个,电话费高月租费更腻歪人。方敬和方爱绕过她把这个事情敲定后拿来了相册,安友会懂她们的用意,心想,是该谈一谈王倩了,于是笑眯眯地单等着方敬开口。方敬憋着笑,对安胜利说:"胜利,你还有一档子事。"

安胜利大气地说:"买。买个大彩电蹲上!"

"不是这个。"方敬笑得让人牙痒。

丰收擤擤鼻子说:"以产业报国,以民族昌盛为己任。"

方敬听不懂,就说:"你说的净是屁。"

丰收只得往直白里说:"买长虹。"

安胜利说:"长虹不错,我们结婚买的还没有大修。"

方爱指着相册说:"谁跟你说这个!"

安胜利说:"找不到相机。"

安友会怔了一下说："是，是该拍张全家福，今年人最全。"

方永说："我找相机。"

"人都不全拍什么。"方敬说，"差个人。"

安友会当场数了数众人说："一个都不差了。"

"娘！"方爱硬说，"差一个！"

"一个也不差了。"安友会又指着脑瓜念叨了一遍说，"再把你姥姥姥爷叫上，他们没有拍过合照，相片也没有一张。"

相机相片地说着安胜利也就想起了自己打下的包票，便凑过来说："永儿，你一句姐夫也没有叫过我。"

"过年我叫你，姐夫。"

"我不叫你叫。"安胜利指着王倩说，"我叫她叫。"

事到如今水到渠成，方永决定有问必答。方敬把他叫到炕沿，把着挖过黑煤的手说："王倩是不是高中的班长。"

"是。"听到这话方敬没有问题了。

方爱问："这个人是不是王倩。"

"是。"听到这话方爱也没有问题了。

"这会儿你们还谈着哩？"安友会紧跟着问。

"是。"听到这话安友会觉得自己根本没有问清楚。

"什么时候叫姐夫？"安胜利抢着问。

"明年。"

"还明年？"安友会很失望。

方敬摸着方永手掌上的老茧说："是她帮你交的学费？"

"是。"

安友会这就捧起相册沉甸甸地说："帮咱家这么大的忙，你可得记着还。"

"该你当老婆婆的还。"方敬的话说得安友会眉开眼笑的，很像嘻嘻哈哈的方载亲,众人这就看向了方载亲,但见他脸上果真浮现着嘻嘻哈哈,而口水早淌到了腮帮子。

安友会要给他擦拭时王二丫进门笑呵呵地说:"亲家母,找你玩,咱越老越玩,越玩越成精,后半辈子就活闹妖吧!"

安友会随手一抹方载亲的腮帮子就去了东房,方永要跟过去,方爱说:"拜洋神仙阿门有什么好看的。"

方载亲大概是被吵醒了,方敬见他昏昏沉沉的就问他是不是不得劲,他抹把脸愣愣地说:"梦见你爷了。"

方敬让丰宁倒来水,方载亲喝了几口去了茅房,再回来后头跟着安东林,安东林替他开门说:"大姑父,你慢点儿。"

安胜利说:"东林,过完年跟我修工去。"

"好,姐夫。"安东林看了看屋里的人单对方爱说,"二姐,奶奶让我叫大姑过去。"

"你爹又丧德了?"方爱给安东林找着吃食说。

"小爱子。"方载亲说了一句。

今天家里没有开火,方爱找出昨天的烙饼给安东林问什么时候过去,安东林说不知道,她只得去东房找安友会。安友会正闭着眼在胸口画十字,等她画完方爱才说:"姥姥叫你过去。"

"阿门。主。"安友会睁开眼,放下《圣经》问为什么事情,方爱却对王二丫说,"明儿廿六看天孩子,我赶年集。"

王二丫笑着应下后扭头看安友会,安友会说:"你看我干什么,你看我我也愿意当老婆婆!"

送走教友安友会问安东林,不想他一问三不知只是个报信的。她提心吊胆地赶到娘家,进屋时灯刚灭,她又押着后安再启家的戴上老花镜认了半天才说:"是会子?"

"娘,你找我。"安友会在炕上巴望,半天才看到被窝里的再启老汉,他和衣睡着,像是把自己缝进了被窝里。

安再启家的撑身坐起来,嘟囔说:"找你为什么来着?"

安友会摸了摸褥子,还热乎。

安再启家的并没有再想为什么事情找她,而是看起了她,眼洼里满是午后暖阳一般的慈祥。她看了好一会儿,忽然把住她的手说:"会子,我的行头都在板柜里。"

安友会掀开板柜,看到了黑色的粗布大襟寿衣,心中顿时苦楚,眼泪吧嗒掉了下来,抹净回身上炕说:"娘,上回我就不叫你折腾这些,还早,迟几年我弄!"

"什么迟一年早一年。"安再启家的摘下老花镜笑着说,"多一岁少一岁,不怕。"

安友会不再言声,摸摸安再启家的小脚上满是补丁的袜子说:"娘,明儿年集,我给你跟我爹各买一身新衣裳!"

"早就不缠裹脚布了。"显然安再启家的没有听清。

"娘,今年过年,咱去那边过,敬子、永儿都回家了,叫他们好好孝顺你们!"安友会把话递到了耳朵眼。

安再启家的笑着摇摇头说:"我跟你爹不干不净,家里有口吃食就行。"忽然又说,"我想起来了,叫你来是为你爹。"

"我爹怎么了?"

"往后,我想叫你爹买头驴。"

"差钱,是吧?"

"不知道他差多少。你贴补俩,买不了大的买个小的,我得叫他手心里有个拿捏。"安再启家的转眼瞧着再启老汉说,"你爹这辈子,就待见牲口。"

安友会从毛衣里掏出五张崭新的人民币说:"小敬子刚给我,我爹不够再找我,我还有三头两百!"

安再启家的把钱藏进了破袜子，看着灯泡想了半晌说："东林说，想跟爱子女婿修工？"

"开春走，你放心吧！"

"不过三月庙？"

"正月里走！"

"怎么不过三月庙？"

"修工都是正月里走腊月里来！"

"我还想过个三月庙，给东林烧个香哩。"

"烧香不如买个苹果吃！"

"小会子过年来不？"

"友淑兴许来，过几天我打电话问问！"

"叫大脚给你舅写封信。"

"写什么？"

"你舅那么大年岁，身上还有枪眼……小鬼子那个枪子，打了哪一个血窟窿？"

"娘，我不知道！"

"你舅回不来了？"

"怕是回不来了！"

"那写两句，别想着老家了，家里都好。"

"还有哩？"

"没别的了。"安再启家的顿了一下，忽然又把住她的手说，"明儿年集，给我买点儿糖块。"

"给你买软糖奶糖，你又没有牙！"

"就买糖块，放嘴里化。"

"还有别的不？"

"没有了。"

"那你睡觉,明儿我再来。"安友会给安再启家的铺好被窝,扶她钻进去又盖好搭被才熄灯出门。

门外有束手电光横着,还有方敬守候的声音:"娘。"

"你怎么来了?"

方敬挽起她的胳膊沉甸甸地说:"娘,临走我再给你五百,不连号不值得攒。"

"我不要,给你宁宁花。"

"看走时剩多少吧。"方敬又说,"我姥姥……"

"人过五十五,阎王数一数。"安友会倐地想到方载亲,脚下顿时打了滑,幸好方敬及时扶住了她,站定后她满是凄愁地说,"七十三、八十四,阎王不接自己去。你姥姥七十二了,怕是有预感。"

第一百二十四章

大年三十的方家热闹异常,小院里装着方敬一家三口、方爱一家三口,也装着方载亲一家三口。是的,我们的方载亲和安友会手上只剩余一个孩子了,他们知道,不用几年这个孩子也会独立门户,到时候方才顺遗传的宅院只会剩下他们老两口。

年关里喜兴的安友会明白灶膛里的方载亲在思想什么,她把五谷年糕放进锅,盖上盖子说:"蒸年糕,年年高步步高,明年咱家里还得多一个人哩!"

方载亲知道在说王倩,攥块劈柴大气地说:"后年哩?"

"后年?"安友会涮涮手说,"又得多一个哩!"

"大后年哩?"方载亲知道在说方永和王倩,又攥了块劈柴。

"大后年?"安友会提着湿漉漉的手说,"小爱子兴许要老二,咱家更得多一个哩!"

"敬子仨、爱子四个,永儿仨,再加上你跟我……"方载亲拿烧火棍在走地上划拉了老半天才说,"到时咱家十二口子人,最好能凑一轮属相!"

"都是我给你生养的哩。"安友会一脸的喜兴。

"到时候咱老俩这辈子就忙活到头了。"方载亲嘻嘻哈哈地说,"那闲在下来,就专意养牛推钢磨看孩子吧。"

"庄稼哩,不种了?"

"单种北台后头那一亩。"

"够吃?"

"你跟我能吃多少?院里有井再种畦菜。"

两口子说得热络时方敬来问什么时候炒菜,安友会看了看表,下午三点半,便问:"对联贴了?"

方敬说:"永儿跟宁宁早贴好了。"

方载亲这就叫来方永说:"把家信帖贴上。"

安友会忙擦净手,找出现成的家信帖笑眯兮兮地说:"今年你爹懒,家信帖也买。"

"省事。"方载亲看着家信帖上有待填写姓氏的空余说。

安友会翻腾半天才找出毛笔,往砚台上滴了三滴清水磨着墨说:"永儿,这笔和砚台跟你大有关系。"

方载亲脸上笑着,心却回到了一九八〇年代那个风雨交加的夜晚。方永不关心那个夜晚,抄笔舔墨要动手,方载亲嘻嘻哈哈地问知不知道写什么,方敬也说:"大少爷,知道祖宗姓什么不?"

见方永写下后安友会说:"还好笔画简单难不住大学生。"

方载亲吹干墨迹领着方永来到东房,端端正正地贴好后站上台阶吆喝说:"炒菜吧!五点开饭,吃到八点看联欢晚会!"

众人添柴火焰高，饭菜出锅时方敬去搬请安再启老两口。再启老汉到场后对着崭新的彩电说："这么个盒子似的东西，色光子好，通上电就出真人。"

安再启家的则拘谨地说："非叫我们干什么，哪吃不是过年，吃什么不是过年，吃几嘴不是过年……"

安友会安顿好老两口气呼呼地说："死杰子过年一点儿也不操心你们，东林跟着他们哩？"

安再启家的答非所问："还提他干什么。"

再启老汉冷不丁说："吃吧，吃了饭去地里看看。"

安友会不想再搭茬儿，饭菜摆放好后又数落起方载亲："当初盖房你考虑的不长远，孩子们大了坐都坐不下。"随即又笑道，"满倒是挺满。"众人好歹挤下来，开饭前她又踢方载亲，方载亲以为她要自己主持几句，便清清嗓子说："数今年人全，丰收、胜利，吃啊。"安友会又踢他一脚，他又说，"永儿，给你姥姥姥爷倒橘子水。"安友会一气之下夺走他的筷子说："谁叫你说这些没用的，给你那个糊涂爹上供去！"

方载亲端起碗饭夹些荤菜去了东房。好一会儿不见人来，安友会刚要埋怨时听得院里传来噼里啪啦的鞭炮声，这才笑道："你爹还没有老糊涂，总算还记着一桩正经事。"

方载亲再挤进来后年夜饭正式开始，安友会照应着安再启老两口，方敬和方爱照应着安子怡，果真是团圆喜兴的年夜饭，所以安胜利开了瓶白酒倒给男人们说："永儿，敬大姐夫一个。"

丰收别别扭扭地侧身，擤罢鼻子说："永儿，你一句二姐夫都不叫，敬二姐夫。"

安胜利捂住杯口说："第一杯，同辈小的敬大的。"

"宁宁，敬你姨夫。"丰收想打乱规矩。

安胜利给丰宁满杯橙汁说:"宁宁,咱爷儿俩意思一下。"

丰收说:"外甥喝完,当姨夫的看着办。"

丰宁一口气喝完了,安胜利只得喝完说:"该你了,大姐夫。"

"永儿,你常年不在家,家里可是全靠二姐夫。"丰收给安胜利满着酒对方永说,"看着办吧。"

这酒得敬,方永端起酒杯,正经地喊声"二姐夫"一仰而尽。安胜利再无办法,喝下二杯已是脸色泛红,吐口酒气再看酒杯又满了,听得丰收说:"来吧,胜利,你敬你大姐夫我吧。"

安胜利掐着饭碗看眼方永说:"永儿,这个家你做主,我们都是姐夫,你看着办。"

"这个家,人人都能做主。"安友会提醒过在座的人又笑着提醒方永,"敬酒,不管谁敬谁,谁都得喝。看你向着大姐夫还是二姐夫。向着大姐夫,你就敬大姐夫一杯。向着二姐夫,你就替二姐夫敬大姐夫一杯。"

"娘,你这是挑拨离间。"方爱说。

"娘,你这还是向着二姐夫,横竖都是灌大姐夫。"方敬说。

"酒,要不是好东西,那就是向着二姐夫。酒,要是好东西,那就是向着大姐夫。"安友会夹口软菜给安再启家的,又给再启老汉夹块肉说,"理,我明摆上桌面,看你们怎么挑。"

方载亲觉得酒是好东西,端起酒杯看着众人。

方敬赶忙挡住他说:"爹,你端起来他们都得喝,明摆着灌胜利?想喝,跟你小子喝,跟我小子喝。"

方载亲嘻嘻哈哈地笑半响,最终选择了丰宁。

众人又观望方永,方永说:"该跟大姐夫喝了。"

丰收刚喝下方永的手机就响了,方敬抓来见是王倩,场面一下子鸦雀无声了。手机继续响着,安友会说:"快给你兄弟。"

方敬却接通了,听得里面说:"方永?"

"方敬。"方敬说,"我是大姐。"

电话里顿了一下,随后传来问候:"大姐过年好。"

方敬忙说:"倩倩,过年上来玩吧。"

"嗯,有时间就去。"王倩说,"给你们拜年。"

"倩倩给咱拜年,娘。"方敬对安友会说,安友会笑了,她又看着方永说,"也给叔叔阿姨拜年,有时间都上来玩。"随后把电话递给方永,方永起身走后再启老汉问谁给咱拜年,他家的说,"你快吃吧,吃完走吧,你不是还想去地里看看?"

安友会若有所思,忽地端起方永的杯尝了口酒,辛辣得很,便说:"酒真不是好东西。"方敬笑了,安胜利也笑了,随后听得她严肃地说,"我只愿咱这个家里小敬子别像他大姐。"方载亲脸上的笑立马定格了,她又看向窗外说,"小永儿别像他小舅。"

方敬说:"还有哩!"

方爱忙说:"宁宁!快给姥姥敬酒。"

"还有就是宁宁别像陈家豪。"安友会笑眯眯地和丰宁碰过杯又说方爱,"你们也别给我生个陈家豪。"

方敬给再启老汉夹口菜,笑嘻嘻地说了半句话:"还有哩!我爹跟我姥爷……"

方载亲脸上又笑开了,单盯着安友会。

安友会不再说话,眼看着再启老汉一口口地嚼饭食。

方永再进来时安再启老两口正要出门,安友会送出去说:"一会儿捏饺子给你们端!他们要叫你们吃,你们就过去吃!照的相片小永儿洗好我送过去!"

再启老汉没有说什么,他家的欲言又止,终是转身走了。他们走后方家的男人们又在酒桌上折腾了小半天,女人们则在炕上包饺子。

酒喝好，饺子包好，晚会也开始了。嘻嘻哈哈地看过几个节目方敬拉着方爱去了另一个屋子，她想和方爱谈一谈方载亲和安友会的事情。是的，三十多年来，我们的方载亲和安友会一直在操持儿女的事情，事无巨细殚精竭虑，如今儿女纷纷成家他们已是年过半百，面对自己的余生早已力不从心。

"爹娘老了，以后得靠咱姐儿俩。"方敬开门见山。

"永儿毕业得找工作得结婚，不考虑他。"方爱也说。

姐儿俩坐上床后方敬又说："当初就在这张床上，我问你对胜利的看法，问你愿不愿意。"把住方爱的手，但觉粗糙，心上一叹说，"胜利人挺好。"

"大姐说正事吧，属我离爹娘近，你说怎么办就怎么办。"方爱撤回手趴在床上若有所思。

"爹娘要是身体不好得看病，我出钱。"

"不行，大姐。"方爱拢拢头发说，"我也得出。"

"那我出大头你出小头。爹娘没攒下，兴许等永儿毕业推钢磨能挣俩辛苦钱，到时比不起别人，但不至于不敢进医院。"

"老百姓活着，无非是吃饭和看病，别的不要求什么。现在都修工，没人愿意种地。我也不想爹娘老种地，种一亩够吃就行。要不够，春天秋天让胜利回来，我给粮食。"

"你带着孩子也受累。爹娘动弹不了咱再说那些，到时你出点儿粮食，我出点儿零花。"

"孝顺爹娘是本分，小时候爹天天抱着我在官街里转悠，不转悠不吃饭。"方爱回想着说。

"那咱姐儿俩可说好了，先不算小永儿，爹娘你离得近勤过来，有事帮着干。万一有病闹灾第一时间递我说，花钱我出，实在出不起咱姐儿俩再凑凑。"

"行,大姐。"

"将来你有了小子,我要有能力我也管。"方敬忽然叹道,"孩子多是好事。只有宁宁,现在看我们轻松,将来他就累赘了。"

"再要一个,大姐。"

"身体不允许政策也不允许,你大姐夫好赖是党员。"方敬紧攥着她的手说,"你可得要个小子。"

"农村不要个小子真不行,老了谁管你?"

姐儿俩又聊了聊王二丫才去那屋,那屋里正玩牌九,丰宁的眼前全是钱。方敬和安胜利说道修工时我们的方载亲忽然叫道:"赵本山,赵本山出来啦!"

一家人这就看起了小品,嘻嘻哈哈地过着熨帖年。

第一百二十五章

田禾庄大队门口走来一位小脚老太太,她身穿大襟夹袄,干柴一样的头发被卡子别在耳后。她的行走是那样的小心,像是在拾取昔日丢落的金灿灿的足迹。

她是谁呢?

我们像她那样佝偻下腰身才能认出她——

安再启家的。

上年岁后老病的症状在她身上逐一显露,眼花,耳聋,背驼,腿脚慢,如今的她居然成了官街里的新面孔。是的,她从不曾关注翻天覆地的变化,她摸进安友会的家门遵循的是心中老旧的路标。

见她来安友会忙迎过去说:"娘,什么事,叫东林递我说……哦,东林修工走了。"

安再启家的手撑凳子坐上蒲团,取下腋里夹着的包裹,迎着太阳展开看了看说:"会子,这是什么花色?"

"你撂着,这会儿着什么急!还早,过几冬我再给你收拾!"安友会看了看,是一床单薄的小被子,里是泛黄的粗白布,面是寻常的花牡丹,但是针脚走得大,带出了疙疙瘩瘩的旧棉花。

"唉。"安再启家的又包裹整齐说,"我就给你爹做一个,其余的没心气弄了。"

"别说了,娘!有我,你不操心……吃饭了不?"安友会的心里泛起了阵阵的酸楚。

"你怎么跑过来了?"安友杰从影壁后闪进来气哼哼地说。

"你怎么跑过来了?"安友会也气哼哼地反问他。

安再启家的站起身瞅着安友杰说:"你别老监督我,我来……只为让你大姐帮我看看这条褥子。"

"哦!是褥子。"

安友会想再细看却听得话里有话,忙扯住安友杰凶巴巴地问:"你又有什么事瞒着我?"是的,从去年冬天开始安友杰见她就躲,春节都没有打照面,此刻她疑窦丛生。

"什么?"安友杰眉毛一挑说,"哪有那么多什么!"

安再启家的挪着小脚走了,不一会儿安友会跟过去,拿出五十元钱说:"娘,买俩苹果吃!"

他们一走方载亲看了看天色,只觉得今年这个早春二月很憋屈,懒洋洋的,像是藏着事情。安友会也有所觉察,觉得娘家有事情发生,但一门心思的母亲处处回避,问安友杰自然得不到答案,问再启老汉肯定不会有说法,她只好从旁外的渠道打听。

我们活了大半辈子的方载亲从天气里预测到事情后就谨慎起来,时刻观察着周围,数天过后并没有探得风声随之松懈。是的,自从安友杰带回新老婆后,大到值得惊动安友会的麻烦真没有发生过。在田禾庄的地界安友会也没能探得娘家的事端,精神随之麻痹,心里话:唉,紧张惯了,受不起风吹草动。

节气一再紧俏,它驱使乌云霸占了葛洪山巅。早看东南,晚看西北——有一场雨水要来,迟,落在早上;早,落在晚上。

夜雨袭来。

第二天早上雨点儿稀疏,方载亲懒得下炕可是有人踹大门。安友会不免怨恨,边穿衣服边嘟囔:"今儿歇一天,谁这么不自觉!"但还是去开门接待了。

来人是安友杰。

他阴沉的脸上挂着愁苦。

见是他安友会转身朝里走,他却冷不丁地说:"娘死了。"

"什么?"安友会觉得自己听错了。

安友杰没有重复,径自进屋,下了炕的方载亲见不是生意也有些失落,这时安友会追进来愤怒地问:"刚说什么死杰子?"

安友杰瞪圆眼吼道:"娘喝了敌敌畏!"

方载亲一怔之后骂道:"我说有他娘什么事藏着不是!"

安友会浑身颤抖,陌生地看了安友杰好一会儿才指着他的鼻子骂道:"说你是千年祸害一点儿也不假!你把娘气死了吧?"她顾不得再理论,忙跑去了娘家。

方载亲又愣了半晌才问安友杰:"什么时候?"

"早冰凉了。"垂头丧气的安友杰说不出具体的时辰。

"还发什么愣!"方载亲甩开大脚踢翻了凳子,对愣乎乎的安友杰吼道,"报丧!给你们全数姓安的人!"

事情来得太突然。

安友会无法接受,她痛哭了一个上午,安友淑和安友兰到场后姐儿仨又抱作一团。至于我们的再启老汉，早上发觉自己的女人身子冰凉后忙去递安友杰说，再回来就守着墙根，树桩似的，不动也不语，几乎所有的人来来去去的都没能注意到他。

他在想什么呢？

从呆滞的眼神里我们什么都看不到，或许对于生与死，他有着不同于我们的体会、感受与理解……

后晌安友会整理着母亲做好的铺盖怨恨起了自己。是的，她想不到那天之后会发生今天的事，倘若能够料事在先，她死活不肯让母亲离开她。我们谁也没有想到，那个猫腰塌背走过田禾庄官街的身影，竟是安再启家的人世间最后的形状。看来，我们的安再启家的早就从神仙那里领受了自己的命运。

往事一幕幕地浮现在安友会眼前，几乎所有的场景都伴随着家庭矛盾，而一切都是因为安友杰。所以她抓住安友杰逼问到底为什么，可是不等他开口她反倒先跑远了。

在田禾庄，自杀并非正确的死法。那些跳井、投河、喝药、上吊、跳崖、割腕的人，早入土才是补救错误的方法，所以安再启家的并没有在人世间做过多的停留，待她入土后安友会才去找安友杰要说法。是的，一个活生生的人没有了至少需要一条理由，没有人平白无故地偷生或轻生。

安友杰支支吾吾的，像是在忏悔，可脱口而出的话却是："大姐，你这么归咎我，像是我把娘气死了哩！"

"不是你，那是谁？"安友会说话的力气已经很瘦了。

"跟我没关系。"

方载亲也想理顺这场是非，便问再启老汉到底怎么回事。我们的再启老汉依旧守着墙角，他浑浊且暗淡的眼光糊在了墙灰上，就这样混混沌沌地说："你娘不想在，就走了。"

安友会气极了,但她无法对再启老汉下手,只得动口:"他把我娘气死了!这会儿你还袒护他,下来轮到你了哩!"

安友淑、李双传两口子和安友兰、田胜心两口子也眼巴巴地盯着唯一可能松口的再启老汉,在如此多的目光之下,我们的再启老汉终于把持不住,木然地说:"还不是为家业。"

所有的人即刻明白了。

正像他们所明白的那样,生活又没有门路的安友杰却多了生活下去的理由。他找到了"新媳妇",他需要养家,于是他想卖掉家业跟"新媳妇"回"娘家"。我们的再启老汉没有意见,他得到了安友杰的担保,担保过去能过上好日子,而安再启家的不这样想,她想的只是家业再也不能缺少了。但她知道这样下去这份家业保不住,于是撒手去了另一个世界,或许在喝像牛奶一样的敌敌畏时她仍旧心存侥幸:只要她走,家业就能留——

可是她为什么不去找安友会呢……

安友会的眼泪流干了,她心痛但是没有糊涂,她明白我们所认定的事实后刀子一样的眼神便剜向了"她"。

空气骤然间凝固。

安友杰的女人只得开口:"我也是为他好,大姐……"

"别叫我大姐!"安友会使出了平生的心力。

安友兰尖厉地说:"你就是个祸害!怎么不去你的家业,搬过来不也一样?非鼓动我哥!"

安友淑拖着长长的尾音说:"这可怎么办呀?"

"你个狼羔子。从这会儿起,你不是我兄弟,我不是你大姐,这家业也跟姓安的再没有半毛钱的关系。"安友会痛定思痛,再一次鼓足力量说,"你要是敢去我头一个不答应!我非弄死你不可!"突然扑向安友杰叫道,"你还我娘!"

安友淑和安友兰忙抢下她架回了方家,我们的再启老汉也蔫声不响地跟了过来,他似乎和安友杰划清了界限,他似乎明白了事情的重要性,只是我们仍旧不知道他如何看待他家的之死……

到家后安友会坐不住,忽地起身神神叨叨地说:"那个家不能让他待。他对不住娘。让他过去守着娘。"

的确该让安友杰和他的女人住过去,让安东林和再启老汉搬过来。在安友会的率领下一行人又找到安友杰,抱起他们的被窝扔到了再启老汉的家门口——丧事办完后方载亲又把朽木横了过来,毕竟算道门,毕竟是个家,有它才有门里户外。紧接着安友会收拾起炕上的物事,翻开席面发现了包裹整齐的照片和皱巴巴的五十元钱,在五十元钱的旁边,整齐地码放着几块糖果。她一块块地拾起来,拾到最后放声哭道:"娘啊!你到死才知道什么是甜!"

方载亲、李双传、田胜心一起把再启老汉的需用挪到了安友杰家,摆放妥当后见安友会还抱着针线筐,她这里摆摆那里放放,总觉得不妥当,最终搂在怀里说:"你们给我滚!"

她在下逐客令。

她要把客人撵出去。

安友杰不动弹,他的女人也不动弹。

方载亲苦口婆心地说:"杰子,你就孝顺你娘这一回。她就你这么一个小子,你守丧,是本分!"

"还跟他说什么!"安友会突然破口骂道,"方载亲、方大脚,你个软脚虾!他不走你不兴拿刀捅他呀?我偿命!"

安友杰只得猫腰出门,他的女人只得跟过去,两个人鬼魅般地从安友会的视界里消失了。他们一走安友会对安友淑和安友兰说:"以后,爹跟东林,咱姐儿仨管,管吃、管喝、管住、管花销,一直管到老……"

从这一刻起安家没有安友杰的事情了。

是的,我们的安友杰,他死了,他不能再活下去了,他不能再堵着活路让别人去寻死了,于是安友会在心里把他掐死了,没有让他挣扎一下,就把他活埋了。

初稿　西安　2006年10月17日

卷 六

第一百二十六章

说实在的,田禾庄根本不是原先的田禾庄了,尽管它还在葛洪山下尧河水岸。

现在的田禾庄已经不是田厚生的田禾庄,很快也不会是方载亲的田禾庄,它是属于方爱和安胜利的田禾庄,和方永保持着一定距离的田禾庄,对大多数人来说可有可无的田禾庄。但田禾庄的土地始终是那一方土地,土地上的人如同庄稼一样,始终在生命的尺度里更替,仍旧以人来人往的姿态造就着田禾庄的变迁。

公元二〇〇四年春夏之交,田禾庄了无生气,方家也死气沉沉的。安友会终日对着母亲的遗像哀叹,就连教友串门也提不起兴趣。一连七七四十九天她都六神无主,方载亲生怕她散架,可是第五十天时这个安友会早早地下炕做了顿像样的饭——白粥搅哪个就咸菜,然后叫来方载亲说:"我娘,喝了一辈子白粥。"

"老辈子白粥是好吃食。"

"我娘,嚼了一辈子哪个。"安友会喝了口白粥。

"哪个稀软,没牙只能咕哝这个。"

"我娘,咬了一辈子咸菜。"安友会嚼了口哪个。

"你娘咬咸菜我见过,含在嘴里,化化味,整个咽。"

"我娘,是把白粥哪个咸菜吃得够够的不愿意再吃了。"安友会又咬块咸菜含了半天才咽下去,咽下去就憋出了泪。

方载亲端起饭碗也喝口白粥说:"我看错了你娘。"

安友会想了想说:"多一岁少一岁,怕什么。"

方载亲又嚼着哪个说:"一年三百六十五天,天天白粥哪个咸菜,是没必要。"

安友会沉默了好一会儿又说:"我娘,死时概不过七十二斤。"说完眼泪"吧嗒"一声掉在地上,她在走地上找了找,但是眼泪并没有给大地留下伤疤,只得说,"友淑把爹接走了,过几天我接回来伺候,就是委屈了娘。"走地上有一只瘦小的蚂蚁爬上了脚背,她看了半天把它捏进地缝的窝里说,"我娘就是碾道里的驴,蒙眼拉磨,转圈走活,临了跳套才看清活路。"抽泣几声又信誓旦旦地对方载亲说,"咱老俩活着也不能给孩子们添麻烦,俩腿半天抻不直,半口气卡在嗓子眼,受罪。"方载亲又咬块咸菜咯嘣咯嘣地嚼着听,"孩子们更受罪,到时能干咱老俩就干,喝白粥嚼哪个咬咸菜就行,干不动不去孩子家轮流住。月底老大推着单轮车往老二家里送,下个月底老二推着单轮车往老三家里送,我不愿意了。"

方载亲再喝口稀饭嚼口哪个咬块咸菜,想了想那惨淡的光景嘻嘻哈哈地说:"那光景不是熨帖。"

"迟一年早一年,不怕。"安友会的嘴角撇过一丝苦笑。

"你别老埋怨自己,你随你娘,骨子里要强。"

"我是老大责任最大。"安友会吃不下了,撂下饭碗看着天说,"老天要下报应就下现世报,可不能给孩子们受磨难。"

二人说道时田学富来了,他看眼饭碗说:"一样。"

"你家的不包大馅饺子?"方载亲一口气喝完了稀饭。

"整天大鱼大肉的,不消化。"田学富给自己找了个板床。

"大鱼大肉,也就是你们家财主。"安友会莫名其妙地笑了。

"器休找过我,说桃树的事。"田学富说起了另外的事。

我们的李器休像是重生了,像是忘记了陈年旧事,如今他全部的心思都在桃枝上挂着颤。田学富来后不久这棵桃树一样的人也来了,他想和昔日的小队长探讨在闲散的土地里集中栽种桃树的可能性。方载亲知道他们要办桃树经济合作社,然而自己无非是跟风在赖地里种了几棵,本只想留给属猴的小子尝鲜,此刻人家找上门索性听一听打算。李器休脑子活,但说出来的话现如今是死的:"咱田禾庄……种的人不少……挂货……卖不走。"

他表达不清心意,旁人就抠:"全村种桃树的人多不算多少不算少,可看起来像是全种在了痒痒肉上。这会儿要上规模遇到了坎儿,不上规模砍了当柴火又烧不过一冬。器休的意思是修枝剪叶嫁接管护他拿手,要是全村搞联合倒是能折腾一阵子。"

又有人比画说:"要是继续单打独斗,到头来还是一毛钱一斤。收桃的拿个圈儿套,漏下去的大多数,全得烂在地头起。"

方载亲明白他们想联产联销,心思忽地回到了一九八〇年代。土地变动至今二十四年,两个本命一晃而过,感慨罢他说:"你们想闹活合作社,想再搞一次土变动。"

遥远的那场"变动"经过后田禾庄发生了翻天覆地的变化,田禾庄人不再为衣食担忧,但是仅仅依靠大秋小秋的粮食是不可能变得更加富裕的。

土地,承载不起他们生活的全部梦想与追求,当年"变动"而来的道路,似乎走到了头。

李器休挽起裤腿说:"往合里变动,种桃树的户商量。"

"怎么合?"方载亲想知道操作的门路。

李器休说:"不是把地放一堆,不是把人绑一串。"

"还能有什么花样?"方载亲在寻思。

李器休说:"我提供技术,保证结的果子最好也最符合市场,大柱子负责找销路。"

"柱子回来了?"方载亲没有看到李天柱。

"西天取经回来了。"田学富笑着说。

"取的什么经?"方载亲饶有兴致地问李器休。

李器休又放下裤腿捋着舌头说:"咱这是地少人多,新疆是地多人少,你可以包几十亩上百亩,十年二十年地包,种棉花、栽枣树、打核桃。要是种果树盖大棚,咱田禾庄的地也不算少。"

"有人抛荒,有人种不过来。"田学富插话说。

"发怵。想种地的人越来越少,能种地的人越来越老。"方载亲说罢看着众人各抒己见。

"逐渐逐渐地,地就显得多余。"

"老办法土办法种庄稼,真不赶趟了。"

"想不瞎地,想图轻省又想赚快钱,就得让地里长值钱的。"

"蔬菜大棚行,可那东西下本又吃技术。"

"有器休传帮带先尝试几年桃树,不行刨了折腾菜吧!"

李器休这时捋顺了自己的心思和舌头:"合作社就是把农资算在一起,统一经营管理市场化运作,赚了按股分红赔了也是。农资主要是土地、果树,比如,几亩好赖地,几棵好赖树……"

"测产。"有人说。

"是根据测产数据折现算股。"李器休苦笑说。

"我那几棵毛眼不强。"我们的方大脚把桃树当成了老红

"树不看几岁口什么毛眼。"田学富笑着说。

"大家钱凑一堆算作基础基金、运营成本……肥料农药、业务盘缠等等的开销都算进成本,收益一部分放入基金。如果忙活得好屎壳郎滚粪球,将来好弄蔬菜大棚。"李器休又说。

方载亲不懂这一套,但看起来像是能忙活的事。是的,我们想要什么样的生活就看我们赋予土地什么样的生机。就在合作社风生水起时田禾庄的第一批桃子下山了,随之而来的还有政策。

这忽然的一日里,王建国又糊了张公文,大喇叭也不厌其烦地反复播发省财政厅下发的文件:"呃,吆喝个文件,省财政厅关于税费的事。呃,农村税费改革主要内容,七大条。

"呃,第一条,取消乡统筹、农村教育集资等所有,专门面向农民征收的行政事业性收费和政府性基金和集资。二!取消屠宰税。三!逐步取消统一规定的劳动积累工和义务工。

"最重要的是四和五跟六姐儿仨,一句话,调整农业税政策,调整农业特产税政策,改革村提留征收和使用办法。这个大家以前咬馋的最多,那多讲几句,对村干部报酬、五保户供养和村办公经费,除原由集体经营收入开支的仍继续保留外,凡由农民上缴村提留开支的统一采用新的农业税附加、农业特产税附加方式收取,比例最高分别不超过正税的20%。呃,最后一条,农业税及附加和农业特产税及附加的征收管理。

"呃,大民都糊上墙了,有空来瞅瞅……"

王建国的吆喝招来一疙瘩群众,这伙眼巴巴的农人,错落聚居的人们,他们脚下的土地是他们生活的家底,也是我们伟大祖国的广袤山河,更是几千年来承载着我们家国天下梦想的根基。

第一百二十七章

安再启家的去世的消息并没有告知方永,身处毕业季的他不知道这个世界上,一个和他有关系的人永久地消失了。

事实上,我们终将以某种方式、某种形式和每一个人、所有的人告别,我们和他们之间的每一种关系都将不复存在或者形同虚设。这听起来让人遗憾,但其实并不妨碍我们在有生之年和每一个人努力地去构建每一种关系。

我们的小伙子,他和王倩的关系越来越紧密,越来越牢靠。基于这种关系,他觉得有些事情需要和她深入地商量,因为那些事情也将影响到她。这几天校园举行招聘会,方永拿着简历本想投几家,但见省城单位工资普遍低于外省市,他犹豫,因为他很想挣回大学的本钱。不几日,省城一家私营广告公司来招聘,他决定参考王倩的意见,于是在漫长人生曙光隐现的时刻他来到了省城。

在慵懒的床上,王倩温柔地搂着多多抱着他,窗帘轻轻浅浅地透进来的时光也醉醺醺的。这样的日子,真是梦寐以求的安稳,所以方永安分地对臂弯里的人儿说:"倩倩,我一定要来这个地方,一定要和你在一起。"

"是呢,你得来当家长呢。"王倩举起多多满是憧憬地说,"可是,你知道家长两个字意味着什么吗?"

"结婚。养家糊口。"

"还有呢?"

"没有了。"

"不,还有。"

"你说。"

"养家糊口是最基本的要求,家长要让家庭幸福才够格。"王倩看一眼一头雾水的方永着重说,"幸福,不是要什么有什么,是心里的满足感。我给你往简单里说吧,让我开心让我不生气,就是咱家最基本的幸福。"伸手从床头柜找出一包烟,抽燃,咳嗽着递给方永说,"你明白没有?你明白了吧?"

云里雾里的方永自觉明白了。

"一时半会儿你明白不了呢!我想你明年就明白啦,现在你还是个学生呢!哎呀,咱俩……师生恋呢!"

上午的阳光七拐八绕地进入客厅,大概十一点半了。王倩喜欢阳光,所以她不喜欢这间租室阴暗的卧室和客厅,吃饭时她说:"我们一定要有一所春暖花就开的房子。"

"我挣钱,买那样一所房子。"

"这话说得很像家长呢!"

"一般女人叫家长什么?"方永扭头瞅着她。

王倩抿嘴笑着叫:"老公。"

轻飘飘软绵绵的两个字传进耳朵,有一股如丝如缕的红色芬芳,像是尧中那辆飞驰的自行车遗留下的车辙。方永很开心,便亲她一口说:"老公有个事情和你商量。"

"工作的事情对吧。"

"来省城的机会有三个。其一是设计院,其二是国企施工单位的宣传部门,工资待遇都一般。"

"说说第三个。"

"第三个是私营广告公司,起薪一千转正一千三,加上全勤和补助能拿一千五。每年工资调整两百到三百外带项目提成,职位是储备干部,合同三年起签。"

"广告公司也要工科生?"

"要开展房地产类相关业务。"

王倩想了想说:"工资倒可以,还有其他待遇吗?"

"说是工作满一年其他待遇等同国企。"

"你要我拿主意呢,还是要我给参考意见。"王倩擦拭着桌子说,"你要想清楚哦!"

方永想了想说:"你这是要夺权。"

"不,我是在给咱家立规矩。"

"家有贤妻夫不遭横祸。"方永搔挠着头发说,"我服从分配。"

王倩笑着分析说:"从就业前途说一是设计师,二很可能混个一官半职,三做得好兴许自立门户,就像我爸。"

"你爸?"方永眼前浮现出了准岳父抛妻弃女的情景。

"我爸和你学的专业差不多,混到一官半职下海了,后来又从家里下海了。"王倩的眼洼里这就充满了不确定,她沉甸甸地说,"你第一次进门妈妈就让我想清楚自己的将来。"又拿捏着腔调学舌,"咱娘儿俩,怎么碰到了同一种男人呀。"

"不是同一种男人,是同一个行当。"方永扑哧笑了。

"我就是这么说的呢!"王倩瞅着他的眼洼说,"将来万一你对我不好,我该拿你怎么办才好呢?"

"我们家没有离婚的前科,除了媳妇跑。"

"是吗?那你愿意做什么就做什么吧。我不想你整天那么累,也不愿意你不是出差就是加班,随你的便吧!"

"私营单位也行?"

"不行就拾起老本行。"

"我们这专业撂下就荒了。"

"人的心也是这样,一旦伤了就没有办法修补。"王倩指着他的胸口说，"爸爸后来找妈妈谈，妈妈只说了一句话。"

"什么话？"

"夫妻当不成了，可以做亲人，孩子们的亲人。"

方永知道她在敲打自己，但眼下的决定还是要做，所以一本正经地说："倩倩，如果工作找不好跟着我要吃苦的。"

王倩仰脸说："还有我呢，咱家有孩子的一口奶啦！"

看着她一脸的高傲方永的心境刹那间开阔了，他知道身边这个人儿一定会和他共同应对人生中的经变。岁月长河里浮浮沉沉的人生啊，和她在一起他的人生已经赢了。就在他无限感怀时方敬打来电话说，练师傅想和你喝酒了。王倩问练师傅是谁，方永托起她胸前的吊坠说："这就是师傅送的，原本是块海螺化石。"

"怎么成了吊坠？"王倩喃喃地说。

"我拿刻刀钻孔，用细砂打磨，它就成了心爱的吊坠。"

"我也要给你做个寸步不离身的手工。"王倩抚摸良久说，"你师傅为什么送你这个呢，他怎么成了你师傅呢？"

老练怎样把化石交到手上方永已经记不起，而今只是记得那幽深、黑暗、曲折的坑道。想着想着眼神空洞了，王倩晃晃他，他道出来龙去脉，王倩心想：这个男人呀，吃得下苦；这个男人呀，愿意为生活倾其所有；这个男人呀，打磨打磨会像化石和胡杨一样坚不可摧！忽然她好想见识一下这个男人的师傅。

我们的小伙子也在想老练。他想像老练一样认真地对待工作和生活，即便再平凡的岗位也要占好每一班岗。想到这里他把住王倩的手说："倩倩，咱家最缺什么？"

王倩想了想说："有你有我，什么都不缺啦！"

"你再想一想吧。"

"钱。"王倩满怀憧憬地说，"分不到房子，只能买一套。"

"那我去挣钱。"

"你想好应聘哪家啦?"

"想好啦!"方永低头审视着她说,"你白供我读书了。"

"你考上大学,咱俩能在一起,就足够啦!我宁愿你没有追求,我宁愿我们一辈子都活在小小的世界里。"王倩眨眨眼,长长的睫毛刷新了他失落的面庞。

看到她的这份纯真,我们的小伙子心生庆幸。是的,他真的应该感谢命运感谢王倩,感谢命运让他在人生的春天结识王倩,感谢王倩让他在复杂的成人之初便拥有一帆风顺的爱恋。

第一百二十八章

时至今日,我们的小伙子对得起"大学生他爹"大半辈子的穷折腾了。方载亲实现了平生的心愿,他熨帖,所以对安友会说,方永那一亩三分地,我想种就种,不想种就栽几棵果树。给城市人当了娘的安友会忙不迭地给方永打电话说,你那份地,你爹给你攥着哩,说是给你栽果树,往后有空就回老家摘果子吧!

和练师傅喝过一顿酒吹过几嘴牛×后,回到租室方永的心情沉重,见他来李坡嬉皮笑脸地说:"永子,毕业得各奔东西,有留下的话,你想想好再说。"

方永想了想说:"我挺操心你的,你跑得最远。"

李坡吐个烟圈说:"今天咱不说丧气话,只玩开心的。"

窗外夜色已起,今晚开心的地方不少。二人回校正赶上土木系的告别晚会,小礼堂里灯光闪烁歌声唱响。这样的时节,年轻的心啊,一旦放飞会像浮云一样不着边际。方永、李坡和舍友正谈得起劲时韩惠凑到耳边说:"方永,去省城换电话记得告诉我。"

韩惠去了方永没有选择的那家设计院,四年来二人除了诗歌别无话题,这样浓情的时刻,方永很想知道她是否有特别的诗歌献给特别的人,于是问她:"你男朋友呢?"

韩惠瞟眼众人说:"每一年你们都找他,可我不知道哪一个是他。"在满是汉子的建院四年里居然找不到一个男人,方永笑了,她却一本正经地说,"一会儿,我给你唱首歌。"

看着她忧伤的眼神方永怀疑起了自己,他觉得如此重要的时刻她没有理由为自己献唱,而自己好像也没有理由去倾听。

韩惠觉察到了他瞬间复杂的心态,又认真地说:"如果非得有个为什么,只能是因为我想在这个时候唱这首歌,唱给身边的人听。恰好你在,在我身边。"

这个爱诗的女生的确为离情所感染,她眼洼里有了王倩高考后的感伤。方永熟悉这感伤,便提醒她:"该上台了。"

韩惠上台了,低沉的旋律上浮动着尖厉的口哨声,甚至有人喊道:"阿惠!我爱你!"

韩惠朝向那声音,微笑着招手说:"爱你!一首《致青春》,献给阿惠爱着的你们!"话罢且行且吟,且吟且唱——

 或是沉敛　或是轻狂

 或是欢喜　或是彷徨

 那是我们反复吟唱的青春吗

 是什么样的追寻　什么样的彷徨

 什么样闪烁的梦想

 是什么样的执着　什么样的放弃

 什么样褪色的希望

 是什么样的心情　什么样的故事

要对谁讲

是什么样的感觉　什么样的心曲

要对谁唱

……

身段优雅的韩惠用细腻的歌声征服了所有人。方永不知道她有这样的本事,当她再次来到身边,他足足地看了三分钟。韩惠让他看足了三分钟才说:"去操场吧,今晚很熬人。"

操场里有成双成对的人,他们呀,在路灯下狂欢,在条椅上亲吻,在路中央打牌,或者干脆消失到夜色里。方永和韩惠静静地走过一双又一对,若即若离的,看似闲庭信步,当然别人也走过了他们,甚至喊出了整齐的号子:"一二三四!"

"牵手!"

"一二三、四!"

"拥抱!"

"一、二、三、四!"

"做爱!"

"一二三、四!"

"听他们一句吧。"方永拉起韩惠说。

"他们已经吹响青春的号角。"韩惠笑得得意又矜持。

操场里的夜色断断续续的,灯光是明亮的一部分,黑暗是更大的一部分。这样的夜色总让人心生怀想,方永想到了初识韩惠的那一天,想到了曾经和王倩分外相似的那个她,想着想着脚步走出了生疏与凌乱。韩惠停下来,抖抖手问他在想什么。方永坐下来,如实说:"我在想,今晚太突然,之前没有一点儿征兆。"

"你没有想这个。"韩惠否定了他,也坐下来说,"你在想,为什么我和你这样直立行走。"

"好吧,我在想这个。"方永尝试着想了想她为什么要和自己情侣一样地肩并着肩直立行走,然后问她究竟为什么。

"你认为男人和女人之间,会不会有纯洁的友谊,会不会成为异性的知己?"韩惠突然抛来一个深邃过夜空的问题。

"应该会吧。"方永想了想友谊和知己的定义。

"你不确定。"韩惠仰躺在草坪上,枕着胳膊望着夜空。

"因为我没有认真地想过。"方永也躺下来,看到一片混沌的黑里有城市灯火的反射。

"你不认为我们是朋友吗?"

"当然是。"

"不过我更愿意和你做哥们儿,希望将来我的他不介意。"韩惠没有说做什么样的哥们儿,方永思量起王倩,他想王倩定不会允许他有这样的哥们儿,尤其是韩惠,正想入非非时韩惠又抛来一个怪异的问题,"如果你想现在的我变成另外一个人,你愿意我是谁?"

"王倩。"

"除了她呢?"

"那我愿意你只是韩惠,韩惠只是你。"

韩惠很满意这个答案,再看方永满脸的思索,便踢了踢他说:"我知道你在想什么,也该你问我了,我知无不言。"

"言无不尽?"

"你会保守秘密吗?"

"当然。"

"等一下,我忽然很想问你一个问题。"韩惠坐起来,提醒他说,"刚才我问你男女之间是否存在纯洁的友谊,是否能够成为异性的知己。"

"嗯,我怎么说的。"

"你不敢确定。"

"嗯。"

"现在敢确定吗?"

"不敢。"

"以后有了答案记得告诉我。"

"好,我是不是可以问你问题了?"这时宿舍区传来"嫁给他、嫁给他"的吵嚷,方永冷不丁地问,"你要嫁给谁呢?"

"刚才我问你会不会保守秘密你说会,现在我很想知道,秘密能不能被永久地保存。"

"既然是秘密,肯定不可告人,不告之以人,当然能保存。"

"虽然我知道没有不透风的墙,但我还是觉得人与人之间存在信任与私密,存在永远不会被第三者知晓的事情。这一点,我们认识相同,除了我嫁给谁,你可以问我你最想问的问题了。"

"总是听说你有男朋友,但是我没有见过,没有见过我认为是没有。你没有男朋友,那么问题来了,你为什么不谈恋爱?"方永指着宿舍说,"每一个人都忙着谈恋爱。"

"我有过爱人,不过……"

"说下去。"

"难为情。"

"多数的难为情难以启齿,难以启齿的难为情才是私密。"

"你坚持问,我会说。"

"我坚持。"

"我爱上过一个男人。"

"我坚持。"

"他已婚。"韩惠着重说,"但不妨碍我曾经单纯的爱。"

听到这话方永怔了半晌,他无法把这个喜爱诗歌的女生和有妇之夫联系在一起,当场看着她黑亮的眸子心生沉重的思量,他知道,这瞬间而起的沉重是这六月的复杂成长。安静的韩惠还在浅浅地笑,而他的心里却是丰满的惆怅,在惆怅的边沿,像是有祝福要流出来,于是凑过去,轻轻地吻在了她唇上。

第一百二十九章

毕业后方永任职"大地广告文化传播有限公司"策划部,争取到这份工作并非因为成绩,而是简历附件里的诗歌。这五光十色的省城,当年承载着方敬沉重的思量,如今又满载着方永的诸多遐想。这遐想,多是王倩每日念叨的家庭。

房子,是家庭的基础。

它在王倩为期一年的思度中已具雏形:向阳的两居室有着宽敞的客厅,阳光会透过纱帘斑斑点点地洒上洁净的地砖;周末的阳光和清风会更好些,角落的绿植要发出绿色的光;而卧室里一定有一张舒适的大床,床箱要存得下许多经年的物事。不管卧室还是阳台,望出去都是满眼园林,林荫路的早晨或者傍晚,会有很多推童车行走的男人,大肚子散步的女人……

这天是周末,难得好闲心,王倩想找个借口把心里的事情倒出来,于是看着镜中的自己说:"我快成黄脸婆啦!"

"黄脸婆?"方永端详几眼说,"黄脸婆怎么啦?"

"你根本不愿意知道我这句话的重点。"王倩坐上沙发,绕起一缕头发说,"黄脸婆就不美啦!你们男人,不是个个都希望自己的女人永远如花似玉吗?"

方永嘿嘿地笑着。

"你想我成黄脸婆吗?"王倩眼巴巴地说,"咱俩好不容易才走到一起呢,差不多八年抗战吧?"

"说重点。"

"别打岔!"王倩打掉他抓烟的手说,"以后你要戒掉。重点是什么来着?"忽又气呼呼地说,"在公司你说话也这么臭吗?又冷又硬很伤人的。"

"请您说主要内容。"

"能不能加个好听的称呼,让人一听就觉得你有修养,就很想帮你办成事。"

"美女。"

"你是不是每天都这样称呼女同事?"方永抹把脸不说话了,王倩随手抓起台历扔过去说,"你快点儿换个称呼让我高兴起来,否则你别想着吃饭啦!"

"老婆。"

"这还差不多。"王倩捏住他的嘴说,"我刚才想说,咱俩会不会把日子过乱套,柴米油盐是非多呀!"

"这个简单,你不想做饭我做。"

"要是天天都不想做呢?"

"贤妻良母不耍赖。"

"你在骂我。"王倩忽地又抓来日历,自顾自地念叨着,"哎呀,怎么还没来?我刚想说什么来着?"撇下日历呆呆地想了半晌说,"原本我想说的是,找个时间看看房子。"

"房子要买,但肯定不是今年。"方永撇了撇嘴。

"为什么现在不买?同事都说明年还要涨呢!因为奸商知道你必须得买房子,因为奸商一直在吹美满的人生需要一所好房子!"

提到房子方永不再淡定,买房、装修和置办家具、家电,二十万怕是不够。他坐不住了，嘟囔说："我发现，任何数字，不管个位数还是十位数，只要和'万'字沾边都叫人头疼。"

"那是因为咱挣到钱的钱只沾'千'的边，差着数量级呢！"

"一个数量级是十，要是十年以后再买……"

"老校长说，你寻思钱能攒下，可到头一样，房价也翻番呢！"

"明后年呢？过两三年，咱俩攒够首付再说？"

"明后年，两三年，我都不知道你说的是哪一年。"

"二〇〇六或者二〇〇七。"

"然后呢？"

"结婚。"

"然后呢？"

"生子。"

"哼！"王倩骑到他身上说，"八年抗战打完了还想要老娘再打三年解放战争，你当老娘真愿意跟你推完那三座大山呀！"

方永抓住她的手说："你撒泼的本事哪学的？"

"女人天生就会。"王倩不依不饶地说，"什么时候结婚？"

"明年。"方永觉得明年差不多能够稳定下来。

"什么时候买房！"

"钱……"

"爸爸说我买房他付首付，妈妈说就让他出。"

"你怎么说？"方永叹了口气。

"你不高兴呀，娶媳妇送房子！"王倩小心地分辨着他的脸色。

"媳妇我要，但房子……是一家之长的责任。"

"咱俩慢慢挣吧，将来还爸爸或者孝顺妈妈都行呢。"

"人这辈子到底需要多少钱呢？"在方永的脑海里，一个个生活的关键词被穿成了叮当作响的钱串子。

"不知道呢！有了房子就不会有需要很多钱去办的事情了。"

"一个房子，得让多少人家破产？"

"破产？"王倩听得恐怖。

"买房，没钱得贷款。没钱是无产阶级，贷款就是破无产阶级的产，无产阶级下面是什么？"

"破产阶级。"王倩笑着说，"谁叫你想要呢，谁叫你想要好的呢，谁叫房子是生活的必需品呢！"

"不谈这个啦！"方永抓来烟说，"看来今天我得主厨啦！"

"哎呀，咱俩唠叨这么多你才明白今天不能吃现成呀！"王倩得胜般地在沙发上手舞足蹈起来。

就在方永打算好好表现时安友会打来了电话，她说："装个电话是有用处。"

"娘，家里好吧？"

"我跟你爹都好。"随之传来方载亲的声音，"少说几句，电话费挺贵。"

"怎么了，娘？"

"没事，就想和你打，学习……上班累不？"

"不累。"

方载亲接过电话说："永儿，家里都好，你缺钱不？"

"不缺，你们也别太累。"

"我们老百姓，整天那一套呗！"我们曾经的"大学生他爹"嘻嘻哈哈地笑着，竟然毫不顾忌电话费，笑了半天才说，"我跟你娘还得给你攒，你不得买房结婚？"

"我慢慢挣，眼下不买。"听到这里王倩做个鬼脸走了。

"哈哈。"方载亲笑过之后口风就紧了，"听说省城的房子比冀中的还贵……"安友会插话说："那东西肯定贵，你盖房花多少不知道？何况还是大城市。"

"你娘对，城市不是那么好生活的。不是老百姓没有地，不上班没有饭。"方载亲又问起工作，方永简单地说过后安友会又插话说："不管是国家还是私人，都得好好干，老辈子给地主家干活儿也不能跳套，一门心思地挣窝窝头，你姥姥……"

方载亲打断了她："你姨姥姥也在省城，有大事再麻烦人家。行了，放心我跟你娘。"说罢挂掉了电话。

我们的小伙子不知道电话的背后方载亲和安友会还有怎样的对白，丢下手机他心情沉重，正陷入思索时王倩捂着肚子跑过来说："吓死我啦！"

"怎么啦？"

"我以为……"

"你以为什么呀？"

王倩觑他一眼说："刚才我没有说，可是我想好了！"

"你想好什么啦？"

"要是真有了……"

"有什么呀？"

王倩端起他的脸，咬牙切齿地说："要是有了我就生！"

第一百三十章

作为新员工，方永在努力地熟悉本职工作，学习既往案例的同时偶尔也要参与项目讨论会，但他还没有获得上手的机会。虽然王倩每天都在下班的路上等着他，但这样一成不变的日子过久了多少也显得单调乏味。就这样，天气漫不经心地经过了秋天。

整个秋天省城里没有一丝秋收的气息，方永有些想念田禾庄时，在一个深夜被急促的电话吵醒了。黄总紧急布置工作,要他对接工程部主管小孙。小孙给他发来的电子邮件正文极其简单:两日内提交完整的策划案,并百分百保证客户认可。随附的两则附件,一是被客户否决的《第六届地产精英年度颁奖盛典策划案》,二是客户的八字要求:盛况空前,轰动一时。

就在他一头雾水时小孙又打来电话解释:项目是黄总在高尔夫球场上争取到的一宗大业务的前期,是明年"春季房展会"的前奏,也是地产商会"春雷年度营销行动"的先声。就公司而言,目前房展会设计和营销专案已获首肯,只是盛典策划案几经回炉。急于囫囵吞下的黄总决定动用储备智囊,以期别开生面。

听罢前因后果方永不得要领,天刚亮接罢电话便撇下了王倩。到公司楼下他碰到了创意部的美术指导燕子,电梯口又碰到了小孙,显然大家都是被紧急召唤来的。

财富大厦十八层,大地广告总部。

从宽敞明亮的办公室望出去,半个云遮雾罩的城市尽收眼底。飘窗前的黄总正夹着烟遥望雾蒙蒙的半壁城市。他狠嘬一口,腮帮子鼓起来又陷下去,不一会儿两股青烟从鼻孔里奔腾而出,像是在打冲锋,像是要冲到外面去,像是要把外面的一团迷雾冲个落花流水再冲个水到渠成。烟抽完,瞥眼飘窗上无可收拾的烟灰他叫道:"老马、老马!"

这时方永和小孙来了,黄总冷冷地盯着方永说:"昨天晚上论天,现在开始一万年太久只争朝夕,论小时论秒!明天下班前我一定要见到百分百的策划案!我不是施压,只是想检验一下你……你们的能力,参与的人多也未必见效益……效率。小方呀,简历里的诗歌我一看就欢喜,真是出自天才的广告诗人之手呀!"

方永心里沉甸甸的,他知道这节骨上他的工作关系重大。

老马来了,这位不善言谈的司机一进来就被黄总拽住问话:"那边怎么样?"老马慢吞吞地说在讲笑话,黄总满脸狐疑地问,"他们笑了吗?他们都笑了吗?"

"刚开始女的笑,后来全笑。"

"他们一直在笑?"

"一阵一阵的。"

"他们……没谈别的?"

"还猜谜。"

"猜谜的时候,是轻松愉快,还是紧张沉闷?"老马不说话,黄总指着他的脑门说,"老马呀老马,你开车没得说,可你开车不就是为了把我送上那四平八稳的马克思主义道路呀!你什么时候开窍我就什么时候加薪!先告诉我,猜的什么谜?"

"我不说。"

"你倒是给我说呀!"

"跟公司无关,我老头子说不出口。"

黄总气呼呼地说:"再探!"

老马走后燕子明知故问:"什么人呀,瞧把黄总您紧张的。"

黄总摸出烟,点上,烟盒丢给方永和小孙说:"燕子呀,你跟小方无论如何要把策划案搞定,小孙马上介入,你们是我最后的防线了!还是那话,百分百。"

燕子坐上办公桌气哼哼地说:"给奸商卖命,怎么也得讹栋楼吧?少说也得送十平,我可不小了哦!"

黄总连连摆手说:"会议室里供着的是催命鬼,也是活财神!盛典晚会的承办,市电视台《假日综艺大放送》的牛制片;联办,省苦菜花艺术团的马副团长;主办,市地产商会的朱理事长。真是雅尔塔三巨头呀!咱,得罪得起哪一个?咱,凭什么争取更大的业务?"他扫过三人又满怀期待地说,"你们一来我有了底气,现在万事俱备只欠东风!好啦好啦,去见见那帮子瘟神!"

黄总的朗声大笑击退了会议室里的所有笑声。

他刚进来,马团长、朱理事就挂起了脸,牛制片则急切地说:"黄老总,您不买马团长的米,我巧妇难为无米之炊呀!"

马团长紧跟着说:"黄老总,您不让牛制片埋锅造饭,我凭什么烽火戏诸侯博朱理事一笑?"

朱理事正正经经地说:"老黄,你的策划案不出台,元旦档期的盛典晚会不敢定,何谈排练?节目没法排练就不敢搬上荧屏,不敢搬上荧屏黄制片一个女流之辈还不得给你急哭喽?她急哭了倒没什么,大不了一张面巾纸裹两行辛酸泪,可是我怎么向地产界的精英巨子交代?归根结底,出赞助的,是他们哟!"

牛制片又说:"黄老总,我们制片方给您打工,现场直播出不得事故!广告都播了,全市人民翘首以待大联欢,扫不得也扫不起人民群众的兴!"

马团长又说:"黄老总,咱共事多年从没红过脸,这次可得丑话说在前。时间不够,让我外请演员新编剧目万万做不到!我把全团拿手的不拿手的全抬了来,肉,您只能从锅里捞了!"

朱理事又说:"老黄,现在我连临阵换将的想法都不敢有,这里里外外的压力你可得给我撑起一面!不过话说回来,你的操盘计划我们很满意,功亏一篑……实在可惜。"

牛制片抢道:"无论如何您得点马团的菜了!"

马团长说:"就是就是,我就是这个意思。"

黄总安安静静地听他们倒光苦水,再看他们也没有别的话了,于是慷慨激昂又苦口婆心地说:"我黄某人向来说一不二,讲求的是言出必行说到做到。做生意什么最可贵?诚信。扪心自问,诚信这东西在我黄某人肚腩以上、肩膀以下,这叫个诚竹在胸。做生意跟做人一样,我黄某人做人的原则是绝不亏待朋友,朋友的肋骨永远插不上我黄某人的两面三刀!我这么做为的是什么?为的就是遍交天下的英雄豪杰能人志士,有空喝喝茶,没事打打球,闲来南山赏菊忙去东海摸虾。这叫个此间乐、不言商。诸位,请看我黄某人的手下,哪一个不是能征善战的勇士,哪一个不是一表人才的贤良?请把心放宽,宽宽地放,那些细枝末节的烂事,扎一捆丢给他们!明日傍晚,一准儿燃起熊熊篝火直燎荒原!相信我吧,没有错。我黄某人纵有天大的胆子也不敢打诸位的马虎眼,也不敢开全市几百万人民的玩笑。老马!茶,续茶,续香茶!呃,别忘了我那苦丁,我要把朋友的苦咽下去,浇在心坎儿上,浇开那灿烂的、永不凋谢的革命之花!"

牛制片听罢也顾不得淑女形象,哈哈大笑道:"老黄!你这张嘴吃进去的是五谷杂粮,吐出来的可全是金科玉律哟!"

马团长也一扫阴霾喜兴地说:"老黄啊老黄,我信了你九十九回,就差这回才圆满!"

朱理事反倒严肃地问:"黄总,当真?"

"当真。"

"果然?"

"果然。"

朱理事这才大笑道:"老黄啊老黄,我看你这人是真的有意义!"

黄总趁势说:"背地里你们老笑话我。来,当面锣对面鼓,有冤的申冤有仇的报仇,谁叫我现在是那待宰的羔羊!"

朱理事说:"说实在的,我对你还是有九成九的把握的!刚才不是笑话你,是在猜谜。"

黄总说："揭底了吗？"

马团长说："牛制片说的，我跟老朱猜不到哟！"

黄总说："正好让我这仨不成材的弟兄小试牛刀，这是策划部副主管小方、创意部副主管燕子、工程部主管小孙。"

方永、燕子和小孙谦卑地向众人致意。

牛制片扫过三人说："果然是长江后浪逐前浪一代新人替怨妇，日后怕是真得应黄总的谶，闲来南山赏菊花忙去东海摸鱼虾喽！"

黄总连忙招呼说："我们风华正茂的小牛同志！我们铁肩担道义的牛大制片！摆出你的谜面来！"

牛制片咯咯一笑道："不想生孩子的美女，打一四字成语。"

马团长碰碰朱理事说："还没想出来？"

朱理事白他一眼说："您这文艺大家不也是没想出来嘛！"

牛制片笑吟吟地看向黄总，黄总扭头看看最有可能先答上来的燕子，燕子却望着牛制片颤颤巍巍地说："黄总可别难为我哟！"

小孙懒得动心思，催方永："广告诗人，答呀！"

"绝代佳人？"方永底气不足。

短暂的冷场过后是哄堂大笑，牛制片头一个夸赞道："靓仔，黄Sir靠你冇错啦！"

第一百三十一章

自从和方永过起同居生活后王倩很少再整理自己的心思，早上方永急匆匆地走后她猫在温暖的被窝里掰起了指头，只觉得许久以来反复的担心这一次可能是真的。

我们的倩倩扯起被头蒙住脸面，在一份安宁里仿佛感受到肚子里有一颗弱小的心脏在跳动，她不得不整理起自己的心思。她想呀，这辈子自己的手上还剩余三件事情要办，一是孩子，二是婚姻，三是房子。房子呢，了不起从爸爸那里拿来首付款打一打臭小子男子汉的脸；婚姻呢，有了房子臭小子不会让我等成黄脸婆的；可是孩子，来得好像真不是时候呢，怎么办呀？

就在她不知所措时方永又回来了，进屋就坐到沙发上发起了呆。她下床过来，见他一脸阴郁，连自己为什么没有去学校都不问。她知道他遇到了天大的事情，要想在私营公司立足得靠真本事，而今正是检验他成色的时候。如此关键的时刻最好别去烦扰他，但是自己遭遇的事情也是天大的事情……

上午领受任务后方永在办公室憋了一会儿，小孙去忙工程后燕子也走了，他出来找灵感竟然身不由己地回到了家里。安稳地坐下后他告诫自己一定要解决难题并且交上满意的打卷，可是看到若有所思的王倩他的心思更加凌乱了，突然间害怕自己无法胜任工作，更无法承担家庭的重任。

两个人安静地发着呆，好一会儿方永才说："倩倩，你病了？"

"嗯。"

"哪里不舒服？"

"肚子。"

"要不要去看医生？"

"不要。"

方永抱起她放上膝盖，抚摸着她的肚子说："你是不是……"

"是。"王倩果断地断下了他的话。

"怎么办呢？"

"我正想问你呢。"

方永的手倏地从肚皮上撤离了，他抓挠着头皮起了回想。他想起了崖右那条沙土路，想起了第一次离开田禾庄，想起了第一次和王倩心手相牵。他知道心爱的人儿现在揣着的不只是个孩子,更可能是个美好的家,但他还没有足够的能力去承担。如果允许和工作比较并且可以做出选择,他觉得最先承担的应该是工作。

王倩觉得自己弄懂了方永的心思,觉得自己知道了他要对肚子里的孩子做什么,她很伤感。又过了好一会儿,见方永还不开口,她便叹口气说:"我们玩个游戏吧。"

"什么游戏。"方永在压抑乱糟糟的心思。

"答非所问。"王倩抱起多多说,"我问你他叫什么?"

"多多。"方永很是纳闷儿。

"不对。你随便说几个相关的名字,但必须是事实。事实,你懂吗?蠢货!你可以说他叫方永,也可以说她叫倩倩,还可以说它是小熊或者孩子,但就是不能说它的真名!"

"哦。"方永似懂非懂地点了点头。

"我再说一遍,'答非所问',但'答'的必须是事实必须是真心话,却又不能对'题'。"

"请提问,王老师。"方永确信自己弄懂了规则。

王倩指指肚子又把小熊塞到他怀里认真地说:"要是……就不要了吗?"

"要。"方永连忙改口说,"不要。"

"你笨死了!你可以随便说什么,比如说你爱不爱我!"情急之下王倩踹他一脚说,"'要'还是'不要'不都是对题嘛!"

方永拍拍呆头呆脑的小熊又拍拍自己的脑袋才算开窍。

"你当正反话了?"

方永点了点头。

"那……还是不想要了。"

"我不是说'要'了吗?"

"反过来不就是不想要吗？"

"我改'不要'啦！"

"下一题！"王倩被气得寻思了半天才说，"如果我们可以买一套房子，是不是该着结婚啦！"

方永闭眼思量说："得有个孩子。"

"回答正确。"王倩亲他一口又说，"如果我们有了自己的家，你会不会主动去洗尿布？"

"要是策划案做不好，我得认真地反思，或许准备考研。"

"要撇下我们？"

"不……"方永发觉又被绕了进去，正想改口时王倩掳走小熊对它说，"我知道爸爸暂时不想要你也要不起你，等他好点儿再说吧。"随即喃喃地说，"咱娘儿俩以后有苦日子喽！"

"倩倩，我不想孩子有个糟糕的爸爸。"方永垂下了头。

"可是我不明白你为什么不赶紧娶了我呢！"

方永无言以对。

"那你就可以不要孩子不要我吗？"

方永大气都不敢喘了。

"要是打掉这个孩子，以后再有了怎么办？"方永像个犯错的学生一样在倾听，"我知道买房你有压力，可是我想你多想一想我们的以后，以后得有个家呀！工作啦，要在这里扎根呢！"

"我们当然得在这里扎根。"

"我们买房子吧？"

"我不想借那么多钱。"

"以后还爸爸。"

"倩倩……"

这一刻，从方永木讷的神色里我们看到了疲惫与无奈。是的，从田禾庄一路走来,他不曾停歇,每一步都在努力地准备人生的阶梯,时至今日已是力不从心。王倩不再逼仄他,她知道此刻的他已然丧失话语权,他根本就无法表达自己,他也懒得为自己辩解,所以她只好尝试着去理解他,或者改变自己来适应他……

当天下午方永和小孙回到公司,不一会儿燕子急不可待地来要方案。方永没有理她,看看表对小孙说:"喝酒去?"

"黄总肯定堵着门呢。"小孙一脸的苦笑。

燕子探头探脑地瞅了几眼说:"方永你赶紧写,我受不了这份活罪,像是欠着……不,像是霸占了人家的两室一厅!"

方永点根烟不紧不慢地分析说:"这个百分百的策划案百分百要在明晚之前拿出来,否则……"

"你和燕子会很丢人。"小孙有些幸灾乐祸。

"你以为你跑得了!"燕子急了。

"我是工程部的。"小孙笑出了声。

燕子啧啧地说:"一根绳上的蚂蚱也有掉队的呀!"

小孙嘿嘿地笑完才说:"我的大媒人,到时有你的软饭吃。"

燕子气哼哼地说:"你也得降薪,请你的保姆去吧!"

方永说:"既然承受不起后果就得百分百搞定它,孤注一掷、齐心协力、必须胜利,这就是我们的大无畏方针。"

"穷小子别给我讲大道理!你要是现在拿出歪点子来我替你写,你指导我行不行?"燕子撇了撇嘴。

"你不明白我的意思。"方永摇了摇头。

"这他妈跟奉子成婚一个道理,下了种发了芽只得下地劳动。"小孙憨惭惭地说,"小方说的意思是,黄总有个私生子,要咱抱养,咱就得当亲爹亲娘。小方没说的意思是唯心的但也是客观的,就是明天的太阳落山之前黄总的办公桌上一定得有也一定会有一套百分百的策划案,那就是咱弄的。小方现在的意思是我们得去找酒喝,因为明天的太阳还没落山,因为后天的太阳必须出山。"

"瞧你那死德行,话非得往恶心里说吗?"燕子扑哧笑了。

小孙说过一通心里舒坦多了,便拽起方永说:"我们反正是要喝酒,天塌下来只要你扔了高跟鞋先死的就不是你。"

临走方永叮嘱燕子说:"你要守口如瓶。"

"黄总要问呢?"燕子心中忐忑。

"你就说有眉目了,再问让他找我,我兜着我揽着。"

"不行,我要报答你!"燕子的眼洼里忽然满是感动。

方永和小孙刚走出去秘书就打了报告,黄总立马出来唤道:"怎么样啦?"

燕子截了话,笑吟吟地说:"有眉目了。"

"好好好,写呀!"

"在构思。"

"好好好,不催不催,百分百、百分百。"

"知道知道,百分百、百分百。"

"快下班了?你们另找地方写呀,也好也好。"

从财富大厦出来燕子脚下的声响很不匀称,她在门口拦住方永说:"你要是骗我,我恨你一辈子,恨到你死还恨死你。"

方永怔了一下,绕开她,就走了。

第一百三十二章

和小孙喝到晚上九点方永仍旧没有成形的思路,连像样的主题都没有,他吃不下也喝不下了,觉得胃里住着个小人正把吃喝往外顶。

闭上眼他认出了那个小人,是王倩,她歇斯底里地说:"蠢货,你在吃我们的孩子呀!"他想回句嘴,便摸来了手机。

小孙知道他要打给家里人,忙摁住他的手说:"她这会儿正叨你的痒痒肉,你听哥的,等这阵子过去,她心软了再说道!"

"倩倩只想结婚,别的什么都不想要。"话兀自出口方永诧异了,他不知道自己为什么要说出这样的话。

小孙怔了一下,灌口酒把玩着杯子说:"女人,都是这种女人。想当年,哥心头一软股市割肉工资上交,买房结婚带生娃一天里搞定,下来的日子真是草驴打滚不翻身。唉,女人这东西,牲口,你得驯服她。要不,你牲口,她驯服你!一旦结了婚两口子总得有一个牲口。"点根烟又说,"哥给你讲个故事,跟你嫂子的故事。哥好酒,刚结婚你嫂子倒的酒几度就是几度,可是没几天哥觉着不是味,以为你嫂子心疼钱买散酒。再往后日子摊开酒又走了样,水了吧唧的,哥只得长心。偷看一回才知道,你嫂子没一天不往酒里兑水的,水一点儿一点儿地往里兑,酒一天一天地往外倒。"

"嫂子想让你戒酒?"

"你嫂子从没让戒的意思。"小孙酒红的脸上满是笑。

"干吗兑水?"

"你嫂子知道哥的脾气,五大三粗的能他妈有什么好脾气?急起来凡是道理都可以不讲的。在你嫂子看来,哥就是一瓶子不满半瓶子晃荡的烈酒,她兑水只为把酒冲淡把瓶子装满。"忽地抬起头神神秘秘地说,"婚姻如酒水,酒瓶如生活。酒,就是他妈男人,水,就是他妈女人,酒瓶里装着的就是他妈人生。"

方永嚼了嚼硬糙糙的话问道:"孩子呢?"

"孩子?就他妈是起子!"小孙冷笑过后讶异地说,"你……走了哥的老路?"

方永灌下一杯酒,觉得味道有点儿涩。

小孙一手摸着胡楂一手转着酒杯分外正经地说:"你们都是外地人,不比我们。先不要孩子吧,早点儿把婚事办了是正道。哥不是催你结婚,结婚是大工程,什么时候结是技术活儿。不过哥可以告诉你什么时候不结,就是女人想结的时候不结。但是这话又不能反过来,要不牲口一尥蹶子跑啦,那就野啦,就不好撵啦!"

眼见着时间往十一点走了,方永有些操心王倩,便拨通了电话,发觉铃声不对,摁掉重拨还是那不对的铃声,低头再看确是王倩的号码,当下听着电话里的彩铃绷紧了神经。忽然,他发觉这彩铃正是他想要的炫目的灵感,但头脑里像是罩着一层迷雾愣是想不通透,这个时候电话里传来王倩冰冷的话,他张嘴呵道:"别接!"挂断再拨过去,听着彩铃起了紧锣密鼓的寻思——

> 愿生命化作那朵莲花,
> 功名利禄全抛下,
> 让百世传说神的逍遥,
> 我辈只需独占世间潇洒
> ……

电话再次接通,没等王倩开口方永一拍桌子叫道:"倩倩,没事!"转对小孙吼道,"孙哥!有了!咱有了!"

"有……什么了?"小孙一头雾水。

"灵感!百分百!"

听到灵感二字小孙的酒一下子醒了大半,他死劲地咽口唾沫说:"灵感……那牲口靠不住,你告诉哥,哥替你记着……"

"封——神——榜!"方永一脸的兴奋。

"封……神……榜？"小孙嚼嚼之后点头称是，"要的就是这牲口！"见电话通着，一把抓过来说，"倩倩！好丫头！哥替……方永爱死你！你帮了大忙，回头算……账。"转眼又拨通燕子，嚼着舌根说，"燕子……乖乖，方永想出来啦！把门……开开，财富……斜对面灵感正上方！"

披头散发的燕子飞来了，先对醉不隆咚的小孙说："喝，往死里喝，噎死你！"

小孙说："燕子乖乖洗了鸳……鸯浴！真他妈牲……口香！"

燕子啐他一口，问方永："什么歪点子？"

小孙凑过来，嘴巴歪歪扭扭地奔了耳根，燕子躲开，他又凑过来说："封……"燕子拿餐巾纸堵住了他的嘴巴，转对方永恶狠狠地说，"封！你说，方永！"

方永小心地说："封、神、榜。"

燕子忙不迭地自我推敲说："封神榜？'第六届地产精英年度颁奖盛典'主题创意……封神榜！"旋即拍手称快，"你真是天才，比他们想得点子歪多啦！"

是夜，策划撰稿进展顺利，在策划案重点的"主题释意"部分，三人对"封神榜"作了如下定义——

> 封：古代帝王把土地或爵位授予亲、功，引申为颁奖。
> 神：特别高超且非凡的创造者或统治者，指代地产精英。
> 榜：张贴出来的公告或名单，引申为仪式、盛典。

方永大讲古为今用之道，特夸时不我待之势，将参与单位和个人统统"封神"后又以大篇幅盛赞这场晚会必将被打造成最具现代感又不失古典美，最时尚华丽又中庸和谐的盛典。燕子在一旁看着笑着，时不时指点哪里该动用怎样的舞台元素，方永笔锋蹁跹，连醉不隆咚的小孙都叹为观止。

方案主体告一段落已是凌晨三点，稍事休整三人又准备起"晚会流程"。这部分工作里的奖项设置多半来自作废的策划案，而节目则选取了"苦菜花"的"舞台精品"，耗费功力之处不多。

凌晨五点燕子接替方永梳理出方案，装订成册后对小孙说："为奸商服务，全心全意地服务，小孙，你他妈真孙子！"

黄总早早地来到会议室，他没有叫醒手下，看罢方案独自思谋良久才约来牛制片、马团长和朱理事，不承想这三人到场后一言不发，他紧张地踱着步，难以耐受时才叫他们吭个声。

牛制片说："就好。"

马团长"嗯"了一声。

朱理事没有反应。

黄总来到朱理事身旁，指着策划案说："多么天才的创意，多么伟大的策划！老朱，你们不能再有意见喽！"随后眼巴巴地瞅着马团长和牛制片，希望他们带头表个态。

马团长看过节目安排后最先表态说："可以。"

牛制片看过舞美后也表态说："可以。"

黄总这就催朱理事，朱理事依旧看得一丝不苟。黄总见他正揣摩"奖项设置"，便说："我说老朱，这些细枝末节可以再推敲，我问你，就整体和全局而言，你不能有意见吧？"

朱理事清清嗓子郑重其事地说："奖项设置略显分量不够，与到场嘉宾身份不符。我建议……个人奖项里再加一个'终身成就奖'，不……弄一双……还是全体？"

黄总拿支烟，和马团长对着火说："你定，费墨的事。"

牛制片则建议说:"'终身成就奖'还是一个好,谁赞助的最多就是谁,其他的一碗水端平,都满满的。"

朱理事看看马团长,马团长信誓旦旦地说:"你看我做什么?文艺圈里下双黄蛋的事年年有!"

朱理事这才一锤定音:"尊重诸位的高见,咱来个三黄蛋!"

第一百三十三章

大秋后田禾庄下了一场雨,雨水不大不小地糊了三天三夜。

瞅着滴滴答答的秋雨,方载亲总要思索方永立足省城的事。安友会东房北屋里踩出一溜泥泞,摆好碗筷后问他脑子里趔摸什么,他只道,今年雨水足。安友会说,雨水足好,落地发生。

一阵狗叫后方爱过来说:"叫黑子看家,喂它加菜汤。"

也不知道王建国使了什么本事,陈家豪搬走后他一夜间盖起了希望小学。小学校迁建到大队后一层是低幼班和大队部,二层是中高班和办公室。这方便了方爱,上下学和课间都能回娘家。

安友会问方载亲:"吃不吃?"方载亲摇头,她把白粥倒回锅,浇上菜汤搅着说,"早盼着念大学,二十四年才把大学从田禾庄拱出来。剩余的事情,你没有能力就听天由命。"

"爹,你别瞎操心。"方爱听出了话。

"起码永儿有一点儿不操心,要是在外头结婚,说不上熨帖,可也没什么不熨帖。"方载亲的眼前浮现出了田学富,他正一张一张地数一摞一摞的彩礼钱。

安友会端起食盆说:"你早该这么想。"

"娘,该见见人,王倩。"

安友会笑眯眯地说:"面善,兴许有点儿小姐脾气。"

"娘，我待见有脾气的，丫头长大一点儿脾气也没有真不行！"方爱吃好饭临出门又说，"叫我兄弟领回来，别催他。"

第二天雨过天晴，方载亲孤零零地站在当院。院里空气清新，当年拴老红的地方如今拴着黑子。黑子朝他摇尾巴，黑溜溜的眼睛翻来翻去的，他竟然看了好一会儿才拉下脸说："狗！"

安友会端来食盆笑盈盈地说："爷儿俩亲，黑脸对狗脸。"

黑子吭哧吭哧地吃掉菜沫油腥竖起了耳朵，忽地扯着铁链咬来了沉重的汽车声，也唤来了方爱的训斥："狗！"

方载亲来到磨房观望官街，见一辆方载德开过的解放大卡正在倒车，车上满满当当的全是黑煤。

方爱捋了捋黑子的铁链说："爹，卖煤的想把煤卸在咱家小场。不白叫他卸，说是好煤，讲讲价买一堆。"

"你买你的。"方载亲合闸开工，钢磨嗡嗡地响起来。

方爱进屋，加件衣裳问安友会怎么还没有做好饭，安友会说："你爹大秋累，得叫他多睡几天懒觉。"

方爱加把火，暖和过来说："今年早点儿生煤火。"

"你赶紧吃饭上课。"安友会切块咸菜说，"买煤得花钱，提钱你爹吃不下饭，天生跟钱不对眼。"

"我孝顺你们。"

"谁的钱不是钱，都来得不易又去得痛快。那……我给你看孩子，你丫头脾气大我看不了，可你又不给人家好管教。"

"一会儿臭丫头来你看半天，今儿洪城集，二丫……"

"别二丫、二丫地叫，是你老婆婆，哄着点儿！"安友会的数落刚开场方爱就跑了，她追出去正撞见王二丫，心想她肯定听见了，忙躁，"你看我这管教强不，亲家母。"王二丫笑眯眯地把安子怡递给她，她抱上炕头做个窝又说，"当姥姥的连孩子都哄不住，还叫她娘哄老婆婆。"

"老婆婆不跳套。"王二丫放下奶瓶急匆匆地走了。黑子看她一眼，舌头扫过一排獠牙又趴在地上，但耳朵仍然警觉地转来转去，它还在努力地收集着这个新家里所有生动的气息。

推完积活儿方载亲去小场臊晾晾，黑不溜秋的煤贩子也给他发了烟。秋衣外套着件红背心的安大傻子接一把哗啦啦下流的煤，掂量掂量说："你这煤不是好煤。"煤贩子点着烟笑盈盈的，他扔下煤对个火又说，"好煤不这样。"

"好煤什么样。"煤贩子还是笑盈盈的。

"好煤没你这么黑。"

"我是黑了点儿，洗洗也白。"

"好煤洗不白。"

"那你说好煤到底是黑还是白。"

"烧才知道。好煤见火就着，火苗子发蓝真他娘吃铁。烧完炉渣没有姜疙瘩石，全是柴火灰。"

"都想花最少的钱买最多最好的煤。我拉车那个煤，你们买不起我更卖不了。"

安大傻子啐口唾沫搬来块石头，再搬块煤抡膀子砸下去，探身捡块碎煤指着黄色的硫质说："你这块是煤的煤也不是好煤，是硫煤是烟煤。"随手一扔说，"烧你这煤娘儿们不愿意伺候汉子。呛，她不做饭，就算做一顿也得数落你一整天，她不愿意吃亏。"

煤贩子笑呵呵地又给来人发烟，田学富接下烟揣进口袋说："他是打铁的，懂煤，你说不过他，你更打不过他。"

煤贩子转对安大傻子说："改天我专熹拉车柴煤，你就买娘儿们个好伺候。"

"她伺不伺候我是她的事，只要不用我伺候她。我饿一天喝碗凉水也长膘,娘儿们不行,响火撒泼饿一顿,别搭理她,后晌就乖乖地往灶膛里跑。她做一碗你抢她半碗,抢一回她就知道得做两碗,白粥吧哪个吧,就块子咸菜你一吃就来劲。"

人越来越多,大家七嘴八舌地讨论煤的品质,有几个开始问价,但问一句又臊起了瞭瞭。煤贩子嘿嘿一笑,单对安大傻子说:"就你不问我,你要问,我就全递他们说。"

"你早揣下水里了,我还掏什么花花肠子。"

"你替我出个价。"

"二百。"

煤贩子把安大傻子的手领进袖口诚恳地说:"去年这个数,今年一大批小煤窑关停并转,过几天你再抗冻也得现买煤。"

"我看你凭什么这么硬气。"安大傻子突然抓住煤贩子的裤裆,煤贩子一咬牙愣是扛住了,倒是旁边几个捂裤裆的哎哟了几声,他冷笑一声撒手说,"你这个跟我这个亲兄弟似的,不该掺假。"

煤贩子提提裤腰说:"要不是天忒冷,真想跟你比比。"

安大傻子正经地说:"你那价刨除石头跟雨水,得让三分。"

"外村我卖三百九。田禾庄有硬气人,三百五就这煤。"煤卸了一多半,煤贩子对帮工说,"别卸了,过两天还来,卖四百五。"

"原车装走,不烧你这!"有人气不过。

眼见着要起纷争,煤贩子忙给自己圆场:"我这行当本就是逢年过节送温暖。"转问安大傻子,"你们村的干部哩?"

田学富说:"你问对人了!他是台湾庄头号财主田禾庄首富,大舅子是支书,老婆是主任,你占的这地方还是他亲家的哩!"

"出门遇贵人。"煤贩子礼貌性地摸一把安大傻子的裤裆又指挥帮工说,"卸。"转对众人实诚地说,"我不怕得罪人。今年煤特别紧张,供火葬场也是四百一吨,既然来了田禾庄,咱不妨当一回乡亲，三百四！"看眼安大傻子说，"先吆喝吆喝吧。"

"拜这个，真神！"有人望见了王建国。

煤贩子凑过去，王建国看眼腕表说："等孩子们下课。"

不一会儿学校下课钟响后田禾庄上空传来了吆喝，身在官街口的人耳朵里别有一番滋味——

"这个……呃，冬天来了、冬天来了……天气冷了、天气冷了……鹅鹅鹅……呃，卖煤的来了、卖煤的来了……曲项向天歌……三百四一吨、三百四一吨……白毛浮绿水……大队门口、大队门口……呃，要买趁早先、趁早先……红掌拨清波……呃，村委会换届，不管你有没有选我，我都得提醒几句……鹅鹅鹅……这个苗洼台挖煤泥土别砸着人，千万得注意……曲项向天歌……呃，冬天生火别怕费煤，别中煤气，别失火……白毛浮绿水……这个，三百四、三百四……大队门口、大队门口……红掌拨清波……煤好不好，该不该买又该买多少当家的拿主意！"

新近村委会换届王建国再一次当选，老搭档刘大民罹患风湿性关节炎，但还是拄着拐棍硬是投了他一票。少了老搭档他当得不熨帖，甚至想下台，但还没有提出来，因为没有合适的接班人。是的，这些年田禾庄党支部名下的三十几个党员已是爷爷辈，爷爷党员即便来大队也是接送孙子。煤贩子走后，他叫来荣升副校长的陈老师说："天冷了，课间孩子们叫唤的不响。"

"孩子们少了。"

"少了？"

"以前一年级开仨班。"

"哦？"

"高峰时在校生三百六十五名，现在两百零四。"

"咱村毛入学率不是百分百？"

"是百分百。"

"哦,计划生育。"王建国不再吭声,陈老师走时他才说,"今年学校不买蜂窝煤,大队买零煤,多烧两天。星期天叫半大小子打蜂窝煤,自力更生吧。"

果然,中午放学后高年级的学生排出了一字长蛇阵,传送带般把煤运进了大队,之后方爱一口气买下两吨分了两堆,看起来多的一堆被安大傻子推走了,看起来少的一堆也被方载亲倒腾完了。

第一百三十四章

田禾庄没有比葛洪山更高的山,也没有比尧河更大的河,但是今天身在田禾庄既看不到葛洪山的身影也听不到尧河的水流声,一团浓雾阻挡着视线,很难辨识两步开外直立行走的人。

罕见的大雾彻底埋没了田禾庄,这块山间盆地成了人间仙境,被虚无缥缈地放置在模糊的时空境界中,像倒影,像回声,像某个人实现了他虚伪而又霸道的梦。四周沉寂,谁都经受不住沉默的诱惑,开始集体失语,田禾庄就这样与世隔绝了。

是黑子的叫声穿透了隔绝。

黑子是条好狗,它懂人性,始终对看不通透的一切保持着高度的警惕。它知道雾是怎样出现在方家的,也知道没有任何一堵墙能够阻挡这些无孔不入的家伙。雾气不能迷惑它,它安分地匍匐在地,像方家的一双眼睛。终于,它听到了外面熟悉的脚步声,它知道是方爱,所以叫起来。

照例,方爱敲响大门训它:"狗!"

黑子的叫声反倒更加张狂,像是在争夺母狗。院子里没有传来方载亲或者安友会的应答。方爱又使劲地敲打几下,还是没有动静,浓雾里不祥的预感顿时围困了她。她急了,门环被叩得砰砰作响,随着沉闷的节奏不断地呼唤着:"爹,娘——开门!"

没有谁回应她,除了黑子。

家里出事了。

中煤气了。

不知道是谁在言声,方爱扭头瞪一眼便踹响了大门,她希望方载亲和安友会亲身来戳破谎言。可是没有人来开门,家里唯一活动的只是黑子,但它被拴着,它所能做的只是给家人报警。

方爱一下子就哭了。

看着高大的院墙她慌张地跑去了隔壁——安友兰家。是的,安友兰和田胜心卖掉羊群后置换到了方载亲的隔壁,隔着东房、猪圈和安友会做起了姐妹邻居。虽然她家是新房,但没有院墙和大门,田胜心就是为了完整的家垣才去修工的。方爱跌跌撞撞地跑进院就是叫喊:"小姨、小姨!我爹娘中煤气了!"

"你怎么知道?"安友兰急匆匆地奔出来。

方爱扒着墙缝试图翻过去,安友兰忙蹲身把她撑上墙头说:"先开大门,我这就过去!"

方爱一闭眼掉进猪圈,随即冲向北屋,黑子拽着铁链告诉她家里发生了变故,但她听不进去,推门的刹那煤气便摆开了阵势。她现在确信迷雾里言声的人没有撒谎,一愣之后蹿进里屋,见方载亲和安友会整齐地躺在炕上,像是在做美梦,匆忙爬上炕她怯生生地问炕头的方载亲:"爹?"

方载亲没有理她。

她又问安友会:"娘?"

安友会也没有理她。

她像个犯错的孩子,哀求方载亲和安友会收回冷脸,可是依然没有回应。她觉得自己被遗弃了,她不能接受,想再做一次尝试,所以碰碰方载亲的脑袋说:"爹?"方载亲的脑袋死重死重的,再碰安友会,安友会"哼"了一声,她忙抱住安友会的头哭道,"娘你不管我了啊!"安友会再没有说一个字。

大门响了,黑子张狂地告诉方爱有人来了,她跟跟跄跄接来安友兰,安友兰撞进屋里唤道:"大姐!大姐夫!"

安友会和方载亲也没有理她。

方爱惊恐地问:"小姨,怎么办?"

"搬院里去。"

二人一个炕上一个炕下,可她们连安友会都搬不动,方爱急道:"娘!你叫我搬,院里没有煤气!"

安友兰说:"我开窗户你叫人!"

方爱跑上官街碰到一个放冻水的男人,在他的帮助下才把安友会和方载亲搬到院里。看着躺在地上的父母亲她又不知所措了,安友兰抱出两床被子后愤怒地说:"死小爱子!叫民庆!"

方爱找到李民庆家,他不在,转到另一家正看到他给地上的人盖被子——他刚蒙住那个人的头脸满院就起了哭声。

方爱被吓傻了,抠着自己的虎口说:"我爹娘中煤气了。"

这时又有人来找李民庆,李民庆对来人说:"你递我家里说,把氧气瓶送到方大脚家,越快越好!"

"先去我家,我家近!"

"你家是谁?"

"我老婆。"

"症状?"

"哼哼。"

"搬到院里盖好被子,我谁都想救可总有个轻重缓急。"李民庆忙问方爱症状，方爱撞开迷雾说，"都说不了话。"

"眼皮能活动不。"

"睁不开。"

"有呼吸不？"

"我娘……'哼'了一声，就一声。"方爱学了一声。

到方家后李民庆检查的当口方爱问他还有没有救，他给方载亲挂好药水说："有救。"当他把针头再往安友会的命脉里扎时安友兰又问他，他又说，"你大姐夫够呛，你大姐我也不好说。"

方爱当场蒙了，安友兰抱着她问李民庆："送医院吧？"

李民庆看着浓重的雾气说："乡里治不了。"

方爱哽咽着说："往县城送。"

李民庆说："通不通车都难说。"

方爱没了主张，她看安友兰，安友兰急道："打120！"

李民庆掏出手机说："你打120，120也不来。"

方爱说："他们为什么不来？"

李民庆查找着号码说："我直接打县医院的急救电话，你们打他们肯定不来也来不了，雾忒大。"

方爱凄伤地看着李民庆手里的电话，安友兰则不住地催："你快打吧！"李民庆却说："你烧热水，灌个热水袋压到输液管上，这么冷的药，打进身体可真是透心凉了。"

安友兰去忙活后李民庆拨通了电话："山上洪城乡田禾庄李民庆，两口子中煤气特别严重，刚做过急救处理，马上派救护车吧。"

电话那头说："这会儿没车，你往下送。"

"一有车就上来！送不下去，必须得救护车。"

"山下雾大，山上……"

"山上地势高能看三百米，你们到也就散了！"

"那你等着,有车就派。"

方爱听到了揪心的对话,忽然问:"找我哥往下送?"

"方军?"李民庆即刻否定道,"一、他不是救护车没设备。二、别再出不必要的事。三、先把药输完。"

安友兰放好暖水袋后气急败坏地说:"死小爱子,快打电话!叫小敬子回家!胜利也得来!"

方爱跑回屋,随即传来凄厉的声音:"大姐,家里下大雾,爹娘中煤气……民庆在……你别着急……救护车,有小姨……安胜利你个王八羔子快点儿给我滚回来……我爹娘中煤气了……民庆在,你给我滚回来!早叫你别修工,你非……别人都好……大哥,我爹娘中煤气了……雾大,开慢点儿……我知道。"再到院里对安友兰说,"大姐叫咱尽快送县城。"转问李民庆救护车什么时候到。

"得仨小时。"

"真来?"

"不哄你。"

"我得准备什么去医院?"

"钱。"

"除了钱?"

"你爹你娘。"

"拿着钱就能给我爹娘看好病?"

"不好说。"

"拿多少?"

"有多少拿多少。"李民庆想了想又说,"先找几个男人等着抬你爹娘,再到苗洼台等着接救护车……"

李民庆家的带着一个扛氧气瓶的男人来了,李民庆给方载亲接上氧气管说:"你爹吸十分钟你娘五分钟,会拔针不?"

方爱问安友兰,安友兰说不会她才答李民庆:"我不敢给我爹娘拔,我怕……"

李民庆写下电话,指着她家的和输液瓶说:"流到这给我打电话,要没信号去家里叫他。"说完急匆匆地走了。

雾气远没有消散,方家院里一片混沌,方爱托人去叫安大傻子和王二丫,之后和安友兰一起守护着方载亲和安友会。

我们的方载亲和安友会安分守己地躺在冷硬的大地上,迷雾里的他们一丝不苟地面对着时间的流逝和生命的经过。是的,他们终于暂停了忙活,只是默默无闻地呼吸着——呼吸,此刻是他们唯一的忙活,却承载着他们活着的全部。是的,方载亲和安友会还有一丝呼吸,这呼吸是他们最后的权利与义务,是他们最真实与纯粹的心声,也是他们活着与存在的唯一象征。

来看看我们的方载亲和安友会吧!

方载亲的躯体很冷也很硬,方爱拿安子怡的虎头帽遮住了他的面目,只留有出气的鼻孔。是的,出气的鼻孔。细心的方爱像照顾孩子一样照顾着她的父亲,只有看到虎头帽檐上柔软的兔毛随着气息飘舞她才敢确信她亲爱的父亲还活着——她就是这样判断方载亲的生命迹象的,她不敢把冰冷的手伸进父亲的心口,她怕那样会打断父亲微弱的话语。是的,她确信父亲气若游丝的呼吸是在告诉她一些暂时她还无法理解的道理,而不是单纯地在呼吸。安友兰早把围巾围给了安友会,她围绕的手法很凌乱,以至于安友会看起来伤痕累累。是的,安友会到底是爱啰唆的安友会,即便是呼吸到现在也比方载亲多余,就像是在发没用的牢骚……

电话响了。

方敬焦急地问:"爹娘怎么样了?"

方爱带着哭腔却冷静地答:"民庆输上液了!"

"我上车了,北京倒一下,最快后晌到县城,六点钟!"

"救护车一来就送县城,爹娘还插着管子哩!"

"随时打电话,我也是爹娘的亲丫头!"

"我知道,大姐。"

"先别跟小永儿说,看看情况。"

"我知道,大姐。"

"家里有人不?"

"有,你放心。"方爱想了想说,"大姐,什么时候家里的电话没人接就是去了县城,你别着急!"

方敬挂掉电话后铃声又响起来,是方军,他说:"我过不去!冀中到县城封路,堵着哩!"

"大哥,救护车说来,你到县城吧。"

"有情况递我说,我尽快到县城!"

"我知道,大哥。"

"你二哥在县城拉货也上不去,我叫他到医院门口等着!"

"我知道了,大哥。"

方军的电话挂掉后是方良,之后才是安胜利,安胜利气呼呼地说:"没用的电话别接了!"

"哪个电话没用?就你屁用没有!"

"我上车了,刚预支了点儿款。"

"大哥卡在冀中,无论如何你得给我早点儿滚回来!"

安胜利沉默了一下说:"远水救不了近火,你先把那个该死的煤火给我弄死,回去我再收拾它!"

"你个王八羔子,叫你冬天别出去,你非给我……"

"行了行了,赶紧借个手机,递我说号码。"

方爱去了厨间,舀瓢水倒进煤火,炉口瞬间升腾起一股白烟。

王二丫来了,看到院里躺着的安友会满是心酸,忙吩咐安大傻子去苗洼台等救护车,紧跟着又嘱咐方爱:"给你爹娘找几件换洗衣裳和铺盖,家里好歹有我,你安心伺候爹娘。"

方爱扔掉炕上屎一泡尿一泡的被子,翻箱倒柜折腾出两床稠面被子,一床是红色的,一床是绿色的,都是干干净净又整整齐齐的。她知道这是安友会特意留给方永的,踌躇半晌还是拎出来,正要捆绑时听到院里的安友兰叫道:"小爱子!"

输液瓶见底了,方爱忙给李民庆打电话,不一会儿李民庆跑来拔针,检查过后又催促救护车,得知车已上路便对方爱说:"收拾收拾你爹,收拾收拾你娘,往苗洼台送,争取点儿时间。"

在场的男人们即刻卸下南屋那扇抬过老红的门扇,在李民庆的指挥下把方载亲和安友会搬上去,之后捆上缆绳抬走了。格外看家护院的黑子并没有阻拦谁,它任由人们庄稼一样地收获掉方载亲和安友会,任由人们强盗一般地掏空方家的宅院——

是的,今天的田禾庄方家,空了,大门洞开着,福子影壁依旧矗立但里面空无一人,偌大的宅院空中楼阁般,在浓雾中若隐若现。

第一百三十五章

我们的方载亲没有能力再使唤那双大脚了,他那双走动了半个多世纪的腿脚此刻没有一点儿用处,成了占地方的摆设。现在他唯一能使唤的是微弱的呼吸,救护车就载着他那烛火般摇曳的呼吸穿越浓雾去了县医院。和他挤在一起的是同样人事不省的安友会,而方爱、安友兰则和安大傻子叫了一辆三轮车紧跟在后头。

急救室查体之后方载亲和安友会被送进了高压氧舱,方良和安大傻子办完住院手续找到走廊里守候的方爱和安友兰,四个人都一筹莫展，安友兰最先打破了沉默："我大姐平时好德行，就是晚上掉了个唬人的小灾星，过去就是车到山前必有路。"

方爱又哭了，但没有声音，她是对着窗户哭的，她从来没有想过父母亲会一起病倒。她害怕父母亲挺不过来，害怕这个家庭毁于一旦。现在她才明白自己仍旧是个孩子，离开父母亲的耳提面命和言传身教生活中诸多的人情事理根本就是狗屁不通。她没了主见，根本不敢面对时间，等待奇迹的同时像是也在等待一个可以承担责任的人出现。她按捺不住凄楚，于是拨通了方敬。

丰收接的电话，他的田禾庄话一下子不灵光了，方敬接下电话说："在北京等车，仨小时到冀中，四个小时到尧县！"

"我知道了，大姐你放心，爹娘进医院了。"

"小爱子你别瞒着我，我也是爹娘的丫头还是大丫头，你得递我说实话，爹、娘这会儿到底怎么样了？"

"大夫说得做高压氧舱，送进去了。"方爱离开一扇窗户来到另一扇窗户紧瞅着说，"爹在里头，一个大闷罐子。"她猜测不出那个罐子里除了氧气还能有什么，只觉得肯定很憋屈，便说，"爹从来没有这么憋屈过，从来没有栽过跟头，从来都知道大河的深浅，可是这会儿就他一个在罐头里……"

"爹说他憋屈？爹醒了？"

"没有。没有没有。是我想的。爹没醒。爹没说过憋屈。"

"娘哩？"

"娘在外头等着哩。"

"娘在外头等着哩？娘醒了？"

"没有。没有没有。娘在外头躺着。没事。我挂了。"方爱挂掉了电话，因为她不知道如何描述。是的，即便是方载亲和安友会也不知道此刻的他们是在"等什么"又该"盼什么"。

高压氧舱里终于传来了动静,方载亲被弄了出来,安友会被弄了进去,大夫又找到方爱说:"你父亲还有没有其他的病?"

"我不知道,怎么了?"方爱战战兢兢的。

"他中毒太深,目前还没有苏醒。"大夫忙安慰说,"你别着急,再配合其他的治疗手段……"

"什么时候醒?"方爱急切地问。

"暂时没有脱离危险,即便保住命也可能留下后遗症。"

"什么后遗症?"

"清醒后也有可能再次意识不清、行为受限,这属于一氧化碳中毒后迟发性脑病。"

方爱泪汪汪地看着方良,方良说:"是不是糊涂?"

大夫点过头后方爱说:"那不成爷了?"

大夫连忙问道:"你爷……"

方爱说:"我爷最后是老糊涂,半身不遂。"

大夫沉思半晌说:"看来高压氧舱不能多做,时间也得减半,先给你父亲做个脑部检查吧。"

方爱只得把方载亲推去了影像科。

突如其来的变故让方家措手不及,迷雾渐消时才把握住分寸,一切似乎在朝好的方向发展。安胜利到医院时做完高压氧舱的安友会已有知觉,能翻几下眼皮也能哼几声。方爱在走廊里看到他就哭了,哭声中间夹着几句憋屈话:"爹……还得进……闷罐。"

"你照顾娘,我守着爹。"安胜利跟安大傻子去了病房。

方爱跟进来,给直挺挺的方载亲侧个身说:"爹还有别的毛病。"

"谁老了都是一身的赖毛病,不怕。"安胜利叹道,"这个多头子病又是个什么。"方爱指了指方载亲的秃顶，安胜利挠了挠头说，"先治煤气中毒，救醒接茬儿治。"

方爱又来到安友会的病房门口，见安友兰像是在和安友会打手势，于是把好消息告诉方敬后才进来。安友会看到泪潸潸的她想起身，但支配不动身体，只是分外迟缓地瞅着她、认着她，眼洼里满是午后暖阳一般的慈祥。方爱觉得心酸，出来抹掉泪又回去说："娘，我大姐快到了，方军在冀中等着接哩。"

安友会点点头斜了一眼门口，方爱知道她在找方载亲，安友兰使个眼色说："你娘问你爹怎么样，我递她说也醒了，在另一个病房，她不信，那你亲口递她说。"

"我爹没事，他叫我过来看你。"方爱抽抽鼻子说，"今儿下大雾，光咱村就五家子……病床紧张，等有人出院再安排你们住一间。你想说什么，我递我爹说……你吃点儿什么不？"

"看……你爹。"安友会的眼光突然深邃了。

方爱见她挣扎着要起来，忙说："你看什么！我爹不在这个楼，这是妇科病房不住男人，床位不紧张了叫你们住一堆。"

安友兰也说："大姐夫有人守，胜利来了，还有良子跟亲家，一会儿小敬子两口子也到！"

安友会不再要求什么，她闭上了眼，就在方爱以为骗过了她时她突然睁开愤怒地盯着她。方爱担心她胡思乱想，只得说出实情，可她还是不相信，坚持说："弄过来……我守着。"

安友兰边安抚安友会边斥责方爱："快看你爹去，检查完就送过来，别叫你娘不放心！"

方爱走了，不一会儿推来了方载亲，安友会眼睁睁地看着众人把方载亲搬上床目光才变得柔软，她知道方载亲没有离开她，她确信方载亲有得救。是的，所有的人都在期盼方载亲苏醒，包括路上辗转的方敬、丰收和方军,但是没有方永,因为他对今天发生在他至亲家人身上的事情一无所知,今天对他来说不过是下了一场天亮就有天黑才散的大雾。

傍晚时分方载亲仍无好转,他直挺挺地陷在病床,像是在睡懒觉,看上去他的身体与内心是如此的平静,貌似正心无旁骛地面对着时间的流逝,而需要他做的唯一的事情就是保持呼吸。是的,只有微弱的呼吸才证明他仍旧是一颗拥有生命力的种子,仍旧可以在生活的春秋与大地生根发芽。现在的他除了呼吸一无所有了,或者说什么都被他失落了,他甚至不知道或者遗忘了属于他的岁月和年龄——公元二〇〇四年,周岁五十五,虚岁五十六。是的,五十六,这个数字一定被他牢记着:人过五十五,阎王数一数——他亲爱的父亲,我们的"老糊涂"才顺老汉就死在了这个数字上……

安友会可以进食了,方爱给她剥个橘子,她含一瓣在舌头上,有点儿酸,咕哝了好一会儿才尝到甜,尝到甜后她就想到了母亲,想到母亲后她就闭上了眼,顺过心气才说:"叫叫你爹。"

方爱走到方载亲身边轻声唤道:"爹?"

方载亲无动于衷。

是的,每个人在人事不省的时候,他的脸上都会遗留一张表情,那就是无动于衷。

安友会又说:"你爹小心眼,再叫。"

方爱又唤道:"爹?"

方载亲还是无动于衷。

方爱回到安友会身旁再喂橘子时她就不吃了,只说:"给你大姐,打电话,照实说。"

方爱拨通方敬,当场说:"娘能说话了,你到哪了?"

"娘醒了?你叫我听听!我到县城了!"方爱把电话送到安友会

耳边，方敬迫不及待地说："娘，是你不？你说话！"

"嗯。"

"真是我娘！娘你怎么样？感觉好不？"

"好。"

"我爹哩？"

"翘工了。"

"我一会儿就到，你歇着！"

"好了，大姐，胜利去门口等着你们。"

短暂的喜悦后仍旧是无限的哀伤，安友会冷不丁又说："再叫叫你爹，你爹……好像动弹了。"

方爱忙奔过去，所有的人悄悄地聚拢到方载亲身边仔细地看着他，然而他却没有动静。一直坐在方载亲身边的安大傻子说："可能是你娘的心理作用。"

安胜利叹口气出去了，方良也跟了去，病房里冷清下来后方爱质疑安友会说："真见我爹动弹了？还是你眼花？"

"我心里有数，你爹，心里也有数。"安友会很不悦意。

当下方爱、安友兰、安大傻子和安友会几个人目不转睛地注视着方载亲，希望能够发现他身上的细微变化，可是他身上没有扎眼的变化，只有空气和时间进进出出。突然楼道里传来慌乱的脚步声，是方敬，她一眼抓住安友会欢喜地叫道："娘！"

安友会想抹一把她流泪的笑脸却抬不起手，只得说："娘后悔，放手叫你跑那么远。"

"爹？"方敬的目光又寻向方载亲。

"爹还没醒哩。"方爱说。

安大傻子腾地方给丰收，方敬打量着方载亲以责怪的口气对方爱说："娘都醒了爹怎么还不醒？"

方爱不知道如何回答,安友会一喘一喘地开了口:"入冬生火,叫你爹睡炕头,煲老腰,不想炕头煤气重,反倒害了他……怪不得小爱子,要没有她……要不是民庆那瓶子氧……"

"娘。别说了。好好养着。"方敬忙安抚她。

"宁宁……"安友会只说了半句话,她知道自己再也没有心力操持家事操心家人了,她也知道自己一辈子的忙活很可能有头没有尾,所以她闭上了眼睛,于是她想到了方永……

"大姐,你看娘记得清楚不?"方爱忽然问道。

方敬端详安友会时安友兰说:"大姐,你认认屋里都有谁。"

"军子,胜利,良子,丰收……"安友会眼睁睁地数到安大傻子时改了口,"亲家母。"

安大傻子笑了,众人笑了,安友兰又问还有谁。

"他爷儿仨。"安友会抬头看了眼方载亲。

"还差谁?"安友兰紧追着问。

"臭丫头、宁宁。"安友会似缓似叹地说,"小永儿。"

情况比方敬预料得好,她把对母亲的担心转给了父亲。是的,无论如何她都见到了活生生的母亲,无论如何她都拥有一位至亲长辈了。既然提到方永,她索性问道:"娘,不递永儿说?"问完望向众人,在场的人都在摇头。

安友会想了好久才紧攥着稠面被子说:"他才挣窝窝头。"

"真不说?"方爱提示说,"是我亲兄弟!"

"先……别说。"安友会望向方载亲,众人闪身让开她的目光,她直愣愣地盯着方载亲的侧脸说,"我叫你爹拿主意,我……就叫你爹拿主意。"

场面又要转向悲哀时安大傻子挡住她的目光说:"一个女婿半个儿,丰收、胜利在,军子跟良子也在,小子,够用。"

这时安友兰拍拍枕头,吸引来她的目光后气呼呼地说:"我白伺候你了!唯独忘了我!我是谁!亲大姐!"

安友会脸上浮过一丝笑意,却又拉下脸说:"你是我亲小妹子……是我跟友淑从爹手里……抢回来的知了。"

众人再一次被她的绘声绘色逗笑了,笑声未了大夫进来说:"方载亲的脑部CT结果出来了。"说完转身向走廊走去,方敬跟出去时安友会厉声说,"在这说!他是你亲爹!我是你亲娘!"

方敬顿住脚,大夫犹豫一下退回病房说:"病人有轻微的脑血栓,救治和康复有难度,至于是否还有其他病症得额外检查。"方敬问什么时候苏醒,大夫又检查一遍说,"重度煤气中毒苏醒过程缓慢,暂时没有生命危险,但是不能排除后遗症,醒后十几天会体现出来。不能大意,要专人陪护,这是后话。"

"干等着?"方敬又问。

"也不输液?"方爱多么希望把充足的寿命输入方载亲体内。

安友会没有发问,她陷入了思量。是的,她想让方载亲尽快苏醒,她想竭尽所能地修补几十年来岁月和生活造成的身心创伤,从而让方载亲和命运达成新的协议,从而让他顺利而又快活地活过五十五、七十三、八十四……

就在众人陷入思量时大夫又说:"继续做高压氧舱,把血液里的一氧化碳排除干净。命比什么都要紧,哪怕是半条。"

第一百三十六章

我们昏迷之中的方载亲潜意识里肯定渴望苏醒,他正和阻碍他苏醒的一切做着你死我活的斗争,从而博取一线生机,从而再次动用那双大脚回归人生。是的,他肯定和安友会一样希望他的忙活有头又有尾,但剩余的忙活对他来说不再是春种、夏长、秋收、冬藏,病床上的他的忙活,是单纯地活着,在时间里活下去。

我们始终是活在时间里。

那么,就把一切交付给时间吧——

夜。

方载亲被送到县医院的当晚,在做第三次高压氧舱之前还是昏迷的。他这一天经历得太多,煤气像冻水一样悄然冰封他的身心,氧气又像返青水一样将他的身心逐渐融解。是的,该来的都来了,他没理由再保持沉默。当大夫把他从高压氧舱里弄出来后他有了苏醒的前兆,安友会头一个看到他在翻眼皮——

他抬起眼皮看到了安友会、白大褂和一圈脑袋,他顿时手足无措了,安友会忙对恍恍惚惚的他说:"你回来了。"

方载亲显然认出了安友会,但目光呆滞,拿眼皮反复刷了刷才亮堂些。方敬紧盯着他问道:"爹,感觉怎么样?"

方载亲忽然把目光从方敬欣喜的眼睛挪到了安友会的嘴唇上,努力分辨着安友会哆嗦的唇齿像是希望得到某种提示,于是安友会边打手势边说:"敬子!方敬!你……不记事了?"

这时大夫说:"可能听不见,高压氧舱刺激了听觉神经。"不一会儿另一位大夫检查过后说,"有耳朵底子,听力受损。"

"聋了?"方敬怕了。

"先养着,过几天兴许能好转……高压氧舱必须得做,必须得让病人在第一时间苏醒,否则长时间昏迷会导致脑部缺氧缺血,到时即便苏醒也会影响整个神经系统。"大夫不厌其烦地说,"现在看只影响到听觉,这也是没办法的事,病人有耳朵底子……命好歹保住了,继续保守治疗吧。"

"醒了好。醒了好。"安友会躺回病床以祷告的姿态说,"我不要别的,这就足够,好事不能叫咱占光了。"

"娘!要我爹好也得想他好全点儿,治就治好它,别带着病根回去再养一堆毛病,往后还怎么过?"情急之下的方敬忘了母亲也是抱病之人,话出口后悔了,忙扶持安友会躺好。

方爱又小心翼翼地问大夫:"我爹以后真听不见了?"

大夫瞅瞅方载亲瞧瞧安友会,颇是为难地说:"后遗症肯定有,严重不严重的问题。关键看恢复,这谁也不敢保证。"

安友会依旧心满意足地在胸口画着十字说:"走一步看一步,车到山前必有路。至少这会儿醒了,这比什么都好。"

方敬冷静地寻思了一会儿,走到方载亲跟前说:"爹,我是谁。"方载亲躲开她的眼神看向她的嘴巴,方敬的手在他眼前晃晃,又严肃地说,"爹,你看着我说,真记事了?"方载亲点了点头,她忙说,"那我刚才问你什么了?"

"小敬子!别逼你爹,你爹刚醒,叫他缓缓!"安友会又提心吊胆地说方载亲,"你要是真记事了,就把孩子们念叨念叨,别叫他们瞎操心!"随手指着在场的人说,"你队长似的点卯!"

方载亲看过众人直愣愣地说:"敬子、爱子、军子、良子……"他的话瓮声瓮气的,众人猝不及防,安友会慌里慌张地打手势示意让他说完,他却缓了几口气说,"胜利。"

安友会拍着巴掌说:"嗯,是胜利,你也胜利了!"转眼瞧见丰收提来一兜水果便问,"刚进来的又是谁?"

方载亲又瓮声瓮气地说:"丰收。"

安友会又欢喜地拍着巴掌说:"嗯,是丰收,你也丰收了!"

方载亲的脸上忽然浮现出笑意,他猛地叫道:"傻子!"

这一叫把众人吓愣了,安友会朝门口望,望见了安大傻子,安大傻子一个箭步蹿过来说:"大脚,你命硬,比铁硬!"

方载亲有气无力地说："磨刀石。"

安大傻子这就臊起了他："都说猫有九命,你方大脚赶上猫了,以后好好猫着,养好了逮老鼠!"

时间仿佛过了很久,欣喜的方家人逐渐安定下来,安友会冷不丁对看似闭目养神的方载亲说:"小永儿……"方载亲显然没有听到,方敬便凑到耳根说:"爹,递我兄弟说不?"

方载亲看着方敬的口型说:"什么。"

方敬大声地说:"小永儿,递他说不?"

方载亲抿抿嘴唇说:"说什么?"

安友会迫不及待地说:"方永!中煤气!递说不!"

方载亲瞪她一眼冷冷地说:"说什么!"

安友会慌了,叹口气说:"不说。好。不说。"

"过年吧。"方敬见方载亲听懂了"过年"。

安友会却说:"过年也别说,来了见了问了,再说。"

这时护士叫走了方敬和方爱,不一会儿她们取来药,方敬伺候安友会吃,她却一颗一颗地捏着吃一口一口地慢慢咽,方敬看不惯,就说她:"娘,你一口气吃,这是治病的药。"

"小时喂你吃药,你非一个一个地逮。这会儿叫我一口气咽,不怕噎着娘。"安友会怨她一眼。

方敬只得由着她,服侍她吃完又来到方载亲跟前,方载亲张嘴凑,可咬不到药,方爱便说:"大姐,你别逗爹了。"

"我看爹有没有劲。"方载亲没有劲,方敬只得把药递进嘴,他便老红倒嚼一样地磨,方敬这便对安友会说,"我爹比你好喂。"

"病可都是中煤气。"安友会有些不服气。

"我爹还有别的病。"方爱说。

"你爹不会吃药,历来就不会。这么大个人连个小药丸都不会吃。"安友会自顾自地数落说，"看看他咽了不？"方载亲嘴巴鼓鼓囊囊的，方敬刚扒开嘴角药水和哈喇子就流了出来，安友会见状得意地说，"我没说错吧，你爹天生就不会吃药！"

方敬边擦拭边嘱咐说："爹，这是治病的药、救命的药，不吃不行，吃了不咽也不行。"

方爱也笑着劝："咽，爹。"

"没味。"方载亲把药都吐了出来。

安友会支招说："你喂他点儿东西，把药和进去。是人就会吃饭，会吃饭就会吃药，胎里带。"

"别听你娘，我嚼烂糊，再喂我嘴水。"方载亲看着安友会活动的嘴唇就知道她在出什么主意。

方敬又拿来药，方载亲吞进嘴咯嘣咯嘣地嚼着，不一会儿喝嘴水咽了下去。安大傻子憋不住，笑着问："大脚，苦不？"

"不苦。"方载亲的脸上终于有了嘻嘻哈哈。

方敬拿剩余的胶囊没有办法，方载亲看着胶囊也直摇头，还是安友会挣扎起来说："你吃什么？"方载亲巴望香蕉，她便指挥方敬说，"你爹嘴馋，剥个喂他。"转身背对着众人说，"你爹记事了，记着几十年前吃过香蕉。"方敬剥了俩，一个给安友会，一个种上药给方载亲，安友会这才把香蕉和话把一口口地吃进肚里。

事到如今我们的方载亲和安友会终于清醒了，朝夕之间他们经历了命运的过山车。午夜方敬让安大傻子、安友兰和方军、方良回了田禾庄，因为空虚的宅院同样需要人手，随后安胜利去安排住处。第二天清晨护士送来单据，方载亲巴望着单据回想着说："不知道，怎么就躺到医院里了，我……没带钱。"

安友会也醒了，摸摸病号服赌气似的说："叫孩子们出。"随即改口说，"先垫，再还。"

方载亲习惯性地搔挠一把头皮就没了力气,他的手掉在了柔软的被子上,继而思索道:"钱有,在……"

方敬听得心酸,忙打断他:"我跟小爱子都没有空手,你们的钱我们一分一毛也不动。"

"你藏哪了?赶紧递我说,你要是糊涂了我真找不见。"安友会眼巴巴地追问方载亲。

方载亲想了想说:"缸里,粮食里头。"

安友会紧跟着问:"哪个缸,有记号不?"

方载亲说:"正房,年年贴福字的缸。"

安友会又问:"有多少?"

方载亲试图坐起来,可他坐不起来,他知道要把力气再长回来可不是三两天的事,兴许得一冬,兴许得一年……他只得安分地躺下去,之后模棱地说:"小几千子。"

"闹病够花了,账眼子多少也递我说。"这时方爱来了,安友会又说,"小爱子你也听听,你爹有几千块钱,在东房缸里,你贴过一回福字,你兄弟也贴过。"转眼望着方敬说,"今年过年你也贴一回。"她的眼光再次落在方载亲身上,以极其柔软的腔调说,"你爹跟我,以后要是干不了,闹病要是花不完,都留给你们。"

"娘!"方爱哭了,方敬把着她的手说,"你叫娘说出来,要不她心里堵得慌。"

"不怕虫子打?账眼子多少,咱俩还多少算多少,还不完……"安友会又柔软地瞧着姐儿俩说,"也留给孩子们吧。"

方载亲舔了舔嘴唇说:"大傻子,小几千。"平进平出,钱账干净,无非是倒贴给命运一场大病,安友会不再言语,方载亲冷不丁又说,"还欠厚生叔两百。"

"多少年了!你倒是还啊!"安友会气愤地说,"田忠。"

"忠儿不要。"方载亲闭上了眼。

安友会这就对方敬和方爱说:"往后给你爷你叔上坟,别忘了厚生爷,磕头烧纸,也递小永儿说。"说完她的气息顺畅多了。

方敬和方爱这才顾及费用单,想把缴费拿药的活儿给丰收,却不想闭着眼的方载亲开口说:"别叫他去。"

方敬一怔,问:"爹,你听见了?"再没有回话,便走过去小声地唤,方载亲突然睁大眼异样地看着她,她又大声地问,方载亲才重复说,"别叫丰收去。"

"别叫他干什么去?"

"拿药。"方载亲指着丰收手上的单据。

方敬愣了,安友会揣摩说:"你爹是怕丰收说话大夫听不懂,别再拿错药。唉,他总算爱惜他那条小命了。"

方爱说:"我去,你放心睡,爹。"

"有心拿你当少爷使,可愣是姑爷的命。"方敬笑话罢丰收又叹道,"我在煤矿上班,可连一车好煤都拉不回家……"

清晨的病房安静极了,方敬和方爱趴在父母亲的床边睡着,但都没有睡熟,时不时地巴望一眼安友会和方载亲。

安友会睡着了,这一天一夜的死里逃生耗费了她积蓄的全部心力,此刻的她不得不在睡眠里恢复体力——我们看到她的呼吸很有规律,也很节制。是的,高压氧舱起了作用,她已无大碍,所差的不过是将养些时日,就像庄稼丰满时所需的几个艳阳天。

劫后余生的方载亲没有睡着,尽管他闭着眼睛——他闭上眼睛就什么都看不到了,或者说他看到的只是黑,如同我们的小伙子在牛西井的坑道里体验过的暗黑。眼睛之外他的耳朵也聋了,但这并不代表他什么都听不到。是的,他能听到很多常人无法听到的声响,这声响在他的头脑里形成混响,就像运转着的钢磨。他太熟悉这声响了,此刻仿佛就是这声响在主宰他的呼吸……

是的,我们的方载亲总算清醒了。在这清冷的早晨,他紧攥着半条命,起了思索——

他想,他种不了地了。

他想,他推不了钢磨了。

他想,他活成了他的父亲。

第一百三十七章

我们命硬的方载亲一下子老成了树的模样,一棵满腹年轮的树。他那千疮百孔的身体招架住了命运的伏击,他硬挺了过来,但是他和安友会谁都没有想到,福字影壁后的那几步回头路,竟然如此的生涩难过。

安胜利重新搪了煤火,封死炕砖后又架起烟囱,把煤气通过天窗排泄给了上天,又买来土暖气,借助管道把温暖送进了里屋。但他还是不解气,又把炕缝挤了一遍,特地从暖气管道接出一根塑料软管盘结在炕上,好让热乎乎的水流在被褥底下游走。

回家的当天方载亲和安友会就躺在新改造的水暖土炕上和走地上前来探望的乡亲说话。听不见的方载亲没有张嘴,安友会说得多一些,她断断续续地述说着家庭的经变,乡亲来了一拨又一拨,她的述说一遍又一遍,没有一点儿不耐烦,反倒越说越有劲,好像灾难就要被她说完了似的。

晚间,方敬和方爱做好饭菜,安友会和方载亲在炕上吃,丰收和安胜利在炕下吃,挑担俩还喝了几口小酒,馋得方载亲直流口水,安友会见状说他:"大夫怎么嘱咐来着,给我背背。"

方载亲哑着嘴一五一十地说:"不叫我喝酒。"

安友会直愣愣地问:"为什么哩?"

"血管细。"方载亲满怀期待地说,"怕什么,抿一嘴。"

安友会还是直愣愣地问:"后来病房的那个老头子,女婿喂他半嘴刘伶醉,怎么了哩?"

方载亲舔舔嘴唇嘻嘻哈哈地说:"凉了半截子。"

安友会指着他的脑门问:"他什么毛病?"

方载亲不笑了,黏糊糊地说:"对号子病。"

安友会又指着他的嘴巴问:"你还喝不?"

方载亲手一松筷子掉了,看着方敬把丰收和安胜利的酒收走后才说:"不喝就不喝。"

安友会气呼呼地说:"以后你这半条命不属你,属我属孩子。得忌口,嘴馋就给你买香蕉,也不光叫你吃,主要是吃药。"

方载亲不吃了,躺进被窝闭上了眼。这时田学富两口子和安家乐两口子来了,他们手上提着的也是桃罐头和土鸡蛋,王二丫额外夹着卷铺盖。是的,田禾庄的桃子还是没有更广阔的销路,为了不让桃子烂在手里各家各户都在自制罐头。

田学富看一眼方载亲说:"大脚,县城比田禾庄好不?"

方载亲没有理他,安友会说:"耳聋。"

"那可不行,以后臊谁去。"田学富坐上炕大声地说,"队长,抓阄拿地了!"

方载亲见是他咧嘴笑道:"大熨帖。"

田学富转对安家乐说:"对号子,都说你亲家糊涂,我看挺耐活,二队队长还得给他干,歇两天能上崖右挑粪。"

安友会此刻取代方载亲和他臊起来:"全田禾庄属你活得仔细,煤,就买半半吨。半半吨是个多少,听说煤火还生在院子里?"

"半半吨就是两粪筐一挑担。"田学富不无自嘲地说,"出这档子事半半吨我还买亏了,可总不能拿钱打水漂吧?冬天煤火总得生,屋里不行就院里,照样烧壶水、做顿饭、炒俩菜。"

方敬笑弯了腰,王二丫也笑着去另一屋铺被窝了。

方载亲从被窝里慢腾腾地爬起来,弓腰探头望望众人,见人人挂着笑他也嘻嘻哈哈的,安友会便说他:"你这是……老虎下山?还不给我猫回去!"

方敬说:"你叫我爹活动活动。"

安友会给方载亲掖掖被子,瞅着他奇形怪状的样子笑道:"你瞅仔细,走地上要是有老鼠,不管大小黑白灰都得逮住它!"

方载亲转着脑袋四下瞅,刚坚持一会儿就流了哈喇子,方爱把孩子撇给安胜利,擦拭过后见他还是弓腰挺着,不过手脚已打哆嗦,便说:"爹,你躺下。"

安友会也看出了异样,扯着被子说:"别扎马步了,这么多人替你看着老鼠当不了家!"她说一句扯一下,她扯一下方载亲就晃一下,当下疑心,伸手一摸气道,"尿了你就说!不说谁知道你尿了?"随即唤道,"小敬子!小爱子!"

方敬忙过来拿掉褥子,方爱又找来安子怡的破裤子,手忙脚乱地换过后安友会对仍旧弓着腰的方载亲说:"恨死人了,还尿不?"方载亲摇头,浑身颤颤巍巍的,她又命令说,"躺下!"

方载亲整个身子倾了几下,可是没能倒下去,见安友会的脸色越来越难看他也越来越着急,但他就是倒不下,只得憋憋堵堵地说:"我倒不了。"方敬和安家乐一起才把他慢慢地撂倒送进被窝,一进被窝他自在了,嘻嘻哈哈地朝安友会报告说,"倒啦!"

"半条命更拿捏人。"安友会笑着对田学富家的说。

有人推门进来,看看场面说:"这,推不了钢磨了吧?"

安胜利说:"我推。"把孩子还给方爱去了磨房,不一会儿传来了嗡嗡声——这声响刚刚传来方载亲又弓起了腰,他焦躁不安地瞅着走地上的拖鞋。

"拉了?"安友会又气呼呼地唤道,"小敬子!小爱子!"

方爱把孩子交给安家乐,和方敬一起挪开方载亲并没有发现屎尿,再把他送进被窝他又爬了起来,仍旧弓着腰,安友会这次真的生气了,她命令他躺下去,可是他慢腾腾地腾出一条胳膊,分外贪婪地指着外头说:"钢磨。"

方敬惊讶地问:"爹,你听见了?"

安友会也琢磨说:"你怎么知道推钢磨哩?"

方爱想了想说:"你听见我们说了,还是听见钢磨声了?"

众人期待又怀疑地巴望着,方载亲的手这就掉了,就着"咚"的声响说:"胜利?"安友会先是点头后又追问,他这才躺进被窝说,"动了。"

"什么动了?"方敬问。

"地。"

"地没有变动……地动,别胡思乱想了。"安友会说。

安大傻子一拍大腿说:"大脚推钢磨成了精!他感觉出地动了,他知道是推钢磨!"

是的,嗡嗡响的钢磨带动了大地,大地又把颤动传导给炕上的方载亲,于是他的身体和钢磨产生了共振。现在他知道钢磨没有被遗弃,所以安心地躺下了,不再理会谁了……

李民庆来的时候方家人都站起来恭敬地迎接,除了不声不响的方载亲。安友会甚至想下炕,李民庆扶她躺好,测量血压时她信誓旦旦地说:"民庆,要不是你,要不是你那瓶子氧,要不是你叫救护车,这个家,家破人亡!"

"乡亲,本分。"李民庆收起血压计按着她的脉门说,"别激动,我摸摸脉。"

"小敬子,小爱子!你们给我记住,是民庆……"

方敬说:"娘,我们知道,先号脉。"

安友会仍旧不知疲倦地说:"我没事,县城的大夫也说我见好就收,就是他,你看看他。"

李民庆转而抠住方载亲的手,摸着脉象说:"血压高。"

安友会说:"是高,怎么办?脑袋瓜子也崩了。"

方敬拿来药,李民庆看后说:"对症候,尤其这个复方丹参滴丸跟曲克芦丁,但阿司匹林肠溶片不能过量,会内出血。"

田学富插话说:"大脚能恢复不,眼下脑筋带不动钢磨。"

李民庆看着方载亲说:"比我预想的好,主要在恢复。"

众人谈论的当口方载亲攒了点儿力气,他挠着头发说:"刺挠,洗洗。"转眼看到李民庆,一愣之后嘻嘻哈哈地说,"大救星!坐,推什么?"随即指挥安胜利,"别要钱!"

李民庆别过他对方爱说:"洗时注意耳朵,别进水。"

"敬子……"安友会寻思说,"你……"方敬拿出钱来她又对安胜利说,"明儿去灌氧,给民庆灌满,多灌几回。"

李民庆别扭地推托说:"不是来要钱,是看治得怎么样。"

王二丫接过安家乐一手托着的孩子说:"民庆,你拿上,往后亲家的命拴上你的裤腰带了,咱争取把那脑瓜瓢子治好。"

安友会瞅见方载亲又不安分了,就叫方爱拎来尿鳖子,方载亲接过尿鳖子看上了眼,她哭笑不得地说:"好看吧,不懂使唤吧?以后你就靠它了。"说着探胳膊把尿鳖子递进被窝又问李民庆,"他毛病多,治耳朵吃什么药?我得让他听见钢磨响。"

"缓几天再看。"李民庆指着一堆瓶瓶罐罐说,"是药三分毒。"

是这么个道理，安友会蔫声不语地起了思想，直到李民庆走才吩咐安胜利送过濠坑。李民庆一走田学富两口子也走了，不一会儿王二丫两口子也抱着孩子走了，安友会这才对方爱说："你们也走吧，先叫你大姐孝顺。"

方爱捅捅方载亲说："爹，我明儿来。"

方载亲爬起来弓好腰才找捅他的手，见是方爱就说："你丫头，今儿黑夜强，倒换几次手，不啼哭。"

"你不强，净给孩子们添乱，怎么……又这德行了？"安友会说着说着要扯被子。

方爱说："尿了？"

丰收擤把鼻涕说："有尿鳖子。"

方载亲又换了个姿势，三条腿趴着，一手揣着个什么东西瞅了几眼，见在场的没了外人才严肃地对安友会说："我脑筋不好使了，真转不了弯。"

"你才发觉。"安友会叹口气说，"你爹到头来就是老糊涂，你有那遗传骨跑不了，只是来得忒突然……"她看着方敬和方爱说，"给孩子们造孽，尤其是小永儿，还没有结婚。"随即又是一声叹息，"看来人降生不光带着罪孽，还带着病根，这病根就是原罪，都得靠行善积德来救赎，活着就离不开修行。"

方敬没有反驳她，只问方载亲："爹，揣着个什么？"

安友会掀开被子，见三条腿着炕的方载亲怀里托着的是尿鳖子，当下撇开被子气狠狠地说："你抱着它干什么！你就是个老糊涂！亏我还当你清醒了……你、你真成了你爹！"

方敬和方爱忙一个安慰母亲一个拾掇父亲，场面稳定下来后安友会仍旧在哆里哆嗦地数落："你抱着它干什么！我就想不明白，它是尿鳖子！说得再好听，也无非是夜壶……"

"它热乎,我暖暖心口窝子。"方载亲似乎在争辩。

"灌个暖水袋。"安友会犹犹豫豫地说,"又怕烫着你……往后你什么都别给我寻思!记住你是老糊涂就足够了!"

第一百三十八章

元旦的封神盛典安然度过后,方永马不停蹄地忙活了一段时间才请来几天假,但他只睡了一天就躺不住了,总感觉有件天大的事情没有办,而心里的感觉就像是辛苦。

王倩怀孕了。

"我们要是有个宝宝会过得什么样呢?"王倩看着窗外半世界的阳光满是憧憬地说,"肯定很幸福,天天抱着他……呀!他是男孩子还是女孩子呢?蠢货,你想要男孩子还是女孩子?"

方永觉得要是一夜之间当了爹,日子肯定比小孙还要孙子,最关键的是现在婚都没有结,倘若要孩子得先把婚事操办了。想到一穷二白的现状,他沮丧地说:"我要什么你就生什么吗?"

短暂的诧异过后王倩认真地说:"你只能要我肚子里有的。说呀,喜欢男孩子还是女孩子?反正我喜欢女孩子。女儿是妈妈的小棉袄,天生就跟妈妈亲,你想要个什么?"

方永嘿嘿一笑说:"我想要个蛋。"

王倩气哼哼地说:"你不能要我肚子里没有的!"

方永笑道:"蛋省事呀!生下来把它往冰箱里一放,等哪天想要孩子了再孵它。不孵,它就永远是个蛋,它就只是个蛋,不会哭不会饿也不会长大,更不用为它准备这准备那!"

"我们还有时间准备呢!况且该准备的也不多,哪都能买到。最关键的是,我们结婚呀!"

"婚是说结就结的吗？要准备房子要办理手续，要通知爹娘要告知朋友，要准备宴会要迎送宾客，要做的事情太他妈多啦！"

"我想通了呢！我们可以不要那些花样，反正是我们俩结婚过我们俩的日了，不，我们仨！"

"打了吧。"

这毫无征兆的话一下子粉碎了王倩的憧憬，所以她委屈地哭了，但没有发出声音，以至于方永认为她是在思量，当觉察到不对劲时才发现她眼洼里的泪水正顺着地球的引力线往下掉，根本无法收拾。他知道，平时她的哭是有声音的，蚊子飞来飞去的声音，如果泪水流下来而没有声音那就不是哭了，而是伤心。她曾经说过，伤心是一种病，心伤得次数多了会得心病。他觉得自己没有治疗这种心病的特效药，便哀求她："倩倩，你可不可以不伤心呢？"

"我们结婚好不好？"王倩终于放声大哭了。

"你冷静下来仔细地想一想，我们现在能结婚吗？不能。不过我肯定会和你结婚的！这个孩子先不要吧。"听到哭声方永松了一口气，但心里又憋起了另一口无名之气。

"为什么我们现在不能结婚？今天你一定要告诉我为什么！"王倩反复捶打着他。

"我们可以结婚，春节就可以，但还是不可以要孩子。"

"你不愿意借爸爸的钱买房子，那租房总可以吧？结婚也花不了多少钱呢，少请几桌人甚至一桌都不请，但我一定要穿婚纱，哪怕只和你拍一张结婚照！"王倩来到客厅，指着摆设说，"收拾干净，布置喜庆，足够了呀？"

"那你就跟着我了？"方永跟了过来。

"我现在就跟着你呢！"王倩仰起脸倔强地说。

"我不能让倩倩的要求这么简单。"说罢方永轻轻地揽住她，从她火热的身躯上感受到了她内心的惊慌。他觉得如果要彻底地平复她，最好是带她去心安的地方躲一躲，于是想到了家。是的，已是腊月十一，春节的确该带她回一趟田禾庄，教她认识一下自己与生俱来的一切，因此在她耳畔轻轻地说，快过年了。

"元旦是不是把你忙糊涂啦？我们快放寒假啦！"王倩转身拍打着他的脸蛋说，"年，年年有，不稀罕。"忽然分外稀罕地说，"过年好呀！咱俩回家结婚，孩子……好不好呀？"

看着她满是期待的眼神方永一下子笑了，他知道孩子与婚姻是今天谈论的话题，也将是他们今后生活的主题。是的，我们的小伙子虽然决定打掉这个倒霉蛋，虽然在王倩面前铁了心，但是放弃自己最宝贵的拥有他不甘心，他觉得不配做这个孩子的父亲，他忽然很想问候自己的父亲，于是拨通电话想和方载亲说道几句，但是电话没有人接，再拨之后才传来安友会的声音——

"小永儿，是你吧？"

"是我，娘，你还好吧？"

"好，都好。"安友会满口说，"快过年了，你什么时候来？"

"还说不准。"

"那也得递我说啊，哪天，小永儿？"

"年底，怕是得廿六。"

"你爹天天盼过年，天天说你要回家，让准备……"

"我爹哩？"

"晒老爷儿哩。"

"老爷儿没了，还晒它干什么？"方永瞥见太阳落了山。

"是啊，老爷儿没了，还晒它干什么。"安友会自语罢又唤道，"你，快点儿来！你小子给你来电话了！装听不见？快点儿！"不一会儿传来方载亲瓮声瓮气的声音，"谁啊？"

"我,方永,你小子,你还好吧,爹,怎么晒起老爷儿来了,老爷儿没了,还晒它干什么……"

"这是谁啊,怎么不说话……"

电话被扣掉了,方永再拨通后听得那头的安友会正数落方载亲:"他是你小子啊,你这个老东西……"不一会儿再次传来方载亲嘻嘻哈哈又大大咧咧的笑语,"你吃了吧?"

"吃了。"

"快去吃吧。"

方永听得一头雾水,神经不免紧张,于是叫起来:"爹!爹?娘?娘!"这时候电话里传来了方爱的声音,"永儿,爹耳朵不好,常年推钢磨,当然听力不行了。没事,耳朵底子,民庆说得吃两天药,你什么时候来?"

"大概廿六。"

"大姐也是那时候,等你们来爹早好了。"

我们满怀心事的小伙子并没有从电话里听出太多的异常,放下电话他更觉得压抑。在心悸的刹那,他意识到王倩肚子里的孩子就是另外一个自己,而自己最终也会成为别样的方载亲——如果允许这个孩子活着并且活下去,他将拥有和自己类似尺寸的人间行走,风雨兼程的行走。想到要亲手扼杀自己的孩子,他胸膛里顿时鼓鼓胀胀的,里面仿佛有着二十四年的日月在同时升起……

就在他心绪起伏的时刻王倩不再沉默,突然释放了心底的愤懑,她歇斯底里地叫道:"王倩不结婚啦!倩倩不生孩子啦!"

方永的脑袋被这声尖厉炸裂了,他死劲地箍住她,直到她浑身的气力消散后才轻轻地拍打她的后背,像是在安抚孩子。

无力的王倩柔软地贴在爱人的胸口,好一会儿才轻柔地说:"咱俩结婚呀?你别怕,我是说做一个过家家的游戏,但是真的游戏。"方永抱紧她,她喘口气又说,"逛街时我认识了一个叫小琴的朋友,在婚纱写真店工作。昨天回家时去看她,她正生气呢!你猜她气什么?"方永摇摇头,她又说,"真气人呢,天还不黑就有人在橱窗上贴办证小广告!小琴来气,半天都擦不掉,后来我帮她好歹擦掉了。"方永抱紧一分,她抽出手来兴奋地说,"你猜我手上有什么?"方永捉住她的拳头亲了一口,她倏地撤回去欢快地说,"你有没有发现,昨晚到现在我都没有洗过手?我手心里是那个办证的电话!我打过,真有人接!我问他,办张结婚证得多少钱呀,他说两百块。我说真的才几块几呀!他说像真的,假的就是比真的贵,因为政府部门办不出像真的的假的来。我想呢,百年好合,两个人两百块,也好呢!于是跟他讲我明天就要,他说立等可取,所以我告诉了他咱俩的身份信息……很快咱俩就可以结婚啦!"沉默片刻又不无失落地说,"只是伴郎伴娘找不到呢!同事在忙期末考,只能找小琴帮我穿婚纱……你说,是不是连老天爷都在帮咱俩?"方永听她说得吃力,就吻她,她却躲开说,"找你的朋友吧,一个男生一个女生,但是你可不可以先不要说咱俩拍的是结婚照呀!就说……就说咱俩先拍订婚照,我也是这么说的!要是……要是他们问起日子,你可不可以说,马上就到的这个明年?"

  方永终于点头了。

  王倩趴在他肩头安分了好一会儿才亲他一口说:"证件照咱俩有现成的,周末趁热打铁,你的朋友有时间吗?不会耽误他们太久的,照几张照片而已,一个小时,顶多啦!"

  方永又点了点头。

  王倩又亲他一口,仰起脸重新憧憬着说:"这样咱俩以后真结婚的时候就简单了,把仿真的换成真的,别的什么都不要啦!"

  方永还在点头。

王倩说完了她的话，安静得像个人偶。

时光在两个人心里默默地流逝着，流着流着方永觉得自己失去了太多，也觉得王倩失去了更多，于是想看一看她，她却把头深深地扎进了怀里。他知道，她的脸上此刻正是阴雨绵绵，于是在心里对自己说：倩倩，想哭就哭吧，多余的眼泪全都是水……

许久之后我们的倩倩才不哭，她擦掉泪水说："伤心你也凑热闹呀，可是你知道我为什么伤心吗？"

"你怎么知道我在伤心。"

"你的心在抖。"

"那是我在心疼你。"

"你知道我为什么要这么做吧？"

"你。想要全家福。"

第一百三十九章

在王倩眼里，没有比结婚更大的事情，没有比孩子更重要的人，没有比婚纱更漂亮的衣服。与这些相关的那个男人，很早以前就内定为方永了，但是直到现在我们的小伙子仍旧给不了她这些，或者说他在等给得起她的那一天。是的，他有很多很多的情由无法诉说，他有很多很多的心事无法排解，但是他愿意在那一天到来之时把心爱的倩倩高高兴兴地娶进幸福的家门，让她成为这个世界上最开心的嫁娘。我们的小伙子在为此而努力，王倩知道他在努力，因此愿意把自己交给他，愿意为他做出让步。

周末的早上，方永联系过假证贩子对王倩说："我自己去，办假证的都不是好人。"

王倩急匆匆地找来照片说："要双方都到场呀！"

看她火急火燎的，方永便郑重地说："倩倩，我问你个问题。"

王倩倚着门蹬好鞋子，撩撩头发说："你问。"

"你，愿意嫁给我吗？"

他很庄重，王倩知道他在用心，便答："我愿意。"

"你想好了。"方永提醒说，"这可是一辈子里最大的事情。"

"我知道。"王倩翻正他的衣领认真地说，"我早就考虑好了，要不不会让你送我回家。"又拍着他的脸蛋开心地说，"某一天起，我忘了是哪一天，日记里没有记呢！我就喜欢拍你脸蛋子啦，胡子扎扎的，心里痒痒的。"

方永让胡子扎了扎她的鼻尖说："我要对你好。"

"还有呢？"王倩低下了头。

"我要一辈子对你好。"

"还有呢？"

"我要一辈子只对你好。"

"有这句就足够啦。"王倩仰起了头。

二人出门，到约定的地点办证的突然变了卦，匆忙赶过去他又要换地点，王倩气愤地说："我们不是警察，我们只想买你一个仿真的假证，买来我们就真结婚！"

假证贩子嘿嘿笑道："信你一次，钱带了吗？"

方永说："带了。"

假证贩子又说："来接头。"

二人赶过去，见是一处工地，商品房主体刚刚突破正负零，但漂亮的售楼部已然门庭若市，人们进进出出的，人们来来往往的，就像是在串门子或者走亲戚。

王倩无心看房，焦急地问方永："别不是骗子吧？"

"他肯定是骗子。"

"我不是这个意思。"

方永揣摩一下说:"等会儿咱先给他一半的定金。"

正说道着眼尖的王倩指着一个方向说:"看!"

方永看了看说:"广厦地产,今年的终身成就奖之一。"

"看那个人!"

方永这才看到从广厦地产巨幅广告下鬼鬼祟祟地钻出来的人,应该就是假证贩子。那家伙仿佛有特异功能,只一眼就发现了他们,而且认定他们不是钓鱼的执法者,所以大摇大摆地过来要钱。

方永问:"高仿吗?"

"真结婚证什么样就什么样。"假证贩子拿出了样本。

"是真的呢,同事的结婚证我见过!"王倩很满意。

"我们也是正经混饭吃的手艺人。"假证贩子很得意。

方永说:"两百,先给你一百,办好给另一百。"

"信不过我。"假证贩子扑哧笑了。

"生意就是这样,一手交钱一手交货,何况我先付给你一半定金。"方永也笑呵呵地说,"我的担心,你应该能够理解。"

"理解万岁。"假证贩子倒也爽快,接过钱对着阳光照了照。

"真钱,买你的假货。"王倩说。

假证贩子不再多言,看过照片摇着头说:"两寸合影半身彩色照,你给我单人证件照做什么。"

"哎呀,我们不知道呢。"王倩提心吊胆地说。

假证贩子端详着证件照说:"加一百,把你俩处理好。"

"看起来会不会假?"王倩又起担心。

"本来就是假的。"方永说。

"我说过,我们是正经混饭吃的手艺人。"假证贩子掏出那一百元说,"要不钱退给你们。"

"五十。"方永干脆地说。

"兄弟,正经手艺活儿!"

"六十。"王倩说,"我才不要二百五呢!"

"六十六,一小时活儿齐。"假证贩子也笑了。

方永又掏出三十三元打发他,心想最多被他骗一次。时间还早,王倩提议去售楼部等,顺便看看房子问问房价。方永知道这个楼盘均价三千,手里没钱他懒得凑热闹,于是决定去吃饭庆祝一下假的真婚,还说:"晚上要不要入个洞房?"

王倩捶他一拳说:"想也不要想!除非……"

除非去民政局办真证,除非留下孩子,所以方永悻悻地去饭馆要瓶啤酒干喝起来。王倩把手机摆在桌角,饭吃完它还真响了。方永接通,得知证件办妥连忙奔到工地,但见照片已被这个正经的手艺人处理得天衣无缝,所以付过尾款不忘客气地夸赞一句:"以后有什么事情,我还会找您帮忙的。"

假证贩子笑嘻嘻地说:"好呀,离婚证我也办呀!"

王倩被气得说不出话,方永赶紧把他轰走了,随即打电话叫燕子和小孙来做伴娘伴郎。小孙二话不说,满口应下,燕子来后倒起了苦水:"方永呀倩倩呀,这孙子已婚不适合我呢!"

"我还没当过伴郎呢。"小孙伸手揽住燕子的腰对倩倩说,"到时候单独给伴郎伴娘来一张,好歹来一张男尊女卑的。"

四人说笑着来到小琴的婚纱店,简单地化过妆后燕子左右瞅瞅说:"这就好了吗?盘头、首饰、婚纱不选吗?"

王倩忙给自己圆场说:"我们只是拍一组订婚照,结婚的时候才好好拍呢!"

"有这讲究?"燕子看着小孙。

"你外省人不懂本地的规矩。"小孙上上下下地打量着她说,

"我们这里还讲究伴郎和伴娘先入洞房压压床！"

打情骂俏之际小琴拍完了写真，王倩一张张地回看着，她看到了自己穿着洁白的婚纱，她看到了自己洋溢着幸福的笑意，她看到了自己依靠着挺拔的男人，之后说："好啦！"

燕子显得心情凝重，愣了好一会儿才为王倩打抱不平："方永，你小子究竟哪一点儿好呢？这就把我们的倩倩骗到手啦？"转眼瞧着王倩说，"我的男人要是这样……"小孙赶忙把她领走了，临走她又说，"我可不想嫁给你们本地的臭男人啦！"

燕子的话刺激到了王倩，也刺激到了方永，方永知道这些话肯定会刺激到王倩，低头再看，心爱的人儿眼洼里已是湿漉漉的，忙去擦拭，刚擦净却又满了——泪水啊，就在她的眼洼里汪着，满满当当的，晶莹剔透的，但并不曾掉下来，就滴溜溜地转来转去。他忙搂住她，紧紧地抱着她，深深地吻一口眼洼，那咸涩的滋味便汇聚成了心头的洪流……

好一会儿，王倩仰起脸戳着他的心窝说："女人天生心眼小，她们不愿意让步。你现在知道了吧，她们退让的每一步后面，其实都有着巨大的牺牲呢！"

方永僵硬地点点头，看着她调皮地眨眼——她的眼帘闭上之后那颗圆润的泪珠才被排挤下来。面对这样一个前所未有的倩倩他的内心无法平静，于是直白地说："媳妇，你伤了我的心。"

"是吗？那咱走吧。"

"哪？"

"新时代女子医院。"

新时代女子医院是大地广告的客户，方永曾经参与过医院广告片的拍摄，随后那条突出"无痛人流""部队专家""保宫治疗"的广告被广泛地投放。再次来到这里生意果然大有起色,整洁阔气的大厅里拴着几串人,端药的护士穿梭往来,挂彩的导医更是笑容可掬:"这边请。"又说,"男士止步。"

方永目送着王倩离去,随后和其他人一起看着电视里循环播放的广告。半小时后王倩拿着一堆单据找过来,耳语几句又走了。她这一走再回来就是病恹恹的了,像是失血过多的产妇。方永就是搀着这样一个病恹恹的王倩回的家。

不同于往日,今天回家的路上正是夕阳西下的样子,太阳的余晖照耀着市井,街面上人流汹涌,满目繁华。回到家里,王倩拿出彩超报告,指着一块区域说:"这是多多。"

方永分辨许久后收进了口袋。

"起个大名。"

"方案。"

"你。就是凶手。"

第一百四十章

人的生命实在是过于短暂,太多的事情没有忙活完就老了,或者病了。我们的方载亲老了,也病了,他卧床不起了。

窝在温暖的火炕上,老病休的他不知道院子里的太阳经过了多少次的升起与落下,每一天要他做的和他能做的只是吃药翻身。他开始羡慕安友会了,羡慕她能下炕活动,羡慕她能去院子里走动,后来更是羡慕她能去官街上直立行走。再看自己,这双大脚在暖烘烘的被窝里好似生了根,整个人像是一颗被丢进温水的老豆,浮肿过后发了芽。他开始害怕了,害怕自己泛酸发臭,于是整天磨蹭安友会:我得下炕站一会儿,我得去院子里走一会儿,我得去官街上跑一会儿,我得去大野地里欢实一会儿!

安友会头一次撇下方载亲的那一天,说起来挺可笑的。她在方爱的搀扶下小心翼翼地迈出屋子来到院里,院里有明晃晃的太阳为她粉饰着世界,所以这世界在她眨眼之际就变得光鲜亮丽了。她难免要多看几眼,难免要多呼吸几口,难免要拖拖拉拉的,这就招来了方载亲的数落。炕上的方载亲趴着,下颌枕在胳膊上,胳膊架在枕头上,努力地翻着眼皮紧瞅着外面的世界不断地催促她:"你干什么去啦?你快回来呀,外头什么样啦?"

安友会只得气呼呼地回来,方载亲要她上炕躺着,并排躺着,还说:"你躺好,就像中煤气那样躺好,躺好了好好递我说,今儿外头,什么样啦?"

安友会只得躺好,但没有像中煤气那样躺,而是和他一样趴着,紧盯着外面的世界如数家珍:"外头暖和,老爷儿可好了,不看它就不刺眼,整个世界亮亮堂堂的……外头清静,空气也可好了,没有风,但有一股子香气,就是有点儿凉丝丝的,张开嘴像是灌了瓢塞牙缝的生水……打明儿起,要是天气还这么好一直这么好,你这陈芝麻烂谷子也该见见光。"方载亲这就弓起腰身,猫一样地挺了挺,她忙按下去说,"你别给我大大咧咧的,见风就是雨着急种庄稼可不行。出去是叫你晒老爷儿,不为别的,不为任何事。丑话说在前,你得听我的说,你得往暖和里穿……炕上吃炕上喝,裤子里拉裤子里尿,这些都没关系,只有一样你千万得给我记住!"

"你说,叫我记什么,我一口气记死它!"

"人过五十五,阎王数一数,你这篇翻过去啦!"安友会喜兴地笑着,摸一把他的胡子说,"小爱子,拿剪子!"

方爱慌忙进来,翻出剪子说:"针线活儿我做好饭再弄。"

安友会颤颤巍巍地说:"给你爹剪胡子。"方爱给方载亲剪胡子颇像安友杰割麦,茬口高,直看得安友会满脸是笑,临了方载亲摸把胡子大气地说,"你快说,要我记什么才肯放我出去!"

"我要你记着别给我学你爹!你爹临了是个老糊涂,非得出门尥蹶子,风一吹脑瓜瓢子全乱套。"

"那怨我。"方载亲脸上的嘻嘻哈哈瞬时僵硬了。

"怨什么你,别七想八想。你就记着,往后在咱家里,除了吃药和锻炼,大事小情都不用你操心,东西南北都不用你走活。"安友会着重说,"你记住没有?"

"我记住了。"方载亲在被窝里蹬了蹬腿,练习着走了几步,觉得腿肚子里很有劲。

"明儿赶集,叫胜利买个躺椅,还要什么不?"方爱问。

"香蕉。"安友会替方载亲说。

第二天依旧是个艳阳天。

安胜利买来躺椅对着太阳摆好,方爱又铺了层褥垫,一应的准备忙活完后我们的方大脚开始穿衣了。他站在炕上,撒着俩大脚,直愣愣地盯着天花板,安友会则跪趴着给他穿上秋衣秋裤、棉衣棉裤、外衣外裤,临了罩上棉线帽又围了条围巾,于是,我们披挂整齐的方大脚要下炕了!

他坐上了炕沿,他瞅准了棉鞋,他撑手挺腰抬屁股离开了火炕,他"咚"的一声踩进了大头棉鞋里——

这家伙一下子就把自己种进了立脚地。

这吓坏了安友会,她气呼呼地说:"你别给我拼命!"见他站得稳当,忙挪下炕边给他蹬脚后跟边说,"你这半条命,后半辈子可得给我好好护着。"

我们度日如年的方载亲终于脚踏实地了,他迫不及待地想去外面的世道上行走。他走到门口,看到亲手打理的宅院还是它应有的模样,而明媚的阳光和清新的空气正恭候着他,于是迈下台阶一头撞进去,但是没走几步就被安友会种进了躺椅。是的,他终于又见到阳光了,他终于又呼吸到新鲜的空气了,他终于又感受到了过手时光的美好,他一下子就觉得这日子弥足珍贵了。他就这样躺着,以一种苍老的凝固的姿态守望着宅院,可是厚重的棉鞋告诉他,力量并没有从大地里生发出来,他知道自己活成了河槽里的老树。就在他慨叹自己活成了一棵树时他家里来了另一棵树,一棵比他还要老但行动自如的树——再启老汉。

如今的再启老汉是孤家寡人,日子干干净净的,他把一切都活丢了。他家的死后他跟安友淑走了,有一天安友淑问他:"我娘,到底是怎么死的?"

他蹲在墙根,抹把浑浊的眼角尝试着回想,不一会儿想到了那个晚上,寻常的晚上,于是说:"吃了后晌饭我躺下了,没有听到旁外的动静。半夜你娘把我摇晃醒,说叫我买头毛驴喂。"

"接下来哩?"李双传问。

"你娘说,买回家就好好养别再倒手,留着做伴。"再启老汉接下来的话像是在嘟囔,"你娘知道我待见驴,还给了我五百块钱。可是你娘不知道行市,五百块钱早就买不出来了。"

"后来,怎么了哩?"安友淑问。

"后来我睡着了。"

"再后来,怎么发现的?"李双传和安友淑齐声声地问。

"早起我见你娘还躺着,心想她可能不愿意做饭,我就下炕抱柴火。"再启老汉的手比画起来,像是在搂满院的柴草。

"你哪会做饭,平时都是我娘做。"安友淑说。

"这才发现?"李双传问。

"没有。抱来柴火我问你娘吃什么,这一眼还没有发现。"再启老汉仍旧回想着比画着说,"我见炕沿上有个瓶子,像是去年种麦剩下的敌敌畏,叫你娘时把它碰倒了,瓶子两半了,好大一股子敌敌畏味,我就叫你娘起来。"

"我娘没反应?"安友淑问。

"没有。"再启老汉指着跟前的一片空地说,"这一眼我才看见你娘的脸色不对,心想坏了,喝药了。"

"怎么一下子就想到喝了药?"李双传问。

"敌敌畏明摆着哩!"再启老汉抬眼看他一眼,再看安友淑说,"我把手伸进被窝,一摸,凉透了。"

安友淑泪闪闪的,哭了一会儿又问沉默不语的再启老汉:"你知道我娘为什么死不?"

"知道,怎么不知道。"李双传说,"杰子败家。"

再启老汉的眼洼里这个时候有了哀伤,但他说道的原因不同于李双传:"你娘胆小。"

安友淑很难把安友杰的败家和母亲的胆小与自杀联系起来,想半天没能想通透,再问再启老汉,再启老汉就听不见声音了。她哀叹一声对李双传说:"我也不想寻思了,过几天回趟娘家,给爹拾掇几件过冬的衣裳。"就在她起身离开时再启老汉突然念叨说:"小会子,我挺想你娘哩。"

安友淑怔了一下还是走开了。后来有人找李双传做家具,木匠活儿忙完才去田禾庄,本想找方载亲喝酒却得知他在治病,赶忙接来安友淑直奔了尧县城。伺候两天回到家再启老汉问安友会的状况,安友淑只说:"没大事。"

"大脚好不?"

"得恢复一年半载。"李双传说。

"他两口子年岁还小啊?"再启老汉巴望着安友淑。

"小。你别操心了。安生在我家。给你凑俩钱买头驴养。"

"我不得看一眼会子？"再启老汉起身要走。

"还在尧县城，过几天我送你过大河。"李双传说。

"这叫怎么一回事？收了你娘就行了，会子跟大脚碍着什么了？"再启老汉当真看不透这世界了，他眼神里满是惶恐，看来他的胆子也小了。不几天他住不下去，非要回田禾庄看安友会，于是赤脚蹚过冬日里的尧河水直奔了方载亲家。路过大队时王建国喊他，递张汇款单说，肯定是你的哩，挂的大脚的名。

黑子叫得张狂，铁链铮铮作响。方载亲没有听到狗叫声，因此没有睁眼看拐进福字影壁的再启老汉，再启老汉却一眼看到了好端端的他，凑过来打量几眼后猫似的拽拽他的袖口说："晒老爷儿哩？"

"暖和，晒晒。"方载亲也打量了他几眼。

"怎么不去大队北墙根晒？"再启老汉蹲下身说。

"都是多半截子的人。"方载亲揉着眼角说。

"你还不如人家，人家有拐棍。"再启老汉抄起手说，"你嫌他们年纪大，那我领着你去。怕什么，上年岁没辈分，就都是兄弟辈，臊晾晾都没事。"

炕上的安友会听到说话声喊"方爱"，方爱去上课了，她又喊"胜利"。安胜利抱着孩子跑进来，看一眼并排晒太阳的翁婿俩笑着进了屋，安友会问院里是谁，他说："我姥爷，子怡她姥爷。"

安友会手忙脚乱地出来，见再启老汉并没有遭受罪过就问他："你来友淑知道不？"

"小会子知道，过几天她还来。"再启老汉一动不动地说，"听说你们闹病，过来看一眼。"

安友会说："我伺候不了你，等小爱子放学做饭吃。"

再启老汉说："我来一下就走，你别叫。"

安友会说:"有什么事就说,我们动弹不了就使唤孩子。"

再启老汉说:"我就是来看看你们。"

安友会说:"真没事?"

"没事。"再启老汉不再理她,动一动方载亲的胳膊笑着说,"我想养头驴喂,你养牛不,咱爷儿俩放一堆。"

方载亲看看他再看看安友会,安友会想起了母亲的遗言,忙说:"是,我娘是想让你养头驴,那你自己看着买个驹儿,他走不动道帮不了你,你也别鼓动他。"

"牛?"方载亲瞪着安友会。

"别添乱,没你的事。"安友会的话堵不住方载亲的心,他分外眼馋地说:"养个小牛犊儿!"

见他的心思活泛了,安友会转念起了寻思:你什么都干不了,整天憋屈着,要是不让你心生牵挂,康复怕是得受影响……

安胜利看出了她的左右为难,便说:"钢磨屋里满是糠,养牛不用出去放。"亲口安子怡又说,"养孩子不给个玩意儿也不行。"

安友会去了东房,方载亲知道她要去翻那贴有福字的缸,当下闭上眼给自己打气:地种不了,钢磨推不了,时时刻刻要人伺候,这日子还得过好些时。弄头牛养吧,养了卖,卖了再养……想着想着眼角渗出了泪水。安胜利看到了,他躲进了磨房,安友会也看到了,但她当是没看到,只是说:"行,给你买个玩意儿!"

"你舅寄了五百块钱。"再启老汉把汇款单给了安友会。

"你小子寄的!"安友会见单据的署名是安友杰。

"啊?"再启老汉满脸惊讶地说,"杰子?"

安友会捋展汇款单说:"你别提他,我更顾不上他,东林再修工还跟着胜利吧。"再启老汉"嗯"一声拍屁股要走,她忙递上汇款单说,"你拿着,快过年了。"

"上头写的是大脚，你们取你们花，花你亲兄弟俩，也活该。"再启老汉又笑着对方载亲说，"下回我领你去大队，听着戏匣子晒老爷儿，真得劲。"

安友会紧攥着汇款单陷入了思索，再启老汉要走过影壁时她才说："我给你凑个整，买驴，要有剩余给友淑！"回身对安胜利说，"照地址给你小舅回封信，就说……愿意回家就回家吧，别提我跟你爹。"安胜利应下，她想了想又嘱咐说，"往后，外头给家里来信，你要是不在，就用小爱子的名吧。"

第一百四十一章

最能代表日子的莫过于太阳，它每天东升西落从不间断，只是习惯低头的人们总是有意无意地躲避它、忽视它以及它存在的道义。在行动不便的日子里，我们的方载亲终于罢手了，他不再低头拾掇土地上的生活，他不得不抬头晒太阳。他拼命地吸取太阳的能量，竭尽所能地转化为体力潜藏起来。在默默无闻看似无所事事的日子里，他终于发觉以前面朝黄土背朝天的日子是忙活错了。

是的，忙活错了。

他总算知道了他是活在皇天后土里的人，直立行走的人，他总算知道了天空和土地同等重要，所以他分外地渴望离开宅院，去更加开阔的天地里行走。

死里逃生，安友会没有这些乱糟糟的想法，两个人捡回一条半命她知足，觉得忙活够本了也够本忙活了。但是为了找回另外的半条命，她还是拿出仅有的钱买了头小牛犊儿，希望这头欢实的牛犊儿能够换回她男人遗落的半条性命，从而让这个家庭回复到从前，哪怕是最糟糕的那一年。是的，任何一年都行。

看着欢实的小牛犊儿在昔日老红的地盘上撒野，嘻嘻哈哈的方载亲把每天的话全给了尥蹶子的它："牛！"

安友会知道他的心已经跟随牛犊儿去了荒山野岭，所以每天都给他揉胳膊捏腿，好让力气从骨刺肉芽里长出来。此外，她每天还要给他出算术题，好让他的头脑变得灵活，眼神变得灵光。是的，我们晒太阳的方大脚无时无刻不在准备，准备以一种前所未有的姿态再次投身人世，去心明眼亮并且理直气壮地看待那些以前不曾注意的一切，趁来得及，就把它们辨识出来，最好再咀嚼出滋味。

他觉得，他焕然一新的人生，就要开始了。

可是，每当这种念想蠢蠢欲动时他就会想到他的父亲，我们的才顺老汉，那个刚能活动出宅院只扶持了一把树苗就被倒春寒撂倒在地的老糊涂。刚开始他不知道为什么会骤然间想到父亲，后来他觉得是因为活到了父亲的年岁，并且也足够糊涂了。

这么想，一切看上去就顺理成章了，于是他更加怀念起父亲的人事与忙活。当这份怀念日渐深沉时，他做梦了——

在一个阳光明媚的午后，我们的才顺老汉对他的小子说："载亲，咱爷儿俩总算同岁了。"

"爹，我还虚着你一岁，周岁五十五。"

"多一岁少一岁的没嚼头，快过年了吧？"

"没几天了，过年我看你去。"

"好。都来。带上烟酒。德子总也不忌口。"

"虎了怎么样？"

"没病没灾你放心。"

"钱够花不？"

"够，就是烟叶子不够，你叔老念叨，忠儿不抽烟也想不起来。"

"我知道了，还缺什么不？"

"什么也不缺，开春别忘了浇返青水。"

"爹，地，我种不了了。"

"那你别种，给孩子们。好了，我就是来看看你，我走了。"

我们的方载亲醒了，睁开眼看到太阳要落山了，再看才看到安友会正入神地瞅着他，还说他："你别给我整天东想西想，你爹是个老糊涂，逢年过节想他一下子，上个供奉就行！"

方载亲犟嘴说："是我爹想我了哩！"

"你爹……爹走时糊涂，不过他知道不该老往这头跑。"

方载亲不再言语，暗自掂量怀揣的体力，猜想足够行走一阵子，是去皇天后土里闯荡的时候了。是的，他不想去种什么树，他根本不想再学他的父亲，他也不想让方永再学他。他觉得，即便是忙活也要选一个自在而又好看的姿势——面朝黄土背朝天，比不起皇天后土里的直立行走。

这个时候电话响了，安友会匆忙往屋里走，刚迈上台阶又不响了，但她还是坚持走到它跟前，正要看时它又不失时机地响了起来，于是抓在手里说："小永儿，是你吧？"

"是我，娘，你还好吧？"

"好，都好。"她满口说，"快过年了，你什么时候来？"

"还说不准。"

"那也得递我说啊，哪天，小永儿。"

"年底，怕是得廿六。"

"你爹天天盼过年，天天说你要回家，让准备……"

"我爹哩？"

"晒老爷儿哩。"

电话那头顿了片刻说："老爷儿没了，还晒它干什么。"

安友会看了看窗外，的确没有太阳的光芒了，就说："是啊，老爷儿没了,还晒它干什么。"随即唤道,"你,快点儿来!你小子给你来电话了!装听不见?快点儿!"外头的方载亲慢悠悠地进来,对着话筒瓮声瓮气地说,"谁啊?"

"我,方永,你小子,你还好吧,爹,怎么晒起老爷儿来了,老爷儿没了,还晒它干什么……"

方载亲只听到了杂音,他一脸狐疑地问安友会:"这是谁啊,怎么不说话……"说着说着扣掉了电话,安友会正找电话本时又响了,她忙抓起来数落方载亲,"他是你小子啊,你这个老东西……"

方载亲迟疑了一下才接下电话,嘻嘻哈哈又大大咧咧地说:"你吃了吧?"

"吃了。"

"快去吃吧。"说完他就走了,没有听到那头的方永正紧张地叫喊,"爹!爹?娘?娘!"

这时候方爱急匆匆地赶过来,支开安友会对方永说:"永儿,爹耳朵不好,常年推钢磨,当然听力不行了。没事,耳朵底子,民庆说得吃两天药,你什么时候来?"

"大概廿六。"

"大姐也是那时候,等你们来爹早好了。"方爱放下电话见安友会守在门口,晓得她要问,忙说在前头,"廿六来,还半月。"

安友会依旧堵着门,既不放她过去也不说话,堵了好一会儿才吭声:"得叫你爹快点儿恢复,他这样怎么见人?可别叫小永儿再操那没用的心思,他刚上班,才挣人家的窝窝头。"

"娘,我爹得慢慢养,少说得半年,越急越起反作用。"

"那……也得盼点儿好。"安友会心里紧张手上发抖,她哆哆嗦嗦地说,"你爹最会拿捏人,咱全数的人都盼他好他才知道要好,才肯使劲往好里走。"方爱趁她思维断续的当口闪身而出,身后的安友会又追出来说，"小爱子，你说怎么办好？"

"吃药。"方爱说，"也该吃药了。"

安友会慌慌张张地找出瓶瓶罐罐，戴上老花镜端详起了说明书。她端详了好几遍，只发现了药物的生产日期和保质日期，至于什么时候能把方载亲的病治好，这轻飘飘的一张纸连一个字都不肯提。她难免气馁，倒杯水端起药叫方载亲。方载亲没有回应，他陷在冷森森的躺椅里，似乎有什么声响正从厚厚的棉衣里传出来。安友会听了听，是闹钟。就在她要数落时方载亲扭起了身子，大手慢腾腾地摸进棉衣，掏了好一会儿才把震颤不止的闹钟捉出来，随即认认时间又挠挠痒痒，扭头想叫安友会时发现她就在眼前，便嘻嘻哈哈地说："我吃药。"

闹钟还在响，安友会放下水和药，夺下闹钟示范说："你这么着它就不响了。"想到他的耳朵又改了口，又把闹钟扔给他说，"响吧，显得热闹。"方载亲去拿药，可几次都没能逮到小药丸，只得求她，她得意地说，"知道离不开我了吧！"

方载亲点点头，嘴角流出了哈喇子。

数数药丸，安友会说："硬吃吧，香蕉吃完了，明儿再买。这顿你光就着水吃，吃利落点儿给我看看。"方载亲把药接在手心，一抬手扣进嘴巴咯嘣咯嘣地嚼起来，像是在吃炒黄豆，安友会看着别扭，照旧问他："苦不？"

"不苦。"刚说完他的脸就绿了，挺着腰背面露惶恐。

安友会喂他水，他瞅了瞅裤裆。安友会这就来了气，把他扶进屋里说："你这个人，阴沟里净造孽。没事，拉就拉了，赶紧换条秋裤。"随即帮他擦洗替换，再看他还抱着个闹钟，忙去夺，不想裤子欻啦掉了。

我们的老糊涂方载亲，他是想弯腰提裤子的，可是他的腰弯不下去,连腿他都叉不开。安友会扔开闹钟帮他提起裤子,他的手在腰间胡乱地抓着说:"我还是弯不了腰。"

"腰,有些人到老也弯不下去,有些人到死也直不起来。你是旁外那种人。"听得像是赞赏,方载亲痴模傻样地笑了,安友会又瞅着他的裤裆说,"别倚老卖老,瞧你裤裆里这点儿出息。今儿我不帮你,你自己系,锻炼锻炼粪耙子,看还能掐住事不。就当是一道题,不过我可是提醒你,千万千别给我系个死疙瘩!"

方载亲摸住红裤绳,叼住一头叉腿撅屁股前倾整个上半身才摸到另一头,好半天才哆哆嗦嗦地拴在一起,临了拍一把绳结腆着肚子报告说:"好了。"

安友会的脸色由晴转阴,却没有一句怨言,她只抻了抻绳头,方载亲也纳闷儿地抻着绳头说:"嗯?活扣怎么系成死疙瘩啦?"情急之下又是一通乱抻,非要把它抻活不可。

"让我打你是吧?"安友会恼着脸憋着笑。

"你干吗打我?"方载亲出了汗,手指头也不听使唤,却还在顽固地摆弄死结。

"以后在外头,干了没屁股眼子的事也得给我兜回家!一点儿也不许丢落,丢人现眼得在自家!"安友会打开他的手,三两下解开死疙瘩,又对着镜子示范一遍说,"你给我系上!"

终于,方载亲学会了系裤腰,但系得很歪很不正,最后安友会给他摆弄正说:"我知道你想出门,可是在外不比在家,在外没有生产队,事事靠个人,我不能成天跟在你屁股后头,可是我也不想憋屈你。你哩,什么时候学会吃喝拉撒,什么时候认清东西南北,我就放你出去。你要是给我出去,你必须得给我回来。"

第一百四十二章

安友淑和李双传再来探望时安友会几近康复,满院走动的方载亲也能提半桶水饮牛了。显然,我们的方大脚赶超了恢复预期,他简直是一棵把冬天当作春天来活的树。

现在,方家院里,安友淑在和安友会说姐妹话,安胜利在推钢磨,安友兰在帮方爱做饭,陪方载亲晒太阳的李双传和田胜心正拿黄色的小牛犊儿说事,李双传说:"小黄牤牛,毛眼挺好。"

也不知道方载亲怎么想的,他不愿意养牸牛了,他待见敦实撒欢的牤牛了。听着挑担说道,躺椅里的他瞪一眼把小黄牛吓得撒欢的黑子,斥道:"狗。"随即搔挠着头皮说,"红牛。"

李双传看着阳光下金闪闪的牛毛问田胜心:"怎么成红牛了?"

田胜心说:"他说红牛就是红牛。"

安友淑也说:"大姐夫说什么就是个什么吧。"

我们的方载亲不乐意,颤巍巍地走过去,在牛屁股上拍一巴掌牛又撒欢了,李双传和田胜心忙把他从牛蹄子下抢回来,他乐呵呵地说:"开春,毛换一茬,就是老红的孙子。"

对羊颇有心得的田胜心小心地翻翻牛毛,觉得不差,又问:"这么捣蛋你牵都牵不住,还买它干什么?"

方载亲把躺椅斜个角度,对准太阳和牛躺好说:"看它撒欢。"

田胜心又问:"买它就为看它?"

方载亲不吭声了,安友会接了话:"跟他爹一样,老了老了老糊涂、老财迷。"也瞅着活蹦乱跳的小黄牛说,"也是,地种不了钢磨推不了,钱没来路就是死钱,死钱总有花完的一天,也花完了。他那歪心眼子成天盘算东盘算西,爹一鼓动就买了牛。唉,圈到三月庙好歹挣俩嚼裹。"方载亲笑眯眯地看着她,她也笑眯眯地看着他说,"我看他保准舍不得卖,指不定捂到什么时候去。"又对众人笑道,"赔就赔吧,当个玩意儿,是挺喜眼。"

安友淑把住她的手说:"你见好这个家就算好了一多半,这会儿你能这么想我更放心。大姐夫想怎么着咱就叫他怎么着,依我看不用等三月庙,剩下的小毛病三分药七分养就熬过去了。"

这时候钢磨声歇,有人从磨房里走出来接道:"病来了,老百姓养着呗,还能怎么着。"

方载亲眯着眼打量来人,瞅半天才别别扭扭地说:"你是前天那个牛牙子吧?牛我不卖,三月庙另说,先养着看。"

来人哭笑不得,安友会也哭笑不得地想着来人的名头说:"你就装疯卖傻吧,他是……胜利他表兄。"

"大伯好像挺严重。"来人打量着方载亲说。

"他能救过来就求爷爷告奶奶了,刚不在炕上拉炕上尿。"安友会探手丑点着方载亲的脑门说,"你说,你那脑瓜瓢子,是不是犯傻、发苶、充愣、打蔫?"

方载亲欠欠身子,指着来人紧张地说:"你递他说,牛咱不卖,要是诚心,过了庙涨起来再要价。"

安友会对来人笑呵呵地说:"你大伯听不懂人话。"

众人笑过后来人又问:"大伯多大年岁?"

安友会说:"这年头谁还在乎他多大?反正是属牛。"

这时方载亲气哼哼地嚷道:"你别说了!他出的那个价不行,赔本!够嚼裹不?不够!不如多养几天多看几眼!"一句话消耗了他全身的能量,说完以异样的眼光抠着来人。

见他如此认真众人一时也笑不出来,安友会气呼呼地大声劝解:"人家不牵你的牛!是胜利他表兄,以前老跟你臊唠唠的那谁家的大小子。他问你多大,你几岁,你属什么,你还知道不?"

方载亲摩挲着歇顶朝倒嚼的小黄牛努努嘴说:"属它。"

来人掐算一番说:"子鼠丑牛今年属猴。哎呀,大伯,你是四九年生人啊!"

安友会附和道:"是,是这么回事。新中国多大他就多大,新中国属个什么他非属个什么,就连闹病也非得赶时兴!"随即又道,"子鼠丑牛今年属猴,是我永儿的本命年,咱村这么多桃他一口也没有吃着,生下来可是吃了哩!"

来人有心考验方载亲是否真像人们传说的那样糊涂,于是问道:"大伯,听说以前你当小队长不糊涂,推钢磨更是账头清,这会儿你拨拉拨拉多大岁数?我先提醒你,今年属相不是哞哞牛!"

安友会像大喇叭,把话扩转到方载亲的耳朵眼后众人便齐刷刷地注视着他,希望他能够经受住考验给出正确的答案,不想他嘻嘻哈哈地一口咬定:"我就属它。"

来人眉头一皱,点根烟又饶有兴趣地说:"也不难为你,咱不用抠那么细繁,索性把算术题改成选择题。"

安友会点点头说:"选择题简单,出题考吧。"

来人朝小黄牛吐出一口细长的烟气,随后慢悠悠地问道:"都属牛,那是你大,还是新中国大?"

"你这题根本不属于选择题,其实更像是判断题。"回过味来的安友会扑哧笑了,抬手拍净方载亲棉背心上的头皮屑,又戳着他硬邦邦的鼻梁骨喜眉笑眼地说,"我见天考你那一加一永远也等不出三来的算术题,你总能蒙对俩或者仨,今儿换大侄子出题,出了道再简单不过的是非判断题——问,是你大,还是新中国大!"

方载亲觉得这道题挺新鲜,抓挠了半天歇顶才吭声:"一般大,我属牛,人家也属牛,同岁。"说完一脸的得意。

"就算是一母双生也有先来后到！"安友会不满意这个答案。

"我大几天。"方载亲只得如实说。

"你是当哥的？"来人惊诧地说，"新中国也是我大伯？"

"嗯。我当哥。当大哥的。"方载亲低头琢磨起了方载德，心里话，德子，你那年天寒地冻，我这年九九阳春……

"大伯，你真是越活越带劲啦！"来人笑罢安胜利过来问道，"过年修工去哪？有奔头吧？"

"现开支的难找。"田胜心摇着头说。

"电视上不都是说修工现开支吗？"安友会寻思说。

这时来人拿出钱，安胜利正往回挡时方爱来了，她径直对安友会说："娘，给我爹出道题，让他算算账，活动活动脑筋。"

"就是，算一道正经题。"安友会忙撇掉修工的思索对安友淑说，"小会子出，我那些你姐夫总能蒙对俩或者仨。"

"说明我爹见好了！"方爱说，"娘，我出。"

"你那题学生都答不上来。你出也行，可别给你爹出难题。"

方爱看着来人手里的钱问安胜利："推的什么，多少斤。"

安胜利抿嘴笑道："麦，九十八斤，你给咱表兄算账吧。"

来人尴尬地朝大拇指唾一口，数着零零碎碎的人民币对方载亲说："大伯，多算点儿，打一九四九年算起！"

"爹，麦，一毛二一斤，九十八斤，你算，该多少。"

安胜利摁了几下计算器说："计算器都得摁半天，简单点儿，一毛一斤，九十斤。"

"就是，小爱子，别把你爹的脑袋瓜憋崩了！"安友会对一脸嘻嘻哈哈的方载亲一本正经地说，"你算！我提醒你，一毛乘以九十，一块人民币等于十毛。"又指着日头说，"你看，老爷儿大高哩，头老爷儿没你能算出几块钱来我都算你对！"

众人笑了,来人也笑着给安胜利钱,安胜利不收,只说修工有好去处叫我。来人揣上钱后方爱急道:"爹,就是一乘九的题!"

安友会气呼呼地说她:"别咋呼,让你爹慢慢嚼!"

在众人的监督下方载亲底气十足地说:"不用算,零也不零。"

"怎么零也不零哩?"安友会想不通透。

"爹,你是不是知道他是他表兄?"方爱指着安胜利问,方载亲却指着来人答,"我早说了,牛我不卖!就算养着当玩意儿看也不卖给这个牛牙子,他忒老抠!非借买牛蹭回钢磨,我没挣上钱还白搭电费,不是连零也不零是什么?"

安友会被他的理直气壮气得牙根疼,安友淑和安友兰忙笑着给她顺气,而田胜心彻底坐不住了,一拍脑袋站起来说:"我的天啊!这牛可买对了,钻牛犄角里去了!"

安胜利送走脸红脖子粗的表兄后见方载亲还在和安友会争辩:"我没错吧?他是没给吧?从来到走,只是拿出来叫看了看!"

安胜利忙掏出钱说:"给了给了给我了。"

方爱气呼呼地说:"你以后少给我这么干!是你表兄又不是亲姑,他要自觉你收电费,不自觉大年初一要账去!"

安友会说:"小爱子……"

"以后少跟他打交道,别把东林带坏了!钢磨是我爹的,做好人走人情别拿这家里的东西。推这么多天钢磨都给我交出来,快过年了,买肉、缴电费!"方爱仍旧满是气。

安友兰说:"小爱子你不对,既然胜利推那就叫他做主。"

"死小爱子!你别给我瞎指使,胜利心里有谱,他知道生意得做人情也得走!我跟你爹怎么着你跟胜利就怎么着,还得更好!你看我跟你爹闹病,全田禾庄多少人看咱?起码半条村子。这不光是生意,更是人情人缘。咱在家门口忙活讲求的就是好人缘,就是……"安友会说不下去就踹方爱,踹完了才想起话尾巴,"就是别带坏东林。他还小,出门为挣钱见世面,不为学坏。"

方载亲一脸的嘻嘻哈哈,李双传问他:"你知道怎么了不?"他转着眼珠看了看安友会,又看了看方爱和安胜利,最后看着黑子有模有样地叹道:"唉!狗咬狗呗。"

安友会彻底找不到北了,戳着他的鼻梁骨说:"我、我看你就是陈世美!你、你活脱一个奸臣,大大的奸臣!"

第一百四十三章

这几天方永魂不守舍的。

残忍地割舍一个生命,他觉得自己是刽子手,不断地以沉默和内心的自责进行厮杀。他满脑子都是方案的形状,他知道人类的本初也是那样模糊的一团,但他不知道它到底算不算一个人,尽管被命名。想来想去他觉得应该把它当成一个人本初的灵魂,因此他觉得自己扼杀了一个生灵,所以心甘情愿画地为牢,直到身体轻飘飘的仿佛只剩余了灵魂。

王倩也很消沉,尽管她生活的步调慢了下来,但是生活的内容并没有缺失,什么时候该忙活什么,什么时候该思索什么,她总能完成向生活许下的诺言,不过是力不从心罢了。别看她柔柔弱弱的,可是她内心强大,内心强大的她多数时候是方永的骨头,高中以来正是她在心灵的最深处支撑着方永的人间行走。

这些天二人很少对话,日子过得没头没脑,像是在打冷战。几天下来王倩瞅着头重脚轻的方永心疼了,觉得他很累,起码心很累。是的,方永的确很累,工作带来的成就感早已不知所终。就在王倩意识到他的身体可能出了问题的时候,这天晚上他突然神魂颠倒地说:

"问题严重了。"

王倩问他叨咕什么。

他只道："田禾庄不要我了！"

摸摸额头，热得烫手，王倩忙问："生病啦？发烧啦？抽不成烟啦？"匆忙找来体温计说，"还没见过你头疼脑热呢！"

方永病倒了，他发觉房间的色彩在改变，墙壁在流汗，滴滴答答的时光正从缝隙里渗出来。他知道这是错觉，吞噬正常思维的奇异感觉，但他无法支配自己，只能随着迷雾般的错觉昏沉睡去。

体温计的读数吓人，王倩正想去找大夫时又听他叫道："爹……钢磨跑带了！"她慌忙赶到社区医院，大夫来后径直挂上液体，那些滴滴答答的药水仿佛不能治病，因为流进方永体内就化作了断断续续的呓语。尽管她不知道那些话语的含义，但是她明白，那些人情事物对他来说足够珍贵。就在她凭空想象着田禾庄的一切时，方永冷不丁又说："多多满月啦！我们去照……"她顿时泪流满面，温柔地抚摸着他的胸膛说："全家福。"

或许是退烧药起了作用，拔液体时方永的身体很烫但体温计的读数有所下降，王倩不敢掉以轻心，但黑夜里持续的寂静让她恐惧，她需要分分心，于是拿出日记本悄悄地打磨起时光。

"倩倩……"

"嗯？你醒啦？"

"冷。"王倩刚搭上毛毯又听得他问，"几点了？"

"你睡了五个小时，还输了两瓶药水，真担心……"

"硬汉子就得下猛药。"方永抬手摸摸昏沉的额头说，"你横横竖竖地在写什么？"

"日记。"

"你为什么总要写日记，为什么总要把过期的日子记下来。"

"只有把它记下来才觉得真实呀,心里也才踏实呀!"

"你怕忘了。"

"是呢,我记性不好。"王倩抚摸着日记本说,"从认识你的那一天开始,你的行踪就藏在这里。"

"所作所为?"

"是的,你的所作所为全都在这里,白纸黑字。"

"是不是我们每个人,一辈子的所作所为,包括不可告人的心思,都会被记载在某个地方?"

"是的,公道在人心。"王倩肯定地说,"宇宙的秘密也都是记录在案的,只不过我们还没有找到那个日记本。"

"人就没有不能被记载的秘密吗?"方永倏地想到了韩惠。

"你、是不是、有什么秘密、瞒着我呀?"

"什么。"方永想知道自己是不是在睡梦里出卖了韩惠。

"你不说吗?"王倩在他额头搭了条冷毛巾说,"妈妈说发烧要放湿毛巾冷毛巾,放热毛巾是不对的。"

"对。"

"什么对呀?"

"妈。"

"你累了吗,怎么只说一个字呀?"

"嗯。"

"提到秘密你就累了呀?"

"不。"

"你有没有秘密,瞒着我的、不好的、任何事情?"

"没。"

"你最好没有!只要你有我就能知道!我就有办法收拾你!"

方永安心地被药劲带入了梦乡,可是这一夜王倩并没有睡,放下笔记本她又编了两条手链，还坠了两个小铃铛，她想让方永挑一串戴上。编的时候她觉得方永会挑蓝色的，可是编完又觉得他可能会挑红色的，早上熬好稀粥方永刚醒来她就让他挑，他挑的是蓝色的。于是她就想呀，这家伙愿意把红色的留给我，这家伙情愿被我套牢……就在她左右思量时而方永主动戴上说："倩倩，我也快放假了，二十六咱走吧。"

"一起回家吗？先回哪个家？"王倩为他摆弄好手链说。

家。

哪个家。

不知道为什么，今天提到这个字我们的小伙子心中满是疼痛，伴随着呼吸，那一股灼痛也在深入行走。他不敢再呼吸，生怕心脏被刺破，但是胸腔里还是电闪雷鸣的。他难以承受，觉得汗滴很快要成为雨掉下来，便支开王倩去买油条，她走后赶忙撩开衣服，正看到胸腔上胆战心惊的一幕——

胸口鼓起来，心脏愤怒地跳动几下随即爆裂开，一股绿油油的液体泉水般汩汩而出，顷刻间把胸腔漫散成了一片沼泽：沼泽地里，鲜绿的伸着白羽的野草瞬间长成，把胸脯打扮成了生机勃发的荒原。一切看上去像是在经历一场战争，而鼓胀的胸脯就像是耸立的苗洼台。正当他观望得入神时传来王倩的开门声，伴随着"嘭"的关门声胸腔上那片沼泽忽地消隐而去，一切复原如初。

这无解的一幕惊呆了方永。

是的，他不知道怎么回事，像是在做一场从没有梦到过的梦，当王倩端来稀饭油条时他暂时终止了想象。王倩显然看到了惊慌，问他，他只说："昨晚，你横横竖竖地写什么呢？"

"日记。"王倩喂到他嘴边说，"你还记着我在写呀？"

"像是在我心里挠痒痒，火辣辣的。"

"你想不想看？"王倩喂给他一勺稀饭。

"想。"

"好好吃饭就让你看。"王倩夹起一根油条说，"只一首。"

喝罢稀饭吃罢油条方永果真看到了昨夜的日记——

> 疲倦地开了，那些冬去春来的花儿。
> 收藏了多少个春秋的气息，
> 才长成如今的俏模样，仍旧差着少半个冬。
> 一些简单而冷落的天气
> 才能完败，遥远地脱落明天。
> 在回味过一个个写实的故事后，天气
> 会突然冷下来，但是阳光却要偷偷地温暖。
> 至此，人间多了更被祈盼的春——
> 那么真实的春，一点点儿地，正回归。
> 冬去春来，冬去春来……
> 花儿如是；
> 春天也要齐了春天的头。

第一百四十四章

二〇〇五年的春节越来越近，好多人都在准备过年。

一心向往小日子的王倩没有准备过年，她在准备明年怎么过。明年怎么过，取决于预料得到的明年要发生的事情。是的，在她的年表里，明年有很多大事要发生：明年要和方永结婚，明年要和方永买房，如果来得及，明年还要和方永生宝宝。

明年的事情真多呀！

王倩拿起报纸，盯着上面的房产广告起了感慨。

方永知道她又起了买房的心思，并且知道她肯定会磨蹭自己，心想那就走一遭吧，于是说："你是不是想去看房子。"

"你怎么知道呢？"王倩盯着精美的户型说，"新年新气象、新年住新家，这个楼盘要封顶了呢！"

"只是看看吗？"

"嗯，只是看看。"王倩又翻出一张报纸，两相比对说，"看好了爸爸过来定！"

好吧。

那就先让爸爸定吧。

想罢方永拉上她去了售楼部。

售楼大厅分外壮观，踏进去便让人感受到房企雄厚的财力。灯光照耀着大厅的每一个角落，尤其是沙盘，精致的楼阁熠熠生辉。人群中的王倩和方永并不引人注目，王倩便自己拿来资料比对着沙盘说："你看对着花园的八栋。"

方永瞥一眼说："推开窗户能看到绿色。"

"好像预定完了？"王倩找来售楼小姐，售楼小姐喝口水后理直气壮地说，"利群明天，是利群集团数亿巨资打造的垂范之作，建筑面积近二十余万平方米，由'国际景观大师''玩水专家'高林贝尔示范打造，超大水景生态园林社区，绿化率高达百分之四十，独创中国首家椭圆形唯美建筑，由十栋纯板式、板点结合的建筑组成，多处大面积转角落地飘窗，一百八十度弧形观景阳台……我们是国家特级建筑资质企业，全部准现楼荣誉发售。"随后在王倩耳边低语道，"现在购买有大礼送！送精装修设计，送全年物业费，仅限开盘头三天，名额有限欲购从速哦！"

"送装修设计？"方永扑哧笑道，"送装修还差不多。"

"送。"售楼小姐转对他说,"我们联合北上广深知名装修公司,每套户型送一套精装,不包括主材。"

"羊毛出在羊身上。"方永一笑置之。

"送总比不送好,我们是瘦羊,少剪点儿羊毛好过冬呀!要不真成了破产阶级穷三代啦!"王倩又指着沙盘问,"八号楼D户型有没有名额呀?你知道我说的是装修的名额,不是装修设计!"

"有客户在考虑。"售楼小姐面露难色。

"呀?没我们的份啦?"

"只是来看看。"方永忙提醒她。

"这优惠空前绝后!"售楼小姐笑嘻嘻地看着王倩。

"地段不错户型凑合,只是价格虚高。"王倩起了琢磨。

"一分钱一分货,全款九九折,贷款九九五折。"售楼小姐又强调说,"开盘前三天折上折。"

"折上折是几个意思呀?"王倩眼瞅着那幢精致的模型。

"九九折的再打九九折,相当于九八折。九九五折的再打九九五折,相当于九九折。"售楼小姐快速地摁动计算器说,"八号楼D户型,总价二十三万,全款折上折二十二万五千,省五千。贷款九九五折上折,省近两千五。装修设计和全年物业费肯定是送的,如果再送装修大概八千元……"

"二十三万超预算啦,折扣也省不多呀!"王倩连连摇头。

"您看到没?"售楼小姐笑容可掬地指着主卧阳台说,"两平方米没有算计……计算在内,可是春暖化就开的观景阳台呢!"

上半年王倩来过这家楼盘,那时均价两千五,因为方永没有毕业所以不敢言声。如今开盘涨价她舍不得多花冤枉钱,但是更怕再涨,于是把方永拉到角落里说:"房子迟早得买呢,再等怕是好户型和好楼层都没有啦,说不定很快破三千呢!"

"首付一半贷款一半,压力山大。"

"你只管上班挣钱吧。"王倩紧搂着他的胳膊说,"只是……"

"什么?"

"那个不是设计的装修能不能争取到呢?"

"不含主材只包辅料,就是刷大白。"方永拍着她的额头说,"奸商请了太多的经济学家和心理学家,买的没有卖的精!"

"这样算价格涨得不是特别多呢!"王倩铁了心。

"最好把你的想法晾一晾……"

王倩显然听不进去,摸出电话讲了几句挂断说:"老爸说明天就来,还说要请一个叫方永的人喝酒呢!"

第二天中午王倩的父亲果然驾临省城,看得出他很在乎这个女儿,想以实实在在的事情来弥补良心上的亏欠。是的,王倩升入高中后,每天睁开眼他都觉得负债累累。到省城的第一站就是售楼部,晚上方永下班回来他径直说:"方永,今晚请你们吃饭。"

准岳父请吃饭方永心中忐忑,他知道有些事情要被搬上桌面,而且很可能一锤定音。在一家饭馆的包间,等菜之际这个男人说:"方永,咱俩喝酒。"

方永快速地搜罗着祝酒词,可是这个男人先自端起酒杯说:"随意。"二人喝完他咂摸着嘴说,"看到你和倩倩这么要好,我想起了当年,你和倩倩给我上了一课。"见方永不明白他又解释,"当初和倩倩妈也是同学,也是我追她,也是好几年。"

"我们敬爸爸一杯吧。"方永会心一笑。

听到这个称呼王倩很高兴,也倒了点儿白酒。

"陪我就行,不用喝完。"二杯酒喝完这个男人递来烟说,"和我喝过酒的都知道,三杯过后无老少,都是兄弟。"

"还差一杯。"方永接下烟忙给他点上。

"在喝第三杯之前我有话要说,无非是几个口头问题,我直白地问你直白地答,不用拐弯抹角费思量。"

这话说得方永很是紧张,因为他没有预想过这样的场面,也没有见过方载亲和丰收或者安胜利有过这样的场面。

"你要娶倩倩过日子是吧?"这个男人开门见山。

"是。"

"明年结婚对吧?"

"对。"

"你准备怎样待倩倩?"

这不是个非此即彼的问题,方永想了想说:"对她好。"

"还有吗?不用顾忌我,说你最真实的想法。"

"不离不弃。"方永低下头说。

这个男人略一沉思端起酒杯一饮而尽,方永也随他一饮而尽。三杯酒后方永晕乎乎的,这个男人竟然也有些口齿含混:"男人嫁女儿,心态很复杂,生怕受委屈是最主要的。"

"我不会重男轻女。"方永显然错会了他的心意。

"你最好不会,我可是喜欢女孩子呢!"王倩噘起了嘴。

"那咱俩生个女孩子。"

"你说生什么就生什么吗?"王倩的手机不失时机地响了,她接通说,"嗯,在吃饭……交定金了……回头说。"

"妈?"王倩刚挂掉电话这个男人立马问道。

"嗯。"

"说什么。"

"问你有没有不痛快。"

"还说什么。"

"夸你，明白了孩子才是一切。"

从父女的对话里我们的小伙子知道房子和婚姻已经被提上日程，他想，今年一定要带王倩回一趟田禾庄。至于婚姻大事他不想要大家的主意，因为他觉得和王倩的婚事重点不是如何待客，而是以什么样的形式把假结婚证换成真结婚证。这形式，一定得是幸福的形式，一定要成为王倩日记本里最光彩的一页。

吃喝罢往外走时，看着准岳父的背影我们的小伙子忽然想到了第三题的答案：不要在日久年深的生活中亏欠倩倩，要让她始终高傲地做简单快乐的女儿家。

第一百四十五章

方载亲一下子病成了面目全非的另外一个人，方敬猝不及防，回到矿上每天都给方爱打电话，某一天起得知方载亲能下炕了，能到院子里去了，能提半桶水饮牛了……

方永始终不知道田禾庄发生的一切，方敬左思右想觉得应该让他知道，于是趁年底丰收来省城学习的机会也专程赶过来，并且亲眼见到了王倩。看到王倩的第一眼她就觉得像是自家人，王倩羞涩地唤过"大姐"后她亲昵地说："呀，我们家倩倩！"

临近春节方永和王倩不再做饭，方永买来饭正看到方敬和王倩笑嘻嘻地说道着，他问，王倩答："我们在说大姐夫。"

"小敬子，背地里又说领导什么坏话啦！"丰收摆好了饭菜。

"你猜大姐说什么？"王倩神神秘秘地说。

"我猜不着。"

"大姐结婚的时候，大姐夫答应买条金链子……"

"你要吗？"

"你等我说完好不好呀！"王倩气呼呼地说，"穿金戴银的我不喜欢，要也是压箱底。"

"那就是不要了。"方永抓粒花生米脆生生地说。

"可是大姐夫到现在都没有买给她，宁宁都那么大啦！"

"丰先生，外头有商场……"方敬说了半句话。

"明天。"丰收嚼粒花生米也脆生生地说。

果然，第二天傍晚丰收买下一条金项链和一副金耳环，方敬打电话叫来方永，递给他说："结婚要三金，你再买一对金戒指。这是大姑姐的心意，算是见面礼，别再让爹娘操心了。"方永收下，眼睛湿漉漉的，方敬给他揾揾眼角叮嘱说，"结婚宜早不宜迟，早点儿把王倩娶进门是对她的交代，也是对爹娘的交代，只有你结了婚咱家才万事大吉，爹娘才没有心结。"

"过完年准备。"

"能省就省。"想到自己结婚的场面方敬笑道，"我结婚爹娘都没有去，你也别叫了，走不动。"

"嗯？"方永听出了端倪。

"爹娘出了点儿事。"方敬尽量轻描淡写地说。

"什么事？"方永猜不到会发生什么事。

"过去了。"方敬咬咬牙说，"入冬爹娘中了回煤气。"

"啊？"

"不严重。娘好了，就是爹……"

"爹？"方永的脑海里闪现出了方载亲，他就守在磨房门口，止嘻嘻哈哈地和路人臊睒睒。

"爹也恢复得差不多了。"

"到底怎么回事？"我们的方载亲再一次闪现在他小子的脑海里，正摩挲着头皮说刺挠，非要去河滩秧畦里打澡洗。

"爹娘中煤气，送到县医院大夫看好了。"方敬试图打消他的顾虑，方永摸出手机要拨，她忙攥住说，"本不想让你知道。我递你说无非是让你心里有数……就当爹老了，就当没过。你到家爹恢复得也差不多，享不享清福不说也该享清闲了。"方敬转眼又是叮嘱，"别跟倩倩说，咱同一天回家，到时看我的眼色。"

她的说法并没有让我们的小伙子省心。事非经过不知难，方永无法猜想方载亲和安友会的死里逃生，想到最近一次通话的异常他还是拨通了田禾庄，方敬也附上耳朵听起来——

"小永儿？"

"是我，娘，我爹哩？"

"你爹……钻被窝了。"安友会看眼炕上说，"你小姐刚走。"

"我爹……家里好不？"方永放心了安友会。

"家里都好，你爹也好，廿六来是吧？"

"是，我大姐也那天。"

"好。你爹早想出去，说廿六接你……"安友会发觉泄露了方载亲的现状忙换了话题，"今年没杀猪，到时多称点儿肉。"

"我爹早想出去？我爹怎么……"方永抓住了话头。

"你爹……崴脚了，不严重。"方敬笑出了声，安友会听到了，便问谁在笑。

"王倩。"方永忙说，"过年她也跟我回家。"

"好，真好！"

"你叫我爹听电话。"

"你爹钻被窝了，脚不听使唤电话又离炕远。"安友会顿了一下说，"我跟王倩说几句？"

"说什么？"

"随便说几句……唉，我也不会说话，只想当老婆婆，那你等我想好了再说吧。"安友会主动打消了念头。

"让我爹接电话。"方永在坚持。

"不叫他下炕,不几天你回家我们接你们。"安友会朝炕上喊道,"你吭个气!你小子问你好不好!你说声好!大声说声好!"电话里随即传来,"好着哩!挂吧!"电话这就断了。

"爹怎么孩子似的?"方永问,方敬答,"老来少。"

的确,我们的方载亲越活越年轻,安友会挂掉电话后他就孩子似的笑着问:"方永吧?"

"什么方永,小永儿。"安友会一门心思地挪上炕。

"他不叫方永?"

"快钻你的被窝吧,少给我装疯卖傻。"

"方永在电话里说什么?"

"今儿黑夜你怎么回事?老方永、方永地说什么哩?方永俩字是起给别人叫的,你不能叫!"安友会来了气。

"长大了,还老是小永儿、小永儿地叫?"方载亲来了劲。

"大了也是孩子,再大也是你孩子!"

"行。小永儿说什么?"

"说廿六回家。"安友会推着手电,照眼月份牌说,"没几天了,到时候咱们全数去接王倩。"

"王倩真来?"

"来。真来。都来。今年不缺谁。更齐全。"

"人家王倩来,见农村这么邋遢,适应不?"方载亲总算说了句正经话。

"所以你赶紧活动,幸好没瘫在炕上,打明儿起我收拾家。"

"好。你收拾。我出去。"

"出去也行,可是别给我远了。"安友会伸腿踹了他一脚。

"我有谱。"

"来了你别给我叫王倩,要叫就叫倩倩、永儿。"

"我有谱。"

"你有什么谱?"

"明儿出院子,后儿去洪城,大后儿歇一天,老后儿廿六……"

"先看看,廿六你要走不动叫胜利找三轮车,军子走太早。"

"不就是个走道。"

"对你,走道是那么容易的哩?"安友会忽又数落说,"唉,你非买什么牛。"

"牛犄角又碍着你了。"

"倩倩头回来,不得出见面礼?"

"有。"方载亲大气地说。

"缸里没有了,你脑袋瓜又糊涂了,大傻子的钱还留着个小尾巴。"安友会思量说,"找小爱子借俩,闹回病也糟蹋孩子们不少。"

"有。"方载亲说,"一千够不?"

"得是双。"

"一千不是双是什么。"

"两千你有不?"安友会像是在故意刁难。

"有。"

"你怎么还有?我递你说,贴福字的缸里,除了粮食,什么都没有了,买了牛。"

"有。"方载亲咬定了有。

"你藏起来了?"安友会欣喜地问,"藏哪了?藏了多少?什么时候藏的?"

"十来年了,两千整,全是五十的工农兵,还有袁大头。"

"你藏哪了？连我也不放心？你真是老奸巨猾，跟你过……窝囊，过不到一块子去！"

"你这是叫说什么。"我们的方载亲不无得意地说，"这钱，我就当没有。没有，我怎么递你说有？"

即便是家庭再困难方载亲都没有提过这笔钱，看来他果真是防备天灾人祸的。安友会尝试着去谅解他，但仍旧气息难平："赶紧说！藏哪了！你这个奸臣！"

"东房，后墙有个庵堂，爹盖房时预备好的……"

"东房你早拆了！别不是丢了吧？"

"后墙没拆，庵堂还在。两千工农兵是我后来一点儿一点儿地藏的哩，十几块袁大头是爹传下来的哩！"

"明儿拿出来晒晒，过年给倩倩当见面礼，你这老东西真是个大奸臣！"安友会的胸脯一鼓一鼓的。

"以后怕是用不着了。"我们的奸臣方载亲翻个身嘟囔说，"世道，算是太平了。"

第一百四十六章

〔序幕〕洪州城下，黑夜漆漆。〔杨宗保提枪策马出城与番将交战，冲出包围下〕

〔幕启　天波府　婢女引佘太君上〕

佘太君：（唱）

每日里只把那捷报来盼，有谁知六郎儿被困边关。
但愿得众总兵忠肝义胆，千里外得胜还国泰民安。

（杨洪上）

杨　洪：启禀老太君，八千岁与寇天官驾到。

佘太君：啊！他们二人到此何事呢？莫非为了洪州被困之事。说我出迎！

杨　洪：太君出迎啊！

（八贤王、寇準上）

八贤王：太君！

佘太君：千岁！

天官！

寇　準：老太君！

佘太君：老臣叩见千岁！

八贤王：老太君少礼，请坐。

佘太君：谢坐！千岁、天官驾临臣府不知为了何事？

八贤王：宗保从洪州回来了。

佘太君：怎么？宗保回来了，他回来作甚哪？

八贤王：突围回朝，搬兵请救。

佘太君：他现在哪里？

八贤王：现在本御宫中候旨待命。

佘太君：此事可曾奏明圣上？

八贤王：我和寇天官刚刚下朝而来。

佘太君：万岁是怎样传旨？

八贤王：叔王有旨，命本御选兵调将，即日出征以解洪州之危。

佘太君：兵将可曾调齐？

八贤王：朝中众将俱难担此重任，叔王有旨，命本御到你天波杨府选兵调将来了。

佘太君：千岁怎讲，选兵调将？

寇　準：是啊！良将何处选，天波府内寻哪。哈哈哈哈！

佘太君：千岁，想这洪州被困，十家总兵俱非辽邦对手，此番前往解困,若无智勇双全之人挂帅,只恐难以成功啊!

八贤王:是啊!就是要把这元帅大印,赐予你杨家智勇双全之人执掌啊!

佘太君:只可惜我杨家难以担此重任。

八贤王:这是为何?

佘太君:无将可调了。

寇　准:哎!有道是晒不干的东海水,调不完的杨家将啊。

八贤王:是啊,太君就不要再推辞了。

佘太君:千岁!

　　(唱)

千岁爷到杨家把将来调,为国家御外辱老身我怎敢辞劳。
洪州城被围困愁萦怀抱,每日里望边关激愤心焦。
也非是我担心那六郎延昭,只因为国家事常挂心梢。
我杨家自从把大宋投靠,东西杀南北战扶保皇朝。
萧天佐无信义边境侵扰,我的夫率儿郎手持金刀、
舍生忘死、一个个血染征袍。
杨排风小丫鬟曾挂帅印,老杨洪也曾经奉旨征讨。
赴国难哪曾分男女老少,执干戈保边疆胆壮气高。
到如今天波府无将可调,天地心付流水我壮志空抛。

　　张老头儿的小录音机声音很大,明朗刚劲的梆子声传得很远,从大队北墙根一直传到了方载亲家,传进了再启老汉的耳朵眼。再启老汉没有食言,今天拴好毛驴下饱料来找方载亲,要带他去世面上晒太阳。安友会说:"你学会了系裤腰带,你认清了东西南北,我说放你出去,你看,我是不是要放你出去?"

　　披挂整齐的方载亲说:"你这个娘儿们也说到做到了。"

安友会嘲笑说:"你连娘儿们都不如,河滩浇秧都是困难户。"

抱孩子的安胜利瞅着方爱乐了,方爱从他口袋里掏出一把钱对安友会说:"娘,我爹出门保不齐买个什么,得给他装俩。"

安友会抽一张二十元的人民币装进方载亲的中山装,又嘱咐说:"二十,放这了,一张不好丢,买时别忘了找钱……丢了也不心疼。"随后把余钱装回了安胜利的口袋。

"唱穆桂英大破洪州城哩,走吧,大脚。"再启老汉在催促。

方载亲绕过影壁走出去,在大门口站定,看看盛满阳光的官街,一头是明媚的街巷,南山上的阳光白辣辣地叫人看不通透,另一头是大队北墙根,暖烘烘的太阳地里长着一溜老头儿,有张老头儿,有李老头儿,叫不出名字的那些兴许是王老头儿、田老头儿、孙老头儿。扭头再看自家,影壁福字已经暗淡,正想再漆一遍时安友会指着大队说:"去吧,老头子开会哩,差你一个常委!"

在家人的注目下,在再启老汉的带领下,我们的方大脚踩踏着鼓点向大队走去。

穆桂英:(内喊)众家丁?

众家丁:(内应)有!

穆桂英:(内白)催军鼓响,速作准备。

众家丁:(内应)啊!

寇　准:啊千岁!是女将的声音哪!

八贤王:是女将的声音,再擂一通。

　　　　(八贤王、寇准分别击鼓、敲锣)

穆桂英:(内喊)众家丁?

众家丁:(内应)有!

穆桂英:(内白)二次催军鼓响,想是太君用兵甚急,各自披挂备马伺候。

众家丁：（内应）啊！

寇　准：千岁，再来三通，你我点将台一观。

（二人下）

穆桂英：（内唱）

演武厅催军鼓三通震，

（家丁引穆桂英扬鞭策马上）

（唱）

老太君校场点雄兵。

这几年未曾上阵，猛听战鼓添精神。

全身铠甲披挂定，威风凛凛到辕门。

张老头儿眼瞅着方载亲问再启老汉："是大脚吧。"

"是他。"再启老汉指着一个空当示意方载亲落座，张老头儿不失时机地唱道，"总兵方大脚来了，赐座。"

众人两旁挪挪，附和："谢座！"

方载亲打量几眼墙上乱七八糟的标语来到空位，转身提提裤腰"扑通"一声坐了下去。他坐是坐下了，但觉得别扭，不住地扭身子，旁边的王老头儿便找话说："大脚，你多大？"

"五十五。"方载亲抽抽鼻子傲气地说，"要不是中煤气，才懒得跟你们长一溜哩！"

"差九岁算一辈子人，迟早得一溜，早坐早安生哩！"土老头懒得和他赌气。

"你看我后背多直溜。"方载亲一眼发现了自己的与众不同。

王老头儿拿眼神捋摸一把他直溜的脊梁骨，又在心里捋摸过自己的驼背当场承认道："你是比我们强一星子半点子。"

"一星子半点子？明儿我能去洪城，根本用不着拐棍。"

"开春哩？"田老头儿问。

"开春崖右挑粪没一点儿问题。"隔老远的孙老头儿答。

"你亲家要活到这会儿，比你结实。"张老头儿对再启老汉说。

"不闹病人家不晒，怕是得瓦房走活。"再启老汉很赞同。

"好手艺！闹病后晒过两天三回。"张老头儿起了感慨。

他们说道起自己的父亲方载亲就不言语了，再启老汉圆场说："大脚耳朵不好，咱叫他安生晒吧。"

说实在的，和这样一伙半截子的人坐在一起方载亲心里有一万个不乐意，但是他没有办法，眼下的他还不如他们灵活。他心不甘情不愿地想着，想着想着就想远了，仿佛被戏匣子带到了三月庙，田厚生正粉墨登场……

那是哪一年？

"大脚出来了？"熟悉的声音，是安大傻子，他正哄安子怡叫姥爷，而安子怡不叫。

"溜达。"方载亲眼巴巴地说，"坐会子吧。"

安大傻子干坐了一会儿，孩子不安分，他忽地起身说："回家晒，你不属于大队的北墙根。"

方载亲早就觉得自己不属于这里，他不能习惯这里的太阳和人气。是的，坐在这里的人与其说是在晒太阳享清闲不如说是在等死。他知道自己还有大把大把的事情得忙活，于是站起身，旁外里挺挺腰背，看一眼陈家豪磨房的遗迹对众人说："你们，等着吧。"

他直挺挺地走后众人又说道起闲话："暖冬之后必有阳春。"

暖冬好，阳春更好，方载亲心里想着耳朵摸着，嘴上不由自主地跟着调子哼了一段——

穆桂英： 祖母啊！

（唱）

穆桂英为国家何惜自身？

我挂帅老太君于心不忍，怎奈是御外侮朝中无人。

大宋朝有危难杨家出兵，我杨家本是那世代忠臣。

为国家马革裹尸是本分，救黎民哪能够惜命顾身？

孙媳我虽然是身怀有孕，定叫那萧天佐落魄丧魂。

破辽兵救洪州威名再振，敲金钟奏凯歌回转家门。

佘太君： 好哇！

（唱）

好一个桂英小孙孙，壮志豪情动我心。

身怀有孕赴国难，你不愧是杨家的好子孙。

但愿得早日解围困，快马飞报传佳音。

来来来，你快去接过招讨印。

八贤王： （唱）

忠勇果然出杨门。

丹心耿耿昭日月，气壮山河天地心。

巾帼英雄威名振，此去定能胜敌人。

本御备下庆功酒，迎接忠良回朝门。

穆桂英： 多谢舅王千岁！

寇　準： 天波杨府，为国效忠；慷慨从命，奋不顾身。真乃令人钦敬啊！

第一百四十七章

说实在的，我们的方载亲一直觉得自己没有病。

他觉得自己不过是摔了个跟头,在炕上赖着躺椅里卧着无非是休养生息。他觉得现在的他和以前的他,还是同一个人。他觉得以前没有做和没有做完的事情,还在一件不少地等着他去忙活。是的,他觉得自己还是方家的当家人,远没有到晒太阳听大戏的年纪。能走出宅院他的心的确野了,一个劲地磨蹭安友会,非去洪城赶年集不可,于是安友会给他找了仨保镖。

第二天是洪城年集,天气照例不错,我们的方载亲稀里糊涂地走出家门使唤那双大脚朝向河东的太阳去丈量大地了。田胜心、安家乐和田学富陪着他,安友会送到村口就回来了,可是闲在家里的她一身失落,闷声躲在躺椅里。太阳就悬在半空中,温暖一寸接一寸地散发出来普照着天地,但她忽视了这一切,只觉得太阳从尧河东的洪城一路走到了尧河西的田禾庄,而她的男人还是没有回到家。她不免担心,进屋看看表,接过方敬一个电话忙找出大衣装满热水,再拿上药包就跑去河滩接应了。

田禾庄到洪城只有三里地,但是方载亲参差的脚步走动得很慢,到河滩时田学富报告说:"队长,河滩排旱了。"

方载亲看一眼答他:"拾掇拾掇水能浇上,排旱是图省事。"

田学富说:"你是队长你说了算。"

方载亲嘻嘻哈哈地站定,望着二队成片的河滩比画说:"起土、挑沟、引水,得三千六百工。"

安大傻子说:"水在洪城,几道拦河坝,多少年下不来,就算下来也轮不到我们三队。"

方载亲大大咧咧地说:"前半夜二队半畦,后半夜三队半畦。"

田胜心说:"四队、五队、十八队哩?"

"四队、五队、十八队?"方载亲搔挠了一会儿头皮说,"管他娘哩,这年头,有肉就捞呗。"

一行人来到漫水桥,众人在说道年货的事,方载亲却瞅着尧河那一股不成器的水说:"是浇不到十八队。"转眼来到集市,身上见汗他走不动,只得说,"你们转悠,我在供销社门口等。"

三人心想一时半刻他不会出问题便分头去忙活了,不承想就在这一时半刻他出了问题。坐了没一会儿他寻思也该买点儿年货带回家,竟然转悠到了鱼市,流着哈喇子问带鱼怎么卖。摊主称两条拴好给他,他掏二十,吐口唾沫正反捻了捻说:"四十,你找吧。"

"二十。"摊主很纳闷儿。

"是二十的,你找。"方载亲看着带鱼说。

"不够。"

"怎么不够哩?三七二十八、四十怎么不够哩?"

"是不够,你只给一张。"摊主无奈地说,"你这账算得……"

"三七二十一、四七才二十八!"旁人也笑了。

"他糊涂了。"一个田禾庄人对摊主说,"你卖他一条算了。"

"你不找我钱还往外拿?"摊主要摘一条方载亲死活不干。

田禾庄人只得掏钱解围说:"大脚,还认得我不?"

方载亲看看他说:"一伙的?"

这时候田胜心找过来,听罢经过把钱还给那人又把二十元装进方载亲的口袋说:"黑灯瞎火的谁叫你乱跑哩?"

"坐不住,老爷儿一晒想睡觉。"

"那你靠墙睡啊!"

"走动走动就不盹睡了。"

田胜心不再啰唆,找到安大傻子和田大傻子便回了田禾庄。一路上三人都在说道账头清的方载亲,说着说着说来了安友会,安大傻子忙喊:"亲家母,囫囵还你,六里地糊弄下来了!"

田学富也说:"队长脑袋瓜不够使,算不了账就打不了交道,打不了交道就出不了门。"

安友会心里话,要是能算账他早去推钢磨了,当下指着晃晃悠悠的带鱼说:"你买了什么?"

"带鱼。"

"你还知道这东西叫带鱼,买它干什么?"

"过年,给孩子们吃。"

"你买了几条。"

方载亲提起带鱼看着说:"八条。"

"八条?"安友会拨弄着两条带鱼纳闷儿地问,"怎么是八条?"

方载亲在两条晃晃悠悠的带鱼身上比画着一撇一捺说:"不是八条是多少。"

众人付之一笑,安友会却煞有介事地问:"买这么多干什么?"

方载亲答得头头是道:"年三十到破五,一天一条是六条,正月十五再吃一条,正好。"

田胜心从三十算到初五,又加上正月十五说:"你多买一条。"

"不多也不少。"方载亲扭头答他,"上供不得花一条?"

田学富这就起了感慨:"队长跟世面打交道是用心哩!"

安友会懒得再说世面交道的事,便打开药包喂方载亲。方载亲吞进嘴里,仰脖之际荒芜的小滩坡地闯进了眼帘——那护堤和沟垄依稀可辨,他知道是田厚生的杰作,当下内心一沉,药竟被一口气带了下去。安友会见状慌慌张张地递来热水,却是分外高兴地说:"后半辈子还要强,真学会吃药啦!"

方敬从省城返回黄帝县后给田禾庄来了电话,当时方爱在拾掇饭,安胜利在收拾磨房,安友会接电话的头一句就是满口的"好"。

"我爹哩?"方敬笑着问。

"洪城赶年集了。"

"这么能耐？"

"你廿六到家？"

"是，后天。"

"三六九往外走。"安友会说，"永儿哩？"

"黑夜叫他给你打电话，你记得拾掇一下家，可别累着你。"

"是，是得收拾，倩倩要来……"

"这才叫你拾掇。"

"拾掇成什么样哩？"安友会没了主见。

"大门口干净，院子干净，炕上干净，锅碗瓢盆干净。"方敬想了想说，"叫胜利给茅子洒层白灰，再放卷卫生纸。"

"黄土垫道、净水泼街呗？"安友会笑着说，"行，还有不？"

"到时换身干净衣裳，药我带，你们别买。"

安友会顿了一下说："给倩倩两千的见面礼，少不？"

"你要是有就先出，不少。"

"那什么……倩倩来一遭，要是不跟永儿了怎么办哩？"

"别瞎想，就一两天，你伺候好就行。"方敬笑了。

"一两天？不过年？"

"嗯，回去我跟倩倩睡。"

挂掉电话方敬又打给方永，当晚方永又把电话打到田禾庄，安友会急不可待地说："后儿来是吧？"

"是。"

"和倩倩是吧？"

"是。"

"好，行。"安友会没话了。方爱说："倩倩在不？"

"在旁边。"

"我跟她说两句？"方爱谨慎地问。

虽然方敬不愿意让王倩知道家中的变故，但方永还是说了。听后王倩只说，人老都有病，我回家看看，看看妈妈怎样伺候爸爸。方永问为什么，她沉默了好一会儿说，我在想爸爸和妈妈什么时候复婚。方永又问，你问过爸爸还是妈妈？她说，爸爸不用问，妈妈说等宁宁大学毕业再说。妈妈还说，宁宁大学毕业爸爸都五十好几了，也没什么好折腾可折腾的了，到时候他要是还这么安分就伺候他几年。方永随即叹道，起码还有八年抗战！王倩忙说，是呀，所以爸爸很羡慕咱俩，所以爸爸非得成全咱俩，他可是把咱俩当成样板啦！听到这话方永痴痴地笑起来。

现在方永也在痴痴地笑，笑着把电话递给王倩，王倩叫声"二姐"，方爱满口应道："嗯，倩倩，你们好吧？"

"我们好呀，后天回家找你玩，二姐。"

"行。"方爱高兴地对安友会重复说，"倩倩说来找我玩。"

"倩倩？"安友会朝电话里喊着。

王倩看看方永小心地说："阿姨，你们好吧？"

"嗯？"听到称呼安友会顿了片刻说，"我们都好，你爹娘……你爸妈也好吧？"

"我爸很好，我妈也很好。"王倩分开说。

方永接下电话说："让我爹听电话。"

"他耳聋……"

"你叫他！"

方载亲嘻嘻哈哈地凑过来瓮声瓮气地说："都好，快回家吧！"

"爹，你怎么样？"方永小声地试探着。

方载亲又是一阵嘻嘻哈哈，安友会把话悄悄地递进耳朵后他才说："好。放心。你挂吧。我接你们。"放下电话他望着窗外黑黢黢的夜分外严肃地说,"穿衣裳。"安友会一脸纳闷儿,他跺着脚急切地说,"我不得赶紧锻炼?后儿孩子们就到家啦!"

第一百四十八章

我们难以预料什么时候的方载亲是清醒的,什么时候的方大脚又是糊涂的,但是我们知道他那颗心,以及心中所想事情的初衷,无论什么时候都是靠谱的。靠谱的方载亲能走六里地一定能走八里路,歇几歇再咬咬牙,说不定能走十六里。

腊月廿六日,方家人出发了。

安胜利和工友在前头谈论修工的事,安友会和方爱左右护着方载亲,不一会儿后头的田学富撵了来。八里路这伙人硬生生地走了俩小时,到集市时方敬说到也到了,下车她就挤过来,盯着披挂得犹如铜墙铁壁的方载亲说:"爹,你走过来的哩?"

方载亲蹭把袖口嘻嘻哈哈地说:"大步量呗!"

方敬掏张纸递给丰收说:"别忘了六条带鱼和香蕉。"

方爱不放心丰收的口齿,带着丰宁和安胜利跟了去。田学富好像没什么要买的,一直陪着方载亲,安友会得空便向他家的取经:"你说,怎么着才能当好老婆婆?"

"当老婆婆得腿脚够快,当老婆婆得眼神够使,当老婆婆得宅心够大,当老婆婆得嘴皮够巧,当老婆婆……"

安友会被吓得直哆嗦,方敬忙笑着说:"婶子,往好处说。"

田学富家的这才说正经:"你不用夹着尾巴当老婆婆,大学生儿媳妇,叫妈的懂事理,又不常住田禾庄。"

"你吓得我都不知道怎么张嘴。"安友会的脸色略有好转。

田学富插话说:"老公公好当,什么都别说,光笑。"

方载亲脑海里顿时闪现出了"大学生他爹",忙问:"走道哩?横着还是撇着?你递我说,怎么打这个趔趄!"

"横着还是撇着?我见人家一般是侧着,你怕是得横着。"

这时方敬的手机响了,方良说快到了,接罢电话问安友会是不是准备好了开场白,安友会一把拽住她问道:"说什么、怎么说,死小敬子你快点儿递我说!"

"你就说,倩倩,你来啦。"

"还有哩?"

"走,倩倩,咱回家。"

"就这些?"

"就这些。"见方良的车正慢腾腾地朝跟前开方敬又嘱咐说,"不要东西问南北打听。"

"好。"方载亲应个满口,安友会却思量说,"递永儿说不?"

"不说。"方敬知道她在说中煤气的事情。

安友会看看方载亲,方载亲大大咧咧地说:"那算个什么事,屎壳郎滚粪球那么大点儿的小破事。"

田学富解释说:"跟原先一样,就当什么都没有经着。"

田学富家的也说:"老百姓年年一个样,去年什么样今年还什么样呗。"说完拉着田学富走了。

方敬强调说:"就是没有那回事,你没有,我爹也没有。"

安友会还在念叨:"我没有行,你爹这个傻劲还看不出来?"

车停了,方敬忙说:"别提,要问就说摔了个跟头。"

安友会不得要领,又问:"跟你爷似的?"

方载亲气呼呼地说她:"你这是叫说什么!我一点儿事都没有,就是冬里闲在,好晒老爷儿,愿意翘工!"

安友会狠狠心自顾自地说:"行。好。我忘了。咱没经着过。"

说完抬眼看到了身穿红色羽绒服的王倩,挤过去便抓住她的胳膊说,"倩倩,你来啦!"

方永看一眼安友会的脸色便望向了方载亲,但见他嘻嘻哈哈的模样很寻常,像是在等着推钢磨,或者是要去打澡洗。

安友会还在盯着看,王倩心里紧张,低头唤了声"妈"。这一声叫得安友会不知所措,方敬忙介绍说:"娘,这是倩倩!"

安友会怨她一眼说:"我知道,我早认出来了。"

王倩慌张地拽住方永说:"爸爸呢?"

方载亲这便冲撞过来说:"倩倩,你来报到啦!"

王倩看看方永又看看方载亲说:"是,爸,我来报到啦!"称呼"爸"的时候她使劲地拧着方永。

"别下车,咱直接回家。"安友会要把王倩往车里领。

"走不了。"方载亲说。

"怎么走不了?你走不动也上车!"安友会生怕他胡言乱语。

"我得叫永儿买几样东西。"方载亲搔挠着脖颈子说。

"怎么才记起来!"安友会气呼呼地捣了他一拳。

趁众人说道,王倩凑到方永的耳根说:"一着急叫早啦!"

方永扭头蹭蹭她的耳朵说:"不早,美女!"

"那你……"

"到家电话里就改。"

"那咱……"

"正月十五,把假的换成真的。"说这句话时我们的小伙子异常正经,王倩笑眯眯地拧他一把,上前搀住安友会又央求方敬,"大姐,我没有来过,我想转转!"

安友会忙对单等着的方良说:"我们还不走哩!"

方爱远远地看到了王倩,也远远地招呼:"倩倩,你来啦!"

"二姐。"王倩笑着叫着。

安胜利和丰收打过招呼带着丰宁去追方良了,他们一走方爱也对安友会说:"娘,咱也走。"

"走什么走,才到,倩倩说得转转。"

"你不做饭啦?"方爱提醒说,"给倩倩。"

安友会回过味来依依不舍地说:"我先走呀,倩倩!"又瞪一眼方敬说,"别叫你爹瞎要。"

我们的方载亲没有瞎要,他让方永买好鞭炮又去了年画市场,市场里大红的对联铺天盖地,它们每一副都有着吉祥的寓意,每一副都足够光耀门庭。方永随手拿时方载亲出手说:"永儿,对联不能瞎买。咱家缺什么,过年该盼什么,就买它个什么。"

"意思都挺好,要几副?"方永着实分辨不出"万事如意"和"一帆风顺"的区别。

"几个门要几副。"方载亲蹲下身比对着横批说,"家里有牛有钢磨,'六畜兴旺'和'生意兴隆'得要,这个'时来运转'贴东房,东房是正房。"拨拉开"小康之家"又找出一副说,"大门是正门,贴这个'春秋长庆',九字金粉联。"

方永展开,但见——

國泰民安一歲勝一歲
人壽年豐一年強一年

方敬寻思说:"是,是得要春秋长庆。"

方永又拿了一副门神,问家信帖要不要买时摊主找出现成的说送。方载亲瞟一眼,见红纸两侧加印有慎终追远如何如何的小字联,再瞅中间,神主姓氏处的空缺反倒被衬托得有些不伦不类,便干脆地说:"白给也不能要。"

方敬笑了,转眼看着年画娃娃问王倩:"咱要俩娃娃吧?"

"要呢!"王倩大声地对方永说,摊主忙笑呵呵地递给方永说,"这俩活宝可不能白给呀!"

方载亲抽抽鼻子嘻嘻哈哈地说:"你娘随你姥姥,她买肯定买送子娘娘,还得供起来拜,你们图省事,更好。"

临了方敬又问摊主:"有买有送好买卖,福字,送不送?"

"送福。一副对子送俩福,我是福星!"

方敬撇撇嘴说:"你是福星,我们还是财神哩!"

付过钱方载亲又多拿了一对福字才嘻嘻哈哈地往回走,路上他和一拨又一拨的人说道着闲言碎语,到崖右刚感受到劳累时方军的车恰好赶过来。他踌躇片刻,看眼方永钻进车里说:"军子,过年给你爹上坟,永儿也得去。"

第一百四十九章

方永坐在身边方载亲终于消停了。

他安分地躺在院子里,不再叫嚷着出去走动,太阳也安分地持续地温暖着他,他心无旁骛,一门心思地休养生息。今天的他内心中一片安宁,头脑里没有思想任何事情,他做到了了无牵挂。是的,一个人什么都不想,只是安分守己,完全敞开身心放下千般人情事物,任由大千世界于心地来去自如,这是何等的了不起。

方永无法进入如此空冥的境地,这一年他经历了太多人事,他知道明年得忙活更多,因此无法淡定,便朝黑子走去。黑子早就嗅出了人际关系,方永走过来时它不过是翻了翻眼白,方永矮身摸它亲它,它也是爱理不理的,傲气得很。旁边的小黄牛反倒机灵,不住地朝方永叫唤，方永只得过去，抚摸着它的脖子对王倩说："我觉得它就是老红的孙子。"

"呀！老红，就是这样一头牛？"王倩也小心翼翼地摸着。

这时候再启老汉来了，径直靠在墙角说："小牛犊儿跟小驴驹儿一样，爱撒欢，少不得调教。"

方永带王倩过去唤声"姥爷"，端面盆的安友会经过时说："今年给我娘上坟，孩子们都去。"

方爱和安胜利进家后方敬拿出了相机，安友会忙叫方爱帮着拾掇头发，好一会儿才出来说："来吧，全家福！属今年全，趁老爷儿好赶紧照下它。"随即捅捅方载亲，方载亲睁开眼，看着一圈人问干什么，她气呼呼地说，"洗脸，照相。"

"直接照。"方载亲挺挺腰摆好了姿势。

"你也别要样了。"安友会懒得再侍弄他。

丰收摆弄好众人，正设置自动拍照时方载亲说："狗！"安友会想了想说，"是得把它弄过来，叫它卧在你爹脚底下。"

黑子安分地卧在方载亲双腿之间后相机闪过一道白光，之后再启老汉说："这么个小盒子似的东西，咔嚓一下，就能把人固定住？"

"跟电视差不多，一会儿让孩子们单独跟你照。"安友会答了他。

"咱家的全家福好。"方敬逗着安子怡说。

"咱家的全家福就得这么照。"方爱说罢方载亲痴痴地笑起来，安友会不明白，方爱又解释，"前排中一，有条狗。"

"狗？别小看它，它可是咱家的大功臣，是你爹跟我的大救星，是你们全数人的大福星！"安友会正经地说，"今儿不拴它，叫它满院子满屋子跑，上炕都没事，吃饭也有它独一份！"

"当外甥子养吧。"安胜利笑眯眯地说。

"我得当孙子养,还得是亲孙子。咱家以后没有外甥子,宁宁是孙子,子怡是孙女,你跟丰收是我小子。"说罢安友会拉走了方永,不一会儿又叫来王倩,拿出一沓钱说,"倩倩,单给你的。"王倩不接,她着重说,"当娘的心意,是礼数。"

王倩看了看方永,接下钱乖巧地说:"我们孝顺您呀!"安友会心花怒放地去做饭后她把钱递给方永说,"咱不拿了。"

方永翻开炕席把钱夹进了相册,王倩看到了尧中的毕业照,感伤之余说:"咱俩是不是得和小黄拍一张呢?"

"嗯?"

"它妈妈的妈妈或者爸爸的妈妈不是老红吗?"

"应该是。嗯。就是。"

"没有老红你不是读不起书吗?那我多留一天报答老红吧!"

"那……过年我多陪陪爸妈,再喝几顿酒。"

"灌醉老爸,你还没有那本事。"

"放心,老爸会把自己灌醉。"

"妈妈会说他!"

"他就是要妈妈说他。"

"是呢!妈妈说他他才乐意呢。你要是在家,老妈就会让老爸过来陪着。"

"我要是总在家呢?"

"那他总得过来。"

"我有这么大面子吗?"

"当然有啦!不过你得学大姐夫、二姐夫,要跑前跑后要忙前忙后,了不起回到家,我伺候你呀!"

方永给她一个深吻后来到小黄身边,方载亲知道他们要和老红合影,慢腾腾地拌来糠食,拎着搅拌棍站在一旁说:"拍吧。"方永每拍一张前他都要拿棍子敲打一下小黄的鼻梁骨,小黄都要抬头炯炯地看一眼镜头,拍过几张他扔掉棍子说,"再拍拍东房,东房是咱家的正房。也拍拍南屋,当年你在南屋里过的满月,钢磨、老红也都住过。还得拍拍影壁、钢磨和大门……属这年熨帖,就全拍下来留着比吧!"

方永拍完了宅院,也为忙活的家人拍下了生活的写真——他们有的在灶膛烧火,有的在案板切菜,有的在面盆揉面,有的在院里哄孩子;他们有的站着,有的蹲着,有的说着,有的笑着……

临了方载亲坐进躺椅平静地说:"永儿,你知道了吧?"

"知道了。"方永知道他在说中煤气的事。

方载亲仰躺下,没有问他什么时候又怎么知道的,只是说:"没大事。"方永不知道怎样接话,所以没有说话,方载亲愣了一下闭上眼说,"我这会儿心里挺踏实,一辈子忙活过来,见你跟……"

"王倩。"方永说。

"倩倩。"王倩也说。

方载亲睁开眼,嘻嘻哈哈地说:"倩倩。我知道。只是猛一下药丸似的想不起来,脑筋不是忒好使,你别怨我。"王倩笑着给他盖上大衣,他长出一口气眼睁睁地说,"以后哩,好好过日子。永儿你放心我,就是摔了个跟头,凡事都跟以前一个样。"

安友会提着暖壶跑过来,紧张又神秘地说:"你说什么哩!谁叫你说哩!你千万万别给我瞎说八道!"

待她数落完,方载亲说:"你娘不叫我说话,我不说了。"

"说开头索性说完,我等着你!"安友会眼巴巴地监督着。

"别没什么,就想递永儿说别操心家里。"方载亲顿了一下又说,"永儿,以前我说过的话,还算数。"

"以前你说过什么话?"安友会拼命地回想着。

她一打岔方载亲乱了头绪，闷声说："我忘了。"

"儿孙自有儿孙福，你忘了好。"安友会走了，不一会儿拿来药丸一颗颗地种进香蕉，边一口口地喂他边说，"我以为活到老你学会了吃药，可是我以为错了。"

"会吃，是人就会吃药，世人都得吃药。"方载亲说。

"那你为什么非得吃香蕉？"安友会又剥一根给他，他转手递给王倩说，"香蕉比白粥哪个咸菜好吃。"安友会瞪他一眼走了，王倩也跟过去摆放碗筷，她们一走我们的方载亲严肃地说，"永儿，有好些个话，我没有跟你说过。从小到大，你一直念书，十块八块地念，千头八百地念，万儿八千地念，没完没了地念。看一眼沉默的方永说，"不过看你这个样，好像大学里都学过。既然你学过又懂一点儿，也就用不着我上课了。"

"懂一点儿。"方永如实说。

"人，无非是活着，要忙活得打交道。我哩，就说三句，一是不占情理的事不干，二是得理要饶人。"

"三哩？"

"三？"方载亲摘下帽子，搔挠着油亮的头皮说，"车到山前必有路，死猪不怕开水烫。"说完从袖子里掏出老红的犄角，把玩几下交给了方永。

冬日的午后，阳光直接而温暖。

在这恍若回忆般终将老旧的时光里方永默默地打量起安闲的方载亲那苍老的面容，忽然间他觉得，躺椅里的父亲，很像一条船——几十年来，正是这条晃晃悠悠的船，满载着家人，漂过命运的湾流，通达了人生的彼岸……

第一百五十章

田禾庄,方家。

公历两千零五年二月八日,农历两千零四年最后一天。

方家的丫头们在准备年夜饭,女婿们在灶膛打下手,安友会在一旁指点着,她不再操持具体的事物。方载亲也不再操持具体的事物,他就躺在东房台阶下的躺椅里,守着整齐的宅院,面对忙碌的儿女,晒着温暖的太阳。方家唯一的小子也在忙活自己的清闲事,贴对联、福字和门神,他把每一副喜兴都贴上父亲的心坎儿后说:"爹,福字,余一个。"

"有用处。"方载亲点了点头。

"完事了?方家大少爷。"方敬端着面盆路过时照了眼对联笑着噎他,"丫头姑爷们,过来给大少爷拜年!"随即气道,"完事了就哄孩子去,完事了就娶大少奶奶去!"

安友会闻声出来,从袖口里掏出一个福字说:"死小敬子别斗嘴。来,你来。"刷上糨糊后把方敬拽进东房,指着一口缸说,"贴,你贴,贴上去,倒着贴。"

方敬依言贴好,瞅了一会儿泪汪汪地说:"娘,你还记着这回事哩,我都忘了。"

安友会拍打拍打福字,福字更紧密地粘住后说:"什么姑爷少爷,这个家人人有份,没有先来后到,这个家里人人都是主子,不分小子丫头。你爷那么疼你,你该知道。"

方敬心里沉甸甸的,安分地去和面了。

就在方永要去街上找丰宁时方载亲忽然唤道:"方永。"

这一声让方永觉得陌生,像是突然被陌生人拽住了。

"永儿。"方载亲又说,"还有一事,家信帖没有写。"抬手指指身后说,"进去看就知道怎么忙活了。"

我们的小伙子经过父亲登上台阶,一眼看到了正房后墙上的家信帖,那红色已经苍老,字迹也有些邋遢。在家信帖的旁边,张贴的是他小学一年级的奖状——它孤零零地守在这里,直到今天才被主人认识。迟疑片刻,他转身,看过房门,看过方载亲,看过宅院,他看到了那堵厚实的影壁,他知道影壁再过去就是家门,而家门之外正是连通着许多人家的官街。看着想着,想着看着,他的心怦怦地跳起来,像是又要从胸腔里喷薄而出。他使劲扪住它才得以看清,就在他生活多年的家庭里竟然有着这样一条轴线,而他的心冥冥之中就是被这条轴线贯穿着。是的,一直以来它的心都打着结晃晃悠悠地维系在这里,而这里正是他与生俱来为之忙活的根基。

"家信帖,以后就你写吧,用毛笔。"方载亲瓮声瓮气的话打断了他的思想。

"我不会写毛笔字。"方永小声地说。

"不怕,不好看也没事。"

这个时候安友会已经备好毛笔,边磨墨边说着老套的话:"这毛笔是你厚生爷的,签过土地变动的生死状!你厚生爷没有念过书,可是毛笔字写得好,小时说教你,你不学。"随即叹道,"如今世道上的人不知道是精明了还是懒了,家信帖也买。买的家信帖单空着一个字,你姓个什么就填个什么,真是假正经。"随即朝方永笑道,"要是连姓什么都忘了,别人,也就不愿意笑话他了。"

墨磨好了,我们的小伙子握持着毛笔先在红纸上练了几笔,然后才一笔一画地写起家信帖来。横竖之间,他觉得这支笔有一股难以掌控的力量,他不得不拼尽心力去把握——

在他书写的同时方载亲目不转睛地盯着游动的笔尖,而蹲在一旁的安友会却对着东房不住地唠叨:"这年,家境不顺溜,我跟他闹了一场病。不过儿女孝顺老天帮忙,命硬,都挺过来了,身体也有越来越好的趋势。今儿忙活,明儿还得忙活,往后的日子,凑合着活个大概吧!不过你们放心,有我俩在,这个家怎么也败不了。托你们的福,往后只会越过越好过,只会越老越享福。"见方永要写完了,忙说,"过几天,大年初三,全家去上坟。"

方永写完了,方载亲的气息也明显粗壮了,和那头黄中泛红的小牛犊儿一样冒着热气。他喘息着接过家信帖,一笔一画地认起来:

供奉方门三代宗亲之神位

看罢交还方永说:"把剩余的那个福字贴到家信帖上头。"待方永端端正正地贴好后他又嘱咐,"往后,没上供飨前,你不能偷嘴吃。"方永应下他,他又道,"还有墨,把影壁上的大福字描一描。"喘口气又喃喃地说,"好福气,熏得满世界都是,咱家一点儿也不空。"随即撑着膝盖站起身,慢腾腾地走向影壁说,"人这一辈子,活着活着就只剩余了恩情。"来到影壁跟前,背抄着手站定后利落地说,"等着过大年吧!"

年。
田禾庄的熨帖年。
按部就班地来到了田禾庄。
大年初三的清晨方家人离开了方家,经过苗洼台向着葛洪山脚的祖坟走去。穿得厚实的方载亲扛把铁锹走在前头,安友会则带着孩子们提着祭品跟在后头。

来到坟地发现坟丘刚刚被清整过,供脚石上摆放着新鲜的果点,还有一堆堆薪火相传的余烬。方载亲深吸一口气,四下看看说:"军子来过了。"之后又敛了几锹土,把坟丘堆砌得更结实了才率领众人从上往下为每一个坟丘烧纸祭奠,跪拜磕头。

在方才顺的坟前众人烧了更多的纸钱,摆放了更丰盛的果点,也跪拜了更长久的时间。磕完头我们的小伙子偷偷地把"方案"的照片掏出来,悄悄地化为了灰烬。之后,他闭上眼,但觉得胸腔里凛冽得很,那颗暴戾的心躁动过后逐渐冷却终归安宁。再睁开眼,他清亮地看到了,前头跪在皇天后土里的方载亲,正挺着影壁一样厚实的脊梁,还在和供脚石说着喃喃的话,他听到:"……爹,我也五十六了,往后的道,咱俩,谁也没走过。"

安友会搀起方载亲,吩咐方敬他们:"给你叔多倒点儿酒,多烧点儿纸,别忘了放烟。"又嘱咐方永,"烟,小永儿你抽着,放在供脚石上,打火机也撂下。"

随后,我们的方载亲就站在方才顺的左脚下,方载德的隔壁,看着他的孩子们祭拜他的弟弟……

一应的事情忙活完后,方爱指着剩余的两包纸钱和果点问安友会,安友会说:"一包给你姥姥,一包给你厚生爷,你们都得跟着。"说完她看到方载亲慢腾腾地蹲下了身体,就蹲在方才顺的左脚下,方载德的隔壁——属于他的位子上,她连忙走过去,也蹲下身说,"你那腰,总算是服软了。"

我们的方载亲不声不响地抠一把冷硬的土攥在手心,沉默半晌后扭头看看身后的方才顺和隔壁的方载德,转眼又看向他下面的那块土地——我们的小伙子也在注视着同一块土地,和北台后头有着一样土质的土地……

又过了好一会儿,不见方载亲撒手,安友会就裹住他的手,帮他把满把冷硬的土焐热捏碎后他才把它们还给大地。之后,我们的安友会一门心思地拨拉着那一抔早已冷却的土,反复端详着问道:"你刚攥着,一把什么。"

方载亲撑起身,大大咧咧地答:"土。"

安友会拍净他膝盖上的土紧跟着问道:"这土,是你的什么?"

方载亲挺直腰,又嘻嘻哈哈地答:"命。"

安友会也撑起身,又巴望着他问道:"你,还不认它?"

"认。"方载亲严肃起来,望过卧龙一般的葛洪山,望过游龙一般的尧河水,环视一圈后辈们拥挤的祖坟,最后指着方载德的坟丘对方永说,"以后,军子想迁坟,你们兄弟好商量,别给我打过。"

未等方永应允,安友会说:"学勤早跟我说了,不迁。她说,咱是一家子,就吃一口锅。"

听到这话,我们的方载亲脸上露出了笑容,就像是土坷垃开了花儿。轻轻的一笑过后,他扭过头去,遥望着东方天际出头的旭日,心想今天还有很多的事情要忙活,于是迈开大脚,对家人说:

"咱,走吧。"

初稿　西安　2006年11月22日
全二稿　西安　2008年12月27日
全三稿　阿拉尔　西安　2015年06月02日
全四稿　西安　2016年12月17日

后 记

一

我的家乡因帝尧而得名。

帝尧的功绩之一是颁授农耕时令,制定四时成岁。帝尧时期的农官是后稷,后稷的主要功绩是教人稼穑。中华民族的农耕文明就是在那个时代走向成熟的,所以我们不妨称农耕始祖后稷为"第一位以务农为职业的农民"。由此开始,农业逐渐取代其他谋生手段,担负起养活国家、民族的重任。

我曾经遥想过,在较为原始的帝尧时代,如果没有异族侵扰,如果没有自然灾害,久远的祖先肯定在劳动的同时赞美过朴素却不失康定的生活;与赞美共存的,必定是更加美好的祈愿,而更加美好的祈愿中必定包括为后世所反复表达的风调雨顺、五谷丰登以及安居乐业、国泰民安的心声。不幸的是,随着人口的增加和社会需求的加大,到了人地关系紧张而欲求膨胀的帝禹之后,尚无前车之鉴的我们无可避免地、简单粗暴地进入了奴隶社会的夏朝,帝尧的子民、后稷的传人,就这样第一次丧失了土地,也丧失了农民的身份,尽管他们仍旧以务农为主业。

粮食，是人与土地的产物，自从我们掌握农耕后它就成了具有最高优先级的生存物资。如果粮食供应变得紧张，那么多数人的生存将面临危机，人地关系的调整在所难免。在农耕时代初期，当奴隶的劳动变得越来越没有价值时，粮食危机就发生了，奴隶社会崩塌的导火索就燃起了，于是各阶层不得不寻找重新与土地建立有效关系的途径。就这样，我们创造性地进入了土地封建时代。不过，为了避免重蹈直接掌握全部土地与人口的覆辙，智慧的人及时地发明了"皇粮国税"来支撑整个社会体系的持续运转，并且更加智慧地赋予了土地多重精神价值，从而让天下的农民在世世代代的劳动中变得"忙活"又"自觉"。而那些精神价值，正是对民间美好祈愿的系统性提炼与升华，其中的一部分，就是后来为我们所广泛认同的"民族情感"与"文化观念"，就是我们的"传统"。从此，我们的土地与人变得密不可分；从此，我们的精神世界变成了久耕尤沃的良田；从此，我们创造出了与粮食同等重要的精神食粮。从某种意义上说，维系封建社会漫长存在的根本支点，是总体可靠、基本可控的人地关系，尽管土地被一次次地重新分配——这是社会演进的需要，也是个体生存的需要，背后则是家国力量的置换需求。正是它，奠定了中华民族人与土地变迁的基本坐标。

从诞生第一位"职业农民"，到天下主体皆为农民，基于相对稳固的人地关系，凭借家国力量的深度同构，身份与职业高度契合的"土地上的人"，缔造了人类历史上独一无二的伟大进程，贡献了中华民族历久弥坚的超凡智慧。但是，世间既有的每一条路，都是存在尽头的，当生存遭遇危机时人们需要探寻新的路径。到了一个世纪前,我们终归是把农耕之路走到了积重难返的地步。庆幸的是,我们经受住了尽头的苦难,及时地觉醒后,以前所未有的精神价值重新凝聚起国家、民族的力量,于是在古老、厚实而又沧桑的土地上,大刀阔斧地开启了由农耕文明向现代文明迈进、由封建守旧时代向社会主义新时代跃迁的整体转型之路。

这就是中华民族的伟大复兴之路,数代人的负重与牺牲之路,数代人的奋斗与开拓之路。

在这条道路上,当我们行进到21世纪初年,脚步变得铿锵有力时,便自信地取消了延续了两千六百年之久的"皇粮国税",随之而来的新型人地关系与崭新的中国梦想,必将让日益边缘化的乡土世界在现代文明的启发下重获振兴的能量,从而孕育出更加丰厚的精神食粮,更为长久地滋养我们的国家、民族。

我们将在历久弥新的土地上持续耕耘,创造美好,实现梦想——

永恒存在。

二

2014年10月下旬,文坛上的大事件发生后不久,韩仰熙老师突然联系我,时隔多年我们有了几句日常化的交流。我知道,他始终牵挂着十年前那个退学从文的学生,当然也能明白他的言外之意。就这样,这位对生活始终抱有巨大热情的诗人,助我开启文学道路的导师,提前复苏了我的创作激情。

那时候,我的书写已停顿四年有余,期间多次想过,如果这部小说无法完成、无法出版,不如放到六十岁后重头再来吧。清晰地记得搁笔后转投别的门路前,友人秦琦曾颇为感慨地说,能放下它,你不容易。他的话几乎让我掉了泪,但这并非失落于文学,而是自觉无颜面对自己的"生命的经过",无颜面对千里之外的河北老家。离开大学后,我对河北的一切倍感失落,所以从南京出走时又回避了那片乡土,只身来到陌生的西安。身在灞桥的秦琦,二话不说赶来接待我,而当时的我们,不过是在乱哄哄的聊天室里随口聊过几句的网友,之前连电话都没有通过。感谢他和另一位新识的友人李超峰,让我留宿数年,当然也要感谢周、秦、汉、唐的长安城,从此以后成了再度生发我的第二家乡。

好吧。

时刻准备着。

韩老师曾数度在人生的关键时刻提点我。蛰伏的热爱被他重燃后,我彻底检视了现有的生活和人生的朝向,接着精心梳理好多年来断续积存的行思,然后才从箱底找出小说的二改稿。再度面对它时,我反复思量,脑海里总有这样的念头挥之不去:如果我不去书写它,那么真就没有第二个人能够如此正经地善待我们的农人、我们的乡土和我们的时代了。这般轻狂想法的产生,与其说是源自对文学的热爱,不如说本就是我的使命。不管怎样说,那时的我的确这样自私地想过,并且在这种意识的支撑下很快从庸碌中抽身。再次踏上从孤独走向纯粹的路,我用两年的时间解决了一系列的命题,最终耗完积攒的心力才把相对成熟的四改稿递交到梁东方老师手上。是的,他将付出巨大的精力,他将为这部小说披上端庄的嫁衣。

梁老师是这部小说的乳母。2006年底,韩老师把粗粝的初稿推荐给身在德国的他，于课堂上他出具了教科书般的《阅读印象》。从百万字的邋遢文本出发，他对全稿的思想与情感、形式与内容快速地做出了全面诊断，诸如人物的刻画和细节的使用、素材的剪裁和艺术的提升等都有用心良苦的分析。这让我体会到了"书写"与"创作"之间的天然差距，更让我受益终身的是字里行间的教诲，从中我感受到了创作之初与作品之外，作家应当具备怎样的品质与担当。此后，每每把底稿捧在手里，在朝着"刻画土地，刻画土地上的人"的方向修正打磨时，我难免要感慨一番，如今如梁老师这般善待年轻作者、善待不成熟稿件的文学编辑，实在无多。

幸甚。

得遇良师。

文学是条孤独与纯粹的路。在这条见我、存我，又反复失我的道路上，只有我们反反复复走过的土地，才有可能成为后人的心田。如今，十四年的笔耕与心耕，因为神圣乡土的孕育和伟大传统的造化，我终于能够在心田画下较为圆满的句号。此刻，真心希望"下一个我"，有足够的勇气、智慧与自信，愿意拿出另一段不负性情、不负热爱、不负使命的"生命的经过"，为梦想、为时代、为沉默的大多数，去经历、去创造、去贡献些什么。

最后，感谢国家出版基金的立项资助，感谢花山文艺出版社的支持与努力。

正　青
2018年3月

《最后的乡土》编后记

十几年前,有朋友推荐来了一部长篇小说的书稿。作者正青,是个在校的大学生,家乡在保定唐县青虚山下。青虚山也叫葛洪山,传说是晋代道学家葛洪炼丹的所在;山下还有一条河,是因唐尧而得名的唐河。青虚山下的西胜沟自上而下一直有山溪相伴,最终汇入唐河,也可算作当地名胜。每年盛大的青虚山庙会都会聚集周围大量的香客和游人,形成一时一地之盛。

我因为在唐县参加过讲师团,也到过青虚山,转过庙会,所以就对这部以其家乡的人和事为题材的书稿天然地有了一份亲切感,想在自己那些表面化的、走马观花的感受背后,看到当地人是如何讲述当地的人和事的。这是文学地理学的现实与虚构之间,很有意趣的一件事。

及至将这部近百万字的作品认真读下来,逐渐意识到作者年龄不大,所学专业也并非文学,但是对于家乡的土地和父老乡亲的那份独特的血脉深情之外,已经有了在文学上深深开掘的清醒意识。他是从成长的情感与作为人的崇高理解上来描绘自己家乡、亲人和这片土地的。在悠久的历史和壮丽的山水之下,世世代代生活在这里的人们的喜怒哀乐,具有中国农民普遍的卑微和朴实、深沉和忍耐、智慧和通识、奋斗和不甘……他们何以世世代代都如此艰辛,又应该怎样走出这样的循环往复!

这是文学之为文学最初的最宝贵的出发点,情动于衷,有感而发,甚至在语言的锤炼和叙述的技巧上都还没有什么水准可言的时候,就已经迫不及待地用鸿篇巨制来讲述自己难以抑制的喷薄而发的情绪情感了。这样的文字,具有真正的非功利主义写作的最本质的特征。可惜,像绝大多数在这种还没有准备好、还没有文学语言功底的历练和结构技巧的准备的情况下就开始写作了的人一样,正青的这第一稿还没有达到出版的水准。

好在他不是为了出版而出版,他已经下定决心要磨砺自己,让自己具有书写的能力,讲好心中故事的能力,淋漓尽致地表达自己那份积郁已久的情感的能力。很快我就得到消息,说他已经退学,专心写作。这很让人吃惊,也让人看到了他非同一般的决心和执着。

从大学主动退学,在当年来说是一件很大的事情。因为当年从农村考上大学还是很难的,能走上这座独木桥的都是凤毛麟角的幸运儿。正青从大山里走出来,走进大学的校门实属不易,是靠着几辈人的艰苦支撑,是负载着家庭的无限期待的。那时候学建筑是很热门的,出来找一份好工作不是问题,挣比一般专业更多的钱也顺理成章。然而,他就这样放弃了一份已经清晰的人生选择,而去从事别人看来虚无缥缈的文学写作去了!可以想象,他是顶着巨大的压力、冒了极大的风险的。

他在青春的激情和信心鼓舞的激荡下,高扬着理想主义旗帜,追寻着他所敬仰的作家路遥的创作足迹,满怀着对周秦汉唐长治久安的梦想去了陕西,要在那里完成这部创作之初就深受《平凡的世界》影响的作品，充分地传达出他对世世代代生于斯、长于斯、死于斯的那片土地上的人们的热爱。那片土地赋予他的使命就是作为被神化了的唐尧、葛洪之后，第一个有清醒意识、有责任感的本地表达者。

然而他表达的不仅仅是山水和历史，更是现实和人生。中国社会迈开了改革开放的脚步，土地大包干以后的红火日子里人们基本解决了吃喝问题，但是依然没有解决贫困的问题；而人多地少和各种税负压身的沉重现实困境又使很多农民的生活举步维艰。究竟应该怎么走出往日的艰难困苦，前行的道路应该在哪里？作者在描述父老乡亲们的生存状态的时候内心盈溢的无限同情与深情，持续生发着他要在现实逻辑里找到理想路径的冲动。这种寻找，自然也是社会对农民普遍的生存状态的关注点。小说里的故事和人生就是在这样的背景里逐渐展开，逐渐将一个个人物形象鲜活地树立起来，并且让人过目难忘。因为这当然不只是青虚山下、唐河水边的虚构情节，这是关于中国农民当代命运的一个极其生动而真实的窗口。

正青在随后的十几年时间里，每过几年就会给我发来一稿，每一稿都会有长足的进步，但是也依然还有不令人满意的地方。记得有一稿是2006年我在德国学习的时候发来的。我在课堂上忍不住一直在看电脑上他的小说稿，而不知不觉中放弃了听课；也竟然彻底忘记了自己身在异国他乡的现实，完全回到了青虚山下的人间烟火里……

再次通读这部将近百万字的作品，能分明感受到小说中贯穿着的一种强烈而深沉的爱，一种对土地对农民的挚爱；很多诗意的描绘都出现在对地理环境和历史传说的讲述之中；对四季，对轮回，对人的诗性的讲述构成了这部作品深远浓稠的悲歌基调。

很多民间生活的细节都很真切而感人，比如看病前孤老头子掏出自己攒的五十块钱零票；比如葬礼上的馃子，回送以后又被送了人，因为自己一天吃不完就有可能干了瘪了，不如趁着还好吃的时候送了人，尽管自己其实一年也难吃上几回这样好吃的食物……这样的细节是民间生活的形象化写照，更是中国农民生存状态的真实记录，它们有着比概念性的话语本身强烈得多的感染力，是作品里非常动人、非常有温度的部分。

正青的这些笔触总是让人想起柳青，想起路遥，想起贾大山，想起那些本着农民的良心，本着人类最基本的纯正的善来写作的作家。而事实上他的小说也正接续了中国乡土文学从柳青以来对中国社会线性时间里的农村状态的记述，他书写的是改革开发以后到取消农业税这一历史阶段中国乡土社会的状态，虽然具象，但是具有相当的涵盖力和史诗的某些特性。

这已经非常接近一部很优秀的作品，特别是前两卷，有着十分动人的力量；对"新时期"的农民，对世纪之交的当代中国的乡村现实，都有比较中肯准确的描绘。几代农民的形象所显示的中国农民在近乎赤贫的生存状态里的质朴坚韧和苦苦挣扎，都有着直逼心灵的震撼弦动。

不过正青还不满意，还在不断修改。这期间我向社领导汇报选题的时候着重谈到这部正在孕育的作品，社领导班子一致给予了肯定和支持，要我不要放弃，热情鼓励，争取能推出一部由花山文艺出版社持续跟踪、关注、培育出来的好作品。

一直到2015年以后，这部小说才渐渐地趋于成熟。正青已经由一个满怀理想主义的青年变成了一个稳重的中年人，他把十几年的青春时光全部贡献给了这部作品。当然，为了谋生他也做过很多工作，打过工，干过广告公司，从事影视文案的策划；不过这期间所有的一切，都是为了支撑自己完成对这部书稿的不断完善，他总是要留出大量的时间用来反复修改和打磨自己的这部似乎总也不满意的作品……

　　文学，是温暖的事业。在当今文坛上，在一些职业作家那里，已经少有人再怀抱这份"文学"的初心来进行如此"笨拙"的写作。正青的矢志不渝的真诚和殚思竭虑的鏖战，一直持续了十数年的时间。这种付出和努力所获得的第一个回报，是2018年度国家出版基金立项的认可。

　　下一步，相信就一定是作品出版问世之后，广大读者和文学界的认可……

梁东方
2018年8月

正 青 ◎著

最后的乡土

上册

花山文艺出版社

图书在版编目（CIP）数据

最后的乡土：全2册 / 正青著. —石家庄：花山文艺出版社，2018.6（2023.6 重印）
ISBN 978-7-5511-3890-1
Ⅰ.①最… Ⅱ.①正… Ⅲ.①长篇小说－中国－当代 Ⅳ.①I247.5
中国版本图书馆CIP数据核字(2018)第049402号

书　　名：最后的乡土（全2册）
　　　　　ZUIHOU DE XIANGTU
著　　者：正　青
责任编辑：梁东方　林艳辉
责任校对：李　伟
美术编辑：胡彤亮
装帧设计：陈　淼
绘　　画：郗志强
出版发行：花山文艺出版社（邮政编码：050061）
　　　　　（河北省石家庄市友谊北大街330号）
销售热线：0311-88643217/96/99
印　　刷：北京一鑫印务有限责任公司
经　　销：新华书店
开　　本：880×1230　1/32
印　　张：25.5
字　　数：600千字
版　　次：2018年10月第1版
　　　　　2023年6月第2次印刷
书　　号：ISBN 978-7-5511-3890-1
定　　价：98.00元

（版权所有　翻印必究·印装有误　负责调换）

我们,将在这片山河大地,永恒存在。

——题 记

谨以此书，献给土地与人。

序

这部小说原本是致敬路遥的。

在漫长且纠结的创作过程中,当我完成由"生活真实"向"艺术真实"的转化,才充分意识到其实是在以家事为牺牲致敬乡土、致敬传统、致敬"生命的经过"。是的,两千多年来的中国,继承于民间的传统,其底色始终是乡土,尽管浓重的色彩在前所未有的社会转型进程中正变得暗淡。从某种意义上说,这场旷日持久的社会转型进程看上去就像一场盛大的集体"变动",身处其中的一切,甚至包括土地与山河都无法拒绝经受。

最开始,从源于家族的人物原型身上,我所认知的乡土与传统带有明显的世俗性,最忠实的表达是"忙活"。那时的我,以为父亲、祖父乃至久远的先人,都是这种传统的践行者与殉道者。是的,如果把时间拉得足够长远,覆盖掉世代更迭的人生,那么农人前辈们日常里的"忙活"是简单至极的,无非是从家里到地里,从春天到秋天,从父母到子女,最终无一例外的是从生到死。他们的生活朴素又低沉,时常呈现出随遇而安与无能为力的样貌。但是我错看了父亲，他身处强大的惯性之中但心已在其外，根本不愿意让他的影子化作我的样子，于是手脚并用为我扒开通往外界的大门。遗憾的是，我不如笔下的"方永"幸运，没能按部就班地成全他的心愿。说实话，至今我都羡慕自己创造的角色，那个承载着我人生另外可能性的农人子弟，远比我成熟、稳重，远比我有代表性，最终能够脱离家传命运寻获乡土之外的"诗意栖居"，而现实中的我是退学从文的，近乎偏执地葬送了父亲的"忙活"。

　　之所以说道这些故事并把它放进序言，是因为这是我的人生底味，也是这部小说能否获得超拔力量的内在动因。诚然如此，如果一件事情无法深切地结合自身的命运，那么我们将无法对它产生真正的热爱与饱满的忠诚，也就无法把全部的身心融入其中，对它的认知与把握难免要流于浅薄或者有失偏颇。基于这样的心境，我怀抱乡土开启了面朝传统的书写。随着现实的剪裁与重构，随着认知的精进与成熟，随着自我的放逐与扭曲，生活的真实和艺术的真实开始模糊，一片混杂到难以沟通的乡土世界突兀在我与传统之间。我的情怀难再开阔，那片中间地带反倒显得空旷异常，表里生长着无边的孤独和柔软的力量。经过且行且思的观照，心心念念的乡土非但没有变得清晰确定反而愈发显得支离破碎，无论以怎样的理性逻辑切入都无法把生疏锐利的碎片整合起来。在这片持续生发巨大苦恼的中间地带，我感受到了强烈的自我冲突，坚信唯有孤独到纯粹的尽头才能将其跨越。

　　不得不承认，那时的我根本无法把握完整的乡土世界，远没有获得击穿现实的力量。究竟怎样，才能穿越内心的乡土达成致敬传统的意图？或者说，如何架构才能让笔下的世界变得更加纯粹?

我反复琢磨梁东方老师读罢一稿的诊断,文本细节之外诸如"文学是温暖的事业""展示人类生存的美""本着人类最基本、最纯正的善"等教导让我受益匪浅。的确,到了跳出理性怪圈的时刻,让内心充盈原初的感性吧,于是动员起全部的热爱。就这样,潜藏于记忆深处的亲人一个接一个地复活,灭迹于土地上的忙活一件接一件地复演,就连整片整片的场景也被我连贯地移栽进中间地带。

之后再看,曾经的支离破碎已变成熟悉的田陌,曾经的生疏锐利已化作深沉的感动,这充实起来的乡土世界,恍若世情连贯的生活丛林。我兴奋得忘乎所以,恨不得马上拿出修改稿来,但潜意识又理性地告诉我,不要临摹生活,不要素描现实,它觉得这看似丰满鲜活的画卷并没有十足地醒过来,远没有击发创作冲动的必要。是的,我应该再进一步,去厘清画卷世情里纷纷扰扰的"真实",甄别哪些源于生活的肌理,哪些是艺术上的升华,从而将现实母体改造成精神原乡,进而开掘出经由乡土面貌直抵传统实质的捷径。

在那些心焦口溃醒梦间杂的日夜,我尝试过不同的方法,比如贴近原型,但发觉他们和我不再拥有共同的语言;比如融入场景,又自觉生疏与不适。无论是贴近还是融入,都不能改变这样一个令人沮丧的事实:我无法再成为他们的一分子,我内心的乡土世界依旧满是冲突,尽管我带来热爱,尽管我感动了自己。

回想起来,我确信不久后就找到了解决的办法,那就是到生活的背后去,到精神的源头去。小说是生活的艺术,也是结构的艺术,同时还是思想与情感的容器。就现实主义创作而言,既有的书写模式遭遇瓶颈,多半是因为对现实母体的把握过于片面或者主观,对精神原乡的认知过于粗浅或者陈旧,以至于缺失击穿现实的有效武器。磨砺创作之矛,需要借助一场精神运动来重新定义相关的核心命题。于是,我轻装潜入丰茂而细腻的生活丛林,在诸多人情事物的背后,反复审视着第一现场里自然而然的细节,真切感受着日常状态下原汁原味的民间,从头看到尾发觉"忙活"的本质已然清晰——不过是一场"生命的经过"。哦,原来我孜孜以求的小说,最值得也最应该讲述的是"方载亲"的"生命的经过"。在迎接叙事调整的重要时刻,这种觉醒指明了结构性修正的方向。索性再进一步吧。于是再次深入那片现实母体与精神原乡杂集的中间地带,触摸每一股柔软的力量,虔诚地感受着它们的"真实",以及它们的情绪、它们的动向和它们的节律。冥想之中往往潜藏着灵感,而灵感能够带我快速逼近乡土世界里潜在的真相。数度苦思后忽然明白,之前之所以无法消弭内心的种种冲突,是因为"乡土"并非一种确定的以及可以限定的具体存在,实际上它只是一种"关系",微妙的感应关系,世代人心和生存空间的感应关系。想来也是,我们每个人都在以人情物理为尺度丈量着周遭的生存空间,并且不遗余力地让自身与其发生关联,于是世世代代的我们便营造出集体的"乡土"以统合各种各样的关系,从而让每个人在必要的时刻都能够经由不同的情感取向感受到自身的真实存在。

至此,精神阅历同步生活阅历富集而来的能量足够驱动再创作了,但深度的思索触发了新的问题,那就是,在乡土的中国,反复上演的"生命的经过",到底有何启示?

不承想,这个问题直到2014年底才得以解决,那时距离创作这部小说已经过去十年，距离触及这个问题并且修正二稿也有六年之久。是的，生活里的原型们，在无能为力的现实里沉默了太久；笔下的角色们，也在我随遇而安的生活边缘犹如地标般石化了太久。他们和我，像是在以守望的姿态等候着什么惊天动地的大事件发生，以至于不惜在各自的世界里上演一段空白或者潦草的"生命的经过"。

庆幸的是，在随后的两年里，我没有辜负这份时空里的长情守望和精神上的持续造化，当现实母体再次完成向精神原乡的超拔转化，"方载亲"的"生命的经过"就变得恰当而普适了，他生命的减重过程经受住了整体性推演，他生活的归顺路径也得到了情理化表达，他终于和他本本分分的命运握手言和了。就这样，连续两稿的修正，让这部作品拥有了相对成熟的品相。

搁笔的那一天，回首成长与书写之路，我坚信世间的每一座高峰，其实都是在丢失群山之后才形成的，而中华民族生活的长河也是在丢失一代又一代人的"生命的经过"后才演化出主流的。很抱歉，我没有把这种自然的行为、历史的进境理解成奠基、融合及其他，我只愿意把它们理解成纯粹，或者从纯粹的角度去理解它们。或许真是这样——我们的传统，我们的乡土传统，由高尚的民族情感和博奥的文化观念在时空长河的流域里集结而成的乡土传统，正是在如此无限宽忍的民间土地中一寸一寸地生发出来的，也正是在如此平凡有序的日常生活中一天一天地纯粹起来的。

行文至此已无须赘言，在坚实传统的强大约束下，乡土中国反复上演的一代又一代人的"生命的经过"，其实都是发生在日常的生活之中的，最终也都是要融入民间的土地里去的。如此来看,那些平凡的、存在过的和存在着的"生命的经过",生来本就该承载中华民族家国同构的精神崇尚和载亲载德的命运负担。所以,埋藏那些"生命的经过"的土地,世世代代的我们,唯有躬耕而无法背叛。

请记住,土地是无法背叛的。

是为序。

正　青

2018年3月

目 录
CONTENTS

第一部

卷 一 / 003　　卷 二 / 131

第二部

卷 三 / 265　　卷 四 / 397

第三部

卷 五 / 529　　卷 六 / 659

| 第 一 部 |

卷 一

第 一 章

对田厚生来说，这辈子最依恋的地方，只能是田禾庄。

他生在田禾庄，长在田禾庄，死后也被埋在田禾庄——他在田禾庄直立行走，他在田禾庄出生入死。

田禾庄是冀中平原尧县的一个自然村落，地处太行山余脉，土地并非肥沃或者贫瘠。尧河从葛洪山背后的背后拐过几道弯才流经村外的原野，黄褐色的土壤和常年不干涸的沟渠最适宜种植水稻。水稻之外，小麦、玉米、白菜、土豆以及光屁股的小孩、劳作满天的农人也是河野里的常客。千百年来，因为尧河的哺育，田禾庄风调雨顺，五谷丰登似乎不是什么为难事。

三十年河东，三十年河西，是尧河在时空上的流域，是河流与自然的守则，是人与水土的变动。

祖祖辈辈的田禾庄人称尧河为"大河"，她带来安居乐业也带来水患。一九六三年大河发大水，束手无策的人们逃往山顶，看着洪水裹挟的树木、瓜果和家畜，山崖上的田厚生甩开膀子大喊——"淘河!"

于是,汉子们头一次洗劫了这条波涛汹涌的大河。

水患过后,河道再次构筑起高大的石堤,土地也被重新平整丈量。经年重建的劳累过后没有谁痛恨大河,因为灾害经过的土地更加肥沃,甚至没有谁想起要埋怨这条大河。

尧河反复变迁,河岸山下那个西高东低的小村落仿佛也在流转。人口逐渐增多后田禾庄扩张到北面的土坡,东边依旧距着河。起初北坡不过零星几户,后来有了街道、水井和磨盘,"北庄子"就此成形。北庄子宽敞向阳,适合晾晒五谷,年轻人落户此地后老村落多少显得死气沉沉了。

这时的村庄中间裹着眼洼一样的濠坑。

田厚生少时的濠坑十数亩大,底有不死泉眼,涓涓清流总要汇成小溪流入尧河。一九六三年那场大水淹没村庄淤塞泉眼后,濠坑的水才死了又臭了。此后冬日暖阳里大队北墙根的老人,更要念叨老村落的好风水——濠坑是"龙眼",村中老井底的青石板是"龙脊",东坡顶的确有的几株老藤是"龙须"——葛洪山下尧河水岸,好一条潜龙在望。然而一场空前的旱灾过后"龙眼"干涸了,"龙须"枯萎了,掘井取水的人再一次把"龙脊"挖断了……

田厚生是为数不多会讲古老传说的人。

提起葛洪山他恐怕要讲三天三夜,不管是有根有据的"葛洪炼丹",还是神话传说的"孝子升仙",他的说道煞有介事。其实他最拿手的不是讲已有的故事,而是现编,比如别人心里已然死去的"龙"在他嘴里却能够复活。新中国成立后兴修水利,田禾庄人在葛洪山间兴建水库,和尧县人一道在群山腰际开挖灌渠,蜿蜒引来的尧河水让旱地变成了良田,这灌渠就是他说道的实实在在的"龙"——与尧河一样,她也被称作"大渠"。

讲故事时的田厚生总带有别样的情绪，时而自豪，时而悲伤，时而无奈，但总能感染孩子们的心，还总要问是否听得懂记得牢。是的，他是田禾庄最后一户土生土长的田姓人，他觉得有责任把关乎乡土的一切说下去并且传下去，哪怕琐碎与卑微。

我们的厚生老汉年少时家道没落没人保媒，倘若有姐妹尚可以换桩亲，但他偏偏生来就干净。邻里看不过眼，帮衬着说一门，可小光景还没有过起烟火媳妇就得怪病下世了。此后人们传说田禾庄的水土不再养育田姓的根，天要绝他田厚生的门户，也就没人再把丫头许给他。不久外地人介绍过拖油瓶的病秧子，不料次年病危，"娘家"紧跟着来索命，他还了"小子"又赔了血本。事后人们得知那女人是被婆家赶出来的，说她克死了男人，没承想又克死了自己，原本"娘家"捞庄客的打算随之落空。这是他一生中和女人走得最为亲近的两次，虽说以后又遇到过一次半次的"好事"，可全被看破红尘的他谢绝了。

土地上的岁月悄无声息，到了知天命的年纪他也穿老了"绝户"衣裳，但他的生活看起来是充实的，甚至是满足的，因为他始终带领着田禾庄生产大队二小队的农人下田劳作。

他习惯了这生活，一手好算盘把小队账目算计得有条有理。

公历一千九百八十年，春。

田禾庄。

第 二 章

吃罢晚饭，"老绝户"田厚生去屋后喂猪，劁过的半大猪颠过来，扯着脖子朝泔水桶哼唧。不紧不慢地淘净槽，嘟囔几句下过食，再看窝里的老母猪，还在嚼草根。

怕是要发情。

他想：王建国这浑小子整天吆五喝六，连抻圈子都顾不上。前几天大队碰面脸还死硬，说人搞计划生育猪也得结扎！当大队长了不起？得亏你有小子！

计划生育不关田厚生，他这会儿关心的也不是谁家老婆接二连三地生丫头，而是这头老母猪。说到底离不开王建国，全大队就他有叫猪。想罢往槽里漂层糠，远远地给老母猪丢把嫩草，又踮脚瞅瞅大队才走出宅院。

大队在田家房后，隔着条车水马龙的大道，此时那里黑灯瞎火的，不过用不多时党员干部会被拘来，鬼子油灯也要亮起几盏，壶嘴还要"吱吱"地喷出热气。是的，一切全要热烈，直到后半夜。

田厚生没有去大队蹲守王建国，而是过官街进了对门的方家。

方才顺家正是一顿忙活。

南屋门口架着小灶，柴不干火上不来，大小子方载亲正趴地上死劲吹，火光明明灭灭，烟也一股股地蹿。他家的安友会挺着大肚子递来破扇子，火旺了田厚生才看清小灶里是片汤。北屋的二小子方载德刚洗过手，他家的李学勤递条白手巾，拧腰泼水时瞟见田厚生，忙说："叔，来。"

"娘儿们真麻烦，落个先伺候。"方载亲咧着大嘴取来香油说，"明儿得把北台整顺溜。"北台的抽水机撤下后基台得松土，挑粪担土的活儿快完了，与其让社员磨洋工，这个二队小队长觉得不如先把那几亩地捋摸顺手。

瞧他抽不开身，田厚生挪向东房的才顺老汉。

东房里更是忙乱。

大丫头方载萍一家正围着锅台赶饭顿，几颗脑袋占满一世界。见他来，蹲着噙烟的才顺老汉吩咐方敬搬板床。方敬搂紧两岁的方爱扔来板床，板床连滚带爬地翻过了坑坑洼洼的走地。

跟载萍女婿陈世好搭过话，田厚生挖锅烟问才顺老汉："王家胡同伤了人？"

"嗯。"才顺老汉吧嗒一口烟。

去年春起，王家胡同的张红民破旧，下地脚时往后吃了半尺出水地，后头的王建立不乐意。起先女人之间不对眼，隔墙扔是非，张家始终无法立新。秋后邻居看不过眼，说，你们两家住街头，地势高，我们巷尾的都让你们出水哩！俩男人这才面对面达成协议：将来王家起偏房，就来个背靠背。哪知今日张红民递瓦脱了手，正砸上王建立的天灵盖……

"送不走财神了。"才顺老汉又吧嗒一口烟。

"爹，不是你的过，王家胡同本就没有好人。"方载萍瞟眼锅里，撂筷子说，"回家，门没闩。"

眼见着方载萍走后，田厚生叹道："什么时候是个了？"像是在说张红民，像是在说方载萍。照他的道理，嫁出去的闺女泼出去的水，再隔三岔五吃娘家情理都难通。

方载亲捧来片汤，递给才顺老汉才盛锅里的稀粥。才顺老汉撂下片汤，变戏法似的摸出个窝窝头说："敬子，你姐儿俩嚼嚼。"

"爹，你不嫌别人嚼。"方载亲在怪他。

诱人的白面窝窝头。

谁家见天吃？

曾经的财主赵家。

解放前王家胡同一带全是赵家的产业，就连街头的老井和戏楼也是赵家的摆设。农忙时节赵老头儿会给走活儿的发白面窝窝头，鼓励他们把成片的庄稼做到丰年稔岁。后来赵家没落下去，一大家子人死的死散的散，田厚生由此分得了一亩三分地。

眼下牙缝里省下的窝窝头，才顺老汉并没有留给方载德家的孙子。田厚生裹嘴烟心里说，老棺材瓢子，重女轻男哩！

"爷，我娘叫我叫你吃烙饼炒鸡蛋！"方载德的大小子方军在东房台阶下喊了一句。

"嗯。"才顺老汉没有起身的意思。

"大孙子有请，不去？"田厚生吐出了烟嘴。

"叔，他大哥也来，今儿够吃！"李学勤支开门扇笑着说。

方载亲不言语，紫黑的脸膛挂着憨憨堵堵的笑。

"嗯。"才顺老汉还是没有起身的意思。

李学勤回北屋后方载亲也带着俩丫头回了南屋，临出门田厚生瞥见方载德端着饭碗进了东房。

说起方载德，田禾庄人都夸能耐。

一九六八年他穿上了令人羡慕的军装，当过四年汽车兵，回乡开起了拖拉机，很快和独生女李学勤过上了红火日子，但直到兄弟分家也没能搬进丈人家。又几年他如愿调往公社开汽车，在家少有闲在。伺候生下仨小子又爱干净的李学勤受不了地里的活罪，和过惯庄稼主日子的安友会渐生摩擦。安友会生气、生气再生气，却是无可奈何：人家嫁给了端公家饭碗的男人，自家却是块土坷垃；人家接二连三地生小子，自己却是俩丫头的娘……

女人，不比男人和孩子，还有什么好比的呢？

面对心高气傲的李学勤安友会自觉当不起嫂子。刚分家时东房各家一间半，李学勤扫净自家便把垃圾堆在中间。方敬看不过眼，追着吵，安友会气上加气。是的，能顶小子使唤的厉害丫头毕竟还是丫头，此刻她想要的只是小子，肚里的再不是，死活也要回娘家。不过妯娌间的嫌隙并不影响兄弟间的默契——自留地的化肥方载德买，活儿归方载亲干。

我们的"老绝户"到大队并没有发现王建国，正想走时支书刘大民发现了他，用田禾庄人做梦都学来的腔调说："厚生老哥，你来是为计划生育哩？呃，迟早得通知你，你可是二队百十口子人的二当家。"不待答言又问电工，"发电机修好了？"

　　田厚生不待见他。一九七几年间尧县大旱，上游不给田禾庄流一股成器的水，社员要求大队出面协调水源，刘大民却满怀热情地吆喝"哪里得了丰收都是社会主义！"社员骂他没本事，田厚生则说他是给上游拦河筑坝的"大草包"。

　　电工点点头，众人却唱反调："大队长不在，又不是忒要紧，就算女人黑夜里搞生产……"

　　"都等建国……呃，我……吆喝他一声。"

　　"他是会分身术的孙猴子，还是你一请就上身的大仙儿？这会儿怕是跟张红民划拳哩！"民兵连长说。

　　计划生育事不关己，田厚生转身回家起了琢磨：你王建国收拾不好亲兄弟的烂摊子，恐怕我得"计划"一窝子猪崽儿哩！

　　这是一个普通的夜晚。

　　当夕阳收敛最后一道霞光，当田野上演百虫的吟唱，当乡村释放醇厚的晚香，长夜归于沉静时农人也步入了梦乡。脚踩大地追赶太阳的人们需要歇歇脚，收起沾染泥土与汗渍的行装好好补一觉，待星光隐匿再收拾田野里生长出来的时光。

　　这是一方古老的土地。

　　自从有了草木稼穑就有了生生不息，有了劳动与创造也就有了生生不息的理由。所有的一切是如此地依赖这方土地，以至于人们不愿意磕去鞋帮上的泥土。是的，土坷垃，放在哪里都是土，都会跟随足迹回归大地。可是有时候需要亲手磕净泥土,比如提前完工又不能开小差时,不如脱下鞋子磕磕打打,闲话说得差不离日头也到了点儿。每到这样的时刻田厚生总有许多的笑话,当然他也是许多人的许多笑话里的主角。每个人都有成为主角的可能,今天不是你明天准是你,这块地里不是你另一块准跑不了你。

第 三 章

这些天大队长王建国忙活坏了。

清明备耕,大队多次召开务实会研讨生产,但往年的老套路显然不适应眼下的新形势。单干的风气正让群众对集体大生产丧失积极性,泡工分的明显多于真正忙活的。大队心知肚明,一次通宵的研讨会上王建国阐明了基本观点:反对无政策指导的跟风冒进。随后的清晨刘大民破天荒地展示出强硬立场,进行了仨小时的广播,经电工提示才在油耗完前总结说:"田禾庄大队不小!呃,文件没下来今年等同往年!万一东风转向田禾庄不落后就行!"王建国说他,"你是柳条腰,想怎么拧就怎么拧"。

生产好歹开展后,王建国想切实钻研计生政策和实施办法。公社开会听得没头脑,但他知道计划生育不能马虎,没承想这节骨眼兄弟唱了出屁味的戏。张家包赔医药费,邻居住个前后脸,够了哩!吃过张红民一顿酒菜他哼着小曲愉快地走了。或许是野风一吹老酒上头,他回家的脚步变得踉跄,竟然钻错了门洞。

寡妇田新凤问:"谁?"

他顿住脚步,脑筋飞快地转着说:"呃,广播计划生育……我家听不见,来……"

响亮的一巴掌过后田新凤朝隔壁扔了一句:"你们家深更半夜才

唱天仙配哩！"

　　田禾庄土生土长的田姓人，田厚生之外就算田新凤的男人了。前年冬天大队采石，这个男人被王建国安排炒火药，不慎被炸得血肉横飞。大队开罢追悼会给了田新凤军烈属般的待遇，但她不依不饶地记恨王建国，甚至公然朝会场中央撒土坷垃。人们可怜她，懒得过问本姓，便送了"田禾庄"的"田"给她。今晚若不是王建国三更半夜地闯进门，若不是大队长贸贸然地提及计划生育，伤口日渐弥合的她懒得甩耳光，更懒得朝隔壁扔难听的话。

　　黑夜比白天深刻许多，却惹人寂寞。挨过巴掌王建国灰溜溜地躲进了空荡荡的大队，琢磨良久自语道："呃，宣传就让陈老师搞！"随后又陷入沉思。是的，他的一天全然在思想中度过，大队就是他思想的阵地。倘若开会，这里的开水随便喝，壶嘴每时每刻都奔腾着白热的气息，常年不熄的煤火上要摆一圈的海碗，来人即便不渴也得倒一碗，因为谁都端着。专属座椅之外他有专属茶缸，内壁满是茶锈——农业学大寨时田禾庄是典型，先进个人的奖品就是带有铭文的搪瓷茶缸。每当大队冷清下来，他沉思的一多半会给风光的往日，但无数次回味过的场景并没有和中山装一样变得舒适，也没有和签字笔一样变得容易掌握。

　　真是此一时彼一时。

　　仿佛是这声感慨刺痛了脸颊，让他的思想转移了阵地。

　　肯定有血印了！

　　他并非怕疼，而是觉得吃亏，更何况是脸面上的亏，转念再想又起笑语："挨猫挠不丢人，老婆下手抓才丢丑哩！"

　　田厚生一早守在王家门口，听见稀里哗啦的声响才袭来猪。

　　早上的王建国心情很好，把哼哼唧唧的老母猪关进猪圈一拍手说:"呃,老哥,一袋烟准勾搭完!"

"小队拆小组,有模样不?"田厚生瞅着猪圈冷不丁地问。

尧县外公社已有大队把土地分给几家几户的小组,可是不到大秋难见实效。王建国和干部们私下讨论,总感觉在这一带田禾庄首先起事不保险。此刻田厚生问,他不耐烦地说:"那是极个别地方瞎折腾!公家的地落进私人手一棵苗肯结俩果子?能变成一块不长稗子的净省地?"话不能说绝对,是他挂在嘴边反驳别人的口头禅,同样也是后手,所以此刻拎出来说,"话不能说绝对,什么人什么事都在变!大队的意思是先等等……呃,确实好干部还能砸社员的锅?大队有大队的难处,呃,两三千口子人什么想法没有?真动刀这地就他娘是猪肉,挑肥拣瘦的保准比蛆虫多!你剁一块后墩,他旋一条五花,烂杂碎扔给谁?呃,只那么几亩好地都流哈喇子,所以更得慎重再慎重,闹不好毁一年庄稼事小,兴许出人命!"

听口气分不得,田厚生心里话反正我一口子人。眼见俩猪完了事,他叹道:"你可是诸葛亮,我快没力气收好多人的庄稼了。"

王建国把猪撵出来,在屁股上结结实实地踹一脚说:"老田,你看这死德行,弓腰了!呃,这窝给我留个吧。"田厚生满口应下,进了官街又听他问,"田大哥,大队有人不?"

"没几个。"

"大喇叭还不吆喝?呃,人都懒了哩!"

进家下过食,看眼大队零散的人,田厚生来了方家,方载亲正往死里箍扁担,他便提醒:"别过火。"

"挑粪得鼓劲了,唉,单等着大风刮白面天上掉烙饼!"方载亲头也不回地说。

"今儿的劲不知道给了明儿的谁,尤其上粪,土肥顶几年哩!要是挑水保苗,秋收还有个人。"

"你叔对。"才顺老汉接下话茬儿说,"拿咱比方,十来口子人老的老小的小,搭上会子出工,你俩女七男十忙活一天十七分,就算满工一年挣多少?最后人工七三结算又得多少口粮?我不如去瓦房,有手艺怕吃不上饭?现时各家各户人心不齐,有多少地是个死,能种什么又收多少也是个死。唉,你是队长你说说,这个家怎么当才算好?"

才顺老汉是贫农,和田厚生一样是最亲近最熟悉田禾庄土地的人,每一块旱地河滩都遍布他们的足迹。在土地上摸爬滚打的前半辈子种的多是财主赵家的地,那时看到肥沃的土地结下累累的果实心头也会滋生百般的滋味。可是眼下,虽然有地可种,尽管有粮可收,但是当初那种对结果的渴望却不再饱满。

田厚生稳稳当当地坐下,挖锅烟对方载亲说:"决算按工分你们不值,单靠你三五亩能掭扯,三十出头正当家。眼下看是大队卡着,干部们不盼东风盼西风,总想着泡全工指挥人。"

这样的谈论一般在私下,多是茶余饭后几颗彼此熟识的脑袋碰出来的闲言碎语。不,不是茶余饭后,像方载亲和田厚生这样的人家是无茶可吃的,即便家里来了重要且特别的客人,搪瓷茶缸里装的也只能是滚热的白开水。

需要一场变化。

人们都在期待,就聚集在村口的古槐下想要被某个划时代的声音感召。这些等同禾苗的土生土长的农人,他们的心地也有土坷垃,动一动就揪心的疙瘩。他们不想出工,除去懒惰的成分,是不愿意让自己心疼。

丢掉烂糟糟的思虑,方载亲决心顾全眼前,于是拟定了出工事项:女社员去河滩为秧畦做床,男社员去崖右为瘦地挑粪。

做床算轻省活儿,适合女劳力。

女人们需要在麦田渠口附近开辟一块净地，把它整理松软以备立夏时节下秧育苗。说来简单却相当烦琐，首先要根据整块地的用苗量规划秧畦的大小，然后拔掉尚未成熟的麦子翻松土壤。在翻土之前，为了让稻种茁壮成长不误时令，厚道的农家女人会提前散施干燥多孔的动物粪便和草木灰构成的底肥，只有这样土壤才会在铁锹挥舞的过程中变得松软又肥沃。

翻土是土壤透气的过程，也是中和肥料、汗水和心意的过程，粗翻、精翻后松软的秧畦还要找水平，以便渠水能够均匀地照顾每一粒种子和每一份期望。在忙碌中女人有时间说笑着去话远远近近的家常，这时最能发现哪家姑娘谁家媳妇是勤快能干的人。只有勤快的人才会捡拾土壤里的杂草、碎石和虫卵，也只有能干的人才会细碎而耐心地对待每一块土壤。是的，勤快能干的女人往往是好心的女人，她们不会让孕育生命的襁褓地留有遗憾。

挑粪是脏累活儿，要靠男劳力。

粪大多出自猪圈牛棚，少部分来自大街小巷。以前的田厚生早起或者后响会挎着粪筐出门，把拾来的粪攒成堆沤一沤。沤过的"熟粪"更肥沃，科学些讲，能让有害的一部分物质自然消亡。

粪土的归宿是田地，像崖右这样的坡地得靠人挑。单纯的挑粪枯燥乏味，男人们在一起会喊着彼此的"外号"比力气。倘若"傻子"这样的外号给了几个人，那么他们之间会简单地称呼"对号子"，而别人则加以区别——"傻子李"可能是闷头使蛮力的人，"大傻子"可能是生来就不聪明的人，而偷懒耍滑的精明人也能荣获"傻子"的称号——"王家胡同傻子"单指王建立。当喊外号也不能提气时，方载亲会带领社员去崖右旁的柏树林歇晌，柏树林其实是一片墓地，有着满是青苔的拱砖门，杂草坟茔间竖立着一通石碑，依稀可辨的几枚红字是"八路军教导团烈士永垂不朽"。

劳动是社员的工作,担负土地生产任务的同时他们还担负着身为"群众"的社会任务。

秧畦做床的女人堆里往往夹杂着为小子物色对象的人,她明亮的眼光只肯照应勤快能干的姑娘,一旦相中会摸清门路请媒说亲。当然,亲事并非只发生在同一个生产小队,也可能是大队或者公社。田新凤嫁到田禾庄只挪出十里,我们的"老绝户"是代表婆家接亲的唯一长辈。有成年姑娘的父母亲也会为亲事操心,同样需要物色勤快能干的小子。据田禾庄的男人说,方载亲之所以娶到安友会只是因为勤快能干,而出工的女人说道起来安友会则另有说法:"高小那会儿,他半道截我,死乞白赖地献殷勤……"

早上,方载亲把任务排得满满当当,社员听后炸了窝,他不管不顾,临了撂一句:"崖右是沙土地,路远土瘦,给你,你要?"

第 四 章

陈老师是受普遍尊敬的人,田厚生说他算秀才出身。田禾庄小学有二百多名学生,这位年轻的民办教师负责语文课,完成教学任务也要随队忙活额外的工分。

与其他地方不同,田禾庄的小学生学习《历史》时会有嘻嘻哈哈的简单自豪,因为在歌谣里尧县已经和古老的中国关联。倘若你问"夏商与西周"之前的历史,他们会扣上"三皇五帝始,尧舜禹相传",还搭上"尧就是我们这里"不大像话的话。其实田厚生也是田禾庄的教书先生,因为他乐意把事关"唐尧"的点点滴滴传授给孩子。

在自然课上,田禾庄小学生首先要学"二十四节气歌"。老师提问时他们会捎带脚背出残缺不全的农谚,比如"白露早,寒露迟,秋分种麦正当时""立春天渐暖,雨水送肥忙"。"早看东南,晚看西北"这句专属田禾庄,前句指早晨望望东南方蜿蜒流逝的尧河,山坡有灰云则白天极有可能下雨,要么带雨具出工,要么干脆歇工;后句指傍晚看看西北方巍然矗立的葛洪山,若云遮雾罩则晚上可能大雨滂沱,要么给漏雨的屋子准备脸盆,要么去大场遮蔽新获的粮食。你看,农人们劳作时总要时不时地仰望天空,这正是在揣摩老天爷的心思。

而在《地理》书里幼稚的孩子显然是失望的。田禾庄太小了,课本地图上所描绘的尧县也不过是一个不起眼的小点儿。只有当他们忙活过更长的岁月和道路,再读过更多的书本后才能明白,其实课文里"用占世界百分之七的耕地,养活占世界百分之二十二人口"的壮举,是由同他们一样的人完成的,而《思想品德》教材里的善良、勤劳、智慧、坚韧与勇敢,也同属于他们。

陈老师原本有事找干部,正好干部找他,所以下课匆忙赶过来。瞥见他来,王建国远远地喊:"陈老师来会议室!"甩出一摞计生文件,再弹根"玉兰",噗地划根火柴慢悠悠地说,"咱大队人均土地面积是多少,清楚不?"陈老师摇头,他点着火说,"呃,好地九分!有多少孩子念书?"陈老师点头,他喷口烟说在了前头,"两三百吧?呃,不用三五年小学校那几间土坯房得撑破,不出十年都得变成半大小子,要吃要穿要媳妇还得接茬要孩子⋯⋯"

来大队前,校长要陈老师争取修缮校舍的资金和劳务,他说他只是小老师,大事该由校长出马,校长说干部见到他就躲。既然说到学校,于是他想提一提:"学校修缮款⋯⋯"

王建国立马不耐烦地说:"小学校的问题,不是块儿八毛的问题,也不是我三言两语就能解决的问题。呃,开销多少怎么花,少说也得上会讨论讨论。呃,事情总有轻重缓急,要多体谅大队的难处。你看墙上那些生产任务和进度,再找会计问问家底⋯⋯"

陈老师满脸的无奈。

王建国又望着南山语重心长地说："呃，计划生育有利国民，是政策，看起来更像是法。这么大的事不能办砸，冷不丁要社员配合……呃，先宣传，街头巷尾刷标语，知道刷哪些不？"

陈老师摇摇头。

王建国只得指点说："呃，这句长刷在大队院墙上，全大队这里最宽敞。上头画道的全刷，红笔画的红胶泥刷在最显眼的地方。呃，不按规定生孩子要处罚这几条，一律刷在北庄子！"

田禾庄居民新村北庄子住户全是小两口，这个年轻力壮的聚落是计生宣传和落实的主战场。杀鸡儆猴，治这伙老小孩只能下猛药，得硬让他们清楚什么是国法，别再像爹娘没事生孩子玩。现在生一个随便，生俩有商量，再多有违国法！违法，该不该受罪？就算敞口让你生，你又养得起？所以王建国与刘大民合计着先拿北庄子开刀，然后召集生产小队开会，接着召开社员大会，最后严格落实巩固提高，而具体工作的开展日期，二人暂时统一了口径："年中，六月一。"

"先刷学校附近……"

王建国断然否定说："学校附近不刷这些。呃，计划生育和这几批孩子关系不大，太早也太晚。呃，学校院墙上是得刷点儿遮遮丑，那先刷句'好好学习，天天向上'凑合着看吧。"

"修缮款……"

"我说过，凡事总有轻重缓急。呃，去吧去吧！"

"学校的招牌……"

"呃，一块劈柴板。快去，趁会计在。"

正如王建国所说，田禾庄小学的校牌是块风吹日晒雨淋后破败不堪的木板，但陈老师的意思是新板要有一定的长度、宽度和必要的厚度，以便工整地刻写"尧县白合学区洪城公社田禾庄小学"一通墨色的仿宋体字。

崖右，方载亲正和社员挑粪。

乡间土路旁，一溜土肥被堆成长长的垄，他们要把它们装进粪筐，再踩着羊肠路挑进田地。土肥是必需的，单靠化肥禾苗看起来不壮实，果实尝起来也少滋味。是的，禾苗和人及万物一样，只要是土生土长的生灵就需要自然而然的养分。粮食的成长依靠肥料，而人的成长则需要粮食，正因为这个循环的存在人类才能生生不息。没必要担心如此多的粪肥年复一年地散进田地会造成什么不良后果，倘若日久年深地势高得难放冻水，播种前农人会把多余的土壤起出来运进各家各户的棚圈——这就是粪肥的本质。

在社员看来，分田到户或者小队变小组过渡是迟早的事情，倘若成真就必须完成从"群众"到"个体"的角色转换。但是这些急切的农人已在心里为以后的"个体"作打算，所以他们会认为现在指不定在为谁家攒忙，而用别人力气的那家说不定连一个人工都没有出，决算分田后更不会说："这地打明儿起归属我了，谢谢你帮我挑粪沃土。"但他们一时忘了崖右这样的沙土地会分给每个不乐意要的人，所以方载亲说完他们晓得眼时毕竟是集体，在贫瘠的土地上多花点儿精力也值当。

挑粪是单调的，再没有谁情愿喊劳动号子，大家只是机械般重复敛粪、装筐、挑担的动作，需要配合则喊声"傻子"再努努嘴。即便在烈士墓休息也没有谁再讨论那火热的年代和革命的代价，只是默默地寻思将来——分到田地的他们的将来会是什么样子？他们不知道，所以要寻思。

崖右是贫瘠的，需要更多的粪肥。

虽然方载亲排下重活儿，但还是按时收了工。

方敬是才顺老汉的长孙女,十岁才上二年级。

她每次逃学安友会都把她轰进学校,后来逃学不回家,而是找到某个角落里瓦房的才顺老汉告状。才顺老汉会抽空哄一哄,然后吃点儿主家的饭再走。安友会总埋怨说,爹,你糊涂,不想念叫她滚回家,人家的饭那么好吃?吃一嘴人家嚼好几嘴哩!才顺老汉搂着方敬一声不吭地抽旱烟,他觉得自己少吃半口不会有大亏欠,于是说,这么小的孩子又是丫头,我不愿意她过堂受审!大人硬生生地闲一天,受得了?比逃学更让安友会不省心的是方敬时常没大没小地和婶娘吵嘴,李学勤总当着她的面指责方敬:"你眼里没有我这个婶子,你真是你娘的好丫头哩!"

"丫头"二字最能刺激安友会敏感而脆弱的神经。是啊,生个小子吧,给方载亲生个小子!堵住李学勤的嘴也有了养老的人。所以安友会不再和李学勤吵嘴,时时躲着处处躲着,好像犯了错偏偏又知道犯了什么错似的。

才顺老汉喜欢丫头,旁人知道他也喜欢小子,只是有仨小子的二小子过得怪好,而有俩丫头的大小子却不尽如人意。我们的才顺老汉,这个大家长总想把父爱平摊在子女身上,从而希望他们中的每一个人都过得怪好;倘若有谁过得不好,他就本能地偏沉,把一些爱匀过来。

其实方载亲也想要个小子。

和别人一样,忙活一辈子总想有后人继承姓氏和家业,去延续自己与祖辈的忙活。他有安友会的顾虑,但并不像其他没有小子的庄稼主那样郁闷,仿佛被抽掉了筋骨,连劳动的心力都没有。小子或者丫头,都是自己的孩子,想想田厚生,老婆都没有不也得活一辈子吗?所以他并没有少给方敬和方爱一分爱,忙活一天回到家,照样和她们在黑咕隆咚的南屋里欢实好一阵子。

这天放学后方敬没有浪荡，进家听得安友会说："你抱着小爱子去姥姥家。"见到满院忙碌的李学勤她一目了然：叔家来了客人，所以咱们最好先到姥姥家躲干净去。

安友会简单地收拾好门口，自觉和李学勤拾掇得不相上下才对才顺老汉说："爹，叫他给你做饭，再接我们。"

"一来就叫他走。"蹲着的才顺老汉，拿捏着旱烟荷包说。

第 五 章

方家很得地利。

官街和大队近在咫尺，学校就在大队后头，家门口的水井也是难得的甘泉，每天早晚挑水的男人络绎不绝，彼此谦让的同时会和田家房后推碾子的女人臊闲大。冬天的好天气里，大队北墙根还要坐一溜老人，更加显得热闹而和气。今年冬天老人们会有新背景，前晌陈老师刷了白灰，后晌涂了红泥大字，栅栏左侧是"施行计划生育政策"，右侧是"控制出生人口数量"。

安友会的娘家也很得地利，在大队的后头小学校的前头。按她的说法，方载亲每天在放学路上磨蹭导致她后来嫁给他，是站得住脚的。高小时十五六岁的她们真有可能产生感情，两三年后在媒婆的说合下结成伴侣也顺理成章。其实田禾庄成双结对的人没有我们所向往的浪漫，到了年龄凭借父母之命媒妁之言与另一半开始新生，单纯而传统，生儿育女不过是衣食外寻常的一项，只是过着过着感情才在生活的大地扎根，梦想也在家庭的自留地发芽。是的，他们的幸福就建立在简单的生活之上，吃穿好些、居住好些、子女再出息些恐怕就是田禾庄式幸福的全部内涵了，因此他们会祈求风调雨顺五谷丰登，会在孩子身上寄托祖辈曾经在他们身上寄托过的梦想。教育子女时说道的"出息",大概就是他们一辈辈传承的梦想。不难理解,好的年景对他们并未苛求的幸福来说是何等的重要,然而最令他们欣慰的莫过于流转到子女身上的梦想实现了。

简单些,再笼统些,他们的生活仅限土地与子女。

他们在土地上摸爬滚打,反复播种幸福与梦想,然而土地的反馈却是微薄。他们明白并非土地不给吃穿需用而是他们力有不逮,但是面对学校总是竭尽所能地把子女送进去,希望后代能够脱离这片土地。"文革"后田禾庄的第一位大学生横空出世,家长的外号也涨成了"大学生他爹"。这好比号召,叫人向往。因此每次回娘家安友会都梦想肚里的孩子,是房后的好苗子。

"又跟她拌嘴?"安再启家的知道她憋着李学勤的气。

"方敬想姥姥。"安友会提也不想提。

方敬放下方爱和大三岁的舅舅安友杰玩在一起,旁边蹲着大一岁的小姨安友兰。

"起小就知道你什么肚肠,说不过人家就躲。"

"躲?能躲几天,分了家还在一起过?那个小院净装你的委屈了。"安再启吐了几句不疼不痒的埋怨。

"爹!不待见我还把我留在当村守着你,跟友淑一块多省心!"安友会确实想念安友淑了,年少时姐儿俩体贴,割驴草一道去一道回,甚至一致反抗安再启对安友杰的溺爱。安友淑嫁到外县后逢年过节姐儿俩总有说不完的话,顺心的,不如意的。

"后晌烙饼吃?来了爷儿俩还拌嘴,他来不?"

"那头不叫他待!"

"我烧火。"方敬识趣地跑了进来。

丫头嫌他喜欢小子,安再启大概进心了,抄袖圪蹴到墙根眼瞅着安友杰发愣。老来子安友杰不上学,整天捣鼓戏匣子,拆了安,安了拆。好在有殷实的家业，两处老宅都是两亩大小，因此他并不为小子的将来发愁。

太阳要落山，余晖映照在柴火垛上是火一般的红。安友会母女没完没了的唠叨终究解不开方家情结，安友会越说越心烦，本想让方载亲吃顿熨帖的烙饼蘸蒜，此刻却来了气："娘！做片汤算了。叫他不回来，叫他不管好他兄弟，饿死他！"

方敬仰起脸委屈地看着姥姥，一个渴望的眼神后低下了头，毕竟片汤也是顿不错的饱饭。

安友会有所觉察，心疼地接过擀面杖，安再启家的一愣神说："唉！光顾着说道，忘了放盐。"

眼见烙饼要改片汤，方敬攥着烧火棍紧张地写起字来。

"没事。"安友会把盐放进碗，方敬机灵地舀来水化开，再多撒些补面，没一会儿面团擀成了面饼。

这时大喇叭发出噗噗声，随即传来刘大民的声音："呃，这个支部委员、支部委员，大队会计、大队会计，民兵连长治安员，所有的委员、所有的委员吃过后晌饭都来大队开会，都得来。呃，王建国、王建国，赶紧来啊赶紧来。呃，社员注意下，广播拿信。呃，傻子、北庄子安大傻子安家乐……方载亲，呃，方大脚，包裹单、汇款单，俩……北庄子安大傻子，也俩……以上的人拿信。呃，这个陈国勤陈老师、陈国勤陈老师再来一趟……呃，刘志刚、刘志刚也赶紧来、赶紧……"

"陈国勤陈老师"这样的名字并尊称出现在大庭广众下令人费解，他没有与委员开会的资格，若为学校事务出席的该是"方至书方校长"。因此社员颇感意外，会对大队里即将发生的事情打下大问号。至于刘志刚倒不用费心猜，因为干部们谁也闹不明白发电机这种轰鸣的东西。

大喇叭声歇，安再启抄手进屋说："敬子，跑一趟。"

八代前方家落户田禾庄，至今没能走出去一个人，偶尔出现在拿信名单中的方姓人只有方至书校长，但方校长的"方"和方才顺的"方"恰在五服，已不能算在方载亲的"方"里。唯一和方载亲有关又让他自豪的是方载德，这个因为没有文化而丧失部队前途的弟弟。方载德，算是方载亲这个"方"里身在本地的外地人，可是今天刘大民吆喝的分明是"方载亲""方大脚"，那么这封信件究竟来自何人？

原来，安友会的舅舅早年参加革命，解放后留在了外地，安再启便给丈人送了终。大舅哥心存感激，经常寄些自留地的种子化肥钱、逢年过节的花销或者衣服药物等农村时兴急需又买不到的物品。安再启不识字，索性拿了方载亲的名头，如此一来方载亲总要往返八里外相邻公社的邮局支取。安友会从小知道革命家舅舅的故事——抗战时期他是田禾庄一带的游击队长，日本鬼子进家搜查时就藏身水瓮，眼见着菜刀要见红大队里传来鬼子收队的枪声。解放后大字不识的他认识到文化的重要，先是供妹妹读书走出尧县，后又给安友会寄来成捆的铅笔……

听到吆喝，安友杰扔掉戏匣子，跳进来欢喜地看着安友会，安友会把活儿交给母亲说："小敬子去，谁烧火？"

"我。"安再启看似要往灶膛里走。

"敬子去你烧火，单独让我那个大兄弟闲着？"

"这点儿活儿……有人干就行。"安再启蹲在了蒲团上。

"信在大队没人抢，再说他一会儿来，非让敬子跑一趟？即便让敬子跑腿，我兄弟不兴烧火？爹，我看你就想惯他个摆设哩！"

"他不会烧，光擩柴火。"

"你不一口口地喂，他会吃？什么不是学，像杰子这么大的谁不去挣俩工分……"

"咱不缺。"

"不缺……嗯。这会儿不缺,将来万一单干你还能掀,再过几年哩?你跟我娘走不动了,谁养活他,谁又养活你们?你这不是向他,是害他!"

"到那会儿就算要饭吃也不过你家大门口!"一气之下安再启掀着蒲团去发愣了。

安友杰早没了影,他天不怕地不怕只怕安友会。方爱和安友兰照旧玩得好,把土坷垃扔进他吃剩的奶粉罐又倒出来……

"说两句就斗嘴,也不惦记身子骨。"

"娘!你整天打哈哈,他不喝白粥还顿顿单做,说两句又和稀泥。他是我亲兄弟,我不待见他混,别人单等着看笑话哩!"

"不吃谁有法?不干谁有法?"

"谁愿意没白没黑地瞎忙活?谁不愿见天享清闲?不如养头猪吃嘴肉哩!"

"少说两句,你爹也窝火。"

安友会不再说道,气呼呼地盯着窗户纸。光线太暗,挪到炕头支起窗扇才看到下面的安再启,又说:"去叫你那个好小子吃饭,要不还得使唤敬子。"

"他有点儿,做好就来。"

安友会气得没话说,瞟见方载亲从墙豁子迈进来,忙堵上一句:"大粪有什么可挑的哩,非吃现成?"

方载亲蹭蹭鞋帮上的粪土只对安再启说:"舅的信,衣裳跟零花,再就是给敬子的青霉素。手戳也拿了,你闲了取,我没空。"

"明儿你去!敬子的药用完了!孩子的小命都没有粪坷垃要紧?肾炎哩!"安友会更窝火了。

"我好了!不打针了!"方敬翻着烙饼叫道。

"这回打完才算好,你那屁股也没处下针。"方载亲接替下她。

"真哩?"方敬怯生生地问。

"嗯。"安友会说。

"回去我烧水潟膀子,要不别让我念书,哪都能打。"

"鬼丫头。大脚,孩子不想念就别念,丫头家念什么书。"安再启笑眯眯地迈进门槛说。

"你偏心眼!谁说丫头不能念?我看……将来你就靠这几个丫头哩!"安友会的脸色更难看了。

"小时没叫你念?是你不想念!"说罢安再启又气哼哼地走了。

"要不是有我舅你舍得我念?怎不叫友兰……"

再没有话迈进门槛。

"过来躲清净,两头烦干脆别来。"方载亲按捺不住。

烙饼刚出锅安友杰就叫嚷着跑进了家,吃饭时方载亲看似心不在焉地说:"收工见刷的标语了,实打实要搞计划生育。"

"人家愿意咱也愿意。"安友会抚摸着肚皮。

"什么计划?什么剩余?生孩子不是送子娘娘的事?"

"娘你不懂。"安友会又问刷的什么。

"路边是'计划生育好',大队门口像是说嫌人多哩。"

"你还方大脚哩,多走几步瞧个清楚就不行?"

方载亲下意识地看着大脚说:"不独立实打实地干,人再少也养活不起。拿信时大队长说过几天小队开会,叽里咕噜说一堆。这么忙,没工夫听他们瞎叫唤。"

一顿烙饼吃过后,回家时安友会果然把大队门口的红泥标语看了个底掉。

第 六 章

嗨!

田禾庄土生土长的人!

忙碌的麦秋快到了!

年轻的小伙子!

去年的新茧更老成了吧?

拖家带口的汉子!

镰刀磨得更锋利了吧?

上岁数的老汉!

农具修得更带劲了吧?

持家的媳妇和乖巧的姑娘!

稻谷场收拾得更整洁了吧?

那腾出手来,去送水送饭,再拾一拾丢落在田间地头的麦穗……

赶在立夏,河滩的秧畦要下秧。

拾掇好秧畦,铺陈好粪肥,把稻种均匀地撒在上面,再用长长的扫帚轻轻浅浅地拍进去!不用多久,嫩绿的秧苗会吐露声声呢喃,而秧畦旁绿油油的麦子们,从小满开始要拼命地吸收阳光,把天地的精华尽心尽力地转化成营养,再到芒种时节它们会变身黄绿色,要在风的怂恿下一波一波地向你们低头致意!

去拔麦吧,时令在催促你们!

把它们从青泥里拔出来,搬上驴车牛车运到稻谷场,让成片的河滩地敞开宽厚的胸膛!是的,是祖祖辈辈的你们,把这山间的尧河滩开垦成良田！古老尧河的泛滥没能束缚住你们，它三十年冲毁一次，你们就三十年建设一次——你们修堤坝，你们挖沟渠，你们一次又一次地把河野改造成良田！

尧河，母亲河！

她为你们孕育赖以生存的土地，但请不要问她究竟流淌了几百年几千年。答案就在你们身上！你们生存了几百年几千年，她就流淌了几百年几千年……

喘过一口气的河滩地会憋足更加深沉的气息告诉你们：来插秧吧！挽起裤脚，铲起秧苗，放进尧河水，顺着水头栽稻子吧！当一块地被横平竖直地栽种完毕，而稻秧只剩下几片预留的补秧时，快涮涮手转移战场吧！

人均两分河滩的田禾庄，有着人均七分的水浇旱地，旱地的忙活才是麦秋的重头戏。待到田野一片金黄，你们要赶在夏至之前让漫山遍野的小麦颗粒归仓！

旱地割麦，下手的第一把叫"开镰"。

开镰时节，烈烈日头下不会有一丝凉爽的风，汗水要从你们的前胸后背流淌下来，会随着挥舞的镰刀播撒进土地——正是你们佝偻的身形，才象征你们是这方土地最为亲近的主人！这并非肥沃或者贫瘠的土地，正用灵魂滋养你们——你们是这方土地上所有生灵的亲生兄弟！

生灵踩踏着天时在收获的大地上舞蹈。

割掉麦子的旱地，急需一场雨水来完成玉米的夏种，而新获的麦子又急需几个艳阳天来完成夏收。

此间天灾多是旱或涝，你们的应对无非是排旱或者排涝。倘若收割麦子后的旱地还算湿润，那么种玉米和晒麦子大可以同时进行，夏种夏收两不耽误。倘若此时天降甘霖，这对夏种来说太好了，涸地的水都不需要，不过夏收恐怕得耽误几天。老天有眼下一时半刻见好就收，稻谷场干透还可以晒麦，若下得大完全有可能变成贻误天时又冲击河滩的水灾。相比水灾，旱灾的发生更为普遍。老天的脾气无人能懂，倘若旱灾到来，夏收不过是劳累些，但对夏种来说却是重大打击。玉米的生长周期是一定的，在没有改良品种前甭想在时令的缝隙里寻求雨水！因为旱情的发生通常是大面积的，整条尧河都会短水，水库那一泡不成气候！

风不调雨不顺怎么办？

你们只能巴望天空，希望某片雨云会在早晨现身东南，望过一天，再希望桑榆之时聚落在葛洪山。只有望过时令你们才敢死心塌地，才会改种生长周期短的谷物。

忙碌的麦秋，是芒种到夏至持续半月有余的夏收夏种。为了不糟蹋粮食，为了争取更好的年景，再辛劳些，再多付出些，又有什么关系呢？

种与收，在你们手中永远相互依存。

从夏至到秋分，是从麦秋到大秋的一段寻常的时光，也是从播种走向收获再从收获走向播种的必经之路。夏至，北半球白昼最长黑夜最短，从这天起进入炎热酷夏，万物生长最为旺盛。而秋分，中分秋季的一天，阳光直射赤道并移向南半球，北半球开始昼短夜长，万物要么走向成熟要么蛰伏到土壤的里面去。期间的三伏天，你们必须耕耘天地间。

夏长时节，河滩的水稻一天一个样。若在虫蛙朗朗的夜晚，甚至可以听到禾苗清脆的拔节声。此时的它们真的需要爱心的呵护，天天浇水勤快追肥，但已不再像褴褓地里那般娇气，大可以成天泡在水里。是的，它们已经扎根土地，会在寒露之前按部就班地走向成熟，而敞口浇地的孩子的长势显然要慢得多。

至于旱地，玉米破土而出后夏收留下的麦茬会随着玉米的成长践行生死轮回的人间命理。有了献身的麦茬远远不够，种下约莫二十天需要追一次肥，相比春种的一人来高的玉米它们太过幼小，比比个头就知道再付出多少的人力物力才能补救天时的差距。瘦小，需要更大的扶持，好比才顺老汉对待生活受累的方载亲，好比田厚生对待生病的老母猪，对待后种的玉米你们必须耐心伺候，而最受累的伺候要属耪玉米苗。伏天的炎炎烈日之下，在土地上蒸腾而起的滚滚热浪之中，你们要跪爬着一锄一锄地松动漫山遍野的庄稼。暴晒之下，你们黝黑的皮肤会鼓起水疱并且反复蜕皮，而新生嫩肉里包藏着的则是活生生的人生觉悟。

夏日熬过立秋进入处暑，当原野的秋风逐渐送来收获的气息，你们要准备新一轮的劳作！

从白露到秋分，农作物说话间又要成熟。赶在收拾旱地之前，你们得先去河滩湿滑的稻垄间犁上冬小麦。如此见缝插针地精心算计，无非是不想错过农时，无非是想让年景更加丰盈。好吧，端着双手去玉米地里穿行吧！把吐露黄牙老须的玉米掰下来，运回家剥掉皮挂上树堆上房，就让太阳的光辉把它们晒成金子的模样！

这一轮河滩旱地种植的都是冬小麦，它是一年的主粮，旱地尤其需要精耕细作：把土地犁翻平整，把肥料和进麦种，再把麦种和汗水与希望一起埋藏进土地。接下来，稍事休整再去河滩挥舞镰刀，把稻子像麦子那样收获。待到葛洪山下尧河岸边的大地再次变换过模样，生存留给你们的任务无非是立冬时节给小麦们放一放冻水，来年惊蛰大地消冻再浇一浇返青水……

忙活。

是四季轮回中的收种更替。

当然，我们的田禾庄还能够生长所有适应这里水土与气候的农作物，辛勤的田禾庄人也会利用闲散的土地和忙活的间隙种植一些谷子、黄豆、高粱、芝麻、蓖麻、白菜、土豆、棉花……只要它们获得悉心的养护就一定能够开花结果。我们的"老绝户"田厚生，我们的"大脚"方载亲，他们是葛洪山下尧河水岸的好庄稼主。

尧河。

葛洪山。

你们究竟存在了几百年几千年？

一代又一代的田禾庄人，无不背靠着葛洪山把尧河水融入血脉。这些父山母水的子民，演绎过多少代美好故事的子民，其实并不清楚他们的祖辈是何时来到这里扎下根基的。于是，在久远的岁月里，蕴藏于这片土地的故事演变成了传说、神话与精神。然而，田禾庄一代人类的生存究竟延续了几百年几千年？

我们的"老绝户"田厚生会说，嘿，晋朝的葛洪就在山上炼丹，跟我走，带你瞧瞧葛真人的仙人洞！他会极力地证明，这山、这水、这人至少在东晋就已存在。倘若你有兴趣，他甚至会脱离田禾庄和洪城公社讲出诸多有关"尧县"的传说。

我们不能凭借田厚生嘴里的传说，更加准确的数据来自《夏商周断代工程1996~2000年阶段成果报告》，它说夏代存在于公元前约二〇七〇年至公元前约一六〇〇年间。夏代的第一个君主是禹，夏禹之上是虞舜，虞舜之上是唐尧。另据《尧县志》记载：唐尧，姓伊祁，名放勋，史称"唐尧"，唐地伊祁生，十五岁在尧县封山下受封唐侯并建立都城……

由山推算，东晋葛洪，卒于公元三六四年，距公元一九八〇年至少有一千六百一十六年；由河上溯，远古唐尧，生于公元前二三七七年，距公元一九八〇年已远超四千三百五十七年。

如此久远!

这地蕴天成的山河、土地与生灵。

第 七 章

公元一九八〇年六月的田禾庄大街小巷满是标语,官街口方家的石墙也刷上了"只生一个好",而其他方往往是新标语掩饰着老标语,老标语与其说是"老的"不如说是"过时的",虽然依旧可辨的字迹要么是什么什么好,要么是什么什么大,但已经没有现实意义,或者说不如"新的"更有意义。

"好与坏"和"大与小",是田禾庄人看待人情事物理的唯一标准。他们不会说多么深刻又有寓意的话,更加不会用烦琐的修饰。谈论起某个话题,他们只会说"他是好人"或者"这不是坏事"。当然他们有时也会满怀不解地推翻曾经被亲口定义为"好"或者"大"的东西,从而满怀歉意地重新评判被定义为"坏"或者"小"的东西,但是他们从未质疑过祖祖辈辈所依靠的山河,所以尧河被世世代代的他们认为是条"大河",而葛洪山脚的小溜田地则被认为是"小地埝子"。

端午节后方载亲和二队的农人在北台后头割麦。

北台后头,在田禾庄北庄子之北的北台之后,是块渠水可以浇到又紧邻大道的天字号良田。这里土层肥厚,随地势起伏的村际大道制高点处有石券连通两旁的梯级田地。在村里人们只能望见地势高的北台,因此有了"北台后头"。同样的道理,你到田禾庄找人,倘若是无名之辈,得到的答案十有八九是"住大队长家后头"。旁外说,北台后头这块土地对方载亲另有意义,但他毫无头绪,只当它是一方土,有多少亩又能长什么庄稼的地罢了。

我们知道的足够多了，田禾庄大队有一块叫"北台后头"的天字号良田，它被分割成若干块，每一块都横平竖直方方正正，在其中一块的土崖下二队社员正歇息。从阴凉望过去麦子们分外荣光，而割掉麦子的土地则厚重得让人感到踏实。

"我说，大脚，咱队的地拆膀子卸腿个人能落半斤？戳上界石净是地埂子。"二队"大傻子"田学富拿根麦秸指画着说。这个田学富的"田"和田厚生的"田"在田禾庄不是同一个方块"田"，前者是搬迁外来后者是土生土长，尽管同属一个生产队。田学富"大傻子"的称号源自勤快，收拾自留地像侍弄孩子，此刻他在说道分地后可能出现的状况：倘若分田到户，好地撑死不过人均三两分，丈量抓阄肯定咬馋你多我少……

分地不易又是大事，其他社员眼瞅着队长接话茬儿。

方载亲没有理会，扔块土坷垃打在麦田，不想惊出一只家雀，它扑棱几下飞向了村子。一个社员去趿摸，果真找到一窝鸟蛋，当即笑呵呵地说："可惜砸烂一个，要不炒一勺真像是一盘菜！"说话间没能注意到喇叭蔓子，跌倒再爬起来蛋液糊满了手。

社员笑翻了天，大傻子说："邋遢，尽嘴头！"

邋遢在土里擩擩手说："真××背兴！鸡飞蛋打的光景。刚说到哪了，掐算分地是不？"

"车到山前必有路。分时自有分的方式方法，别瞎操心。"方载亲拿不定主意只得敷衍，"你看准，我再扔一坷垃！"

这次扔得更远，却没有另一只家雀飞出来。

邋遢瞅一眼哼唧说："快说分地，有大队动弹了！不想分直说，单等你建下小子才给大伙分家业？"

"来。你说怎么分。咱现场戳界石。"方载亲向地里走去。

众人跟来干活儿，大傻子圆场说："种玉米还讲究不迟也不早，咱小队在咱大队能赶趟就行。光鼓动分,有黑锅你背?"

"亲兄弟仨小子,也想队长建一个灭灭火。"邋遢又笑了。

"闲得慌,割麦从没揽过这么宽!"方载亲起了寻思,难怪人家说闲话,孩子赶巧是这年头,要是生在明年怕是没了地,要是丫头……

邋遢是个话匣子,得空又说:"队长,外大队的标语比你家墙头上的更带劲!"方载亲没有理会,大傻子却催他,"洪城公社对过那道街刷的是'一人超生,全村结扎!'我的亲娘,字一人多高,大红漆!"

大傻子停下手自顾自地说:"非闹绝户?"

邋遢又拍起胸脯说:"就这八个血红大字!你去看,要掺假,来我家炕头,供你一年的大米白面!"

社员又是一阵笑,大傻子转问方载亲:"去公社检查了?"

"嗯。"

"怎么样?"

"好。"

"咱大队不那么厉害,是吧?"

"我哪知道去。"

"你这队长当的……队里事账头清,可耍起糊涂来比糨糊还糊涂!"大傻子很是认真地说,"我看以后不能叫你开道先锋'方大脚',叫你'只生一个好'算了!"

"满劲干,打算老爷儿大高收工哩!"

大傻子心里沉甸甸的,并非因为沉甸甸的麦穗。他无心干活儿,瞥见三队的安家乐挑着扁担晃晃悠悠地经过,忙蹿出去追撵着叫:"对号子,等等!"

安家乐稳住扁担,换肩说:"瞧你那德行,地里长了带把的小子?"铁匠出身的他看穿了田学富的心思,这让田学富面生虚笑,一个劲地傻乐着,呵呵的笑声被成串地吐了出来。

农历没进六月,而公历早进了,外大队计划生育抓得张狂,田禾庄却是风雨欲来的宁静。田学富心里话,老婆子啊老婆子,地里收麦你偏偏种麦!是的,一茬小麦秋分播种来年夏至收获要历经十八个时令二百七十天!而孩子从怀胎到降生,合十九个时令二百八十天!田学富这个老实的大傻子精明的庄稼主,显然不想让孩子错过自己生命周期中一九八〇年这道最后的"时令"。

我们说一说安家乐。

趁我们闲说,让三队的安大傻子在我们高谈阔论的思想里持续担负着沉甸甸的麦穗,也让二队的田大傻子持续地虚笑傻乐,再让田禾庄所有麦收的农人假装成忙碌的样子。他们会在我们的说道中定格,泥塑般丢失思想,因此大可不必考虑他们的处境,而我们也无须表达歉意。

安家乐正是广播里住在田禾庄新村北庄子的安大傻子,大喇叭吆喝的信里多是联系煤炭的事务,不过这些与我们现在要说道的没什么相干。相干的看起来也没什么相干,铁匠安家乐院里垒着打铁铺,农忙当口谁的家什罢工就去地里找他,抻着拽着现开刃,不论忙闲彻夜的叮当声足以维持热火朝天的光景。相不相干的还有一件,得从他家的王二丫身上挑起。

王二丫这个姑娘不简单,随队出工能比下男人,还旁外有主见。男人堆里的她,说笑间会指名道姓地叫阵比试精细活儿。男人不和她比,但乐意和她一道出工,瞥见她在往往有使不完的劲,可是在多数人还稀里糊涂时她嫁给了安大傻子。

王二丫这个女人不简单,腊月进安家,来年腊月添下胖小子,简直是给热火朝天的光景火上浇油。小日子越过越红火,凭借平日里的威信她自然而然地当起了妇联主任。又两年，小子刚能说会跑，安家乐还没吭声，她的肚皮又鼓了起来。这一回喜忧参半，喜的是大小子有了依靠的兄弟，忧的是二小子出生在公历六月一日的零点时分。

子夜的忙活刚刚过去，乐昏头的安家乐就在黑黢黢的当院里嚷道：打今儿起，我安家乐又多俩膀子抡大锤哩！早起走亲的络绎不绝，前晌已经无法遮掩——怎么好意思反悔说，二小子生在前半夜，公历的五月三十一号？那反倒是此地无银三百两了。

说到底这黑灯瞎火的一宿太敏感。

按公家传来的说法，计划生育有利国民刻不容缓，从这天起，新生的三胎、不够间隔年龄的二胎统统要受罚。土政策说来就来、说一不二，妇联主任该比谁都清楚。王二丫反反复复地回想，实在无法精确那响亮的一声啼哭究竟发生在零点前还是零点后，她甚至不知道"零点"这东西是否真被楔在"子时"里。想来想去，心烦意乱，只得埋怨安家乐。喜悦过后我们的安家乐气馁极了，他实在是不愿吞下这口哑巴亏。大舅哥王建国前来救场，不声不响地翻了翻月份牌，发觉"今天"的前后厚薄不一，这"六月一日"显然并非他和刘大民提前合计的"年中"，当场哑然，半晌才对王二丫说：屁！咱怀孩子时文件还没过奈何桥。古往今来的庄稼主，都靠时令过活，谁家过阳历生日？谁家看表生孩子？谁家在乎阳历半斤兑换阴历几两？再说，全大队一年收十二茬新孩子，本就是种一茬收一茬、一茬接一茬，压根没法一劈两半！呃……这么着吧，往后落户时咱他娘只说是四月十八日生人，管他娘人家落在公历阳历还是农历阴历！唉，这天上掉下来的律法还真不适合咱田禾庄的水土，依我看，先让大伙在心里沤沤麻……大不了过年再说，真他娘伤脑筋哩！

大队长和妇联主任的说辞不胫而走，看来田禾庄计划生育的事要缓和半年，半年后恐怕真得像外界那样硬碰硬实打实。是啊，到时你再装不理解还顶风超生，又能耍出什么花样来辩解呢？

现在，即便让二队的田大傻子泥塑复活，让他清楚大队的意思，可他又能说道什么呢？同样复活正绑麦个的方大脚泥塑，他该欢喜，但还是不能开怀——"丰收"还是"歉收"，他不得而知。

不能再让我们的农人在麦秋时节头顶烈日佯装泥塑了。

让他们复活吧，给他们思想！

二队的田大傻子把镰刀夹进胳肢窝，踮脚脱鞋倒净土坷垃才乐呵呵地对三队的安大傻子说："小子？将来盖房娶媳妇得多麻烦？俩丫头前后脚一嫁净剩下清福。我是想……那破镐，擂两锤？"

"随时，保满意！"

"别没事，你换换肩。"

安大傻子换过肩颤颤巍巍地朝大道走去。

回到地里一肚子憋屈的田学富只能拿庄稼撒气，麦茬一茬高过一茬。方载亲看在眼里不言语，田厚生却说："公家的地到头来总有你一份，还好庄稼主子哩！"

田大傻子挺起脖子说："厚生老哥，你不知道关公战秦琼那一仗打得有多不得劲！"

田厚生追着他的屁股一截一截地削麦茬，边削边说："关公战秦琼那会儿，我割麦栽稻子样样在行，恐怕你是'小小子儿，坐门墩儿，啼哭目糊要媳妇儿'哩！"

唱腔惹来一阵笑，人们单等着他们耍下去。

田大傻子索性躺下来跷起二郎腿说："你知道关公战过秦琼？"

"不属一朝！你说他俩怎么战又争什么？"田厚生指着尧河对面的洪城公社说，"梆子戏唱的老宋朝那出《穆桂英大破洪州城》，就发生在咱脚底下，你又知道多少？"

"不知道哩，爱她破哪破哪哩！"

"那你又拿什么跟你丫头讲哩?"

"你知道,可是你又跟谁讲哩?"

"当爹的,非跟我争儿女孝顺?"

这口角发生在厚道的田厚生和老实的田大傻子之间,没有劝和的必要,但方载亲还是说:"想早点儿收工哩!"

太阳落山后麦子运上大道,方载亲发现一条缆绳不见了,踅摸几圈才找见,顿时觉得蹊跷,便朝土崖里的庵堂多剜了几眼,回身时心里唱道:狼来了,狗来了,猫儿背着虎来了!

第 八 章

田新凤从娘家带来一双好手,农活儿在行针线拿手,是庄稼主心目中屋里人的不二人选:能劳作身子硬,心眼实会持家。

"上绝户"田家后生和"下绝户"田厚生同样孤身一人,乡土宗族观念深厚的田厚生总想帮扶他成家立业,从而不愧对共同的祖宗。二人往来亲密后,在这个本属于他们的村庄因姓氏而重归于一家。田家后生的婚事由他一手张罗,八字相合亲自出马把新娘子凤儿背上双轮车,再套上自己拉回了田禾庄。从此以后在乡亲们眼里,我们的"老绝户"看起来不像是绝户了,他有厚道能干的小子,他有贤惠孝顺的儿媳,这净是些令人眼羡的事情。出工时人们问,凤儿,公爹待你好不?田禾庄的婆家人,比小山沟沟的娘家人好不?田新凤笑一笑,低下头说,大小姑子都是大小好人,瞧你们这张田禾庄的嘴,唾沫星子能砢碜死人!

婚后田新凤小两口每天都来田厚生家帮着做琐碎活儿,或者只为待上一时半刻。习以为常后我们的"老绝户"端坐在炕头,吧嗒着旱烟眼瞅着满地忙活的小两口。有了人来人往,晨昏之际田厚生的家总能准时冒出人烟,绝户气息竟然消失得无影无踪了。

平日里心疼他的人总替他琢磨身后事:他这辈子活个什么劲?到死孤坟一座,清明忌日没有香火,不几年兴许坟头不剩。活生生的人,老了老了脊梁骨一塌不剩一缕精气神。换作我,活着就要好吃好喝好穿戴,死了才不冤!还拼死卖活地折腾什么?留给谁,这么好的庄客;传给谁,这么好的手艺。

两个田家亲似一家后人们开了窍,知道他有心要哭棺敛坟的人,于是不失时机地旁敲侧击以期成就一桩好事,但是小两口不推不就,人们只得打探田厚生的口风。

幼年时才顺老汉和他光屁股钻过一条破被窝,长大又一道走活,当然最有资格说这番话:你不捅破窗户纸,只为吃孩子的孝顺落下心里美?孩子脸小磨不开,你叫他们过来,我替你说道。

田厚生却耷拉着眼皮说,人心隔肚皮,确实好不在认亲,确实不好认下也好不了!你看王建国那个狼崽子,亲爹把他过继给亲大大,可俩爹一死清明拢共烧一篇!能打发几个鬼?

才顺老汉不再勉强,也觉得考验是必要的,但田新凤小两口并不在意闲言碎语,依然是旁人眼里的热络。尽管没有好吃食,尽管没有装电灯,逢年过节还是搬着家什来操持团圆饭。闲话时,田厚生问他们为什么不要个孩子。田家后生憋堵半天不言语,田新凤反倒痛快地说,孩子比庄稼累赘,日子过活泛再说。是啊!两个都没有家底和靠山的青年要想把日子过成寻常,得多么艰难!顾家出工,添个孩子立马没有安稳觉,重要的是,谁照看?田新凤不想让丈夫独自背负家业。

田厚生听懂了,裹着烟嘴说,留在哪个家里都行,他爷看,老了看孩子正得劲。你们要是愿意我再拾掇个小名,要是小子叫"田禾",要是丫头就叫"田苗"?

小两口你看看我我看看你，单等着他一锤定音。

这时田厚生吐出一团烟雾，转眼对着锅灶说，咱本就是一家，在田禾庄也只有咱是一家了，你们要是愿意咱另找好日子好好说。他退了一步，他知道随认亲而来的莫须有的事情并非全然由着他，尽管眼下的小两口看起来愿意。

田新凤小两口都说好，当下约在春节，合家团圆的时刻。

这算过继吧……

穷人的孩子早当家，确切地说丢失父母亲的孩子没有童年，打记事起就要支撑门户。从世情的边缘一路走来，见证了花开与禾荣，见证了水润与土生，田家后生早已直观了田禾庄人世的风情，懂得了独立为人的朴素道理。从他的身上不难发现，田禾庄并非广袤但却宽厚的土地能够自然地孕育出朴素之人，而在朴素之人的心田一定生长着一朵亲善之花。

就让田厚生他们如此走到一起吧！

就让他们把两个残缺的家合成美满的一户，让彼此默默的情谊在守望和共生里逐渐绵长。我们就在落日的余晖下，坐在老井的青石上，品味这人世间最为原初的亲善。

难以想象，那些往往被我们看成累赘而弃作孤独的亲善，是经历过多少代醇厚心田的孕育啊！若非拥有同样朴素的心田，田厚生和田家后生的昨天就不可能亲近。当然，我们不能否认血缘关系的存在，但这并非他们同命相怜又本命相生的唯一根由。是的，若非才顺老汉父母亲的眷怜，田厚生早已死在解放前的某个冬夜了。所以，生于朴素的亲善之花早已融生在我们厚道的乡土里。但是，随着冬日大队的爆炸声田家后生血肉横飞……

爆炸声起时，可怜的田新凤甚至不知道老天爷造下了什么孽。而我们即将当爹又想当爷的田厚生，痛哭一场后再次沦陷于绝户的孤独境地。

唉，怎么走在我前头？

凤儿怎么办？

只怪我当时没有说死，只怪我舍不得屁大的家业，只怪我想要敛坟烧纸的人，只怪你不肯等到今年根……

是我害了你！

我要是摸清了活路死也不会拉上你！

你怎么能遭报应？

坟丘前，田新凤安生地跪着，盯着招魂幡出神，田厚生的腰背则在内心倾诉的半晌时间里逐渐佝偻，最终和田新凤一道把沉甸甸的心捧回了田禾庄。而沉静的田野，除崛起一座新坟，坟头招摇着一束白幡外，剩余的只是等待浇灌冻水的麦田。放过冻水再浇过返青水，新坟会生出许多的杂草，田家后生会和杂草与麦苗一起融入盎然的春天，勃勃的夏天，累累的秋天，从而再次回归沉寂的冬天。若干年后他遗留的荒冢会因为老成而瘦小，也要像田厚生一样塌下腰背逐渐亲近土地而成为土地。再过若干年后，它只是土地，平坦得足以生长庄稼与希望的厚道之地！

是的，土生土长的田家后生根本就是一抔黄土，他呱呱坠地，又在啼哭声中融入土地，他在拿短促的生与活改造良田。

其实，埋葬田家后生的过程也是田厚生挖掘内心的过程，回填的土壤正是他内心的情愫。新坟落成后犹如堡垒，而他却已羸弱不堪，只不过在回魂夜那高亢如刀锋的唢呐声中，他脊梁里弓藏着的精神才赐给他突破与摆脱的力量。

脊梁骨里藏着精神。

田厚生忙活中的每一次经变都在耗费他的精神，他心田里那朵朴素亲善的花正日渐枯萎，他不得不回归原初，旱烟的熏燎又总能将他的身心陷落。从此以后没有人知道他终日的思索,他的所思所想绝非家国大事,因为他的小家已经算不得家,他在已经算不得家的小家里所能接触到的鲜活无外乎墙角的杂草、猪圈的母猪和猪崽。尽管左右他思想的正当情由少到可怜,但是他每天可以交往的事物却有很多,比如去方家串个门,和才顺老汉对个火……

按理说,我们该谈一谈田新凤丢失丈夫的情形,说一说她早晚的心情,再替她拾一拾晨昏的身影——算了吧!我们让她姓了"田"也就没什么可再说道的了。

满七后,这个孤单的女人把不想烧的衣物拿给田厚生,田厚生一身拘谨又满怀歉疚地叮嘱说,凤儿,有事要言语,千万别伤着身子骨。她满口应承下来。是的,事到如今她不敢再否定什么,她害怕,所以所有的事情她都得一味地答应。

诚惶诚恐中春节不声不响地经过,年,竟然忘了去田新凤家走一走,也忘了到田厚生家看一看。在千门万户刺耳的炮声中才顺老汉找到田新凤说,凤儿,认厚生叔当干爹吧。

田新凤想了好久才说,无非是个名头,有更好没有也不缺什么。我清楚大爹,他没有亏待过我们……我,也不会亏待他。他在时我们是这么想,现在我还是这么想。

才顺老汉又找到田厚生唤着小名说,剩儿,得拿凤儿当闺女。

田厚生不言语,只把眼角的皱纹揉得更褶皱了些。此后的他每一天都是从田里来到地里去,每一年都是从春里来到秋里去。当他发觉长不过春秋间田地里的庄稼时就明白自己变老了,就觉得应该为老去准备些什么,重新准备些什么,最好准备些什么……

忙活完北台后头刚回到官街,我们正在老去的"老绝户"看到家门口有个竹篮,上面盖着块白撼布。四下瞅瞅,推碾子的人告诉他:"凤儿来过。送吃食。挺孝顺。"

"嗯。"

"没推门,跟推碾子的傻子媳妇说,让你撂着吃。"

"嗯。"

"傻子媳妇等不见男人收工,递载德媳妇说了。"

"嗯。"

"载德媳妇又递我说了,我正寻思递谁说,你来了。"

"嗯。"

"凤儿也是,非得拐弯抹角,又不是外人。"

"嗯,不是外人。"

"孩子。"

第 九 章

门口停着小汽车,方载德一定在家,方载亲把缆绳挂上墙缝的木楔,搔挠着头发喊他:"德子,给我推推脑袋,真刺挠。"

方载德应声,李学勤出来说:"他大哥,吃过饭行不?"

"他先吃,我去大河打澡洗。"方载亲仍旧搔挠着头,转身又喊,"敬子,手巾!"

方载德挽起白衬衫和军绿长裤,出来说:"大哥,先洗头理发再洗澡,更清爽。"虽然只有两兄弟,但方载德仍然称呼他为"大哥",而他对方载德的称呼则与才顺老汉一样——"德子"。

方敬只"哎"一声却不见人,李学勤忙说:"掉身头发怎么吃饭?刺挠只是邋遢。"

方载德瞪她一眼朝屋里喊:"军子给大大拿毛巾,推子在抽屉!"

南屋里,安友会不断地催促方敬,方敬先回了院里的话:"叔用不着！"又小声地说，"手巾这么邋遢，你不怕婶子笑话？"拧干手巾又使唤路都走不结实的方爱拿胰子。

方军送来推子后李学勤又说："趁洗脑袋赶紧吃！"

才顺老汉从夹道出来看着场面说："这么个玩意儿在脑袋上来回走活，不如叫你叔拿剃刀刮。"他和田厚生互相剃了半辈子的头，如今兴起推子，再不见街上磨剪子抢菜刀连带剃脑袋的手艺人了。

在部队方载德学会了开车修车，还学会了理发。平时推子只顾自家用，外人来借李学勤只说坏了，恰巧逢上场面只好顺带理。今天来凑方载亲脑袋热闹的是"大学生他爹"，他搬开栅栏进来笑着问李学勤："修好了？"

见他在摩挲脑袋，李学勤便笑着应："他攥在手心又鼓捣好了！来了就一块修理，要什么好歹，不长虱子就行。"

洗好头的方载亲滴答着水坐上板凳，干咳两声说："德子，推个光葫芦瓢！"

见两兄弟不乐意，李学勤心里话，到底是一根藤上的瓜，和安友会的事多多少少得背着他们，转身见方敬、方军已然领着方良和方爱玩耍起来，她也就回了屋。安友会也认为大人的事情不该妨碍孩子们交往，他们长大后自然能够明白父母亲的这份苦心。年长的方敬多少懂得姐弟情分，家外时常为方军出头。

听得热闹田厚生拿来了剃刀，"大学生他爹"本想理寸头，此刻觉得刮成光头省心。方载德先给方载亲理了个和自己一样的发型，方载亲摸一把说："不顺手肯定不顺眼。"瞥见另一摊田厚生正给"大学生他爹"剃燕窝里的歪毛，就说，"推光。"

"大学生他爹"擎着脑袋龇牙咧嘴地附和："庄稼主，怎么轻省怎么痛快就怎么来呗！"

才顺老汉洗过头单等着田厚生，这会儿也臊："你不要样是给咱孩子丢人哩！人家大学生，哪天领个叫'爸'的来，进门见'蒋葫芦'肯定得说这哪是八辈子'贫农'，分明是'特务'！"

"唉！死小子要领个烫玉米须的脑袋来，得伺候、不答应！""大学生他爹"挺起脖子说。

田厚生摁下他，他又挺起来，只好撒手蹭剃刀，待他说完主动软下去才刮着青泥说："老爷儿下去了，我可是眼花，再说你还不是单等着那天哩？"

小子考上大学后这位当爹的脊梁骨硬挺多了，走路撒胳膊甩腿虎虎生风，仿佛有无形的力量在支撑他。前几天栽稻子，有人特意拃下他的步幅说，大学生的爹走道脚后跟着地，敦实又阔绰！他的转变让田禾庄人多了臊睒睒的话题也多了心结：同样是玩土坷垃，怎么生在人家能考上大学？于是与安友会一样更见不得孩子逃学，期望儿孙有朝一日能够抬净泥土换片天地忙活，然而并非所有的父母亲都如此开明，我们的再启老汉既不鼓励安友杰念书，也不鼓励他劳动，只是享受他在眼皮底下一天天长大的过程。

"大学生他爹"走后才顺老汉又让田厚生给方载亲刮胡子，眼见他变得年轻了才放行，之后和老伙计一板一眼地剃起来，而方载德则夹着烟卷叉着腰不声不响地打量着破落的宅院，至于欢实的方敬，她已然忘记伺候母亲，此刻正站在官街口的井台上，指着葛洪山山顶砖红的云彩对方军说："火烧云！"

"哪？"

"那么一大片，看不着？"

"看着了，真好看！"

"好看什么！见天有，不抬眼皮你能看见？"

西北瓦蓝的天空的确有红红的云霞在映衬，崔巍的葛洪山所聚拢的一抹晚霞，是刻意带给孩子的玩意儿。古老的大山知道，孩子们长大以后会懒得考究云霞的大小与色彩,甚至看都看不见了。

安友会唤方敬,不见应就出来找。方载德问什么事,她见院里没有李学勤才说:"死丫头脚后跟不着地。没事……德子,吃了?"

方载德要她支配,李学勤"吱"一声推开门,瞅两眼又缩了回去,随即门缝挤出话:"公社还那么多拖拉机跟大汽车等你修哩!"

方载德没理话茬儿,听安友会说:"想问敬子'民'字怎么写。"紧跟着又说,"你说'敏'字,横竖是几笔几画来着?"

方载德似乎听到两个字,所以说:"嫂,是'人民'的'民'还是'敏锐'的'敏'?'敏锐'的'敏'怕是敬子也没有学过。"这俩字他只会写天安门上那句"中华人民共和国万岁"中的"民"。之所以记得牢是因为他有两张天安门前的军装照,上面都可以清楚地看到毛主席画像右侧的这行字。照片背后也都有留念词,分别写着"人不犯我,我不犯人;人若犯我,我必犯人——战士方载德六九年于首都天安门"和"美国总统尼克松访华暨复原纪念——老兵方载德七二年于北京天安门"。

李学勤又抱着方杰出来,在院里小树下嘘泡尿说:"整天'人民人民'地说,说白了'人'就是'民',不会写'民'干脆来个一撇一捺的'人',好写又好记。再说'民'也好'人'也好是小子用的字,嫂是问你'敏锐'的'敏',随敬子跟爱子的那个。"

本想拿谐音遮掩苦楚,却不想被当面挑刺,瞥不见方载亲安友会只能迁怒于方敬:"死方敬!滚回家!"

才顺老汉挡开剃刀,声色俱厉地说:"德子,去大河把你大哥捞回来!正好有你叔,趁我没活眼,把咱家的事掰算清楚!"

晓得有失大体,李学勤忙对要咋呼的方载德说:"哪个字都好,咱家都在等嫂子,嫂子也不怕我多嘴。"方载德瞪圆眼杀过来,她忙说,"我这就喊敬子伺候嫂子。"

"有德子在哩。"田厚生按住了才顺老汉。

方敬跌跌撞撞地跑进来,见这架势指着跟来的方军说:"死小军子,你娘又给我娘找气生哩!再领着你玩我不是你大姐,吃你的烙饼炒鸡蛋去吧!"

方载德拍拍她的头对李学勤说:"黑夜爹、叔、大哥跟我喝点儿,整天瞎忙没喝过一顿安生酒。"

"叔,我吓唬我兄弟哩。"方敬对方载德既敬又爱。

李学勤没有办法,吩咐方军抽柴,让方良哄方杰,又对方敬说:"你跟爱子进屋吧?"

"我跟我娘……"方敬晓得安友会不让进她的屋。

方载德大声说:"去!"

安友会这才开口:"你叔叫你去你就去。"

方敬乖乖地领着方爱进去,再没有传出一句话。

安友会顺顺心气,擎着肚子要扫头发,方载德忙接替她。

田厚生和才顺老汉互相捋摸着剃完天也黑塌塌的了,方载德又端来净水,伺候他俩清洗时要把头发扔进猪圈,才顺老汉喝住了他:"头发,好麻刀,房漏雨,和点儿白灰抹,亏你爹还是全田禾庄最好的瓦匠哩!"

久不见方载亲回,安友会便唤方敬去找,不想正听得破影壁后头踢里踏拉的鞋底子踩来了笑声:"哈哈……你这饭吃得早……唉,拔几棵稻草……嗯,水正温乎……"安友会忙断下他的话,"没白没黑地臊映映?打个澡洗也半天,没见过你这种少有的人!"转眼瞧见他肩膀上扛着铁锹,锹把下垫着手巾,手里还提着一根稻草,稻草上又挂着一条八字摇摆的鲶鱼,顿时火急火燎地说,"不兴拾掇得跟劲点儿?整天臊映映不分人不分场合,打澡洗就安生痛快地洗,谁叫你拔稻草,你不拔就不长稻子?"

铁锹靠在墙角，鲶鱼交给方敬，毛巾抹把脸面，方载亲选择了沉默。他太明白自己的女人了，她不过是和李学勤比，并非看不起自己这个赤脚的庄稼汉。

"鱼给杰子，小子欢喜。"安友会不再说道了。

李学勤从灶膛出来，望眼方载亲的行头说："德子后响叫大哥陪叔喝一盅，嫂说两句没有什么，男人脸大不掉肉……"安友会觑她一眼话才刹住，而才顺老汉和田厚生则视若无睹，依旧说道着一直说道的南台子某位刚刚过世的老人的生平。

不一会儿饭菜齐备后男人们进屋，方载德则先盛了一碗。李学勤知道要端给安友会，接时却被他拿胳膊肘靠开，当场气生生地看着他亲自送进南屋。南屋随即传来叫声，方敬应声过去，不一会儿端来滴答着水的空碗。李学勤又擦拭一遍才往炕桌上摆盘置碗，还特意给两兄弟换上大杯说："他大哥吃好，我有什么不是别让嫂子往心里去，谁叫她是当嫂子的哩！"

方载亲憨笑几声，田厚生提起杯说："凤儿端来一篮菜包子，敬子，水瓮上！"

方载德和李学勤忙推辞，才顺老汉却说："别糟蹋年景。"

方敬瞅瞅李学勤，李学勤努努嘴她才蹦出门槛。田厚生笑笑，没有再说什么，方家这样的好开场正是他所希望的。饭吃到一半时方载亲要起身，李学勤忙提起暖壶去了南屋，院里随即传来女人们尴尬的笑声。我们的李学勤再回北屋是低着头添菜的，炕上杂七杂八说道着的男人们，似不曾听见也不曾看见。

第 十 章

在田禾庄，入冬死人是寻常事，农忙下世比较少见。这似乎是上天的安排，担心农忙农人人手不够，担心冬天农人太清闲。红白喜，乡邻会送幛子或者奠布外带吃食，而通报有赖爆竹。

那天早起听到二踢脚报丧田厚生就知道谁活眼了，于是买来奠布和烧纸，又循着梆子声换下斤半馃子，才搭伴才顺老汉向着炮声升起的地方走去。

那人家，挑锅灶的男人果真是换了；那老汉，果真是脊梁骨塌了火。或许是走得过于匆忙，除过家门石缝里插着的脚尾钱和哭泣声，这个家庭并没有扎眼的变化。两把老骨头祭奠完胡同口已架起鼓乐，和吹打班相熟的人打过招呼，田厚生便把回礼的馃子一并穿上了才顺老汉的挑棍，抹把脸凄伤地说，给孩子们嚼嚼吧。

在方载德家喝过五盅枣酒回到家，田厚生起了巨大的哀伤，他觉得老伙计走得过于突然也过于简单，他觉得他应该有很多话没有来得及说出口，他觉得他肯定有很多忙活事没有闹活明白。他越想越深，感慨也越来越大，终于被老伙计拉入了孤绝的人世外。

他仿佛置身于一个暗黑的世界。

这世界里没有灵魂的升华或者肉体的沉沦，人之所以存在只因为生有能够在黑暗中阅读思绪的眼睛。这也是个无须光明支配的异样世界，思维与情绪支离破碎的，他辨识不清哪些思绪关联着哪些人，哪些人又关联着哪些事与哪些物。他将目光停留在随机的一团黑上，轻且慢地剥离掉黑色才剔出只属于他的纯色思绪。那些纯色的思绪，确切地说，只是一些纯粹的情愫。就这样，借助这份提炼而出的丝缕纯粹他随心所欲地关联着人与事物，精致又巧妙地搭建出了推演人世的场景。

新鲜出炉的场景包含三幕。

三幕相关也好不相关也罢终归被他硬生生地接续在了一起，说它们相关，是因为这些场景全然出自他手；说它们不相关，是因为这些场景所牵扯的人情事物，完全可以被再相关的人充实进他们的场景。

三幕之一，是关乎过去的一幕，官街口把回礼的馃子让给才顺老汉的那一幕——我有两根足够吃，再多怕是吃不完，第二天风干变硬嚼不动，索性趁好给你老方子。你多半辈子拓出一庭家垣，拖着十几口子人，年头超过了大梁还得攀房爬脊！你看孙辈们，一年吃不上几个饺子，单巴望早起的梆子声。给你，拿走，你看，敬子嚼在嘴头起，我看着就是香！

三幕之二，是关乎现在的一幕，当时思虑不周的那一幕——你躺在门扇上别起来，我给你磕头，你受得起。好，我磕。我也不起，让你这扛大梁的小子替你回，我也受着。好歹伙计一场，你要是不急着讨生，就在土里睡几天，那可是等我好几年哩！到时一道去找朱门大户的主家，洗净泥腿子掏空心窝子也直挺挺地走它一回人！唉，老家伙！你再生这天没有陪你《闹山河》，是不想唢呐用在你身上哩，反正你好宅心！

三幕之三，是关乎将来的一幕，就是他白喜的那一幕——唉！除了烂庄客，我还能留下什么？索性躺在炕上不挪窝，炕烧得暖暖和和的，多擩几把秆草瓢，热乎它一年半载！要是来得及，就把米面全做成吃食，再把余钱换纸钱，黄泉路上不愁吃来不愁喝。嘿，快活！方才顺你个老家伙可不能走在前头，我也不待见你家那个烂摊子……还有你，凤儿！你肯定会啼哭我，给我圆三满七，这家业，索性都给你吧！

他思索每一幕的过程都像是在咀嚼，仿佛叨着硬邦邦的脊椎骨。没有灯火，这夜里只有他时而急促时而舒缓的气息。最后他想，该再走一趟，毕竟人世间没有比生死更大的事情，随即离开异样的世界把自己装扮成了人间里的游走。

再进到那个家里他的后背冷森森的，总感觉老伙计在数他的脊椎骨，像是在说："没有短一根，怎么撑不起臭皮囊来送送我，三尺白布一斤馃子就打发了我去？"他四下瞧瞧，回话说："老东西，你要是能耐了就把过去一篇篇地翻，你看上头哪笔哪画写的是我的不是？你要是认了字就念出来，横竖不由我主张哩！"

风从葛洪山上下来，顺着尧河走一圈才冲进田禾庄，又穿街过巷来到了这家小院。田厚生闻到了泥土的气息，也听到了告别的话语，于是说："要下及时雨！你赶紧走，躺到地里去！"

酒足饭饱的方载亲倒在炕上，安友会很嫌弃，但按捺住火气说："她婶子拿来一斤鸡蛋，看起来一斤多，挡不下怎么办？"

方载亲懒洋洋地说："别给小爱子她们煮。"

安友会怨一眼说："把咱队傻子拿的红糖跟鸡蛋提溜上，去看看二丫？平时你们大男人净瞎臊晾晾，不走动说不过去。"

方载亲盯着小橡说了田学富扔在北台后头的事，安友会听后满脸错愕。沉默了好一会儿，方载亲扇灭灯火说："去看看二丫也行，可不是朝她当妇联主任。"话罢背过一个脊梁来。

"你去！"安友会踹一脚。

"我？"方载亲转身，脊梁骨咯叭叭地响。

"男人不兴走亲？给傻子，找碴去，东西撂下空手回。"倘若安友会身子好定要和王二丫坐在炕上唠一天的闲话，男人出面倒简单，人到礼到情也就到了。

方载亲应下，扭扭腰身说："大傻子跳套，害我多扛好几遭。"

安友会要拔火罐，他拒绝了，只好揉搓着数落他："就你把小队长当得这么现眼，少扛几遭麦穗还能烂进地里？不怪大傻子，搁谁头上不着急？越是老实巴交的人遇正事越认死理……"在她絮叨的空当方载亲听到了风声，院里走一圈回来火急火燎地说："一个星宿也没有,大场烂摊子得拾掇!"

"腰不疼了?没人看场……"

方载亲披上雨衣凶巴巴地说:"给我手电,恁俩人不够!"

安友会推着递给他,嘱咐话还没开口,人早蹿出了门。

田厚生料想这夜雨迟早得来,刚摘下雨衣就听得方载亲的响动,匆忙间跟去了大场。大场里几束手电光在夜空中拼来搏去,一切终在闪电袭来前收拾妥当。踩着轰隆隆的雷声,方载亲前脚进家急促的雨点便从身后坠落下来,听声音,像是一场透雨。

第二天放晴,街巷不是很泥泞,方载亲夹把破镰奔到王二丫家,正看见新房前的安家乐在旺火,便说:"崩刃了,长木匠短铁匠,敲打敲打?"

"等下子,火旺×它!"安大傻子把他让进屋,晃晃暖壶又骂道,"××的!没热水。"

"是……会子好不?快了?"里屋探出王二丫的话。

"好,着实好,来不了非让我捎。"方载亲嘻嘻哈哈地从蛇皮袋里掏出一包红糖和一盒鸡蛋。

安大傻子连忙阻拦说:"当你揣的玉米种哩!"

王二丫听出了事,帮腔说:"她正要紧还给我拿!傻子,赶紧帮大脚打,千万别拿老同学的嘴头!"初小时她和大几岁的安友会同桌,一直要好到现在。

安大傻子忙去拽风箱,方载亲则去了北台自留地。雨后的田地分外活泛,他抠块泥土捏捏水分,测得夜雨多半刮到了河东,于是筹划着耕种又转回了安大傻子家。

王二丫远远地说:"你拿走,老同学不怕十个月的生分!"

方载亲笑着答:"我怕你老同学生分我。"

安大傻子铿地砸一锤说:"你是队长,社员全得听指派!"

王二丫白他一眼说:"下雨队里事多,你先提走你的,老同学比我金贵!她建下就递我说,出月子我人就过去。怠慢了人家,我们姐儿俩可饶不过你一个!"

方载亲躲不开她的手,只好夹着口袋问孩子的名字,安大傻子又锵地拍一锤说:"铁锤!"

王二丫笑着说:"回头跟老同学商量商量,看大名能不能缀到一块褯子上。"

"铁锤好!雨下塌了影壁,得赶紧收拾!"铁匠活儿不易,方载亲等不及便撂下口袋跑远了。

王二丫追到门口已不见人影,安大傻子扔掉大锤甚是开明地说:"来是为走亲,破镰值得跑?见好就收吧,人情就他娘得走动。"王二丫却反复掂量说,"你懂个屁。这么算会子来了两回,出手都不轻。出月子去她怕是建了,那就欠下一回。"

安家乐支招说:"外带一把新镰,还欠不?"

待把人情归置一处后王二丫突然笑了,指点着说:"会子拿的红糖,跟你对号子送的一模一样!"

"人走动礼也得走动,不过红糖谁家都一样,只是一个甜。"

王二丫白他一眼说:"包装能一样?"

成堆的鸡蛋红糖,成堆的人情是非。安家乐看得厌烦就把方载亲的破镰回了炉,而此刻方载亲正面对着破影壁寻思,找几块石头补一补,好歹让才顺老汉看过眼。

第十一章

麦秋忙得差不多后方载亲腾手照顾起安友会。

说是照顾，实则是把精力留给琐碎家务，而成效并非出工那样看得见摸得着。以前安友会生气发火，说李学勤是享清福的好命，地里长着的七分工看不进眼，总指着锅灶发出所有家庭主妇的怨言：地里活儿清整儿，家里活儿没影儿。是的，在家无论怎样勤快做下的事都不显山露水，出工则不然，忙活一天就能看到稻谷场成垛的粮食。当然，若是出工，家里事还留待她们操持。而今体察到了家务不易，方载亲也觉得多花些时间养育孩子是比土地里刨食更重要，所以安生待在家里了。

在家的他并不闲在。

那晚夜雨后又下过一场新雨，土坯影壁彻底坍塌了。在田禾庄，不管屋舍好坏，不管院墙高矮，总要有座稳固又像样的影壁遮挡门洞，这样一来即便谁亲眼看到哪家吵架等不光彩的事，也会因为影壁的存在而当什么都没有发生过，该走动照样走动。所以影壁倒塌后才顺老汉一直催促，希望方载亲垒得更有模样。方载亲责无旁贷，他知道，辛劳大半生的父亲仍旧因为一个未了的心愿而对他和方载德怀抱愧疚。

才顺老汉继承祖业后只修过一次北屋，加盖成了五间，想装下满满当当的儿孙。当时他穷尽其力，葛洪山采石垒山墙，苗洼台拉土脱坯砌前墙，房后砍几棵祖父栽种的树木做檩椽，连一块青砖都没有用，而东房正屋继承下来是那个样，现在就老成了这个样，几十年的岁月全然积淀成了灰头土脸。三里五乡常年瓦房的他一直念想，有生之年定要好好改造一番，即便不能破旧立新起码也要改头换面，从而让经手的家业愈发得稳当。可是年纪越长越老，精力越活越不济，便更想着和方载亲兄弟齐心协力把它修缮得适合人居心驻，算作下世的见面礼。那天看到坍塌一角的影壁他恨不得马上起一栋阔气的东房，可方载亲不过是撂下几块石头。他看不过眼，就嘟囔，脸面上的事能这么糊弄？方载亲答应他闲时砌座新的。此后他天天起大早，挎着粪筐去东坡堐摸石头，专挑四棱八角成器的，每天一粪筐，三五块，存在河槽。

石头够用了。

现在爷儿俩刨出了影壁的根基，各拿把铁锹正比画着把它建成什么样。

才顺老汉想，既然建就得建有模有样，要比原先高大、厚重、耐看，否则不如不建。他把未了的心愿全然倾注于此，想让厚重的影壁再矗立几十年。

方载亲想，影壁只是段墙，与其在没有宅门的庭院建牌坊式的影壁，不如垒几块石头糊弄几年，将来修正房起院墙建宅门时一并考虑进去。倘若到时人力物力财力能及，再捎带脚改造一下猪圈，上茅房可以不用提防拱嘴的猪。

爷儿俩争论得紧，你一言我一语，像是老人堵住了不孝子在理论养老的零花："怕费事你别干，我还能干。"

"是没必要。"

"没必要？摞几块石头堵在大门口丢人现眼，黑夜睡觉心里亮堂？我不待见！"

"照你说，不如再垒个大门。也不想想，荆条栅栏跟那么好的影壁般配不，闹笑话不？"

"谁乐意笑话谁笑话，我家我舒坦就行。"

"我不垒。"方载亲扔掉铁锹说，"套车，去苗洼台拉土。"

才顺老汉缓缓情绪说："要红胶泥土，牢靠又长久。非得烓点儿，回来另说，有商量。"

方载亲照眼安友会，把需用摆上炕沿才去丈人家套驴车。方家没有大牲口，也买不起驹儿，即便买来也没人放养，再说这年头给队里干活儿自家要行不要也行，所以需用时就找丈人，使唤完搭把草料，从不亏待出力的牲口。再启老汉是养牲口的行家，有头灰白间的顺毛驴，调教得很受使。俗话说孩子和驹犊儿一个德行，成不成器在怎么调教，但再启老汉调教不好安友杰。调教不好安友杰他只能调教自己，所以背地里人们说他是牲口托生，只有牲口肯和他亲近。言外之意他小子牲口不如，或者说他就是老牲口。这样损人的话若是听见就回一嘴，没听见只当没人说起过。

方载亲仍旧觉得破栅栏配好影壁是天大的笑话，虽然父亲有意让步，但他还是决定磨洋工，待父亲心头火消再从长计议，于是耗了半天才提借驴。他这样憋堵，再启老汉以为嫌娘家不伺候安友会，他只得解释："只是想拉车土垫垫影壁。"

再启老汉又试探着问："会子要来躲干净哩？"

说过实话，算计好时间，方载亲牵驴套车，再启老汉忙说摆弄改锥的安友杰："帮你大姐夫敛土，再叫你娘守着你大姐。"

安友杰不乐意，忸怩地喊："娘！我爹叫你守着我大姐，还叫我替我大姐夫敛土！"

待他乖乖拿来鞍子方载亲才说："用不起你。"

再启老汉又对屋里催："我帮亲家垒影壁，会子没人伺候！"

眼瞅着爹娘走了安友杰才喊声"大姐夫"说："我也去，院里的烂黄土不结实，拓的花等不干就两半了，得要点儿胶泥。"

方载亲这才注意到坑坑洼洼的院子和糊满泥巴的门墩，当场气呼呼地说："不打成精！也长点儿出息，把这家败光我算你能耐！"随即又道，"都说你脑子灵光，怎么笨到连花都拓不下来？"

安友杰也气呼呼地顶嘴："我去行不！反正我要红胶泥！"

"不耽误你败家！"方载亲拉着毛驴躲开了他。

路上相当省心，毛驴轻车熟路地把他拉到了苗洼台。他找到一处矮崖，锹把找准裂缝一撬成批的胶泥土就唰啦啦地掉下来，直到装得满满当当。他干活儿是出名的狠实，二队忙活样样抢先，但分得的粮食却是不显，尽管如此仍旧当了十二年的队长，看样子还得和田厚生搭档下去。当初再启老汉正是因为这份狠实才把闺女许给他，哪知日子过了十一年依旧不温不火，像是缺少点儿咸盐，直叫人看得不清楚更不通透。

看着满满一车土方载亲很是满足，抬脚蹭铁锹时瞥见土里闪着寒光，拨弄开见是一枚铜箭头，再刨又有一把宝剑和几根白骨。白花花的骨槌，仿佛大地也在收获的时节开了花。他无心探寻这条生命的历程和那段杀伐的争战，埋好骨头匆忙赶回了家。

才顺老汉在等他，蒲团上的安家乐也在等他。方载亲问安家乐影壁怎样垒好，希望搭帮让父亲回心转意，但才顺老汉已有打算，吩咐说："不想它往高处爬那就往深里扎，也好！"折中的办法，两全其美。毕竟这影壁是他有生之年对家业添砖加瓦的继承，也是方载亲日后重整家门的底子，两个人的使命、处境和心情都要考虑进去才算好。是的，现在我们知道了，田禾庄的农人一生之中有三样忙活——庄稼、孩子和宅院。

才顺老汉发现了宝剑，端在手心说："苗洼台出这家伙。"

方载亲说："铜箭头正好给孩子当玩意儿。真背兴，还刨了一堆人骨头，呸呸呸。"

"是走时气，埋影壁下镇宅辟邪！"才顺老汉不以为然。

"给杰子。"再启老汉拿走了箭头。

听到"杰子"李学勤开门瞟一眼，再启老汉忙牵着驴走了。

安家乐拿来宝剑抚摸着说："×××的！我这手艺一辈子赶不上。瞧这刃，剁脑袋像切西瓜，你说番兵茄子将能不吃败仗？"

才顺老汉怕他爱不释手，似接似抢地攥到手里说："镇宅。"

方载亲看眼镰刀和鸡蛋拐了话题:"又提溜来?婆婆妈妈不,娘儿们似的。"

安家乐别过话头直愣愣地问:"苗洼台哪?我这就过去。"方载亲说罢他拎起镐甩下一句:"挖不着不还你哩!"

"他是铁匠,好这口,得亏我攥得紧。"才顺老汉把宝剑安稳地放进基坑后问,"你是不是拿把破镰,换了人家一把新的?"

"要知道,破宝剑送他算完事。"

"你脑子不过事,这宝贝不能说送就送。"

"他兴许真能挖到宝贝哩!"

"苗洼台多少人挖过多少年?我小时土台又大又平,这会儿刷标语、和煤泥、垒地脚、垫猪圈都从它身上割肉。挖宝贝这几年才消停,挖到过什么?刀枪把子、弓箭头子、白花花的骨头渣子。人没好生不落好死,死了还不安生。唉,真是一群祸害精!"

"老宋朝的事还提什么。赶紧垒,这半天净剩下心慌了。"

轻手轻脚的李学勤一直站在一旁,瞅见安友会的母亲迈出了南屋门槛,想躲已经来不及,只好硬着头皮说:"大娘……来了?看嫂子是吧。"

"哦……你在,没看见。是……挺好,你们在。"安再启家的转对方载亲说,"给会子做点儿吃食,你过去端。"

方载亲应下,忽然想参考方载德的意见,便问李学勤,李学勤端着满身的不自在说:"为破影壁跑一遭,多耽误事。"

方载德记挂着影壁,肯定是拉洋灰,才顺老汉心想着赶巧的事说:"赶紧打地基,赶紧垒,德子来了正好抹!"

本没有多少活儿,加之准备到位,新影壁很快戳了起来。

才顺老汉心清气爽地来到官街,照过几眼连连称赞:"好、好好好,要的就是它!"

方载亲紧跟着照几眼,也觉得耳目一新。

冷瞧着爷儿俩的喜兴李学勤心里话:破影壁值得欢喜?有本事起座大庄客叫别人看看!离开德子,你们使牛劲垒得再好不也是抹不光?破石头,河槽多得是!

才顺老汉知道她有情绪,却不管不顾,只道:"等德子来你们哥儿俩抹,晾干找你大伯写个大字,谁家的影壁不要副花儿!"他口里的"大伯"是方至书,方校长的一手好字写影壁、屋脊、春联、契约和诉状再适合不过了。

"写哪个大字?"

"福!"

"福?"

"好福气的福!"

"就一个?"

"就一个,大大的福!"

"空不?"

"有福还嫌空?福气熏得满世界都是,能空?"

送"福"的事情方校长从不推诿也格外认真。后晌方载德放下洋灰又赶回了公社,方载亲抹完立马找到方校长下了请说。

第二天方校长前来赐"福",写了个连笔,米见方,一气呵成,刻下轮廓后说:"载亲,添副对子吧。"方载亲也觉得欠缺点儿什么,便眼巴巴地看他写下了这样的字句:

國泰民安居樂業
政通人和萬事興

方载亲又嘻嘻哈哈地问:"大伯,配什么横批更耐看?"

方校长略一沉思说:"小康之家。"

第十二章

尧河把洪城公社分成了两半,公社驻地洪城在河东,田禾庄在河西。田禾庄西边的苗洼台有一个很少提及的名字——点将台,相传是穆桂英为破洪州城而筑。洪城,就是所破的"洪州城"。

苗洼台的名字来源于点将台不长禾苗,即便粪肥成堆也似瘠苗,长不好又死不了。除了难以生长禾苗高大的土台还有太多的不清楚,但田禾庄人清楚一点,这里能挖出白花花的骷髅和锈迹斑斑的兵器。结合世代传说,遥远的宋代这里定有过激烈的战事,成败功名由此深刻在田禾庄大地。时至今日那场战事依旧在交错的时空里上演,田禾庄庙会时上演的唱梆子戏,《穆桂英大破洪州城》。冬日暖阳里,大队北墙根晒太阳的老人也会蹦出精彩的唱段。

苗洼台,已经融入田禾庄的大地与人心,我们不妨简要地说一说"穆桂英大破洪州城"的"故事"。

北宋时期,中华大地同时存在着三个政权,除汉人赵匡胤所建的北宋王朝,北有契丹人耶律阿保机始建的辽国,甘肃东部有党项人元昊所建的西夏。辽与西夏是游牧民族,屡犯农耕文化发达的北宋,掠夺边陲人口财物。为此,北宋多次与他们发生战争。

一次,辽将萧天佐率十万雄兵猛将进犯北宋边陲洪州城。六郎杨延昭挂帅,以子杨宗保为先锋率十家总兵迎战。不料一战落败,杨延昭兵退洪州城坚守不出。洪州城狭小,困守的北宋大军粮草难以为继,杨延昭不得不派杨宗保星夜杀出重围赴京师搬兵。

京师都里,八贤王赵德芳与天官寇準巧施激将法,使得有孕在身的穆桂英挂帅,以破洪州城退辽兵解杨延昭之围。

穆桂英点兵出征,命夫杨宗保为先行。北渡黄河时,杨宗保用唐王跨海东征的瞒天过海计先一步声援洪州城,随后与穆桂英合兵寻辽兵薄弱处杀入城内。后因家事战事夫妻二人发生口角,主帅穆桂英棒责先行官杨宗保,杨宗保气急逼穆桂英出战萧天佐。

穆桂英有孕在身动作不便,只与萧天佐战了两个回合便拨马而回。萧天佐一愣,心想,她在使何计策,我可要小心,想当年天门阵大战这丫头十分骁勇……不对,细作曾报她已怀身孕,这工夫可能要小产。哈,此乃天助我也!

八个多月的身孕,腹痛又笨拙,穆桂英边退守边吩咐三军合力挡住辽兵,在女将还乡的力保下回营产下女婴。这边,杨宗保等将士还在厮杀。忽然辽军背后大乱,父帅杨延昭率兄弟思乡杀到。

杨宗保问:"思乡,你嫂嫂现在何处?"

思乡说:"还乡妹妹保着嫂子回营了,恐怕要生产。"

"啊?!"杨宗保大吃一惊,后悔刚才斗气,急道,"思乡,快回营保护嫂嫂,这边我再杀它一阵!"说罢又冲入阵中。

穆桂英生产后问宗保和思乡的情况。探马报,思乡陷入阵中,先行官不知去向。她很是着急,顾不得身子骨重新披挂上阵。出得营门正撞见萧天佐追杀杨宗保,她大喝一声:"本帅在此,萧天佐休得逞狂!"说着放过杨宗保与萧天佐厮杀起来。她真不愧为巾帼英雄女中豪杰,武艺之高萧天佐岂是对手，激战数回合后萧天佐被一刀劈落马下。

主帅阵亡，辽军顿时乱了阵脚。宋军趁势追杀，战到夕阳西下大获全胜。至此，洪州城之围彻底破解，因有杨家将镇守辽兵鲜犯边陲，为大宋王朝赢得了一时的安宁。

舞台演绎里穿插了不少的人情纠葛，比如乍到洪州主帅穆桂英点卯，先行官杨宗保迟误，穆桂英欲正军法，公爹杨延昭求情，但碍于情面伦理只好作书托思乡从中往来。这一唱段田厚生最为拿手，一人演数人惟妙惟肖，还煞有介事地替杨六郎向穆桂英递上求情拜帖，言：

总戎拜元戎，做事要从容；
斩了杨宗保，国、家两落空。

穆桂英趁机下了赦免令，但杨宗保不服，为肃军纪铁娘子给了他四十军棍的皮肉之苦。戏到这里田厚生会从内心发出大笑，也会对才子佳人的往后心驰神往。

历史是一出大戏，家国天下的使命与情怀终将在岁月里沉淀，在传说中永恒。千年之后，抛开中华儿女从战争走向融合的悲壮与豪迈不谈，孤零零存在于田禾庄的点将台，必将在更加久远且浩荡的时空中，往复吟诵华夏大地的山河之歌……

吃罢后晌饭方载亲有意无意地抻灯绳，十五瓦的白炽灯亮了，忙趁光明刷锅洗碗，泔水倒进猪槽后所有的家务才算完结。换作安友会事情远没有了断，尤其是有电的夜晚。

缝补衣物很耗时。

方敬和方爱是丫头，轮流穿下来缝补洗涮的次数多了也不禁穿，破衣片需要巧手的母亲改成新衣。她的一天满满当当的，白天晚上各有忙活，冷不丁看到别家媳妇手头的轻省心里就不是滋味，裁缝的同时会补缀生活的琐碎，临了才咬断线头和话头。

今晚她絮叨时方载亲还是背转身不反驳，仅仅在心里说：结婚十一年你给我生养过仨孩子，上敬老下爱小，全力操持家里院外。我亲眼见证家庭的变故，对老天也有过抱怨，可这节骨眼你还是挺不住了，压心底的话一律掏了出来。唉！知道你是担心肚子里的孩子，不是抱怨跟我过日子的苦楚。小子怎么，丫头又怎么？咱不叫屈，没能给你好日子我的心头也泛酸！

安友会默默地看着他，从壮硕的身躯直看进心窝，暗自想：我看你能不能掂量出家务和出工哪样清闲。地里活儿清整儿，家里活儿没影儿，要不信你来穿针引线！敬子的破衣裳在板柜，拿出来改给小爱子。还好你没顶嘴，顶嘴非叫你改不可！你就装傻充愣吧，我看你躺到什么时候去！

方载亲一骨碌身，反倒躺得更整齐了。

"土坯压塌了，被窝失火了！"安友会不吐不快。

方载亲轻手轻脚地爬起来，揭开褥垫果然见到竹席油得发亮，他睡觉的地方还真有塌陷，肯定阻塞了烟道。一层层铺好，他琢磨说："明儿和点儿细泥挤挤炕缝，先凑合几天，出月子再脱坯盘炕……还是等春闲吧。"

安友会气道："别等开春了，秋闲就盘，几条炕来个清整儿，再搪下煤火筒，集中省事不误工。不过月子里你得烟熏火燎地做饭，再抱个孩子。"说罢去了茅房，好一会儿拎来脚盆指着李学勤的屋说，"叫你干什么都不省心，猪，光喂泔水能长膘？赶紧拾掇去，要不半夜猪哼唧她也不叫你睡安稳！"

猪圈和方载德的屋只隔着夹道，猪吃不饱会拱开栅栏跑到屋檐下哼唧。方载亲只得出来，才顺老汉也来了，看看猪圈也说道他连个猪都不会喂。方载亲拼命地回想喂猪时在想哪一桩事体，摩挲着头皮回到炕上仍旧在嘟囔："怎么不记事了？"

"别瞎寻思了，再亮着灯爹又来催。"

方载亲把身板晾进黑夜后两个人不再多话，夜静悄悄的。忽然传来一阵脚步声，随后听得大喇叭"吱吱啦啦"地响了几声，几声遥哑的犬吠过后夜空里飘来了绵软的人声，这人声肉嗓在清夜里时而清晰时而模糊："全数干部、干部……大队开会、开会……赶紧穿衣裳、赶紧……刘志刚、刘志刚……修喇叭、修喇叭！"是王建国和刘大民的前后音，他们的肉嗓子过滤了无关紧要的话。

这几声惹得安友会难以入睡，问方载亲大队里可能的情况，说离这么近是不是该去照一眼。方载亲堵一句说："哪天不吆喝他们也吃不下饭。上回三更天东坡转南山，第二天才知道只为一把钥匙，兴许刚换的锁又找钥匙配对哩！"安友会不再言语，屋里又恢复了夜的本色，安静的，漆黑的，猛然间方载亲又说："像是三队安大傻子的什么事？"

"破镰换新镰，鸡蛋多六个。"安友会又来了睡意。

方载亲疲倦地挺挺身板，一阵咯叭声后安友会问他当不当紧，他只说："安家乐走时气，样样红火！还镐时像是刨到了宝贝，这会儿指不定在干什么。"

"拔火罐不？"安友会不冷不热地猜测说，"兴许在打造刀枪，兴许在锻炼武艺。"

"不拔，响是脊梁骨拔节，要撑腰。"方载亲却兴趣盎然地说，"要是他爹还活着，飞檐走壁倒是行。那么好的武艺他拾不起来了，老爹给气死了谁教他，谁又会？"

这时北屋传来方敬的哭声,方载亲奔过去,从炕上趿摸出一只老鼠一路追打,安友会也过来哄了好些时。两口子再出来瞧见李学勤的灯亮了又灭,便蹑手蹑脚地回到南屋,正准备入睡时却听得大喇叭播了句瘆人的评书……

第十三章

田禾庄大队,夜里十点半。

从东坡深一脚浅一脚地回来,王建国和刘大民的面色都很凝重。相关人员没有到场,屋里显得冷清,只有百瓦的灯泡在精神地支撑场面。等待是苦闷的,王建国百无聊赖地揪着胡楂,打个哈欠问梳理文件的刘大民:"呃,吆喝那么两嘴,不如河滩的蛤蟆叫得响,你说,都听见了?"

"南台子安家胡同,悬。"刘大民吹吹桌上若有若无的尘土眼光又掉在文件上,随手抽几张垫到屁股下说,"呃,这会儿的问题是,听见的来不来,几时来。"

这几天王建国正闹肚子,粗喊几嗓咽喉焦热,倒缸水只觉得水缸沉重,腰一弯下腹又胀,当下捂着肚子说:"破椅子不得劲,漏风,硬戳屁股蛋子。呃,给几篇。"刘大民挑了又挑只抽出一张,他忽地拽来一沓说,"你拉屎糊三张,我不过是垫屁股。"刚垫好刘大民又要撬,求似的说:"换几张,明儿都给你擦屁股。"王建国再挪屁股肚子里就翻江倒海了,忙攥着腰带叫嚷着跑出去,"送几篇!"刘大民喝过他半缸水,待茅房叫得急才扯奖状,迎面碰见刘志刚,便吩咐,"大喇叭又坏了,你去鼓捣,急用!"

刘志刚抬起机顶盖,噗噗地吹一通灰尘,再通电指示灯全亮只是不出声,正琢磨时卸掉包袱的王建国"嚯"一声说:"志刚!跟方大脚一样，光葫芦瓢、老蒋、刺儿头！"

刘大民不痛不痒地说："清爽不？"

刘志刚笑笑，继续思考着属于他的问题。过了好一会儿还没有人来，王建国沉不住气，就凑过去指点说："二极管还是三极管坏了？以前挺受使，呃，能修好不，今儿黑夜？"

刘志刚扣下盖子说："大问题，得三天。"

刘大民泄了气，再憋一口长气在心里试着吆喝一通，觉得气力不支就问王建国："大队这么多事，总得有人去东坡顶子吆喝才行。"

王建国也暗自吆喝一通，颇为认同："找几个社员，东坡顶子南山头子轮流吆喝……"

刘大民打断了他："白吆喝？"

"记工，一天十分，还能割猪草。"王建国信心满满。

一束强光照进来，白点在墙上晃悠几圈，随后传来治安员兼民兵连长孙志强的声音："丢钥匙了？贼偷了我带人查！还是文件半夜生下来了？"瞥眼刘大民、王建国单对刘志刚说，"大兄弟，修不好就烧壶开水，嘴头子不干？"他和刘志刚都带着"志"，所以志同道合地称兄道弟。

"文件下来了。"王建国又懒洋洋地摆弄起大喇叭。

"民儿，啥文件？"

"呃，县里给了点儿事情干，打算开发葛洪山。"

"我当又是计划生育。"孙志强转对王建国说，"二丫不来，大队冷清是不？"

王建国瞟也没瞟他，打开收音机说："外头听听，看能转广播不。"刘志刚听得山上传来"上回书说到……"忙示意关掉，王建国乐呵呵地切掉转播说，"外行比内行还行！"又在心里试着吆喝一通，再打开麦克风正经八百地说，"呃，这个所有的干部、这个全数的干部……"

这一次刘志刚没能听到声响,撇撇嘴说:"跟上回一样,只转广播不传人声!"

王建国傻了眼,气得直骂:"你个驴×的货!听不懂人话!"

孙志强拍响大腿说:"人话懂啊,刚才那评书多好听……"

"你天生就是杠头!"王建国果真急了。

刘大民给孙志强发过烟心平气和地说:"再等等,来够三分之一咱就开,不够统统滚蛋。"旁外里对刘志刚说,"你反正是看大队,半夜再鼓捣鼓捣?"

刘志刚不情愿地哼唧:"半夜鼓捣响了得多少人骂我?"

王建国说:"有你叔跟我哩!"

孙志强适可而止,手电开了关关了开,反反复复地照地上找窝的虫子,而心里憋屈的王建国越来越急,里屋转转外屋晃晃没个安生相,冷不丁瞟见墙上的奖状碴子火气便不打一处来:"大民,真有你!我说怎么那么硬糙,不兴揉张报纸,非拿奖状?"

刘大民扑哧乐了,却不紧不慢地说:"阴沟刺挠怕是夹着麦芒硌着蛋。报纸上有社论,没看过也没播过。"

孙志强乐得顾不上褒贬,手电径直打在王建国的裤裆上,直照得他夹紧大腿才"叭"地关上。

"缺喝酒的嘴还是打天九的腿?"有干部来敲窗户。

刘大民忙拽进来,摁进长条椅说:"人少不值得念,干瞪眼看吧。"赶紧在眼皮底下摆上了文件。

孙志强端起来一张张地照着看,没一会儿竟然躺下打起了盹。少了这个杠头王建国和其他人开了个简短的碰头会,文件重点部分逐字逐句地探讨了一阵子,临了刘大民说不早了,回家上炕吧。王建国说没意见,明天早起跟其他干部串通一下,尽量来个全数。于是,众人撇下了孙志强。

这个夜晚对我们的"老绝户"田厚生来说算是个甜美的夜晚,他甚至做了个甜美的梦。后半夜醒来,对着窗外淡薄浅散的星光再也无法入睡了。

他死劲地回想刚才的梦,脑海里却是一片空白,翻个身似乎拾掇出了一星半点,再咀嚼却是糊涂——他不清楚这是今夜萌发的新梦还是几十年前回归的旧梦。在他的夜晚,做梦已不算经常发生的事,若从出生到现在做个决算,一年分配到手的梦也就十来个。这总共的梦要包括婴孩时那些根本不可能被记住的"天梦",懵懂时那些花里胡哨的"儿时梦",成人初始那些难以实现的"白日梦"以及老成后为数不多的"熟梦"。

梦就是他年岁里的收成。

今晚这个梦,是想来过分笼统的美梦,他分辨不出属于哪个时期,仿佛是在泥泞的小路上偶然拾到的一串麦穗,沉甸甸的,不知道出自哪块庄稼地。这个"老绝户"真够折腾人的,做个屁似的梦还让人不清楚。看来他那架脊梁骨还没有塌完,精气神还在吱吱地冒,正油煎火热地把那些新梦老梦一齐熬哩!

其实田厚生早已废弃我们所想的乱七八糟的事情,他的想法很简单,有些梦既然想不起来也就没必要空想了。今夜,与其说荒废这个梦是因为想不起,不如说是被更紧要的现实排挤出了心田。你看,他又盘腿坐在炕上坐在夜里,显然是在思想什么。换作平时,没有梦的平时,他会点亮油灯盯着摇曳的火苗出神,而今夜的他已然忘记撑起那柄支撑黑夜的灯伞。

方载亲不在的日子,他是临时队长,社员需要找借口和方载亲说的话一股脑地向他坦白了。其实他们并非是在和他说,而是在和"队长"说，这队长也未必是方载亲个人。是的，在田禾庄可以说道的除街谈巷议的计划生育外，还有基于户口的分田分地。显而易见的是，计划生育的涉及面没有分田分地波及得宽泛。是的，不管你家要不要生孩子，地总归是要种的，饭总归是要吃的，现在地的种法、碗的大小和饭的好坏统统要变，你说你上不上心？

邋遢又和他叨咕过，邻县折腾大了，单等着大秋分地。田厚生当时没搭理，心里话，我不是小队长，也不是大队长，更不是公社、县、地区、省、中央的长官，你和我说不如放个屁痛快哩！他却追着屁股说，你猜怎么着？一个小队分仨小组，每组四五户，打算秋后种小麦哩！见田厚生没兴趣他又蹲到大傻子眼皮底下，添油加醋复述一遍得到的回应是"嗯嗯呵呵"。平时鼓动单干的大傻子如今提不起劲头，这让他着急，问情由时大傻子气呼呼地说，你别跟蚂蚱似的瞎蹦跶，我不稀罕！爱分不分，粮食再多，还不是这几口子人吃？旁人忙把他揪走，悄悄地说，快别招惹大傻子，计划生育折腾糊他了，没听出来？粮食再多，还不是这几口子人吃！邋遢恍然大悟，扭头又和这人说道一通，好比心里练习吆喝的王建国或者刘大民，几遍下来自然嘴溜。

田厚生对邋遢的要求不感兴趣，但睡不着时却起了寻思。

他先站在邋遢的角度想：分？外县外公社外大队风生水起，咱田禾庄水波不兴没个投石问路的。分了好，即便不能一步到位，哪怕小队拆小组先试把一年哩。确实好，拆组再往下分；确实不好，还回归大集体。前后照应，不失稳妥。

随后又站在大队的角度想：分？和地量地戳界石，这就合了社员的心意。可是往后再有大队承担的集体事务，比如兴修水利农田基建，谁肯忙活又如何处理？真分就是树倒猢狲散，大队还留着愣屁，干脆公社直管社员算了！哦，公社兴许也得变个样吧……

他甚至还站在大队干部的角度想了想：分？我当一年干部全工三千六百五十分，分不是拆我的台吗？到时大集体我可没精力更没心思顾哩！再说上头没文件，万一哪天说不行，责任谁担？

随着思想的深入千头万绪淤塞了心眼，他觉得麻乱只好寻思起自己：按过渡说我这一户简单，可是上了年岁谁乐意把我归置进小组？先前是大集体没人说没人嫌，可是小组只有几十口子人。方家肯定要我，可是老方子忙着走街串户，载亲和我忙活不转。载亲啊，说来说去你比我更难！谁知道再远的以后，一旦单干你能不能撑下去？我，大不了评个五保户。唉，凤儿，我那可怜的凤儿……

想着想着他仰躺下来，后响做过饭炕还暖和，遥哑的鸡鸣犬吠传进耳朵已是微弱不堪。

第十四章

十几天不声不响地经过，收拾完影壁方载亲又拾掇起庭院。

南墙根躺着几根木头，多少年不曾挪换地方，风吹日晒雨淋雪盖已然腐朽。树皮褶皱里满是青泥，长着潦草的青苔和鲜活的小虫，深埋进泥土的枝杈上，又有幼苗拱出了地皮。随随便便生长的苗子不成器，所以搬动时方载亲并没有在意它们的死活。木头轻了许多，一个人就能拖拽，才顺老汉只顾着发号施令。

搬到太阳地的朽木如同抖擞精神的人，清晰的身条颇像挺直腰背的才顺老汉。遗落在泥土地里的小虫上蹿下跳地寻找着熟悉的家园，来不及跳下木舟的则被方载亲搬了家，但它们不满意这个明亮的"老地方"，也是骚动不安的模样，似乎很留恋原本的环境。

才顺老汉没有帮忙不是因为干不了重体力，而是这几根木头牵动了回忆，他想到了父亲带他栽树的情形：清明前后他和田厚生抱着树苗随父亲去屋后的河槽种树,种时父亲不断地唠叨说,宅院背后的泥龙不省心,夏天发水冲后墙,护堤里外要多种几棵树才好,一来河槽规矩,二来盖房也有木料。于是爷儿仨一道挖坑、栽秧、培土再浇水,如此种下了一排槐树、榆树和钻天杨。多年以后树木成材他和田厚生也成了人,再后来盖房间伐几棵又补种几棵,剩余的弃料就存放在南墙根……

想到这里才顺老汉想妥了,来年开春再种些树,却说:"清清墙角的烂土,眼界里清爽。"原先李学勤收拾得挺干净,现在大体一变反倒显得乱糟。

方载亲把腐土敛进猪圈,又清扫一遍后宅院果真利落不少。既然是一场劳动,当然要有人验收。才顺老汉拍拍屁股来到官街,瞅着"福"字影壁绕进来,四下看看,宅院不单清爽利落,更显得大了不少。

李学勤正要验收时墙头升起颗脑袋,是再启老汉,听他说:"大脚,过去端吃食。我去南台子……"

才顺老汉去搭话却见他往家走去,看来南台子没有事,借口不过是说给李学勤听的。这时一门心思的方载亲嘻嘻哈哈地说:"爹,院墙往外挪再往高起,把官街口的水井圈进家多好!"

"井属你?别人吃水看你脸色?"才顺老汉瞪着他说,"墙是矬,单摞几块石头糊弄不如不干,也没有好石头,净是空话!"来到东房跟前又说,"矬有矬的好。干事前先过脑子,焯几遍熟透了再下手。"是的,高矮各有各的好。拿今天来说,如果是高墙头再启老汉只得进家,肯定要和李学勤碰面,这是他俩都不情愿的。是的,倘若狭路相逢,李学勤会背转身和路人搭话等再启老汉过去,再启老汉多是会走回头路。我们的才顺老汉就是这样矛盾,墙头高矮他晓得量力而行,影壁则深筑高垒要尽力而为。

父亲的说教方载亲进了心，思量着赶到丈人家，见安友杰在玩箭头，箭头装了细把缀了红缨，该是会点儿木匠手艺的再启老汉弄的。见方载亲来安友杰挦着缨须说："红胶泥忒少，还有不？"一副大人的口吻。

方载亲见胶泥饼上的拓花倒也精致，近前细看发现一团白面捏成的动物，像跪着的人或者蹲着的狗，心头来气难免呵斥："人都吃不上还糟蹋。"说话要上脚。

安友杰怯半步说："爹还说我捏得像，又不是你家白面。"

"你再说！"方载亲上去就是一脚。

别说力道，单这行为已经足够安友杰心疼，所以他哭了。

屋檐下的再启老汉坐不住，说方载亲："别跟他闹，训过了也知道错了。"忙笑着哄安友杰，"你大姐夫是闹着玩。"

安再启家的闻声出来，巴望清楚后问安友会的状况，可能是手头粘着事情怕忘了，不待答又说："小会子过几天来看她。我做了床小棉被。别忘了揣走。"

小会子是安友淑，自打起下大名安再启老两口就忘了。安友淑也从没想过正名，姐儿俩一起时听不到安友会喊几声"小会子"心里反而不踏实。乡路崎岖，她每年只回一趟娘家，方载亲有时也去探望，基本上双方的家境都知根知底。前几天再启老汉扛着安友杰和十斤大米去过一次，今年方载亲过乱套了，虽然想找安友淑的木匠女婿喝几嘴酒，但见到门里怯生生的安友兰他懒得搭话了。

安友杰还在撒泼，再启老汉还在哄："今儿早点儿吃，杰子饿得慌。"于是蹭过一顿饭后方载亲才揣起棉被提上饭食，临出门见安友杰还在扒拉安友兰的饭碗，不想吃的夹过去，想吃的夹过来。他看不下去，就走了。

方家是另外的景象，才顺老汉要做饭，李学勤说她做了。才顺老汉晓得方载亲不会空着肚子回，但带来的吃食肯定只有安友会的，于是说："给敬子做点儿，说话下学了。"

李学勤说："俩丫头也来，我多下米。"

才顺老汉不说话，听不见南屋的动静才应下李学勤。安友会全听见了，她寻思：凑合一顿，等哪天叫方军，或者送蛋糕来个轻省。方敬下学嚷道饿，她悄悄地嘱咐："一会儿婶子喊吃饭，你们过去，吃多半饱，黑夜让你爹另做。"

不一会儿，方军果然来叫了。

方载亲到家撂下饭食，安友会摆弄完棉被才动筷子。他不待见她磨蹭就躲到院里叉起了腰，平时他多是蹲在当院，现在竟然下意识地学会了方载德的叉腰，而且有模有样有派头，看起来不像小队长倒像是王建国。若是外人看见，兴许得怀疑他有当大队长的野心。王建国时常说："大队长要当你们当，我正不想干哩，费力不讨好！"但想当的还真不少，不过不是没资格就是没支持。

在他空想愣神时田厚生找他说道社员单干的心思，听罢他摩挲着头皮说："大趋势像是得要单哩！"口气很像王建国。

"咱小队怎么办？"

"随大流。"见田厚生不说话他又问，"不行？叔。"

"我看行。"

"我没往深里想，到时统计一下，要是个多数咱就分。"

"早也得大秋，眼下不行。"

"收过秋最好，地好量……开春也行，得带苗，不过苗稠苗稀是个麻烦。"

"抓阄。"

"我一时半会儿想不好，费思量得琢磨。"

"随大流,几个小队算大流,几个社员不愿意算大流?"田厚生反复磕打着烟锅。

"十八个小队,过半数……一两户不愿意……都行吧?"方载亲摩挲着头皮模棱两可了。

"这个邋遢净出难题。"

"迟早的事,不全怪他,还有别人。"

"要是咱队挑头……"

"先想路数,是分小组还是直接进户,外头可是两条路。"

"那得看大队。"

"大队什么说法?"

"他们就会说,研究着哩,走着瞧吧!"

"眼下不好说,其他小队怎么想的也不知道。要是直接分到户口上……唉,再说!"

"大脚,凡事要拿捏尺度,保险起见进一步退半步。我再跟你爹把把其他社员的脉,也看看其他小队的算盘,还有时间。"

的确,这是小队的事,不能只考虑想分的邋遢,分还是不分达成共识需要过程。方载亲想:只要多数认为好我就不反对,大队什么态度也得再拿捏。如果田禾庄非要有个挑头的队,只要队内是多数,二队不妨当一次第一,也让他们随随大流。

田厚生又找才顺老汉续话,方载亲则找方敬打针。最后一针青霉素,方敬的肾炎真好了。久病成医,方载亲扎针赶上了大夫,他不想把丝毫的疼痛留给方敬。针扎完方敬哭了,他却嘻嘻哈哈地说:"小鸡子似的人,命硬,得亏咱家外头有人!"

"煮几个鸡蛋给姐儿俩,蛋糕给军子拿仨。还说什么,是咱俩活该。好了好,两全其美。"安友会摩挲着小棉被,眼洼里充满了悲哀与幸运交织而成的凄茫。

方载亲一声不吭地煮好鸡蛋，给方军蛋糕时李学勤刚好看见，再回屋又给安友会泼了个鸡蛋。

水很开，泼成了豆腐脑。

他知道她口淡，但还是问放不放盐。

她说捏个粒儿。

他就捏了个粒儿。

第十五章

已是五月底，田禾庄，农历。

安友会的产前征兆越来越明显，方载亲沉住气不再出门，安再启家的索性住了过来，李学勤也很安生，偶尔跑到南屋坐上一时半刻，而才顺老汉整个五月没有出远脚，多是在家照看孙女。

方家不声不响，却在经历一场大事件。

外人当然知道，计划生育的节骨眼老方家要添丁加口！新建的影壁气派，但挡不住流言蜚语。别人等着看笑话方载亲的心思就重了，想得多的是孩子。田厚生也暗自捏着汗，心里话，载亲啊载亲，可得有个小子！你能不想要个小子？往死里掖，还不是跟我一样，想有个抬棺哭灵敛坟烧纸的人……

五月廿八日，田厚生和才顺老汉说话间冷不丁地问方载亲："套车拉到医院去，不行？"

方载亲琢磨说："大夫检查的挺好。"言外之意，要么等到刚刚好再去，要么没必要，在家照样落地生根。

田厚生瞅着一声不吭的才顺老汉说："是条性命，老辈子不兴这套是没条件。"方载亲似有所动，他又说："我拿了俩闲钱，在我手里是死钱，没处花。"随手掏出布头，掰开看是五张拾圆面额的人民币，另有几张分分毛毛的钞票，再小心地包好递给方载亲说，"五十整，不多，余下的几毛几给敬子买块糖嚼嚼。"

五十元人民币！

好家伙，这个"老绝户"出手居然如此大方。

他从哪里折腾来如此之多的现钱？你看他那家当，没一个值钱的；再看他那身行头，到外大队肯定会被当半拉要饭的老锅头。这个老锅头，居然有这么多钱，相当于城里人个把月的工资。

哪来的？

槃粮食？

吃都吃不饱，哪来的余粮。同一个大队同一个小队同样分到手的粮食，他要能槃出闲钱那方载亲也用不着他摆富裕显阔气。

老母猪下的？

像哩！

可细一琢磨，一窝崽六七个，饿死一两个，压死一两个，半大病死一两个，抻圈子再抵一个，能剩几个？一年油盐酱醋烟的开销和迎生送死的人情之外，又能余下几块几毛几？

这个"老绝户"真让人捉摸不透。

面对钱，方载亲接不是不接也不是。他不忍心拿，他知道这是田厚生留作后事的。可是看样子是得去医院，要不是前天爹偷偷地擩了百头八十，这医院不是说去就能去的了。这时一直盯着走地的才顺老汉说了句"揣上"，他才揣上说："明儿去公社。"公社并非洪城公社，而是八里外有邮局、派出所、卫生所的那个公社。

才顺老汉摸眼天色，不吭声算是应允。田厚生继续挖着烟锅，刚才的事情仿佛发生在去年或者前年，甚至更早——照他现在的记性当然记不住，记不住就是忘了，忘了就是没有过。说过一会儿老辈子的话，才顺老汉带着一堆孩子去了田厚生家。换个地方孩子们玩得照样开心，只是方敬明白，现在爷不说回或者父亲不喊，那个院子最好不要回，也不要他们回。

眼界净省后方载亲拎着麦秸去了丈人家，再启老汉知道要借驴，慌慌张张地准备车套铺陈热草，又抱来一堆手电零件嘱咐说："赶车悠着点儿，不能快。"

天差不多黑透了，方载亲装好手电奔了医生李民庆家。

半路出家的李民庆是久病成医的典型。早年身体靠药物支撑，好在有心，吃药抓药长了眼，身体一好也对瓶瓶罐罐生了情感，买来医书研读后对头疼脑热等常发病总结出了一套行之有效的办法，其他大夫几天看不好，找他两天能下地。他也从不推辞，不管手上忙着什么都即刻动身。查看病情后有把握就开方抓药，若是疑难杂症也会告诉人家，这病我不懂，你尽早去县城、省城，因此他和方至书校长一样深受田禾庄人尊敬。

李民庆撂下饭碗拎起药箱边走边问症状，方载亲嘻嘻哈哈的，他不得要领，进家查看后说："是这两天，保险起见送医院吧。"

当晚方载亲抱头起了思想。他蹲了好久才"唉——嗐"一声站起来，仿佛晌午歇够了不得不下田劳作似的。是的，十九个时令即将过去，是他和安友会收获的时候了。其实，广义上的生产本就是人类繁衍生息并且不断进步的活动过程，而安友会这样的女人本身就是孕育生命的土地，时令一到自然生产，而收成也更有意义。

眼望见收获了！

你看，孩子还没有降生方载亲的期盼已有眉目——

你小子肯定比我强，比我能吃，比我懂忙活，比我更狠实。一代更比一代强，我能给你折腾一片天，你就不能再拾掇一块地？俩大脚兴许跑得更远！我扛仨麦个再提溜一个，你小子没准一下子倒腾六个！到时要单干，能倒腾多少咱家就有多少，不像现在你爹掖扯半辈子还是不饥不饱。不过你别怕，够你吃！只要好嘴头，吃多少掖多少！到时要是不分地你小子也比我强，有其父必有其子，一点儿也不假。唉，有你咱家才完整，你看你娘……可得争点儿气，就像你哥，虎头虎脑那么个人！

哦，要是个丫头……

起码得健康，别像你大姐抱着药罐子讨生人家，生下来胖可越长越像小鸡子，肾炎才好，屁股蛋子净是针窟窿。身板要随你二姐，小爱子好嘴头，什么都吃只是性子慢。要论性子是得像你大姐，不吃屈但也别糟践人。好，真这样，就是丫头又怎么哩？

唉！你瞧我这当爹的，做梦糊涂了。管你是小子丫头，千万别随你爹娘，黄土地里摸爬滚打这是赖命。不行！我得供你考状元，我得把自己供成大学生他爹，出门也要横着打趔趄！

好。

你健康，你有出息，我跟你娘就知足。

半夜安友会阵痛连连，方载亲不得不抛弃对性别和将来的猜想。是啊，孩子是他们身体的一部分，但孩子的性别和前途却由不得他们，由得他们的不过是遥远的畅想与期盼。

方载亲越等越心急，忽地夹起被子奔到丈人家，再启老汉着急忙慌地帮着套车，依旧反复叮嘱夜路要慢，临了又问："叫你娘跟着？我也去？有事好言传？"

"你看杰子吧。"方载亲不想兴师动众。

方载德也到了家，正忙着往院里接电线。电灯掏出窗户，院里瞬间亮堂了，待他见到方载亲忙说，车刚歇，打火很容易。得去医院，去医院好办，方载亲决定后忙不迭地收拾起来。不一会儿汽车发动，轰隆隆的声响里，方家似乎正上演穆桂英挂帅出征。

才顺老汉站在当院，搂着惊慌的孩子不知所措。是的，俩小子撑起了天,他只能站在一旁看自家的戏文。而田厚生忙活的多半生里根本没有发生过类似的事情,他没有现成的经验提点方载亲,所以他主动藏身灯影,陌生又安分地看着一切的发生。

李学勤已经忘了和安家不对眼,正帮着安再启家的给安友会收拾行头。驴车的准备早被方载亲倒腾进了汽车,同样铺得厚实,待把安友会接上车后,他见方载德正和李学勤说话——

方载德看一眼:"大嫂去医院,你给我拿钱。"

李学勤看一眼:"大哥不知道拿?肯定拿。"

方载德看一眼:"别啰唆!赶紧拿出来。"

李学勤看一眼:"那你说啊,拿多少?"

方载德看一眼:"咱家里还有多少?"

李学勤看一眼:"没多少,三十!"

方载德看一眼:"先拿五十吧。"

李学勤看一眼:"你不清楚?"

方载德看一眼:"拿五十!"

李学勤看一眼:"没有。"

方载德看一眼:"快!"

李学勤从兜里拿出三十,方载德又从另个兜里别别扭扭地搜出二十。口袋干净后李学勤拉起方敬和方爱冷冷地说:"夜车!"

汽车徐徐开动,在官街口回个弯,雪白的车灯扫过了大队院墙上的红泥大字——"量数口人生出制控,策政育生划计行施"。

没有谁注意到它的存在,除了没着没落的才顺老汉。

才顺老汉不识字。

雪白的灯光过处,他头一个发现驴车已然倾覆。推着手电去查看,见车把压着驴腿,鞍子挂在肚皮上。这头可怜的小毛驴,再启老汉没有教它认识汽车,它受惊,所以自乱了分寸。和田厚生一起翻正车,卸套时发现驴尾巴断了一截,光秃秃的,血即将凝结。心疼地抚慰过驴唇,待冒失劲过后他扛起车套说:"剩儿,你牵上驴,我套上车。"他是这样考虑的:即使不为驴的事,再启老汉也有资格及时知晓大丫头的状况。

官街的热闹冷静下来,方家归于安定时方载德正驾驶汽车经过苗洼台,而此时已是五月廿九日,田禾庄,农历。

第十六章

整整一上午才顺老汉都在等消息,整整一上午大喇叭都在吆喝计划生育,概括起来无非两句:依法而行要鼓励,倒行逆施要处罚。王建国和刘大民轮流上场,他们的声音在方家小院里来回激荡,分外刺耳。

才顺老汉默默地听着,从中得知今天不仅是农历五月廿九日,还是公历七月十一日。照眼月份牌,不假,一把扯下"今天",可是喇叭里的声音却扯不掉,走到哪都往耳朵里钻,仍旧碍着他让他不得安生。田厚生悄悄地拾起"七月十一日"卷成了烟卷,又揭掉作废的日子递给他说,顺儿,来,吃口烟吧。他捏在手里,颤颤巍巍地倒上烟叶,卷吧卷吧划根火柴就吃进了肚。

晌午李学勤叫他们吃饭,俩老汉蹲在当院正吃时张红民跌跌撞撞地跑了来,才顺老汉心里咯噔响,撂下饭碗问:"新房漏雨?"

张红民一摆手说:"你瓦的房青瓦咬钢牙!"

才顺老汉这就慢悠悠地说:"慌张什么。"

"赶集碰见大脚,让我捎信,有福,载亲,小子!"

才顺老汉腾地站起来,望眼福字影壁心里波澜骤起,田厚生则安分地抒摸着筷子问:"娘儿俩好不?"

"看大脚嘻嘻哈哈的样准没事!"

李学勤出来听，见才顺老汉正对着影壁嘟囔："我家大脚总算成人了哩！"忽又唤她，"学勤，拿两口酒！"她索性搬来饭桌，又一股脑放下了孩子。

才顺老汉又腾地坐下来，抱起方杰夹住方爱，探手又摸着方良的头急不可耐地问田厚生："剩儿，你说，我得干点儿什么？"

看着容光焕发的老伙计田厚生扳起指头说："你得抱小孙子，载亲跟会子才能下地，这是其一。其二嘛，以后不能登高望远了。其三哩……"

没有下文了。

田厚生只说出了前两条，他把"其三"硬生生地憋了回去，因为这对才顺老汉来说已经毫无意义——其三哩，你身后也有了回头念想，逢年过节有花不完的纸钱。是的，且不说远的，才顺老汉本就有方载亲和方载德，即便方载亲没有小子方载德还有仨！所以，他只能把"其三"的念头压在自己的心底。

原来，开过苗洼台方载德不得不把车速降到最低以求最稳，从而让安友会少受一份活罪。年久失修的沙土路坎坷不平，他只能抓紧方向盘，在灯光的尽头琢磨前路。行到坡底时他停下车，点根烟打个远光看起了黑黢黢的崖右沙土岭。趁这时间安再启家的让方载亲拿棉被支起了简易帐篷，还自顾自地嘟囔说，又不是闹日本，孩子可不能生在大野地里……

夜色笼罩着田禾庄的村外大地，崖右显得高不可攀。

这条路方载德走过太多次，即便摸黑也能过去，但今时不同往日，仿佛是在执行一项战斗任务，而崖右就是万里之外的反击前线，一定要收复它！可这又是一项特殊的战斗，倘若失败后果不堪设想。这个在部队待了四年的血性汉子第一次怀疑到自己的技能。是啊！在正义的战斗面前他可以不惜生命以鲜血书写军人的风采，但现在夹杂着太多的儿女私情。若论牺牲，首先是他的嫂子和肚里的孩子！手握两条性命他有后顾之忧，他必须确保他们平安！

"平安"是多么普通的心愿，"安"是多么简单的字眼，但安友会却用作了姓氏。好一会儿安友会都没能平静下来，众人却犯难，行不是不行也不是。这个黑夜，方家被卡在了路的中途黎明的当口，期愿和现实充满了冲突。

需要做一个选择。

方载亲四下看看，不远处是劳作多年的田地。那条沙土路他不知道走过多少遍，那块格子田他早已忘记担过多少肥，他只记得每一年都要把贫瘠沤成肥沃。在他忘我的时候烈士墓林子里被灯光惊扰的飞鸟发出声声鸣叫，似在催促他们。来不及多想，他站到车前问方载德："德子，能过不？"

方载德扔掉烟头，踩离合松闸换挡加油打方向一气呵成，但车还是晃晃悠悠地退了一步，快到崖右顶时安再启家的扔出的木棒砸在了方载亲的大脚跟前，她气呼呼地说："你听什么哩！早叫你停、停、停！"

方载德又开出一米才停稳，方载亲忙搬来石头稳住车轮，探头再瞧，在不大的车厢里，在坠着的手电光下，在安友会的身旁，已多了一个嗷嗷待哺的小子……

方载亲收了个小子！

消息不胫而走，一晌午田禾庄人尽皆知。

有人掐算：王二丫一个，方载亲一个，中间夹着南台子俩，这个阴阳五六月里弄了个接二连三带着四。若论阴历，他方载亲最能耐，直奔五月廿九的底线，要是今年的五月有三十，他方大脚非再错一天不可！若论阳历，她王二丫真不是省油的灯，拖来拖去的偏要撞破五月三十一的窗户纸，硬是堵上了六月一的枪口！嘿，天知道这阴阳历法不光支配庄稼，还愣是支配着娘儿们生产。我看你大队长怎么拾掇这阴阳历法的烂摊子。罚？好，按公家的说法，阳历公历，先从你铁匠妹夫家的安铁锤罚起！要按田禾庄的活法，阴历农历，那从官街口老方家开始扎口子！不罚？也好，咱田禾庄先摸个浑水鱼。哎呀，阴阳历法担待着公、农立场，这可难为你王建国，还是看看下半年的行情再出手吧，谁叫公家的文件生下来就水土不服哩！

王建国知道，到这时日，大伙心里的麻秆多半已沤成了烂泥，于是横下一条心，千斤铡戳到了一九八一年的地头。他想，上头问罪顶多这个大队长不干，要不就把对文件解读不深刻、执行不秉公的我跟刘大民投监送审！到时社员数落也好称赞也罢横竖都撂挑子哩！冷静下来再想，他也认识到了计划生育的重要，光夏天就生长出这么多的孩子，不用几年人均九分得变成人均六分五分，是得数数脑瓜掰掰指头过日子哩！

才顺老汉不管这一套，阴阳历法他全不放在眼里，要罚你就罚，不给上户口就不上，不给分粮食就不分，反正我们爷儿俩心连着心，有我老头子的就有他小孙子的！

后响，夹在不知名标语间的王建国朝他乐呵呵地招手，他拉下脸毅然决然地走过去，只听得大队长说："叔，精神不错。"

"大脚建了小子，我熨帖。"他背起了手。

"载亲能耐！啥时建的？"王建国很不情愿地笑了笑。

"点卯前得到。多个孙子我就是熨帖。"他踢开了脚下的石头。

"等哪天去看……"王建国觉得尴尬又可笑。

"看吧，看看大脚家小子。"他断然说。

"大脚……载亲什么时候来，还在医院？"王建国忙赔笑。

"反正他抱着小子来得过大队，你准能看见我小子跟我孙子。"他捋着胡子起了畅想。

王建国对他张嘴闭嘴的"小子"和"孙子"烦透了，心想，要罚你的宝贝疙瘩不得拼老命？罚不得罚不得，谁有能耐谁来罚！

见王建国只顾着抓挠胡楂他就说："大队长侄子，还有事不？我急着给孙子拾掇名字，兴许明儿载亲就抱着……"

王建国忙接话："小子回家，我知道。我一定去看。你走，我没事，就拿个准信。"他实在是对"小子"和"孙子"过敏了，当大队长这么些年，他平生头一次感觉像是田禾庄的"父母官"了。

果然，两天后方载亲要把小子抱回田禾庄，才顺老汉和再启老汉慢悠悠地赶来了秃尾巴小毛驴，他们装上了儿媳和孙子，也装上了丫头和外孙。你看他们一家人，和和美美地走在乡间土路上，方载亲牵着驴头前走着，方才顺亲家俩紧后头跟着，当间驴车上的安友会欢喜地笑着，虽是夏天但她还是把孩子捂得严丝合缝，别人觉得她不像是担心受风，更像是害怕这小子扑棱开翅膀飞走了。

到家后乡邻都来探望，因是明房自然该把小子拿出来耍。田学富大傻子第一晚就来了，两口子，前后脚。他家的前脚进屋后脚跟来的他就说她："呵？你也跑过来了！"两口子撂下人情唠半响，直到走都没有提最关心的事情——果真从一九八一年开罚？阳历还是阴历……

晚间方载德让李学勤做好饭菜端到南屋，兄弟俩和才顺老汉与田厚生喝起喜酒来。此时的安友会和李学勤分外客气，根本不像妯娌，更不像不对眼的妯娌。一家人和和气气地说道着，最终话题扯到了名字上，方载亲看看安友会说："叫个什么好哩？"

安友会紧盯着孩子没有理他。

方载德呷口酒说："大哥，取个'永'字吧？"

安友会这才抬起头，巴望着崖右的方向说："要不是他叔……"说话间要掉泪。

李学勤也泪潸潸地说："就叫永儿，是吧嫂子？"

田厚生问讲究，方载德咽下酒严肃地说："崖右烈士墓，有碑文，'永垂不朽'，就叫那个'永'。"

那一行字方载亲再熟悉不过，况且意思也不错，所以拍板说："方永，你叔当过兵，将来你也当！"

方永蹬踏几下手脚似乎认可了，而和他前后脚来见世面的王二丫家的二小子，此刻也有了响当当的名头："安胜利！"

第十七章

大队门口的王建国叉着腰，嘴里念念有词。

收工的社员看几眼，都没有打招呼。他就站在大栅栏中间，半个钟头一动不动。刘大民叫他不见理，索性蹲在门槛等他还魂，烟燎到了指头他才倏地叫道："大民，有模样了！"

"给鬼压了？还是给狐仙儿迷住了？"刘大民不知所云。

"×！"

"不趁有电吆喝开会，戳电线杆是接三相电哩？"

"也不想想，刚收工谁愿意听？"王建国看看腕表又说，"唉，差不多了，把大小鬼都拘来吧！"

刘大民"叭"地扳上开关，对麦克风说："喂？喂！呃，这个……"扭脸问王建国，"什么来着？"王建国拨开他说："这个……全数干部、全数干部……各小队队长、会计，各小队队长、会计……收工来大队、来大队……要紧事、要紧事。呃，大民、大民……你磨蹭什么！愣屄哩？赶紧来！就差你！"刘大民不知道他在搞什么鬼把戏,担心穿帮后干部们翻汪,王建国戳着他的脑门说,"榆木脑袋,就说当时你没来。"

"刚才我吆喝了。"

"听不出来。"

想想也是,刘大民又问:"什么事要神仙全数下凡?"

"计划生育,开发葛洪山。"

"这还用费你的脑筋?计划生育咱大队就打八一年算,不是宣传没到位、社员没觉悟吗?开发葛洪山也不急着这会儿开全会,明年才有谱哩……我看你等着他们翻汪吧!"

王建国也担心下不来台,思虑说:"看看暖壶里水满不,再弄点儿茶叶,放几包玉兰。"

刘大民取来几包烟摆上桌,又晃了晃暖壶说:"满,你葫芦里装的什么药?"

"来了好伺候,要不这一言那一语……"王建国突然灵光乍现般说,"把破烟盒拾起来,整包拆半包干脆都给他们,给到手。"

人多烟少,虽说平均下来每人还是那几根,但有个烟盒看着就不一样。王建国把这伙不挑剔的下属琢磨透了:空手来走时揣着,比你们嘴上叨着数落我强!是的,这伙人不讲究好赖,有就行,当然也知道为什么会有,怎样才会有。既然白拿了人家的,谁也不好意思当面翻脸。只要当面不成群结伙背后随你怎么说,王建国不在乎。说起干部们翻汪刘大民也不担心,每次都是翻王建国的汪又被王建国翻回去,而他只是和事佬,所有事务都由着王建国做主,不过是开口表支持或者闭嘴不言语。他承认自己的机灵劲比不上王建国,盘算事体总要瘦一圈或者慢半拍,主动让贤确实是明智之举,但毕竟入党早于王建国,所以支书的头衔还得他亲自挂着。

干部们陆续到场,陆续领到香烟,陆续把不耐烦变成了耐烦,于是会议室里一团和气,都捧着水碗臊着晾晾,没有谁火急火燎地催问王建国要开的是个什么会。新奇大喇叭的,瞧瞧又摸摸,竟搞通了戏匣子。王建国说不得,只得笑:"想给老婆打报告?不急,一会儿吆喝腿脚慢的,捎带脚念念你们,那口子听见不得温着后响饭留着热被窝?"再数数人头吆喝道,"呃,干部、干部……没来的赶紧来……各小队队长、会计……尤其方载亲、方大脚……离这么近还不来!"有人瞅见了外头的方载亲,插话说:"大脚来了,别吆喝他了。"王建国瞥一眼,捂着麦克风问还有什么事,刘大民便续一句:"妇联主任,二丫、二丫!"每当吆喝到王二丫总要刘大民出马,正事完了王建国又公布到场名单,并且嘱咐家属,"后响饭别等着喂……呃,大老爷们儿,你们别给我惯着瞎胡来了!"

会议室里顿时活跃,有人笑哈哈地问:"二丫多久没来了?"

"仨月了吧?"

"嘿!一季秋收过了哩!"

方载亲进来,对王建国说:"刚收工,林场摘桃来着。"

王建国说:"赶紧分,分了开会。"

二队社员大都住在大队四周,今天分桃全来了,孩子们甚至跑进会议室玩起藏猫猫,家长则围着一堆堆的桃子说笑。每堆桃子三五斤,方载亲在桃堆前画下数字后田厚生坐上驴车唱名,大家都希望抓着看起来多的那一堆,若是那堆被抓走,随手一抓也就抱回了家。临了,田厚生摸一眼方载亲说:"建了没?"

方载亲嘻嘻哈哈地不言声,旁人笑哈哈地答:"建了!"

妇女们起哄:"建了个什么?"

男人们应声:"带把小子!"

田厚生说:"给咱队这个最小的社员半斤!"

旁人又说:"还是个属猴的哩!"

于是才顺老汉怀里旁外多了俩桃子,他嘟囔说:"建了影壁永儿就来了好福气,你属猴,猴年里的事什么没有你一份?"

另有社员不以为然,心里话,凭什么分给他?就因为他爹是队长?没罚他就够便宜他了。大队见天吆喝不上户口不分粮食还得掏罚款,你方载亲、王二丫怎么就那么能耐?这俇桃俩枣,是送,送就是送,可不能说是分!要是分,样样不得来一份?将来还得占一亩三分地哩!

桃子分得很顺利。

方载亲和田厚生再进会议室被问来问去的,直到王二丫来才被晾在一旁喝冷水。王建国拽出方载亲,塞上半包烟还没有开口就听得他说:"掖扯命,不像你小子丫头都那么强。"一脸的无辜,仿佛生个丫头对他来说更好一点儿。

会总算开始了,里外三圈人裹着王建国。

照例,他先读文件,能背的地方放下稿子附带上手势,具体事项首先是计划生育。秘密被许多人传说过就不再是秘密了,就可以拿出来讨论了。王建国和刘大民都清楚,一九八一年的超生户势必咬馋,而矛头首先对准的就是大队,就是干部,就是他王建国和刘大民。因此他大队门口的思考是先统一干部思想,校准他们的心绳,这样一来棘手的事情在大队层面一旦通过剩余的就是少数服从多数的识大体问题了。小队长和会计最贴近社员,也要在关键时刻推到前台做表率——社员看齐小队长,小队长看齐大队长,大队长看齐文件,那么形成主流与大流就不是什么为难事了。

读完政策,分析过眼下群众中间流传的种种不满,王建国慷慨激昂地说:"我有办法?像是我在徇私舞弊。

"不是!要不你们当两天大队长,试巴试巴。

"就么一天,怎么罚?黑夜生产,子时本就卡在六月一和五月三十一正当间,这是老祖宗跟天王老子商量好的规矩!

"呃,你们说,天下什么时候没有赶巧的事?

"这情况只能具体问题具体分析,总不能派干部二半夜盯着人家生孩子吧?谁想去谁去,带上腕表,掐着准点儿。

"没有?朝我借!呃,我不是说二丫,这事可能发生在任何地方的任何人身上。再说前些时文件下来我也是丈二的和尚,赶巧庄稼地里也是春雨惊春地忙活,捎带脚也就当成了农历。农历就是咱老祖宗那套春捂秋冻夏打盹的'阴历袄',于是乎瞪着老黄历吆喝了几嘴,泥腿子们猫着腰听惯了,我瞅不见他们直溜溜地叫唤就全当了默认。呃,后来哩,到哪天来着?冷不丁瞧见月份牌才觉察出不对劲。一年十二月六月是半年,这一点儿也不假,可是谁又本本分分地推敲过,这个一年之中的'年中',其实不是他娘六月一而是七月一!好家伙……明白过来以后哩,我先是一激灵,后是拍大腿,心里话,索性缓和半年吧!你想想,古往今来,谁家的规定还没片子自留地?于是乎我欻啦欻啦地翻,一翻到了底……

"嗐。怪我。这怪我。

"有什么责任我担待。既然发生了就算发生了吧,总不能亏待孩子,好歹是条性命,兴许还是咱田禾庄的顶梁柱哩!谁不当爹不当娘?谁不能理解理解?呃,我也不是说载亲。

"唉!你看这会儿,风言风语满街跑!

"像话?

"不像话!

"谁的责任?

"是你!

"是我!

"是咱干部!

"所有人都干什么来着?

"吆喝开会,可是谁有准点儿?

"都把大队当后宫!

"想来来不想来不来,你是皇帝?

"这……这不行……真不行……就算是太监也不行。

"呃,我也不是说你们,我和大民有不对。其实,有错就得改,咱正好拿这段时间来搞宣传教育,好让全体社员都明白这到底是他娘怎么一回子事。然后哩,听上头号令,配计生专干,对责任茬口。呃,现如今哩,计划生育的刀子钝了,咱就再磨磨,索性等过年……听清楚!是小年阳历年公历元旦,不是大年农历年阴历春节!就那什么……都明白了?子时一过……不对。从零点开整,不该生的黑小三,不许生!不该分粮食的超生户,不许分!该罚的罚,该收的收,实打实,硬碰硬!到时别怪大队没情面。呃,其实有一部分事,可以做在前头了。那些晚熟的明显要过季的瓜,该摘的就提前下手拧吧。催不熟的,别再催一把刺挠的瓜蔓子。今儿,在田禾庄这一亩三分地,我王建国把这阴阳历法的老官司,判得滴水不漏了吧?

"这件事情上,我着重说,大队六亲不认,没有亲戚。呃,干部,小队长、会计,彻底负起责任来,这不是小事。"

所有人都不吭声,刘大民说:"大家都明白,赶紧说下个事。"

王建国又翻出文件,找出葛洪山开发的那一份,嘴上却对王二丫说:"二丫,育龄妇女要检查,吆喝去。大民再把会广播一下,跟大家交代交代,就说全体干部都通过了。"瞭瞭在座的人说,"有想法不,有想法就说说?"谁都不说话,他便吩咐刘大民和王二丫,"你俩先去忙活。"随后从旁人手上摘下烟,慢悠悠地抽过几口说,"既然各路神仙都下了界,也难得这么聚精会神,索性全说了,以后少往大队跑!我知道,你们不待见我跟大民。"

在座的都乐了，突然有人小声说："咱大队什么时候分组？"

王建国摸着话头顺着话路顶了回去："先等等，今儿还有其他的事，这个挪到以后说。"

没有人再提了。

大家都清楚分田分地的事更不容易，倘若再刨根问底，王建国定会撇下大队长让你干两天。

王二丫走到麦克风前，张嘴说："育龄妇女、育龄妇女……明儿去公社检查……"她的声音又飘荡在田禾庄上空，大家都静悄悄地听着，没有人再注意王建国说道什么，不过外面的人隐隐约约地听到了"葛洪山"。

天黑透的时候会才算散，王二丫特意跟方载亲进家，李学勤碰见她便朝南屋递话："大嫂，送子娘娘下凡，咱一家子接驾哩！"

"晚了晚了。"王二丫乐呵呵地进屋，和安友会热络地拉了半天话，积攒的话头全部接上才算罢休。方载亲送她几步，她又折回来，却见方载亲还在门口和田厚生说话，就低头说是去建立家看看。其实她忘了正事，本想和安友会提一提育龄妇女做检查，但见方载亲还在门口，心想，你离大队这么近，刚才又在场肯定都明白！该支持我的工作才好，何况我也得带头，说不定得结扎哩！

王二丫笑着来，王二丫笑着走，才顺老汉没有抬眼皮，一直在看吃桃子的方敬和方军，而心里却在和方永说话：你小子好福气，得亏有　堵好影壁，你爹还不想往更好里垒。他懂什么？家里有什么就是什么，你盼什么就来什么！

方载亲总算吃上了饭，边吃边问满月打算，安友会边换褯子边说："走九日办得不好，满月叫厚生叔、他叔他婶、他姑他姑父，他姥姥姥爷也都来。"

方载亲踢开褯子唤方敬，方敬不乐意洗，他扭脸说："你不干谁干?你娘碰不得水,他是你亲兄弟,你是他亲大姐。"

方敬犟道:"不光是我亲兄弟还是你亲小子!"

方载亲被噎得说不出话,只好撂下饭碗拿起褯子,洗完晾好听得安友会说:"有半罐子猪油?"

"没怎么吃过。"

"给敬子、爱子煎俩鸡蛋。"

方载亲挖勺猪油烧把柴草,煎好鸡蛋喊来方敬姐妹。自从有了方永方敬明显不愿意挨家,和方爱吃过煎蛋又跑了。方载亲无心再吃,索性挤上炕喜眉笑眼地瞅起了小子。

安友会冷不丁地问他像谁。

他看了半天看不出像谁,但还是说,脸盘像我眉眼随你。

安友会捱了捱方永的眉毛又问他脾气随谁。

他摩挲着脑袋嘻嘻哈哈地说,三岁看到老一轮定人性,脾气随谁不好说,有人性就行。

第 十 八 章

方永满月当晚,田厚生喝了顿酒。

散装陈年枣酒浓郁的枣香背后是绵长的热烈,他上了头,半夜时分摸黑灌瓢凉水又起自语:"越老越没用,舔一嘴就行,非喝个黑白颠倒?瞧你这德行!

"大脚家添个大胖小子,不给脸?喝就痛痛快快地喝,今儿的酒有后劲又喝得猛,你空着肚子灌粮食精不上头?

"一样的酒掺着一样的水,人家爷儿仨没一个上头,就你活下大半辈子长出这么大的材料?

"拿我跟人家爷儿仨比,有得比?载德见天喝,我一年几回?载亲年轻力壮肚量深。只和老头子有一比，可他今时不同往日。

"好哩！上头你就睡一觉。"

"你叫我睡我能睡着？"

"睡不着怪谁？"

"没怪谁。"

他再也睡不着了，闭上眼又想起以前反复思想的事情来。那些事情用他自己的话说已是单纯的破烂事，没有一点儿情分，像熬过的药渣很容易被一想带过。他叹口气，划根火柴点着灯，看到供桌上有块揎布，掀开看，是半张烙饼和半碗炒鸡蛋。烙饼显然出自方载亲的手，因为是糊的硬的，若是安友会下厨会和田新凤烙的一样，有一层一层的软和。

好哩，载亲！

不让刚出月子的女人做饭。

夏日夜头短许多，但对他来说仍显得漫长，他嚼一口烙饼决心彻底回想一下这辈子，从懂事到现在。

懂事以后跟着方才顺，长大以后一道走活，成人以后娶过媳妇又打了光棍，再娶还是光棍。他觉得自己生来就抱着一条赖命，要打一辈子的光棍才能修得来世的好命。希望渺茫时同姓同根的小子成了人，顺顺利利地娶来媳妇，身后事似乎一夜之间有了交代，可是又泡汤了。时至今日五十有整，竟然没能折腾出名堂。

失败。

他把一生归咎于赖命，认定是失败的人生。是的，在外人看来他活到现在显然是失败的。从某种意义上说失败其实是一种错误，所以他这辈子的忙活也是错误的。

他简直就是一个错误的人。

他不敢再想下去了，他觉得自己过于失败，他觉得自己忙活错了,他觉得这错误归根结底是因为生活中存在太多的谎言——父母早亡是谎言,娶妻生子是谎言,拼命忙活也是谎言……

别人可以拥有一个或几个谎言,其余毕竟是真实,而他尘归尘土归土后会像谎言一样消逝得无影无踪。如此之多的谎言对今夜的他来说,除堆砌出虚伪的岁月和生活外一无是处。

甚至眼前这黑夜也是谎言!

这让他身陷其中的夜晚,成了谎言也就成了虚伪。如此荒诞的认知他不会和任何人说道,肯定不会,因为人家会笑话他:看你人模人样,可是剥皮抽筋剐肉后剩不下几两骨头,敲掉那几根更吸不出一星半点儿的髓。你说你还是不是一个人?不是!你就是一副臭皮囊,里边鼓胀的都是谎言!谎言胀破了你的皮,你虚伪哩……

其实,我们想一想,田厚生这多半宿的思索并非完全认真,第二天早起抱柴时他下意识地瞥了眼方家——他惦记着方家,有意无意地。这个微妙的行为足以证明他往后的思索有关方家的会饱含事与情,而不仅仅是单纯的事,所以黑白之间的他还是有实实在在的事情可做的。这样的清晨或者傍晚他也没有认定是十足的谎言,如此行走其间的身形也并非完全的虚伪。

我们着实看不透这个不让人轻省的"老绝户"了。

大队院里有三个人在交谈,王建国、刘大民和王二丫,大队长、大队支书和妇联主任,其中的王建国说:"这小子总算满月了!大民,拿点儿什么好?"

王二丫接话说:"红糖、鸡蛋,寻常也拿得出手。"

"得多少?还有几家子!"王建国很不耐烦,若不是害怕他们生起来没完没了他才不肯以大队的名义替公家走亲。

为了将来的工作好做,刘大民狠劲地支招说:"一斤红糖够不?

多少鸡蛋才压手?"

"先礼后兵。我也不待见上头罚下头,毕竟是抬头不见低头见的乡亲。"王建国招呼刘志刚,刘志刚哈气连天的,刘大民就训他,"赶紧拾掇拾掇,店社里没有就去洪城供销社买。"

王二丫心里清算一番对刘志刚说:"三十斤红糖,三十斤鸡蛋。去公家买,私人讹人。"

"哪有那么多……"王建国瞪圆了眼。

"算到年底,我的亲哥!"

王建国不再言语,刘大民催促刘志刚,慢慢腾腾的刘志刚撒了泡尿才照办。他们的这通忙活暂时没有影响到方家,方载亲还在死睡,安友会却早下炕张罗起许久以来的第一顿饭。流动的晨风翻过井井有条的小院,她神清气朗,但挪换过地方的物事让她手脚生疏,只得这里找找烧火棍那里找找柴火捆,待理出头绪方永也醒了,紧跟着方载亲和方敬姐妹也醒了,小院回复了惯常的节奏。乱糟糟的上午过后再看日头又是午饭时辰,她端着手脚不禁叹道:"什么都没干半天就跑了,还累到不行!"看到襁褓里任性的方永便喜兴地埋怨说,"你可是前世的罪孽。"

方载亲扶她上炕,化杯红糖水才去侍弄孩子,刚擦换干净看到一溜干部满面春风地进来,其中大部分是大队的,面生的看穿戴像是公社的,他琢磨来意只能是计划生育。果然,刘大民两头介绍说,"这是田丕庄社员方载亲,大脚,这是公社领导。"

方载亲让进南屋,公社领导说:"方载亲?方载德他哥?"

刘大民插话说:"别拘束,今儿领导下来只是慰问,你儿女双全将来得好好配合我们工作哩。"

方载亲心里话,我在我家我拘束个屁!

王建国又说:"你好歹是队长,清楚明年计生工作的难处,今儿领导下大队只是慰问你们……"

"好了，载德我认识，剩下的你们大队看着办，一定要把计生工作抓好。"公社领导言之凿凿。

王二丫没顾上和老同学说话，掂量掂量鸡蛋和红糖，拣分量足的放下也走了。其实上次她和安友会已经说完了家常，再说只能换个角度或者立场。是的，她们之间家长里短的说道如同种地，春夏秋冬倒腾着种，所关系的无非是土地里的种子和收成。

众人走后才顺老汉一脸严肃地问来由，方载亲说没有正经事，他又问："刚有永儿那天建国就阴阳怪气的，别不是找麻烦？"方载亲再三解说他才撂下一句，"黄鼠狼跟鸡拜年。"

我们的才顺老汉不再像以前的方才顺了，他越发得深沉，田厚生说他，载亲不用你操心，载德更不用，即便盐碱地也比你这块老脸好种。可他照旧板着脸，仿佛有许多化不开的事情。就拿今天来说，一溜干部直奔南屋，他寻思是罚我家载亲还是抓我家会子？抬眼瞧见院里的干部有说有笑，甚至和李学勤膘了几句，他想宽心但实在是坐不安稳：大队说不罚，上头哩？就算上头不怪罪，社员咬馋又怎么办？多个孩子多张嘴，万一哪天说分地，有没有我家永儿的地还两说哩！没他的地，吃不饱饭怎么办？这么大个田禾庄，怎么就没有一处犄角旮旯给他立脚？要不我开一亩荒，总不会把荒山野岭也分给个人吧……

田厚生蹭开干部的后尘找到才顺老汉说："我算是闹活明白了，琢磨事跟喝酒一样上头。"

才顺老汉心不在焉，只是问："咱大队，哪还能开荒？"

"尧河南根有沙土地，开荒垫土费劳力，不过成天有水。"才顺老汉又问旱地，田厚生想了想又说，"凡是渠水能浇到的都没撂荒，不过村东小滩底下有块烂土岗，拾掇起来不比南根轻省。"

才顺老汉掂量过自己的精力，赌气似的说："我不想人家说永儿吃现成，将来他占我补，只多不少！"

荒地就算你开垦出来几年后也要收归大队，所以田厚生只是"哦"了一声。才顺老汉也知道最终是这结果，但他现在觉得应该做最坏的打算——没有方永的地——这真是个问题。面对田禾庄的任何一位农人，你跟他说——抽你的地！那等于抽掉他劳动的权利和生存的根本，他要是不跟你急，那就是你疯了。

没有田地就没有忙活，不忙又怎能活？田厚生清楚才顺老汉的心思，但事情还没有到那步田地，所以他又说："开春也不迟。"

才顺老汉重重地叹了一口气，说出了心中的忧虑："决算咬馋，还不是等于没有永儿的地？"

"这得看载亲，他是队长，他说什么时候分就什么时候分，他说怎么分就怎么分。"才顺老汉这才想起大小子是小队长，可在他印象里小队长没有这么大的权利，田厚生又说，"这会儿没有现成的套数。社员瞎咋呼，只要是多数决算就能分地。大队不支持也不反对，关键看小队。还是那句话，要是大多数，要是载亲有魄力，咱二队不妨打它个当头炮。"

才顺老汉只问："永儿的地？"

田厚生比画说："秋收载亲站在地头，说按脑袋组户，小队变小组提前决算不就完了？"

才顺老汉终于嘘出一口恶气说："即便到时载亲说了不算，大不了抽我的补，我还不想要那块坟丘子哩！"

"车到山前必有路。"田厚生仿佛一夜之间领悟了人生真谛，不停地劝说老伙计，"等一等，走一步看一步。"

才顺老汉捉摸不透将来的境遇，只觉得时不我待，只想着未雨绸缪——亲手开荒，好歹让方永立足田禾庄。

第十九章

一九八〇年大秋，田禾庄的集体大生产很是忙活。

大秋，掰玉米种麦子，割稻子犁麦子。习惯上称这个阶段的田间劳作为收秋，其实并不恰当，因为收紧跟着种。秋季和夏季一样都是收种并举的大好时节，密不可分的种与收就像太阳地里的田禾庄人和他们的影子。大秋的重头戏在旱地，但是为了不延误河滩冬小麦的播种，人们需要提前在未熟的稻田里进行插播，待收拾完旱地回过头来正好收割水稻。如此的奔波忙碌与精打细算，无非是紧随时令的步调不糟蹋土地和粮食。

今年田禾庄的水稻长势良好，二队的稻田里方载亲和社员两人一组赤脚掀着木犁铁铧，正割开稻垄间的大地将饱满的种子播进肥厚的泥层。忙到一半时方载亲瞥见邋遢孤零零地扶着木犁戳在稻田里，而搭伙的田学富则在田埂上发愣，于是招呼说："傻子，不得劲就歇半天，旱地里再加把劲。"瞅他不像抱病在身又笑着说，"你是好庄稼爹，要不咱俩比试比试？"

"笑话，咱俩有什么可比的哩！"田学富撇了撇嘴。

"小看我？"

"没有。"田学富悻悻地抠着脚趾缝里的青泥说，"咱俩没得比，你这个小队长比以前更狠实。"

"有小子跟没小子就是不一样！"邋遢朝纳闷儿的方载亲说。

在这话的尾声里方载亲起了琢磨：当初同样有俩丫头两家人处得亲近，现自家多了小子而他的三胎怕是要不成，难怪他憋屈苦闷。收工后跟安友会商量，安友会说："人家是老好人，不像气心眼烂肚肠的瞎咬馋。是得去看看，我忘了。"说罢寻思起满月那天田学富一家带的什么礼。

"黑夜去，永儿让他婶子看。"

"她婶子嘴快，问去哪又干什么哩？"

"去大傻子家。"

"去干什么？撇下孩子？是光彩的事？能直来直去地说？"

"说去娘家。"

"榆木脑袋。"安友会虱点着他的脑门说，"明知道她跟我爹娘不对眼还找不自在。"

"那你说怎么办。"

"她看不见不找麻烦。永儿给我娘还兜什么圈子！你脑袋里净装姓方的亲戚？除非吃不上饭，要不才记不住我们这个'安'哩！"

方载亲半天也没能想到看孩子是什么好事情，便回了几嘴："我哪会儿没把姓安的不当亲戚？全田禾庄八竿子搭不着的那些'安'，哪回碰见不是随你'大伯''大娘'地叫？"

院里起了脚步声，安友会晓得是李学勤，抱起方永便往外走，出门正撞见她，听她说："不吵几句不像过日子？"

安友会沉着脸气呼呼地说："回家就说我爹娘的不是，我爹娘再不是也是亲爹娘！我兄弟该怎么教你倒是说，光怨恨我爹娘！"

李学勤听"明白"了，说不是，不说也不是，眼瞅着安友会离家出走。方载亲尴尬地笑着，待李学勤回屋后胡乱地拿了两样人情提在手，再找到安友会穿街过巷来到东胡同的田学富家。

月光正好，本不用开灯就能分辨来人，可田学富还是打开院灯看个仔细后才把二人领进屋。里屋炕上整齐地睡着俩丫头，他家的则一脸憔悴地靠着炕柜，炕柜上单摆着一瓶"水蜜桃"罐头和数得过来的几颗鸡蛋。眼见着寒酸与病态安友会心中不忍，凑过去想要说些什么时田学富家的一把攥住她先自哭了。

方载亲心里也不是滋味，转脸问田学富发生了什么。田学富攥把鼻涕，愤恨不平地说："她死心眼子，前半辈子黑灯，后半辈子也瞎火了！"他家的哭声更大了，眼洼里漫出一波一波的泪水，撅着安友会的手把可怜巴巴的目光捧给了他男人。

看样子田学富被气得不轻，脖颈子青筋暴凸，喷着唾沫欺身过去，模样分外吓人。方载亲忙挡住他，以多年队长的身份说："你干什么！跟娘儿们过手？娘儿们不出工，丢仨俩月显不？"挡得住田学富的手却挡不住他家的哭，只得朝安友会使眼色。

"你别咋呼！都说你人老实、心眼好、会疼人，我呸！狗臭屁，才看清楚你！"安友会呵斥罢爬上炕揽住田学富家的说，"别啼哭，为什么，折腾得跟落下大病似的。"这时俩丫头睁开了眼，她忙给小方敬两岁的田春揸揸眼角，又把和方爱同龄的田夏抱到身边，转脸呵斥方载亲说，"还不把他打发走！"

方载亲把田学富拉到屋外树影下，悄声问："到底为什么，至于这么穷折腾？"田学富靠着墙根唉声叹气又哼哼唧唧的，无论怎样逼仄，他始终紧咬牙关。方载亲只得辨识屋里的声音，屋里的女人哽咽着说了几句没头没脑的话，"前天……八月十五……出了大事。"安友会问得紧她又啼哭不止了。

"我俩真是一对活宝，对不起祖宗更丢不起人。"尽管是夜晚，稀疏的月光还是勾勒出了田学富细致入微的神情。这一句后他又不言语了，方载亲只得把他提溜进屋，安友会趔摸出暖壶，给两口子倒碗白开水又坐上炕沿紧盯着坑坑洼洼的走地出神。那女人喝过一口，给孩子们抹把脸又发起愣来。

屋里静极了，像一潭死水，几条沟通的鼻息实在翻不起波浪。方载亲在琢磨到底发生了什么惊天动地的大事件，他猜测只能是计划生育。将心比心，不能说风凉话也不能死抠瞎掰，人家想说终归要说。

眼下事态糟糕不便脱身，方载亲不得不打破沉默："学富，你不吭声光逼妇女……寻死觅活地到底为什么？"

田学富喝口水，终于说："大脚，你们不是外人，反正知道的也不少！"水早凉了，他又喝一口说，"这娘儿们天生是扫把星！茶得要命，遇事不知道躲还往前凑！说她傻是冤枉她……会过日子，说她茶一点儿也不假……我他娘倒了八辈子血霉！"

"你好好说，说人话，不是外人，传不出去！"他张嘴闭嘴的"娘儿们"安友会很不待见。

"前几天王建国、刘大民跟疯丫儿吆喝育龄妇女……结了婚生了孩子四十五往下的来大队集合……这娘儿们觉悟高，头一个去大队当标兵！哎呀，真倒霉。"方载亲耐不住他的磨叽性子，厉声质问究竟为什么，他一挑眉毛说，"还能为什么？娘儿们去了哩！不识字……麻烦别人动笔，挂了我的账！到大队一看那架势别人再傻也开窍，唯独她服服帖帖的！你当是公家请你吃大席看大戏哩？是把你牲口似的装车往医院里送……动手术哩！唉，就为公家那一瓶子罐头几个子鸡蛋？这下结扎了吧？往后不累赘了吧？年头轻省了吧？你……还是不是娘儿们！"

安友会和方载亲不出声了，屋里只有田学富急促的悲愤，他家的眼神直愣愣的，有轻微的哭声却不见泪水，突然别过脸猛地撞向墙壁。安友会连忙拦住她，见无大碍便抱住她哭了，一时间两个女人都止不住哭腔了。

方载亲被吓愣了，田学富则说："还有脸啼哭？吓唬谁！"方载亲操他一把才改口，"你不是田禾庄有史以来第一茶，我也不是田禾庄有史以来头一傻！有比我更傻的爷儿们，比娘儿们还茶的男人！"似在劝解他家的，却是看着方载亲说，"村西二愣更显眼，专意到大队说娘儿们身子骨软。医生问，几个孩子？他说俩小子搭了俩丫头。

医生问，看上去挺年轻啊？他说三十五就觉着老，小家雀刚张嘴，要不老家雀就不飞了。医生又问，老婆几时见好？他说好不了也坏不到哪，就是出不了工下不了地。医生给他一张表问，识字不？他说毛主席给扫过盲。医生说，填年龄、地址、姓名！又问，跟车去趟公社得空不？他二话不说上了车，还挑了驾驶楼，软座，××的！"说着说着又笑了，"结果一去就把他结扎了！我的天，软了吧唧的他硬是给自己抢了个田禾庄第一，骡子！"笑完别人随即挂上了自己的忧愁，叹道，"唉！这年头多阴阳怪气的事都有。可再怎么着人家也不白当一回人，毕竟成了棺材瓢子。"说到这里他无话可说了，觉得方载亲两口子明白了事体。

方载亲全然明白了，抹把脸和安友会一起两口子对两口子轮番开解，待稳住场面安友会的腿也麻了，下炕解布袋时不知道方载亲提的什么，只得边瞅边说："捎点儿东西……他说没见出工，寻思是病了……几块子月饼跟红糖，往后把心放宽好好过日子，毕竟什么时候命里又该着什么从来都是个死。"

方载亲后悔了，月饼是方敬的念想，也可以嚼嚼喂方爱。方爱总吃嚼食，总要抱着去官街转悠。他白天没空只能后晌，如今有了方永除非不得已才抱出去溜达一会儿。

见二人要走，田学富家的想起身，安友会忙拦下，她只好恳求田学富："傻子，你送送？"

"嘿！平时给我长脸，什么时候再给我长长脸！"训罢自家的田学富转身颇是难为情地说，"可算是麻烦你们一趟。"

从田家出来，夜空里月亮正亮，方载亲和安友会无心观赏，抱来方永回家的路上心怀里更是沉甸甸的了。

第二十章

这天早上天气有些阴,农人知道不用多久太阳会晃开阴云,所以方载亲领着主劳力稀稀拉拉地赶往北台后头,那里的玉米已经完成了生长使命。

混迹于队伍的邋遢根本不在乎出工做什么,路上他拽住方载亲径直问道:"队长,那事有模样不?"

"什么事?"

"分地。"

"忘不了,催命鬼。"

"有模样了?"

"有了。"

"你怎么想的哩?"

"我啊……你看,这会儿忙得喘不过气,人心也不齐整。等忙活得有头有尾,大伙坐下来都说道说道……还是那句话,只要是多数,咱就按多数的意见办!"

"还……等等?"

"总不该粮食不管不顾吧?我这个'等'跟干部的'等'不一样,他们是等文件,我是等粮食和多数人的想法。"

"哪天?"一位大高个社员踮着脚问。

"地里没活儿那一天。"方载亲一口咬定。

"你这队长当的!光嘻嘻哈哈臊眯眯,这可是正事、大事、人事!说吧,大脚,到底哪天?"

方载亲不再嘻嘻哈哈,严肃地说:"了秋,个把月。"

邋遢等人也不再刨根问底,众人默默地登上北台来到北台后头,主动下地开镰了。

不几天旱地理清了，单等雨水后精耕冬小麦。果然，葛洪山又拾掇了些阴云，在一个傍晚攒成了雨。就在这一晚，邋遢带着几个社员找到了方载亲家。

下雨天方敬和方爱憋在家里碍事，安友会支走她们，把落脚地腾给方载亲，好让他们有足够宽敞的余地去说道。刚开始的话不温不火，邋遢见方载亲还是犹豫不决，就立上门槛嚷道："厚生老哥，厚生叔！"不紧不慢的田厚生来后一言不发，其他人要么不言语要么磕打泥巴，还是邋遢说，"分吧！外公社早计划好了，就这几天。原先外县单干了一年，我特地跑过去打听，粮食一多心里也痛快！早一年比迟一年强，强多了！"

话挑了头有社员帮腔："队长，你看哩，怎么个分法？"

自家的情况自己知道，多少张嘴在巴望饭碗，可是脱离集体能行吗，一定会行吗？扪心自问后方载亲说："先不说怎么分，我估摸着赞成变动的户刚过半数。虽说也是多数，可拿来下决心不太稳当哩！"他再也不想听起茧子的话了。

邋遢信誓旦旦地说："我调查过，起码算大多数！"

有人扳起指头附和："西胡同一道街全是，东胡同就一两户拿不定主意，咱说变动就随大流。北庄子的早想变动了哩！数起来死活不愿意的就五六户，你说咱算不算绝大多数派？"

他们也赞同方载亲所说的"变动"。以前要么说"分地"，要么说"折腾"，方载亲冷不丁冒出来的"变动"立马得到了响应。

"是啊，就老孙头死扛！谁知道他盼什么，春起秋落一顶破毡帽，寒来暑往一张贫农脸。"

"就是，老头子比橛子还橛子哩！"

"谁说不是！我看不用管他，反正他们是极少数派！"

他们说道的老孙头比才顺老汉的年纪还要大，出工只是闷头做自己揽下的事，现如今像空气一样地存在于大集体。

邈邈说："队长，少数服从多数，今儿别说变不变单说怎么动！"

田厚生瞅着外面淅淅沥沥的秋雨说："大脚，我也串了门子，差不多是这情况。"

方载亲长出一口气说："东胡同西胡同的有，南台子北庄子的也有。邈邈，再喊几个有其他想法的人，咱一齐琢磨琢磨这烂糟糟的事，先立个规矩！"

邈邈派人去找代表，田厚生磕打着烟锅说："去我家哩……"话没说完停了电，大家都等安友会点灯，可她半天摸不到火柴，方载亲便来了气，"邈邈！你小子有手电，照照！"

邈邈赶忙推着，歉意地笑着说："黑惯了！"

大家也笑了，油灯亮起时田厚生抬脚走了，邈邈他们也兴高采烈地走了。他们一走安友会惴惴不安地问方载亲："你说，这行不……真行？"

方载亲换上一双破鞋说："活人能给屎尿憋死？不行，不光我一个倒霉。"

"你是队长，法不责众可总得掐头去尾！要按以前，知道什么罪不？造反哩！这事轻还是重、反还是正不能只迁就别人。大队什么都不说你非当过河卒？别忘了你是谁！你先不是队长，先是咱家的顶梁柱、主心骨……"

"老天爷发难也不让雷打你！"方载亲的心里翻腾开了。

二人说得激烈时方永哇哇地哭了，安友会递给他说："雷打你，是打你一个？也是打我打咱这个家哩！"方载亲只顾着晃方永，安友会便拍他一巴掌指使说，"吃奶的孩子都不会哄，还哄挑食的大人？

干什么哩！把一泡！"

方载亲蹲身把尿时瞥见雨夜里戳着的才顺老汉，唤他进来他却直愣愣地说："让永儿尿，他尿完我再进！"方载亲哄了好些时方永才尿出来，尿液和雨水溅了才顺老汉一裤腿，他跺跺脚进屋逗一把方永，可是方永毫无反应，他索然无味地说，"毕竟外公社有变动的。我跟你叔商量过，只能就着大多数，大队不支持也不反对，其实是两头瞧着好。"说罢和方载亲一同去了田厚生家。

安友会心不能宽，正哄方永时李学勤隔着满院的雨声问了过来："嫂，真要变动哩？"

安友会寻思，变动之后不养闲人，你是该上心才对，但嘴上却说："有人想折腾就瞎起哄，他是队长，压不是、不压也不是，两头犯难只得就着大多数。"

"哦！"李学勤把下句关在了屋里，"德子偏偏不回家！"

持不同意见的人悉数到场后田厚生的小屋被装得满满当当，炕上卧着的是老汉，炕沿坐着的是妇女，走地蹲着的是汉子，门里门外站着的是大小伙，没人照顾的孩子则被一股脑堆在了田家祖宗牌位前的破方桌上，他们聚拢在方载亲和田厚生的周围，在七嘴八舌的争论中已经亮明的阵营。争论愈演愈烈，中立的沉默之后对立的双方都想说服对方或者打败对方，但支持变动的显然占据着上风："你到底怎么想？多数同意，非使绊脚？"

——"我没怎么想，凭感觉也知道行不通！"

"别人行，咱为什么不行？"

"别人行咱就行！"

"别人不行咱也行！"

——"你们这是发大水，非拉大伙下去打浑水澡洗？"

"没人生拉硬拽,你要不想我们举着你过河!"

"少数服从多数!这可是老理。"

"对,古往今来都是这个理!"

——"多数?多数都错了哩,多数都没觉出河水的深浅!"

"不下河怎么知道深浅?没漫过脚背哩!"

"蹚一下死不了!怕什么,脑袋掉了碗大个疤!"

"反正少数服从多数是掰不断的硬理、掰不歪的正理!"

——"就是不想那么干,大脚你说,非得那么着?稳稳当当的不也是忙活?"

"是忙活?你看你家的孩子,心里舒坦?"

众人紧锣密鼓地争论着,唾沫星子比外面的雨点儿还要密集。方载亲任由他们说道,听罢全数人的发言才对田厚生说:"叔,要动真格,不想分的也得安排妥善,要不不人性哩!"

田厚生摘下老孙头递来的烟卷说:"我尝尝,是不是没后劲。"燃上,抽一口,索然无味,但还是一口口地抽着说,"不如土生土长的大烟叶子正宗。"

——"这话在理!别瞎折腾,经着了才知道不地道!"

"那你还抽这个,干吗不抽旱烟?"

——"这个是这个那个是那个,这个能和那个比?"

"瞎搅和!"

"穷搅和!"

田厚生制止说:"载亲对,少数服从多数可少数也是人,冒失决断有失公平。"

——"对!大路朝天各走一边。大脚你是队长你说话,我们这号不想变动的怎么处置?非得火烧连营?"

"还能怎么处置?必须连上烧!难道树倒猢狲散?"

"出了事谁都不咬馋你,保准没有你一星子半点子的责任!"

"不出事你就心安理得地享好吧!"

方载亲打断了他们的嘴仗,将琢磨好的话倒了出来:"想变动的,当家主事的摁手印。不想变动的,下几天另找小队,换过想变动的来。"

——"行!大脚,你说到可得做到!"

"大伙替你找!"

"是个办法,不过得等旱地河滩都清算了才行。"田厚生捋摸着烟荷包说罢方载亲又补充道,"透雨来了,明儿都出工,把这茬庄稼好声好气地种上,下来再合计怎么分。"

"队长!你先想好,主要在你!"

"是啊,这会儿全靠你,你想个齐全法,大伙再补充补充。"

"嗯,咱队的事你最清楚!"

这时邋遢开口了:"是拆成小组还是打倒土豪分田到户?"

"你等等!"方载亲气呼呼地说,"急屁哩!"

众人都笑了,雨声也小了,都揣摩出了雨量不多不少刚刚好。是的,天色一晴,不几天就能把地清出来。

第二十一章

若是往年,哪怕是去年,大秋后的田禾庄人会缓下脚步,但今年二队的人要谋算得太多,费思量的正是他们操纵的土地"变动"以及由此带来的生活变动。

倘若成行,他们的忙活并没有本质的改变,仍旧是和土地、庄稼与乡亲打交道,仍旧是紧跟时令给大地变换色彩,但这"变动"毕竟是他们自己要求的。是的,他们只想粮食多余一些日子好过一些,所以想把集体的九分地转化成个人的九分地。

一年农活儿基本结束,只待立冬放冻水,然而方载亲无心收拾农具也无心拾掇宅院。安友会留给他的活儿他还没有干,煤火没有拿耐烧的红胶泥搪,压坏的炕砖做饭时还在冒黑烟。

唉!

邋遢这个二五眼的人!

安友会只能在心里埋怨这个人。

这天晚饭后田厚生去了田新凤家。田新凤的家很乱糟,墙头上长着白草,院里长着青青黄黄的杂草,单轮车也倒在门口的过道里。他心里不是滋味,抬眼又看到瓦垄的娃娃松和蓬头垢面的田新凤,听得她说:"大爹,你……来了?"话有些木讷。

"看看。"田厚生满院里趸摸了几眼。

"在家吃吧?"田新凤拢拢头发竟然笑了。

"吃了。"田厚生又趸摸几眼说,"谁家有梯子?看那娃娃松……给我个烧火棍。"

田新凤这才仰脸,看到自家像荒芜了烟火的破庙,当下抽根柴火棍递给他说:"大队长家有梯子。"

王建国家的是个粗腿大膀的女人,不善交际但好说话,娶了她王建国就可以天天蹲在大队泡全工。见田厚生借梯子,她纳闷儿,田厚生解释罢她说:"不用搬,从我家爬过去。"田厚生犹豫时她已搭好梯子回了屋。

天渐渐黑了,田厚生忙活到眼花才弄清屋脊。

"熟了不?"王建国突然看到田厚生磨磨蹭蹭地从自家房上下来,顿时惊讶地叫道,"呀!腿脚利索!干什么……"

"帮凤儿清房。"

"呃,进屋,有话问你。"进屋后王建国径直发问,"二队欢实！这个方大脚到底怎么想的哩？"

"大队什么看法？不是说对我们队，是对这个事。"

"呃，在家我就给你交底，上头没音，摸不透伤脑筋。不过跟大民商量过，估摸着你们这么折腾有点儿悬。不过话又说回来，既然多数愿意老天爷也没辙，了不起一户算一个小队！"瞅瞅田厚生又哑哑嘴说，"唉，你们带头飞其他小队肯定一窝蜂，这会儿他大脚跟邋遢是红火能耐人，把我们撂在一边……"

"给我们使往前还是往后的劲？"

"不！我的态度……大队的态度，呃，很明确，不反对也不支持。"王建国严肃地指着黑黢黢的大梁说，"说句掏心窝子的话，老田，悠着点儿，横竖还得上头说，我说算个××哩！"

"嗯。"

"我说真算不得一个××哩！"

"嗯。"

"好了，咱不说邋遢话。呃，吃饭没有，喝点儿？"

"吃了……还有个事。"

"哦？"王建国撂下筷子单瞅着他。

"有几户不愿意变动，想换到其他小队也找好了替身……"

王建国动起筷子嚼着说："两相情愿就行。不过得小队长同意，几对几弄公平，各队的地差不了几垄凑合着办吧。这会儿大队顾不上……呃，开发葛洪山，修路、架桥、起庙，还有最当紧的计划生育！"言外之意还是看着办，田厚生这就要走，他趿拉着鞋送到院里说，"老田，变动一事办稳妥，毕竟算是咱大队的样板，好吧歹吧都得领一份责任。"他也用了"变动"一词。

田厚生没有回话，这头田新凤已摆好碗筷，他吃过一口直白地说："凤儿，有事找你，我揣摩着不坏。"

"大爷，你说。"

"你想不想单干……就是把地分进小组个零个碎地忙活，打多少粮食除去上缴剩余归个人，二队想这么干，有几个……"

"想换我过去是不？行，那就跟大爷搭伙。"

二队社员又聚在田厚生家，同样是热烈的争论，不过不再是"变与不变"，而是聚焦在小队土地和共有资产的再分配，以及分组搭伙的具体方案，是"如何动"。到场的都是当家，有男有女，屋里院里挤满了，其他心思活动的小队也派了人来取经问道。

一番讨论后方载亲力排众议："别吵吵，好好说。说不定还得合伙，这么办，分成四个生产小组，各小组推吧选吧弄个组长、会计。不过有一条，大队面前我还是队长，大队交代的事务该出力的都得出力，即便变动也不能在大队面前搞特殊！再说要分的东西，充其量几头牲口，正好！每小组一个，老的搭驹儿，至于其他，用得着轮流使唤。还有，大队要什么给什么，平摊，凑齐我交。地，量一下，按户口动进小组。最后，小组自愿组合。"

大傻子一声不吭。他原本倾向"变动"，现在是变也行不变也行，你们乐意变我就跟着变，不乐意就都拉倒；谁乐意我进组我就进，要不扔哪活哪。他饭都吃不香也不想吃，哪还关心庄稼？

田厚生想得比较多。他曾经想过孤苦伶仃的将来，现在拉来田新凤又有了新奔头。临时转来的田新凤没有到场，别人早就认为她和田厚生算一户俩人。倘若其他社员不反对，他会和方载亲一个小组，名义上的小队仍需二人搭伙，实际上他是想拉扯方载亲一把。

今天到场的代表没有安再启、方载德两家人。女婿是队长，再启老汉没有来的必要。方载德是没有时间，况且在家也不过问农事，只是看着庄稼的长势出钱买肥，自然也是方载亲说了算。当然，集体的地有方敬、方军一份，因为不成人也就丧失了发言权，所以方载亲一个人也代表着方载德和安再启两家，总共一十五口人。

不一会儿其他人都找好了组合对象，不是沾亲就是带故，方载亲和田厚生的一组要下大傻子后四个小组都有了头脸，大家这才把心思放在土地交割上，于是河滩、旱地、肥地、瘦地、好地、赖地被均等地切成了四份好赖地。

抓阄吧！

小组长来显示一下身手。

一阵忙乱后四份好赖地都有了归属，有遂心的，也有不满意的。怪谁呢？只能怪自己手气不好。方载亲抓到了北台后头那一块，就是找不见缆绳的那一块，他像是拾到了别人丢落的愣是没有失主的好缆绳，开心又满意。

"不对！一组多一个人的地！"突然有人提出了意见。

"他们多了？"

"应该没有大脚家小子的地，刚生下来就能分到手？"

"刚生下来不算人？"

"干部怎么说？超生的不决算也不带户口！"

"大队也说明年开罚，没罚就该算人头。"

"哈哈……你咬馋的是时候！算了，一个不懂事的奶娃娃，何况这会儿不是分到个人，没必要较真。大脚好歹是咱队长，他们组多份地多忙活几天吧！"

气愤骤然紧张。

由于牵涉到自己方载亲不便说话，但脸上的嘻嘻哈哈顿时僵硬了，若是会抽烟定会和田厚生一样狠命地抽。是的，今天他装了包"玉兰"，本想顺利办妥拿出来分。现在，没心思了。

趁众人揣摩的当口田厚生另说："光分组占地不行，得摁手印，万一出事黑锅不能光叫大脚背。我拟一份,大家缀补几句,都满意才算好。"于是拿出笔墨印台让人写起来。

签字画押不是闹着玩,所有人都在掂量万里挑一的责任,都知道黑纸白字上头一个名号就是"方载亲"。

"小队的东西怎么分到小组,也得写吧?"

方载亲冷脸冷气地说:"牲口和人口一样搭进四个小组,刚怎么说的哩?还老提疑问,那么点儿机动地是不是也分了算完事?"

那人也血性,气呼呼地说:"不是我咬馋,是不公平!怎么你们一组是活儿好的驴,我们小组非是个没牙的老帮子菜?"

"咱换换。"田厚生吐出了烟嘴。

"你真不长眼,咱组还有个驹儿,老帮子菜揣着哩!"

"算了,亏吃点儿就吃点儿吧。"

才顺老汉按捺不住,挤进来说:"我把自留地拉一条补贴给你们组,大脚家小子,生来就不是占便宜的人!"

队长他爹一发话众人都不言语了。

不知何时到场的李学勤捅了捅安友会,安友会却走了,她便说:"得亏你们是大男人,为这点儿口水翻汪?他大哥给你们当了多少年的家?这会儿不是砸锅卖铁,死活不想想将来?要出事,掂量不出大还是小?恐怕到时都做不了主,有你们这样卸磨杀驴少有的人不?好!把我侄儿的地腾出来,单补贴你们队……组,满意不?小心眼子不苦楚了吧!"

这时人群里站出来一位和事佬,他人高马大地说:"这是何苦?地差不了几垄,就这么办吧,天要亮了!"

是的,时候不早了。

是的,显不出几棵庄稼来。

是的,像这么回事有这么回事就行了。

田厚生把草稿传给众人，众人无异议，他举起纸说："小组长抄一份，小组摁手印小组保管。这份属小队，要当家的说了算的人摁，我保管。"

没一会儿抄完了也摁完了，屋里院里也安静了，大家都在擦拭指头上的印泥。指头上的擦得掉心里的却擦不净，现在反悔太可笑，于是横下一条心单盘算起明天如何立界石牵牲口。是的，实质性的"变动"归根结底要在田地展开，要趁热打铁。

人群散去后田厚生家留下来几个交心的，说道起不相干的事体，方载亲这才把烟扔上炕，于是大家一起坐等天亮——东方天际就要泛起鱼肚白，新的一天，也要开始了。

第二十二章

田禾庄生产大队二小队的土地"变动"进展得还算顺利，其他小队观望过十天半个月再遇到方载亲都臊腆腆说，你们惊天动地，不过是给干部出难题，咱田禾庄大队好，又多亻小队！

的确是这么回事。

原本担惊受怕的社员心想，我们没有做违反政策的事，只不过嫌原先人多事杂！原本希望有所变化的社员很不好受，心想，不如一步到位，不要再挂小组的羊头，把地直接落实到人头，真正做到以家庭户口为单位。于是他们又找到邋遢，要求见方载亲和田厚生，想把"变动"变动得更彻底些。

还是个寻常的夜晚，不过来田厚生家的人少多了，只有小组长、小组会计和一些说是"来看看"的人。邋遢所领导的二组是全体赞成"再变动"的组，既然分过组你们想怎么干是你们的事，只要组员不反对或者支持的是多数，那就少数服从多数，如今来找我们不过是想要个见证,"万里挑一"时好说,和队长、会计一起合计的哩——田厚生和方载亲是这么寻思的,但没有把话挑明。这些人的确是这样的心态,他们七嘴八舌地议论着,好像只是借田厚生的地盘用一用,所以没有在意他的老脸,反倒嫌他扑哧的早烟呛得慌。待到二半夜众人合计罢,邋遢喝过一口水笑呵呵地瞅着方载亲说:"队长,你说分到户口再资产变现,合适不?"

终于轮到自己开口,方载亲笑呵呵地说:"反正我们小组不这么干。"他的一组确实不能这样干,再变动一回就要把方载德、安再启踢出去。那有什么用?种地还是得靠他,忙不过来还是得借秃尾巴小毛驴。

"要你拍板你打哈哈,还是什么队长?"

"我是队长?你看三队四队十八队,有我这么好说话的队长?分了组你们都是队长。"方载亲言之凿凿,"变动,就组里变动,不变动趁早睡大觉!要是连这么点儿责任都担当不起,何必非得在大队面前折腾第一哩?"

邋遢他们这才痛下决心,拿着契约要名头。

田厚生想都没想就摁了。

方载亲也摁了。

当夜,回家后方载亲和安友会说自己的小队长已经名不副实,安友会不言语,铺好被窝才说:"赶紧睡你的觉。得一寸不会进一尺?他们的小算盘噼里啪啦地响,你还得不出结果?"

"大趋势上迟早得唱这出,人心松动了,早晚得落实到户口人头上,不攥在个人手心里谁还肯死心塌地?人之初性本私,江山易改本性难移,历朝历代都是瓜分天下哩!"

"呵!你头头是道看得还挺透彻,可是你有大队干部摸得深远?他王建国、刘大民就不知道社员想要什么?单独显出个你来!"

方载亲扭头甩一句:"多数想就按多数来呗!"

"我的意思是,在他们心眼里你早不是什么小队长了。"方载亲横着脑袋听她气呼呼地说,"他们不认永儿。那天咬馋永儿的地,要是分组,永儿一个人的地放到三四十个人堆里,显不?哼,明摆着没拿小组当靠山,当了垫脚石过河桥,踩着你的前胸后背把地攥在了个人手心里!也是,你去他们自私自利的小心思里抠,咱是不是旁外里多了一个人的地?比起咱家,他们每家每户是不是要少一个人的地?不提前咬馋,难不成事后再抠?爹看出来了,叔看出来了,连学勤也看出来了,就你还当是戳你徇私不秉公,就你还当自己是个小队长……"

"学勤又怎么……"

"学勤的脑子转起来是汽车轮子,你俩大脚能赶上?我跟她再不对眼,可永儿毕竟是自家人。他们这么折腾,地要是分给个人,德子没工夫种,你一个人忙不过来,到时再没有百多口子人帮她掖扯,你说她心里有没有火气?"

土地变动出来的人情是非让方载亲不胜其烦,他抓耳挠腮好一阵子才叹道:"唉!反正变动的是他们组,小队长我也当够了!"

"总得变,都得变。三十年河东,三十年河西。"

两口子的说道丝毫没有影响到方永,这个从娘胎里降生就虚有一岁的奶娃还在恬睡,他根本不知道这些天来发生的与他有关的连串事情。当他长大成人后,再从父母亲口中得知今日为立脚地而起的这番争执时,故事是否已算传说?对他的后代来说,是否更显得传奇?传说也好传奇也罢,无论多么轻描淡写或者精雕细琢总会存有现实的味道。是的,我们始终是生活在故事的尾声里,我们毕竟是生活在现实的境界中。

田新凤,这个苦命的女人,在二队的生活并没有多大的变化,仍旧是孤零零的身影守着孤零零的宅院和岁月,而田厚生的变化却是不小。自从她常来常往后,"老绝户"的家庭在晨昏之际增添了许多的烟火气息,宅院和他纵横的老脸一样日益活泛了。

方载德得知"变动"的经过后并没有多余的反应,只是找方载亲核实了一下,方载亲见到公家弟弟便问公社的说法,他想了想说,这会儿是一锅粥,正熬着哩。虽然李学勤出面维护了方永的利益,可是当她回到方家后不得不面对方载德和方载亲早已分家的事实。正如安友会所想,她很不自在,反复问方载德以后怎么办。方载德被逼得紧才说,走一步看一步,以前怎么办以后还怎么办。

得亏那晚疾风暴雨般的争吵,方永的地才来到家门口,但我们的才顺老汉仍旧不能心安,毕竟还没有实至名归,毕竟还没有被方永踏实地踩在脚下,毕竟还没有像他那样活着或者死去都有了一块名正言顺的生存之地。

想起大傻子的人都会乐,这个田学富竟然娶了个不开窍的茶老婆。最郁闷的是我们的"老傻子",田学富的老爹前几天还跪在祖宗牌位前啼哭了。事到如今,田学富还好,心里的伤疤已大体弥合,但远没有康复到官街口头一个戳铁锹的状态。是的,我们的大傻子,被计划掉许多忙活的田学富看起来像是月子里的女人,走起路来晃晃悠悠的,虚脱得很。

不久后"变动"的效果终于被田禾庄人发现了。

放冻水那晚二队社员精神得很,以往象征性地沤地,现在狠实的方载亲居然敞口子浇。分田到户的邋遢精神更足,地被放成了溜冰场,冒头的麦苗全被结结实实地冻在冻凌里,每一棵苗坚硬地挺着绿。晃眼的冰格子触动了很多人的心,熟识农务的他们即刻看到了丰收、余粮和小康生活。

干部时刻在关注这件事，发生了索性观望一阵子，倘若真好上头肯定能看见，到时再调整恐怕没什么来不及。所以照常在大队行使往常权力的王建国和刘大民心里话，公家那一份，只要你二队一样不少就随你们瞎折腾。但是过问大队何时"变动"的声音时常打破计划生育的宣传，而他们的答复一如往常："等一等。"

在等待中一九八〇年即将过去，虽然外大队的计生工作开展得也不顺利，但还是走在了田禾庄前头。形势不容乐观，王建国和刘大民只能召开主题扩大会议，但是与会者说着说着就把正题转移到了县里新近下发的葛洪山综合治理与开发的文件上。他们话题的转移是流畅而自然的，因为庙会时期他们最为风光，并且他们期待那种别样的风光已经太久了。

葛洪山，明朝以来即是华北地区的道教名山，农历三月盛大的香火庙会要持续半月有余，但"破旧立新"时一切荡然无存了，如今再开发确实难上难。摆在大队面前的首要任务是修筑道路桥梁，重建庙宇殿堂，招揽香客游人，从而尽量恢复旧时的模样……

那么，开发葛洪山遭遇到的根本难题是什么？

是重建，是钱。

其次是人，揣着钱的香客游人。

干部们多半个晚上的讨论有了结果——重建需要投入，投入除过钱财就是劳务。劳务就是劳力，咱田禾庄不缺劳力。但钱怎么办？钱，从哪来，别管它，要管的是花出去后如何收回来……

靠香火油钱？

不够。

好吧，建山门。

对，卖门票。

是的，田禾庄大队是个穷大队，倒贴钱搞建设想都不要想，也没有人会想。当然,门票不需要田禾庄人掏钱买,山是大队的就有社员一份,天底下从来没有自家人对自家人收费的事。也不能对洪城公社的人收,三里五乡太熟了。收,也收不上来。

那么,如何吸引人?

唱大戏。

什么时候动工?

春闲。

启动资金打哪来?

呃,车到山前必有路。

第二十三章

一九八〇年岁末,温暖的冬日给人时光漫长的错觉。

放过冻水的田地无须照料,因此人们把手脚撂在家里,照顾孩子再打算一下来年——冬天一过就是春天,全新的一年,与土地、庄稼和人重新打交道的一年。

按理说经过"变动"人地关系变化后忙活应该有所改变,但是二队一组的生活并没有扎眼的变化,有变化的是组长方载亲的小子。方永长大了,安友会的奶水吃进肚全长成了身体,用才顺老汉的话说,长到了半庹长。但是笑盈盈的才顺老汉掩饰不住内心的失落,大脚家的小子不让抱!越不让抱越想伸手,可是方永见他就哭,仿佛他长着一张瘆人的脸。他无奈,只好将爱怜养在眼洼里。

这个孩子不找人,对才顺老汉来说就像冬天。

田禾庄的冬天总有一股味道弥漫在田野村落,是暖阳照耀大地蒸腾而起的乡土气息,是辛勤农人身上散发而来的生活气息。冬天的气息开春才会凝聚,一旦春耕春种,这气息会焕发成粮食的营养。年复一年，春种、夏长、秋收、冬藏就是田禾庄的命运轮回。

才顺老汉的命运在这个冬天发生了突变。

晚上他去茅房拿夜壶，摸到夹道时被粪筐绊了一跤，他没能爬起来，他没能站起来。

是的，就这样。

方载德不在家，李学勤睡得早，听得闷响方载亲连忙跑出来。他先是查看院子，并无异常，接着手电照见东房敞着门，进去看却只看到了油灯黄豆大小的光，找不见才顺老汉他顿时有了不祥的预感。愣了片刻再出来，手电晃过夹道像是瞥见有人躺着，转身细看果真是才顺老汉，一怔之后奔过去叫道："爹？"

才顺老汉像是睡着了。方载亲便叫安友会。安友会和李学勤看到场面也被吓住了，一时间三人窝在狭窄的夹道失了主张，只得求助田厚生，田厚生过来唤道："顺儿、顺儿？"

好一会儿才顺老汉才缓过来，四人七手八脚抬进屋再看已是口眼歪斜。方载亲把院灯接进屋后忙去找李民庆，田厚生则操持着才顺老汉问："怎么一下子就这样了？"才顺老汉的脑袋耷拉在肩膀上，哆哆嗦嗦的嘴唇吐不出一个清晰的字眼，田厚生哀叹一声说："不说了不说了！你安生躺着吧。"

李民庆火急火燎地赶过来，捏捏才顺老汉的胳膊腿，又看过舌头和眼珠说："中风，半身不遂。"方载亲知道这是不治之症，但还是问有没有办法，李民庆无奈地说，"我看不了，找老大夫抓几服中药兴许见效。大伯是突发，可以闹活一下。"

"哪个大夫？"方载亲像是要出发。

"大悲公社有一个，以前咱大队有人请，据说效果不错，缓了好几年。"李民庆所说的大悲属于外县，地处洪城东边，安友淑就是嫁到了这个紧邻尧河却没有一亩河滩地的公社。

送走李民庆方载亲拐去了方载萍家。

才顺老汉毫无先兆的病变让田厚生心生蹊跷，琢磨半晌他忽然问安友会有没有秆草。其实他不用问，今年队里没有种谷子，他家没有自然方家也不会有，于是又让安友会找一把稻草代替。安友会明白他的意思，家里进了脏东西，要烧秆草驱邪，于是找来一把稻草。田厚生就从才顺老汉栽倒的地方开始点火，一路烧到院里烧过影壁直到官街，嘴里还反复嘟囔说："这个家里什么都没有，你们来干什么？撵你们哩！"

方载萍进家就是一通啼哭，安友会和李学勤一时劝不住，方载亲和陈世好俩人拽开后她才凄伤地对方载亲说："娘走得早，走时你们不成人，不明白爹的心思……爹可难过了！"

在儿女绝望的世界里，我们的才顺老汉安分地躺在炕上，紧盯着屋顶发呆的样子肯定是在思考——

他看透了屋顶，也丈量出了屋子的高度，无非一人多高，所以他想骑上屋脊去瓦房。上次攀房爬脊是那样的轻松，而今只能想一想了。他不能接受现实，便努力地使唤肢体，但手脚无动于衷，仿佛归属了别人。他无奈，接连做了数次努力，好不容易扛起的肩膀却在一瞬间坍塌下去，仿佛年久失修的土坯墙再也承受不住岁月里星星点点的风和雨……

——才顺老汉仍旧巴望着回想着，但他发现再久远的事情居然记不全了，个零个碎的，事连不住岁月，情粘不住人物，有些甚至连只言片语都模糊得很。既然久远的事情无法清忆，他只能想新近的。对他来说新近发生的最大的事情，莫过于又有了孙子。

他撇撇嘴，笑了。

"爹，你眼睁睁地想什么哩？"方载萍问。

才顺老汉依旧笑着，在众人的注视下断断续续地说："德子哩……彩礼你俩凑……跟军子一样。大脚家永儿……定亲在腊月廿六……成亲在正月十五……"

"爹！你想什么哩！"安友会说。

"怕是糊涂了吧？"李学勤说。

"再把民庆叫过来？"方载萍说。

"德子接媳妇去了！"方载亲却由着他的意愿说了下去。

"永儿才多大……"安友会像是要当真。

"是，山大岗的娘家！"李学勤使了个眼色。

田厚生坐上炕，把住才顺老汉的手慢悠悠地把心思领到了别处。待他安生下来方载亲又找到李民庆，李民庆束手无策，只是建议："赶紧找老大夫吧！大伯的病属暴卒性，说来就来，一会儿清醒一会儿糊涂，清醒就清醒着伺候，糊涂就糊涂着哄吧！"方载亲再三问怎么办，他翻开医书说，"好像有个偏方，酸枣核磨粉再配点儿臣药。唉！还是去大悲吧，人家才是行家。"

第二天一大早方载亲赶到洪城，方载德听后脸色发青，匆忙发动汽车朝大悲狂奔而去。两兄弟一路无话，打听到老大夫的住处再接回家已是晌午，但见太阳地里的才顺老汉精神好了许多。老大夫望闻问切一番随手写下了方子：白术、茯苓、天麻、橘红、半夏、甘草、生姜、大枣，之后指着目光呆滞的才顺老汉嘱咐两兄弟："半身不遂，还多痰，舌苔白腻脉也滑。不能老坐着，半个时辰换个姿势，活络肢体血脉……先吃几服，过几天再看。"

方载亲插话说："听说有偏方，酸枣核……"

"天下没有包治百病的正方和偏方。"老大夫又观望一阵才顺老汉，比画着提示说，"这种病人急躁易怒也犯糊涂，关键是稳定情绪。搬动病人要放平整，尤其是神志不清时。要点是提头，让头、脖子和躯干成一条直线，千万别让气管进痰。"顿了片刻目光挪到方载亲两兄弟身上说，"病来如山倒病去如抽丝。这病的死亡率、致残率很高，医治更得有耐心。"见两兄弟低了头又开解说，"人活着单凭一口气，没病的人要给有病的人打气。这病还算有治，把握不大总归是有治，即便……唉。"老大夫不再续说，方载亲明白，未尽之意无非是指活命时间的长短。

这突如其来的变故没收了方家的春节。

一九八一年的春节，方家人没有尝到年初打算好的味道，苦楚地度过了年关。这样的家境方敬他们老实多了，虽然没有从安友会和李学勤手里接过新衣物，但"丫头要花，小子要炮"的念想实现了——田厚生提早给买下了。

第二十四章

春节一过是短暂的春闲。

地里除浇返青水外再没有全劳力参与的要紧事，于是葛洪山开发工程被提上日程，大队的广播从早到晚尽是出工事务，田禾庄的男人们开山崩石、拉料和泥，想赶在三月庙前建起庙宇和山门。

开发葛洪山期间田新凤每天都在田厚生家，白天和安友会她们忙活小队农活儿或者大队伙食，晚上则给田厚生做饭。饭后的田厚生照例来陪才顺老汉说话，每到他来才顺老汉总是很精神，斜着脑袋愣愣地听他说道，偶尔也翻翻眼皮嘟囔几句，似是赞同像是反驳。他这副模样符合方家人"不更坏就是好"的心底预期，其实我们的才顺老汉能够拄拐行走了，尽管走不多远毕竟动弹得起。这增添了方家的信心，阳光明媚的午后甚至连他自己也觉得咬字清楚了，目光灵活了，能被人看懂的心思多了，这日子也更耐嚼了。

冬小麦浇过返青水后我们的才顺老汉的身体当真活泛了，三月的田禾庄春意盎然时他竟然也蠢蠢欲动了。

庙会时王建国请来了梆子剧团,戏台就搭在大队,几十年来田禾庄头一次这么热闹。十九日庙会当天,压轴戏是"穆桂英大破洪州城"。大戏开幕前喇叭里的开场锣格外吸引人,才顺老汉哆哆嗦嗦的指头紧追慢赶着鼓点说:"河槽……树秧……钻天杨……"

"爹,别说你身子不好,就算好这年头也没人栽树。"房后春起,方载亲知道他想种树。

"德子……买。"才顺老汉寻思他没有时间。

"好,我买。"方载德心想那时恐怕不好出走,于是掏钱递给方载亲说,"大哥,我不懂什么样式的成活率高又有用。"

"咱队傻子家自留地里有,拾掇两棵树秧子给爹过过眼就行。"方载亲还是没打算当一回事。

"糊弄……种我……"才顺老汉急得要起身。

方载亲忙安抚说:"不糊弄过年景,今年不种过年种。"

才顺老汉便巴望方载德,要说法,方载德看看手表:"我跟大哥买下再走。"转身问里屋,"我先吃?一会儿怕是得堵车。"父亲一病兄弟俩又烧起了大灶,妯娌俩却没再起纠纷。

安友会说:"叫你大哥也洗洗,什么日子还不干不净。"

方载亲回道:"什么日子?庄稼主成年就过这日子。你看赶集上庙的谁不是这身披挂这副扮相,论干净除非台上的戏子!"

家门口的地摊已然铺开,方载德拿粮票买了挂馃子又去戏台看剧目。今天三开箱,所有人都冲着这几出,远道的早抢下了地方,就连学校也放了假,老师让家长领着去见世面。一大早方敬就安生地哄方永,尽求安友会闲了接管。再回来方载德把馃子分给孩子,边洗手边朝屋里说:"嫂,今儿戏好,跟学勤去?"

安友会不作声,李学勤说:"前晌有戏,后晌有戏,我跟嫂一人一场，黑夜还有戏再一块，那会儿你们都在家……"

"我守着老糊涂。"田厚生过来说，"逢场'坐'戏，来年大队怕是不唱了。"

方载德匆忙吃完掏出一元钱，给方敬和方军发了五毛说："买吃食行，买玩意儿行……我得走，叔。"说话间拎起了摇把。

田厚生一眼瞧见才顺老汉眼洼里转着事，就问他，他嘟囔说："大脚……不去。"问清事体他叫来方载亲斥责说，"老糊涂就今儿没犯糊涂哩！谁家长辈不栽几棵树秧子，眼看着跟孩子们比个头？赶紧还他的愿，别叫他胡思乱想！"转对才顺老汉说，"孩子们不干，咱老哥儿俩也能忙活转。"话里满是威严。

在才顺老汉痴痴的笑声里方载亲转身就走。

趁冬闲田学富编了几个粪筐，方载亲来时他正想拿去换零花，俩人见面就说道起才顺老汉："大伯好多了，走道稳当了，拐棍说话就扔哩！"

"老大夫有本事，下饭就见好。"方载亲乐呵呵地看着场面说，"一冬天，净鼓捣这？"

"去年的荆条子，再不编摺成柴火棍了。"

"你家里好不？怎不见去大队当伙夫？一冬一春，不挣工分还倒贴口粮？"

"嘿！怕了。娘儿们，三天两头闹别扭。"

"今儿三开箱，小敬子占下一溜座，娘儿们老憋屈着真不行。"

"不叫她丢人现眼。"

转眼方载亲瞧见门口放着一袋粮食，又听得屋里传来一阵响动，便张望说："当家的在不？穆桂英亮相了！"

田学富家的欢快地跑出来说："我就看半天行不？"

方载亲怂恿说:"早请示晚报告?还看他的脸色……"忽瞧见她隆起的肚皮傻了眼。

"我找会子坐会儿!"田学富家的红着脸撒着欢跑了。

"你别出去!"田学富已然拽不住,只好对方载亲说,"我的亲娘,又丢人现眼去了。"

"储粮备荒还是坚壁清野?两口子分家还是出远脚?"方载亲满是不解,见田学富笑而不答便揣摩说,"手术做得有炎症?人命关天,找大队……"

"你说事吧。"田学富猜他无事不登三宝殿。

"我爹想栽树,换几棵。"

"自留地里有成器的,你挖走算帮我清清地。"

"傻子,身子骨要紧。"见田学富还是憋着笑,方载亲便思量说,"背着我,我不问。真有病,别耽误。"

"就是……王二丫……好事坏事一齐干。说起来更丢人,掂量来掂量去总归算好事。"田学富终于慢吞吞地开口了,"去年动过手术……这会儿……又他娘有了!"

方载亲脑袋里嗡嗡作响,好一会儿才说:"这他娘是什么医生!别不是割错了肉吧?保险起见……"

"谁他娘知道是不是兽医转行。好像……活蹦乱跳的,能吃也能睡,大概没丢什么零件。"

"复查……"

"复查?那就真没收了,也是一条性命哩!"

正值计划生育大规模开展的紧要时期,但田学富的遭遇闻所未闻,方载亲为他忧虑,但更替他高兴:"傻子,你命不薄!外人拿你当笑话,老天爷看着不公!是得躲……省得夜长梦多!"

"嘿,老天爷净要我这不跳套的牲口!"

"队里事你放心,家里事你言语,趁庙会乱糟赶紧走。"方载亲嘻嘻哈哈地说,"小子也好丫头也好,宝贝疙瘩!"

自从田学富在老婆肚皮上又忙活出人事后他也明白了,老天爷是讲情面的,不过在外人面前他仍旧是一副后继无人的绝户相:邋遢的行头,无精打采地磨洋工,旁若无人地闹脾气。

"××的!"我们的田学富突然说出了这辈子最为硬气的话,"丫头,就叫'田贝'。小子? ××的,就叫'田宝'!"

第二十五章

方载亲去田学富的自留地里挖来几棵洋槐和钻天杨,但他没有时间栽,这又在我们的"老糊涂"心里落下一桩不是。才顺老汉抱着拐杖不断督促,他才去房后河槽刨坑栽树培土浇水,临了才顺老汉挨个扶一把,算是亲手种下的。

没想到的是第二天才顺老汉就犯了病,他又中了命运的伏击。慌乱中救醒后他的嘴角和眼角颤抖不停,皱巴巴的脸皮完全丧失了人样,和初次发病相比他的相貌更接近病魔的真相了。

当晚方载德匆忙赶往大悲。

方载亲六神无主地蹲在走地,如果知道哪尊神是才顺老汉的主宰,他一定会虔诚膜拜以求得父亲身康体健。是的,无能为力的方载亲在埋怨自己,埋怨自己为什么不在春风和煦的那一天栽树,埋怨自己竟然忘了春尾巴里夹着的寒气足以扫倒父亲,埋怨自己为什么没有想到父亲再也禁不起春夏秋冬的折腾。这个庄稼汉处于悲怆之中,这悲怆来自于心灵的深处。他不敢想象父亲的明天会怎样,他现在唯一能做的只是等候"命运"的下一道旨意。

我们的"老糊涂"才顺老汉同样在等候,他的等候停留在一个异样的世界里。

那是一个色彩极度鲜明的世界,喜只是红色纯粹的喜,悲只是黑色深刻的悲,那个世界从来没有悲喜之间。他看起来愿意存在于那个世界,他看起来没有半点儿挣扎的迹象,他看起来就像是半截石坝或者一抔黄土,已经和那个世界的大地生长在了一起。

你看!

我们横亘在炕上的才顺老汉多么伟大!

他一动不动安分守己的样子多么具有号召力!

他只需这样躺着身边就要跪下耐心等候他发号施令的人!

此时的他像"谷雨",而方家人则是百谷,又像"立夏"或者"小满",在催促方家人走向饱满与成熟。是的,他像他所生活过的每一道时令,有着不可抗拒唯有顺从的威严!

我们的方载亲还在思索中不能自拔。

他觉得对不起父亲,若非自己拖沓父亲不会上火,更不会拖着刚见好的身体外出。虽然走动得不远,但宅院之外已经不是他能来能往的领地了。他懊悔地等待着方载德的到来,耳朵本能地捕捉着清夜里所有的声响,希望从中拽出汽车的轰鸣。

我们的"老绝户"则闷声不响地蹲在门槛,人进人出就扭扭身子让出过道。他在想什么呢?他知道老伙计时日无多,正在替他的小子丫头们琢磨他的身后事……

时间按部就班地流逝着,夜半时分方载德终于来了,没顾上熄火就把老大夫拽了进来,老大夫只摸了一把脉便说:"准备吧。"他没有再问经过。是的,没必要多此一举,结果就摆在眼前,如同寒露后的稻谷,成熟就是成熟了,倘若不成熟也错过了节气。是的,小满即丰收,已非人力可为。

听到这话方家人哭作一团。

方载亲和方载德再三询问，老大夫始终缄口不答，田厚生又问："老方子真没了老方子？"

老大夫点了点头。

"好，也好！庄稼主一瘫单等着入土为安哩！"

老大夫又点了点头。

"得到多会儿……几天……一宿也不行？"

老大夫这才开口："脉丢了。"

"爹？爹醒了！"方载萍和安友会、李学勤惊慌失措地叫着。

"爹！爹？"方载亲和方载德的眼洼里满是冰冷的力量。

才顺老汉睁开眼努力地打量过众人，小心而陌生地辨识出方载亲才张嘴："载亲。"

方载亲有些不知所措，仿佛父亲在叫一个外人。

才顺老汉又鼓鼓劲，叫他："大脚。"

方载亲这才哭出声哭出泪来。

才顺老汉努力地打量起方载德，方载德朝他点过头后他才对众人说："敬子……他们……"

大家匆忙寻找，但见南屋里方敬拉着方军，方军拽着方良，方良扯着方爱，方爱又攥着方敬，他们每一个人都是泪汪汪的，只有方杰和方永若无其事地盯着白花花的灯泡。把他们领进东房，才顺老汉逐一过目后说："永儿的立脚地……我补上哩。"

此刻，已经站在生命制高点的才顺老汉，他感觉到周遭的一切都在远离他——它们逐渐模糊，它们逐渐生疏，它们逐渐虚无。可是他还在拼命地嘟囔，似乎想把没来得及说的话一口气说完，但含混的字眼让所有人都摸不着头脑。

待他的心不那么挣扎了，田厚生抚着他的胸口说："顺儿，今儿忙活，明儿还得忙活，好生躺着，有话就留给明儿说吧！"

才顺老汉逐渐安分守己了。

这时老大夫拽一把方载德,示意汽车还没有熄火。方载德熄掉低沉吼叫的车,点棵"玉兰"再回来,屋里已是哭声震天。是的,我们的才顺老汉把躯体守凉了,守成了和天空、大地一样的温度。他的心脉,不再追随这世界搏动了。

天蒙蒙亮时田厚生敲开店社递上了开销单。

店主已然猜到才顺老汉谢了世,便问什么时候,田厚生却说:"这个老糊涂走也不看老黄历,地里要忙活非先凑热闹……不知道体谅人,单凭自己愿意。"随之一叹,"也好,该种庄稼哩!"

大队一早就议论开了,主题当然是几步外那个等待换衣的才顺老汉。若非方家住得近,他是没有这项待遇的——王建国和刘大民一道来祭奠,甚至琢磨着今天大队还是少广播为好。

方家远远近近的亲友眷属在第一时间赶过来,拜祭过后也撂下人手。方校长到场后瞅着影壁唏嘘不已,看一眼横着的才顺老汉便替换下田厚生。我们的厚生老汉摘下尘封的唢呐,找来吹打班一起在官街口迎送宾客,喧天的锣鼓背景里,他呷着高粱酒挺着铁脊梁,面红耳赤地吹奏着《哭皇天》,一遍又一遍……

太阳,升起来了,但是没能再次温暖才顺老汉的身体。

病后不久,在太阳还能温暖他的最后一个艳阳天,他波澜不惊地和方载亲交代坟地与合葬的事,说是找风水先生看过了。二十里外的风水先生是方家外亲,方载亲不得不早早动身搬请。是的,只有先生前来主持,才顺老汉的身后事才算正经。刚好是去年,我们的才顺老汉攒足了柏木棺材,就放在洪城漆木厂,现在方载德拉了来,大枣红色,看着还算满意。

车到山前必有路。

才顺老汉的身后事看起来杂乱无章但操持起来有条有理，一切随着他的遗愿、方家的意愿和田禾庄的乡俗办理。这个和春天打了一辈子交道的五十六岁的老农人，在生命的最后一刻被倒春寒撂倒在地。在最后的光阴里，他糊涂了，又清醒了，最终还是死了，风风光光地进祖坟不再忙活了。

下葬那天，正是田禾庄春种夏长的大好时节，不过多久，就是方永的周岁生日了。

初稿　涿鹿　2004年11月26日

卷 二

第二十六章

公元一九八一年，大秋后。

邋遢裁了身中山装戴了顶前进帽，迈着富富有余的步伐容光焕发地走在街头巷尾。惊讶的田禾庄人特意经过他的家门，正看到他家的把粮食装满了簸箕和笸箩，于是转身去找小队长说道，甚至直接堵住邋遢取经。一时间邋遢成了田禾庄的风云人物，声望盖过了王建国。但他不适应地位被抬高，人们问他丰产是怎样做到的，他吭哧半晌才说，只是早晚不去街头解手了。

人勤地不懒。

地是一样的地，人本是一样的人。

当人们弄懂窍门在于人地关系后要求"变动"的呼声更为强烈了，不过秋后变动的小队仍然算不上多数，那些墨守成规的社员心想：只要王建国和刘大民的小队不"变"我们就不"动"，但耳濡目染的尽是其他小队"变动"的各个阶段，如同地里的庄稼，有的要播种，有的在成长，有的已收获。

大队干部的工作重心仍旧是计划生育，广播内容已经显露规矩，什么时候"育龄妇女检查"，什么时候"计生政策宣讲"，都有了套路。王二丫狠狠心带头结扎了，对于逃避检查的人她有指点门户的责任，时常带着公社专干上门"动动粗"。尽管人们说她叉腰撇腿的要遭天谴，但不得不承认她让计划生育深入了人心。

　　忽然有一天，街头传言田学富家的从娘家抱回个胖小子，一时间田禾庄沸沸扬扬的，干部很下不来台。王二丫跑过去，见"事实"睡在炕头，就问田学富起了什么名字。

　　田宝。

　　二话没说，她走了。

　　田学富心里美：就怕你不来。怪我们？刨责任茬子得问主刀医生，想问我要责任？我还没管大队要说法哩！我想享半辈子清福才让老婆坐头班车去结扎，叫你们把我这个美梦扎破了不说还让老婆白挨刀。那么快的刀，在娘儿们肚肠里切了个啥？这会儿平白无故地多出个小子，要吃要喝要家业要媳妇，你叫我打哪掖扯？算了，我老婆那一刀算白挨，小子你抱走，大队奶活去吧！

　　他越想越欢喜，反思时担心又起：你就是躲检查，结扎了也得做检查！你哩，偷偷摸摸回娘家，还在大伙面前装洋蒜，说到底责任归个人！这会儿算超生，该罚！

　　正反寻思下来他坐不住，便溜达到了方载亲家。

　　没有才顺老汉的方家分外冷清，方载亲还不懂得如何应付父亲不在的日子。他时常去东房，看到空荡荡的屋子才知道失去了靠山，也才意识到自己的将来也要遗留下这样的一个方永。是的，他需要将父亲也埋在心底，从而将更多的时间和精力留给生活、留给孩子。将曾经的亲人肥沃进心田是个痛苦的过程，所以他少有嘻嘻哈哈了，连饭食都吃得有气无力，直到看见田学富，脸上才浮现出莫可名状的笑意，愣时托住饭碗咧嘴就膪:"真哩?小子?"

田学富别扭地笑着逗方永说:"小哥儿俩得接担子哩!"

方载亲隐忍住笑意,喝口稀饭对安友会说:"明儿做两米白粥,捞一笊篱就是干饭,减饥。"

安友会说:"就那么点儿好小米……"

田学富说:"来年咱组再种点儿芝麻?老换香油不划算。"

地分到小组后几个当家的商量着种,缺什么想要什么就种什么,集体的地要种成五花十色既费工又费力。方载亲望眼北台后头,撂下饭碗说:"唉!来年怕是还没有名堂。"

"法不责众,你看多少小队变动了?星星之火,可以燎原哩!"现如今安友会却是开明了。

方载亲显然对田学富的家事更有兴趣:"傻子,一到关键就给大队出难题。你这道题碍眼硌心不疼偏痒,挠不是不挠更不是!"

田学富红着脸无辜地说:"田禾庄还有比我更老实的庄稼主?公家叫干啥就干个啥,不扎刺不起事,可事偏偏往脑袋顶上砸。说我出难题,还真没地方击鼓鸣冤哩!"

安友会正想膪时大喇叭吆喝开会,田学富支棱起耳朵刚听几句就走了。是的,心里窝着的事被别人反复说道令他不敢抬头,他觉得整个天空都被他家的笑话糊满了。

闯进来的人是田学富。

王建国愣了,会议随之中断。其他人也没有预见这个不速之客,诧异得呛出一口烟或者噎下一口水。

数人的目光瞬间聚焦在身上,田学富顿觉压抑。尽管都是熟人熟脸,平时大可以开玩笑,但此刻是在大队又是在会议室,地位和身份有着根本的不同,他只得硬着头皮说:"建国,我有个事,说两句就走……只耽误你们一会会儿。"

王建国点根烟说:"正开会哩。"

"就两句。"

其他人来了精神,竖起耳朵单等着听。

"我的事想必你们知道。"

"嗯。"刘大民说,"知道。"

"我们知道,全大队也都知道了。"王建国说。

"你说怎么办,今儿来就要大队一句话。"田学富拉下脸来。

"怎么办?怎么办好哩……你说说。"王建国问问自己,看看刘大民,最终把问题还给了田学富。

"我说不上来,要不就不来了。"田学富忽然底气不足了,觉得自己没有足够的理由来大队要干部的说法。

"怎么办?法办!"刘大民不满意这个讨公家说法的社员,为维护大队的尊严而说了句厉害话。

"大草包!你说怎么法办!"情急之下田学富喊出了外号。这外号已经很少有人喊了,可这个傻乎乎的社员居然在会场上脆生生地喊了出来,语气硬得连回旋的余地都没有。

刘大民分外恼火,腾地站起来说:"田学富田大傻子!你划出道来,叫大队走走看!"

眼见着争执要激烈,其他干部纷纷劝解,王建国忙按住刘大民说:"学富,你究竟为什么事……还没见你耍过这么大的脾气哩。"话里含着笑,看起来不像是在取笑人。

"都知道还问我?"田学富面带委屈。

"为你小子?生就生了,又不能憋回去。"王建国平和地说。

"两口子躲检查!这要不罚,怎么向上头和下头交代!"刘大民双眼直冒火。

"罚?你想罚就罚?你说罚就罚?你不清楚我一个社员怎么配合你们一群干部?叫往东往东,叫绝户绝户……大草包!我跟你说,你爹的亲家快合眼了,你炕上的媳妇回不回娘家?你要说回,就别给我瞎叫唤!"田学富又被撞出了火。

"你说什么?你小子放什么狗臭屁!"刘大民蹿了起来。

王建国没有拽刘大民,紧盯着田学富看似中肯地说:"你说怎么办?罚是不好说,责任不全归你。可是摸摸良心窝子,你真没有一星子半点子的责任?"

田学富不懂他在垒台阶,还在火急火燎地吐理由:"这个小子我本就不想要!是你们的工作没做好,连累了我后半辈子。吃、穿、家业和媳妇,你们公家让我打哪掰扯?"

在座的干部万没料到他言出此语,一时间面面相觑竟也笑不出来,只是在心里说,哎呀,田学富,说你傻真是冤枉你!

"好好好,等你想好再来,这会儿正开会。你想好了去家里找我,总有办法,是不?"王建国只想尽快打发他走。

既然已把想法"通知"大队,田学富也就识趣地走了,而刘大民却愤恨难平,依旧对着后影指指点点地戳个没完。

第二十七章

我们的"老绝户"又做了一个梦,梦醒后他蹲在走地,捋摸着唢呐,无限地怀想起了才顺老汉——

架着老骨头想荫佑子孙,反倒丢了小命。倔脾气,影壁也往死里垒。也好,栽活了。也好,垒得挺有样。

是不是想开荒?

当初给你看过几块地,不肥也不瘦,可是你动弹不了干脆就没递你说。要不我去开荒,还了你的愿?

夜持续黑着,他燃起油灯,挂起唢呐,装满烟锅,坐回土炕,如此兴师动众的,他究竟要想什么——

日子到了一九八三年哩!

今儿大队长风风火火地满世界跑,说是文件下来了,土地可以"变动"了。可是分了地,载亲载德两兄弟怎么办?

长远来看,真会像你嘟囔的分家最终得分门户哩!也是,老亲家死后学勤的娘家空了,她早想载德搬到北庄子挑锅灶。载德你从来不担心,毕竟有魄力能折腾,可是大脚怎么办?

近几年来看,载德没有时间,学勤和会子各带着仨孩子,要想扛起两个家十个人的地大脚是得力不从心。起小你方家掖扯我,我知道你想我多帮扶大脚。我还能吃能干,外加凤儿种两个人的地绰绰有余,刚好腾出手来拽大脚一把⋯⋯

好哩!

坚持几年,孩子们上学的上学、下地的下地两口子就能松快不少,两兄弟也就都忙活转了⋯⋯

活眼吧,顺儿!

今夜田厚生清梦幽幽,后头的大队却是热火朝天。

这些天王建国从干部家到干部家,从小队长家到小队长家,一直在商议如何落实"家庭联产承包责任制"。截至目前,田禾庄没有"方大脚式变动"或者"邋遢式变动"的小队已为数不多,大都自觉地随了大流。针对政策要求和这种现状,会上干部们摆出来四个问题:一是如何公平合理有序地把集体的土地分配到各家各户手里;二是将来农田基建等群众性公益事务如何保障;三是原本集体上缴的财物如何保障供给;四是集体资产的分配。

好不容易理清头绪后刘大民起身说:"憋着泡尿。"

王建国首先冲到门口，发现院里聚集着很多人，他便站上门槛高声说："呃，这个别听了！有模样了，回家听大喇叭说吧！"

心急的干部挤出去，却被社员拽住问东问西，老孙头忧心忡忡地问："非得散伙？"

王建国慢条斯理又分外凝重地说："呃，上头文件压下头呼声顶……你说怎么办好哩？"

"能不能……把不想散伙分家的凑个小队……有商量的余地不？"老孙头战战兢兢地问。

"没有！跟文件讨价还价？你当是买卖牲口哩！"王建国一瞪眼说得干脆。

卸了包袱的刘大民多了耐心，苦口婆心地说："老哥……呃，老叔，不是没有考虑你那份心，还是得少数服从多数。眼时不光咱田禾庄，整个洪城公社、整个尧县、整个中国是一盘车马炮！呃，这说明什么？说明符合实际，说明实践是检验真理的唯一标准不二法门！大喇叭广播过哩。"

"少数服从多数可是我不愿意！"

刘大民无计可施，便说："来，你来，我给你看看上头文件的模样，你跟它说，它要是点头我立马给你组建小队，任命你当队长再兼上会计好不好？"

"叫我看？"老孙头气呼呼地抠着眼洼说，"我俩眼珠子都不识字，你叫我看什么、我看什么、什么——嗯？！"

从厕所出来后王建国又抻开一盏灯，对攒动的人头说："散了！散了散了快散了！有什么好看的哩？又不是大姑娘！回家，被窝里多得劲！"社员们哄然大笑但还是没有走的意思，他便单对老孙头说，"文件就是法，跟着我们当然好，否则清楚后果不？"

老孙头叨咕几句走了，其他人随之散去，大队清静后干部们谈笑间摆出诸多举措，刘大民总结说："土地承包，大队没必要主持大分，各小队现有的地差不多，直接划归人头算完事。权力下放到小队，大队只负责协调，大家好说好商量，争取办光彩！"

王建国接茬儿说："二一个，是吧？暂时规定机动工总数除以总人数，一年个体得完成这么些工。决算……呃，也不能叫决算，反正就是一个工两毛五，力气多余你可劲挣吧！"

聪明的一点就通，附和说："是哩！出工就是挣钱，今儿的力气攒不到明儿。呃，也不能叫出工，毕竟是新人新事新气象，更不能叫徭役……走夫，就叫走夫吧！"

"哈哈，不是一个意思？"

"差别大了！工不够纳现，工富余兑现，一个工两毛五不少哩！工从此以后不再跟庄稼地挂钩，工不再等于粮食，工直接等于钞票！你有一身力气你就是银行，你家就是国库！"

刘大民接着王建国的话说："呃，这个三一个，公粮直接交粮站，人头税，你多忙活多下本钱余粮就多。额跟量有规定，地多多缴地少少缴。那些晚上搞生产，只待见在娘儿们肚皮上忙活的少东家，超生有人皮没地皮……哼，人皮兴许都得给你扒下来。"

"更不能忘了计划生育！把心都放明白。"王建国刚补充一句就被外人高声打断了，"还有个事，人有个生就有个死，老死占着地新生没有地，这怎么解决？"

刘大民"呸"一声，翻翻文件说："呃，根据具体情况来，这个还是得走一步看一步以后再详细研究，反正田禾庄有多少耕地该纳多少公粮是个死。呃，咱大队……咱大队暂定五年一小变小队里折腾，十年一大动大队里动弹？"说完看向王建国，王建国正埋头记着什么，压根没有注意到他。

"那四一个问题……"有干部迫不及待地说。

王建国嘿嘿一笑，放下笔抬起头说："别想着大队这点儿家当了！大队有什么？×毛没有！"

"林场哩？就是那片果园子。"

"也承包出去，好歹给大队带点儿花销，谁想……"王建国看眼笔记突然转了话头，"唉！小队的家当小队分，没人咬馋上告就是合情合理，分分算完事……不早了！"

第二天大喇叭一声令下方载亲小组正式解体。

组内资产分配时，因为自家缺少劳力，方载亲不得不出钱买下一头驴，随后的土地再分配他又一次抓到了北台后头丢失缆绳的那一块，他高兴又满足，因为这块地终于被他死死地攥在了手心，同时方永也终于有了名正言顺的土地。

事到如今，尽管看上去我们的方载亲和方载德还住在一方宅院里，但是维系他们的最后一种物质关系被巨大的力量打破了，他们和许许多多的兄弟一道，在轰轰烈烈的运动中完成了分家的过程。是的，从今天开始，他们彻底地分出了你我，彻底地成为你和我。我们的才顺老汉也彻底地成为过去，虽然死后的他还占据着一方土地，但他生前曾经劳作的土地已经归属别人，曾经忙活的身影也只会遗存在方家人的心田……

土地一变人心就变。

人人都在盘算自家的家道，都在追求自家人的丰衣足食。

给集体忙活时，往年遍地开花的大生产说不见就不见了，取而代之的是走夫的人潮。基建时人们依旧扛着铁锹聚拢在干部脚下，可是很少再区分三队、四队还是十八队，只是忙活完领取加盖公章的工分，然后单等着富余之后兑现。

给自家忙活时，得常年使唤手脚，有牲口的自发地组成了车队，趁农闲往冀中市贩卖秆草换取零花。方载亲也加入了起早贪黑的队伍，往返两百里翻山越岭的路要走好些天，可是回到家最高兴的是孩子。方敬不惦记他兜里的奶糖，也不惦记念书。安友会不由她，硬要她往五年级爬，甚至也一笔一画地教起方爱和方永来……

多么特别的一九八三年！

这一年，田禾庄大队变成了"田禾庄村"，洪城公社也变成了"洪城乡"，但人们依旧"公社""大队"地喊着。

第二十八章

死心塌地的田禾庄人把生活讨进了腊月。

腊月里方载萍和陈世好找到方载亲，要把承包的电力磨房搬进方家。现如今多数人家小有余粮，年底花销尤其大，庄稼主只能磨掉大米换年货。磨房生意好，竞争随之而来，陈世好住得远经营不便，提议姐弟合作，想占尽天时、地利与人和。

方载亲想了几天没回话，他又上门说，大脚，安生弄，咱先买下来，回了本你大姐不让我弄哩！方载亲再问安友会，安友会觉得竞争太大可能是包袱。是的，如果是单纯的好事，这年头不会找别人掺和，但她看不通透。方载亲掂量过家底说，做生意咱家得风水，就算买了个将来的负担毕竟眼前也好过。种地之外的确需要多一个奔头，安友会狠狠心说，把驴卖了。等姐弟俩商量好却错过了生意旺季，方载亲索性不紧不慢地准备起年关来。

腊月年集一个接一个，洪城乡政府门前车水马龙，赶到这里的人都揣着自己的小算盘。除了置办年货方载亲得为钢磨做准备，要买太多的电线、闸盒、保险丝和电工用具。而安友会没有家道的盘算，得了什么失了什么以及来年理当如何她少揣摩，来年集不过是想给孩子们买些布料，或者干脆给方敬买件成衣。至于再启老汉，他只想换头年轻力壮的脚力,那头秃尾巴小毛驴虽然服帖得像自家人但上了年岁,地瘦坡高路远的崖右,春起秋落的活儿,它再也走不顺溜了。的确,这样的年关人心活泛,人心活泛手头就显得不宽裕。倘若你眼光再放远些需用自然更多,所以人们必须精打细算,而且格外讲究肥水不流外人田,比如土地"变动"后邂逅就不去街头公家的茅房了,当时人们不懂在家解手的一泡屎尿能顶多大的事,可是联产承包的第二天,街头的公厕还真是没人肯去了……

曾经的公社供销社还在如今的乡政府对面,但已经承包给私人,尽管还挂着国营的招牌。掌柜的就站在粉刷着计生标语的台阶上,面对着起伏的人流不停地吆喝:"上海香皂、苏州被面,山西老醋、东北豆油,年货糖果、香烟扑克,一手交钱、一手交货,看看不要钱哩!"

瞅了掌柜的好一会儿方载亲才递上单子,哈哈一笑分外阔气地说:"你都有不!"

掌柜的捏走单子去收罗,发现有几样得回家现取。方载亲等不及想先去牲口市找再启老汉,半路却被苹果堆里的王建立叫住了:"队长,过年得给孩子们约一百斤吧?"

"场长,你这约下的一百斤是分还是卖?"方载亲也嘻嘻哈哈地说臊他,"卖,我买不起;分,我带社员抓。"

林场承包容易,但要让习惯均分的社员掏钱买却是难事,王建立只能捧着笑脸交易人缘,此刻分外热情地说委屈:"我承包无非是替大伙种,结了果无非是换麦换药攒零花。"又攉半拉苹果说,"集散了给你端进家。"

一笔生意促成了。

再启老汉正在牲口市踅摸,方载亲见他就问行市,他指着兴冲冲的人头说:"人脉不好把,都活泛得离谱哩!"

驴不卖钢磨开不起,方载亲狠下心把牵驴卖驴的事托付给了他。

回供销社的路上，正揣摩拉线接电时忽听得有人喊"姐夫"。声音耳熟，扭头见是安友淑，再瞅不见李双传，他正纳闷儿时安友淑问："大姐夫，我大姐，大会子哩？"

"成衣巷。"方载亲笑着耸耸肩，做起挑担的动作说，"他哩？"

"看木料，开春做家具。"

"过年去你家炕头，喝几嘴熨帖酒哩！"

"过年我们都过来哩！"安友淑向成衣巷挤过去。

琢磨着年关的聚会方载亲又来到供销社，但见门口几圈人围着一位号啕大哭的老汉，听得旁人说老汉遭了贼，前脚刚卖的牲口后脚就被偷了个精光。他赶紧摸口袋，钱还在，一声叹息后进了供销社。掌柜的比对着单子逐一交货，结完账再出来发现人群中又多了俩哭天喊地的，想必是一家三口，一串叹息后他把头摇到了乡政府。方载德不在宿舍，放下货物他又转往木器市。李双传正等着他，二人便坐在木头上臊起闲天。他们的话题和安友会姐儿俩的大不相同，多是乡邻趣事家业打算，正聊得火热时安友杰跑来喊"姐夫"，李双传掏给他两圆钱说："过年几岁。"

"十七。"安友杰一愣神改口说，"虚一岁十八！"

"呵！见你二姐了？"

"没见。"

其实我们的安友杰不是见到的安友淑，而是主动找到的，并且同样得了两元钱。方载亲口袋里还有钱，但都有用处，即便多余也不想给安友杰——再启老汉再给到他手里，那就是爷儿俩的另一回事了。此刻碍于情面，不得不拿出两元说："买挂炮。"

安友杰的一来一去带来了话题，李双传瞅着他的后影颇是费解地说："人，怎么玩就玩不大哩？"

"趁还有家底，好歹踅摸门亲。"方载亲淡淡地说。

田禾庄找不到十八岁还不下地的庄稼汉，恐怕也找不到如此门当户对的亲事。李双传心知肚明，也淡淡地说："我留心。"

已是后晌，挑担俩分开，方载亲买好年货又来到乡政府，方载德已打好饭菜在等他。

当晚王建立果然端来一簸箕苹果，安友会去磨房找陈世好拿称约麦，方载萍两口子跟来后方载亲又叫来方载德为生意出谋划策。听罢打算方载德说："钢磨挪进家，乡亲去地里捎带脚撂下粮食，再回来就磨好了。这是优势，我担心的是活儿的多少。"

队长方载亲最有发言权："不愁，咱大队有多少地能打多少粮我清楚。两三千口子人，养活俩仨的钢磨没问题，何况这会儿的粮食比过去多，你再说说别的操心。"

方载德很少下地，但相信方载亲的判断，想了想又问："长远干下去得有个固定场所，磨房建在咱家哪里最便利？"

"磨房不敢想，暂时只能买钢磨。"方载亲搔挠着头皮说，"钢磨搬到这，我和你嫂住东房，不影响学勤撂东西，只是睡个觉。"

"我知道，大哥。"方载德又问，"电费跟市价，本钱和利润，怎么算计？"

陈世好接话说："开的人多都抢生意落价，推玉米根本不赚，就靠推面和稻子！唉，电价一度一毛六分，哪有那么多的赚头？好歹跟他们一样，好歹比他们齐全，好歹咱们有优势！"

方永淘气，磨蹭安友会吃奶，方载萍抱起来笑话他："同岁的铁锤早不吃了，小一岁的田宝也没你嘴头子勤！羞……"转对安友会说，"摘了吧，过年五岁还裹，不心烦？"

安友会哄不下，平日里最喜欢的方载德的打火机都哄不住，只得抱到北屋喂几嘴。方敬已经睡着,枕头压着新成衣,她抖搂开觉得口袋的针脚有些粗,于是边哄方永找觉边谋划改制。

李学勤对开钢磨毫不在意,心想,你们开你们的,我听不惯嗡嗡声就搬走了。今晚方载德好不容易回家却钻进了南屋,她来找时见方载萍也在,索性听了一会儿也出主意似的说:"开起来好,起码能挣俩小钱买化肥……"

安友会过来正好撞见这半句,心里话,你知道谁掏钱买肥,怎么不知道谁没早没晌地耪地、毛驴似的掖扯?

见她不高兴李学勤忙转了话头:"要开就敞口推,人民币是活的,票子冲着真本事去,咱挣得多也是凭大本事……"

安友会已经听不进去了。

横竖计较正月里活儿少,方载亲和陈世好索性不急了,正月十六才慢腾腾地干起来。拆掉火炕后原本狭窄的南屋倒也宽敞,足够盛下几座铁疙瘩。一连十天半个月的折腾,正月底时钢磨总算得以运转。在陈世好的指点下,我们的方大脚先用自家粮食练手艺,几遍下来得心应手后才正式开张。

第一单生意来自田厚生。

他没有过称,推完丢下十元钱就走了。安友会追出去被他挡回来,方载亲再送过去,他只说:"以后就算要我也不给了。"

这股子倔劲让方载亲想到了父亲,面对曾经怄气的影壁,蹲在当院等生意时,他的眼界里满是父亲踏实的足迹……

第二十九章

春天开了头夏天就长开了,庄稼如此,世间万物亦是如此。

飞转的机器把一粒粒粮食琢磨出光华,虽是春闲但还是给方载亲带来零花。头几天他不适应角色,下炕就扛起铁锹下地,半路被叫住才想起自家添了大家什,于是嘻嘻哈哈地走回家,插上锹把过称,再合闸就是嗡嗡的忙活,最后瞄眼墙上的账目表,收多少找多少一清二楚,不久墙面积尘他只得现划拉。田厚生看得心急,告诉他说,人心里有杆秤就得有算盘,于是教起他心算。现在即便同时推稻米、玉米和麦子他也能一口气说出总账。这令人瞠目结舌,因此外人说他不只是个狠实的小队长,更是个天生的生意人。

夏收夏种时,田禾庄人已经习惯单打独斗,"变动"的喜悦逐渐隐退,每家每户都过着忙碌又安稳的小日子。这天方载亲赶在一场暴雨前进家,安友会告诉他撂着件买卖。推稻米吃手艺,一遍不净二遍才能米糠分家,她学不来,也搬不动百十斤的口袋。方载亲磨完回屋坐下来,眼瞅着哗啦啦的雨水从天上落到地上,一声不吭的样子像是看不透迷迷茫茫的世道。忽然一声霹雳惊醒了方永,安友会哄了好些时还是听不见他的响动,只得打破沉默说:"不吃饭发什么愣。"

方载亲这才踢里踏拉地舀来玉米粥,又铲块哪个边吃边嚼。"哪个"是庄稼人最减饥的饭,说起来不得不提田厚生,他最能吃还会讲来历:老辈子有个手拙的媳妇,想给婆婆搅疙瘩,火大水多出锅竟是黏糊糊的一团。公公问那个是什么,她不好意思,反问"哪个?"就着酸菜吃进嘴,软糯易嚼又多滋味,公公连连夸赞说:"哪个真香!"想到这些方载亲情不自禁地笑了。

安友会冷眼瞧过他的痴模傻样说:"臭毛病,犯糊涂。"

不经意间提到了才顺老汉,方载亲趸摸着黑墙寻思了好久说:"老房子禁不起雨水,墙都洇了。"

"怎么修?"安友会的言外之意是钱从哪来。

房屋若是洇墙渗水,情况不糟得换瓦补灰,为这事请人,方载亲自觉不够笑话才顺老汉的本钱。若是漏雨如注得揭盖换席,这费事,真不如新建。新建最麻烦,老房归属兄弟俩,他做不得主,只说:"房不能占,明儿往北屋里搬,你拾掇拾掇。"

五间北屋,才顺老汉盖时火炕大小一样,锅灶深浅也一样,方载德分得三间,方载亲分得两间外带南屋。在世时才顺老汉自觉公允又满足,但他拿捏不准身后事。事物的发展也并非全然如田厚生所料,添置钢磨后安友会再难下地,此前两兄弟一家买肥料一家种地的平衡破了产。整个麦秋方载德乡村两头跑,到家困倦得很,今日早早地熄了灯,但他并没有睡着,此刻也如方载亲一般起了关于房屋家业的寻思——

搬过去,盖新房!

盘算过家底,早已算得上"千元户",盖一处有模有样的庄客吧!与其说盖新房为方军,不如说为自己。外人眼里好风光,可五口人还是窝在两条火炕上,是该独门立户了。

砖石木料,好说。

琢磨好需用,花钱买。

请人攒忙,好说。

准备好烟好酒上门请。

只是我搬走老房子怎么办?

卖?

败家。

不卖现钱不富余。

卖给谁?

祖上老宅住进来不相干的人?

只能卖给大哥。

可是他钢磨的本钱还没有收够,也只能先拿点儿周转。

唉,卖给大哥,学勤……

再启老汉有两处庄客，民国时一处被丈人抵给了李学勤的祖父，押价法币五十万元。大舅哥闹完革命想收回祖产，便让再启老汉经办。李学勤的父亲不愿意，要价人民币五十万元，两家为此争执不休。最后大舅哥通过官家和私人两相说和才赎回来，不过已连累李学勤和安友会，妯娌俩因各自娘家的利益在方家争吵不断。

想及此，方载德觉得卖给方载亲一时间李学勤也不会同意，待他在北屋里反复的思量中睡熟后东房里的方载亲已不再想修缮的事，他一心只想挣回钢磨的本钱，然后挣多挣少归自己。

方家院里两兄弟各自盘算着忙活的门道，这是我们的"老糊涂"不曾预料到的。是的，才顺老汉早已死去，就连象征他存在的时光和念想也融入了乡土之中。田厚生曾经说过，载亲载德，你爹走了就是土坷垃，忘了他吧，活出你们的名堂来，想他就去种种地翻翻土。然而因为家业门户的打算两兄弟种地的心思少多了，看上去他们似乎正在远离土地，也在远离他们的祖先。

每一场袭击大地的雨水都会带来泥泞。

方载亲早起打扫磨房，接完第一桩买卖看见了事——院子该垫高以便雨水顺利排出，最好再铺出石子路。劳动量太大，他心里发怵，情急之下朝东房大喊："会子！烧水！洗脑袋！"安友会正拾掇搬家，他又催促二遍，"快点儿，剌挠死了！"

"狗蹦子脾气还来了，刮了算了。"安友会忙抱柴生火。

方载德正刮胡子，插话说："大哥，理了走不迟。"

方载亲说："光理不费事，再烧水就迟了。"

方载德进屋找推子时李学勤怨一眼，方载亲仿佛看到了，忙说："德子，我洗洗就行！"

这时官街口起了嘈杂，像抬杠。方载亲奔出去，但见一圈人围着井台正七嘴八舌地说，老井从来没有淹死过人，今天却淹死了猪。再看水桶，清亮的水上果真漂着几撮猪毛。方载亲后悔昨晚的哪个吃多了，心烦劲刚上来后头的李学勤就吐了一地。

"谁家的猪？怎么不见找。"

"准是野脚猪没人要。"

"好歹还值钱！"

"那怎么不见找？"

"怕是……"

"病猪？"

"真他娘缺德！人家缺八辈子德行，咱倒九辈子血霉……"

"别骂街，赶紧想办法，几十户全吃这口井！"

"淘吧，可这井是活泉，淘一桶涨两桶，淘不过来。"

"嗯，六三年淹了，多少人淘了多少天才淘干净。"

"怎么办，人总得吃水，牲口离了水也不行！"

"淘干净也不吃，我呸！要是病猪……算了，我去北庄子，多走两道街的事。"

"大脚……队长，怎么办？离你家最近，淘还是挖你吭气。"

水要是出问题人逃不掉，方载亲猛地想到自家的生意，便探身往井里啐口唾沫说："谁吃不心烦？另挖算了。你看，水上漂着猪毛，猪毛连着猪皮，猪皮连着猪大肠，猪大肠里满是猪大粪……还是病死一回淹死二回的老母猪！"

"快别腻歪人！"

"我院里新挖，几步远同一个脉，跑不了一口甜水井吧？"

"到时你说，我们都来攒忙。"

"到时别嫌麻烦不让吃！"

"哈哈，让你吃！"

本是件气闷事，有了解决办法大家就躁起晾晾来，方载亲臊完瞥见方载德从田厚生家出来，再进家见李学勤泼了水。时候不早了，他放走方载德先给李学勤挑满瓮，又给田厚生挑满，最后一趟给自家挑时正赶上再启老汉和安友杰出井台——安友杰挑着半桶水晃晃悠悠地走着，再启老汉抬着扁担一个劲地说着："压得慌不？压得慌你撂下，我挑。"

回到家把见闻说给安友会听，安友会听后光火，方载亲忙拽住她说："你这个当大姐的揽事忒宽。"

"我就这么一个兄弟，爹娘不管我还当睁眼瞎？"

"你管得了？"方载亲叹口气正经地说，"跟双传商量过，杰子近几年的事，该提了。"

安友会也是叹："横竖反正前后都不是事！好在有爹有娘，比起没爹没娘的是强一点儿。不过话又说回来，我兄弟不傻也不笨，只是心思还没有用在正道上。"

方载亲不愿多说，去院里拾掇墙根的朽木了。不一会儿田厚生过来说道起打井的事，没说几句生意上门，一通忙活后他感慨又失落地说："大脚，黑夜来喝几嘴酒吧……"

看着他蹒跚的背影，方载亲思索不出他要说道什么事体。

第三十章

在方家兄弟为家道门路做梦一般的铺垫时，我们的"老绝户"一闭眼也招来了梦。

他娶过俩媳妇。

头一个是田禾庄人，那女人刚过门就病死了，往生后娘家只当没有生养过这个孩子，不让进田家祖坟，而是葬到了崖右荒土岭，日久

最后的乡土

年深后情分已不再提,好比崖右的坡垴,集体时热火朝天单干后抛荒废弃,野草埋没路径顺势侵占了土地。那女人留给他的不过是"老绝户"的名声,但在内心的深处他仍旧当她是自己的女人,最近总在梦里寻觅她,或者说她时常闯到他的梦里来。在这样的梦境中,他往往分不清黑与白,也辨识不清崖右与北台——别人的黑夜,他的心时常去崖右晃荡,而在别人的白天他的身又流窜到了北台,几里路途并不好走,但对他来说不过是鸡鸣犬吠的一眨眼。

今夜,他游离出梦境反复推敲着人生道路的经过,并且像谋划未来般仔细地规划着过去。他在每个岔口都戳上路标,对应的主路是生活的衔接,岔道则是未遂念想的牵扯,最后发现主路与支脉殊途同归于悬而未决的今天,于是笼统地对"今天"进行了定义——"命运"。之后,他无限地怀想起了第二个媳妇。

这个改嫁而来的女人还是个病人,不同的是带来个小子,一个像是染了邋遢病症的邋遢孩子。捋摸到这重印象他突然很想见一见那个小子,那个小子叫出口的"爹"字他记忆犹新……

真是难为情。

与其说我们的"老绝户"在回想自己的人生,不如说他在追忆自己的女人。与其说他在追忆自己的女人,不如说他在念想自己的"小子"。是的,日子一旦和女人与孩子相关,那么光景就会成为忙活。你看,他在走地上走来走去的样子活像才顺老汉,当年怀揣栽树心思的才顺老汉也是这样子在房前屋后走来走去的。

一串想法,在走动时诞生——

他想去看那个小子。

想去找那个小子。

去接那个小子。

庄稼换过几茬他已经记不清,只记得那个小子的一双眼睛,扑闪闪的像他，就连眼洼里盛着的光影也像他。

看一眼去。

他的小日子里缺什么就给他个什么。

什么都缺，那就过来吧！

官街口的水井发现死猪时他刚想到这地步，不承想方载德进来说，叔，有事要你拿主意。跟方载德平素不多碰面，他开口自是排解不了的，于是问事体，方载德说："我想搬到北庄子。"

"盖新房？"田厚生知道是才顺老汉在几年前打发他来的。

"不知道钱够不够。"方载德叹说，"外人只说我风光，不够得去家业。"

"不为外人忙活。差多少？先借……"

"不是借不到。"

田厚生知道他来不是为钱上的事情，心想着才顺老汉说："你爹都估计到了。"

方载德看一眼东房黑塌塌的屋脊说："叔看着办。"

"黑夜，有空？"

"有。"

方载德走后他心里沉甸甸的，方载亲挑水时他没有言语，盘算良久才过来，正看到方载亲在滚朽木，还嘻嘻哈哈地说："我就在这打一眼，谁吃谁挑！"

"摸清水脉了？"

"前几年会子那懂风水的亲戚说西墙根同脉。"方载亲指画说，"那是影壁，叫人进家就跳井，呵！"

安友会掖着方永出来，放下蒲团说："人家说把大门口左挪三尺三，你一点儿风水也不讲究！"

"你说怎么挪？有必要为打井盖大门不？有必要为盖大门挪影壁

不？有必要为挪影壁移东房正屋不？有那闲钱我该盖房！"

"得多深？"田厚生打断了他们。

"怕得一丈五。"

"往深打，省得犯两难。正好把老井填了，家门口留个地洞不好。"安友会神神叨叨地说。

"会子对。"田厚生一直认为安友会是个有眼光的女人，现在看来不假，便瞧着方载亲。

"推钢磨！两口子磕巴什么哩？"一个女人推车进来。

方载亲笑呵呵地搬起口袋说："听说你们当家的可忙活了，又给二小子订下亲，谁家？"

那女人不答，和安友会说："满院蹦跶的是谁家少爷？"

安友会忙介绍方永，方载亲插话说："一百二十斤……给新媳妇裳衣裳？"

"推你的吧，不少一分，上回的窟窿也堵上。"那女人又笑着问安友会，"上回没见着，藏胳肢窝里了？"

"永儿，叫姨！"安友会也笑着说，"咱姐儿俩从他家论不远，从咱家论也不远，住的倒是远，可叫姨总比叫姑亲！"

"哎呀！今儿我这个姨吧姑吧买糖的钱没带够，下回有了叫。"

方永没有叫，生人面前显得乖巧，像丫头。

不一会儿方载亲磨好装车，那女人掏钱塞给安友会说："不多也不少。有工夫领小子去，咱另说。"

李学勤出来，看一眼回了屋，安友会则撑着送："好。行。再说。"那女人走远后她问方载亲，方载亲说："上上回咱多要了几分，上回她该着一块四，这回里打外磕一分不多一分不少。"

"如今这世道能这么守规矩就算仗义。"安友会说，"这会儿让你出工给人家上粪，你乐意不？"

田厚生忽然满是感慨地说:"凡事有规矩,也就有守规矩和坏规矩。仗义的人守规矩,但放进人堆里往往显不出来,可世道全凭这几个仗义的在支撑。"

方载亲听得没头没脑,只是"嗯嗯"地敷衍,而田厚生则怀着这份感慨不无失落地说,大脚,黑夜来喝几嘴酒吧……

田新凤经常往来后田厚生不怎么光顾那个小院了,今天走一遭但见满目凄凉。他心里生出隐隐的疼来,回身时说:"凤儿,后晌早点儿过去,做顿像样的饭叫一叫载亲跟载德。"对待方家两兄弟的这一场会面,他很慎重。

当晚方载亲和方载德聚首一处,在这个像是父亲的老汉家里他们陡然间客气了。这份客气,或许源自才顺老汉留在他们名字上的差别。就这样,三人严肃地围着炕桌,田新凤摆上酒菜后田厚生提起筷子说:"吃。"

"嗯,大哥吃。"

"嗯,凤儿也坐?"

"你们吃。"灶膛里的田新凤说。

"家里人知道来?"田厚生放下筷子直奔主题。

"德子先来,我见学勤跟平时一样,就跟会子说去大傻子家。"方载亲显然已经猜到了所为何事。

"一个先来一个后到,田厚生很满意,满杯酒说:"地皮什么价,你俩心里有数?多少地皮戳着多少家当,这你们清楚先不说。"转对方载德说,"二分多院子外带四间半老房……属你是不,德子?"

"嗯,也就两三分。"

"公至公的价,好地段三四百一分,带老家业折合五百出头。"田厚生填上烟锅看着屋外说,"他看得长远,想得也周到。"

方载亲和方载德都低下了头,灶膛里的田新凤也是一脸苦楚。

"都赞成五百出头,具体出去多少,我拿主意。"田厚生顿一下说,"我报个数,你俩认不?"

"认。"

"认。"

"公至公,少了德子添,多了大脚言语,这会儿先不讲兄弟情分。要都认,将来我烧个说法。"

"嗯。"

"嗯。"

"话不挑不明,理不掰不清。"田厚生试探着说,"一分五百一怎么样,要不再搭上三头五十?"

"好。"

"好。"

"没违心吧?我再说,一分五百一,公至公,行不行?"

"行。"

"行。"

"凤儿,拿笔。"

田新凤找出毛笔,又递来墨。

"这笔,分地画过押。"田厚生往砚台里滴几滴清酒,磨着墨说,"我只会写立字据的几行字,这辈子,足够用。"郑重地拟下合同,待两兄弟看完田新凤又递来了印泥,他却一股脑放到一旁拾起筷子说,"先吃。"

旁外话说得差不离墨迹也干透了,三人放下筷子,摁罢手印再看合同,"方载亲"和"方载德",确有一字不同。

第三十一章

方永能从一数到百了，比地里打滚街头撒泼的孩子懂得多，这是安友会的功劳。田厚生乐意听方永数数，几乎每天要他数一遍，数完会变戏法似的摸出俩糖块或者烧饼分给他和方爱。姐弟俩不对眼，即便一样甜的糖块也要分出个好不好看。这样的情分让田厚生费解，时常郑重地排解姐弟的纠纷。

方家挖井后更是人来人往的，安友会总担心冬天井台结冰后孩子们有个好歹。方载亲答应垒个高井台，但鼾声一起又整个忘死了，直到秋后看见了冬才正经地思谋起来：没有辘轳，吃水用绳拔，要垒就垒得结实又受用。好吧，先砌毛石，再抹洋灰，最后扣个盖子。思路理顺后剩余的只是力气活儿，他却懒得动弹，和田厚生一样有些腿软怕事了。

方军他们说搬走就搬走了，突然少了玩伴方永的脾气有些古怪，虽然在家依旧咋咋呼呼的，但生人面前却乖巧得像个丫头。这天家里有三两家生意，安友会见方载亲腿肚子上的懒筋凸着索性让他歇一会儿，他却看着外人面前拘束的方永心生隐忧，担心他将来成为安友杰那样家里的霸王外面的软蛋。田厚生来后方永欢实了些，爬上他的后背嘟囔起了节气歌。看到这份活泼他又对比起自己，心里话，小儿不算人，起码要长出一轮才能固定人性，于是起身去拤石头了。河槽里现成的石头是才顺老汉修影壁时从东坡墁摸来的，成器的已砌成影壁戳成了方家的门脸，不成器的栽树时填充了护堤，另一部分可用的则陈放着以备不时之需，如今真有了用武之地。拤过几筐，见院里多了老孙头，他正陪着田厚生抽闷烟，再拤几筐上手垒时听得他说："你说说，单干多麻烦？秋里使场几家子挤，西家的风放下来东家才能攘，北家的粮食要入仓还得南家腾过道。在队里，有这么多别扭？"

原先集体的稻谷场如今只能分块轮流用，有条件的干脆把自家院子杠成场，轮不上又没有条件的只得在马路边瞎折腾。入秋后大队会消停，方载亲和田厚生索性就在空荡荡的大队里收秋。如今的老孙头已然丢弃或者收藏了那顶熟悉的毡帽，头皮上的灰发匍匐着，服帖得像刚灌浆就被刮倒的庄稼，可太阳的光芒仍旧带给他一头说不清楚的荣耀。是的，他还在抱怨，一直在抱怨，仿佛熟悉的土地不是土地了，现在的庄稼也不是庄稼了。

田厚生逐渐不耐烦了——

老孙头！

一根筋没完没了，想唠叨个小队出来？

干脆召集小子丫头去折腾哩！

我倒是觉得这日子挺好，该种种该收收，想干干想吃吃，粮食看够肚肠饱……

"大姨姐，收电费！"刘志刚人还在官街话就进来了。

先前方载亲总和安家这个说不出怎么论来的姨弟开玩笑，一句"娶媳妇"能臊他三里远，现如今是怕他，总觉得他像打税的，每当为交电费或者买配件犯愁时他都得盘算安友会的私房钱。是的，安友会结余的活水总是在家计的维持上反复归零。

看过电表单方载亲心惊肉跳的，刘志刚则嘻嘻哈哈地安慰说："姐夫，花得多就赚得多，咱家的电费顶了田禾庄的天！"

"别人不心疼你姐夫你小子还开这么多度，不叫我攒俩给你买媳妇？你小子都三十了哩！"说话间去找安友会凑钱了。

趁两口子反复搜罗口袋时刘志刚递给田厚生一根烟卷说："今儿腰疼，有老方子治不？"

"你姐夫见天扛麻袋都不腰疼！"方载亲索性把口袋里的钱一股

脑全给了安友会，回头叫道，"只心疼！"

"疼是长肉刺。"田厚生在说刘志刚。

安友会好像不知道手里的钱已经归属别人，还在一张一张地捩钱角，方载亲止不住地摇头说："快打发了死小子去！"

"我就不招你待见，彩礼还得姨姐出。"

安友会不再收拾钱的邋遢相，递给刘志刚说："拿走，买媳妇去吧，买个好看的戴花儿的！"

在两口子眼巴巴的监督下刘志刚点验一遍说："我走啦！"

"等等……"安友会问，"其他家也买这么多度？"

"属咱家生意好！"刘志刚堵住她的心思又问田厚生要不要架线，田厚生摇着头说，"见不惯白花花的灯泡子烧钱。"

方载亲没有心思再侍弄井台，便招呼老孙头进了磨房。

田厚生脱身后回到自家，田新凤问他吃什么，他心想着老孙头说随你吧。田新凤这就架火烧水淘米下锅，又去地窖拿来土豆打算清炒一盘凉拌一盘。在锅碗瓢盆的声响里田厚生一声不吭地剥起了玉米，剥着剥着竟然剥出了田新凤的许多事情——他想起了接她过门的旧事，也想起了媒婆子上门的新情……想着想着心思就重了，竟然没有听到田新凤喊他吃饭。

饭吃过了。

田新凤做完家务去喂猪，喂过猪又来剥玉米。是的，我们的田新凤不敢过清闲的日子，她把手脚安排得异常紧凑，她害怕过去、现在和将来里的事情在清闲的心地里生发成年景，她渴望在忙活中解脱身心，因此把往来田厚生家看得异常重要，如同必经的仪式，能和太阳的起落相媲美。

太阳升起来，太阳落下去。

推完最后一家生意方载亲端着开水蹲在门口，安友会给他清扫后背时发现头了老孙头那样的灰发,便说:"脑子里不净省,光长稻稗子。"

"白头发?"

"苗还稀了哩!真是子随父相。"方载亲使劲地抓挠着头皮,安友会又打开他的手说,"德子不像你,以后少抓勤洗。"

"脑子里能洗干净?"方载亲盛碗哪个浇上半碗酸菜说,"要不黑夜早就洗成了白天。"

"不是你没挣到手,是全花光了,开钢磨比上不足比下有余更得知足。"方敬姐弟出去后安友会眼界里净省,心也敞亮了。

方载亲大口大口地嚼着,也盘算说:"这个月入不敷出,买配件是大头,除了厚生叔的老账,欠人家十块八块的也都还完了。"他觉得越是能挣窟窿越大,托着饭碗吃不下了。

"修东房的事再往后挪,俭省点儿,无外乎两三年。"安友会忽而叹道,"也不知道你哪来的底气,成天想着拾掇宅院。"

方载亲扭头看了一眼东房,没言语。

"德子更要紧。"安友会提醒说。

"我是这么想!可哪有?"方载亲真吃不下饭了。

"要不,先从我爹手里拿俩给德子?"

"你那个浪荡公子好兄弟,那谁给他牵了根红线,女方要拿山下的一处宅院当彩礼。"方载亲跺着脚指着房子说。

"置办宅基地加上盖新房,要求特别旁外,不过杰子也只能找山上的金枝玉叶了。"安友会一门心思地说,"年岁还不大就先吊一吊,看女方降不降要求吧,不降只能跟小会子凑份子。"

"德子的半处家业我都凑不出来。"方载亲索性撂下了饭碗。

"那你说怎么办……唉,钱。"

"车到山前必有路。"方载亲躲到炕上去思谋出路了。

是的,在钱的地界里我们的"方大脚"一直是"缺粮户"。其实才顺老汉已有先见,所以悄悄地给他留下了家底,他本想把这笔钱攒成东房的砖瓦以偿还父亲的心愿……

第三十二章

土地承包后干部们要亲自下地忙活自家的庄稼,因此收秋后大喇叭第一次发声往往会抻直人们的脖子。今年的吆喝开始了,田禾庄上空先是传来刘大民的计生政策宣讲,接着是王建国要求育龄妇女做检查的具体事项,最后是王二丫的名单宣读。

一长串人名全属二队,安友会听后陡然间变得失落,见方载亲吊儿郎当地掖着破皮带行走,便怒气冲冲地说:"没人推钢磨,闲,不去地里看看?"

"地里没活儿。"方载亲捋着皮带说,"剪条缰绳多好!"

"没活儿?庄稼自己能长像样?"安友会的眼界里仿佛尽是潦倒的庄稼,满是心疼地说,"这片倒了,那片发黄……缰绳有屁用!叫爹把牲口牵集上去,换俩钱,光钢磨能撑起家?"

方家没有断过牲口,再启老汉总帮着物色有赚头的毛驴或者骡子倒换手。安友会的话让方载亲豁然开朗,仔细再想秋后没有人使唤牲口自然行情不好,瞬间燃起的希望破灭后,车到山前的他只得苦楚地盘算父亲的遗产和遗愿……

"瞧你那德行!过不去了?真过不去就一了百了!"方载亲的一筹莫展更让安友会来气。

"忙你的去!我有办法!"方载亲像是墙角的骡子。

见这情势玩得怪好的方永不敢再动弹,恰好田学富家的背来半袋玉米，哄了哄便打发他去找田宝了。

方载亲缓了缓情绪，看看田学富家的身后说："傻子哩？不见人影，只见庄稼长得欢！"

"不放冻水不浇返青水也旱涝保收，青黄不接我们可财主哩！"田学富家的转对安友会说，"大喇叭叫唤，一块去？"

大喇叭又在催促，口气严厉多了，径直点明去做手术，方载亲这才明白安友会的无名之火，安友会也不得不痛下决心，把着田学富家的说："横竖有一回。先不说国法，单凭跟二丫的交情也不好再拖延。"

"跟傻子商量好，别再不过光景了。"方载亲张嘴就臊。

安友会瞪他一眼，和田学富家的去打探情况后方载亲推完玉米又拾掇起缰绳来。这时候田厚生来了，站在身后悄悄地看着他。今大来方家不同以往，他揣着想法，想借给方才顺大小子些钱，好让这些钱赶快流进方才顺二小子的口袋。撮合两兄弟容易，但牵扯到的钱不是一顿酒饭所能解决的，因此他决定再拉扯一把方大脚。安静地看了好一会儿他开口说："别说骡子，牛也扯不断，几个人的地是得换头牛掖扯。"他以为方载亲有买牛的打算。

"牛？养不起！胃口更大。"方载亲本能地摇着头。

"胃口大力气大，磨房旮旯的糠粉不够吃？带犊儿也够。"

现如今各家各户各忙各的，有力气有本事就活得轻省。每每想到白家俩劳力仨孩子外带磨房方载亲都觉得屁股帘子糊不住门，如果有头听使唤的耕牛，如果每年再产一个犊子……

田厚生捋摸着烟杆开导说："世道、年景和家境跟你爹在时不一样了，他走以后你光顾忙活没顾捋摸，不只是少个靠山。载德立了户，你得想你的光景，要不攒俩钱买上它？"

田学富从影壁后头绕进来，看上去很像老孙头，没入冬就抄上了手。方载亲见他袖口掖着一根血迹斑斑的布条,便问:"搞副业,拉了口子?"

"闲在了。"田学富递来了电费。

方载亲装起钱又问:"你家里还得去?"

"去……还得去……去吧。"田学富在笑话自己。

方载亲不想再臊,提来暖壶喝起了水,喝过几碗后气氛有点儿尴尬,田学富便臊方载亲:"队长,小舅子要结婚是不?"

外人说道安友杰不务正业已经够受的了,现如今还要提盖一处宅院"换媳妇"。方载亲知道安友会要管事,所以只剩下了苦笑:"就他一个。"随后岔开话题问田学富女人做手术需要几天。

"一两天。"田学富觉得没有说明白复查的时间,又补充说,"手术做完回家养着,一斤鸡蛋一天一个地吃完,一瓶水蜜桃罐头一天一口地喝完,差不多就该复查了。"

一两天的家务能对付,方载亲想到了方敬。大人在必要时想到孩子帮忙那孩子才算懂事,但方敬还是不懂为什么去学校,好歹念完五年级死活不想上初中,安友会动过手她才扛起书包。

没一会儿田学富走了,方载亲便和田厚生进屋说话,田厚生竟然上了炕,开口便说:"大脚,如今世道宽敞家道也有奔头。人和牲口一样,天生的掖扯命,一年三百六十五天,哪能都是些遂心遂愿的事情?眼时不比过去,地清楚人轻省,多条门路忙活日子才显得长远。表面上看,人跟人没有区别,都是两条腿走道一双手刨食,根本不同在人心。心眼活泛,又能受罪,这才能有活路。你说,是不是这么个道理?"

方载亲不言语,只觉得说教熟悉。

"为钱遭难一时半会儿,你说,还差多少?"

方载亲明白了他的来意,忙说:"下月刨除电费,要是没意外,兴许攒下俩。"他不忍心变动父亲的遗愿，也不忍心使唤田厚生的老本，他知道钱只要不是自己的都会有用处。可是，尽管眼下的缺口不大，但一时挣不来，尽管方载德没有开口催，但他心里还是过意不去。是的，在兄弟需要本钱成家立业时，做兄长的别说还钱，就算四处借债去帮扶也是应该！

"这两年卖猪攒下俩，没处花……三百，不多。"

田厚生把钱放在炕沿，装上一锅烟自顾自地抽起来，而方载亲则低下了头，他的心里五味杂陈，只觉得一把镐两把锄已然招架不住生活。是的，在孩子们接二连三地长大之前，他已在内心为家道戳下了路标：一是修缮正房了却父亲的念想，二是盖起宅门和院墙让夜里睡得安稳，三是保证磨房在竞争中存活得更好……

"先尽德子。"田厚生已然下炕，来到院里对着影壁说，"过到这地步，他知足哩！"

看着蹒跚而去的背影方载亲心头涌动起一股暖流，他忽然想起了父亲提及的家事，仿佛看到了田厚生陈年往事的概貌——

方载亲小的时候，人生还是一片空白的时候，我们的厚生老汉已然经历过人生的挫折。第二次大难临头时方才顺过来找他，想和他说说话谈谈心。

那是一个早春的寒夜，方才顺来后第一眼就看到了他，第二眼看到了空荡荡的屋子，第三眼看到他就坐在这个空荡荡的屋子里。屋里已经空无一物，炕上没有棉被，缸里没有粮食，灶上没有铁锅，就连家具也只余下一张供奉祖宗牌位的破方桌。

这个家像是刚刚被洗劫过。

田厚生知道来人是方才顺，先是号啕大哭了一顿，然后头也不抬地说："哥，她走时没有死，还有一口气，只是看起来像是死了，其实是睡着了。"

"嗯。"方才顺把一碗饭食放上了供桌。

"他们像死人一样把她拉走了。"田厚生突然扭头看向方才顺说,"他们肯定不治的。"

"嗯。"方才顺蹲到了他身旁。

"那个小子也走了。"田厚生慢慢地低下头去,像是在自语。

"留不下。"方才顺也坐在了走地上。

"被拽走的,走时就扶着车帮看着他娘。"田厚生猛地抬头望向远方说,"到苗洼台,肯定是他搬着车轮抬过去的。"

"剩儿,你饿不。"方才顺叹了口气。

"我不饿。"田厚生摇着头说,"我心里堵得慌。"

"剩儿,你冷不。"方才顺又叹了口气。

"我冷。"田厚生这就起身去院里,不一会儿抱来一搂干柴,就在走地上燃起篝火说,"哥,你知道吧?"

方才顺愣了一下说:"我知道。"

田厚生紧盯着烈焰说:"他们急着把她拉走,是想埋进他们的祖坟,跟小子他亲爹埋成一堆。"

方才顺点点头说:"我知道了。"

"我没有拦,拦不住人更拦不住心思。"说到这里田厚生仰天一叹,瞅着黑黢黢的房梁说,"头一个,她爹不让埋进我家祖坟,也不让埋进他家祖坟,就扔在了崖右的荒土岭。"

方才顺这次没有接话。

"以后,再也不做难为情的事了。"田厚生看着祖宗的牌位苦笑着说,"我家祖坟,竟然埋不进一个女人去。"

方才顺还是没有接话,见他不再言语便端来饭食,紧挨着他坐下来说:"剩儿,人活着,从生到死,本就是件难为情的事。要不……你认下载亲吧?"

篝火渐渐地小了，直到方才顺离开田厚生都没有再说一句话，他的双眼最后扑灭了余烬。

——我们无法深入田厚生当时的心境，对于方才顺的提议，或许他觉得已无关紧要，或许他觉得已无须计较口头上的名分。但我们知道，此后才成为"老绝户"的他心里一定揣着沉甸甸的难为情，诸多的难为情，方载亲不过是今天才明白其中的一件——为什么他时常过来走动，为什么他时常提及父亲，为什么他时常伸出援手——因为两家有过认亲的难为情。

面对生活里难以为继的交情，方载亲来不及深思，他的眼下与将来排满了事情，家庭、生意和庄稼，每一件都要他精打细算，每一件都要他深谋远虑……

第三十三章

方敬是个自尊心很强的人，不愿意在学校抛头露脸，站队时故意矮着身子。今年洪城乡的小学毕业生不多，继续念的更少，乡中招不满她才凑名额，开学一看还是"头羊"，回家就说丢人丢到了乡里。安友会不管不顾，甩一句，给我念满它。可是当她做手术走后方敬就扔了书包，更情愿在家做饭。方载亲知道她念不出名堂，但也梦想着成为"大学生他爹"，心里试着摇摆两步，熨帖。

虽然家务活儿方敬做得利落，但烙饼的窍门还没能掌握。今晚烙的饼模样不好，刚出锅方载亲还是撕半张蘸着蒜泥大嚼一通，噎得脸红脖子粗时便唤方永倒水。方永倒一碗给他，他细嚼慢咽着现场指点起来："烙饼最讲求和面跟火候。面要和筋道，油要抹均匀，面团再拧三道劲。擀面团时补面不能太多，面皮不能太厚也不能太薄。再就是下锅，热锅勤翻，火不能大又讲求稳。这样出锅的才叫烙饼，会有一层层的软和。"随即扑哧笑道，"你娘烙饼，随你姥姥，爱忘放盐。"

火确实大了，方敬便踢方爱的板床，方爱撤出几根火又使唤方永："死小永儿！抽把麦秸来！"

方永在嚼烙饼，只当没听见。

"光记吃不记打，快去！"方敬摆出了大姐的架势。

方永就是不动弹。

方载亲起身说："我去，你们趁热吃。"

这话惹得方敬不高兴，撇撇嘴说："爹，我娘随我姥姥，我看你也随我姥爷哩！非惯他个摆设不是？"

方载亲拉下脸后方永才肯动弹。是的，孩子们已然忘了他这个爹的威严，其实他也早忘了才顺老汉耳提面命的管教，如今只记得垒影壁时那带着倔强的坚持与忍让。

方敬忙活半天和安友会一样烙下四张饼，吃得精光后又使唤方爱刷碗。刚才一直烧火的方爱不乐意便转嫁到方永头上，方永自然还是不动弹。见大懒使小懒懒到了一根筋上，方载亲打算动手时听得安友杰叫："大姐夫！我大姐不在？"

安友会在家他很少过来，此刻方载亲不知他来意，扔下锅碗瓢盆说："去医院了。"

安友杰径直走向锅灶，方敬得意地说："下回来早点儿，今儿屁也不剩了。"安友杰说她没大没小，方载亲也说她，"你娘在家，你敢这样待你小舅不。"转问安友杰什么事体。

安友杰灌瓢生水说："想去找舅，找点儿活儿干。"

方载亲心想那是老东北，马上入冬别说干活儿，单是养膘你都嫌冷，转念又想，安友会听到如此正经的打算后定会支持，便正经地思量说："先不说养家糊口，单是闯荡一下也好，不过你得吃得下那份苦才行。"

"你从大姐手里抠俩脚钱,够到就行,就说我去忙活。"

"光路费……是不?"听到钱字方载亲脊背发毛。

"多了你有?"安友杰在笑他。

方载亲也被自己的失态逗笑了,转眼硬起头皮说:"哪都不养闲人,要干就干出个名堂来……"

安友杰不耐烦,所以走了。

不一会儿再启老汉拿来一张牛皮纸,要方载亲给大舅哥写信。方载亲这才知道八字没一撇,另找张纸思量说:"放心他去?家里怎么着都好说,外头可都是外人,做人做事都得看眼色。"

"不让去就闹气,黑夜又砸了一口锅,我和你娘都不敢言语。"再启老汉盯着走地说,"去吧,好歹叫你舅管管?"

自己的孩子寄望于别人管教,这本身就是笑话。方载亲没有说三道四,只觉得有必要和安友会商量,打发走再启老汉他心烦意乱的,总觉得有什么歹事要发生,但是拼命想也没能想到心慌的来由,索性洗掉锅碗瓢盆躺上了炕。稀里糊涂睡着时方永撒着吆挣钻进了腋窝,他迷迷瞪瞪地拍打了半天,可方永还是睡不安稳,于是把他抱到身上像安友会那样反复地哄着——

狼来了,狗来了,猫儿背着虎来了……

当他的哼唱变成鼾声时外面的世界已分外宁静,晚晴的夜空里没有一片云,幽邃天幕里的星星格外高洁,忽然远处传来一阵草虫的私语,间杂着的似乎是才顺老汉的哼唱——

狼来了,狗来了,猫儿背着虎来了……

他惊醒过来,捉摸不透才顺老汉为什么进入他的梦境,怔了好一会儿才抻开灯,盯着方永看时心想安友会肯定做着同样的梦。

今夜的安友会根本没有做梦,她无法入眠,而田学富家的与同去的女人们则睡得踏实——是的,她们觉得,凡事要像男人们那样随大流,因此她们的身体也应该追随着土地来一场"变动"。

同一个清夜我们的"老绝户"也做了梦,或者说他的女人们又光临了他的梦境。当两个女人前后脚经过后,那个叫过他"爹"的小子也急匆匆地赶来了。

三个人的轮番来去撑开了他的梦,于是他醒了。

他醒来的过程,不似方载亲那般仓促中带着惊慌与疑惑,而是简单地睁开双眼,看上去眠梦好似发生在眨眼之间。这种本领让他拥有了接续梦想与现实的能力,好比睡前想吃饭,梦中吃过饭,再醒来便饱了,或者说梦中看到崖右,再醒来非要走一遭不可。

今夜梦里有事发生,醒后他燃起油灯便下地行走了。

他在走地上来回行走,他在房间里来回行走,从又高又远的地方看过去,他好像正背着他的房子在田禾庄来回行走。他一步一步地来回行走肯定是在寻找什么,肯定是在思想什么。

如此的寻思让我们大感不解。

是的,人世间再没有谁如他这般乐意寻思了,日复一日。年复一年,他的寻思究竟度量过多少里程?

好吧。

我们算一算他的思量——

分财主赵家田地时,他两跨一步、两步一丈,每丈行走耗时两秒。成人至今三十年,平均来算每丈的行走耗时三秒。

这三十年中,他留在家里院外与田间地头的行走,每个日夜少说也有两个时辰。如此来说,他每天用于行走的时间是一万四千四百秒,一年三百六十五日,那么他寻思的里程便是一百七十五万两千丈——

思量三十年，五千二百五十六万丈！

三十五万零四百里。

好吧。

今夜，当他思量过七千两百丈后，他的寻思有了结果。是的，他想去找那个叫过他"爹"的小子，他想去看那个叫过他"爹"的小子，他甚至想去接那个叫过他"爹"的小子——好比春天种下的庄稼，夏长时节总要隔三岔五去地里看一眼长势。

早上田新凤过来时油灯还亮着，摇曳的火苗有些倦怠，像窝在角落的老狗。她并没有吹灭它，而是挑开灯芯，任由它亮着。

"凤儿，我琢磨了几宿，想出一趟门，有点儿事得走动。"田厚生摁着烟锅从什么地方回来了。

"去多大一会儿？"田新凤舀水淘米准备做饭。

"三五天。"田厚生把灯火吸进了嘴。

"我看家。"米下进锅，田新凤坐进灶膛捡把细草，探身从油灯上引下火来。

"兴许当天去连夜回。"田厚生吐出灯火说。

"很远还是很急？"田新凤拨开头发，低头吹着灶火。

"不远。"田厚生又说，"也不急。"

田新凤只"哦"了一声。

"凤儿，你说拿点儿什么见面礼？"田厚生嘬一口烟，觉得烟嘴有些堵，便找来针锥捅，却怎么也捅不准，只好递给田新凤。

田新凤对着灶火清理着烟嘴说："得看咱家有什么，得看人家稀罕什么。"

"算了，到了再买也不迟。"田厚生换了一根烟嘴。

"这就动身？"田新凤觉得他还是有些急。

田厚生狠嘬几口烟又慢悠悠地说："再想想，想想清楚。要跑，就不能白跑。"

递还烟嘴时田新凤见我们的"老绝户"正盯着炕头出神,像是在找寻什么。是的,她并不知情——就在这条火炕上,当年睡着一个奄奄一息的女人,她把自己睡进了破棉被,她把自己睡上了毛驴车,她把自己睡回了算是"娘家"的婆家。

第三十四章

安友杰的东北之行,安友会是赞成的,手术回来得知事体后便让方载亲给舅舅写信。入冬后舅舅回信说在煤矿安排了活儿,长长的几页尽是教诲。

临行前安家人聚首一处,商量给舅舅带些见面礼,商量来商量去发觉田禾庄已无像样的特产。是的,大米、白面和玉米不再稀缺,而大枣、核桃等山树小队拆分后已经无人管护,能拿得出手的无非是王家林场的苹果。当晚,方载亲跑到王建立家挑了三十斤麦的苹果,端回来发现他们还在纠结特产,便说:"就拿苹果吧!"

再启老汉拿起一个又大又圆的苹果,掂量掂量对安友会说:"你舅肯定想着苹果哩!当年闹鬼子打游击,他常年钻在山里,野果子救过他的命哩!"

安再启家的也拿起苹果端详着说:"杰子,好不容易去一趟,问问你舅什么时候来老家看看?"

再启老汉夺走她的苹果,扔进簸箕说:"多大年岁了,东奔西跑还没够?回来干什么,咱农村有的人家城市只多不少。"转对安友杰说,"别听你娘,去闹革命吧,跟着你舅去闯荡吧!"

安友会扑哧笑了,说:"谁家天天闹革命。再说,当年你怎么不跟着我舅去闹革命哩?"

"爹娘谁管哩？庄稼地谁种哩？总得有人闹活这些吧？要不拿什么闹活革命哩？"再启老汉接连抛来四个问题。

安再启家的把目光移到了水缸上，叹口气说："十几岁扛大枪，提着脑袋拼刺刀，一连跟小鬼子干了好几年。"转对安友会说，"你舅那样的人，很少有。"说完瞅起了再启老汉。

"你娘对。你舅不是寻常人，我比不起！"再启老汉抹把脸又说，"打我记事起，咱田禾庄也只出过仨人，还出了个前后脚，他一个八路，人家一个红军，财主赵家一个国民党，中央委员。"

方载亲点点头说："外地人闹革命的多，崖右教导团烈士墓里埋的，听说全是外地口音。"

"当年教导团，在崖右下面的山沟里遭了小日本的埋伏，没有一个人活下来哩！"再启老汉转眼看着安友杰回想说，"那几天真瘆人，大白天野狗就往村里叼尸首，黑夜村边全是狼叫。"

安友杰没有多大的兴趣听，安友会心想着那惨烈的场面说："最终，谁把他们埋了哩？"

"日本兵回洪城后咱村偷偷埋的，我还扛过大腿哩！"再启老汉格外动情地说，"怕被小鬼子发现，大伙起大早背上崖右坡头的。"随之分外凄楚地在走地上比画说，"挖条深沟，把尸首扔进去，把土盖严实，把地面弄平整，再种上石头草，后来你舅的游击队做了记号，解放后才立的碑。"

"咱村那道沟，那头是崖右坡，这头是苗洼台，要么种庄稼费劲，要么干脆不长庄稼。"安友会叹道，"种的都是人。"

正满嘴大嚼苹果的安友杰冷不丁举起小刀说："小鬼子再敢来，你看我弄死它不！"

方载亲一拍大腿说："嘿！外甥傍相舅看来不假哩！"

"娘，明儿我再换点儿香油给舅捎过去。"安友会一门心思地说,"苹果是甜的,香油是香的,都该给舅尝尝。"

"够了哩!"安友杰制止说,"几千几万里,想累死我?"

"刚还夸你有舅的好血性,转眼又不懂事理!"安友会气呼呼地说,"我看你就是狗脾气,不宜搭理!"

方载亲笑哈哈地瞅着姐弟俩,待安友会骂完不骂了才说:"杰子,比起正经闯荡来找媳妇算不上紧要事了。家里有你大姐,你要出去就塌下心来好好干,别去十天半个月就想着往家跑!要是只为糟蹋这俩路费,不如不去!"

安友会接下话题,看着小橡畅想说:"咱不当逃兵,起码得干一年吧?起码得挣个千头八百的吧?要是干得好,说不定就留在舅身边了。到时不是媳妇挑你,是你挑媳妇!就算……混不下去,即便再回来,你也长了见识更懂事明理知道为人了。我哩,一求你善待爹娘,二求你知道忙活,三求你……"

安友杰不乐意听,抠起了耳朵,方载亲便说安友会:"他亲大姐少想点儿,咱不做白日梦,这只是个忙活。"

久不言语的安再启家的来到月份牌前,见是"1984"年,凑近些认出了"小雪"二字,又蘸口唾沫捻完余下的几页说:"过完年再走不行?"

安友会也觉得刚才心里想的和嘴上说的都挺离谱,想到安友杰往日的胡作非为她怒不可遏,便对安再启家的说:"还宝贝他?那你得多准备一口锅,好叫他过年砸!"

在安友会的怒视下安友杰躲去了院里,他把半拉苹果扔进了黑夜,心里话,我安友杰,就他娘闯一年试试哩!

安友杰如愿成行。

方载亲送到冀中市后不放心,要往北京送。安友杰看着高楼大厦说,回你的吧,省得大姐唠叨你半宿。方载亲便去电报大楼打电话问舅舅,舅舅说,让他自己来!方载亲只得领着去买票,吃饭时又嘱咐转车的注意事项,待送走后天色已黑,踌躇半晌才拿出当年拉秆草的勇气,连夜向着田禾庄走去。

半夜北京转车还算顺利,但孤零零的行走和遍地的陌生让我们的安友杰丢失了在家的随意与任性,按方载亲所说,他蹩手蹩脚地窝在寒冷的车厢连接处,嚼过几口烙饼竟然睡着了。凌晨时分列车员踢醒他,查票后告诉他有座位还临窗,待一路问过去发现已有人在,看光鲜的衣着大概是城市人,他想了一下才鼓起勇气说:"我里座儿……"竟然再不知道下句话该怎样说。

"你……里……座儿?不照照镜子,傻了吧唧的土包子配有座?"城市人迷瞪着眼在学舌。

手足无措的安友杰想起了方载亲的嘱咐,没理的事不干,有理别太吃屈,也想起了安友会的告诫,出门长心眼,得过且过别愣充好汉。他不知如何取舍,眼前撇着洋腔的人真是个刺儿头。

"你逃票吧?过来说你……里……座儿,人话都不会说还配有座?我问你,'里'是什么意思?解释清楚不是你……里……座儿我也让它是你……里……座儿!"

备受委屈的安友杰只得掏车票,不小心带出了苹果刀,就掉在城市人脚边,白刃还发着寒光。城市人瞅瞅刀,再瞅瞅安友杰说:"是你……里……座儿,我让给你坐好不好?"

安友杰捡起刀扔上小桌,坐下后看着奔驰的夜色起了行思:我×你娘,你个王八蛋欺软怕硬,老子连老子都不怕还怕你?白刀子进红刀子出,捅不死你个王八蛋!想着想着他得意地瞪着城市人,直到把他瞪扭了脸。得胜后的他仍旧是一副若有所思的样子,瞅着窗外一晃而过的灯火和远处不甚明朗的天际线出神。

在这趟列车上没有谁认识他,他也不认识谁。倘若有个熟悉的面容突然出现,再喊一声"杰子"或者轻拍一下他的肩膀,头一次出远门一下子成了寻常人的他,会怎样应付?

我们试一试。

我们喊他一声"杰子",还是拍一下他的肩膀?

——安友杰猛地扭过头来,嘴巴是张着的,眉毛是挑着的,拳头是举着的,而凌厉的眼神像是在问,谁打我哩?

我们不过是拍了他一下,轻轻地并非恶意地,为什么他认为是在"打"他呢?我们该对这位年轻的农人说些什么呢?

就在我们不知所措时邻座一位长者笑呵呵地看他一眼,他这才把头扭了回去。事态平息后我们至少知道了两件事情:他没有注意到我们的存在,他仍旧在和城市人怄气。是的,从出门到现在他没有惦记家里的人。换作其他庄稼主,头一次出远脚又遭遇如此的憋屈事,定会想起"在家千日好,出门万事难"的老话和亲近的人。

好吧!

我们换一张亲近的脸,就"打"他一下!

——安友杰再次端上刚才的面容,随后看到了再启老汉。

他站起来说,爹,你怎么来了?我们说,不放心,怕你惹祸更怕你吃屈,下个站就走哩!他不无得意地瞅着城市人说,别人欺负我得先掂量掂量哩!城市人看到冒出来的老农人便得意地笑了,像是在说,一对土包子,老废物还算老实,小王八蛋真不是东西。

他感受到了侮辱,觉得我们的到来打消了城市人对他的顾忌,于是埋怨我们说,别没事找事,爹,你赶紧走!说着说着把我们向着车厢连接处推去。我们边找地摆脚边说,不放心你,送到就走哩!可他还是一个劲地推搡。

我们只得拿出安友会的脸,义正词严地斥责他,爹这么大年纪,禁得住你左一把右一把？不放心你，送到我就跟爹走哩！

哈！

一脸不解的安友杰只得呆呆地听数落。

我们把再启老汉送回座位，动情地教训时满车厢的人都在起哄。他只得听着，觉得所有人的目光都是刀子，挂不住脸时便翻脸犟嘴道，在家老说我，出门走了几千里都没事，你们不放心什么！说着说着一把拽走再启老汉，连带着安友会一同推搡起来。

我们不得不拿出方载亲的脸，大喝道，你小子跟谁使牛劲？他是你亲爹，她是你亲大姐！你当有一身蛮劲就是大人？我一路小跑回到家，可他们都不放心，大伙紧追慢赶只为送送你！你还有没良心，想把他们推下火车摔死哩……

安友杰蒙了。

正这时远处传来方永的哭声，我们倏地一下地遁了——

尖厉的刹车声惊醒了我们的安友杰，他看看车窗，早已结冰，再看看窗外，已是冷清而又单薄的黎明。

第三十五章

接连数月安友杰音信全无，半年后安友会扛不住便让方载亲写信，舅舅的回信只有一句，你们不要再操心他了。于是安友会不再当紧盖庄客娶媳妇的事，只是隔三岔五去娘家看一看老两口的需用。方载亲也把全数心思给了家道，朝着既定的路标埋头苦干着，只是偶有闲暇时说，三岁看到老一轮定人性，我看走了眼，你兄弟是浪子回头。安友会笑眯眯地说，他属姜子牙，大器晚成。

在按部就班的时间里人们一丝不苟地忙活着，入冬数九后的一天黄昏安友杰毫无预兆地回到了田禾庄，安家人匆忙为他接风洗尘。看着一身的劳动服和满脸的成熟相，安友会径直说："呵，咱家也有工人了。"

安友杰嘿嘿地笑了一下，没有说什么。

方载亲猜想着他的这一年找话说："过完年，初几走？"

"走？"安友杰一脸的不解。

安友会赶忙怨一眼方载亲说："刚到家，年还没过，走什么走。"可是再看安友杰的反应她不得不又问一遍，并且追加了一连串的疑问，"杰子，过完年初几走？工作累不？一年怎么连封信都不写？舅舅好不？舅舅说过什么？"

安友杰随后的话和他的到来一样超乎所有人的预料，也让喜兴的接风变了滋味，他是这样说的："走什么走！说是去一年，这会儿一年到了头。"

众人顿时瞠目结舌的，是方载亲最先反应过来的，他反应过来后没有说道任何话，而是直接回了家。是的，他觉得今年回来的安友杰还是去年那个安友杰，和那个安友杰他早已无话可说。事实上我们的方载亲又错了，今年的安友杰不再是去年的安友杰。当晚安家人围绕着"安友杰"吵闹了一通，而安友杰不愿意承担他们希望破灭的责任，所以一走了之，于是从第二天开始人们看到了一个新的安友杰。不几天新安友杰就成了田禾庄的风云人物，与当年的邂逅不同，人们找他不为庄稼丰产，而是玩牌九。这年头在田禾庄找几把好腿实在不易，尤其是逢赌必到又输不赖赢不催的。

面对这样一个安友杰，在一九八五年最末的一个多月里安友会失望至极，她总算明白了舅舅的那一句话，她总算体会到了舅舅身心的无奈与情理的难堪，当然她也没有脸面再给舅舅写信询问经过或者表达歉意。而在一九八六年春节到来前的一个多月里，我们再启老汉很快习惯了新的安友杰，他觉得安友杰本该是这样，即便这一年人在田禾庄也会长成这样。是的,这样的安友杰才是他一手带大习以为常的安友杰,如同地里二五眼的庄稼。

年三十再启老汉早早下炕取来冻肉,磨好菜刀打算煮一锅。二十斤肉,少一半是年集称的,多一半是俩丫头送的,半是后墩半是腰身。安友杰下炕后闻着肉味来到灶台,掀开锅盖问怎么还不熟,再启老汉则一脸和善地说:"起小你就嘴馋,过年就守着锅台,有回半夜肉煮熟了你也睡着了,还是你娘撕给你吃的。"说着说着伸手比画道,"一口气吃了仨肋骨条!"

"赶紧煮你的吧,火都着出来了。"安友杰不耐烦地说,"一会儿家里来人,吃完你们赶紧走。"

安再启家的端起糕面说:"还没蒸年糕……"

再启老汉这便张罗起锅碗瓢盆,一家人刚啃过一根骨头就听得街上传来脚步声,安友杰连忙吩咐安友兰端走肉盆,转身朝外喊道:"安征禄、陈小三!带牌九没有?"

安征禄等人进来直奔汤锅,边搅边舀边喝着说:"赶上喝汤了!"

安友杰忙拽他们进屋,搬来饭桌说:"爹,擦擦,擦干净想干什么干什么去。"安再启家的要擦,他却说,"叫我爹擦!"

"我?"

"你,擦桌了,擦干净。"安友杰使了个眼色。

再启老汉明白了,他是想把家里能吃能喝的"擦干净",他家的却牢骚满腹:"叫我们走,过年谁家愿意……"

"给你两块钱,北台老王家顶点,一帮老家伙一分钱一锅,够输一年了!"他真给了两元钱。

"够割二斤肉了。"安再启家的攥着钱说。

"那去割二斤，反正别在家当混脚。"

"你妹子怎么办？"

"她得干事。"安友杰想让安友兰烧水伺候，顺便收头钱。

再启老汉又明白了，披件黑羊皮袄拽上他家的，边走边嘱咐安友兰："老实待家里，火没撤，饿了吃。"其实他这个丫头除了挑水根本不会出门，每日在家只是随着学校的钟声作息。

出得家门老两口沿北庄子行走，走着走着到了村口，再往前是河滩，看不到出路的安再启家的起了唠叨："过年谁把外人往家里领？说不定得折腾几宿，咱往哪躲，河滩过去是大河。"

上冻的河滩了无生气，一块块田地紧挨着紧靠着，像是在取暖。再启老汉默不作声，任凭他家的把牢骚撒进地，到自家地时他刨开麦垄，挖几粒麦芽看了看说："年景差不多！"

"没瘪吧？好，开春说长就长哩。"安再启家的显然忘了刚才的牢骚也种进了地里。

实在是过年过节，实在是无处可去，安再启老两口戳在冬日的河滩踌躇良久才回身朝方家走去。

过年有太多家事，谁都不乐意替别家忙活，可是行事磨蹭非赶在年三十推糕磨面的一旦来了还得照顾情面。安友会放手方载亲去忙活，独自领着方敬和方爱做饭，直到中午方载亲才抽空帮着劈柴，一家人正忙得不可开交时眼尖的方敬说："姥姥姥爷来了。"

安友会一怔说："推什么先撂下，给你们挖……爹？"

再启老汉闪烁其词："没事没事，过来看看。"

"娘？"安友会警觉起来。

再启老汉使个眼色，他家的却一口气全倒了出来："你兄弟把我们撵出来了，叫去顶点儿，也不知道他一年挣了几个钱，成天推牌九，连个安生年都过不好。"

"爹，到底怎么回事？我兄弟把你们怎么了，你说！"

"没事就是没事，你兄弟给两块钱，叫顶点儿……一分钱一锅，能顶一年……别没事，你放心。"

"我妹子哩？"安友会转身气呼呼地唤方敬，"死敬子，把你小姨叫过来！"

方敬来回小跑找来安友兰，方载亲问："你哥当钱哩？"安友会紧跟着问，"在咱家？几个人？"

"刚开始仨，这会儿一屋子。"

"满满当当哩？"安友会揣摩着问。

"炕上六七个，炕下……数不清了。"

安友会问方敬，方敬点过头后方载亲说："不得把炕踩塌了？"

再启老汉说："开春另盘，不怕。"

"倒是会盘算！今儿是炕，明儿不得是你脑门子？"

"小声点儿，街上都是人。"安再启家的苦楚地说安友会。

"嫌丢人？你老俩早丢了一世界。由着他败家，炕踩塌没事，房子当了也没事？到时你俩不是躲一天，看你们去哪住！"

方载亲咽下一口恶气也说安友会："过年哩，你不想过人家还想过。光是说顶屁用，过去看看！"

安友会夺门而出，方载亲跟出去正碰见田厚生，田厚生问罢情由连连摇头。

安家赌场里，谁都不知道安友会是怎么进来的，安友杰把钱藏进炕席后首先开口说："过年不让你兄弟玩？这把要赢……"

"就你知道玩？就你知道熨帖着来！"安友会扔了牌九。

"我给爹娘钱了，不够输再给！"见安友会伸手要打，安友杰躲开又犟道，"没说不让爹娘熨帖！"

"这个家有你一份还有我一份，你二姐你妹子也有一份，你不让爹娘过熨帖年我们让！就算全是你的，可爹娘毕竟是老人，大冷的天……你真是狼心狗肺！"安友会气息难平。

"我什么时候说不让他们过熨帖年？"

"今儿你把爹娘赶走的哩，你得把他们请回来！以后少给我玩这败家的牌九，这个家不属你、不属爹，属娘、属舅！"

众人已收好钱和牌九，嬉皮笑脸地绕过了把门的方载亲，脸色铁青的方载亲临了抓住安征禄和陈小三说："你们记住，以后不许找他，更不许来家里赌！"

"我们不找他，是他找我们哩！"

方载亲毫无办法，再看安友会被气得找不到话便质问安友杰："满打满算才一年，年根子还没输完，你到底挣了几毛几？"算账他在行，但架不住安友杰死活不说。

"我给舅写信，问你挣下多少。你知道后果，这么下去没人再帮你……估计舅也不会再搭理你。秋里我也不给你一袋粮食，不种地你吃个屁！"想到家里的爹娘，想到灶火上的油锅，安友会瞪一眼方载亲赶回了家。

方载亲不说废话，自觉坐够了时间抬脚就走，再回家见炕上的再启老汉正笑嘻嘻地给方永讲八路军教导团的故事，饭菜摆好后他才下炕说："杰子就啃了几嘴骨头。"

"还啃了你几嘴骨头？他不来我不请！"安友会气得牙疼。

"毕竟是你兄弟，毕竟是过年。"安再启家的起了可怜。

"我不准你找！来就吃，不来不请这个神！"

再启老汉边往外挪边说："我不找他，我找他干什么……我回家……只是写个家信帖再上个供奉。"

安友会没有阻拦，可再回来的，只有再启老汉。

第三十六章

太阳一旦照耀安友杰,影子就会遮蔽方永。

安友会信奉外甥傍相舅的老理,每当看到安友杰不成器的苗头,每当安再启老两口来搬请救兵,她总要先警醒方永,让他知道长大后不该成为什么样的人。其实我们的再启老汉也应该成为榜样,只是田禾庄人都不在意这个歪装爹罢了,若说还有谁在意这个歪装的摆设爹,恐怕只有田厚生。

年三十旁观过安家和方家的热闹,田新凤走后我们的"老绝户"也在意起了人间冷暖。他认为,小子顺着老子的模样和德行活才合乎人情事理,可是安友杰的心相为什么不随再启老汉,也不像田禾庄里的任何人呢?是的,田禾庄有不孝子,但未必都是赌徒,而赌博成瘾的庄稼汉偶尔也会扛把铁锹去走夫。当多数人早已认为安友杰的所作所为不可理喻时,他还在人情事理的界限之内为田禾庄不寻常的败家子找根由。

起先的他也觉得,如今的安友杰是再启老汉惯出来的——若不是小时过于溺爱,处处让着时时护着,怎能如此自私?若不是当初容忍一点一滴的错误而没有纠正,又怎能如此情理难通?

惯坏了。

安友会正是如此看待。

经过人情事理的深层过滤,安友杰像是被惯坏了。可是后来当他回想起安友杰那张脸相时忽然间改变了看法,他觉得,安友杰骨子里就不是安分守己的人——不是他不懂情与理,他懂,但本能地抗拒情理的规矩。是的,人的天性与本能就像春天播撒进土地的种子,虽然看起来大体无异,但夏天的长势和秋后的收成确有不同。

天生的败家子。

安友杰。

这是他在年三十花了几锅烟思想而来的结果。当他结束思想打算去方家串门时，方载亲提着输液瓶过来说："会子装了点儿散酒，老枣酿的，冲。"

田厚生搬来炕桌，摆上一碟猪头脸当场招呼方载亲，二人闲散地聊上了年关，他先问起孩子："永儿哩？"

"街上跑，糊了个灯笼。有宝儿跟铁锤，起码大小挺欢实。"方载亲给他点上烟锅说，"今年了秋该上学，还没想这个。"

田厚生吐口烟说："他六周岁，学校未必收。"

方永比安胜利矮半头，和矮一岁的田宝差不多，方载亲在心里替他使使劲说："跟爱子一道提溜去，不要再领回来。"

去年方爱上了几天一年级，净折腾了左撇子，测验末几名只得回家练右手。安友会打算再领过去时捎上方永，倘若老师嫌小就讲讲情跟班混，如果混得好，如果一直混得好，说不定能早一天出人头地。是不是人头地里的好苗子得看造化，得看祖坟是否冒青烟，安友会暂时操心的是他至今没有断奶，虽然吃不到什么，可一说断奶就撒泼，宁愿挨顿打。对这个路生的孩子动手她于心不忍，只好劝自己，想吃就吃吧，只要别像你小舅……

"开春……什么打算？"田厚生又问起家业。

一年之计在于春。庄稼主要在开春前计划好一整年，别人春播而自己才借种买肥，这可不是好庄稼主所为。田厚生的问语还有家道生计的意涵，因为在田禾庄的土地上田间生产和家庭生活从不曾分开。现如今名存实亡的队长没有当头，添置磨房后家境很是花哨，猛地闲下来是难以把握，感觉什么事情都该纳入计划，而心里影影绰绰的路标不过是个大概。酒劲正往上蹿，方载亲一时说不出究竟，便压着酒气硬趸摸说:"计划赶不上变化,打算得再好也架不住百密一疏,真不知道哪样先。我估摸着,要是手头宽裕条件允许,就把正房修起来。不新盖,后墙不动,前墙砌青砖门脸,三檩也好五檩也好,能占人就行。"畅想间他来了兴致。

"早该唱这出。"田厚生赞同他从才顺老汉那里继承来的想法,便指点说,"五檩,进深跨度都得另盘算,地基前挪只剩个屁股院子,再说木料河槽的也不够。年前转了木器市,檩椽梁柁花费不小。"是的,十年树木,才顺老汉栽的树想挑大梁为时尚早。

"只是盘算,手里有才敢拍板。"方载亲嘻嘻哈哈地笑着。

"三檩,原有的檩能用,再砍两根你爷种的笨槐就足够,椽短不了多少。关键是青砖,出脚钱让德子拉几车。"

方载亲又喝口酒咂摸着说:"我这几天琢磨琢磨?"看眼田厚生,直到他点头才说,"并非跟风,人家盖大庄客是有条件,不为小子娶媳妇就是时来运转。"随之一叹,"唉,我只想把东房改头换面,再修好院墙和宅门,省得黑夜睡不安稳。"

田厚生听得街上传来方永叫声,就说:"跟会子商量过?"

方载亲颓丧地说:"这会儿她着急杰子,压根没心思。"田厚生随口问了句不得不再提上日程的婚事,方载亲猛灌一盅酒说,"老大不小了,这会儿走哪条道打不回来。我看她是白操心,即便成家又怎么养活人?老人不是拉扯的年纪了。"说着说着丢了话,勉强补一句,"车到山前必有路。"

车始终在路上,但人未必总在车上。想到早已下车的才顺老汉田厚生说:"你参要在,尽管光景没头没尾,可也好着哩。"

方载亲略一沉思,只当他惦记老哥儿俩抽烟对火的熨帖,便哀叹一声拐了话题。其实在方载亲修东房的念想之外,我们的"老绝户"想到了才顺老汉的另一份心愿——开荒。

是的，开春正是拓荒的好时节。

年初一太阳出山前不能打开橱柜，安友会得把孩子的新衣备好，把大人的净衣叠好。方载亲去找清静后家里就她自己，她边拾掇边思想安友杰造下的孽。

这出戏又带给她新触动，她在思想的旋涡里打转，一圈又一圈。转不出来难免更窝心，于是一个劲地生弟弟的气，生父母亲的气，临了还生自己的气，总觉得这个家是要败呀……

你不向好，究竟想干什么？

挤对死亲爹亲娘气死亲大姐，再败光家业？

一时间她觉得屋里坐满了人，有方载亲，有再启老汉，也有安友杰，她和每个人都说道一气，临了发觉全然是徒劳，正想找方载亲时他嘻嘻哈哈地来了，孩子们也接二连三地来了。推开针线筐，她一甩手恶狠狠地瞪着方载亲，怪他在自己最需要排解时去躲清闲，但她没有说出口，她怕停不住口。是的，这可是年三十，只能盼好不能生口角是非，即便有一摊子更大的不顺心也绝不能提。所以她只是瞪着他，直到他开口说："过年串门子总行吧。"

"行，怎么不行。串，好好串，明儿我也串，孩子你带。唉，往年都是人家找上门，今年我想看看二丫、傻子媳妇……怎么过年人家就那么清闲？"

"想干什么都行，享清闲去吧。"方载亲分外大度。

"一看你就是个奸臣。"安友会端来饧好的面说，"都来捏饺子，方敬你也学！"

方敬也有自己的心事，她不乐意读乡中，想趁过年和安友会说一说，但安友会要她捏饺子她更不乐意了，所以提也没提。呵，因为不乐意的二事而放弃为不乐意的一事做主张，这个方敬竟然一口气吞下了两个不乐意。同样不乐意的方爱准备上手时方永也凑了过来,方敬的不乐意瞬间冲破喉咙化作了火气:"滚一边去!"

方永蹭着铁袖口罩道:"我要捏,捏泥里钻!"

"人家捏鱼,你那泥里钻是面疙瘩,煮出来你吃?"方载亲反倒是一脸的和善。

"我就捏,谁捞着谁吃!"

"你净满锅挑,要不先给你捏给你煮。"方爱说。

安友会啪地拍下擀面杖孩子们才适可而止,方载亲这才说:"刚跟叔说起盖东房……"

安友会又啪地拍下擀面杖说:"翻天覆地不得要钱?才几个锔子?往后再说!"

方载亲吞声咽气接替她擀面皮,擀到最后竟多余一大团面,便嘻嘻哈哈地盯着她。安友会哆里哆嗦地打开方敬的手,气呼呼地说:"心里不干净,干什么都是一坨子不干净!"

眼看着面团被擀成了面条,方载亲开解说:"有什么可心烦的哩?车到山前必有路。"

"说得比唱得好听!"安友会拾掇净案板,又把安友杰这块滚刀肉放上去说,"初二友淑来,把家里事商量商量。"

方载亲不再说道什么,老酒这个时候冲上了他的头,一阵头眩后倒在炕上,再醒来年已进家。是的,田禾庄的忙活如同勾兑老酒,年,就是土地里蒸馏而出的醉人精华。

第三十七章

时至今日,田禾庄能折腾的人手头都攥着一两千,破五后有人在自留地里圈地基,方载亲也闻风而动,东房被他拆得只剩下一堵后墙，拔地而起的新房果真有青砖砌就的门脸，趁势他还重整了院墙和宅门，彻底隔开了官街和影壁。宅院焕然一新的当天他由官街进铁门绕影壁进到院里，抬眼打量着抖擞精神的正房笑得合不拢嘴，原本不太愿意起房的安友会也兴冲冲地拾掇着板柜，她放在炕上，放在炕下，放在缸旁，放在墙角，总感觉不匹配，最终擦拭一遍又抬回了北屋。面对明堂大户，观瞻的人都说大脚能耐，再没有谁提起我们的"老糊涂"——这正是才顺老汉想要的。

方家破旧立新的每个环节都留有田厚生的忙活，往往是方载亲想到备料，他已经盘算好尺寸和工钱，简直比木匠还木匠，比方载亲还方才顺。方家这套物事他的确比方载亲明白，他知道方载亲手上该有这一两千。单干至今钢磨天天转，别听他说有多少外债，其实都是虚的，不挣钱忙活什么？他之所以吆喝没钱不过是看到了开销的巨大。但是随着他的拆旧翻新田禾庄又多了几家磨房，这也是安友会不想盖房的原因，事到如今生意的好歹也只靠各自的人缘与经营了。生意有些冷落后家道随之走低，我们的方大脚不得不寻思更好的忙活头。

就在这年春天我们的"老绝户"老过了才顺老汉，或者说他要忙活才顺老汉想忙活而没有余命忙活的日子了。春种时他扛着铁锹四处转悠，看看大河冲刷的滩涂，望望曾经大会战过的高岗地垅，他的眼界里尽是可以复垦的土地，于是田禾庄人看到了一个起早贪黑的"老绝户"。

村东小滩底下的烂土岗是他开荒的首选。

种什么？

种黄豆吧，滴溜圆浑身是宝的金豆子。

田新凤劝他养老他不听，想帮他一起种他不让。他只想单干，土办法种，种了收，收了种。人们不理解他为什么开荒，问他，不缺粮食干吗开这么多荒。

他只答，闲不住。

我们不禁想起那个叫过他"爹"的小子，他这样"闲不住"是不是想为他在田禾庄谋求一块立脚地？可是他不曾找过那个小子，只是无数次地想过去找。就在年三十，揣摩透安友杰后他不再惦记着去找了，他舍弃了平生的念想，他打算安分守己了。按理说，生活沉静地归属自己后身心应该解脱才对，可是他偏偏去劳筋动骨，偏偏去承受生活中更多的辛苦。

他想以身体的辛苦来化解内心的痛苦。

于是，他的土地日渐多于别人而心气却日渐输于别人。原本的他算一个劳力如今只能算半个，可是每逢走夫还是跑一趟。是的，给自己干是干，帮大伙干也是干，一样地用力气一样地耗时间。

他在消耗自身的体力与时间。

他在消磨生命的长度。

下完稻秧大喇叭吆喝新生摸底的事，听后方载亲美滋滋地去尧县城买配件了，而方永一整天都在念叨他口袋里的玩意儿。方敬不待见别人提学校，也不待见别人提学校的时候方永上蹿下跳，便说他："整天只知道玩！"

"你妹子跟兄弟也得念满它！"洗衣服的安友会戳完她又瞪方爱一眼，转眼笑着哄方永，"永儿待见念书不？要写字，不光是画字母，是一笔一画的方块字。"

方永想也不想地说："待见。"

见他不知道念书是怎么回事方爱就说："你当是拿根柴火棍在院里玩？是圈起你来，就圪蹴在蒲团上！"

安友会说："不待见蒲团带板床，家里俩尽你挑。"

果然，麦秋结束前大喇叭又吆喝起开学的事："适龄儿童、适龄儿童……去学校报名、念书……呃,所有适龄儿童都去,七周岁的抻过去叫老师摸摸脑袋瓜!八周岁以上的,再别惯着扔土坷垃,再让我逮着砸大队玻璃叫他爹娘赔!呃,大队玻璃怪好哩,再砸试试看!大小鬼都给我拘到学校去!呃,大人不管让老师管,我看是皮痒痒!都得念书,咱村好歹也考几个大学生……呃,大学生!人家外大队适龄儿童毛入学率百分之一百二、百分之二百五!就咱村满大街挂屁股帘的老小孩……呃,就算泡到结婚泡糗了也得泡,就算沤麻也得沤够那几年!当家长的别老叫会计挂名,丢人!"王建国扯着脖子喊了一早上,急得方校长直搓手。

当晚安友会跟方载亲商量:"学校要八岁的孩子,永儿说是七岁其实六周,要他不?"方载亲枕着胳膊不说话,她便催,"你想什么哩?我问你要不要他?"

"我又不是老师。"

"你是他爹,该不该领过去你说了不算?"

"就算要,净考倒数第一,学费还不够丢人的钱!"

"你怎么知道我永儿净考倒数第一?从一到百他不打磕巴,外人连'ɑ、o、e'什么样都不知道……你这当爹的不盼好!"方载亲的担心犯了她当母亲的自尊,招来机关枪似的驳斥。

"念不好还不是像小爱子?往后再也不想念!"

"小爱子怎么着也得去,领上永儿,先报名试试?"安友会觉得早下种苗更硬。

方载亲琢磨半晌说:"先缝个书包,再买几根铅笔、几个作业本、一块子橡皮。"

"给敬子缝了个新书包,开学让爱子挎她的旧书包再穿她的旧衣裳,永儿不知道好歹就用爱子以前的破书包。"安友会拍打着方永说着,方载亲则枕着胳膊唱着,"小呀嘛小呀嘛小二郎,背着那书包上学堂，不怕太阳晒，不怕风雨狂……"

来日新生报名，已有家长给孩子挎上书包，像是给牛犊儿披挂上了套。方载亲果真领来了方爱姐弟俩，碰见给二丫头报名的田学富就臊："场里粮食没摊吧，先尽这个，还是好庄稼主子？"

"你领来俩还说别人，人家要你小子？"

"非跟着送她姐。"方载亲看着他身后说，"宝儿哩？"

"我当是这么小的也要哩，他在家玩。"

"你托付给哪个老师？听说有的老师好，有的欠火候。"

"是啊，该校长领一年级，人家都围着他报名。"

方载亲不想给本家添麻烦，想了想说："一加一跟谁学不是个学！"瞧见陈老师桌前没有几个人就领了过去。

陈老师看看方爱说："几岁，识数不？"

方载亲说："九虚岁，识到百。"

"数数。"

方爱数到五十磕巴了，方载亲忙打包票说："紧张，以前念过，绝对没问题。"陈老师也不再考，方载亲又问是不是会数数就行，陈老师说得看数到几，方载亲便把方永从屁股后头拽出来，陈老师一撂笔说："没开学前班。"

这时王二丫拽来了安胜利，陈老师考过后收下了，方载亲指着安胜利急切地说："铁锤跟他同年！"

王二丫也笑着说："真是同年，同一年计划着生的哩！"

陈老师只得考方永，方永数过百后他说："第一桌！"

田学富问再小一岁还会写全家人的大名要不要，陈老师摇过头后他还是回家领来了田宝，结果数都没数就被否决了。

转眼开学日，钟声响起后大孩子们乱纷纷地跑到院里集合，新生则乌泱泱地挤成了面疙瘩。门口守着的家长眼巴巴地盯着自家孩子说:"学校管理就是严,你看我那调皮鬼,根本不敢动弹。"

有人说:"严师出高徒,就是破学校能不能禁住一场雨水?"

又有人说:"是该让大队干部看看。"

突然学生们不再喊喊喳喳,手执教鞭的方校长神情严肃地打起节拍,他们随之唱道——

"起来!

"不愿做奴隶的人们!

"把我们的血肉,筑成我们新的长城!

"中华民族到了,最危险的时候……"

伴随着国歌声,几个衣衫不整个头参差的大孩子托着国旗走向旗杆,一通忙活后旗帜才一拃一顿地蹿到顶。

是的,就在这年的盛夏,方载亲一下子把两棵苗子种进了学校,他变得更有心劲了,一天到晚忙活完眼睁睁地督促时,他总要在书本里拼凑一会儿"大学"二字。

第三十八章

1986年1月1日,中共中央、国务院发布《关于1986年农村工作的部署》。

文件指出:我国农村已开始走上有计划发展商品经济的轨道。农业和农村工业必须协调发展,把"无工不富"与"无农不稳"有机地结合起来。1986年农村工作总的要求是:落实政策,深入改革,改善农业生产条件,组织产前产后服务,推动农村经济持续稳定协调发展。为达到这一总要求,必须进一步摆正农业在国民经济中的地位,坚定不移地把以农业为基础作为一个长期的战略方针;依靠科学,增加投入，保持农业稳定增长；深入进行农村经济改革；切实帮助贫困地区逐步改变面貌；加强和改进对农村工作的领导。

秋后，姗姗来迟的文件被田禾庄大喇叭数次播发后，"发家致富"的呼声高了。田禾庄人认识到，单靠几亩地说死也打不出"万斤粮"，是八仙过海各显神通的时候了。再启老汉和方载亲翁婿俩转过几个集市方家就多了一头三岁口的红牛，方载亲的钱还没捂热就改名换姓了。

刚到方家，这头红色的小犊牛炯炯地打量方载亲，似乎在问把我安置在哪？为应付日益激烈的钢磨竞争，方载亲打算将来修北屋时临街起磨房，闲下的南屋正好安置它，暂时力有不逮，只能在井台旁支起棚户委屈着它。它好像知道方载亲的想法，起先不乐意吃食，一盆糠食只是嗅，还摇着尾巴哞哞叫。方载亲担心是病牛，待到后晌它抗议不过吭哧吭哧吃个底掉才算放心，这才敢和安友会说，不管是谁，都有一种动物和他亲近，可能就是属相。安友会从小看惯了驴，此刻盯着红牛瞅半晌说，像，那股子劲两傍相，你可找见它了，亲兄弟姊妹似的。

红牛落户后方家的生活习惯有所改变，每天忙完方载亲都要牵去河滩放几嘴，到家还要拌糠食。渐渐地它熟悉了主人，方永放学也要抻直脖子炯炯地看，似乎在要吃要喝要溜达。写完作业得放牛，方永当然不乐意，好在它能看透他的小心思，解开缰绳只需吆喝一声就明白该做什么又如何去做。

这的确是条门路。

多数人拿出积蓄买牛买羊去"发家致富"，家里牛羊的多少就代表着家业兴旺的程度，于是田禾庄牛羊成群了，假期方永这般的半大小子也成了正经的放牛郎。

田厚生从没有想过养大牲口，闲时他一心一意地侍弄着金豆子。这天他又去小滩底下整地，无意间发现了一处庵堂，腐烂的布条依稀可辨是襁褓，于是停手起了寻思：

谁家的孩子？

被窝烂成这德行，跟大脚家那个差不多大……

唉，糟蹋活宝。

怪不得谁，天生赖命。

随地乱扔？

没人性。

当他发觉悲天悯人再无用处时便回家拿来唢呐，煞有介事地吹奏起《将军令》。起先他放不开喉咙，后来心想着满地的孝子贤孙才找着调子。吹罢别起唢呐找了块背靠葛洪山前照尧河水的宝地，重新安葬后才心满意足。当天他没有再使唤身体，径直回家倒头睡去。这一觉他获得了难得的休养，清静的睡眠里了无梦想，待傍晚醒来正听得方载亲的叫嚷："那屋都是电！"顺着这声叫嚷来到方家，又看到牛屁股后头的方载亲说："磨房都是电老虎。"他看一眼不耐烦的方永问起学习，而方永不答他。

方载亲把缰绳盘上牛犄角对方永说："去第三或者第四道沟饮，别跑远也别急着回，叫它吃几嘴草！"

方永不情愿，拿根棍子抽在了牛屁股上。

红牛跑了，方载亲便嚷他："你打它干什么！"几步外红牛又停下来朝方永叫，待他跟上来才慢腾腾地领着他走出家门，方载亲这才替方永回话，"陈老师说闹一阵子，没想着他扛第一。"他特意问过陈老师，陈老师说后悔当初看走了眼，现在他舍弃了陈老师的原话，只说"闹一阵子"。

"好好管教。"田厚生清楚他话里的折扣。

"刚才那样活脱个死杰子!"安友会也笑着打遮掩。

"猛看脾气像其实不一样,怕是你们得罪了他?"

"真跟他舅一样这会儿就饿死他!"方载亲嘻嘻哈哈地说。

安友会瞪他一眼解释说:"跟小爱子抢铅笔,你说一人一根一模一样,这会儿想拿铅笔头跟他小姐换,说两句作业都不写。"

"再买一根算了,做饭去。"

"我管都管不过来你还和稀泥!"

"剩个疙瘩攥不住怎么写?"

"他见天咬多少够糟蹋?再说铅笔有毒……"

"有屁毒。"方载亲晓得没理便打断了她。

"总之他回来得好好说一顿。你看吧,叫他饮牛保准不让牛吃草,一会儿不回来我是他外娘!"安友会笑眯眯地说。

方载亲心里话,你要是只饮不放,你娘说你打你我横竖撂挑子哩。果不其然,田厚生才抽半锅烟牛就进了家,前蹄缝里还夹着缰绳,方载亲忙抠出来嚷:"死小永儿!"

方永一脸无辜地说:"我给它盘缰绳它牴我……"

"你不打它它肯牴你?怕了你还敢牴你?你不知道牛走几步缰绳就紧一圈?"方载亲边安抚红牛边训斥方永,"叫你饮只是个饮?将来念书全靠它哩!"说到来气时要上手。

安友会反倒冷静地说:"我也没见过缰绳勒死牛,我也不敢碰它那俩大犄角,平时不管教这会儿倒来了牛劲。"

方载亲果真要拿缰绳抽方永,幸好被安友会及时拦下。方永似乎明白了牛的重要,见方载亲要拌食忙提来水,方载亲便对红牛说:"我知道他专意折腾你!你这么懂人性不可能牴他!"又转身替它做主说,"咱家的红牛有灵性,听说又认人,还能看家!你再闹腾它,看我收拾你不!"

父亲居然为一头牲口打骂他,方永的泪说话要掉。是的,他不理解,红牛怎么能比得起家里的一口人?

"你作业写完了?"安友会冷不丁地问。

方永取来作业本,方载亲发现除字迹潦草外挑不出毛病,只得说:"不会一笔一画?这破字,全对老师也减卷面分!"

"永儿,写文书得用毛笔,爷教你?"田厚生凑过来说。

"老师连圆珠笔都不让使。"方永撇撇嘴说。

"叔,毛笔是没人用了。"方载亲也感觉过时。

"学校没人教?"田厚生觉得只有毛笔写就的字才正经。

"我们小时还上毛笔课。"方载亲回想说。

"字都简化了。"田厚生忽地想到了教他识字算账的先生,财主赵家走活时结识的外地老账房……

二人说话间,方永扯掉书皮折成了宝塔,方载亲瞥见气道:"这是文化,是书!"

"跟你小舅一个德行!"安友会真生气了。

方永担心被老师训,便吵着要书皮,安友会只得支配方载亲去方校长家找报纸。已是晚饭时间,田厚生跟出来回了家,进门发现田新凤还没有过来,正纳闷儿时居然有人找上了门。这个人已经来过好多次了,是给田新凤提亲的——

她上次来是去年的春节,说是给凤丫头在田禾庄看好了人家。田厚生说做不了主,叫她不要再来。

她上上次来是前年的麦秋,说是给凤丫头看了门亲,在洪城公社,男人家里趁,有俩孩子,小的十岁不累人。田厚生问过情况说做不了主,叫她不要再来。

她第一次来是前年的前年的大秋,说是这些年见凤丫头挺可怜,打算给她找个人家。田厚生吭哧半晌说,我能不能做主?她说,你是她爹。田厚生说得想些时日,后来问田新凤,田新凤说,不寻思。再问,她只有一味沉默,打死也不说的样子。

如今再来她径直竟坐上了炕,摸出烟纸一丝不苟地卷了根烟卷,递过来时才开口:"会计叔,慢条斯理地卷根烟,有时候是比烟袋里挖更得劲。"

田厚生接在手里,捋摸半晌说:"凤儿的事,我只过问庄稼。"

她又给自己卷一根,见田厚生只顾着捋摸便先自抽上,几口过后长叹一声说:"今儿不为凤儿的事,会计叔,你就当我是老伙计,咱俩坐一坐,数数来来去去的年景。"

第三十九章

几年来,方载亲顺应内心的路标操持家道步入正轨,他的家庭生活日益向善,而方载德也盖起了一溜砖房,高高的地基直接着红火的日头。每每谈论起两兄弟,田禾庄人会说,都有本事,非要比一比,还是小的本事大。

方载德一直在努力。

这个当过兵的能耐人已经不在乡里开汽车修拖拉机了,探望的乡亲问为什么撇下铁饭碗,李学勤满不在乎地说,这会儿地归个人本事也归个人,言外之意方载德要闯大事业。不久方载德去了趟冀中市,再回来开着一辆军绿色的解放大卡径直碾过田禾庄。车刚停稳便跳下一群人,头一个是邋遢,他兴冲冲地对李学勤说:"也坐了回汽车,真他娘舒坦!"

见方载德只顾着递烟,李学勤急切地说:"手上都是油,不干不净的,快洗洗吃饭!"

众人识趣地走后方载德倒口白酒默不作声地喝起来,眼洼里看不出丝毫的喜悦。他总是如此的深沉，与嘻嘻哈哈的方载亲简直不像亲兄弟。饭吃到一半时院里又来了一拨女人，方军兄弟也吵着要开汽车，他索性来到院里，见女人们正和李学勤臊睬睬："你有福，男人有本事。"

——"不是我，他哪来的福气买铁牛哩！"

"德子能，个人买的哩？"

——"嗯……"

"花不少吧，大几千肯定不够，一两万也难说？"

"你买头驴还得小几百。"

"知道学勤趁，没想到趁这么多，真看不出来哩！"

——"都嚼裹给汽车了，一分也没了。"

"瘦死的骆驼比马大，翻翻学勤的穿衣镜，海着哩！"

方载德倒腾下两桶汽油，有女人拽住他问："嚼裹不少吧？"

"二手车没多少，多了也拿不出来。"

李学勤忙说："跟新车一样，是吃油的铁疙瘩！"说话间方载德要去乡里送汽油，孩子们非跟着，他硬是不让，说喝了酒，李学勤便做主说，"带上孩子，自己的车怕什么？"方载德只拎上了方军，方良和方杰号啕大哭起来，她又说，"全带上！留家里心烦。"方载德不再理她。

为买这车，我们的方载德寻思了好一阵子。近年来提出的机构改革已经浮出水面，乡领导想精简挂靠的农机修配部，打算调整方载德，可是新来的领导又在会上主张部门和人员同时精简。方载德不得不衡量自己的前途，思前想后决定自主安置，于是想买货车跑运输。盖房后余钱不多，安置费也少得可怜，他只好去白合镇找水泥厂的战友商量。战友当场决定合伙，第二天他又转到冀中托另一个战友接洽二手车，前不久战友说联系到了卖家，他即刻奔赴冀中，弄清车况付过定金直接把车开回了田禾庄。

事情办得过于顺利,傍晚李学勤顾虑重重地说:"天大的事不和我商量?怎么直接就买?车好不?人好不?生意……"

"人家垫付,这几天你取出来先还一点儿。"

"车怎么样?"

"好车,正经来路。"

"那人家还卖?是不是生意少……"

"人家要买新车雇人。"

"生意……"

"给水泥厂拉洋灰,自己卖帮厂里送都行。"

"能行?"

"光咱村一年盖多少房,都得用洋灰,以后用处更大。"

"不给公家干就不跟我商量……"

"过去的不说。"

"这么大个车撂在家里……"

方载德心里也不轻省,狠狠地抽口烟说:"先等战友联系活路,再走一步看一步。以后什么世道我不清楚,只知道眼前没车是有技术没用处。"

李学勤觉得在理,沏杯茶递给他就走了。

方载德咳几声,去院里吐痰不想吐在了台阶上,李学勤端着盘子来数落:"邋遢死了!"撂下饭菜扫掉痰渍又说,"当紧身子骨,肩膀上可站着一家子人哩!"

"军子,买烟。"方载德重新摆好酒菜说,"你们吃了不……今儿怎么没去学校?"

"星期天。"方军从他的中山装里掏了五毛钱。

"都吃了,早想给你吃偏偏招惹几群人。"李学勤还在埋怨。

方载德叼起仅剩的一根烟,可打火机只冒火星不吐火苗,索性喊方良:"良子,车里拿小瓶汽油!"方良取来添油,再打着火苗蹿起来差点儿燎掉眉毛。

李学勤这就来了话:"你大哥是大大咧咧,你是冒冒失失!坐你的车能吓死人。"忙改口,"呸呸呸!菜凉不,我热热?"

"跑车冻凌都吃过。"方载德脑海里闪现出部队的时光。

"吃冻凌嘎嘣脆,腊八浇冰山我也吃过!"方杰嚷着。

"你那是过家家、凑热闹、闹着玩。"这时方军买来了烟,方载德又续上一根不再想吃饭,便吩咐方杰帮着拾掇。

"非得使唤个遍?"李学勤打开方杰的手说,"写作业!"

晚间孩子们睡着后李学勤又倒出了苦衷:"光说有活儿可眼下……唉,这铁疙瘩撂在家里就是心坎儿上的石头,几年才回本?"她想不出门路,只能一而再地拿捏方载德。

虽说车在手上,尽管战友把话说得交心,可方载德心里也在打鼓。是的,万一没活儿或者活儿不够怎么办?万一水泥厂要求自负盈亏又怎么办……

李学勤睡不着,又把担心换了一种说法:"咱家的将来就是孩子们的将来,军子上初中了,你什么打算?"

"先念书,以后把他弄到白合学区最好的中学里,当兵也得有文化基础。"方载德叹了一口气。

"怪谁?怪你爹,他不让你念。"李学勤听懂了叹息的意味。

"高小时大哥在教室里摔断了胳膊,我俩又都逃学,爹心疼我们才不让去的。军子、良子和杰子,想念我都供。"

"唉!为了孩子,在家道上一门心思地往前冲吧。"李学勤不再拿捏方载德,心里默默地祈祷过后觉得自己的当务之急是照顾好家庭与孩子,从而免除方载德的后顾之忧。

就让李学勤在生活的十字路口尽心地耗费思量吧，从此以后，我们知道，满载的解放卡车将在方载德的操控下行驶上满是希望的家道。他的日程会排得满满当当，即便筋疲力尽地回到家里，他想做的不过是安分守己地抽几口烟再喝几口水——他不会抱怨什么，他也没有时间抱怨，他必须积攒十二分的体力。是的，我们的方载德，这个中年汉子已经冲出了田禾庄，他直面着广阔的世界，田禾庄的一切已经被他甩在身后。而窝在田禾庄的人们也不再为一顿烙饼而满足，做家长的虽然还是破衣烂衫，但孩子们一两年会有一套像样的衣装轮流穿。你看集市，整条街道全是花花绿绿的布匹，对孩子来说好比当年的一顿烙饼。

不同于闯荡的方载德，方载亲的副业和孩子们长在一起。年假前他碰见陈老师，陈老师说方永考了个全班第五，再问方爱，陈老师说中不溜子。中不溜子，不好也不坏，他能够接受。果然放假当天方永就把"第五名"夹回了家，安友会看了又看最终贴在了家信帖旁。她是在告诉方家的祖先，远的不说最起码要让才顺老汉知道，这个不让他抱的孙子如今已是"三好学生"。眼看着她贴完方载亲才心满意足地钻进磨房，冬天钢磨活儿多，他得为多半条村子推稻子换零花的人站岗。

所有人都在享受着尧河的恩赐，若不是它流经这里，恐怕田禾庄得和葛洪山那边的人一样嚼五谷杂粮，可是没有人知道她为什么要一年年地消瘦下去。

尧河水开始不够使了，河沟从六道减成了三道半，一道河沟几道坝，小队浇地要轮流，下游的除非趁夜深人静才能敞口浇，但他们不在乎起早贪黑，也就不在乎水流到了哪里。看起来他们也不在乎精耕细作了，农活儿多是抽空跑一遭，像是每个人都急着拓展副业——承包荒山的要管护山林，牛羊成群的要漫山放养，做小买卖的更得勤快,今天赶这个集市,明天赴那个庙会……

"发家致富"没能动摇田厚生,我们的"老绝户"依旧安守本分。新开的河滩收获了半袋江米,荒坡也收获了一缸黄豆,冬闲时守着余粮他掂量得踏实又明白,他知道,这个被一九八七年春节卡住的冬天一旦经过,他就会老过老伙计方才顺。

第四十章

安友会像往常一样把持年关。

她拆洗被窝拾掇屋子,站上板凳扫蜘蛛网时觉得力不从心,下腹仿佛揣着什么,惴惴隐隐地疼,硬撑着扫过家信帖和奖状才使唤方敬。方敬做家务细心,自觉满意才肯做下一步。安友会嫌她慢,捂着肚子直催:"死小敬子!跟你说过多少回,板柜不怕脏,本身有盖落灰再擦,里头不过几件破衣烂裳。你就是耗,你们谁都别动弹,把你娘活活儿气死累死算了!"

方敬忙搬来凳子喊方爱:"死小爱子,帮我扶着!"见安友会脸色更难看了才换口气,"没见娘累得慌吗?"

方载亲一身糠尘地走出磨房,擤把鼻涕给红牛扔把草,拎起暖壶晃了晃说:"脚丫板朝天,热乎水也喝不上。"

安友会叹口气说:"就你知道忙,要不别过这个年。"

方载亲看她一眼说:"你歇着,色光子忒难看。"忽听得电动机声不对忙去打蜡,换过笸箩对旁人说,"过一会儿就好。"转到粉碎机前合闸倒进玉米才来说后半句,"去趟医院?"扫见红牛吃完了草又唤方永,"永儿!加把草!"紧跟着吩咐方爱,"烧锅水,开了先舀一壶,再帮你大姐做饭,跟你娘先吃。"最后绕回安友会身上,紧盯着她的脸色说,"年前抽空去县城拿点儿药?"

"来回起码得两天，过完年再说。二十四，家家忙，又做豆腐又扫房……"安友会苦楚地站起身。

"亲两口子还说掏肚肠的话？大脚，像是完了。"

方载亲听着电动机的声音说："是完了。你昨晚占先，今儿还不先给你推，难怪你着急。"

"不先给我推是该着，我没现钱，粜了稻米再给电费。"

"不为钱，他记不清先来后到。没事，撂着吧。"安友会谨慎地笑着送出去迎面碰见安友兰，得知豆腐做好后跟去了娘家，进屋发现没有扫房的迹象，顿时觉得脏乱得无法迎新纳福，便对安再启家的说，"娘，让杰子把房扫干净。"

安再启家的甩甩手要拿扫把时瞅见了她的脸色，当下吃惊地问："会子，你哪不得劲？"

"让死杰子干。"安友会转问再启老汉，"爹，你小子哩？"

"说她亲兄弟她什么时候舒坦？"再启老汉一脸茫然，心里却在对安友杰说，杰子，不管你端碗水还是加把火，哪怕只做一回，像不像样不要紧只求让别人看见。

两头没有一个捋得顺，越是年关越纠结，结成了安友会心头的死疙瘩，到家她拽住方载亲气愤地说："推你的破钢磨吧！"

方载亲趁机灌口水说："还有好几家，有话黑夜说行不？你老实躺会儿，让敬子做饭，要不忙完我做。"

"唉……"安友会抄起手说，"家里什么也没有，怎么过年？"

"你撂着，我买，一个年集就买全乎了。"

"我娘他们。"

方载亲跑回磨房，算过几笔账又过了几家秤才跑回来说："后响我过去，先看缺什么行不？"

安友会翻起他的口袋，挑走几张大的说："忙完别上炕。"

"再拿俩？"方载亲端着钱嘻嘻哈哈地说，"血气不旺你安生躺着，我后晌过去。"

安友会数了数说："多给十块。"

方载亲递给她，她捏着钱再到娘家还是觉得一屋子不净，仿佛看见福气就等在门外，正打算和安友兰打扫时瞥见了安友杰，忙把钱塞给安再启家的又嘱咐说："杰子就是哭穷哭死也不撒手，也别给我爹，只给你花，明白不？"

"行……他硬要怎么办？"

"就说没有。"

"没有？"

"藏好，买油吃，买个苹果捣汁喝，别老买香烧。"

"硬逼着要……"

"就说没有他还能逼死你？"

"要不出来动手，上次把你爹……"

"谁叫他养活的好小子哩，宝贝着吧，还没永儿有人性！"

"你们小时不吃好的能养活不……"

"别人都是喝奶粉吃烙饼长大的？"

"好了。我不给他。他来了。你也别说了。"

"还有谁愿意说他？"安友会转身质问安友杰，"死哪去了，把屋子扫扫。"安友杰很听话，替下了安友兰，她监督一会儿心里爽快了些才说，"把豆腐给我送过去。"

"嗯。"安友杰应下她，她心里更爽快后就走了，她一走安友杰扔掉扫帚说，"娘，我大姐干什么来？"

"没……没干什么……来看看豆腐再送点儿东西。"

"她送什么？"

"没什么……外头烧着火……"

"别藏了,我都看见了。"

"哦……你眼尖,你大姐撂十块钱叫我帮她打香油……拌馅。"

"我打了送过去,不止十块。"

"就三十,你还夺?"

"你拿着又不花,买什么我跑腿。"安友杰从她身上轻而易举地榨到钱后又来到再启老汉跟前说,"我舅邮来的汇款单哩?"

再启老汉不言语,仍旧低头做着事,像是没有听见。

"取来了不!"安友杰大声说。

"还没取。"

"我取。"

"你舅说是给你娘的,不能给你。"再启老汉据理力争,吐口吐沫似个钉。

"行了!快给我。"安友杰的气势已占上风。

再启老汉抄手看着走地不再说话,心想,你糟蹋了年还怎么过?他并没有想安友杰对他大吵大闹是对还是错,只是在想眼前的光景。是的,每逢年节安友杰都要来一出,他快要习惯了。

"给我,充什么愣?我取来给你留俩,要不屁也不剩。"安友杰直白地告诉他父亲:要么你自己递给我,要么我亲自拿过来。

再启老汉的手伸进大襟,半天也掏不出来,安友杰瞪圆眼他才掏出带着体温的汇款单,捏在手里拆开看了看说:"杰子,俭省着花。我留着,你要我给,兴许能花到三月庙……"

安友杰夺下来问:"多少?"

"三百,你留一半给你娘一半,行不?"

"要那么多干吗,在家窝着还用钱?"安友杰狠了他一眼。

"总得吃油盐吧,你那么馋,烙饼没油……"

"五十够了。"安友杰掀开锅盖掐个馒头就要走。

"没熟，我加把火再吃。"再启老汉又追着说，"这回寄的是我的名，取钱得拿我的手戳……"

"你倒是给我啊，等什么哩！"

"你那么着急干什么，年集顺道取……"

"赶紧给我，啰唆！"

"这会儿去邮局没有人，白跑……"

"给我！"

再启老汉只得撂下烧火棍，找来手戳说："专意跑这么远。"安友杰一把夺在手里，一副急不可耐的样子，再启老汉又求似的说，"后儿不行？"

"干吗后儿？"

"咱爷儿俩去，你取钱我买东西。"

"后晌取来给你五十，后儿赶你的集去吧。"

"别把手戳弄丢了，丢了得开介绍信……"

"手戳后晌我还给你，我不要它，行吧，爹？"

"那你早点儿来，我还有用。"

"你还有用？"

"嗯。"

"我姨也寄了？"

"啊？哦……还有信，说千万千不能给你，你知道为什么。"

"多少？"

"没多少，你别想着了，有那俩够你过年花了。"

"多少！"

"一百五。"

"刚才别别扭扭掏半天是怕掏错了啊？还等什么哩！"

"等……后儿咱爷儿俩去，你取你的我取我的，要不我取了给你，你不用跑……"

"赶紧给我，就一锅，你不用跑。"

"我是连取带买……"

"给我！"

再启老汉只好给他，他俩单子比对一番就走了。

安再启家的看完整个过程回过味来才顾得上说怨恨："我拿着有什么不好，他知道我不拿钱，我拿这一回他想不起来。"

"你好！会子刚给你俩钱，还没揣热乎就给抠走了。"再启老汉又拾起了烧火棍。

"你俩都别拿，以后我拿！"安友兰也生气了。

"你别多嘴，衣裳少不了你的。"再启老汉气呼呼地说，"也该穿好的了。"安友兰撅着气，要找安友会说理，他忙阻拦说，"别跟你大姐提，她生气说你哥，你哥生气还不是撒给咱？五十也好五百也好，不都是个花？"

安友兰哭了，安再启家的忙完一事过来哄："别啼哭，再待一年，你也离开这个家。"

"行！你们还养着他，把他养胖点儿，过年不杀猪了！"

"你这是说什么，他是你亲哥……你这丫头心眼子怎么这么歹毒？"再启老汉闻声而来。

"我大姐说得对，他活脱一个败家子！"

"你别不要脸，这是你说的话？"

"怎么不兴我说？怎么我不兴说！"

"你是老小，你还得跟着我们过，就不兴你说！"

"我不说我不说！可是谁不知道咱家里养着个败家子？"

再启老汉要打，他家的劝："她也是心里堵。"

"我就是堵，你们偏心眼！来打我，打死我算了！"

再启老汉果真打了丫头一巴掌。

安家翻汪的时候安友杰刚刚借到自行车,他要去邮局取钱,他要去赌场赌钱,年关里他要做的事和别人一样,也事事离不开钱。

第四十一章

冬天里,闲在的田厚生总把自己种进大队北墙根的太阳地,向围拢的孩子们绘声绘色地传说田禾庄的故事。故事大都很简单,无非是"鬼烤火""鬼打墙""狐仙唱戏"和"葛洪修道""穆桂英大破洪州城""八路军教导团"等鬼怪传说和英雄传奇。他的说道不厌其烦,年年如此,因为他清楚,庄稼在一年一年地长,孩子也在一茬一茬地冒。

"鬼烤火"田厚生说他亲眼见过。

我们年轻时的"老绝户"更是勤快,某年冬晨挎着粪筐行走在苗洼台,凛冽的寒风在田野与村庄的接合处尤其剽悍,直愣愣地往怀里打冲锋。他扛不住便捡柴生火,暖和过来才继续行走,走不多远听得身后喊喊喳喳的,回头发现刚熄的灰烬又燃起了火光。有些远,看不清也听不清,像是有几双手,像是在窃窃私语,他便走回去搭话:"手离火那么近,还不烤煳了?"

没有人答他,只有细碎的声音和明灭的火光。

他纳闷儿,再走近些才看清只是几双手架在火苗上,那僵硬修长的指掌仿佛融在了一起,而躯体却是随着明明灭灭的火光时隐时现。他陡然间心凉,说不出半个字,这时一阵野风倏地吹走了眼前的物事,空留下一缕渐聚渐散的青烟。

活见鬼。

他一路跑回家,灌瓢冷水定住心神才敢寻思刚才的稀罕事,想来想去很后怕，总觉得那东西就在身后不远的地方跟着他，于是跑进方家问方才顺的父亲："大爹，我刚碰见鬼烤火了！"

方才顺惊讶地说："真见着了？什么样？眼花了吧？"

田厚生急切地说："真见着了！只见手不见身子！"

方才顺问："什么样的手？"

田厚生比画说："手指头撑开像鸭掌，比笊篱还笊篱，捞东西怕是什么都剩不下！"

方才顺说："阎王的手怕也不那样，你肯定是看错了。"

方才顺的父亲打量一番田厚生，镇定地说："鬼，有也好没有也好，见着也好没见着也好，反正你说有它就有，你说没有它就没有。你不招惹它，它不挑衅你，跟恶人不是很一样。"

田厚生半信半疑地问："大爹，真有那东西？"

方才顺的父亲拿捏着胡子答："说不上来，村西傻大胆说见过。当时他不信，嘻嘻哈哈地扎剌说，你们别装了，弄个障眼法吓唬人。随手扔块土坷垃，结果第二天就病倒了，半年才好利索。你看他这会儿歪里歪气地算什么？眼洼里没有一点儿精气神，不过是蔫吧唧的人架子，魂飞胆破了哩！鬼，都说见过可都说不上子丑寅卯。反正有一条是正理，遇见了别怕更别招惹，只当什么都没有，绕道走，两不侵犯。"

田厚生听得模棱两可，又追问到底有没有鬼。

方才顺的父亲知道糊弄不过去，只得说："听老辈子说有夜行动物，剩儿，你兴许碰见它了。还是那句话，遇见别怕更别慌，能绕就绕。要是胡同里撞见绕不过去，就各走各的道千万别回头。"

田厚生还在刨根问底："不是说夜行动物，鬼，有鬼不？"

方才顺也饶有兴致地追问："人世间到底有没有鬼哩？"

方才顺的父亲被问得理亏词穷，只是说："鬼？有鬼打墙、鬼烤火、鬼唱戏。说有可是谁也拿不出真凭实据,说没有可愣是有阴阳怪气的事发生,精力旺盛碰不见,活倒霉净撞见。总归一句话,有也好没有也好,该忙活什么还得忙活什么。"

田厚生又问:"鬼是什么变的哩?"

方才顺说:"人死了就变成了鬼。"

方才顺的父亲却说:"好人怎么能变成鬼哩?活着私心重祸害人,死了难投胎的才有可能变成鬼。"

田厚生紧跟着问:"咱村出过鬼不?"

方才顺说:"年年死人,投不了胎的肯定不少。"

田厚生说:"照你这么说,千百年来日积月累,一到黑夜咱村街道上不得全是鬼?赶集似的多哩?"

方才顺神神秘秘地说:"王家胡同就是鬼赶集的地方。"

田厚生也说:"听说在戏楼后头井台那弯子,财主赵家。"

方才顺的父亲这次十分确信地说:"葛真人有个徒弟,活了三百岁,徒弟又传了个徒弟,活了六百岁。据说穆桂英大破洪州城时杨六郎请这个徒孙出山,他不肯,就在葛洪山顶眼看着宋辽大战。仗打完以后他竟然看透了咱田禾庄的风水,说是有一条潜龙,要潜伏一千年。后来据说他死了,连修行的山头一块被仙鹤驮走了。财主赵家那一带原本是他指定的龙腰眼,老几辈时天下大旱,有人听南蛮子的话遍地打井,那地方多扎了二尺二,几百年来头一次扎透了青石板,龙脊椎一断也就破了咱田禾庄的老风水,再后来乱七八糟的事才接二连三地来。"

田厚生气呼呼地说:"真丧德。"

方才顺的父亲赶忙打发他们说:"不早了。你们忙活去。"

田厚生和方才顺并没有弄清楚鬼的本质,奇遇逐渐被淡忘。待他们老成后和老伙计们聚会时鬼的形象才被拼凑出来,要么有狭溜的肩胖，要么有修长的指甲，要么柔若无骨，要么凶神恶煞——反正没有一点儿人样，简直比野人更野人。

如此丰富的阅历让田厚生的故事分外精彩，声情并茂的讲述和惟妙惟肖的扮演更能抓住听众的心，所以人们说他天生一副老戏骨，倘若年少时有个好师傅传帮带现在定是个唱戏的行家。果不其然，他真有这份闲心，前几年三月十九日的庙会上居然粉墨登场扮演起佘老太君来，且不说唱腔，单一副披挂和扮相就惹来了阵阵叫好。那场戏是戏班临时加演的答谢，不用谁出钱，只图个喜兴。当晚戏散台拆，他久久不肯离去……

我们来说一说田禾庄的三月庙会。

在王建国的组织和经营下，三月庙会渐渐恢复了传统的人气，十几天里山上车水马龙人流如织，其中不乏虔诚的香客。上香人中有礼拜送子娘娘求子孙的，有跪拜姻缘佬拴好媳妇的，然而爬山凑热闹的最多，他们不揣心事，一元钱买张门票逢庙上香遇神磕头，仅此而已。

葛洪山中庙宇很多，各路神仙各司其职，除消灾赐福的"正神"还有掌管琐碎事务的"偏神"。倘若你牙疼有牙关庙，将来牙疼病好是要还愿的，还过愿整个烧香的过程才算正经。

葛洪山最有地位与人缘的神，是被尊为"三奶奶"的云霄、碧霄和琼霄三姐妹。相传三妹琼霄娘娘在此得道，后人便在海拔千米的山顶立庙供奉，称之为"奶奶顶"。山下还有一处供奉三姐妹的大庙，彩绘的壁画和泥塑的判官在破旧立新时被拆解得干净，王建国重修的庙堂用田禾庄人的话说"很邋遢"，不过顶礼膜拜的人依旧很多，因此这座庙的香火收入与"葛洪殿"平分秋色。

葛洪殿是为葛真人修建的二层回廊式大殿，殿中葛洪身披道袍神采奕奕，不似传说中的神仙那般不近人情。或许他是有据可查的"人神",所以人们更为敬重,甚至以他的名头命名整座山。

道场葛洪山,山腰"上清虚"最得地势处建有供奉"玉皇大帝"的玉皇阁,山下"下清虚"水库泉眼旁则安放着"龙王"。老人们说先前龙王庙的香火最盛,祈求风调雨顺的法事多设于此,巫婆神汉曾大行其道。

时至今日,迷信色彩日渐消淡的三月庙会已成为忙不忙闲不闲时的消遣,但对于经济收入的主要来源田禾庄大队相当尽心,除过卖门票还会租地皮。租客多是小本经营的餐馆,店铺也极其简陋,桌椅板凳来自家,好手艺的妇女便是厨娘,男人们只需垒起灶火担来泉水,这生意也就有模有样地开张大吉了。

我们的"老绝户"庄稼种得好,戏文唱得好,唢呐吹得好,故事讲得好,此外还有一门很少显摆的手艺——打烧饼。他的烧饼咸淡适口火候精到,远比别人的香脆。冬闲时他找王建国租地皮,王建国纳闷儿,他说打烧饼,王建国便大气地说,不用租,大队批给你。他又找方载德要来汽油桶改制成炭炉,刚进三月便和田新凤拉着积炭进了山。今年的三月,田禾庄组织了更大规模的庙会,十几天里他看惯了人来人往,深知将来世道变迁的巨大,觉得应该赶在无能为力之前为田新凤找下一个好帮手——十年间田新凤和他相依为命,尽管待她视如己出,但始终无法猜解她的女儿心,只顾着年复一年地迁就她。那一晚媒婆子的说道让他茅塞顿开,所以打算以亲生父亲的身份固执地替她做一回主,因此预设了未来女婿应该具备的三个条件:一、心好;二、和凤儿般配;三、离田禾庄不远。

第一关为家庭考虑。

心不好凤儿要吃屈。男人动不动就打女人,女人越忍气吞声男人越不是东西。倘若看走眼找到这样的祸害,凤儿怎么好过!他甚至想,自己毕竟不是田新凤的亲爹,即便未来女婿对凤儿好也未必真心实意地对自己。所以第一关,必须慎之又慎。

第二关为田新凤量身打造。

般配即门当户对,但这是个模糊的条件。除年龄相当外他说不清楚什么样的男人才般配田新凤,大概是年富力强,最好是无儿无女,至于家业的厚薄他不曾设想,只觉得成家后两口子能把日子掰清楚就算合格。

第三关为自己考虑。

他想让田新凤养老送终。掐断寻找那个喊过他"爹"的小子的念想后,他把生愿全然托付给了田新凤,所以愿意把家业好端端地留给她,从而让她代替自己安安稳稳地立足在田禾庄……

阳春的三月,守着温暖的生计,我们的"老绝户"盘算着新生活,他觉得他的余生应该和那春日里的尧河水一样,虽不丰盈但了无波澜,于是信手翻开老黄历,一九八七丁卯兔年——那就在今年把这窝心事解决掉吧!

第四十二章

麦子正灌浆。

傍晚方载亲去河滩转悠,田学富远远地臊他:"钢磨一响黄金万两,队长还种什么破地!"

有阵子不见又都带着闲,方载亲即刻嘻嘻哈哈地说:"不在家编筐,也不教宝贝疙瘩写大名,这是……要过什么光景,过时不?"拐进自家那溜,隔道沟又说,"宝儿该念书了吧?"

"想念就给他念。"田学富教得了姓名但教不了姓名的拼音。

"那天饮牛听你嚷道,数过二百有饭吃……宝儿,吃后晌饭了不?"方载亲拔棵麦,看眼收成有了底气。

"磕磕巴巴数完了，比不上永儿。"

"永儿一年级能拿奖状，估计二年级拿不上了。"

"你净瞎说，刚见陈老师，说拔尖。死劲供，把你供成'大学生他爹'。××的，到时咱过大队也打趔趄！"

"咱村出几个大学生？"方载亲朝他揶着说，"把宝儿送到学校去，泡两年就泡两年！"

田学富也凑了凑，却说起了庄稼："今年下什么稻种？去年十八队下千斤稻多打半袋稻子，你不换稻种？"

"是得换了。小队一拆多少年不上粪，地气耗光了。"

"那找他们换，试把一年？"

"咱队有人种不？"

"你这队长，一门心思钻钱眼吧！"

"怎么，咱队种得多？"方载亲想不起二队的哪块地里种过不同品种的稻子。

"还没想起来？"

方载亲摇摇脑袋说："要种一块种，快下秧了哩。"

"老鸹窝，你种一分粘稻子，过来过去的没见老碌碡种下那么一大片？小两亩……咱队的机动地。"

方载亲听出了重点。二队是有片没有开垦好的机动地，抓阄后老碌碡抢先拾掇成了"自留地"，对此社员多有怨言。此刻他想，若按"千斤稻"算计，老碌碡这几年得多打多少粮食！他知道田学富的考虑，土地承包过五年，即便小队不重分，机动地也该归属新人，但是大队另有说法，要十五年不变。这问题棘手又得罪人，他只想打马虎眼："你想……从他手里换……他是千斤稻？"

田学富哑半晌说："除非别人家没有！"

方载亲看眼天色说："老碌碡那地有嚼头，弄不好是烂摊子。地确实是好地,该收回来重分,不过为一两亩再分一回……"

"让他一个人吃大伙?一斤稻米两斤白面!"

"你说怎么办,其他人又想怎么办,大队让不让办,难不成再变动个天翻地覆?一辈子到底要折腾几回庄稼地……"

"你是队长。"田学富笑呵呵地缓了缓气氛,方载亲撅根草棍叼在嘴里就是不说话,他只得说,"算了,不给你出难题,反正这会儿规定承包地十五年不变,到时再变动,怕是得大分哩!"

"那就等大分……"方载亲心想,到手的地要想再"变动",什么时候又如何"变动",可不是邋遢能挑起来的了。

"大分宝儿那份也有?"田学富见陈老师同样扛着铁锹从上游下来,忙说,"大脚你问,永儿肯定掐尖。"

"陈老师也来了?"方载亲远远地问,"我家小子闹阵子不?"

陈老师笑着来到跟前说:"我看有出息,学校算来算去就这么几棵好苗子。"

"他要是调皮捣蛋你就上手,怎么打都行。"

田学富插话说:"今年还要永儿那么大的不?"

"好学生老师都待见。"

田学富如鲠在喉,方载亲却笑呵呵地重申:"放手管教,打骂没事,我不像别的家长那么舍不得,那念不出好来。"

天色不早了,二人臊着晾晾往村里走,一路上方载亲都美滋滋的,仿佛看到方永考上了初中、高中和大学,分得一个不错的工作后还娶了一位贤惠又大方的城市儿媳……

安友会的身体出了毛病。

大约从去年开始方载亲才注意到她日渐蜡黄的脸色,安友杰回家闹腾一顿后她应付年关就显得吃力了。如今麦秋近在眼前,看她的气色指定难以下地,恐怕在家做饭或者照顾自己都成问题。和田学富从河滩回来,抛掉成为"大学生他爹"的空想后不得不琢磨她的疾病,默默地吃罢饭终于决定趁下秧的几天时间去一趟医院,到底要看一看是什么病又该如何治。他做了两手准备,一是三天看病抓药,二是十天半个月连带着住院,打算好后开口说:"拾掇拾掇,明儿去医院。"

安友会也在思想自己的身体,她觉得还能扛下去,没必要这么早就去医院里糟蹋钱,所以说:"要下秧,得忙活。"

"下秧让叔帮一把,稻种让大傻子帮着换,家里让敬子请两天假。"方载亲苦笑了一声。

安友会好像有话要说,但憋成了叹息。

方载亲先找到田学富,田学富二话没说,再找到田厚生,田厚生嘱咐说,把病瞧清楚,千万别抱着病根子养。从田厚生家出来他在官街口站了一会儿,家里没有一点儿声音传出来,又愣了一会儿才往北庄子走去。

见方载亲找上了门李学勤很是诧异,正要问事体时方载德出来说:"大哥?"

方载亲进到屋里,趁着电灯光打量几眼方载德挣下的硬实家业才直白地问:"德子,明儿出车不?"

"刚到家,后晌才到,得歇两天。"李学勤说。

"出。"方载德点根烟说,"拉什么我去捎,大哥。"

李学勤也觉得有紧要事,端杯水在一旁眼瞅着。

方载亲喝口水说:"你大嫂身子骨不好,得去医院。要出车就到白合转车,省得起大早去公社坐班车抢座位。"

"什么病?"李学勤已经好久不见安友会了。

"脸色难看也没劲,我怕再耽搁连饭都做不了也吃不下。"

"几点走？我热车。"

"你歇一天吧，空跑耗油，顺道捎上就行。"方载亲起身要走，临出门又说，"你成天东奔西跑也得注意身体。"

"好。大哥，那就明儿，早起八点。"

再回到家方载亲告知安友会后她立马慌慌张张地拾掇起来，就在方载亲发愣时她冷不丁地问："得拿多少钱？"

"五百。不够我回来取，再不够，借。"听后安友会狠狠心去了北屋，方载亲跟过去听她叫道，"敬子，你起来，我递你说。"

"说。"

"明儿我跟你爹去县医院瞧病，可能得几天，你在家做饭看家，管好你兄弟妹子。"

"不上学了？"

"请几天假，我同学替你请两天。"

"干脆别让我去了，扭秧歌老是当头羊，你不嫌丢人我嫌。"

"你就知道不念，将来……没文化不行啊丫头！"

"正好省俩钱供我兄弟妹子。"

"谁也供，借也供。别给我找气生，坚持拿个初中毕业证。"

"跟老师说，到时候给一个就行了。"

"学校是咱家开的磨房？"

"好了。行了。我知道了。我请两天假，我给兄弟妹子做饭，我看钢磨，我喂牛，我拾掇家。"

"做饭别失火……黑夜记着把大门插上，把磨房闩上……白天喂牛，提桶水饮饮，后晌把它拴结实……有什么事找你厚生爷你姥爷，不懂不会做不了的再找姥姥……"

"我背过了。"

方载亲去磨房推完积活儿，用口绳拴上名字、斤两、钱数后才对方敬说:"谁来就让谁搬,人家不结账就该着。有人推钢磨你说过两天,人家撂下你别挡,知道不?"

方敬翻身蒙住了头。

安友会拿出十元放在枕边说:"你妹子兄弟要什么,哄不下来再买,主要是给你买豆腐,再就是算账的零头。"方载亲又多放了十元零钱和一把锄子。

安友会又来到东房,看着方爱和方永问:"也嘱咐嘱咐?"方载亲干笑起来,她却又跑回北屋找方敬,紧接着听得方敬叫道:"知道了!让我姥姥黑夜过来!知道了!"

这一夜,安友会始终在安静地思量病的好歹。她想的多的不是花多少钱,而是能不能治,要多久才能好。她害怕给家庭造成苦难,她害怕给儿女带来拖累,她觉得自己离不开这个家,她觉得这个家也离不开自己,哪怕是一天。是的,在这个家里,正因为她的存在方敬姐弟才有净衣热饭,正因为她的存在方载亲才没有后顾之忧,正因为她的存在安再启老两口才得以安生……

半夜时分,我们的安友会发出了一声静悄悄的叹息,这叹息径直刺破了田野里传来的虫鸣,也刺破了方载亲的鼾声,成为这清夜里唯一的生动。

第四十三章

看到医院的大门后方载亲两口子望而却步了。

对于安友会的病,方载亲不知道是否严重,倘若严重得无法收拾,那么家庭肯定要陷入苦难,家道势必随之败坏。安友会也是踟蹰不前的,甚至打起了退堂鼓,心里话,不看了,看不看这病都在身上,要是把它看出来日子可怎么过呀!

两口子心照不宣地想开了，好一会儿方载亲才拿定主意，他确信自己想要大夫一个说法。一位看起来不算老的大夫接待了两口子，问诊后径直问安友会什么血型。安友会答不出来，大夫又问她的父母亲是什么血型，这更难住了她，于是大夫说，你们趁早去验血，要是顺利的话明天就能拿到化验单。

听大夫的口气不像要命的病，方载亲心生安慰，抽过血便来到县城最繁华处的一家小饭馆，坐下后嘻嘻哈哈地问安友会想吃什么，安友会憋憋堵堵地说不出一个正式的菜名。老板娘看一眼他们的行头麻利地说："驴肉火烧、羊杂、馄饨、油条、白粥，还有烙饼、炒菜，家里有的我全有。"

安友会不知道点哪样好，只是细声慢语地说："你看着要，我不想吃。要不……你要几个烧饼，再夹点儿肠子？我只喝碗白粥。"

方载亲不满意老板娘的口气，拉下脸说："有好的不？"

正是午饭时间，老板娘叫来服务员便去招呼喝酒的客人了。服务员是方敬般大的丫头，来后很不高兴，也没有好声气："想吃山珍海味就拿现钱，我替你们买！好吃的就在锅里，大家都惦记着哩，有钱有本事还怕捞不着？"

方载亲气呼呼地说："十块钱烧饼夹肠子，三碗红豆白粥。"

"三碗？"

"我喝两碗不行？"

"行，你要两十两碗我也给你盛！"

安友会的埋怨化作了叹息。

饭食端上来，吃罢有富余。方载亲看一眼压着的价目表把正好的钱拍在了桌上，服务员笑道："账头清！"

方载亲也不答她，把剩下的仨烧饼夹肠子放进提包准备留作晚饭，而安友会却想带给孩子们，正好一人一个，不多也不少。

吃饱饭后方载亲不是多么心虚了,便独自去找大夫问病症,大夫解释过医治过程和医学常识后总结说:"像是贫血,恐怕还得做深入的检查。"

"哦……什么检查?"

"真检查咱县医院还没有那套设备,目前只能输血回家养。别干硬活儿,妇女们也就是在家做做饭看看孩子,养病吧!"见方载亲不满意这个医疗方案,他又说,"血的病要想根治,得去冀中或者省城,最好去祖国的心脏,北京。"

"那眼下怎么办?"

"明儿查出血型后先输血恢复体力,否则也禁不起折腾。"

方载亲觉得在理,于是就近找到一家"国营"小旅馆。店家是位面色红润的中年女人,抓来登记簿头也不抬地问方载亲住几天。方载亲心想,输血肯定比浇返青水难,地头长一夜怕是浇不完,所以说三天。那女人瞟眼安友会又要介绍信和结婚证,他只得如实说,多少年的两口子了,板柜底下那本结婚证怕是早被老鼠嗑了。中年女人这才抬起头说:"我相信你们是两口子,可是什么证件都没有,派出所没准当你是人贩子。看大妹子怀着病就行个方便,以后出门行头忘了行,证件和钱别落下。你们是……"

"田禾庄,洪城公社。"

"听口音像是山冈儿的,下次别落下证件。"这个"山冈儿"是尧县平原人对山上人的贬义称呼,特指土气、小家子气。

进得客房那女人又提来一壶开水,特意说:"开水不要钱,大妹子尽管喝,再泡泡脚解解乏。"

安友会忙道谢,关上门问方载亲:"这就不走了?"

"来来回回跑路费不要紧,你受不了。"

"家里单凭敬子……放不下心。"

"有她姥姥、厚生叔,你什么也别想了。"

安友会倒杯水,水不热,就攥在手心捂着说:"一出门好几天,他们吃什么喝什么?"

"赶紧歇着,明儿拿化验单让大夫给个准信,就算回去也得知根知底,要不闹病更闹心。"

说道间外面的天色渐暗,方载亲又买来饭食,吃罢二人无所事事。是的,县城里太单调了,街道不再转载田野里的虫鸣。身处新奇的环境人心往往需要适应,但是方载亲和安友会难以适应,他们只想早点儿回家。是的,这个地方不是他们的家,因为这里远离他们的子女,远离他们的土地,远离他们的生活,因此这里和他们的家有着本质的区别,充其量只是一个撂脚地。假如安友会没有病,她不可能到这里来,假如不是陪着看病,方载亲即便来也是去农资站买配件而不会过夜,但是这里的确是他们的县城,虽然他们和这里的关系仅限于名头的归属。

既然睡不着,不妨盘算花销。方载亲多拿了两百,并且额外算计出了路费和盘缠,加上方载德送行时塞了些钱,粗略估算一般的病花不完,可是他心里隐隐约约地感觉不够。是的,大夫说这病要输血,所以他琢磨起了人血的本钱。

血。

血本。

人血的本钱。

这买卖得他娘定个什么价?

转念细嚼"血"字他又觉得可怕,这可是人心里最宝贵的东西,怎么能买来卖去?可是大夫分明说,你女人非得输血不可,血一输面色立马好看,这是贫血症!当时他心里就咯噔,问人血打哪来。大夫说医院血库里没有现成的血,要输得临时买。

买?

买血。

哪找卖家?

医院天天有人卖,什么型号都有。

这叫他放了心也担了心,放心的是安友会的病有人愿意救,担心的是别人少了血是不是也得贫血症,而别人的血又能不能在安友会的身体里扎根。于是大夫又和他讲起医学常识,最终他打消了顾虑。现在他知道安友会心里难受,就想大事化小地说一说:"大夫说病情不严重,输点儿血,再养几天,就好了。"

"血,别人的心血,我怎么好要?"

"你放心,大夫有办法。"方载亲又活学活用地解释着,"血球打进你的身体就像种子下进地里,血里的水一浇,种子就扎根……血球是种子,血水是返青水。"

安友会从小到大就分得清哪是自己的哪又是别人的,自己的送给别人可以,生抢硬夺定是不松手,而别人的即便送过来也要看自己是否需用以及别人是否诚心。可是现在需要的是别人的心血,如此珍贵的东西即便能够在菜市场买到,也不好伸手接……

心虚的一夜在煎熬中度过,第二天一大早方载亲去拿化验单,人家说还要等半天,与其荒废掉这个上午不如好好地逛一逛县城。安友会紧跟着他,没有半点儿看热闹的心思——县城的热闹,这辈子她都无法在田禾庄看到,她拿回家完全可以像故事一样说给孩子们听。安友杰看过比这还热闹的热闹,但他不怎么讲,似乎明白那一切注定与他无缘,讲与不讲对他根本没有影响。而田厚生呢,怎么说呢,他到现在也没有来过县城,他到过的最远的地方怕是接田新凤的那个比田禾庄还要田禾庄的村子了,他到过的最热闹的地方怕是洪城的年集与葛洪山的庙会了。是的,我们的"老绝户"没有来县城的理由,那些种子不出田禾庄就能换到，那些感冒喝碗姜糖水就能治好。假如你硬把他拽出来，恐怕他会比安友会还要不适应，甚至会觉得是在做梦！

百货大楼是尧县城最高的建筑，顶天又气派。如果到县城而没有进去过，哪怕什么都不买都不叫到过县城。现在方载亲和安友会就在这里看热闹，吸引他们的与其说是电视剧《西游记》不如说是电视机。那画面比田厚生讲得耐看多了，所以方载亲止不住地乐呵，午饭后回到旅馆依旧乐乐呵呵地说："咱也买它一台？"

"钱多烧的，咱村没一个买就显你？"

"十七英寸，黑白色，昆仑牌。三百多，值。"

"你早想买？要是我不闹病，就狠狠心买它一台……"

"跟看电影似的热闹。"

"你少给我想，还不知道我这病值几个电视哩！"

"以前买配件时问过，挺时兴。"

"少出风头。"

被安友会泼过冷水后方载亲就去拿化验单了，大夫过目后连忙帮他联系卖血的人，探身指着医院门口一个三十多岁的瘦弱男人说："他是这型号，你找他。"

"零？没有血？O型……"方载亲弄明白后来到门口，顿时围来一圈人问他缺什么血，待他说过后只有大夫指点过的那个人高高兴兴地跟了来。

办过手续，在一间病房里，鲜红的血液，从那个瘦弱的男人身体里流出来就流进了安友会苍白的身体。整个过程，就像浇地一样轻松，除了心烦安友会并无不适，显而易见的是她的面色立马好看了。照过镜子，她和方载亲都很高兴，认为这钱没有白花，这血没有白买，这病已经治好了……

病有人救回家的车却没有了，旅馆里心情舒畅的方载亲揣摩过余钱便方永般地磨蹭安友会,安友会总算被说动了心。第二天百货大楼里,方载亲阔绰地买走了电视机,回到家调好天线,晚上嚼着烧饼夹肠子的方永就看上了影影绰绰的"猪八戒背媳妇"。

第四十四章

田新凤是简单的田新凤,她把情感包藏得密实。

如果田间地头熟人碰面寒暄,她就是简单地笑一笑,不会说"你也来了""庄稼不错""天气也不错"之类的闲话,就是笑,笑罢就是低头,低头忙活自己的事情。她的生活里本就没有过多的言语,即便以最热情的方式应对,在别人眼里仍旧有一种被冷落的感受,久而久之别人和她打照面也就只剩下了笑。她不会去猜测别人如何看她想她,当然也不去理会别人眼里心上那个不善言谈甚至有些清高孤傲的影子,但这并不妨碍她与别人以微笑开始以低头结束为规则的交流。

你看那秋日的麦浪,随风高高地仰起头,也随风深深地弯下腰——田新凤似乎就是一颗遗落在田边地埂的麦种,也随着时节沉甸甸起来,努力地面对着风或雨,或轻仰,或压抑。

麦秋后极其普通的一天,田新凤低着头向田厚生家走去,她不知道此刻田厚生的家正迎来一位访客。

这是一位中年男性访客。

他身穿邋遢夹袄,面相比方载亲更显老,仿佛从解放前某个青黄不接的年月逃难而来。迈进田禾庄他就在打听"田厚生",有人把他领到官街口,还指了指屋脊。

他慢腾腾地走过去,犹犹豫豫的,嘴巴里似乎在嘟囔着什么。周遭的人眼看着议论着,谁也没有理会他。他也没有理会谁,在钢磨隆隆的声响里站了好大一会儿。忽然有人发现了田新凤,便远远地喊:

"凤儿，有人找你爹哩！"

田新凤抬头看，旁人指给她，她只看了一眼便进了家，不一会儿田厚生出来打量起这个与众不同的男人，正好他也在打量他。这一刻，众人的目光全部聚焦在他俩身上，原本猜测的停止了猜测，原本说笑的停止了说笑，原本好端端的一个夏日也凝结了，时光瞬间阻塞了人们的思想。方载亲也从磨房出来打量这个人，只一眼他便想起了什么，仿佛看到了当年那个被带走的小伙伴……

会不会是他？

知道那一刻的人心里发出疑问的同时嘴上却在说："厚生叔，叫进去歇着！"

田厚生这才意识到身在大街，便说："进屋吧。"

那人却不动弹，突然猛地念道："爹。"声音不大，叫人以为听错了，但随之跪下的身躯让人真切地听到了这个字的回响。

田厚生忙去扶他，他却浑厚地哭着，怎么扶也扶不起来，腿脚像是长进了田禾庄的大地。

"进屋哩！"有人说。

"厚生叔，拉一把！"又有人说。

田厚生拉不动，两个人只得一跪一站地戳着。好一会儿方载亲和男人们才意识到这应该是自己的责任，于是硬生生地把他拉进了田家。待男人们自觉地走后田新凤倒碗水给他，他捧在手上就蹲在了地上，田厚生瞅了半晌拍着炕沿说："你坐。"

"我蹲着吧。"

"你……怎么来了？"

"来看看……挺结实，放心了。"

"唉！我有什么好看的哩？凑合着活个大概吧！"

"嗯……哦。"

"你……家里好不？"

"挺好……老想来……不来，总感觉不对。"

"没有不对。"田厚生装好锅烟，又往实里摁着问，"抽两口？"

"不会哩。"

"凤儿，做顿饭，割点儿肉再打点儿酒。"田厚生生怕她今天忘记带钱，正掏时田新凤已经走了，他便把钱撂在炕沿说，"家里好不，还有什么人？"

"没……我一个。"

"多住些日子？家里什么都有，安心住吧……你那个叔还是大大，身子骨结实？"田厚生终于想起了闹腾过自己一回的人。

"他？结实到不行。"

"不待见你？"田厚生见他依然捧着水碗，水碗看起来很沉。

"就没待见过我，那几个哥从小到大见谁欺负谁。"

"留下，别走了！"这睡梦里说过的话此刻就团在田厚生的喉咙，但他知道现在还不是说的时候。是的，他不知道这个叫过他"爹"并且时隔三十年又叫过一次"爹"的小子揣着怎样的心思，他也不知道他如今的名字，就连自己起给他的名字也忘记了！他所知道与记住的，只是他离开田禾庄时扔下了自己的"田"。

"唉……爹，你好不？"这男人的叹息像是只为打破沉默。

"白天忙活黑夜睡觉，过一天少一天。"田厚生磕打着烟锅说，"大毛病没一点儿。"

"哦。"

"你哩，家境年景都行不？"

"这边还是老房子，炕也是老炕。那边不行，房子下雨漏阴天潮。其他家家户户都一样，一个人的地一个人种。"

"没想过做小买卖？年轻得多干，力气省不到最后。"

"没本钱也不会。村里三百口子人，谁离开谁都能过，不像这村能撑起小买卖。"

田新凤来了，田厚生盯着走地冷不丁地说："凤儿，做什么吃食……给你哥。"

家里一下子多了个男人，还冷不丁成了"哥"，田新凤觉得别扭，愣愣地说："什么都行。"

"想吃什么你就说，让凤儿做。"

"我什么都吃。"

别别扭扭的田新凤愣了好一会儿才有打算，先炒俩菜让他们喝上，再剁馅和面包饺子。

田禾庄十之八九的人都知道田厚生的家事，得知当年的继子回门后安友会就想和方载亲说道说道："田忠为什么来……"

是的，这个在田禾庄生活过的男人，田禾庄人曾随着田厚生唤他田忠。如今如此简单的字眼田厚生都忘了，但田禾庄人却记得牢靠又传得开。方载亲对当年的名字和人印象尤其深刻，所以他回想着说："忠儿毕竟待了好些时，怕是没别的吧？"

"还有他什么？"安友会像其他女人一样替田厚生操着心。

"什么也没有？忠儿不能来看看？"

"你争什么闲气？听你说过你们小儿里感情深，好过德子哩！"

"人家来咱又不能挡。"

"也是。"安友会思虑说，"后响去看看？"

当晚方载亲买来烟酒，但没有像往常那样直接进门，而是站在院里笑着问："忠儿回来了？"

田厚生迎出来纳闷儿地问："谁？"

"忠儿啊，田忠。"话出口方载亲也后悔了，心想现在的田忠恐怕早就改回了本名。

田忠听到了方载亲的称呼，也迎出来说："大脚哥。"

方载亲大大咧咧地点过头来到屋里，看着田新凤找话说："凤儿也在……捏饺子哩。"来个熟人田新凤的脸色才活泛，问安友会，他嘻嘻哈哈地答，"在刷锅。"

安友会听得热闹才咳一声推开门，进来单看着田新凤说："凤儿捏饺子哩。你……你来还没敢认哩。"转身洗手去擀面皮了。

"大嫂？"

不待安友会应承方载亲已经开了口："嗯。多住几天？"安友会忙打断他的话，"多捏点儿！让大兄弟多吃几碗！"她在责怪方载亲多管闲事：如果田忠本想多住，他一问反倒被逼得说短话；如果只是走人情，那倒嫌来得多余了。

方载亲赶忙问起无关紧要的话，说着说着还是拐到了居留时日上，田忠笑着说："这头活儿多就帮着干，那头要忙再回去。"

田厚生很满意这个回答，多吃了半碗饺子。方载亲看在眼里心中已有分寸，待回到家安友会问他田忠的真实意图时他悠闲地说："概是不走了。"

"我看也是专门来认亲的。"

"我看还是挺本分，留下来没什么不好。"

"这么多年谁知道变还是没变，变又变成了什么哩？"

"以前他小不做主，他娘是棵病秧子，概是他大大的馊主意。"

"他娘命苦。你说他是不是不想走了呀？我看像。"

"睡吧，叔拿主意。"

"叔嘴上不说……还是留下来好，毕竟多多少少的情分在！"

"走一步看一步，车到山前必有路，叔愿意就行。"

果然，日子十天半个月地走着，而田忠还是没有走的意思。田禾庄人习以为常后，田禾庄就又有了一个名叫"田忠"的人。

第四十五章

多数田禾庄人的日子已经一碗水平，他们仍旧坚守着古老的习俗，与土地和庄稼年复一年地打交道。

方载德与众不同，他不为农活儿付出大量的时间。农忙时节李学勤会备上烟酒找人攒忙，待方载德闲下来再用汽车还人情。做过人情交易的人都说，庄稼主要想把日子过成方载德那样，除非地里种镚子长票子。人眼里的风光依旧不作数，只有李学勤看得到，也只有方载亲想得到，车债像条绳索正死勒着方载德，迫使他只能像战士一样在生活的战场里冲锋陷阵。

还有条绳索紧勒着方载德。

仨小子。

眼见着孩子们大起来，方载德总觉得先前的准备不够充分。挣一个小子的家业或者为一个小子铺条门路对他来说并非难事，难就难在是接二连三的三个。自己过得好歹无关紧要，但不能难为从小到大没有受过苦的孩子。所以他时刻都在警醒自己，趁手头还有几年时间，赶紧多积累些家底。

这天出车回来，跳下驾驶楼他才发现衣服湿透了，坐垫还能拧出水来。尽管没有告诉李学勤什么时候回家，但她已经备好饭菜和酒水，并且在桌角放好了香烟和打火机。她知道，他到家的第一事，就是坐下来安安生生抽几口烟。

方载德安生地抽着烟，李学勤备好洗脸水、香皂和毛巾又递来热茶。今天除了疲惫她还看到了心事，并且猜到不是什么大事，但足够心烦。她是个心细的女人，人情事理看得入木三分，也是个有主见的女人，否则怎能料理好一家五口家里地里的生活？

抽罢烟方载德咳了几声，又挺挺腰待身体活泛了些才去洗脸。李学勤看在眼里，心里话，只要车不出毛病钱就一天一天地挣，另外就是身体，说你千遍万遍肩膀上站着人，可你就是进耳不走心。尽管她现在没有把这些牢骚说出口，但她与爱藏事的安友会不同，迟早要找机会说出口。方载德洗好脸后大家围坐一处正式开饭，饭间没有多少要说的话，除了添饭加菜也没有多余的动作。饭后李学勤见方载德吃得不多，心里的话就说出了口："车出了毛病？"

"嗯？"方载德纳闷儿地反问，"什么毛病？"

"上次说化油器，没修好？"

"好了。"

"还有什么事？"

"没事。"

"是活儿不好干？"

"凑合。"方载德感受到了她心里的负担，便转了话题，"杰子他们的书念得怎么样？"换作往常他要亲自看作业，今天显然心有余而力不足了。

"良子跟杰子念几年级你知道不？麦秋假后得上五年级跟四年级，他大大家永儿也要上三年级。这年八八明年八九，说话翅膀骨都硬了。"李学勤实则是责怪他没有考虑最先长大的方军。

"嗯，正想着哩。"

"军子？你想怎么着，明年初中毕业。"李学勤终于提及方军。

"当兵。"

"初中毕业就去？"

"等着当兵。"方载德又点上了烟。

"这会儿当兵跟你那时能一样？"李学勤觉得没有当兵的必要，

若为吃饭的手艺不如不去。是的,当兵能学来的有用的手艺无非是开车,家里有车怎么学都行,未必非得去部队受罪。

方载德看出了她的心思,咽喉呛了几声咳只好长话短说:"得去。"李学勤捶背的当口他又解释说,"能当汽车兵最好……毕业先跟我学三两年,打个厚底子。"

"你说当什么就当什么?你是司令还是将军?"李学勤不乐意方军离开那么久又那么远,就噎了他一句。

"有战友在武装部,等等看,近几年要走汽车兵,只要远不到西藏就让军子去。"

"你挺爱国的,也舍不得把孩子扔老远?"李学勤并不知道"西藏"离田禾庄有多远,但凭"西藏"的"西"字和他的口气,只觉得肯定是"西"得不好再"西"了。

"没后门还去不成,果真赶上还是得去。"方载德踩熄烟头说,"我是怕军子的身子骨不行。"

"哦……"

"你别想他窝在家里的闲事,就算不是汽车兵也得接受锻炼。"

"刚为军子犯愁?"李学勤去隔壁看了眼方军回来问。

"毕竟要找人家办大事,不能事到临头才活动,刚我在琢磨今年送点儿什么好。"

"好烟好酒还不行?"

"我想再弄点儿大枣、核桃,可小队一拆没人拾掇树。"

"去山里,有钱怕没货?"李学勤不信这个邪。

"有钱未必能买到名额,好东西大家都在巴望,凭什么归你?"

李学勤被气得说不上话,索性去端洗脚水,转身时想凡事未雨绸缪定是错不了的。

田忠不在乎外人怎样看他,但他到田厚生家后的第二个年头田禾庄人便刮目相看了,不再认为他是来收家业,反倒觉得"老绝户"应该有他这样一个人守在身边。

在田忠的故事里,也曾有过田厚生那样的反复思度,受族亲欺凌时他总会想起田厚生抚过额头的手,野草一般荒长的年月里也时常会拿他和亲生父亲比较。他反复比较的并非是血缘的亲疏,而是在这个人世上究竟还有谁愿意无条件地让他依靠。其实,当母亲在颠簸的苗洼台咽下最后一口气时他就想把车轮拽往另一个方向,无奈的是他没有毛驴的力气,他只能凭借心力让自己记住过往的路标和"田厚生"这个难为情的名字。

一转眼三十年过去了。

田地里的庄稼在春秋里青黄相接,我们的田忠终于敢于走回当年的路了,从而让田厚生在几乎老成了两个方才顺的守望里心愿得偿。如今,两个生活中满目疮痍的亲善之人,因为同一份难为情而生发出了超越血缘的亲情。是的,我们的"老绝户"已然认可了这个失而复得的小子,因此急切地想坐实名分,只要田忠愿意,他随时可以找大队开具落户证明,所以赶在越冬的小麦成熟的前夜他端坐在炕头问田忠:"忠儿,又麦秋了,我跟你回去一趟?"

"不了,恐怕前脚出来后脚家就没了。"田忠想得对,他的大大从没有给他张罗亲事的打算,来前盖房还把院墙打进了他的家,如今院墙一拆怕是成了人家的独院。

"地里没收成?要有咱先收……"田厚生心里埋怨过他亲生父亲留下的糟糕亲戚才想起春天他在田禾庄帮着侍弄了开荒地,那头没有春种自然不会有秋收,但是他并不打算收回话,仍旧闷声不响地等回答。

"我要是一直在,起码有间房有块地,抬脚一走地里就算有庄稼也是人家的。"田忠哭了,像个受尽委屈的孩子。

田厚生任由他宣泄着眼泪。

田忠擦干眼泪说:"越是亲戚越不如亲戚!"

"闲了找干部开证明,看能不能落户。"田厚生平静地说。

"落户麻烦别人不?再就是地……都分给个人了,能给我挤出一小块来?"田忠满是担心。

田厚生爽快地说:"给也不要,肯下力气哪里不是地?就算没有地,和凤儿俺人种俩人的总行吧?再不行刨了院子!"

田忠觉得可行便闭嘴默认了。

话说到这地步田厚生端起了烟锅,忽又放下换了一溜烟纸,慢条斯理地卷成卷,探身吸着油灯的火舌后说:"该装电灯了,亮堂起来,明儿拉线。"

"我惯了,装不装都行。"

"得装。落户的事我先找干部问手续,收了麦再跑。"

田忠琢磨半晌又问:"要不把那头卖了?"

田厚生想了一阵子说:"能留下最好,毕竟是祖上的家业,关键是留不住……不用计较那一亩三分地了,再不好也不是外人,只当是白给他,领不领情在于他的人性。"

一直一个姿势的田忠麻木了,扭腰打着哈欠说:"没有过正经八百的光景,哪会有正儿八经的家当?说是卖,其实是过去照一眼。"他把头扭向一边,正看到田厚生屋里孤零零的家信帖——于是他想到了母亲。是的,他有年头不去坟地了,即便春节也没有写过几次家信帖,即便托人写下也没有拿得出手的祭品。

"那去照一眼,顺道办手续。找大队干部时带点儿人情,省得人家难为你。"

"也给我娘上回坟。"

终于提到了那个不幸的女人。

田厚生深吸一口烟,拍打着炕头说:"睡吧,忠儿。"

田忠赤条条地钻进被窝，探头吹灭油灯后田禾庄的夜还原成了从前的夜，这悄然无声的夜，仍旧等候着鸡鸣犬吠的活跃。

第四十六章

麦秋来到田禾庄，田野涌起层层麦浪，是一片金色的黄在带给农人欢笑，方载亲笑不起来——

这时节是他磨房生意的淡季，也是他庄稼主生活的忙季，可偏偏在这个节骨眼安友会的病情出现了反复，她的脸色又蜡黄了，她的气力又枯竭了，她做不了饭更下不了地了，看上去她就像一棵缺肥的禾苗般弱不禁风。我们的方载亲知道是去年买的血过了有效期，所以寻思着赶紧忙完麦秋，好带她跑一趟医院。

晃晃悠悠的方敬总算初中毕业了，说来可笑，在她身上总是事与愿违，越是不想念书这书念得越是长远，三年的初中她竟然上了四年。原本学校让她跟班混不必留级，可是安友会铁打了心，不但要她往满里念还硬要她往扎实里念。方敬的不乐意在一顿争吵后化作了怨气，这怨气又一次吞噬了她的不乐意，她声嘶力竭地对安友会吼道："好吧，我就不要脸了！我死也要给你念满它，念得满满当当的，我谁也不为就为你也要把它念及格！"这怨气支撑她毕了业，可是离开学校窝在家里的这几天她并不开心，心里总是空落落的——这个土生土长的农家丫头，还不懂庄稼主的日子就长在地里，还不知道家就长在地里而人就生在家里的道理。是的，年至十八，她才开始去适应属于她的本分生活。

北台后头的地是一亩，现如今方家除方载亲和红牛算得上劳力外方敬勉强算半个，方爱和方永也只能凑半个。人手不够，人手不够！方载亲边给红牛拌食边想，麦子们不能过夏至，今天不拾掇说话要掉脑瓜。这时候安友会悄悄地换了身破衣裳说:"我也跟着去,好歹割三垄,在家心里更刺挠。"

"别说拿镰,走都走不到,在家糊弄顿饭。"方载亲感觉语气生硬又说,"家里活儿也不少,你做点儿饭,一天干不完咱就干两天,两天不行就等人家干完再攒忙,再说,我们爷儿四个外带红牛也顶得上仨劳力。"

安友会叹口气对方永说:"长眼色,听你爹使唤。"

"麦假作业不写了?"

"黑夜写!少看会儿电视。"方载亲说。

方敬和方爱准备好了,拿着镰刀等着出发,方永忸怩半天才慢吞吞地说:"还有个'家长通知书',叫家长写几句话给老师,在红皮学生本里。"

方载亲看看日头说:"赶紧,给你填。"安友会找给他,他在"家长寄语"栏里写下"严加管教"四个大字后说,"你拿套牵牛,咱去北台后头割麦,争取一天割它个七七八八。"

田厚生一家三口都是好劳力,地的收种毫不费力。听见方家的热闹三人便跟去了北台后头。田学富望见昔日的队长带着一队人马乌泱泱地来了,便远远地臊他:"哇!鬼子来'扫荡'啦!"

心情大好的方载亲也远远地回一嘴:"你家里都是好把式,就你出工不出力,还是什么好庄稼主?"

说道间众人来到地头,田忠笑着和田新凤说了句话便下地开镰,田厚生先是坐在地头教方永如何放牛最省力,抽过一锅烟才揽上三五垄,俨然一个大家长。有了伙伴方永能坐住,和田宝把牛、驴拴上橛子便跑到土崖下的阴凉处,在庵堂边咋咋呼呼地玩起了土坷垃游戏,土地与庄稼对他们来说无非是应景的摆设。

田学富看看小子们说:"永儿都提溜来了,不宝贝着?"

"你肯拿出来让老爷儿瞧瞧,我就舍不得哩?"

"小子该晒,要不当不好庄稼主。"田厚生很赞同。

"榜麦就见你领来了,永儿晒得那个黏糊,你这个当爹的,人世间真少有!"田学富家的呀着嘴说。

"嘿!你没有条件说我,傻子把你拿出来晒老爷儿还指派重活儿,你就心甘情愿?你看看我,把她养在家里多知道心疼。"方载亲顿一口气,嘻嘻哈哈地打岔说,"家里有伙夫不?"

田学富家的瞅眼日头叫起来:"哎呀,老爷儿到当间了,我得赶紧回家,早起的碗没刷猪也没有喂哩!"

"你下了地就有资格吃现成,还惯大傻子哩!"

"我顺道看看会子,人家有病还得给你当伙夫!"

"傻子这么不像话你还跟着他,依我看,要不赖在家里吃现成,要不干脆再找一个……"

"你怎么不让你老婆再找一个!"田夏倔巴巴地说。

"大人说话别插嘴!不割就回家做饭。"田学富训斥说。

方敬气呼呼地剜了田夏一眼,方载亲尴尬地笑着说:"这丫头好哩,嘴刁不吃屈将来还是娘家人!"

"还磨蹭什么,赶紧回去,这一亩得干一天。"比方载亲早下手但进度落后田学富着急了,他家的夹上空水壶又扛起俩麦个问田宝走不走,和方永玩得兴起不饿不渴也不晒,田宝连声都没吭。

人多力量大,后晌方载亲的一亩麦子割得七七八八了,而田学富一家在地里胡乱吃过几口也赶起进度来。余下不到两分时方载亲见方永坐不住,便喊过来看着蒸得红扑扑的小脸说:"跟你姐回去帮你娘做饭,把牛拴到车把上,绳子短点儿别叫它嘴馋。"

方永依言做好要方敬走,见人家还在帮忙方敬没有理他,他只得和方爱回了家,他俩一走田厚生说:"凤儿,回去做饭。"

"别！凤儿！回去帮你嫂！"方载亲忽觉得自己这个队长分工不公，难为情地说，"别另起灶。"

田厚生点头后田新凤撅起仨麦个要扛走，方载亲忙递送一把又拿下一个说："挺剌挠。"

田新凤一手扶着肩上的一手又拎起一个倒腾到了马路边，就在她孤单的身影进入大券时，田忠扭脸望着日头说："天晴得真晒。"忽然发现田学富家的在看自己，脸腾地红了。

狠实的方载亲也觉得偏偏的日头太刺眼，便拎来水壶说："叔，忠儿，喝口水抽锅烟。"说话间拿起水壶，刚灌一口就喷了出来，不禁骂道，"死小永儿又放糖精，甜了吧唧没法喝！"

田学富家的瞅着田忠说："我带来两壶，忠儿，来拿。"

田忠看了看她的笑意又看了看水壶，红着脸提来交给方载亲，方载亲先让他喝，他却递给了田厚生，田厚生喝罢他又递给方载亲。田学富家的不禁乐了，声音不大但还是钻进了田忠的耳朵。

单说田忠。

一年来他每天都和田新凤打照面，吃她做的饭，喝她烧的水，还要和她说道几句话，久而久之产生了莫名其妙的感想，尽管这心理活动浅显而微妙，但也足够这个不小的汉子承受了。自从心理有了变化他在田新凤面前就拘束起来，不敢正视她的脸面身形，往往是田新凤屋里忙着他院里躲避着。田厚生全看在眼里，于是静悄悄地思量起继子和干女儿成家的可能性。可是在他眼角的余光里我们的田新凤还是以前那个田新凤，不因为家里多了人而久留，也不因为家里多了男人而生疏，什么时候来什么时候走分毫不差，该做什么又不该做什么恰到好处，往往是中午来做饭再烧一壶水，晚上来时暖壶里的水正是不冷也不热。我们的"老绝户"只得去找媒婆子，不想她去了外地又久不见回，索性忙活时左右带着，希望眼明心亮的有所觉察。

因为有田新凤，安友会的饭菜做得很快。

农忙时节饭菜程式化，简单而养体力，少不得烙饼炒菜和下饭解渴的粗叶茶。烙出第一张饼田新凤便炒了盘鸡蛋给方永，安友会很待见她，和她做饭竟然体力充沛，忙活完瞅瞅日头还高便同她先吃个了半饱。

果然，日头要掉进葛洪山时田厚生夹着镰来了，田忠也来了，田新凤打好洗脸水方载亲让她先开饭，随后叫走方永去拉麦。半小时后麦子们被拉进官街口的小场，又给怀犊的红牛拌过糠食饮过盐水方载亲才落座。今年劳力不够，反倒逼得我们的方载亲使出巧劲，开春就把河槽边的垃圾地平整成了稻谷场，虽然不大却很方便，田厚生也打算来年把麦子们卸在这里。

正吃饭间安友兰过来找镰，安友会问地里的情况，她道是安友杰故意拿镰凿石头。安友会来气要去地里理论，方载亲不得不放下饭碗赶过去，果然远远地听见安友杰正和二里外的安征禄说牌九，快走几步扔下镰说："什么时候了，哪个正经人还跟你腺晾晾？白面不够吃你就搅那个吧！"

安友杰这才拾起镰揽两垄慢条斯理地割着，任由身后的麦茬顶屁股。方载亲看不过眼抬脚就踹，于是他躺在麦地里起不来了。再启老汉过来求他："多少干一点儿，不怪你大姐夫上脚。"瞧见他的手被麦茬扎出了血，忙捏点儿细土捻上说，"大脚，你也是，他不干，等会儿凉快风过来还不得干一会儿？"

方载亲不似安友会有说不完的话，他憋着一口气，吭哧吭哧地替安友杰割起来，直到剩余他所霸占的歪毛时才说："该回家吃烙饼了，熨帖神仙！"

"哎——哟！我的腰……"安友杰还是爬不起来。

方载亲扛过几遭麦个见他还在哼唧，只得满是佩服地说："你的腰是纸糊的,一根麦茬前后戳俩窟窿,回家养半月,闲了再好?"

"哎——哟!"

"别装了,不想扛就走吧。"剃完歪毛的再启老汉也被他小子声情并茂的表演逗乐了,他家的则蹲下身揉捏着说,"别不是真闪了吧,刚才他姐夫那脚忒沉?"

方载亲无言以对,好久才说:"我踹的是屁股蛋子,就算坏也该是后墩。他后墩净是肉,踹十脚也闪不到腰上,别当我跟他有八辈子仇哩!"说罢上手说,"你起不起来!"

"哎——哟!轻点儿提溜,大姐夫!我的腰……"

天要黑,再启老汉便指使安友兰去牵毛驴,方载亲扛着麦个气呼呼地说:"这麦跟人家的有法比不?叫他多浇一回水多上一担粪,少好吃懒做一天也不至于一年吃不到头。"

"你赶紧走,没你的事了。"再启老汉不愿意听了。

方载亲回到家立马和安友会说:"你那宝贝兄弟,好庄稼主子!我踹他的屁股,跟电视机似的串台串到了腰子上!"

安友会想了想那场面笑着说:"你那大脚没使劲吧?"

"屁股蛋子两拃厚,能踹下印不?他要是永儿……"

"我看看这个败家子去!"

"看他装?"

"唉,死杰子净造孽……我爹也是!"安友会心疼她的家人,也怪罪她的家人。

第四十七章

麦秋一阵风似的刮过后田厚生带着田忠跑来了手续,新户口本上清楚地载明田忠是他的"继子",至此我们的"老绝户"悬着的心才得以安放，干瘪黑冷的老脸才有了笑纹。可是身份的坐实又给他带来新思索，最当紧的是撮合田忠和田新凤，其次是盖新房。

盖新房，他以前想都没有想过。

田忠来后，每到深夜炕头的女人都要折磨他，直到他答应红砖青瓦才肯罢休。渐渐地，新房被他盘算出了眉目：拆掉废弃的碾盘，地基后挪猪圈改到前院，盖三间三檩的红砖青瓦房，正好两头住人中间做饭。

钱，从哪来？

去一溜自留地再借一部分。

怎么还账？

多养几头猪。

好。

要紧的是忠儿和凤儿的窗户纸谁去捅，又怎么捅……

说实在的，安友会的病与当年才顺老汉的病都无法下地，都不是庄稼主该得的病。农忙过后方载亲也和田厚生一样愁眉不展了，他觉得年年犯一场熬人又闹心，所以想多跑跑路去趟省医院一下子把它看好，因此决定给安友会远在省城的姨妈写信，拜托人家先探探路，待他提起笔来安友会却是犹犹豫豫地说："要不……唉……我看……嗯？"

"一下子看好算了，别操心钱。"方载亲把话说得很满。

"要不……等我缓几天看看，实在不行再去糟蹋钱。唉……这会儿写信也行，就说咱先去县里看，县里治不了再去麻烦姨。我看……信上多写写杰子，问问姨这个败家子该怎么办……嗯？"安友会觉得至今尚未成家立业的安友杰才得了不治之症，放任他游手好闲下去恐怕最终是回天乏术。

"凭什么问人家？只怪他不走正道，娶了媳妇又怎样？拖家带口的他更干不了！"方载亲的怒气也很满。

"这会儿不好歹找一个,将来就是老绝户!爹娘不着急我还不着急?我是他亲大姐!"安友会的胸脯一鼓一鼓的。

"好好好,你说该怎么写?反正照我说别提他。"方载亲不想把安友杰写进信里,他觉得为安友杰的事去麻烦人家情理难通,但见安友会心气不畅还是决定写几句,寄不寄另说。

"他姐蹦过他爹他娘给他张罗婚事,古往今来我没有听说过。可是老天爷偏偏让你摊上这样的爹娘这样的兄弟,你怨谁?谁也不能怨,能拽就拽……"

"有人跟他不?先别说别的。"

"原先山里那家好像又跟别人说着,吊了二年荒了二年,再不抓紧怕是要吹。"

"吹就吹,嫁丫头彩礼要两处房!你有不?"

"车到山前必有路……我是说先定下再想办法。"

"定?那你先给人家盖一处新房,等人家搬到村里再跟你定死。跟你定死了你再给自己盖一处新房,娶进门得花两处房。你慢慢想,我折腾了这么多年只勉勉强强地修了修正房!"

"永儿还小,咱先住着,供他上学要紧。"

"从队里到现在,你算算,多少年了?咱家又开钢磨又种地还养活牲口,算是折腾下一间半,你再看看人家高宅大院的,即便不为永儿我还想住个宽敞又舒心哩!"

"你跟人家比什么,我就挺知足,有吃有喝有零花,想那么好多不现实。"

"你想都不敢想还有什么忙活头?"

"咱是没条件。"安友会说出口也安生了。

"咱都没条件……就算管得上他,后半辈子还不正干哩?"

"爹老了、娘老了、管不了、我不管、谁来管!"安友会一句一顿地戳。

"你拿什么管？这会儿咱正要紧，你这病要想看好还不知道花多少，你也得掂量掂量，更别说再折腾家业了。"

"他是我亲兄弟我不能不管不顾！"

方载亲一甩笔说："好好好，这个家反正是你当。"

"家家有本难念的经，你不能嫌麻烦……车到山前必有路，不是你说的哩？这会儿是苦难，可总是个经过。"

"行了，你说这信怎么写。"方载亲另撕了张白纸。

安友会思量了半天，方载亲也等了她半天，最终她说："还写他干什么，单问问医院。咱再替杰子想办法，不能老叫他跟爹娘住。黑夜我过去让他们抓紧谈条件，定……钱慢慢凑。"

这下遂了方载亲的意，他几笔写完找俩米粒封上口说："明儿叔赶集捎带脚寄走。"

安友会当晚去了娘家，见安友杰不在她直奔主题："爹，你让死杰子怎么着？他可不小了。"再启老汉有板床不坐，蹲在墙角抄着手缩成了团，像件不言不语的老家具，她只得催，"家底都叫他吃喝赌完了，赶紧张罗一个收收心，整天跟二流子混什么下场你不是不知道。爹，你怎么想，那家行不，行就赶紧定。"

再启老汉还是不说话。

"行，可拿什么跟人家定？"安再启家的一脸苦楚。

"再杀杀要求，我跟小会子先凑定钱？"安友会早想和安友淑说说姐妹话，再咬咬牙商量商量安友杰的婚事。

"你妹子家境也不是旁外的好，跟她怎么张嘴？"

这时再启老汉拍屁股站起来对安友兰说："你出去走走。"

"还背着我。黑夜让我去哪？"安友兰很不悦意。

"去找小爱子。"安友会突然想到妹妹也该谈婚论嫁了。

安友兰赌气走了，在院里站了会儿听不得声响才出门，再启老汉估摸着她走远了才说："先定你妹子。"

"谁跟我妹子说的，家境怎么样？"安友会心想嫁走安友兰后新媳妇过门就当家主事，成的几率更大些。

再启老汉又不言语了，他家的反倒一五一十地说了，听后安友会觉得那人家虽说家境一般但兄弟都已成家，看起来还算般配。

"我没跟你妹子说。"再启老汉这才开口。

"我说，你说她还不反悔？"安友会有气无力地说。

"你身子骨不好，少生点儿闲气。"安再启家的插话说。

"摊上这么个好兄弟，只要活着有不生的气？"

"慢性子病偏是急脾气，谁叫咱家里有……"

"娘，你老这样，就什么都不管吧！"

"别说了。就这么着。等你妹子定下来也给你兄弟定下来。"再启老汉很少见地生气了。

方载亲给方永单独铺了被窝，安友会回家时他正看《三侠五义》，见她不声不响地上了炕他憋不住便找话说："这书写得热闹写得好，刚讲了一段哄永儿钻他的被窝，你听不，听哪段？"

安友会扯下书说："爹说了个法，你再拿捏拿捏？"

"他出的主意还不是向着宝贝小子。"

"出了总比没出好，有法总比没法好。"安友会意识到他在褒贬父亲，便说，"你爹好，光待见丫头不待见小子！"方载亲嘻嘻哈哈地不再斗嘴，她凑近了说，"瞧你那德行，整个一奸臣！你看这么着行不，有人给我妹子说亲，先给她定下……"

"我说的不假吧！你爹能有好主意？"方载亲又正经地说，"行是行，我估计他迟早也得这么干。"

"你知道？怎么不跟我说？"

"我跟你说,你不得说我出的馊主意?反正我说不出好也说不出不好……是谁家?"安友会说了,他沉默半晌说,"那个小队难打交道……不过友兰的事你爹说到做到,你看着办。"

"我看着办还用跟你商量?那可是我亲妹子!"

"右手是你亲妹子左手是你亲兄弟,都是亲的不是后的。可是我怎么说,我只知道那个小队难打交道。"

"亲戚还不是走动出来的?"

"有的亲戚你再怎么走动都走不上一条道,这你不是不知道。"

"难打交道还把我妹子说过去?"

"那就等你亲兄弟八十了再说你亲妹子。"

"你到底怎么想,行还是不行?"

"事实明摆着,你亲兄弟跟你亲妹子都不小了,你亲妹子不嫁出去你亲兄弟也娶不进来。你爹就是这意思,拿你亲妹子的彩礼给你亲兄弟凑定钱,右手倒换左手。有其他办法不?没有。"

"你的意思……就这样?"

"嗯。"方载亲见她还在眼睁睁地费思量,便问,"抻灯不?"

"点着吧。"

"少想会儿。你爹聪明,换别人摊上这么个少爷早不乐意活着了,要不就是早想往死里活了。"

"你爹也这样,咱俩谁也别说谁。"安友会背转了身。

方载亲忽然正经地说:"后响大傻子家的来,你猜为什么。"

弟弟妹妹的亲事正烦心,安友会生硬地说:"她还不是为那点儿争议地?你算不上队长了,主张十斤千斤稻不够得罪人。"

方载亲乐呵呵地说:"是叔家的事。"

"叔家没有事,几十年来没有过事,她看出了什么事?"

"我也没看出来!可她分明看出来了。"安友会抻灭灯踹一脚他才利落地说,"她想当媒人哩!"

"谁跟谁?"

"凤儿跟忠儿。"

"啊?!"

"这行不?怎么今儿黑夜都是亲事!"

"行吧?我不知道,凤儿好说话?可……谁能说通她?"安友会对田学富的女人的能力表示了怀疑。

"不知道,她找你,想拉你一块说。"

"叔……"

方载亲和她一样样地分析过后说:"唉,凤儿要是想,恐怕到不了这会儿。"

"以前兴许是没有合适的,或者是条件不具备。"

"算了,你想想怎么办,明儿她还来。"

"要不把叔叫过来,你们几个大男人先拿个底细?"

"行,找大傻子。"方载亲拧着筋骨里的咯叭声说,"我他娘也想喝嘴酒了。"

"只要叔有心忠儿肯定没什么,至于凤儿……"

"那是你们女人的事了,最好能成哩!"

第四十八章

我们的"老绝户"希望继子与干女儿在他手下组成新的家庭,因此在方载亲和田学富面前用赞成似的话笼统地表了态。不几天田学富家的上门商量事体,来时安友会正在炕上打盹,她便也上炕手把手地说:"凤儿的心思咱能揣摩不?"

安友会坐起来缓口气说:"凤儿怎么想,我没有一点儿模样,不过是得说合说合。"

"你这人身子骨挂点儿小毛病还挂了巧,我问你就为拿主意,好人咱一块当,坏人谁也跑不了谁。"

安友会抿嘴笑了,喝口水说:"你怎么想起来,把他俩拴一堆?我成天见愣是没想到!"

"你身子骨好只顾着推钢磨挣金山银山,我哩,那天见他俩帮你们割麦才看到眉目,细琢磨才知道老会计有这份心思!"

见她们说道开了方载亲便躲去了田厚生家,临出门不忘夸赞田学富家的几嘴,田学富家的却对安友会说:"别夸我,还是想想怎么夸凤儿吧!"

安友会寻思说:"把凤儿叫过来?"

"唉,咱俩都没保过媒,套数都不懂还偏偏想往最好里干,那就把她叫过来!"

安友会的面前仿佛站着田新凤,她眼巴巴地说:"凤儿,二十出头就守寡……唉,她要是有心兴许让嫂子们知道,要是真不愿意咱也能揣摩个八九不离十……能揣摩出来不?"

"咱算她有心,可是不是给忠儿?"

"除了忠儿,凤儿就没有眼熟的男人。"

"好吧,那咱可说定了,到时候咱俩说她一个……要是她不愿意就这么算了?这事老会计可巴望了一辈子哩,千万别坏在咱俩手里,万一砸锅罪孽可不浅!"

"哄不行骗不好,这么熟又一个小队,不是亲戚胜似亲戚哩!"

"关键是张第一句嘴,怎么在她跟前张真是个事!凤儿这些年是怎么想的难揣摩,只知道苦楚……你刚说什么?"

"嗯?我说这么熟又一个小队……"

"对!咱把大柱子媳妇叫上!"

"谁？"

"咱小队的大柱子，李天柱，住村西那个，他媳妇是媒婆子！"

"哪个李天柱？"

"以前出工不怎么搭话，后来邋邋搞变动他还背地里参谋……还没想起来？分地以后他去外地闯荡了，连续几年没管过庄稼，地里的草比苗还稠。"

"哦，你说的大柱子是大高个，想起来了，他媳妇是嘴巧好保媒，前几天听推钢磨的说两口子都上了北京城，在工地啄食。"

"你身子骨软，改天我走动走动。"

二人绕来绕去总是停留在诸多设想上，直到田学富家的走才摸出门道：若是李天柱家的不见人影或者不肯出面，那就把田新凤叫过来当面锣对面鼓，只要开了头就见机行事软磨硬泡。可就在这当口安友会的病情突然严重了，她的心力仿佛一夜之间被抽干了，方载亲不得不劈开日子奔赴省城。两口子去瞧病时正赶上榜玉米苗的忙活事，家务活儿一撒手全漏给方敬不算，地里的肥料都没有买下。呵，这个方载亲——

你撂下了生意土地庄稼。

你撂下了小子丫头牛。

你只带走了安友会。

安友会病情的诊断结果为良性子宫肌瘤，省城的大夫说开刀取出来就好。安友会放了心，便打发方载亲送方敬来伺候。再回到家里，方载亲见到的是家道衰败的迹象，院里乱糟糟的，牛棚臭气熏天的，磨房里也满是尘垢，最让他惊心的是荒宅里出没的孩子们脸上满是恐惧不安。安抚过子女他即刻拾掇起宅院，待到一切复原如初，喘息的当口他止不住地告诫自己：钢磨生意再兴隆，地理庄稼再饱满，都不及一家人心平气和地过安生日子。想罢他独自拉起牛车去了地里，一口气忙活到家道清整才带走方敬。

这天是方爱的生日,方永想吃肉丝面,现如今家中只有二姐,他便向她提要求。不待方爱回话,一旁守着的再启老汉说:"递你姥姥说,让你姥姥做。"

田厚生过来正好听到,也说:"让你姑做。"

连日来姐弟俩一直在再启老汉家吃粗茶淡饭,除过忘了放盐的烙饼方永已不再稀罕,此刻有得选便对方爱说:"小姐,咱不去姥姥家行不?"

"你就记吃,哪也不许去!爹娘不在大姐也不在今儿就不是我生日。你记错了,是下个月,到时我给你煮面。"

"就是今儿,娘走前画了圈。"方永拿来月份牌指着说,"我的过了,轮也轮到你了。"

方爱打翻月份牌说:"娘记错了你也别想了,要不我给你做!"

"小爱子别数落他,让你姥姥这会儿现擀。"

"今儿让姑擀长寿面。"田厚生说话间拉起了他们。

方爱瞅眼再启老汉,再启老汉说:"爷家,你们去,我看家。"

田禾庄的饭食无外乎米里滚面里爬,田新凤正端着一盆面游移,听说是方爱的生日便琢磨浇什么汤,田厚生说:"忠儿,割半斤肉,我去自留地摘把豆角闹汤,保准香。"

方爱暗地里捅捅方永说:"娘不在家你就要吃要喝,真是个老锅头,大姐在家我看你敢要不!"

"大姐在我也要!过生日不吃面吃什么!"方永嚷道。

"不怕。这头也是家,多吃几碗。"田新凤和好面见方爱还在生方永的气,便说,"等你娘好了我去你们家吃回来,咱俩谁也不该着谁行不?"说罢摸摸她的脸,又替她把头发拢到了耳后……

方载亲从省城回来后田忠和田新凤的亲事提速了,田学富家的信心十足地说,你跟我们家傻子先拿下田忠,剩余的不要你们大男人瞎操心。

于是在她的操持下,方载亲在自家办下一桌家常酒席,和田学富一道请来了田忠,这一次我们的"老绝户"缺席了。

几杯酒后方载亲嘻嘻哈哈地问田忠:"忠儿,大哥今儿喝多了,想跟你商量点儿闲事。"

田学富忙说:"他喝多了,话不顺耳只当他放了个狗臭屁,要不你就给个说法。远亲不如近邻,好歹表个态行不?"

方载亲呷口酒说:"忠儿,你来时不短了,老家那头还有什么人不,值得回去看看的人有不?要有就接过来,叔说开春盖几间房接过来一块住,等你嫂回来也让她看看咱家这口子新人?"

田学富适时叹说:"到你这年纪,早该有个圆全家了。"

冷不丁的盘问让田忠脸色吃紧,他想,我说怎么单叫我一个哩!脸上顿时泛红,紧攥着酒杯吞吞吐吐的不知怎样作答。

"你大哥怎么想的哩,这个大脚是想给你成个家。会计叔将来全靠你,只要你过上正经八百的日子,那……"田学富突然发觉话无论怎样说都说不全心意。

方载亲立马和田忠碰杯酒,紧盯着问:"忠儿,有不?"

田忠灌下三钱杯拧着身子说:"没……没有。"

"有就是有,没有就是没有,没……没有是有还是没有?"方载亲在逼问,田学富家的端来一盘凉菜解围说,"人家说没有就是没有,非得编个谎骗你你才信。"

"真没有,是没有,对不?"田学富也在抠田忠的心思。

田忠一动不动地坐在炕上,被问得紧才点点头。他心里乱糟糟的,满脑子净是往常生活的片段:一个人在家,早晚胡乱地吞口饭,半夜在院里游荡，甚至靠着老榆树睡冷觉……

再三肯定后方载亲说："忠儿，给你定门亲，你有什么想法？"

田忠顿觉头眩，扑棱着脑袋说："不……不知道，让爹说。爹说什么……你们给……什么也行。"他把头埋得更深了。

事情有门道，田学富家的过来说："说媒没有你们这样的哩，跟过堂问罪差不多！我知道，忠儿有交好的人，别不是凤儿吧，凤儿可是好丫头！"

"我……喝醉了。"田忠突然起身说，"回家。"

田学富家的忙摁住他，方载亲脸色一沉说："是凤儿又怎么哩？是就是怕什么，坐下喝，有叔跟我们哩！"

田忠拗不过田学富两口子只得坐回去发愣，叫喝就喝叫吃就吃，没有一点儿主心骨，好比一挂提线木偶。

这时候田新凤来了，进屋就问："嫂回来了？"田厚生喊她，说是安友会回家了。

"嗯？凤儿快坐下。"方载亲忙说，"是不是叔听错了，她还没来，不过也快了……"当他意识到自己说走嘴后就不再言声，只是嘻嘻哈哈地干笑。

田学富家的忙拉住田新凤说："准是会计叔把我当成会子了。"田新凤看着屋里的场面分外疑惑，田学富家的把她推到田忠一边，待她坐稳才说，"我们在喝定亲的喜酒，也有你一份。刚给忠儿说了一门子亲，八字还差一撇，你说他的喜酒你该不该喝？"

田忠挪挪身子，朝里坐了坐说："别听嫂说，嫂胡说，你别信。"这干瘪瘪的话叫人听着没底气。

田新凤诧异地问："说亲？谁？"

"还有谁，你呗！"田学富家的笑着说。

田新凤的眼睛立马直了，腮上也蹿起了红，却笑着说："田禾庄娘家净拿我寻开心，你们到底在忙活什么哩？"

方载亲嚼着菜说："凤儿，找你来就为这事，你想清楚给个话。我不背着你也不向着他，有什么刺当面挑，别嫌你这个大哥多嘴多舌，我看你俩就挺好……好歹你给个说法让我们喝顿熨帖酒。"

田新凤瞧明白酒桌上的思谋后本能地往外挪了挪，而她身旁的田忠，已是不敢再吃喝，田学富家的忙说："你跟他本就是一对儿，常来常往又知根知底……要不在一块，老天爷也看不下去！"

这些话让田新凤猝不及防，她想不出什么话来反驳，也想不出什么话来自白。她有没有对田忠产生好感连她自己都不清楚，只是对他习以为常了。是的，对她来说，如果一切只是眼前这个样，那活着也只是个活着，忙活也只是个忙活了。

田新凤正思忖间媒婆子李天柱家的到场了，她看也没看田新凤，单对方载亲说："队长，抓阄给孩子们分媳妇了！"

方载亲嘻嘻哈哈地说："听说大柱子跑到北京去盖高楼大厦了？怎么，地好不容易分到手又嫌烫？"

李天柱家的背对着田新凤坐上炕沿，又往后挤了挤，田新凤挪了挪她坐安稳了才说："庄稼主，寻常老百姓，到哪都是一双手脚土地里刨食，去北京也不过是小笨鸡儿啄米粒儿。"

田新凤和田忠趁她来的忙乱都低垂着头，谁也不看谁，但他们的表情全摊在了酒桌上。媒婆子这个杀手锏是被开了窍的田学富家的预备在东房的，单等着节骨眼上打冲锋。

"怎么，凤丫头，有什么不高兴的事？"李天柱家的冷不丁转过脸来招呼田新凤。

田新凤抬起头勉强地笑一下说："没、没有。"

"没有就好，没有不高兴就好，就算是有一小点儿的不高兴，那剩余的一大摊子也全都是高兴。"李天柱家的比画过后搂住她的肩膀说,"凤丫头,咱俩几乎年年打一次交道,哪年要是没去你家,那准在会计叔家……"

田新凤忽然起身说:"哥、嫂,你们待着,我不舒服。"说完挣脱开走了,李天柱家的喝过一口酒才和田学富家的追出去。

这突如其来的变故似乎也在方载亲的料想之中,但蒙在鼓里的田忠却沮丧得很,方载亲给他倒满酒,提振说:"喝!"

这一喝直喝到了夜半时分,待李天柱家的和田学富家的再过来田忠立马瞅了一眼,像是在问,凤儿怎么说哩?

李天柱家的自顾自地满上一杯酒,笑呵呵地说:"差不多。"她这一句话,让田忠放了一百颗心,田学富家的紧跟着解释:"我就在院里戳着,几个钟头,生怕进去坏事,好在凤儿通情达理:不过是在一条道上行走忘了回头。"

"这事成了还在你们。"李天柱家的不避讳田忠,从兜里摸出烟,慢悠悠地抽过几口说,"其实这么多年,尤其柱子上北京以后常年不在家,我就分外同情凤丫头,更想拉她一把。去年田忠来找会计叔,我当时就想把这事给操办了,不巧柱子在工地出了点儿事,只得先顾着他,寻思着也好让会计叔有个思量地。"转对田学富家的说,"这不,刚回来碰巧赶上生米煮成了熟饭。"

田学富家的分外满足地说:"后来我忍不住,就抿口唾沫戳破窗户纸,硬是往里看,最终听凤儿说是好好想一想。"

田忠的脸色立马变了,心想,还是没定死哩!

李天柱家的哈哈大笑说:"田忠,开春帮会计叔盖房子吧!"

我们不知道媒婆子和田新凤到底说道了些什么,只是看到随后的冬天里,我们的"老绝户"一脸的活泛……

第四十九章

方敬没有和安友会回田禾庄,她留在了省城。姨妈想帮一把安友会,而帮她的最好的方式是帮方敬,就在安友会治病时,方敬的命运悄悄地出现了转机……

安友会的病不比预想的糟糕,花钱在承受的范围内,两口子再回到田禾庄方载亲也琢磨起了盖房的事,他想让自己的家庭面貌好歹变一变。接连数月他都在盘算,盘算手上的余钱,盘算红牛肚里的牛犊儿,盘算怎样节省砖石木料,盘算再从谁家借一些倒倒手。这一盘算就到了年根,腊月里喝完安友兰的定亲酒回到家,他冷不丁地对安友会说:"开春,盖房。"

仍旧沉浸在妹妹喜事里的安友会显然没有在意,她一门心思地说:"田胜心,也不像你说的那么不好打交道。"

方载亲只得回她的话:"你爹找下的女婿都挺本分。"

安友会很满意这个妹夫,回想时却又看到了他身旁的安友杰,不禁叹出声来:"唉!死杰子到底怎么办,就差他了哩!今儿我忘了……该给婆家提要求。"

"什么要求?"方载亲心头一紧。

"不是旁外的要求。"安友会打开电视听着声说,"亲尽管定,我的要求是办事最好别赶在杰子前头,杰子毕竟是哥。"

"日子还没定哩,这要求提也白提,是婆家娶媳妇。"方载亲倒在炕上说,"他要是十年都娶不上哩?"

"你个奸臣,就一点儿好也不盼。今儿在胜心跟前,他真有个当哥的样子。"安友会看了看表,离放学还早,索性也躺上炕安分地回想着安友杰的表现说,"妹子定了,该着兄弟了!"方载亲笑而不语，她只得再挑头，"媒人说女方的要求不降低，算上友兰的定钱也凑不够，你说要是彻底断了吧更愁人，谁愿意嫁给赌鬼！"

方载亲知道再不吭声她要发脾气，想起大夫安心静养的嘱咐忙接话说："今儿安家人这么齐全，你看哪个人脸上烙着个愁字，除了你这个当大姐的？"

"嗯？"安友会没有反应过来。

"你爹、你兄弟，愁不？"

"喝我妹子的定亲酒他们发什么愁。"

"那为什么你愁？"

"我……我也不愁，只是高兴劲过去才发愁杰子。"

"为结婚，杰子一直没有发过愁，你爹也只是嘴上发愁。"

安友会听他话里有话，似乎不必为安友杰的婚事上心，便命令："你给我详细说！"

"我不知道具体杰子会怎么走又走到哪地步，反正我知道他肯定有办法，你这个当大姐的就等着当大姑姐吧！"

"两处房，他哪折腾去，单凭他有那本事？"安友会觉得女方的这个要求从常规处简直无法破解。

方载亲清清嗓子正经地说："多少年了，差不多五年了，为什么还没有嫁出去？为什么只吊在安友杰这棵树上？又为什么死活不降低身价？你有没有想过。"这些问题抛出来后安友会很是吃惊，细想更觉蹊跷，便问情由，方载亲趁势说，"你心里有疙瘩解不开了吧？事实明摆着哩，你兄弟找不到别人，人家也找不到能满足这么高要求的女婿。我直白地说吧，在人家眼里，自己的丫头值这么多彩礼，这么多彩礼你兄弟刚好也能拿出来。"

从小到大安友会都是低着头一门心思忙活的人，此刻顺着方载亲的思路想开了，当她把娘家的家业翻个底掉时最终开了窍，当下心里五味杂陈，端着好大的一份无奈说："唉，我不寻思了！"

"你不寻思就对了。"方载亲见她总算放下了成天念叨的事，便心情舒畅地说，"我早跟你说过，车到山前必有路，你爹自有过河桥。"

安友会心里的无奈顿时化作了火气，一巴掌打在他嘴上说："你爹你爹！怎么老是你爹你爹地说哩？今儿胜心都改了口，你到那个家里是老大，叫声爹有多委屈你？我闹病咱俩不在家，是谁天天给你看家业，又是谁天天给你看孩子哩？"她仍旧不解气，便踹一脚说，"我看你就是个白眼狼，就是个奸臣，就是陈世美！"

方载亲也觉得过分了，忙嘻嘻哈哈地说："咱爹，我是说别看咱爹不识字，可是咱爹的忙活真有他的独门道理。我根本没有看不起咱爹的意思，非要论看不起，也只能是看不起他管教杰子。"

"你给我重说！"

"好好好，车到山前必有路，咱爹自有过河桥。"

"换个说法！"

"好好好，车到山前必有路，咱爹……咱爹……爹……"

见他卡了壳安友会又踹一脚说："叫爹！"

"好好好，以后见面我先叫爹行不？"

安友会生了会儿闷气又回想说："刚进家你说什么来着。"

"我说开春盖房。"几年来日子过得毫无章法，是得搞一场大变动让家道更上一层楼再聚一聚人气心力，想罢安友会瞪一眼过来，方载亲赶忙接着说，"重盖北屋，临官街最得地利的街角盖成磨房，官街口小场正好停车做生意，腾出来的南屋拾掇给红牛，到时候咱家就利落了，咱这辈子该干的事也差不多干完了，只要世道没有大变动，家业就可以交到孩子手里了。"

"你完个屁，你仨孩子哪一个长大成人了？你少给我做清闲的梦,你身上的车套敢给我泄劲!"安友会的气撒完又颇为认真地说,"到时候一门心思供学生吧,万……我是说万一,万一永儿考不出去,那咱俩就搬到东房住,新房留给他。"

方载亲扑哧笑了,笑过后说:"行,那我就赶一赶时兴,争取盖得有模有样十年不落伍。"

"你有那么多闲钱听使唤?"安友会在泼冷水。

"所以我想在自留地里垒砖窑,烧两窑青砖省点儿开销。"

"盖成什么样哩?"

"媒婆子说大柱子过年回家,我年初一找他取经,实在不行下点儿本,买他一层高楼大厦的种子。"

果然,一九八九年的春节刚刚过去官街口的方家和田家同时破旧立新了。方载亲当真请来了李天柱,在他的指导下盖起了四间砖混结构的现浇房,并且在临街处挤出来一间磨房,他的宅院当真整齐又利落了,除了归属红牛的南屋和东房看不见的后墙,在这个家里我们的"老糊涂"才顺老汉一生的印记荡然无存了。

田厚生没有赶超时兴的打算,他如愿盖起三间传统砖木结构的瓦房,两头盘了火炕,中间一道门墙隔出了门厅和厨房,整体紧凑又实用,紧接着张罗起田忠和田新凤的婚事,数天之后成亲当天,他亲自放了几声炮请了几家人——

那一天呀,所有的人都从他的老脸上看到了纯粹的熨帖。是的,我们的"老绝户"呀,也像其他人一样完成了人生中最为重要的使命,他可以安度晚年了。当田忠和田新凤泪潸潸地给他敬酒并且齐声声地叫过"爹"后,这个被我们称为"老绝户"的人就名不副实了,但我们还是这样称呼他吧,因为几十年来他并不介意,我们为什么还要刻意地变换称呼而让他介意呢?

从田家的婚宴回来安友会瞥眼田忠的屋脊说:"叔老了。"

方载亲在心里比对过田厚生和父亲后去了南屋,把欢实的小牛犊轰出来,看它满院蹦跶时说:"人老腿先老,老,往往是早晚的事,今儿还能河滩作床崖右挑粪,明儿说不定就下不了炕。"

安友会知道田厚生的老就发生在这样的早晚之间,自觉可怜又无助,便说:"仨孩子成了人咱俩早晚也那样。"

"你是见一出想一出,净发没用的愁。"

就在二人担心明天的田厚生会老成什么样时安友杰从影壁后头拐进来,径直对安友会说:"大姐,后儿我结婚。"

开春后安友会一直在折腾家业,有些日子不去娘家竟然发生了这么大的事情,还是在安友杰主持下发生的,当下便直愣愣地看着他,仿佛看到了他唯唯诺诺地满足着女方的要求,因此她心里难受,呆了半晌更是心痛地说:"你去了家业。"

"另一处老宅早塌了。"安友杰波澜不惊地说,"我去了一半多,给她娘家在村边换了三间,你别递舅说。"

当安友会还在消化他这些话时方载亲嘻嘻哈哈地说:"杰子,没想到那处宅院,你还能剩几分攥在手里。"安友会断了他的话,冷冷地问安友杰,"人家有家有业有了窝,你哩?"

"剩的少一半上我也盖了三间。"安友杰转身朝外走,到影壁时又回头说,"后儿你去行,不去也行。"

安友会这就气不可遏了,戳着他的脊梁骨骂道:"你个败家子!我是你亲大姐,我不去能行?不让我去,你干吗跑过来递我说?你递我说又不让我去,只为专门气死我?"

安友杰解释说:"我不放炮不走亲戚。"

"我……我跟你是亲戚?你个败家子!我是你亲大姐,一个爹一个娘,我不是你的亲戚,是你家里的亲人!你真是没人性……打今儿起，我……我就看你怎么娶了媳妇忘了娘！"

安友杰想说些什么，方载亲咽下一口恶气把姐弟俩拽进屋里说："杰子，你现在有了主心骨，你大姐成天操心你这操心你那，可是我不愿意让你大姐再操没用的心，你好歹成了家，你就递我说，你打算怎么忙活，我好叫你大姐少操心。"

安友杰愣了一下说："大姐夫，我想跟着大柱子修工……"

安友会一巴掌打断了他，声色俱厉地说："修工，修工能修成正果？当初舅给你找下正经八百的工作，正式工，煤矿工人！可你偏偏不正干，这会儿……"

"好。行。我知道了。"方载亲边往外撵安友杰边说，"后儿我跟你大姐都去，你多准备一双筷子就行。"

第五十章

当太阳隐匿到葛洪山后，仲夏夜的黑幕即将拉下。

晚饭后田忠和田新凤去方家串门，田厚生就坐在新房屋檐下抽烟发愣。眼下的日子，正是他盼望过的日子，那个叫过他"爹"的小子果真成了他的小子，就连亲自背来的新媳妇也成了儿媳妇！所以他像才顺老汉一样生了件心事，他想抱孙子。可是数月下来田新凤的身上毫无变化，他不得不寻思到底哪天才能抱上孙子。他不肯承认早已丢失会计脑筋，寻思未果便更要寻思，大大小小的念头一旦冒出来就像开了闸的水，除非被横生的事情截流。

对他来说有一件横生的事情。

这天半夜田忠的屋门被推开了，迷迷糊糊的田新凤看到一个红点儿在走地上晃，忙叫田忠开灯，只见赤身裸体的田厚生正蹲在走地抽烟，两口子忙问："爹……你过来了？"

新房的两个里间都省去了门锁，平时田忠需要什么就去田厚生屋里拿，而田厚生有需用时则站在门外问他们睡了没有，但是今晚他摸着黑光着身子闯了进来！

田忠跳下炕说："我当是闹鬼哩，爹，你要什么？"

田新凤扔件衣服，田忠给他披，他却不理不就，只是叼着烟锅发愣，状况颇像鬼上身。

"爹，怎么了？"田新凤顾不得许多也下了炕。

田厚生也没有理会她，嘴里似乎在念叨什么。田新凤听不懂，便和田忠把他扶上炕，刚挨着炕他唰地睁开眼死盯着田忠说："你娘说了哩，要把我种到地里去，快帮我刨坑！"说完赤条条地跑到院里边刨边说，"把我种下去，是你娘说的哩！"

田忠毫无办法，只得找方载亲，方载亲来后见田厚生已经刨下大坑，当场琢磨半晌问田忠："叔一直这样？"

"一个钟头了，大脚哥，这是怎么了？"田新凤想要一个答案，方载亲只得揣测说，"别不是梦游吧？"

"梦游是鬼上身不？"田忠紧跟着问。

"你嫂住院时我听说过梦游症，发病就是胡闹，醒了什么也不知道，治起来挺费劲。"方载亲忧心忡忡的。

这时田厚生扔下镐嘟嘟囔囔地回了屋，随即躺上炕不再动弹。方载亲又观望过一阵子，说不出子丑寅卯只好先回家。他一走田新凤问田忠："爹是不是中邪？"

"不知道。"

"以前你跟爹睡没发现过苗头？"

"都是我睡在前头，爹睡得迟，概是抽锅烟才脱衣裳……我从来没有瞧见过哩。"

"连爹夜里的动静都听不见？"

田忠闭上眼不说话了，他从不和谁争论，别人也和他争论不起来。田新凤不得不独自思索有关田厚生的一切，希望发现日常中的反常，但她想不明白，只得嘱咐田忠："明儿什么都别说，跟平时一样，你赶紧把坑填上。"

第二天早上田厚生一如往常端着烟锅去喂猪了，之后与官街口往来的人招呼了几句。田新凤就躲在门后，听他坐定才出来说："爹，下炕了？"田厚生"嗯"一声，与往日没什么两样，她掩饰住内心的犹疑，踩着昨晚的新土又漫不经心地问，"咱吃什么？"

"院里刨坑不吉利。"田厚生一脸的疑惑。

看来昨夜对他来说就是一阵风。田新凤决定再观望几个晚上，倘若再发生就有必要找大夫了。果然这晚后半夜田厚生又下了炕，从屋里转到厨房，点锅烟才上炕。田新凤和田忠隔着门缝紧张地看着，确信他安分下来才敢睡。待到天亮他头一事就问洋火，田新凤从旮旯里拾给他，他点着烟锅又去喂猪了。至此田新凤两口子确信他被病魔缠身了，但都不知道疾病初发的时间。

其实我们的"老绝户"一直有这个毛病，只是最近愈演愈烈。很早以前他的生活与作息已经形成习惯，熄灯后独自上炕抽烟，多时会慢悠悠地进入梦乡，下意识里完成脱衣服、钻被窝、睡觉、做梦等一系列活动，再后来他开始变得不安分，身体会在炕上乱滚，也会在走地乱转，但黎明前总会钻回被窝。那时的他也只是转转，并没有出格的具体行为。

转变发生在田忠到来后。

田忠来后他睡得更晚，每晚都是等田忠睡着还要看上半天。在眼巴巴地瞅着田忠打呼噜的时间里他会想很多的人情事理，此后他的夜游才横生出行为，要么抽锅烟，要么身不由己地忙活事——黑夜和白天，清醒和睡梦，这才在他身上没有区别。

田新凤对此一无所知，发觉后的第三天晚上和田忠又盯守了一夜，然而田厚生却没有异常，第四天晚上同样很正常，两口子抽空请李民庆过来作陪，观察过后李民庆悄悄地说，去大医院吧。连续的看护让田新凤和田忠熬红了眼，就在他们准备去县城时我们的"老绝户"身上发生了大事件——

他居然光着屁股跑到了大队。

走夜的人看到一闪一闪的烟锅和时隐时现的老脸后被吓得魂不附体，惊恐间直叫有鬼！

一时间居邻大队的人赶过来，待发现是田厚生时又都傻了眼。田厚生，我们的"老绝户"这一次当场苏醒了，他知道了自己正光着身子被众人打量，而他们打量自己的眼神就像是在围观一头牲口，他们说道自己的话语就像是在谈论这头牲口的价钱——

"老绝户怎么了，鬼上身？"

"别不是耍故意吧？"

"撞邪了？"

"哈哈，一辈子没怎么尝过女人，怕是想了哩！"

"可能是夜游症。"

"什么夜游症，他憋了一辈子怕是憋疯了！"

"疯了？武疯子打人，叫小孩离他远点儿，别老听他讲鬼。"

"有一就有二，这么下去咱村多丢人，干部不管？"

"怎么管？比你我都大，爷都叫得着！"

"依我看就是鬼上身，葛洪山里烧烧香也就过去了。"

"鬼？鬼什么样？鬼大半夜光着屁股转悠？"

"他那几年开荒净刨了死孩子，别不是小鬼来闹腾？"

"小孩子死时几魂几魄？"

"唉！该是那个田忠他娘吧……"

风言风语不胫而走时田厚生很少出门了。田新凤和田忠反复劝他甚至跪下来求他去医院，可他偏偏不信邪。在风口浪尖里三人僵持了半个月，这十五个晚上他没有眨过一次眼，终于在明晃晃的电灯下为自己找到了病因：这辈子活到了头。

他开始忙活身后事了。

在一个晴朗的午后，他去洪城漆木厂预订了一口棺材，指定要原木的，只上一道清漆便好，此外他没有理会洪城人的传言，付过钱转身就走了。他根本没有说棺材做成后送到哪里或者谁上门来取——他的家庭住址以及后人，在小小的洪城乡早已人尽皆知。当他认为必须亲自办理的事办得差不多后和田忠、田新凤有了一次谈话："凤儿，忠儿。"

"嗯。"

"嗯。"

"我这辈子，走了多少道？"

"哦？"

"怎么哩？"

"怕是九万九千九百九十九里都不止。"

"爹，你别想这个。"

"爹，咱不说这个，还早哩。"

"嘿，走这么多道只有一条是正经。"

"……"

"……"

"有来的道一定有去，人，始终得在道上行走。"

"哦。"

"敢是这么个理。"

"也不知道是哪天，反正也快了。这会儿我没有旁外的念想，就想你们好好过光景……再给我添个孙子。"

田新凤低下了头，想说什么但没有开口，田忠则回应说："爹，还得准备准备，这不比种庄稼。"

"你们早准备，家里缺什么早言语，家里没有要是花俩钱能办就花俩钱……是得好好准备，孩子毕竟不同于庄稼，孩子是性命最要紧……唉，我没几天了，你们也得有个准备。"

"爹，你别这么说。"

"爹……"

这一晚田厚生躺在炕头睡得特别香甜，甚至故意在睡眠里穿插了一个甜美的梦。在甜美的梦里，他伸手就能摸到崖右的霞光，侧耳就能听到才顺老汉的呼唤……

此后的他看起来再无异常，所以田禾庄恢复了平静。紧跟着忙乱的大秋到来了，这个秋天他没有去地里走一步，而是和其他折腾不起的老人一样守在家里。可是，就在大秋即将收尾时有人慌慌张张地跑进地里，老远地喊："凤儿、忠儿！快回家！你爹出事了！"田新凤和田忠火急火燎地问事体，人答，"失火了！"

果然，跑上北台他们看到大队上空正冒起滚滚浓烟，田新凤立时昏倒在地，待她醒来，见新房的门窗还在往外窜烟，许多人正紧张地从方家打水到田家灭火，而我们的田厚生则安生地躺在官街里，他已不成人形，头发、眉毛和胡子一根不剩了——

是的，我们无语的田厚生死了，死在了官街里，死在了大道上，死在了秋天的收获中。

但是人们还是不清楚他和死亡之间的关系，一种较为可信的说法是：他老了，他中午睡得死眯，他的梦游症发作了，他去厨房找洋火，他点着了烟锅，他跌了一跤，他的烟锅引燃了柴草，他没能醒过来，他没能站起来，于是他化身成了火焰的一部分。

田厚生的葬礼很隆重。

安再启、老孙头等同辈人在操持老伙计的身后事。

方载亲、方载德、田学富等人连夜挖好了墓穴。

安友会、王二丫等人在方家院里生起了灶火。

田禾庄大队送来了花圈和最后需用的钱物。

洪城漆木厂的人送来了朴实的原木棺材。

方才顺早就等在了苗洼台接应的路口。

田厚生，我们的"老绝户"，一生之中从没有号召过如此之多的人为他一个忙活。

出殡那天，田新凤摘下墙上的唢呐，擦拭一新放进了棺材，和烟锅烟袋一起算作陪葬，安安稳稳地放在他伸手就能够着的地方。披麻戴孝的田忠，陪同他在田禾庄的街道上行走一圈才经过苗洼台赶往墓地。一路上人们沉默的声音很大，在场的女人和孩子都掉了泪，没有哭的男人也憋红了脸——他们是在心里哭，他们是在心里说：厚生叔，你是个老好人。

棺材，被安安稳稳地放进坟坑覆上新土之后——

我们的"老绝户"，披挂整齐的田厚生，走完了他的一生。从此以后，他将安息在土地里，他将陪伴土地上的庄稼，一年，又一年……

是的。

田厚生。

你被种进了土地。

庄稼，就是你的墓志铭。

初稿　涿鹿、南京　2005年04月27日

第 二 部

卷 三

第五十一章

黄昏，太阳架在群山之上，人们驻足挥手的刹那它便隐匿热脸，只有余晖还在照耀葛洪山巅的云霞。

十二周岁的方永已是洪城乡中的初中生，今天值日，回家势必要晚些。学校到家的路不算长，经过尧河漫水桥穿过田禾庄河滩地就是村口，他和方爱每天要往返四趟行走二十四里。方爱在等他，眼见没了日头便喊："大道上，净剩下鬼跟狼了！"

话很奏效，远道的忙不迭地放板凳、倒垃圾，小组长也拿着锁不断地催："快点儿，老爷儿下去啦！"

天要黑。

方爱回家的步子越来越快，回头瞥见吊儿郎当的方永不免呵斥："还不快点儿？娘不骂你才怪！"等他跟上来又说，"今儿还想画作业呀，你忘了老师点名说你马虎？"

"是说潦草，还是像过了的那家子屎壳郎。"

说话间来到村东小滩，方爱望见两个黑影又听得一串嘻嘻哈哈的笑声，知道是方载亲，便吓方永："小滩底下净闹鬼！"

跑过传说中闹鬼的地段，我们的"老绝户"的开荒地，方永便哭起来，方载亲接应几步仍不忘和老伙计臊䐗䐗："大傻子，你家的杀鸡又打酒，门口巴望你哩！"

田学富乐呵呵地打岔："呵！转眼蹿出来俩大学生，难怪跟你说庄稼净打马虎眼，有这俩货咱是什么都瞧不进眼！"

这话砸得方载亲心花怒放，眼瞅着方永回敬说："你家宝儿明年升初中，不也是专门掐尖！"

天色黑下来，青雾般的炊烟袅袅升腾，试图去接应高天里并不明朗的瓦云。红牛看看天色，再看看方载亲，识趣地抬起头转了身——暮色苍茫的村外大道上，方载亲就跟在牛屁股后头。

深秋的傍晚家家户户都是忙碌的，人们要给家里的活儿收尾，而占满一天的大事小情到晚上似乎没有一件成器的，叫人无法收拾白天的摊子再铺开晚上的摊子。晚间的方家小院里，北屋透来的光不肯把杂七杂八的物事照个清静，不过是在地上印下几个格子呼应天上的星斗，只有蒲扇的轻风才能让人感受到身心的清爽。安友会不舍得开院灯，因为电费刚刚涨价，摸黑而来的田学富早安了电灯，可屋里院外还是清一色，黑不是漆黑，亮不是明亮，就是那般若有若无电表不肯走字的感觉。

"傻子来了。"方永报告一声钻回了屋。

"叫叔，再叫外号看我打你不。"安友会搬来板床当饭桌，放下咸菜不痛不痒地训一句。

见方载亲正嚼着那个，田学富便唤方永，方永不答，安友会照例是呵斥："你叔叫你就滚出来！"这孩子对熟人总是调皮捣蛋，方载亲不再担心他腼腆内向，反倒担心起不识礼数。

"就差最后一题。"方永叨着圆珠笔跑出来。

"这几茬孩子偏偏碰上个六年级,多念一年不说题还挺难。"田学富笑呵呵地问方永,"永儿,你六年级的书还有不?"

方永想也没想就摇起了头。

"永儿他小哥杰子正好赶上六年级,二哥良子只到五年级。"方载亲寻思说,"听说以后要开学前班,念得更多。"

"宝儿要是吧?"安友会琢磨着田学富的初衷。

"没一点儿?卷子也行,再找找?"田学富的念头是黄昏和方载亲朦朦胧胧时见到方永才想到的,此刻他满脸的无辜与遗憾。

"这会儿的书后几篇没学早烂了。"方载亲不抱希望。

对比田学富待田宝的用心,安友会埋怨方载亲一眼才笑着说:"不怕,还有小爱子哩。"

田忠摇着蒲扇来了,搬个蒲团凑成了堆。他早已习惯和田新凤在一起的日子,也习惯了没有田厚生的忙活,但他来只是凑热闹,闷头听别人说道别人的事情,似乎只为多占个蒲团。

安友会和方爱从东房拾掇来几本破书,顺手抻着院灯让田学富过目。田学富见书上满满当当的又问有没有卷子,方爱找来些老鼠咬得不堪入目的卷子说:"叔,人怕是看不懂了。"

"反正你兄弟材料不强。"田学富很谦虚。

"我问过老师,说宝儿拔尖,怎么到你嘴里净憋屈孩子?不鼓励念不好哩!"安友会很识趣。

田学富把文化攥进手心后脸上活泛了,边和方载亲继续讨论长在地里的事边想着再去谁家搜罗,猛然间问:"杰子的还有不?"

"我可不知道。"方载亲似在打马虎眼,而安友会却在取笑他,"说你财迷还真是,破书也能看进眼。"

田忠乐出声时田新凤也来了,紧接着有了两个主题,不一会儿田学富盘算好了下一个主家——他的对号子,毕竟安家乐也有一个初一在读的半大小子。

方家院里的热闹直持续到九点,方载亲关门闭户清查一番后提来了脚盆,安友会边给撒吒挣的方永脱衣服边数落他:"你看人家大傻子,田宝念书样样操心。再瞧瞧你,天黑让你接亲小子都推三阻四,天下还有你这么少有的爹不。"

方载亲晓得不够格,倒碗白水润润嗓子又扭扭腰身说:"腰疼,兴许推钢磨闪了一下子。"安友会努力地抱起方永的上半身,怨一眼他才识趣地来抻下半身。

一家人钻进被窝后安友会接茬儿埋怨过方载亲才盘点起家务事,猪喂了,碗刷了,门闩了,表定了,该干的似乎都干完了可她心里仍旧不安,只得问方载亲:"还有什么事?差一样。"方载亲没有理她,她捶一拳又说,"还有什么事来着!"

"没事。你净瞎想,想七想八杂七杂八,咱家哪能盛下那么多的事。"方载亲又琢磨说,"电费?这个月够了,别操心。"

"是另一样……"

就让方载亲两口子思索他们未尽的生活吧!

夜已深沉,乡间田野正是虫鸣虫唱的时候,我们寻着这些声迹,从方家井台旁的蟋蟀窝里走出来,穿过磨房来到街上。街道两旁,是一处处人家的墙壁屋脊,黑黢黢的,像老农人的脊梁,而街面上正清幽,没有一个人影,只有白日里遗留下的足迹。我们夫田忠家打个转冉走出村落,经过苗洼台,沿着通往葛洪山的大道行走,野风会从八个方向吹来,吹来一些闻得不甚清朗的气息。

身处田野,我们的四周只是山,山下只是地,地里只是庄稼。抬望眼,我们会看到葛洪山脚有一片片凸起的坟茔——

那里埋葬的,是我们的"老糊涂"、我们的"老绝户"、我们的"老傻子",和其他数也数不清的谢世的老农人。

这个田厚生，恐怕正抱着烟锅和不远处的方才顺指指点点，像是在说："唉，你说说，你的方大脚把头脑身心都忙活坏了，怎么就不记事了哩？"

方才顺吐口烟圈，像是在答："什么事？哪有事？就是会子想得多，其实一点儿事也没有。就算是有事，还不是有个人左右着，还不是有条理紧跟着，还不是有份情牵挂着？"

田厚生不再言语，冷不丁瞅见田禾庄的公鸡跳上了院墙，就闪闪身子和方才顺一起钻回了土地。

第五十二章

每当人们看到解放卡车经过田禾庄，总是会说方载德能耐。

方载德看起来不是太能忙活，而是太想忙活了，他已经赚足车本，并且清偿了为生计亏欠的债务，但回到家还是不敢心无旁骛地闲在，每当疲惫牵引来享清福的念头他都要警醒自己——方军十八岁了，初中毕业在家窝了三年，文化和手艺之外想学真本事得去部队，不能总跟着我摸方向盘……

一九九二年方载德期盼的时机终于到来，武装部的战友告诉他今年征召汽车兵，他立马赶回家让方军打酒，猜个八九不离十的李学勤赶忙拾掇起饭菜。方载德是高兴的，也是苦楚的，他高兴老大的眼前有了出路，他苦楚未必走得通。饭桌上方军谨慎地问事体，他狠抽一口烟说："你的事，当兵。"

"你爹那会儿当兵难，审这查那的。"李学勤端来了炒菜。

"政审。没问题。"

"还有不？"方军显得很急切。

"政审最重要，上头下来人到公社大队查，这不合格其他都不合格。"方载德回想着当初说，"我那会儿你爷是贫农，彻底的贫农，成分很好。"

"除了政审……"

"体检。身体不合格也不行。"方载德盯着方军说，"枪都扛不动别说打鬼子抗美援朝，拉练就能让你拉稀，部队不要废物。"

"都查什么？"

"也说不好具体查什么，病查出来不好说。"方载德咳了两声，缓口气说，"到时有人安排，你服从就行，军人以服从命令为天职。"顿了顿又说，"初中毕业，比我有文化。"

"再给军子找找人。"李学勤递来温茶说，"这会儿什么事都讲情看礼，没关系就算你政审、体检、文化等等乱七八糟的都合格还是给挤下来。"方载德埋头不语，李学勤猛地想起方良和方杰，便埋怨说，"没把他俩捎回来？怎么说也有半拉好事。"方载德呷口酒冷冷地看着她，她就自言自语了，"良子初三学习紧张，是该别惊动他。那……我做点儿吃食，食堂那俩黄馒头不减饥。"转而又说，"该把老三……没捎就算了，反正也不是这两天……"

方军插话说："娘，还不到星期。"

方载德仍旧冷冷地瞧着李学勤，李学勤索性说："你看我干什么，我不识字不知道今儿是星期几，只知道我是他们的亲娘。庄稼不是自己的不操心，孩子不是自己的也没念想！"

方良中考不如意，今年复读去了白合学区中学，同行的还有低一年级的方杰。方载德时不时照看几眼，每月把钱物足额送到手，而我们的方载亲则把一双儿女放在了洪城乡中，虽然省下了开销，但多了每天来回十二里的双份操心。

方载德又咳起来，去院里吐痰好久才回来，李学勤见他刚坐下又去摸烟，便冷冷地打开他的手说："找个医生看看，到底哪里有什么问题,非等着大毛病找上门?"

方载德依旧不理会她,单对方军说:"这批是汽车兵,部队也是大解放,开得好兴许能开小吉普。不管是大解放还是小吉普,是车都是一样的开法,想再练练就跟我跑几趟。眼下别三心二意,我再找找关系,看到底怎么办最稳妥。"

一九九二年十月间,尧县开始征兵入伍。

报名后方载德就讲起了部队的纪律,方军头一次听说了"一切行动听指挥""三大纪律八项注意"和"党指挥枪",待到十一月初体检时方载德每天都陪伴左右,在按部就班的程序里方军也明显地感受到了当兵是多么不易。

一切审查结束后,方军顺利地拿到了尧县征兵办下发的《应征公民入伍通知书》和服装,第一时刻方载德便带他照了张戎装相。是的,我们的方军已经是一位准军人,他即将离开田禾庄,开启他生命中特别的旅程!

十二月中旬临行前夜,李学勤备下丰盛的饭菜,她把念想盛满盘子,要方军一口口地吃进肚里。方载德显得兴奋,连连和方军碰杯,方军知道这杯酒证明他不再是个孩子。是的,只有孩子成人他们的父亲才会和他碰一杯酒,要他清楚生活的滋味和男人的度量。碰过几杯酒后方载德猛地抬起头说:"军子,怕死不。"

李学勤愣了,但看到方载德的脸色她没有言语。

"不怕。"方军想到了电视上的战争。

"死,是个什么。"方载德波澜不惊地说。

李学勤不愿意听,更不愿意说,她躲了出去。

"死就是什么都没有了吧?"方军想着方才顺说。

"死,是血流干了。"方载德看着火红的烟头更正了他。

方军想，那方才顺的死就不是死，而是活眼咽气。

"不怕牺牲，牺牲是个什么？"方载德弹了弹烟灰说。

"牺牲就是死就是血流干了。"方军小心地说。

"牺牲其实是祭祀，是信仰，对军人来说，是拿你的死换千千万万人的生。既然当兵，你就得有这个准备。"方载德死劲地掐掉烟头说，"军子，还想去不？"

"想。"

"当兵为什么哩？"

"保家卫国……再就是锻炼锻炼。"

"太笼统。"方载德摇摇头说，"我问你，当人民子弟兵，面对和平与战争，究竟要为个什么？"

"……不知道。"

"将来你可能会知道。"方载德不再说道沉重的话题，而是简单地提醒说，"到部队多向老兵学，麻利机灵点儿。"

李学勤这时进来说："这会儿说这干吗？到部队还不是得学。咱家小子哪个都不弱，就是……以后得自己洗衣裳，有病千万别硬撑，常来信跟娘说道说道，啊？"

"感冒闹肚子常有，也给你写封信？"

"我是他娘，有病有灾不给娘说给谁说？又不犯国法。"

"一封信跑几天？信到你手里国家早把病治好了。"

"我就是不放心。"

"娘，我知道，月月来信，你等着收。"方军第一次打断了父亲和母亲的口角，他觉得自己长大了。

"这就对了。信里多写几个字，我找你兄弟看。"

说话间方载亲两口子来了，方载萍一家人也来了，他们都是为新战士壮行的，方载亲还没坐定便开口说："军子，好好干，到部队样样干好，只有你干好了别人才知道你。"

"嗯，大大。"

"军子，跟你兄弟妹子要好些时不见，来信别忘了大妈。"安友会喜兴地说。

李学勤怔了一下，也喜兴地说："亲戚就得常来往。"

方载德利索地说："给你大大、姑父敬酒。"

方军满满地敬过两杯，一大家子人又坐了半晌才分别，家里再次清静下来后方载德嘱咐说："在部队和战友好好相处，战友是生死弟兄，这道关系比同学、同事要牢靠。什么是生死之交，上了战场你会明白，你的脑袋在人家的肩膀上扛着，人家的性命也在你的枪杆子里攥着，总之，别计较鸡毛蒜皮的小事。"

李学勤却说："大家都是人，都不那么好相处。不过你爹的话也对，还是听他的吧。"

第二天方军的身影离开尧县，奔向了很远的地方。三年来，他是多么急切地盼望着这一天的到来，多么急切地盼望着田禾庄之外的世界，多么急切地盼望着铁血般的军旅生活，但是，当他看到李学勤滴落在苗洼台的泪水后，他视界里的田禾庄，这一方山水环绕的家园变得模糊了……

第五十三章

田禾庄的土地，是葛洪山，是尧河水。

土地变动至今，假如你足够精确地丈量，刨除那些条件恶劣的地埝，田禾庄的土地总体上和变动前没什么两样。变动，不过是给原野划出界线，而旱地种植的依旧是玉米和小麦，河滩依旧是"拔麦栽稻子"和"割稻子犁麦"，日子依旧是春秋里的忙活。拿田禾庄人的话说，你家过的是稳稳当当的小日子，我家过的也是稳稳当当的小日子，怎么说我比你熨帖？照我看全村你才最熨帖哩！

土地没变，变的是人。

忙活完土地田禾庄人会腾手折腾其他可以改善家境的事务，他们想用粗糙厚实的手去讨好生活。王二丫的男人，安大傻子就有这样一双手。

说安大傻子终归绕不开王二丫。

一九八〇年到一九九二年说起来很快，王二丫就在我们说道的空闲把小子们哺育成了人，我们甚至不知道这个女人是怎样边想着育龄妇女的计划生育边给安胜利喂奶的。现在的她没有负担，大小子安胜民正和安大傻子折腾铁匠铺，而带给她无限烦恼的二小子也在和方爱姐弟一起读书。

王二丫的手净省下来安大傻子的手才抡得开铁锤，他成了方载德之外最为忙碌的人，尽管唯一的忙活是窝在家里打铁。不管春天还是秋天，夏天还是冬天，他都会早早地旺起炉火，抡起铁锤敲打砧子。北庄子的人听到叮叮当当的声响总要捂着哈欠说，这俩疯子又他娘敲了。通常来说，安家乐一手抡小锤一手握火钳，安胜民只需听声抡大锤，他爹的声音小而紧是锤到了火候，需要力道小些，如果他爹抡圆了膀子，他就得使出吃奶的劲头——他是长子，本命是打铁，若不是有王二丫，这个安大傻子连一个书包能装几斤稻米都不告诉他。

回归正题，安家乐是十余年来田禾庄靠双手成为"万元户"的第一人，田禾庄人给他这顶帽子的同时也给了他崭新的外号——"安疯子"。人们说他，安大傻子疯了，真要别人的命哩，光他娘顾着挣钱，叮叮咣咣不要自己的命哩！然而人们心目中的另一个"万元户"自始至终都没有一个外号，他就是方载德，不过"变动"时期风光红火的能耐人邋遢，这十二年的生活又把他打回了原形，他也自觉地回到群众中间随了大流。

时至今日，我们看到田禾庄出现了新气象，田禾庄人也认识到局限于眼下的安稳不可靠，于是纷纷效仿产生两个"万元户"的北庄子，并且借用电视里"亚洲四小龙"的说法给先富裕起来的北庄子起了个响亮的外号——"台湾庄"。

十二年的茫茫岁月经过田禾庄，看似漫不经心却有一双能耐的手在经营这片土地——它指一指北庄子，那里便气象更新，原本老村落盛不下的二愣子纷纷成了气候，成了田禾庄的台柱子。

进入腊月方载亲收到了方敬的来信，说是给方爱姐弟买了新衣，要廿六日到家。看完信他一脸的嘻嘻哈哈，安友会晚上又小心地拿出来，指着一处连笔问方载亲念什么，方载亲看不明白便拿给方永，安友会欣喜地说："就是，咱家有个念书的学生！"瞅见方爱不乐意忙补充，"他不认得再找你，你念书比他更有模样。"

"你就偏向他，就他是学生！"

"我只是说说，没有不承认你是念书的好学生。"尽管平素对方永严厉，但安友会还是时不时地流露出胜过方爱的爱意。方爱看不过眼，她还不明白安友会和这个生在路上的小子的母子情。

"就你小子是念书的材料，专意不愿意供我哩！"

方载亲脸上的嘻嘻哈哈早就不见了踪影。

"小爱子。我什么时候说过不供你专意供你兄弟？有过这话不，哪怕有一句你也给我择出来？"冬天安友会的气管炎会发作，厉害时言语带喘，今天方爱冬天一样的话刺痛了她。

"跟孩子生什么闲气。"方载亲很窝囊地说。

"我是跟孩子生气？你听她那话是人话？"安友会把矛头对准方载亲说，"你真根人，家里什么都不管，这会儿嫌我没给孩子好教养。"转而又把矛头对准了方永,"死小永儿!你不认得就让你小姐认,别你拿着信让她扎我的心口窝子!"

方永把信递给方爱,方爱打开他的手说:"你材料好你念,你念念大姐说了点儿什么。"

安友会憋屈地喘息着,一时间找不到话来斥责谁,索性坐上炕沿冷冷地看着走地。局面暂时平静后方载亲想去南屋看看临产的红牛,她忽地说:"躲干净去?"

"和煤泥,封火。"方载亲顿住了脚步。

"等会儿怕什么,火那么硬能封住?封不住还不得半夜封二茬,哪有那么多煤!"

方载亲听她似乎在责怪自己故意没有挣来足够的钱买煤,也回敬了一句:"二茬就二茬,半夜我起,煤不够我买!"

"你当煤渣子是苗洼台的土坷垃,说拉就拉?"安友会自顾自地说,"就知道整天跟我哭穷,想方设法抠我净省的那俩钱?"

方载亲转身去了南屋。

发家致富时买来的小红牛虽然没能让他一夜暴富但确实贴补了家用,最重要的是有它才使得方爱和方永上到初中,而钢磨则成了鸡肋,围绕着它的是终年的操劳;至于种地,公粮改缴农业税后余粮反倒要自己变现送进公门,一大摊子生活更得靠养牛。

南屋挂着棉门帘,方载亲撵走半大的牛添上火盆静守着,直到后半夜红牛才顺利地产下犊子,待牛犊儿站稳吃过第一口奶,再回屋就听得安友会冰冷的问话:"好了不?"

"好了。"

"什么色?"

"红色。"

"牤牛还是㸷牛?"

"拧牛。"

腊月廿六日是邻乡的年集,这天推钢磨的人特别多,大都想粜成现钱。这天还是接方敬的日子,不过省城的班车要下午才到,因此方载亲并不着急,这可急坏了方永,磨房里进进出出的。

安友会眼见日头高了就催方载亲:"不知道今儿接大丫头?等你忙活完集早散了,多少年了,他们不知道度年关得粜余粮?"

方载亲单听着不言语,安友会的牢骚变成自语时安再启家的迈着小脚过来说:"你爹早走了,我这记性不好。"

"你捎什么?"

"我要三尺布。"安再启家的琢磨说,"红花布。"

"还要什么?"

"家里也没有棉花,队里时还年年种……"

"要几斤,絮被子还是袄?我有去年的,给你拿?"

"你有?"

"絮什么?"安友会见方载亲在偷笑,就说他,"奸臣!"

"有二斤?要能剩下,把你爹的袄也拆洗拆洗。"

"我称三斤也絮絮他的,给你二斤够不?"

"啊?"

"二斤!"

"够了够了。"安再启家的松开手说,"就这俩钱。"

"你留着买油吃,买个苹果捣汁喝,别老是买香烧!"安友会一个劲地说,"我杀猪了,等赶集回来叫他给你端!"

"你不拿白不拿,净让你兄弟抠。"

安友会本想说道安友杰,寻思不是时候也不是地方,送出去再回来听得方载亲说:"你娘说得对,给你你就拿着。"

"你个奸臣,把肉提溜过去!"

"你不拿也是净让你兄弟抠。"方载亲嘻嘻哈哈地打完岔说,"这会儿提溜能剩到过年?"

"你净打岔!"安友会从他口袋搜出二十元追了出去。

等方载亲出发已是中午,到年集刚办好年货眼尖的方永便望见了方敬乘坐的大客车。见到兴高采烈的方敬,安友会劈头盖脸就是一句:"死小敬子穿这么花哨,回去给我脱了!"

"娘……是我们招待所发的,不穿没得穿。"

"回去给我换!"

路上得知方军当兵走后方敬满是遗憾,才顺老汉遗传的方家支脉不多,她对方军的感情颇为深厚。是的,我们的安友会和李学勤并没有把矛盾遗传给下一代。

第五十四章

安友会不愿意方敬漂在省城,她觉得那样的日子太委屈,因此方敬到家她就心事重重的。方敬知道她有话不好开口,甩甩洋气的头发主动问道:"娘,想什么哩?"

"没,没事。"安友会瞅瞅炕沿又瞧瞧走地说,"你歇会儿……给你们做饭吃。"方敬把钥匙和钱夹放进了抽屉,她便对着整张桌子说,"你换身衣裳。"桌子是她结婚时再启老汉亲手做的,二十四年后女儿出落成了光鲜的大姑娘,而自己的嫁妆却已破旧不堪,不过抽屉还是一样的深浅。

方敬换了身旧衣裳去了东房。

安友会和好面也和好了心事,冷不丁问灶膛里的方敬:"在姨姥姥那怎么样?"

方敬拿着烧火棍写写画画的，回答却是很干脆："姨姥姥待我挺好，放心吧。"

"我是说工作。"

"也挺好。"

"……你知道翠凤吧？"

"村西小豁子家大丫头，在北京那个？"

"嗯。"

"她怎么了。"

"比你早出去一年，北京表叔给找了份活儿。"安友会撒层补面说，"前年过年找过你，你当时在姨姥姥家过的年。"

"今年她来了？"

"去年年三十就来了。"安友会擀了张烙饼。

"不在北京干了？"

"想干，她爹她娘不让。"

"不是挺好吗？"

"好不好不知道，就知道她爹去年腊月到北京接了三遭，年三十才接到手。"安友会把烙饼下进了锅。

方敬猜到翠凤的事了，因此没有接话。

"她大你一岁，成天在外头漂着家里能不着急？她爹她娘给她找了个好婆家，叫她嫁走。也是，那么大了，再不出门子除了让爹娘操心还能落下什么好？"

方敬明白安友会的意思了。

"你翻翻它，煳了。"没等方敬动手安友会翻过烙饼说，"你不想想自己？"

"没什么好想的哩。"

"你这死丫头，这么大了，你不急我急，谁家……"

"反正你别操心我这个就行。"方敬扭头又问,"翠凤就听她爹她娘的哩?"

"不听,要不怎么接三遭。"

"她表叔没拦着?"

"拦什么,当初让她去就为挣俩钱。俩兄弟一个妹子,大兄弟念高中二兄弟念初中,小妹子念了几天小学,那光景靠爹娘能过出人烟来?过年称一斤肉,三十炒个菜初一吃顿饺子就没年了。"

方敬的烧火棍又在地上走动起来。

"撤根火,忒硬。"安友会又过来下烙饼说,"唉!生在那个家,她爹头一遭接,不来行,二一遭接,不来也行,三一遭接是得跟着回来……还算懂事明理。"

"要我,就不。"

"你这死丫头光兴自己眼里没别人?"

"自己的事自己说了还不算?你别拿我说事,翠凤要是不愿意她爹她娘做得就不对。"

"就算是自己的事,可总得顾家吧?就算是自己不愿意,可总得为爹娘姊妹着想吧?人不总是活个人,生在帝王家还和亲哩!"

"两码事,她自己将来过不好,还不是给家里添份麻烦?我看这样就不错,她挣钱供她兄弟妹子念书,非回来结什么婚?"

"老在外头打水漂?我看她爹她娘做得对,又不是正儿八经的长期工,给人家刷盘子洗碗的临时工,能干一辈子?一天两天行,一年两年也行,赖人家家里一辈子,你说行不?"

"谁赖人家家里一辈子了。"

"老不结婚又不回家,不是给表叔添麻烦是什么?不能光考虑自己,还得为人家想更得为家人想。这几年兴修工,可是哪个泥腿子修成了正果?还不是跟老辈子走活一个样。"

今年春节姨姥姥本想留方敬过年,但她想回家分担父母亲的辛劳也让家里过个整年,却不想双脚刚沾地就生了窝心事。她冤屈,眼里噙着泪又不得不装出事不关己的样子。

"唉!"安友会无奈地说,"临时工就得为回家做打算,城市好可不能天长地久。农村人还是得回农村,再怎么折腾只要有头就有尾,家国都一样,有翻天覆地的本事也绕不开躲不过。"

这话刺痛了方敬,她抹掉泪水尽量平和地说:"都是人,城市人能来农村,农村人就不能去城市?"

"生在农村就在农村就是农村人!"安友会莫名其妙地激动了。

"生在城市,就在城市,就是城市人?"方敬针锋相对。

"嗯。"

"农村人就不能去城市?"

"就是不能去!"安友会气呼呼地说。

"他们也别来农村,把城市圈起来饿死他们。"方敬加了把火。

"人家挣工资,人民币什么不能买?你能把人家饿死?"

"农村人不卖他买什么,买不着粮食不得饿死?"

安友会想了想说:"人家吃国家的商品粮。"

"商品粮哪来?"

"你就不缴公粮?"

"谁缴公粮?"

"你农村人缴公粮呗!"

"说来说去还不是城市吃农村?圈起城市来,他们挣人民币咱们种庄稼地,你不来我不往看饿死谁。"

"不缴公粮想造反?你个死丫头回来就给我找气生,明年干脆别回家,有多远躲多远!"

"有的是空闲,非今儿说道?"门外的方载亲气得直跺脚。

话头就此打住，方家吃了顿安生饭，饭间安友会一句话都没有说，方敬却活蹦乱跳地说个没完没了。晚上方爱和方永睡熟后安友会才悄悄地说："敬子，这么下去不是办法。"方敬蒙上了被子，她晃着她说，"顶多再干一两年行不？"似在哀求。

"少管我！"

"你是我丫头，我不管谁管？"安友会扯出她的头脸，凑到耳根说，"农村人，当兵不靠谱了，除了考大学还有什么出路？唉，当初你不想念，要是想，我跟你爹就算拼老命也供。"

"供我兄弟妹子。"方敬的声音有些沙哑，方载亲响亮的呼噜停歇了可安友会还在说道，"这就是命，都知道城市好可谁叫你生在咱家？娘不逼你，实在不行就回来，行不，死敬子？"

到省城后我们的方敬看到了外面的世界，也萌生了留下的想法，但她慢慢地明白了自己不属于这座城市，尽管喜欢这里并且愿意付出劳动，而一切的根由是她拥有"农业家庭户口"。是的，每天下班后留在宿舍的只是她们这群农村户口。就在今年，姨姥姥告诉她商品粮户口可以买，需要五千元人民币，并且愿意帮助一千五。她激动，但手上只有一千，这些钱本想像翠凤那样攒给弟弟妹妹读书，可是户口的诱惑实在是太大了。今天看到家中还是老模样，她本不想提钱的事情，但安友会的话让她无法再压抑苦楚，她终于哭出了声。

"死敬子，娘没逼你，你想怎么着就怎么着吧。没办法，生在哪就得长在哪……原本老老实实待在家里多好，待在家里就看不到弯更想不到拐弯……别啼哭，想干就干吧……唉，我怎么非得生那个病呀！"安友会抹掉她的泪水，顿时觉得不配做她的母亲。

"别说了，睡觉。"方载亲翻个身冷冷地说。

黑夜与霜雪覆盖下的田禾庄分外宁静，半夜时分方敬感觉到安友会热乎乎的手又贴在脸面上，她翻个身嘟囔说："有法。"

安友会倏地撤回手问:"什么?"

"什么?"方载亲的话像是安友会的回声。

方敬说户口可以买后安友会紧跟着又问:"多少钱?"

"多少……"方载亲咽下了最后一个揪心的字眼。

"四千五。"方敬紧攥着手心小声地说,"姨姥姥借我一千五,我手里有一千五……是给妹子兄弟攒的学费。"

"他们不是你的责任,你最大先顾你。"方载亲硬生生地说,"什么时候要?"

"我等下一批吧,要是有下一批……四年我没有给过你们一分钱,家里还背着老账……"方敬的声音还是很小。

安友会哭了。

夜太深,我们听不到方载亲的哭声,不过他没有哭,只是硬生生地逼问:"到底什么时候,你这丫头,说。"

"跟娘说,走就得拿,是不?"安友会抹掉了自己的泪水。

"嗯。"方敬紧咬着牙关。

"那……先把还方大伯的一千拿给孩子?"安友会隔过方敬,隔过方爱,也隔过方永问炕那头的方载亲,"你手里还有多少?配件先不买,糊弄一阵子?"

"有是有,正月里得缴电费。"方载亲一手枕着胳膊一手搔挠着头皮说,"刚说还,这会儿又……"

"人家不难说话,就厚这一回脸皮,我去说。"

"那趁早先。"

"我有两百多。"安友会在心里一张张地数了数私房钱。

"唉,小敬子有事老憋着。早说就好了,腊月刚买配件,要不真能糊弄过去。"

"你唠叨什么!问你手里有不,眼时下?"安友会要发脾气,这口气就是征兆。

"有有有。敬子你到底差多少,不够我借,你走带够。"

"死小敬子,你说实话,人家伸手要多少?"

"就是四千五。"

"死小敬子肯定不够,也不想想,四千五就能把农村变成城市?变戏法捣个鬼还要本钱哩!"

"大伯先不还,我手里刨除电费还有五百,你那两百……再找五百,给你带两千够不?不够早来信好给我留余地。"算账利落的方载亲此刻竟然算了笔糊涂账,安友会居然也没有发觉。

"嗯。"方敬觉得与其多一次烦恼不如一下子烦恼个够。

"真这样挺好。"安友会仿佛看到了方敬将来的美好,她想更美好些,所以打算私下多找些钱给她,想罢安慰似的对方载亲说,"花钱买户口是应该,谁叫你去人家的地界哩!反过来想咱孩子有福,赶上了好政策。我娘小时给我算过卦,说我有福,你看给你们方家带过来了。福,影壁上那个福,吃商品粮的福!"

想到和才顺老汉怄气的过程方载亲决心修缮一下影壁,除掉草苔补齐砖石,最重要的是请方校长再给那个"福"字粉饰一遍色彩……

这一夜方载亲没有睡着,像是多喝了几杯老酒晕头转向了,第二天一大早面对着影壁调整好下一年的打算,又看了眼红牛才去收拾磨房。是的,他不得不铆足劲去争抢尽可能多的生意。

第五十五章

人到中年,脊梁要更加硬挺才能支撑起家业。一年到头方载亲的脊梁有些撑不住,年冬他早在忙碌中计划好拿出二十元钱打天九,但方敬的事让他伤脑筋。左右想想,唉,不差这二十!他决定犒赏自己——打五分钱一斗两毛钱一个光脚的小天九。

年三十,该忙的忙过了,虽说没有人家精细但也收了尾,春联贴了,院子屋子拾掇了,年糕馒头蒸了,钢磨机器收拾好了,三头牛喂饱了……

你看他们一家人,正坐在饭桌前看着联欢晚会捏饺子。

方载亲捏了一会儿当起甩手掌柜,竟然躺上炕枕着双手瞅起了电视机。迷糊之际方永拿来了大学录取通知书,他边看边说,还行,学校不错!安友会也附和说,学校不错,还行!既然方永考上大学堂堂正正地离开了田禾庄,那么他就可以说了,小永儿也吃商品粮了,跟小敬子一样!安友会也说,小爱子也嫁到城市啦,咱给城市人当爹又当娘啦!方载亲这才知道,一辈子再没有别的盼头那才叫熨帖——熨帖,真他娘熨帖!

"你爹又横着睡哩。"安友会望着方载亲说,方敬拿胳膊肘碰了碰他唤道,"爹,爹?"

"嗯?"方载亲骨碌身坐起来,见方永正死死眯眯地看着电视机,抹把哈喇子问道,"年三十还有人推钢磨?"

"又做梦哩?"安友会问,"美梦?"

刚才的梦倏地闪现在电视机里,方载亲眼瞅着说:"梦见永儿考上大学了呗。"

"梦得这么远?什么大学?"安友会仿佛在就一件事实发问。

"名牌呗!"方载亲搔挠着头皮说,"还能是什么。"

方爱立马扔了面皮,安友会忙递个眼色说:"小爱子哩?"

"小永儿都考上了你说他小姐能考不上?一个北大一个清华,都是名牌大学!"

方爱气呼呼地说:"我不考,让他考!他好材料叫他一下子给你们考俩,先烤北大再烧清华!"

正这时安再启家的推门进来，来前没有一点儿声响，或者说正忙活自家的安友会根本没有感应到娘家的事已然临头。她带来的不是小事情，因为她的棉袄咧着口子，额头还鼓着血包。

"怎么了哩又怎么了哩？！"安友会被吓了一跳。

"又打她娘哩！"方载亲看不过眼，跳下炕要往外赶。

"等等！"现如今安友杰家的身怀有孕，即便天大的事也要能缓则缓，所以安友会唤住了方载亲，另一方面她也觉得大姑姐贸然去娘家支配事体不再合适。是的，婚后的安友杰独自在新家过小日子，名义上是分家，直白些说是"分灶"，他们做他们的烙饼炒鸡蛋，老两口喝老两口的玉米粥搅哪个。

方载亲抄起手电筒单等着安再启家的说头绪："打过一天了都没顾上吃饭，也忘了什么挑的头。"

"你慢慢想，我没逼你，凡事……有头就有尾。"安友会面无表情，而心里已是翻江倒海。

安再启家的又想了想说："不为你兄弟，为你兄弟媳妇。"

"她又怎么了？往年挺好，帮着烧火帮着做饭，我兄弟跟着她老实了几年，赌得少也输得少。"

"今年跟往年不一样，她有了孩子不想动弹，你兄弟让我跟你爹早点儿做饭，做好给他们端过去伺候她。"

安友会感觉到了来龙去脉，心里盘算的大概是：弟媳身子重发懒想吃现成，年三十事多爹娘没来得及出锅，尽嘴的兄弟趁机向老两口发难。她向安再启家的求证，得到的答复大同小异："两口子都想吃现成，我跟你爹腿脚慢忙活不转。你兄弟不是个通情达理的货，光站着催专意看热闹……"她罕见地生气了。

"叫他烧火，你不说他肯动弹？过年就是一家人齐忙活……"

"我说了，你爹还叫我先给他们做。"安再启家的无奈地说，

"我叫两口子过来吃,他们偏叫送,我说几句,你爹还……"

"我爹就是这么个人,后来……怎么弄成了打你?"见方载亲还愣着,安友会又气又笑地说,"你倒是过去啊,我娘挨了打嫌不够,还等着打我爹哩?"

方载亲一跺脚去收拾安友杰这个年兽了。

弟媳不是省油的灯,怎能因为几个月的身孕摆如此大的架子?不妨也摆一摆大姑姐的架子,让她过来接母亲。于是安友会揣着满怀的心思走进了寒夜,任由寒风从棉衣的针脚处扎进来,钢针一般在皮肉里缝缝补补。

"你说!到底怎么回事,你倒是说!"方载亲在逼问。

"没什么。"再启老汉的声音。

"大姐夫,我不知道他过来打了娘。"安友杰家的说。

"你说,问你哩!"可想而知在问安友杰,而安友杰拒绝回答。

安友会听了几句推门进去,目光停留在弟媳身上,直看得她避开锋芒才问起从前没有问过的人:"爹,你把我娘怎么了?"

"我没怎么她。"再启老汉蹲在灶膛,半拉脸在油灯浅薄的光里和墙皮一样斑驳苍老。

"好。"安友会转问安友杰,"爹没怎么娘,你哩?"

"我也没怎么她。"

安友会刚转过脸安友杰家的主动说:"娘在哪?"

"我不知道娘在哪。"安友会剜她一眼,似在说,如果家里有孝顺的儿媳,婆婆的脸上不会青一块紫一块。

"……没过去?"安友杰家的低声问。

"我不让她来,等着人上门请哩。"

"还磨蹭什么哩!都几点了,一天没吃饭了!"安友杰吼道。

"就你知道吃?你没长手还是没长脚,你没娶媳妇还是没打粮食,饿死你!我来接爹,没给你……们准备饭!"安友会想靠这些直白的话旁敲侧击弟媳的态度,果然安友杰家的说:"我去接。"

"去什么去,让她自己来!"听到这话安友会就踹了一脚,安友杰没有躲,仍旧瞪着眼说,"还不来做饭想干什么!"

安友会气鼓鼓的,想再踹却丢失了力气。

"杰子,你就想年年找不熨帖是吧?一过年就打爹打娘?我看没有他们你吃个屁!结了婚该你当家哩!"方载亲扭转了脸,他实在是不想面对以前的安友杰了。

安友杰索性赖在了地上,他家的说:"我把娘接过来。"

"早干吗不接?赶紧做饭,你个死小子就别动,你看我让不让你吃一嘴!"安友会朝米缸面瓮走去。

再启老汉探身搂来柴火说:"做什么吃?大过年哩!"

"前天送的肉哩?切点儿肉片炒俩菜算了,明儿再捏饺子。"

"就剩了点儿皮。"

"两天就完?"安友会咋舌不已。

"你前晌送来你兄弟后晌就全端走了。"

安友会怒不可遏,狠狠地扇过安友杰又恶狠狠地指挥方载亲:"愣屁哩?还不回家端!"

第五十六章

方敬初六回省城,但钱还没有凑齐。方载亲借钱无门,大年初一戳在官街口不知道朝东南西北哪个方向走。街上满是人,大队北墙根晒太阳的老头儿蹲了一溜,半大小子满街逛游,中年汉子肯定挤成了一窝,要么朦晾晾,要么打天九,要么朦着晾晾打天九,只有他被年关卡住了,像碾道里的骡子,转不出去。

安友会出去了一整天，晚上到家时脸上挂着难得的红润，掏一把毛票和镚子扔上炕说："赢了小五块，给爱子和永儿使唤吧。"

"块儿八毛的顶屁用。"方载亲苦笑着掏出揣了一天的二十元本钱说，"娘儿们顶点儿五分钱一锅吧？够你输到破五了。"

"输什么输，大过年哩。"安友会本想找点儿乐子，此刻也没有了心情。

方敬默不作声，垂头思想着心事。是的，我们的方敬心生不忍了，但她还是想等到初五后半夜再放手自己的前途，毕竟每当方家走到山前方载亲总得在最后一刻戳上路标。眼下五百元的缺口尽管不大，但想让方载亲拉下脸面找一个你开口他就能拍上桌的人，曾经的田厚生和拖家带口的方载德之外他还真想不到第三家，毕竟这世道上的每一分钱都是有主又有用的。

家里不像过年，不喜兴，安友会便打破了沉默："今儿，我找老同学顶点儿……"

方载亲猛地抬头问："谁家？"

安友会朝北庄子努努嘴，方载亲便嘻嘻哈哈地低下了头，脑海里即刻展现出这样一幅画卷：

安友会来到王二丫家，带着别别扭扭的笑，推门就问："二丫，找你顶点儿，在不？"

王二丫挑帘出来，笑着拉她进屋随即要招呼人。安友会吭吭哧哧地四下瞅着，有话要说的意思。

王二丫径直问："落难了？"安友会憋憋堵堵地说出原委，王二丫翻箱拿出钱，把住她的手笑呵呵地说，"给咱铁锤娶媳妇的钱，你先拿着，明儿找你要可得加倍还，要不让二小子赖到你家热炕头，要吃要喝要媳妇！到时你管不管咱小子？"

"管，怎么不管。"安友会笑着揣上钱比画说，"不给永儿娶也得给铁锤拾掇一个，到时别嫌我给你拾掇了个刀砍不动、锤砸不开的铁娘子哩！"

"唉，到时我还管他？没生养哩！"

"你不管才好哩，到时你再管看我跟你拼命不。"

转念再想方载亲冷冷地问："什么时候还？"他有心问钱的数字，终究没有开口。

"你挣够再说吧。"安友会把炕上的零钱归置成堆说，"我看她不着急，要不也不说给铁锤娶媳妇用，怕是得说拉煤收铁。"

"她不急用，怎么不存银行吃利息？"家里多了债务和人情方载亲心里沉甸甸的。

安友会没再说话，方敬也没有话说，她不开心，她发觉有些东西可以买到，而有些东西却不能在买到的同时卖掉——她能买到商品粮户口，但不能卖掉自己的出身。是的，她觉得自己想买的不是更好的门路而只是一个身份，但是买到手的同时又甩不掉另外一个身份。她甩不掉，是因为这身份粘连着情感，而这情感的来头正是赤裸裸的无法被贱卖的乡情。是的，即便跑到天边去，她的籍贯仍旧归尧县属田禾庄——田禾庄的土地和乡亲才是她眷顾的根本，才是她生活的起始与生存的背景。就这样，在她前前后后的纠结之中方家的大年过到了初五。

初五安友会没有出门，和方敬说了满满一天的心窝子话。方载亲也没有去打天九臊晾晾，而是听着娘儿俩的说道给省城的姨妈写感谢信。年关里最大的一桩心事被安友会轻而易举地化解掉了，除过还人情债他暂无顾虑，如今少不得要说些父亲该说的话，于是插话说：

"敬子，明儿不走不行？来这么几天……"他的话不痛不痒，或许从安友会嘴里说出来更像是一回事。

"初六上班，我家远才多请一天。"方敬甩甩头发利落地说。

"不走不行？你这丫头不恋家！"安友会埋怨了一句。

方载亲把信递给方敬时反倒劝起安友会来："在家有什么用，还不是闲在？走吧，别牵挂家，家里都好，有事先来信。"

"你这个奸臣，只会充好人。"

方永一声不吭，瞅着同样不说话的方爱，方敬拍拍他们说："大姐再过年还回家，你们要什么？"

"不要，我兄弟也不要。"方爱说。

眼见又要和妹妹弟弟起生疏方敬认真地说："我是亲大姐，要什么就说。"随即笑道，"别让亲大姐拿麦换西瓜就行。"

安友会会心一笑，觉得她的要强劲随自己，当下满足地说："再看你姥姥姥爷一眼？去看看，看看好。"

"不看了，死小舅净找麻烦。"

提起安友杰后安友会也觉得没必要了，可这个时候安再启老两口跑了过来，说道几句送走后她颇是后悔地说："你这个死丫头，什么都由着你！姥姥姥爷上了年岁，非让他们跑过来看你！"

方敬不知道说什么好，忽听得大喇叭响："吆喝拿信！方载德……呃，没贴邮票，部队的来信哩……"

方敬说："是军子？"

正煮腌蛋的安友会插话说："肯定是年前寄的。"

方载亲也说："过年大队养不住干部，年过完他们才闲在。"

"军子肯定寄照片了，在外头就想找人写写信。"方敬扭头小心地问安友会，"娘，我去要军子的地址行不？"

过了一会儿安友会说："去吧。"

方载亲揣摩着方杰拿走信后才过去,到方载德家时天色已暗淡无光,他瞅见台阶上团坐着一个人,近前看正是方载德,忙说:"德子,洋灰地不冷?"

"大哥。"方载德收起信让进屋,李学勤也系着围裙过来接。

"叔,婶。"方敬唤过两声瞅着方载亲,方载亲说,"敬子要军子的地址,明儿走,来看看她婶子。"

"她婶子有什么好看的哩,孩子们成精了,不老不行了。"

方载德抻开灯问起方敬的工作,方敬看了老半天他的脸面才回话:"叔,你脸色……"

"没事,叫他去医院查了,没大事。"李学勤拿着信封找不到笔,方载德从上衣袋抽出笔,拧下笔帽甩了甩又在手上画了画才递给方敬说:"长高了,好好干。"

方敬专心地记着地址,核对几遍才"嗯"一声。

李学勤很满意她来要地址,也说:"敬子过年又蹿了一头,还是城市的水土养闺女。"

方敬又照了几眼方载德的脸,吞吞吐吐地说要看照片。方载德从上衣袋里拿给她,但见照片上的方军分外精神,在一排吉普车和解放大卡车的衬托下更显得棱角分明。看罢还回去,趁方载亲说话时她仔细地打量起方载德,心目中那张硬朗的脸如今布满沧桑,一条条皱纹直愣愣地深刻在额头,正是方军蜕掉稚嫩的模样,再瞅方载亲的皱纹,多是以弧形挂在脸上,像田禾庄的山沟与地垅,至于两兄弟的面色倒没有多少区别,白炽的灯映衬下方载亲面如土黄,方载德则显得灰暗——灰与土,实在是没有多少分别。

方载德的表情一直没有变化,方载亲只能从语气和用词上判断他的内心,猜了一会儿才对兄弟说:"德子,少喝酒少抽烟。"看到李学勤他省下了酒伤肝烟害肺的话。

"大哥说你，对，该着说你。我也说你，不听。饭也不好好吃，还没杰子胃口大。"

"检查了不？"方载亲问。

"没大事。"方载德答得轻松。

"医生怎么说，跟我说说也不行？"李学勤问。

方载德不再言语，拆包烟抚摸半晌问："钢磨怎么样？"

方载亲却答："你别那么死劲干了！"

天黑黢黢的了，方载亲起身后方载德送出好远，又远远地嘱咐方敬多和方军通信。回路上方敬走得匆忙，看到家里的亮光才放缓脚步说："我叔病得不轻。"方载亲没有听清，问她，她忙改口，"我说别忘了拿钥匙，上回落在家还是你追到县城……"

第五十七章

这些天时光如水，但方永的心情并不如水般闲静。方爱问他，他不理，索性说，别跟娘说我不管你！安友会也看到了方永一脸的心事，问他，还是不理，只当升初二前的考试砸了锅，今天家里忙，先撂着他。是的，今天再启老汉添了个孙子，方载亲去给安友淑报喜了，安友会嘱咐过方爱也急匆匆地去了娘家。

方永并非考试砸锅，而是在学校得罪了人。

被得罪的小子大他两岁高他一头，名叫李大好。李大好找他约架说，我是洪城人，你在学校得罪的我当然得在洪城打，不远，大河，水里去。平时瘦小的方永面对明显吃亏的事不肯畏首畏尾，但他知道自己水性不好，所以另立规矩说，要么上葛洪山顶，要么下大河老鸹窝。这两处都属田禾庄，李大好当然不愿意，要动手时瞥见老师经过，二人不欢而散。

方爱不知道这些，她突然想到了安胜利。那天回家安胜利溜进女生队伍，没头没脸地说要不要帮忙，今天看出蹊跷就套方永的话："死小永儿，你是不是跟人家打架？"

"没有！"方永生怕她告诉安友会。

"我都知道了，还不承认？"

"早不打了，打过了。"

"跟谁？"

"李大好。"

"李大好是小流氓，你打得过他？他是洪城人，受了气你还上得起学？早晚截道，天天挑衅你！"方永心想万一出手重伤了他，他肯定找人堵门路，到时上不成学安友会肯定得打自己，正琢磨间方爱又问，"真打了？"

"还没有。"

"你傻啊，别说一帮人欺负你，单他一个你也还不上手！"

"他找我的茬儿，我受不了，打不过也得打！"

"你怎么他了？"方爱已顾不得争吵。

"我值日把他的书碰到水洼里了，老师嫌邋遢让他重写。"

"后来哩？"

"后来他让我抄。我不是故意的，值日让他们出去，他非站在桌子上，书兴许是他踢掉的哩。"

"你不兴扫另一行，非赶着扫他那行？"

"别人都占下了，轮到我了。"见方爱似在责怪自己，方永急道，"我就扫了！就是我把他的书扔水里了！想打就打！"

"你净给我找麻烦，他再找你你跟我说，反正他没理。"

"我的事你少管！"方永拎起书包跑了。

方爱锁上门慌慌张张地追出去却没见到影子。

方永气呼呼地跑到了小摊底下，见安胜利在扔石子，石子不偏不移进了枯井。他气不打一处来，拾块土坷垃扔过去说："姓安的，是你给我小姐打小报告哩？"

安胜利躲开土坷垃，掂着块石头凑过来说："咱好歹一个村，我不帮你我娘得说我。"

"稀罕你帮！"

"别人怕李大好我不怕，早看他不顺眼了！我打他是欺负他，正好你有理。到时把他引到漫水桥这头，这头属咱村，我替你出气，三招不过叫他狗吃屎！"

方永寻思罢说："反正我不去大河，就在漫水桥上。"

果然，放学后李大好和方永走了，安胜利也拉着几个田禾庄的同学跟着。今天轮到方爱值日，忙完找不见方永知道出了事，但还是迟了一步，找到漫水桥时正见到落荒而逃的李大好，而后头追着撵的方永已经满脸是血。慌不择路的李大好撞到了安胜利，安胜利上手推下脚钩，他立时倒在地上，方永追上来就是几拳头。路过的老师赶忙拉开，看过医生又拎到办公室里问详情。

好一会儿李大好才蔫蔫地出来，方爱喊声"报告"要进时方永把安胜利喊了去，等老师再喊她时李大好又来了，后头跟着的大人像是他父亲。事情要闹大，方爱心里委屈，左右不敢拿主意，这时候她多么希望方载亲在场啊！

"你兄弟哩？还流血不？"方载亲真就一路小跑找了来。

老师探头说："正好，你来。"

方载亲见方永并无大碍，转眼看到李大好的父亲嘻嘻哈哈地说："挑担，正找你。"

李大好的父亲也笑着说："嘿！不知道是你家小子，你看小子们这个折腾！"抬手指着李大好的鼻子说，"他是你姨家小子！咱哥儿俩当着老师的面好好说说,你他娘不祸害亲戚行不?"

原来安友会和李大好的母亲是远房姨姐妹,见事情已然自行解决老师便放了行。说笑间李大好的父亲非叫方载亲喝酒不可,刚进李家方永发现了去年卖掉的小红牛,上前摸摸脑门顺手喂了把草,小红牛显然认出了驮过的主人,也哞哞地叫着。

"别动我的牛!"李大好气哼哼地说。

"这是我的小红,我见天放它,怎么成了你的?"

"你卖了我买了就是我的了!"

"那我不卖了。"

见小红牛闻闻嗅嗅的李大好抡鞭子抽道:"我×你娘!"

方永去夺鞭子,俩人又扭在一处,李大好的父亲赶忙一手一个拽进了屋。俩男人说开后李大好的母亲要称肉,方载亲连忙说:"从友淑家来就找你们,那谁……友杰添了个小子,平时赶集就蹭饭,会子让我走九日叫你们,大好也去。"

坐了会儿太阳要落山,方载亲说准日子就走了,临出门方永还依依不舍地摸了摸小红牛——他不知道,正是这头牛使劲让他上了一年的初中。

今天一整天,我们的再启老汉都是在屋檐下度过的,他端着个海碗,看不出碗里是否有水,水又是否热乎。他就蹲在屋檐下墙角里,像只抱窝的老母鸡,一动不动的,单等着孵化。是的,我们的再启老汉盼望着盼望着安友杰家的总算怀上了,总算生下了,他也总算当了人家的爷。当了爷的安友杰看上去有所改观,中午平生头一次喊他吃饭他便感受到了温暖,忙拍拍屁股应个满口。

安友杰的孩子安友会很操心,弟妹针线活儿粗,母亲又上了年岁,大姑姐自然当得起半个母亲。从急需的小被子到过冬的小棉袄,她准备妥当一股脑抱到了娘家。安再启家的老早开始攒鸡蛋了，攒下了满满一篮子，而再启老汉也从破毡帽里摘下几元钱买了红糖。晚上安友淑两口子夹着包袱过来后，这个家头一次显得热闹而和气。就在大家有说有笑时方载亲带来了方永，安友会见头上缠着绷带忙抱起来心疼，方载亲则轻描淡写地说："打架。"

安友会问疼不疼，方永说不疼，但还是哭着。

方爱赶忙解释："我问他他不递我说，我管不了他。"

"我看你是不想管，在家你还见天跟他打架哩！"安友会撇过来的是训斥。

方爱很委屈，泪潸潸的，像是要哭，方载亲忙搂起她说："不怪她，她怪好的，没什么不得。"

外甥傍相舅，但安友杰四处撒野却不曾对外人动手，除了动一动父母亲，此刻他摘下方永也安慰似的说："有什么好啼哭的哩？不就多个不长头发的血窟窿吗？"低下头指着天灵盖说，"你看小舅脑袋上都是疤，照样挺聪明！"

瞧着安友杰这股会哄孩子的劲头李双传冷不丁地说："当了爹，该知道什么是道什么又是理了吧？"

一句话说得安友杰心气全无，放下方永看着安友会的双手说："大姐，你看我二姐二姐夫都带着东西来，连小妹子也拿了，你的哩？"安友会这才发现忙活一天还是两手空空，安友杰这就对方载亲说，"大姐夫，愣屁哩？二姐夫大老远来，不割三十斤肉？"

方载亲也放下架子说："你大姐夫也是亲戚，这个家里谁不是亲戚？你整天吃现成，跟你商量商量，我们这号亲戚能不能吃一回？叫我割肉，从腿肚子上拉吧。"说着提起了裤腿。

安友淑说："大姐夫真痛快哩！"

安友会笑嘻嘻地推他一把说："狗戴犄角，赶紧滚！"

方载亲不负众望,割来三斤瘦肉和斤半杂拌,李双传说他小气,他干笑两声喝碗水不再接话。这个时候满锅灶忙活的安再启家的说:"都来加把火,是暗房!"

安友兰头一个添火,却嘟囔说:"哪有这么多说法。"

我们藏身角落里的再启老汉,这些天被紧张与喜悦反复围困,只有开饭时大家才看得到他。安友杰再次主动喊他吃饭,甚至还拉了他一把,安友会见到全过程后特意夸赞了一句,李双传也说:"你也当爹了,知道什么是孝顺了。"

嘻嘻哈哈的方载亲旁外里说了句泄气话:"怕是知不道。从来都是爹知道小子难,没听说谁家小子想当第二十五孝。"

安友淑夹些菜递给炕上的安友杰家的,却对安友杰说:"杰子,以后你就知道了,爹当年怎么待的你。"

再启老汉瞟一眼分外大度地说:"还提什么。"

这下安友会也不想吭声了,心里话,添个宝贝疙瘩,恐怕带孩子的活儿你早占下了。是的,再启老汉的确占了先,他喜欢孙子自然要自己带,因此安友杰想体验当爹的难处反而不易了。

屋里灯光昏暗,白炽灯光照在老墙的古黑上溅不起一星半点,安友会又点了盏鬼子油灯才衬托出喜庆。光有些晃眼,再启老汉抬头瞅油灯,眼尖的安友兰立马看到了一张斑驳老墙般露骨的脸,当场惊讶地说:"爹,你瘦了?"

"是瘦了。"安友淑肯定地说。

"老这样。"安友杰也肯定地说。

这时田胜心进来说:"吃不强,脸上的色光上不来。"

他们的话再启老汉像是没有听到,仍旧自顾自地细嚼慢咽着,他家的反倒咕哝说:"你爹不是瘦了,是老了。"

第五十八章

方敬的一封来信让方载亲上了头。

信是方永取来的，当时他刚送走一家生意，正倚着磨房门和官街的人瞇瞭瞭，待他进家见安友会正严肃地端详信纸，方永也安生地趴在背上瞧着。他想趁日头洗头，就叫方永端水。方永端来一盆冷水，他看着水盆里晃晃悠悠的自己，心想方敬遇到的事无非是他这个当爹的也无能为力的户口。

想及此，他把头扎进了冷水里。

安友会瞅眼信纸背面，没有字，收好信自顾自地说："剪子……"方爱指指地上，方载亲抹把脸索性问方敬说些什么，安友会答，"洗你的脑袋，洗完再看，看完心里别刺挠。凡事有头就有尾，车到山前必有路，这些可都是你说的。"

"买户口的事公家变卦了？"方载亲擎着湿漉漉的脑袋问。

"无非是钱。"安友会握着剪刀说。

"户口。"方载亲显然更关心钱所买到的名分。

"头句就说户口办好了。"安友会又忘了剪什么，边想边说，"你再给姨写封信，问问到底怎么回事。"方载亲使劲地搓起脖子来，她又道，"这个死丫头，打小就有主心骨。"

"这回要多少。"方载亲又搓起后背来。

"瞧你这个财主。"

阳光上了东房的台阶，天气凉下来。这凉不是冷，不是肌肤的感受。洗完身上方载亲光着膀子看起了信，开头的确说户口八九不离十了，随后说工作调动，要去外地煤矿报到，接着说如果家里方便就寄些钱。

整封信他看得很费劲，当晚心里就乱套了——原本他只求方敬健康成长，书念不出去就找门好亲，横竖不能亏待起小命薄的她。现如今，那个趴在膝盖上扎针的方敬，那个哭成泪人的方敬，已经打破了他的诸多设想。他不得不重新设想时仿佛看到方敬正在房间里转圈，走来走去的，孤孤单单的。

唉……

他叹息成串——

死敬子，要钱明说，到这会儿还不肯说数目。少了你不够，下一步还不是遭难？得亏你不是庄稼主，要不连全苗都种不出来。为什么不肯写数目？是怕你爹没本事。你这么想可是错看你爹了！起小我知道你不服我，尽管不说可是我知道。唉，庄稼主一块天盖着一块地，一块地里种着一辈子的忙活，谁有翻天覆地的本事？一手遮天的别说田禾庄，就连尧县也没有几个！

当初我没想让你待在省城，其实是担心你，那么小跑那么远得多辛苦？你误会我了，我不是翠凤她爹！

也许你压根没想这么多，无非是不想我跟你娘上火……

安友会翻个身，踢他一脚说："我生的孩子没一个坏心肠，天大的事非万不得已不说，即便说也想大事化小。"

方载亲这条硬铮铮的汉子心酸了，他觉得自己的手似乎永远攥着父亲的手，而安友会则时刻牵挂着孩子，尤其是身在外地的方敬。是的，摸不见方敬她总起惦记，时不时在他耳根子提几句，现今来看，她这个当娘的才是这个家的当家的。

想及此，他扫却愣急说："你当娘的做主。"

安友会知道方敬的度难所需仅是本钱，还知道她这次铁了心要去外地煤矿工作，但是她没有把这份直觉告诉方载亲，而是说："等……给小敬子寄，也给姨写封信，再谢谢人家。"

"寄。钱。哪来。账眼子够还十年了……"

"那就不管她？她从哪弄去。"

"仨孩子都不扔。"方载亲缓口气说，"要多少？找谁借？"

"平时都说你财主，钢磨一响黄金万两，可你什么都没有忙活出来。"安友会使罢激将法又说，"家里再没有都好说，可她不能没有。在外头她能仰仗的就是这个家，只是你跟我。"

"我知道。"方载亲还是问数字，"多少。"

"得几千。"

"得几千？"

"以后咱俩顿顿吃白粥搅哪个，牙缝里也得省出来。"

"几千？"

"小敬子这么一折腾手里一个不剩，说不定也有账眼子，比你我不好过。"安友会翻个身背对着他思量说，"她这回怕是要落脚。安家落户，安生，你说得几千？"

"起码三五千？"

"难怪小敬子说你不向着她，在家还得准备嫁妆哩！照这会儿，嫁妆不得这个数？"

方载亲听罢不苦楚了，狠狠心又说："你当娘的做主。"

安友会赶忙翻过身来问："五千？"方载亲这下不说话了，安友会紧说，"吓着你了？可是你亲丫头。先不说爱子跟永儿，孩子们总得一个个地发落，地还不是一块块地种？一个道理。"

方载亲咬咬牙说："五千就五千，不过先给她三千。再要，我这个当爹的再刮两千的肉。"

"手心手背都是肉。将来敬子缓过来再拉扯她妹子她兄弟，不也挺好？你不是老说道车到山前必有路哩？我早说了，我这仨孩子都有良心哩！"

"是比人家的强一点儿。"方载亲竟然嘻嘻哈哈地笑了。

"你答应拿五千了?"

"先拿三千。"

"去不去?"

"什么?"

"宅基地,不去它你有别的办法?又不是三头两百。"

"去吧,也用不着。"方载亲重重地叹了口气。

"永儿弟兄一个,将来房子不用盖,到时装修一下不是没人跟。"安友会又补充说,"最好考上大学。"

方载亲懒得做美梦了,心烦意乱地抓挠着头皮说:"关键是这会儿去有人要不,能不能去上价。明儿找找中人,价钱高不了,给敬子的有,兴许还能还点儿账,往后再不往死里干真过不出人烟了!"他从没有料到手中的王牌竟然如此匆忙地打了出来,他不甘心,觉得自己很像安友杰,只不过看上去名正言顺罢了。

"这会儿一分地多少钱?"

"不好说,不过地段好结婚的也多。"

"敬子有福,起小命硬……当初就是一个换一个。"安友会悲戚戚地说,"留下的仨孩子我都想让他们好过。"

"行了。我去宅基地。你别想那回事了。"

"不想?你说不想就不想,我不行。"安友会声音大起来又小下去,似在自语,"自从那几年我闹病,咱家就没缓过来,像是住在无底洞上,我只盼望出个齐全人,好改一改面貌。"

第二天方载亲找到了中人,他想描绘方敬的幸福未来,不惜以家业当墨彩。

第五十九章

方载德病了。

方载德之前就病了。

他每天都盯着过手的日子，硬撑到一九九三年冬天时感受到了疾病的凶顽。病情一重他立马觉得事情多了，那辆解放卡车根本装不下。是的，多年的奔波不再为生意发愁，轮到了为身体发愁，他明显地觉得无论再怎样吸烟还是不能集中精神，反倒更觉胸闷气短，即便隔三岔五跑趟车手心里也满是虚汗。

方载德是田禾庄的方载德，是方才顺的方载德，归根结底是一位有本事的农人，他的事情虽然多但田禾庄人人都懂，说白了无非是仨小子。方军如愿当了汽车兵，但复读的方良未能如愿，今年他不想复读二茬，所以离开了方杰。方载德没有说什么，除了偶尔教他摸一摸方向盘。是的，他已无力再为方良安排前途了。

方载德的事情多了也难了。

现在同样的路途跑一趟却要多花一天，正是这多出来的一天让他心力交瘁，他不得不为此储备更多的精力。以前出车，发动汽车的一刻只需看一眼油表就能算计好行程与生意，而今他却得推迟到明天，从而专门拿出今天来盘算。换句话说，这多出来的一天完全是心上的一天，今天与明天纠结的一天。如果某件事情原本一天可以成行，那么多花一天就算得上是另外一件难事了⋯⋯

这个方载德，田禾庄的能耐人，时刻在为"多出来的一天"苦恼，看起来像是得了心病。原本他的家是北庄子最耀眼的宅院，高高的地基直接着红火的日头。那时的李学勤时常坐在宽敞的宅院里，身后是高大崭新的房子，眼前是欢笑折腾的孩子，四周形成的风景是那样的美好，可是附近陆续盖起几处宅院搬来几户新人后，更高的围墙与更多的欢笑遮蔽视听时她才恍然大悟——四周盖起新房，而她的家却不再是中心。

今天方载德还是没有出车，正背对着停留在别人家屋脊上的太阳，面对着汽车抽烟发愣。李学勤没有打扰他，而是坐在台阶上像田禾庄其他女人一样做着针线活儿，当这个宅院足够冷清后她才丢下针线，抱柴时晃晃他说："老爷儿没了。"随即是一声叹息。

方载德起身，挺挺胸膛走向汽车。懒洋洋的汽车像个蓬头垢面的庄稼汉，他检查一番又擦拭一番，最后把脏水泼在了车轮上。不一会儿李学勤唤吃饭，他慢腾腾地进屋，倒杯白酒问起方良和方杰。李学勤把两兄弟从隔壁叫过来，一家人默默地吃到一半时他才开口："良子，有什么打算？"

方良怔了一下，放下饭碗说："想修工。"

李学勤惊讶地问："不想学车？"

在方杰疑惑的眼神里方良摇了摇头。

方载德又倒下两杯白酒，推给方良和方杰说："杰子，你哩？"

方杰低下了头，李学勤把他杯里的酒倒给方良说："杰子才念初三，孩子，有什么好打算的哩。"

方载德看一眼方杰杯底的酒，点根烟提起杯和方良碰道："良子，喝一口吧，白酒要慢慢喝，酒伤肝不宜过量。"看着他喝进一口明晃晃的酒后说，"你大哥不在你就是大哥，明白不？"

方良觉得酒精正在舌尖上冲锋，忙点点头咽下去。

"修几年工也好，去世道上闯荡闯荡，改天我找大柱子，你就跟着他吧。"待方良应下方载德又给自己添满酒，顺便也倒出了像是琢磨过许久的话，"我身体不行了，想干都费劲，不像你们有劲不知道怎么使。人活着得有奔头，军子现在多少懂点儿，你们往后有什么想法,也可以随时找我拿捏。"

"这会儿的孩子成人晚,起小就念书一圈十几年,不像你那时,十六岁扛把大枪满世界闯荡。"李学勤托着饭碗若有所思。

方载德点头之际发现烟头燎到了指头,长长的一截烟灰兀自挺着,想拿烟灰缸盛接不妨朽败的烟蒂承受不住烟灰的重量,灰烬轰然倒塌成无可收拾的一摊。李学勤抹走后他想再说些什么却接不上头绪,只好作罢。

其实方良心里一直有话,但他没有和方载德说,吃罢饭和方杰钻回小屋后才觉得到了和方杰说道的时刻,于是开口说:"杰子,咱弟兄仨只有你在念书了。"

方杰自知责任重大,喃喃地说:"我学习也不好。"

"我念两年初三都考不上,你比我好就行。"方良拍着他的肩膀说,"尽心尽力就行。"

"二哥,真要去修工?"方杰竟然委屈地看着方良。

"嗯。"方良在磁带堆里寻找着,找到郑智化的专辑后说,"我走以后家里只有你,不耽误学习就多回来陪陪爹娘。爹要是和你说道什么,你用心听别胡思乱想。听二哥的,你只管操心学习。"

方杰嚼了嚼他的话说:"我不知道能不能考上。"

"先别想了,陪二哥唱会儿歌吧!"

录音机唱响了郑智化的《水手》,在熟悉的旋律里两兄弟轻轻地哼唱着——

苦涩的沙　吹痛脸庞的感觉
像父亲的责骂母亲的哭泣永远难忘记
年少的我　喜欢一个人在海边
卷起裤管光着脚丫踩在沙滩上

> 总是幻想海洋的尽头有另一个世界
> 总是以为勇敢水手是真正的男儿
> 总是一副弱不禁风孬种的样子
> 在受人欺负的时候总是听见水手说
> ……

歌声低回,余韵悠长。

我们知道,一旦走出水手的世界烦心事会一样不少地回归,仍要接二连三地烦扰他们,但至少在歌声里他们获得了短暂的释怀。他们的心声一直唱到了深夜,在这几个小时里我们的方载德像是躲到了歌声背后,但他的形象始终主宰着两兄弟的心境。是的,尤其是面对辍学修工的方良,方载德心怀里深深的愧疚与自责正弥散成低沉旋律里的忧伤。我们的李学勤没有倾听孩子们渐起渐响的心声,她在默默地收拾家务,最后把方载德专用的碗筷放进小锅,咕嘟咕嘟煮开后更没有多余的心思操心旁外的事情了。是的,她已经遗忘了和安友会的矛盾,也即将淡忘别人家的高墙大脊。

半夜时分,方载德的咳嗽声取代了歌声,李学勤抻灯看到手绢上的血渍很是紧张,边说道揪心的话边将它放进小锅,倒上热水煮开后已是鸡叫头遍。在她忙活的过程中方载德没有说一句话,他沉重的呼吸和咳嗽当然不能被算作话语。当田禾庄的公鸡高唱过两遍,我们看到李学勤把手绢晾上了西墙,在手绢的上方贴着一张字条,字条的上面写着四行小字:

> 夜梦不祥
> 贴在西墙
> 太阳一照

化为吉祥

第六十章

虽是麦秋时节,但多数田禾庄人仍在睡懒觉,倘若站上东坡顶怕是只见几家炊烟升起。这些农人像是在等待一个时刻,时刻一到才会不约而同地放出人间烟火。

就在这样一个波澜不惊的清晨,天空传来大喇叭的吆喝:"有修工的不,修工……原二队大柱子、李天柱招工……去哪来着……(北京)……去北京修工……(来大队报名)……呃,来大队报名……(还有人数、时候、工钱)……你可是啰唆,你说……我招三十个人上北京,工钱不少给!麦秋过了愿意去就来大队报名,村长、支书都在,好开介绍信。你们这些半大小子还念屁的书?光给家里添麻烦,考不上大学的都他娘跟我修工去!包吃包住,还发盖房子娶媳妇的钱。不嫌你小,小的当小工,有能耐当大工,一天怎么也得十几块!当爹当娘的别不放心我!下来播拿信……"

田禾庄提前苏醒了,有心人赶到大队,田学富身在其中。这个田学富很少去大队,今天来只冲着李天柱,但隔着会议室的门他看到广播旁的刘大民便顿住了脚,想先听听情况却不想被王二丫撞见,只好一同进屋。李天柱很高兴,给他递过带把的烟卷也笑呵呵地说:"哇!学富来啦。"

"什么时候开的窍,也抽烟?"刘大民闷头戳了一句。

田学富不待见刘大民的阴阳怪气,拣最旁边坐下对李天柱说:"大早起就叫唤,又不种庄稼啦?"

李天柱晓得他冲刘大民,忙圆场:"庄稼得年年种,工也得年年修。种地挣钱两手抓两手都要硬,是不同志们?"

刘大民憋着一口气，不一会儿把脸憋得通红。田学富似得了胜，脸上浮着笑，他想把村长的红脸记住，记一辈子，还要传下去，让田宝也记一辈子。是的，王建国当选支书后刘大民就成了村主任。

人越聚越多，李天柱不厌其烦地解释，邋遢和田学富夹在群众中间一言不发，听得紧张时便瞪着李天柱，像在听老江湖说书，李天柱抽空开导起邋遢这样有想法没态度的人："拿你来说，邋遢，拼死卖活种庄稼落下什么？一年的嘴头。虽说这年头家家户户都有余粮，可粮食除了吃还有什么用？果，没价！靠种地发财，没门！咱庄稼主不怕苦不怕脏不怕累，天生就是修工的料！干一天拿一天的工钱，十块能顶多少斤稻米白面？够你打着滚糟蹋啦！跟我走，想和老婆搞生产，放假！现支路费。说个该死的话，谁家老爷子不情愿活着了，放假！给你棺材本。你说哩，邋遢？"

邋遢瞅瞅别人吞吞吐吐地说："我……没修过，不知道怎么修行好得道……去了累赘。"

"联产承包你样样走在前头，又不赶时兴了？拿出当初的劲头，回去叫你家的卷铺盖，保准不后悔！"

邋遢被说得动心，扯脖子喊："说不定真跟你走了哩！"

其他人笑了，田学富也笑了，李天柱转对田学富说："咱俩一个小队，你家什么情况我知道，有天上掉下来的贾宝玉，将来得是大学生。这会儿……有事黑夜家里说去。"

田学富抿嘴乐起来，刘大民则扭起了屁股，像是椅子生了铁蒺藜。我们的田学富的确是熨帖样板，三镐两锄加盖了两间新房，俩丫头将来一个拉一个拽真是万事不愁，更何况横空出世的小子还是块补天的好材料！

李天柱把话说得透彻，为他人想得周到，心里揣摩这些人差不多要动心便把工资、伙食、劳务以及工种讲了一遍。众人思量时邋遢说了句大家都关心的话:"工资是按月发还是年底决算?"

"有我的就有你们的。"李天柱笑着弹了弹烟灰。

"不发白干一年?打个水漂还听个响哩。"

"年年有人跟柱子走,你听说过谁没领到工钱?"

"账是结了可年底没结清,老张家傻小子就扣着仨月工钱?"

"柱子,不是不放心你,这年头空口白牙的都从屁眼里钻出来了,给公家干还拿白条,种庄稼也有假种子假化肥哩!"

"照你这么说人民币还有假的哩!村东那谁粜七十斤稻米,人家给张大团结说别找了!他老实,非找,又他娘倒贴好几十。去信用社才知道什么是假币,钱被扣了人差点儿也给逮了。"

"咱大伙凑钱买个验钞机?"

"你能挣个金库?"

"少做梦吧!到时累死你,活儿重,要命!"

"活儿是不轻。你要有不出力就数钱的活儿带上我,一天五块也行。"李天柱不屑地说,"那是修工?是给人家当亲大爷!"

"那就往死里干给人家当亲骡子?"那人挂不住脸了。

"谁叫你缺人家那俩钱哩?"

"你适合待在家,老婆孩子热炕头,熨帖神仙……"

那人一气之下离开后话题重回修工,李天柱掐着水杯对先来后到的人说:"这时节地里撂挑子都行,爹娘老婆掰扯不费劲。男人去闯荡闯荡,觉着行就干到年底,不行也不耽误收大秋。好好想想,就这两天给个准信,过两三天大客车去家门口接。别让老婆送,盘缠也别从家里抠,我预支……"忽然瞅见安家乐便转了话锋,"你来干什么哩?我不要财主!"

"还不知道谁财主。"说话间安家乐一手别住李天柱的腰另一手掏进裤裆说,"你看看,家业板他娘一搂粗!"李天柱求似的招呼窗外，趁他愣神的功夫才把屌货抠出来。

窗外是王二丫，李天柱捂着裤裆朝她哼唧说："这头牛，能把地耕烂，也只得是你这块子铁娘子……"

安家乐也打趣说："我不是财主吗？财主家没了余粮，你这个佃户敢不让打劫？"

李天柱晓得有事的马上要走，便避开话头说："大傻子，来是找我哩？"见还坐着个田学富忙补道，"还是想咱村主任？"王二丫现在是村委会副主任，那个卖力不讨好的妇联主任暂时空缺。

王二丫笑着堵在门口，眼神勾走安家乐说："包工头子你赶紧办事，一会儿还开正经会哩。"不一会儿安家乐又进来说，"大柱子，你要什么人？"

"大侄子，在哩。"李天柱朝名单努了努嘴。

"不叫他走。老二哩？"

"铁锤？"

"嗯。"

"咱这小子不吃奶了？"

"整天打架不省心，领走算了。"

"他不想念也不想让他念。"王二丫过来说，"十块八块都行。"

"就等你发话哩，八块好说。"

"随你，领走得领来。"安家乐绕开王二丫走了。

眼见干部们越来越多，李天柱便搬到院里，拍下最后一包烟对举棋不定的说："修工就是这么回子事，人家不白要你的力气或者小命，拿人民币买。我就是这价钱收，痛快点儿才是男人。"

一头收获粮食一头收获钱财，两全其美，有人索性充了数。李天柱又吆喝一遍，再出来看到了方载德，忙递上好烟招呼说："德子哥。良子挺好，开铲车，技术随你。"

方载德今天来并非因为方良，而是觉得有些话应该提前找方载亲说道说道，因此对众人笑笑便向磨房走去，走不多远听得身后有风声撵来："真是当三年兵不如修三年工哩！你看德子以前多风光，让大小子走后门当兵，这会儿还不是让二小子去修工……"

第六十一章

风风火火的李天柱心里揣有两件事，招工之外想把承包地转包出去。孤身闯荡多年，家里全靠媳妇，地成了他的负担和心病。今年他给媳妇在食堂排下活儿，打算安稳些再把孩子带过去，从而无牵无挂地闯京城。晚上田学富找到家，果真是想包地，他心里熨帖，于是找方载亲来合计。

身为挂名队长，方载亲不明白大傻子为什么见到好地就眼红，兴许多种点儿地多打点儿粮在他眼里就是多了硬实的家底，就是追求到了生活的大熨帖。来到李家，李天柱开脸就臊："大脚哥，今儿听了一天钢磨声，光顾着奔小康？"

"累死累活不够电费，你看咱村谁像你，先资本主义了。"

"你净拿兄弟臊。"媒婆子说，"你来是给永儿提娃娃亲？"

方载亲嘻嘻哈哈地乐和几声，随即严肃地进入了正题："地怎么个包法，你们说不上来我也没经着过，硬让我说，无非是粮食跟钞票的对等关系，对不？"

"能种什么庄稼，能打多少粮食，得缴公家多少租子，得下多少本钱……就是我帮着你们种，当小工、长工。"田学富说。

"不行，你得有利润。"李天柱甚是大气地说。

"无利不起早，你见谁种地还上发条？再好的年景再好的地也长不出花花绿绿的钞票，无非是基本口粮。"方载亲说。

"粮食不值钱，地里种什么给我们留点儿什么吧。"媒婆子无奈地说，"要不是顾他我也不想撒下地。好好的庄稼主，一下子不种地，弄成了四不像。"

"去北京种高楼大厦那是本事。"方载亲清清嗓子说，"好，大傻子种你的地，秋收先给国家缴农业税，再给乡村缴三提留五统筹，其他的税、费、集资也归他，最后刨除化肥种子农药和血汗本，剩余两家分行不？你们叫我干就公至公，临了落个两不满吧。"

"傻子种其实是帮我们。凭良心讲，给我们留点儿口粮回家有碗饭就行，其他的我们不能主张。"媒婆子开明地说。

"口粮就是余粮，大米白面，这不用我说吧？"

"大脚哥，还是得你说。"李天柱嗫着牙缝说。

方载亲搔挠着头发咧嘴笑了半天才扳起指头说："那这样，我说说眼下咱村的情况供你们参考，至于你们这档子事能不能成又怎么成，还得靠你们。

"这些年，农业四税，农业税、农业特产税、耕地占用税、契税跟屠宰税统一叫农业税，每人每年五十三块。

"头税人均年五十三，眼下的标准。二税，就是三提五统经费。村提留三项，公积金、公益金、管理费；乡统筹五项，教育费附加、计划生育费、民兵训练费、民政优抚费、民办交通费。三提五统按上年人均标准的百分之五收取，一定三年不变。咱村人均年收入一会儿算出来，再乘以百分之五。当然，村上收得多，因为人均收入他们报得多！

"你种地，头税、二税外带三税。三税不好说，有的往头税、二税里挤，我搞不明白都什么名目、数额，只怕会计也糊涂。稍微说说，农田和公路建设性集资，这叫政策性集资年年收。这费多时跟基本水费一起收,另有一项教育集资也年年收。三税还有个农业发展基金、共同生产费,冷不丁收个防汛费。最后加上走夫,也就是农民义务工和劳动积累工。暂时摊的税费,想起来的就这些。

"再说种地,按一个劳力说。每人每年,小麦种十八斤单价一块二,三六一十八合二十一块六;稻种两斤四块;玉米种两斤半五块,共计三十块六毛。化肥、气肥、磷肥、尿素用得着的大概是四十六块。农药,三块管够。共计……七十九块六毛。农业税每人每年五十三,总计一百三十二块六毛。其他业余费该不该收的冷不丁收的,有屠宰税和计生费,别不多说,外带三提五统吧。

"说,每人每年打小麦三百斤,按七毛六分计,三六一八三七二一合两百二十八块。水稻六十斤,单价一块二,合计七十二块。玉米五百斤,单价六毛四左右,合计三百二。一年毛收入总共六百二十。粮价,以高价为准,得公家吃点儿亏。

"说,六百二减去个一百三十二块六,等于……等于四百八十七块四毛。村、乡数据是七百多,咱按七百算,再乘百分之五,就算四十块钱。刨吧,四百八十七块四毛刨去四十,是四百四十七块四毛,其他毛毛雨再加上买个铁锹修个犁刀零头就抹。基本上年人均四百,劳动三百六十五天,一天一块一毛人民币。这你得死劲干,不包括旱涝天灾。

"傻子种你的地,该给你多少粮食,你算。"

好一会儿李天柱都缓不过神来,"变动"以后他只知道家里有白面大米,媒婆子则叹口气点根烟说:"傻子种就种吧,给点儿基本口粮,孩子能吃上饭,我们少个牵挂就行。"

"傻子一天一块钱,给你们留五毛……傻子?"

"行。反正地扔了可惜。"田学富也嗫起了牙缝。

媒婆子犹豫半晌说:"半对半不好,我们再让点儿,四六吧。"

"我看你是四六不懂！"李天柱说，"三七吧？"

方载亲瞅着田学富搭帮说："就四六，咱都四六不懂。以后傻子要修工，你可得帮他哩！"

李天柱满口应下，田学富心里却想庄稼主修什么工，老老实实收拾地会没有好年景？你觉着修工好就去挣那俩钱，挣得多也花得多！种地不同，种得多粮食就多，粮食再不如钱再不值钱可我看着就是比钱好——这个大傻子居然盘算出来很大的便宜。

子夜时分方载亲回到家，睡了一觉的安友会满是埋怨："大傻子拉你凑什么热闹？"

"这个大傻子，想不清楚他。"方载亲笑着上了炕。

"你想不清楚人家就能想清楚自己？"

"又说什么……大傻子真是好庄稼主，看事跟旁人不一样。"

"睡你的觉。"安友会毫无兴趣。

方载亲嘴上挂不住闲事，明知要招来数落仍旧说了经过。安友会听后不言语，他插上呼噜打瞌睡去时才听得她冷冷地说："别整天大傻子、大傻子地叫，你保准比人家精明？"

"就是个外号，喊了几十年。"

"真不自觉？"

"怎么？"

"跟大柱子翻什么旧账？好。行。种地不挣钱。那你别种！谁拿刀逼着你种哩？非跟人家说道，鼓动人家也不种地喝西北风？"

"我鼓动谁来着。"

"你嚷道什么，整个一奸臣。"安友会拧摸着说，"反动，还是煽动？也不掂量掂量。我不跟你争，以后你也别给我四处宣扬，就显出个你来？以前有刺儿头不缴公粮，你也跟风……"

"不缴就是刺儿头？那年下几场大雨，稻子稻子冲了，玉米玉米泡了，那年景还缴公粮？"

"种地就得缴租子，天经地义。"

"好好好，反正我补上了。"

"不补？乡里现拿你，派出所挨家挨户收，你敢不补？"

"呸！那是我有，真没有他爱逮不逮哩！"

"瞧你这德行，总之不许你跟人家再说道，咱又不是缴不起。"

"好好好。行行行。以后我净放好屁，行不？"

"好屁你也别给我放，咱没长那根贱骨头。不起事不挑事，老实本分地开你的钢磨就行。"

"……"

第六十二章

麦秋时节，税费事务被提上日程。近年来尧县部分村级单位连年收不齐税费，上级派驻的干部也待不下去。就田禾庄而言，有些小队或者某一片住户不是说不该缴那么多税，就是推诿说没有。

王建国去乡里开了两天会，后响回来一脸疲惫。刘大民特意泡杯浓茶让他提提神再传达精神，可他沉沉的目光摊在桌面拾也拾不起来，就这样无精打采地说："村里这两天，有什么情况？"

"呃，那谁，李天柱占了大喇叭，吆喝修工。"

"修工？招多少人，走没有？"王建国双眼冒光。

"还没开介绍信，好像后天动身。"

"好说。等他们来。"

"你不干了？你不干咱村就垮了哩！"刘大民顿时目瞪口呆的。

"我肚子里还空着哩。"王建国很是满足。

"你也想修工？"刘大民更在意这个。

"我修狗屁的工,要修也得当工头,扁担上挑着你们。"

"那好,去我家吃点儿,把事说清楚。"见他不动弹刘大民又问,"饭也吃不下?"

"没心思。上头要来检查督导。"

"来查,烂摊子不怕查。"

"你知道个屁!"

一句话噎得刘大民坐不是站不是,气哼哼地盯着他,王建国笑了笑他才说:"你这狗脾气!有事一块担待,光上火顶臭狗屁用?"

"嘿!不上火……以后没火可上了。"

"怎么?"

"任务干不好,村子管不好,谁还要你干?"

"上头压了?"

"老子不干了!"

"呵呵?"

"受这窝囊气?"

"呵!"

"你说说,还有心思吃饭?"

"是没有。"

"明儿乡副书记跟司机来,一块吃。"王建国想着说,"指名点姓要书记、村长、会计。"

"来劲了。"刘大民也陷入了沉思。

"唉!咱俩钻风箱里了,社员堵一头乡上堵另一头……算了算了由他们骂吧!"王建国余怒不消。

"是挺来气。"刘大民也觉得窝囊。

"总的来说,咱村比上不足比下有余。"王建国似乎要说正题,刘大民便支棱起耳朵听,"个别村,会上没点名肯定是洪城。说,任务只完成了三分之一。说,去年的任务。说,还有社员上访。县里下来个小头头盯着拾掇,问题,大了。"

"咱村也差不多,那几个刺儿头整天不嫌事大。"

"赶紧吆喝,务必到齐。说厉害点儿,挂上所有的党员。"

刘大民清清嗓子,打开扩音器说:"这个全数干部、全数干部……不管你在干什么都到大队来!都来!全数党员全数来大队……一个都不能少,党员、干部到齐!"随即干脆地关掉了。

人陆陆续续来齐,各就各位后有闷头坐着的,靠墙倒着的,就地蹲着的,门口挤着的。王建国扔出几份文件,大家七手八脚地传阅,谁都没有话说。这气氛很合适,王建国知道再凝重下去势必有人撕破脸,便道出开场白:"今儿只为三提五统农业税费,乡里明儿来人督促,目标是今年往年全收齐,跟计划生育一样的作风。"人群起了议论,刘大民支棱起耳朵听,时不时和王建国耳语几句,王建国又说,"想必你们得到风声了,上头要下大力气整治这股歪风邪气。咱干部,除了带头,别没办法。"

底下的人翻了汪,刘大民听不过来就瞅王建国,意思是你赶紧说几句压压场面吧!王建国却自顾自地抽起了烟,好像这事和他毫不相干。他按捺不住,以十分严肃的口吻说:"亏你们不是干部就是党员,怎么这么没觉悟?先别说社员,你们举个手,我看看谁都缴齐了?举啊,我看有不……"

王建国心里笑,想,大民就是大民,老有一套!待他说不下去忙接茬儿:"别忙着怪罪社员,自己照照穿衣镜够格不!"

"也不能全怪下头,上头也有上头的不是。"有人说。

刘大民望过去,找不见说话的人,王建国乘势说:"你说得对。计生费,全数掏跟罚款似的,我不赞同!屠宰费、特产税,一直有得嚼。来,你跟文件说说。"随手又甩出一沓文件。

"中央好像有好些个农民减负的说法,你怎么不提?"

声音在门口,刘大民要去揪人,王建国反倒揪住他说:"是吗?什么说法,说出来听听。"

"装什么傻,广播早播了,也不看报纸?"

刘大民气呼呼地过去,把门里门外的人问遍了也没有问出来,再进来屋里乐翻了天,王建国敲敲桌面说:"就这回事,人家收费你纳现。谁有好办法,我这个支书,就让给他当!"

"今儿找大伙为解决问题不为激化矛盾。"刘大民开明地说。

"解决问题就拿党员开刀?"

"党员带头。"王建国一门心思地说,"今儿黑夜就一事,党员干部带头缴税费。"

"咱干部内部都搞不好,社员就更别说了。你们不带头支持工作,还指望谁?非得求你们?好歹长点儿脸,咱田禾庄是大村,不是几家几户的小庄子,长久搞对抗能说过去?"

刘大民的苦口婆心没有白费,场面再次冷静下来。

天这个时候才黑透,有部分人犯困,不住地打哈欠;有部分人打蔫,不住地抽烟;大部分人面无表情,要么听着,要么看着,要么想着,要么等着。整个场面看上去,是两盏百瓦的白炽灯泡在精神地支撑着,一如既往。墙角几位久不言语的老党员耐不住,抽出烟杆慢条斯理地挖锅烟,另一些上年岁的也卷起烟卷来,不一会儿有人抽一纸公文,有人划火点着,余下的立马围成圈对火。

局面在默默地失去控制。

王建国闷头敲着桌子,沉闷的声响像是在调拨众人的心弦。

突然有人说:"就这么干耗着我可没空!得浇稻子,河滩水少,这会儿去兴许能浇半畦!"

"别去了别去了……"声音从大门口传来,见是方载亲众人泄了气。二队河滩在田禾庄最上游，他们没浇够水是不会被放下来的。这个方载亲来得真不是时候，本想腺晾晾，不想放了闷雷。

"嘿！窝囊废，水渠修不起来，水都没了还忙着收租子……"

"有本事把水引下来！地要是浇了我就缴税费！"

"社员不管不顾光迎合上头，压谁哩？上头压你你压下头，有本事把大河压结实，再有本事把洪城的拦水坝拆了！"

会议的主题要变，王建国不再客气："有气是不？冲谁撒，我？你能耐？你当！弄不来水，我的错？大河这些年，哪年水够过？上头吃不饱，能给你下头滴答？你在上头，你也这么干！别说拿咱村的名义谈判，乡里出面也解决不了！我告诉你，水肯定是越来越少，不几年上头洪城都得短水！这事我管不了，水不够趁早当菜园子使。再恶劣，排旱！还看不出来？将来旱地也浇不上水！你想，大河水先尽大渠，河滩上头浇够轮下头，一根绳上拴着几个蚂蚱的事！最根本的是大河水年年少，最后什么样？你家的井水都不够吃！这能是我的问题？神仙下凡也不行！"

王建国的连珠炮让大多数人起了沉静的思量，仍有刺儿头不依不饶地朝刘大民扔话："老天爷还是葛洪山腰的玉帝佬，龙王还是水库旁边的老敖广，怎么早先行这会儿不行？"

"以前没水费照样打稻子粜稻米。"有人在搭帮。

"你不就是不想缴那俩钱吗？水就少了看不见？"

"缴的水费打了水漂？水哪低哪流，钱怎么正好相反？"

"你说什么！钱一分不少地上缴了，你问我我问谁？"

"水哩，水费买不来水？"

"你没使过水？你家麦地没浇过？"

"浇麦用的大渠水，大渠是自己挖的！用自己的还掏……"

"总归属国家吧！何况年年得疏通维护。"王建国也在搭帮。

"年年掏也行，怎么水越来越少？疏通到哪去了，都维护了什么？咱村那大券，破成了什么样！"

"别问我！"王建国火了，推开文件说，"钱，一分不少地上缴了，至于其他问题，不知道！"

"别拿鸡毛当令箭！"

"都少说几句。"墙角蹲着的老红军起身说，"大民、建国，他们不是冲你们，你们也别这么发脾气。"

王建国适可而止，刘大民说："今儿不斗嘴，事说清楚，明儿乡里来人，没缴和没缴够税费的户留人，党员、干部先带头……"

李天柱挤进来，递给王建国一张名单说："你们开你们的会，我开我的介绍信。"

王建国噌噌划掉一批转给会计说："是不是这些。"会计检验无误后还给李天柱，李天柱再瞅名单傻了眼，王建国说，"要是税费缴齐了，你带走全村的老少爷们儿我都乐意开！"

"再找找别人，老实人多了。"刘大民安慰似的说。

不一会儿刘大民拿来几封介绍信，李天柱急匆匆地收走了，又过了一会儿大队院里翻了汪，几个汉子闯进来指名点姓地叫："姓王的！你想怎么着？"

王建国知道被判掉的人都来了，于是走到院里说："正好开社员会！把事说清楚，省得明儿在乡里丢人！"

"管你什么会，开了介绍信再说！"

"你们不支持村里工作，净添麻烦，还开介绍信？"刘大民一句话犯了众怒，众人群起而攻，"怎么叫给你们添麻烦，你们年年收，该够了吧？总不会没有也收吧！"

"王建国、刘大民！你俩就别开！"

"开吧，不叫他们去外头挣，拿什么缴？"

去修工不揣介绍信会被当成盲流遣返原籍，遣返前还要义务劳动一个月，多是些筛沙子的重体力。前后想想还是和村里交涉容易些，于是李天柱袖手旁观起来。那些想靠修工养家的气急败坏地说："你不开我拆你的台！养活你们有屁用？重选，选别人当！"

王建国也火了，叉起腰喊："你，就你！你当，明儿我跟乡里说，你给咱田禾庄当家……能耐死你！"

刘大民从人群中揪出邋遢，指着他的鼻梁骨质问道："你也跟村、乡、县、地区、省、中央搞对抗？"

"我没钱，等养了猪缴屠宰税，等累了大米缴农业税。"

"屁！你想怎么着就怎么着？不照照穿衣镜，咱大队数你蹦得欢，第一个搞变动第一个拆戏台，怎不见你好光景？这会儿又显出个你来，修工……我看你修八辈子也是这副德行！"

"你说谁？"邋遢攥紧了拳头。

"说你怎么着？"刘大民看也不看地说。

"谁！"邋遢捡起块砖头蹭到了跟前。

"你……"砖头夹在了话中间，刘大民的眼角挤出了血，血顿时糊住了后面的话。

王建国一把扯住邋遢呵斥说："你小子干什么！"

血流一脸的刘大民也四处找寻砖头，众人赶忙两头拉，自知理亏的邋遢被安分地架走后人们又来找李民庆，包扎时刘大民还在骂骂咧咧："这个王八羔子！也不掂量掂量就给老子打飞脚……"

其他人听着不顺耳，但给予了充分的理解，待他骂累了，有干部问王建国："你看，这事怎么办？"

"哦……还能怎么办，半个月就好。"

"不是这事。"

"哦……闹成这样还开介绍信，大队长贱骨头了？"

"不是这事。"

"哦……还是那句!党员、干部先带头,就这么定了!"

"不是这事。"

"哦……到底是他娘什么事?!"

"民庆的医药费……"

"哦……掺税里!让邋遢缴!不缴也得缴!"

第六十三章

邋遢再一次成了田禾庄的风云人物。

清晨我们的风云人物来到刘大民家,扣半天宅门不见开,又等了一个钟头才等到刘大民家的倒脚盆。这女人对他视若无睹,他只得捧着热脸跟到街头猪圈,他家的提来两包东西才被领进门。

"邋遢,打人的砖头那么沉,顺手?"刘大民一只疤痢眼在邋遢身上扎来扎去的。

"村长,狗饥还跳墙哩。"邋遢毕恭毕敬的。

"有理!我给你打是我活该。"

"他四六不懂,今儿专门赔不是来了。"邋遢家的说。

刘大民看了看邋遢,又看了看他家的,还看了看他家的手里的东西说:"论没脑子全村你第一!税费才几毛几,缴了不就算完事?打我一顿,赔个医药费营养费,其结果还不是得缴税?"

"村长,你打我一顿咱俩两清……来,往后脑勺上砸。"邋遢突然抓块石头硬要缴给刘大民。

"我打你一顿你就能不缴税费?"

邋遢家的忙掏出钱说:"该缴的一口气补上行不?"又对刘大民家的说,"也不知道该叫婶子还是姨,从娘家……"见她不乐意忙说,"一会儿我找民庆,再换几回药,医药费也掏行不?"

"拍我一砖,没事,我为公家挨!邋遢,欠公家找会计!"

邋遢家的只好揣上钱。

"××的!跟他什么仇什么怨,拿砖头拍我爹?"刘大民的俩小子各掖着一根碗口粗的小橡进来,老远就朝邋遢闷了过去。

邋遢不躲也不避,扔下石头抱着脑袋愣是挨了几下。刘大民忙架住大小子刘双文,紧跟着跑来的王建国也拽住了刘双武,可两兄弟仍旧骂骂咧咧:"你他娘凭什么打我爹,你是乡长还是县长!"

"××的!谁叫你们帮忙哩?"刘大民上去就是一对耳光。

委屈倒贴给邋遢已无法挽回,王建国只好说:"邋遢,扛住了不?"邋遢龇牙咧嘴的,他家的喊着娘颠了过去。

"小王八羔子,想闷死他?"刘大民在训。

"我没闷他脑袋!"刘双武在争辩。

"还想一棍子闷死他?"

就在刘家内部起争执时,邋遢一声不吭地软了吧唧地塌了。刘双文和刘双武傻了眼,任由刘大民重重地扇了几个耳光给邋遢听响给他家的看动作。正是早饭时间,有人端着饭碗跑过来,边看边嚼边帮刘大民说情——看架势,显然又是邋遢失了道理。

地上的邋遢不哭也不闹,不喊也不叫,这更急坏了刘家人,刘双文、刘双武又咋咋呼呼地非要再削几棍子不可。刘大民踹过几脚额头渗出了血汗,可邋遢就是起不来,只差口吐白沫了。

王建国看透了情势,蹲在一旁默默地抽烟,揣摩着闹够了才抻抻邋遢的袖子说:"够了哩。大民一大家子给你赔不是,还想怎么着?原本是你的不是,这下扯平了谁也不欠谁行不?"

邋遢试图站起来,但胳膊撑不住地又要倒,王建国赶忙搀起来。刘大民想搭手,心想还是算了。是的,真搭一把手邋遢说不定倒得更彻底了。重新站起来的邋遢仍旧闭着眼,慢吞吞地活动着胳膊腿说:"索性打死我算了哩!"

见他还能站起来刘双武觉得窝囊,顿时暴跳如雷:"你他娘装什么傻,老子还没让你见血封喉哩!"

邋遢应声倒地,四平八稳地说:"哎哟,我的胳膊完了完了两截子了!这下好,干不了活儿更修不了工,事事还得人伺候!"他家的也瘫在旁边抹起了泪串。

刘大民抄起小橡指着刘双武说:"你个王八羔子,少说一句能憋死你? ××的,净给你爹找麻烦!"

刘双武脖子一缩气急败坏地说:"爹!我咽不下去……"话没说完就被机灵的刘双文踹出了家门。

刘大民这就央求起邋遢来,半蹲半跪地说:"邋遢,这事到此为止了,你不欠我的了,就连你欠公家的也不欠了!我的医药费你别掏,你的我也给你报行不?"还看王建国出面,他对邋遢百般保证说,"大民说帮你缴,不要你的医药费,还负责给你看病,事要不大你就起来,一会儿去村里拿介绍信。你要觉着事大就去派出所,给他一家子判个三年五载,你,也是个三年五载!"

邋遢又躺了一会儿才在众人的劝解声中站起身,他家的替他拍拍土,两口子再没有话说。刘大民家的忙请他们进屋,王建国对众人说:"散了散了,吃饭去!等大喇叭吆喝,家里留人!"

幡然醒悟的刘家兄弟又钻进来,后头跟着李民庆,李民庆给邋遢涂过跌打药说:"不严重,歇几天。"

刘大民紧张地问:"邋遢,有不舒服就让民庆现场看。说实在的,是我的我担,不是我的也别赖我哩!"

邋遢全身松动松动,感觉没什么问题心里就庆幸了。精明的刘双文给他松着肩赔着笑说:"没事吧?都怪我兄弟……"邋遢享受着说，"好是好了，就怕留下后遗症。"

刘双武立马拍起胸脯说："什么后遗症我都负责到底！"

"你他娘怎么不这么孝顺我！"气得脸色发紫的刘大民忙对邋遢说，"就当摔了个跟头，年纪轻哪有什么后遗症。"

邋遢寻思再闹下去要对自己不利，便改口说："我知道你要我一句话，我给你，以后我死活不关你的事，够不？"

"我不是那意思。"刘大民笑呵呵地说。

"我那介绍信？"邋遢小心地问。

"开！"王建国打了包票。

"还有……"

"你欠公家的我也替你报！"刘大民晓得收不回来。

邋遢心满意足地走后事情画下了句号，但有很多人特意赶到刘大民家观摩遗址，太阳步步高升时他们对邋遢另眼相看了，尤其是那些没能拿到介绍信的。

今天的大队门口比平日多很多人，有扛铁锹的，有纳鞋底子的，有牵牲口的，但都在安静地听大喇叭说道："所有党员、干部，到大队集合……所有党员、干部，到大队集合！"

不一会儿干部们穿过群众挤进会议室，不同于昨晚，他们没有再争吵，连话说得都非常少。这让特意赶来的农人分外诧异，所以门外的声音压过了门里的响动。突然门开了，王建国和刘大民带领众人穿过欢迎般的人群直奔苗洼台而去，有人扯住队伍的最后一个问去做什么，那人沉着脸答，接下乡领导。

上午十点，田禾庄全体干部和部分群众在苗洼台等了一个小时后北台大券后头才传来汽车的喇叭声，王建国忙对干部们说："来了来了，说话注意点儿。"边说着边把他们按职务和资历扯成一条直线，反复叮嘱几遍才站到最前头。可是左等不来右等不来,刘大民沉不住气,便说:"别不是车坏了吧?"

听到这话队伍乱套了,但末尾的群众没有变化,仍旧你挨着我,我挨着他,就像地里鼓起的土疙瘩。王建国再次固定好队伍,又指派刘志去打探。刘志刚走后他不放心,决定亲自带人过去接,因为那是个上坡,车坏了一两个人推不动。就在他跑到大券时刘志刚满头大汗地跑回来说,不是乡领导,是猪。众人大感不解时一辆喘着黑烟的三轮车爬了过来,像汽车一样地叫唤几声后司机领袖般地朝人们招招手说:"同志们好!田禾庄怎么走?"

王建国又气又笑,心想不年不节的没人肯拾掇猪,但还是客气地说:"下头,你……"

"收生猪。"司机二话没说,三轮车竟然响起了警笛。

王建国本能地闪开道路,半车猪摇摇晃晃地经过后旁人指着车厢说:"不光是猪,还有肉罐头哩!"

刘志刚又爬上大券,望着远处说:"就在洪城漫水桥!"

王建国也寻个高地望了望说:"就在这等着接。"众人面面相觑,有不情愿的说:"不如多走二里地,到洪城接更隆重!"就在这节骨眼乡干部的座驾停下了,王建国真就带俩人远远地跑过去问:"副书记……书记,车怎么了?"

副书记挥挥手说:"像是没油了……是来接的吗?"

"是是,我见车不肯动弹就知道有问题。"王建国跑到位紧跟着吩咐说,"志刚,拾掇拾掇车。"

刘志刚打过几次火煞是专业地说:"电路没问题像是没油了。"

副书记不再说话,叉着腰沉着脸,司机索性擦起了车。此刻最该说话的是王建国,所以他对刘志刚说:"去洪城买点儿油。"

司机心不在焉地说:"油箱见底了,为你们田禾庄。"

"走着去。车推回去。别给村里添麻烦。也是本职工作。"副书记拉王建国,王建国打起千斤坠说,"志刚,弄十升来!"

"十升?"司机瞧也没瞧他。

"弄一桶!用不了装车上。"王建国推了刘志刚一把。

副书记这才语重心长地说:"出来就不顺当,用多少油你记下,回头找乡里报销。"

王建国连忙推辞。

不一会儿刘志刚滚来小桶汽油,加满后副书记乐呵呵地说:"来。辛苦了。都上车。挤一挤。"

汽车终于开进田禾庄大队,而院里的人正和收生猪的交涉,价钱反复谈不拢。王建国觉得烦乱,下车就撵人:"晌火了!回家吃饭吧。走吧走吧。该干什么干什么去吧。"

日近中天的确是吃饭的时候,大队恢复平静后王建国发现收生猪的居然混迹在会议室,不免生气:"你也走,一会儿给你吆喝。反正你来得不是时候,这会儿生猪卖不上价,能收着?"

副书记接话说:"他是县城下来的……县肉联厂效益不好,县上开了个小会,要下头帮扶帮扶。"

王建国顿时客气又负责地说:"什么事?"

肉联厂的人说:"收几口猪,你们村子大,八口不成问题吧?"

刘大民说:"你价钱高的话一百口都不成问题。"

"大民,你脑袋怎么回事?"副书记忽然注意到了刘大民。

王建国忙说:"挑水,摔了一跤,把辘轳磕破了。"

"没问你!大民,怎么回事!"副书记拍案而起。

刘大民颓丧地交代了经过,王建国补充说:"已经妥善处理了,那个邋遢只是个普通社员,死活翻腾不起来浪头来。"

"解决了?你们就是这么当干部的?维护好干群关系工作开展起

来才能顺风又顺水！"看得出来副书记很失望。

刘大民忙提议："晌火了，先进家，有事另说吧。"

副书记满脸沉痛地走在前头，刘大民带着几个重要干部紧随其后。待到刘大民家，王建国拨开女人们炒了两样拿手好菜：西红柿炒鸡蛋和鸡蛋炒西红柿。

第六十四章

"国儿，两盘子一样！弄错了吧？"

"没错没错，我下功夫琢磨过。西红柿炒鸡蛋，吃的是鸡蛋。鸡蛋多放，炒嫩散，西红柿就用不着吃了，只是个点缀，入个酸再上点儿红。鸡蛋炒西红柿是另一回事，老西红柿开水烫过再剥皮，多放出出汤，鸡蛋哩，就成了点缀，也入入味看看色光子，主要是喝那点儿汤汤水水。来！都尝尝。"

"忘了忘了，有罐头，直接切着吃。"肉联厂的人大气地说。

"罐头就是罐头，你别说，咱村还没得卖。"王建国切好端过来，刚落座便变戏法似的摸出一瓶红酒，又使唤刘大民找来专用起子和高脚杯，只给领导剩下了举杯喝的力气活儿。

酒过三巡肉联厂的人对副书记说："到县城就黑了。"

副书记撂下筷子说："额外有个正经事。咱县没工业，就肉联厂跟食品厂，效益还都不景气。县上要求帮扶，一是打开咱县的市场、二是建个基地。建基地也是县里的改革措施，这会儿还处在政策阶段……以后咱这穷山沟就和县城结了亲，村民也多一条致富路。目前呢，先帮扶一下，乡里打算以后的生猪要卖就得卖给肉联厂，市场经济价钱当然由市场决定，决不亏欠农户一分钱。"王建国和刘大民忙劝几杯酒，副书记又醉醺醺地说，"刚开始先摸摸石头，所以乡里决定每个村送几头……卖,一定得完成额定目标。"

"这时候怕是收不上吧?"刘大民很担心。

"生猪没出栏,再过几个月逢了年节才有价,这会儿正养膘。"

"谁家都有小九九。"刘大民对王建国点点头。

"要容易县里还开会?乡里还找村里?"副书记吹着酒杯说。

"是啊……怎么办,建国?"刘大民单瞅着王建国。

"这节骨眼这么收生猪可是火上浇油,我脑袋也得开花!"

"去外村参观参观,哪像你们?也不知道工作怎么做的,搞成这样该拿你们的责任!继续恶化,还不知道到什么地步!到时别说乡里,就是县里也不好说!"副书记撂下杯子扔了筷子。

王建国闷头听着,他家的探头瞧瞧端来一条鲶鱼,气氛有所缓和后王建国恳切而又民主地说:"事,总得一件一件地解决。先解决生猪的事,大民,说说看法。"

"把家里半大的猪逮走凑个数,老母猪不行,还能生。"

"我家那头不到八十斤……叫猪不能卖。"王建国只得表态。

"是猪就行,有就收。"肉联厂的人很痛快。

"不够,你们村的任务是八头。"副书记掏出工作本,很认真地在这项工作的"备注"里缀了个"2"字。

"那谁家,你兄弟不是有吗?"刘大民说王建国,王建国白他一眼说,"当个村干部什么都带头,还受夹板气!"

副书记肯定地说:"党员干部带头,对!这是你们值得表扬的方面,可你们也是人,总不能老替社员扛。"他又在"2"的后面补下"+1",却又打了个"?"。

王建国心一横,夹口菜说:"只是这价钱……"

"你们去集市打听,我们肉联厂不亏待农户,取全县各市场的基准价再根据生猪质量上下浮动百分之三,个别情况百分之五。你们两家的猪就……上浮百分之八吧。"肉联厂的人吞下几口菜又说,"上饭吧,听说山上的稻米香,吃了有劲好逮猪。"

刘大民忙唤他家的盛米饭,王建国家的则端来了手擀面。

吃罢喝茶水的当口刘大民拿筷子剔着牙缝说:"我看六头差不多。"转问肉联厂的人,"够交差不?"

"多了更好。"肉联厂的人又端起一碗手擀面。

听到这话副书记起身走了,跟出来后刘大民说:"去大喇叭吆喝吆喝,兴许缺钱的就把猪拾掇了。"有干部紧跟着说,"嗯,有爱面子的,孩子上学借人家俩钱,日子一长磨不开脸。"

王建国很赞同,到大队后先招呼肉联厂的人吆喝,不一会儿刘大民揪来几头嚎叫的猪,扔进车厢后他依依不舍地看了看又数了数,正好六头,暗自佩服起刘大民的神机妙算。吆喝几遍后有人来问,问罢都撇着嘴走了,没人主动送上门,肉联厂的人便张罗着结账。额外事办妥后税费工作会议才正式开始,最终一致决定先把党员干部的收齐,然后对付钉子户,最后是有余粮没现钱的。

到了决定性的一刻,在盼望中吃过两顿饭的农人依旧聚集在大队门口,他们正等待着一切的发生。大喇叭一口气吐出一长串人名,随后会议室的门开了。头一个出来的是刘大民,他扎着绷带披着外套,很有领导气派,紧接着是副书记,油亮的头发和一身西装分外有型,相比之下王建国不得不矮一头。他们穿过人群径直去了北庄子,目的地是王建国的远房表叔。当然,王二丫已经提前打点好,说通了脑筋也搭上了本钱。他们很顺利地去又很顺利地来,随后又匆匆地去匆匆地来,两遭下来刘大民头皮出汗伤口发痒,不得不留守大队等着村民主动上缴,副书记也歇下来喝起茶水。王建国再次带队回来后就对着喇叭声讨起那些赖国家账的人,他的声讨刚落音大队炸了窝,人群中有人扯着脖子喊:"乡长!天天要钱,用在哪了?给大伙说说吧!"

"这税那费,一样不少,吃了还是揣了?"

"就知道收钱,什么时候干点儿正经的人事?"

"出来吧!"

"哈哈……"

外面的吵闹让会议室显得相当狭小,村民的声音在屋里绕来绕去的,像一群麻雀站在光棍大梁上调情说爱。王建国听得刺耳,几次想冲出去都被副书记拽住了。

由于大队太热闹,所以来人更多。方载亲也站在磨房门口嘻嘻哈哈地瞅。不一会儿哄声竟然形成了洪流,不断地冲击着会议室的门。副书记只得打开门,高举双手示意大家安静,待场面静下来他高声说道:"乡亲们,你们的想法我清楚,不旁外!回去就跟书记、乡长开会研究,再向上级汇报……总得花时间才能定。我想,你们的建议与意见,都值得并且应该得到充分的尊重!"

——"说得好听!"

——"什么时候往下说的话兑现过?"

——"不收钱他什么时候下来过?收了撅屁股就走哩!"

"你们的担心不是没有道理,以前我们的确负有不可推卸的责任!现在乡领导换了,这一届的作风很务实也很硬朗,可以说是雷厉风行想到、说到、做到!你们放心,回去就开会……"

——"又一个打包票的家伙。"

——"不打包票你能信?"

——"打了包票你也不信。"

——"怎么你才信?"

"不多说其他废话,咱乡的形势属田禾庄差,税费拖欠太严重!明摆着,你们再不支持,那接下来的日子大家都揭不开锅……是不会任由你们胡闹下去的!"

——"呵呵,他的意思是不是叫咱养活?"

——"本来就是你养活,葛洪山里的神仙也得你养活。"

"乡长!"有人喊,见是李天柱王建国忙更正,"是书记。"

"书记,我就想知道乡里支不支持农民外出务工?"

"是条门路,把闲散劳动力转移出去,可以增加农户收入……好事,乡,支持!不过,乡里不希望看到外出务工人员胡作非为!有些人,真是给咱县的老尧也抹了黑!"

"那怎么村里不开介绍信?"

"嗯?"副书记叉起腰来朝王建国要说法。

王建国指着李天柱说:"你出头也不行!在村里就不老实,不开介绍信是对哩!"

——"怎么不老实?王建国你掰着指头说,我们哪不老实!"

"还叫板,你缴税了?你没缴,老实本分的都缴了!"

——"我没养猪就不缴屠宰税!"

"你不种地是不是还不想缴农业税?"

——"不种地我什么都不缴!"

"好,明儿抽你家的地,你屁也别缴了!"

"不行!宅基地也扒了!"刘大民又添了一句。

——"地是你的哩?王建国!房你说扒就扒?刘大民!"

场面又要激烈,副书记没有制止任何一方,他在想,这个田禾庄比起洪城来有过之而无不及,他甚至想,如果今天此行"作废",那么下次无论谁来这群无法无天的农人都得寸进尺。王建国和刘大民显然招架不住,累得满头大汗,他这才前跨一步说:"三提五统必须缴纳!不缴县乡村哪一级都说不过去!到时上头首先追究乡里的责任!为什么有的缴有的抗?你们谁说说。"

——"不缴就是没有!"

——"手里没钱，怎么缴？去房子去地缴，行不？"

——"你们不要粮食改要钞票，可是地里只长粮食不长钞票！"

——"对！你们要粮食我当场就缴。"

副书记吩咐王建国："抬秤！"

刘大民从人群中拽方载亲，方载亲不乐意做这样的事情，嘻嘻哈哈地坠在原地不动弹，他只得自己钻进磨房拿秤，方载亲说他："你大队有秤还找我借，非给我添麻烦？"

——"大队的秤星不准！"

——"大民吃了秤砣铁了心，建国扒着秤杆子当秤砣吧！"

刘大民单对方载亲说："你也没缴够！"

方载亲脸上的笑僵住了，安友会扯他一把悄悄地说："你凑什么热闹！"还好，其他人没有注意到这两口子。

刘志刚搬来桌子，会计取来账目，看架势要来真的。果然，副书记煞是认真地说："把话说进祖坟，缴粮食乡里就帮着你们粜，市价，别嫌吃亏！一口气把欠账全补上，预收到今年。缴钱可以放宽松，把以往的补上，今年的该缴再缴！"

果然有人推来粮食，过秤算账拿到条子后心清气爽地看起了热闹。王建国见天色暗淡下来，便催促："让步了！粮食也行！还不缴？你们当真想违法哩！"

——"违哪条！你拿脚指头掰算出来的律法？"

"乡亲们，乡里仁至义尽了！接下来该走法律途径，要缴趁早，要不明儿派出所也会来人！"副书记顿了顿说，"阻碍执法、抗税拒缴，少说也得拘留十五天！情节严重可以……"

——"抄家，是不？"

"是！你说得不错。"副书记斩钉截铁地说，"你不主动掏只好亲自动手拿。跟计划生育一样，到时庙跑不了和尚也跑不远！把你等值的东西扣下,你还得缴罚款才能领人!"

天色更暗了,刘志刚打开灯,人们幺蛾子般围拢过来,在越聚越多的过程中出现了短暂的集体性沉默。是王建国首先打破了沉默,他从屋里接出小喇叭,拿着麦克风说:"明儿事情的性质说变就变哩,我还是希望今儿黑夜把它掰算清楚,钱、粮食都行,自己揣摩自己,别推敲别人!"

副书记接过麦克风朗声说:"还有个事给大家说说。这会儿县里有文件,要发展本县经济带动农民一起奔小康,以后你们的大黑猪敞口地养吧!别怕卖不出去,肉联厂市价收!不远的将来甚至可以种果树,县食品厂包销!这都是惠民支农的好政策啊……"

——"有这么好的事?"

——"种果树我看行,你说哩?"

——"行是行,怕只怕纸上谈兵,到时不赚实惠还瞎地。"

"你们的担心可以理解,乡里的工作重点就是研究如何广开门路再解除乡亲们的后顾之忧!"

——"后顾之忧算了!眼下收走了种子明年种什么?"

这话很尖锐,在这样夜色袭来的时刻。王建国拨拉着人,想从他们嘴上闻出火药味。是的,这个人一直在唱反调。这时方载亲来要秤,王建国拽住他说:"大脚,你也想跟村里干一架?"

副书记警觉地打量起眼前这个庄稼汉,只见他摊开双手大大咧咧地说:"我没有,确实想缴!"

王建国一手抱住他的腰一手在他口袋里摸索着说:"鬼才信你没有。钢磨一响黄金万两,你要哭穷咱村都是穷鬼了哩!"随即掏出一沓零钱问会计:"差多少?"

会计利索地说:"七十六块五毛四!"

王建国一扔,会计噼里啪啦地说:"还差一块两毛三。"

王建国还了秤说:"我垫,下回推钢磨你记着欠我这个数。"

方载亲了愣一下,无奈地,笑着,离开了。

第六十五章

原本的抗缴共同体被瓦解后安友会心里翻江倒海的,她觉得这事应该随大流,她不想方载亲和大队搞对抗,但也不想痛快地缴,方载亲到家后她忧心忡忡地说:"你这么着,人家不说你?"

"说什么?"

"说你不是男人呗,不敢跟干部说个不字。"

"为什么说我?"

"人家硬气的都不缴,派出所来抓也不缴。你一缴是服软,把人家不缴的都弄被动了。"

"我也没想缴,是他们硬抢哩。"

"你跟谁说谁信?大伙都看见了,你巴不得人家抢。"

"随他们怎么说,当时抢的不是他们,要是,比我还愿意哩!你想想当时,我要真给王建国下不来台,所有的矛盾都得集中到我身上,全数的不是都得是我一个人的不是……他们不得看笑话?谁肯帮你出头,谁又肯为你出头?"

"我也是借人家的嘴说道说道,其实……缴了好。"

"这毛糙糙的事反正不关我了。"上炕后的方载亲一身轻松。是的,他原本不想死扛,因为他没有死扛的理由,其他人要么是缴不起,要么是因为村务等事由和干部对着干。

"唉,你算是得罪人了。"

"我哪得罪了?他们乐意缴就缴,不乐意缴就别缴,反正这事说到底也不全是社员的问题。他们整天要,结果钱使到哪去了?谁也没看见，还不是改名换姓往自己口袋里装。他王建国、刘大民敢对天起誓说没拿一分不，那个乡什么书记，敢不？缴这么些年，从没见过钱跟水似的往回流往下流，就算是钱往高处爬也得有个量有个度吧？成年收，自然有收不到的那一天！"

"我不是说这些，这些咱不管，我是说你得罪了社员。"

"我没得罪，他们要硬气要死扛，今儿那个乡干部回都回不去，还不削了他的脑袋瓜？"

"咱开钢磨靠庄稼主吃饭，你今儿得罪一批明儿得罪一批，将来谁还给你送生意？听说又有人开钢磨，好像还是在村西。"

"他来不来我不上赶着，做生意靠信誉。我不亏他不欠他，零头抹了没钱该着。"

"你这脾气，像是我要故意似的。"

"不是你，是别人。这会儿的人，唉，说不好可他看起来还挺好……心眼子不实诚了，两面三刀共不起事。"

"也是，人家光景熨帖的净起事，总想别人比自己差才好。"

二人说道着睡踏实了，可是田禾庄在凌晨四点就苏醒了，这天是李天柱出发的日子。是的，我们的"包工头"没有耐心等所有的人都拿到介绍信，大工头催他，他忙去邻乡邮局打电话定客车，准备取道尧县城奔赴北京城。

凌晨四点客车准时等在苗洼台，先来的揣着介绍信的心情很痛快，后来的没揣着介绍信的心情很复杂，显然不愿意开玩笑，尽管他们知道自己一走村、乡不会拿孤儿寡母怎么样，无非是挖些粮食代替税费，再过激些恐怕也只是牵牲口顶账。

"叫家里躲两天？"有人出主意说。

"躲得了几时？"

"别躲！就待家里，看能把咱怎么样！"一个缴足税费的说。

"家当不值钱想拿随他们,总不会砸锅吧?"

李天柱忙开解说:"放宽心,乡里就算带着公安局来也不会逮没有劳动能力的人,那性质可变了哩!"

"我没拿介绍信,要是被北京抓了……"

"哈哈!那你就光着膀子帮首都人民搞建设,义务劳动一个月再遣返原籍。"修过工的说。

"给工钱不?"

"你当你是爷?劳教比工地还不如。反正到工地就躲着,别出去瞎转悠,想出去就穿干净点儿。××的!那群人想怎么整你就怎么整你,多看一眼就抓你……"

这人说得很恐怖,让人心不能安。李天柱赶紧说些城市的美好,这些没有出过门的人心里又痒痒了。是的,他们开始憧憬了,憧憬着过年揣着大把的工资回家,再不用为年关的零花犯愁。

安家乐领着安胜利到苗洼台时气氛达到高潮,虽然安胜利成了大小伙,但"胜利"这个响亮的名头并没有传开,更多的时候人们喊他"铁锤"。

"铁锤,张嘴,我看奶牙掉光了不?"

安家乐找个座位扔下行李就走了,爷儿俩谁也不理谁。

天色蒙蒙亮,李天柱见人员还不齐整心里满是刺挠,去大队吆喝不合适,派人催可这些人都不省心,恐怕会拐进自家又浪荡半天,所以只好派媒婆子去村里"扫荡"。好不容易东山放白人才凑齐,他递包烟给司机说:"赶时间。"

司机慢悠悠地说:"再点点。"那意思是离出发还欠点儿火候。李天柱拿出名单,念到第二个就卡了壳,司机嘿嘿一笑去抽烟了。

第二个人是邋遢。

原本李天柱最拿得准的就是他,一来他的税费"缴齐"了,二来他的介绍信拿到手了,三来昨晚说死了,他没有不来的理由了。就在李天柱骂骂咧咧时他扛着铺盖卷来了,其他向往北京的人呵斥说:"你怎么回事?做事真邋遢哩!"

"我把粮食搬到她娘家去了。"邋遢扔掉铺盖卷笑着说,"谁知道干部有准没准,打我一顿顶账,万一反悔还不是挖公粮?"

众人笑了,笑罢不得不承认他精明。没缴够税费并且没有像他这样善后的人,只得横下一条心往稳当里坐。

太阳露脸的时候,满载田禾庄修工人的汽车缓缓地驶出苗洼台向着北京前进了!就在他们刚刚爬上崖右坡顶时,乡里的吉普车也蹿出了北台大券。

这次来催缴税费的,多了乡长兼乡党委书记及随从。李天柱前脚离开田禾庄,他们后脚就赶到了田禾庄,我们老道的田禾庄昏昏沉沉的,懒得迎送谁一步。

昨晚王建国睡得晚,刘大民冒冒失失找进家时他还在睡懒觉,得知消息忙不迭地下炕,一路上刘大民都在反复强调:"乡里明确了,软的不行来硬的,哪个不吃搅疙瘩!"

乡长的脸色比铁还青比铁还硬,这是王建国第一眼看到的,第二眼他看到副书记的脸色比铁还冷比铁还重,顾不得踅摸别人,他捧着笑问:"乡长、书记,吃饭了?"

"这是乡长,你们认识,赵爱民赵乡长。"副书记介绍罢大手一挥说,"早来早办事,光天化日好大张旗鼓。"

王建国谨慎地问:"叫其他干部?"

"话要少说。"赵乡长说,"事要做在前头。"

王建国闷声不动,在心里拿捏着分寸。副书记不耐烦,直愣愣地说,就是点卯,别废话!他这才慢腾腾地走近麦克风,回头瞟不见他们才放声吆喝。听罢他空洞的吆喝副书记想说些什么,终是摇摇头咽了下去。他只装作没有看到,依旧捧着笑凑过来问:"今儿的工作,有什么指示?"

"该法办就法办。"赵乡长一锤定音。

副书记说:"其他村的形势我不说,单就你们村。"刘大民从抽屉里找出工作本递给王建国,副书记努努嘴说,"不用记,记它干什么!不是开会是谈话,谈话,口头谈一谈,明白吗?"

王建国一头雾水,合上本子心里打起了鼓。刘大民也好不到哪去,他也不明白乡领导一早就在脸上打铁究竟是何初衷:论工作成绩,田禾庄不比洪城差。税费,洪城几乎是半数没有缴,倘若算上没缴齐的恐怕得是大多数,而田禾庄刚好相反。

"先把你那眵目糊擦干净。"赵乡长说。

王建国挖干净了说:"我说怎么大早起就看啥啥不顺眼哩,原来有这么大一坨子眼屎……"

"话非得往恶心里说?"副书记竟然笑了。

"大小是个干部,要个样,否则社员看不起工作更难做!"赵乡长随即转入正题,"说实在话,你们村的工作做得最好!不单在你们田禾庄我这么说,到洪城乡里在会上我也这么说!但做事不能跟次的比,所以要求你们把工作做得更全面一些,更扎实一些,更完美一些,这样乡里在县里也不用老被点名。"

"哦。"王建国吭了一声。

"没办法,到这地步剩余的工作真是展开不了。"刘大民说,"书记也见了,昨天鸡飞狗跳的……"

"要容易我们也不来。"副书记堵了一句。

"天下没有容易的事。这会儿的社员学精了,你不上门他肯主动找你?个别钉子户,更是蹬鼻子上脸!"赵乡长说。

"不用强他不知道什么是法!"乡随从愤恨地插了一句。

刘大民想了想说:"不用强不行?"

"那他们肯缴?"王建国问在了前头。

赵乡长也眼巴巴地瞪着刘大民,其他人也齐刷刷地瞪过来,刘大民脸上火辣辣的,像是被一窝马蜂蜇了。看他这份受罪的模样,王建国笑着说:"大民,别像个孩子,你看双文双武多猛,你一点儿也不像人家之爹哩!"刘大民也想揭揭王建国的短,终是忍住了,王建国又说,"大民,该用强就得用强,也不是没有过给机会……"说到这里他隐隐约约地听到了警笛声。

赵乡长叉腰站起来说:"来了!来了来了!"

听到这话刘大民的脸上竟然有了一丝失望和沮丧。

第六十六章

一辆真正的警车呼啸着开进田禾庄大队,卷出一路风尘。赵乡长亲自拉开门,下来两位穿制服和一位着便衣的警察,他把着便衣警察的手进到会议室,落座后引见说:"派出所王副所长。"

王建国和刘大民连忙说下一堆客套话。

"好了,你们的干部爱来不来吧。"副书记看了看腕表说,"再吆喝一遍,把政策讲清楚,给个最后时限。"

这回王建国真犯了难,在心里反复试着吆喝几遍终觉得火候不好把握,找刘大民,刘大民也直晃脑袋。在这紧要关头,我们田禾庄的两把手居然软了下来。

"使唤不动你们?"赵乡长沉下脸说。

"不知道怎么吆喝……挺犯难。"王建国连连摇头。

"较真的话说不出口。"刘大民也在摇头。

"我说？！"赵乡长拍案而起。

王建国忙和刘大民忙商量一阵子，然后吼道："没缴税费的户，赶紧来补，别找其他借口！粮食也行，随你们，赶紧！乡长、书记、派出所所长都来了，这是最后一遍吆喝，没二遍！"看眼表说，"十点！十点以后该怎么办就怎么办，别想逃脱国家的责任！"关掉电源王建国抹起了汗，大民则望向赵乡长，赵乡长点点头对王副所长说："警灯闪起来，警笛响起来！"

"电瓶有问题，还得打着火。"一位警察说。

"我车有油，没事。"副书记说。

"去吧。"王副所长下了令。

不一会儿警笛响了，警灯闪了，大队的气氛紧张了。其他干部你看看我我看看你，在王建国的示意下三三两两地去做最后一次努力了。其实，事情到今天这地步王建国的心里也不舒坦，尽管他以前的吆喝比这次厉害得多，但今时不同往日，村干部也不愿意看到不想看到的事情被发生。时间一点点儿地走着，出去的干部个个铩羽而归，都朝王建国摇头。王建国叹口气，心里话，唉，咎由自取怪不得我哩……

这时间大队来了一位面相凄愁的老农人，他绕开警车直奔里屋。屋里的人像是被这个冒冒失失闯来的看似求情的人给吓住了，同时他们也真的吓住了这位老农人。老农人揪住门口的王二丫紧张地朝里问王建国："谁……是乡长官……建国？"

王建国搀他过来说："你家大小子哩？怎么不来？"

"谁……大柱子又叫他修工……才走。"

"啊！没开介绍信就走？"

"写什么信，他又不识字。"

"介绍信……算了，你来为什么哩？"

"来说情,一会儿我赶集,卖俩老母鸡再籴点儿稻米还你们的账,我也不想该着。"老农人看眼太阳说,"怕是十点回不来。"

"老爷儿没你都回不来!你那脚丫板,得量到黑夜去。"

"来说说情……"

副书记看一眼扭转头说:"早干什么去了,昨天就来了,真想缴能拖到这会儿?"

这位老农人是田禾庄最穷困的一户,家里有俩总也成不了人的傻小子,去世的老伴也是个瞎子,他的家境排在田禾庄的"老末""老后余"。王建国本想给他家评个"五保户",可是他和那个还有劳动能力的大傻小子硬是把全家扯到了评比线上。

"来不及。"赵乡长面露难色。

老农人吭哧半天说不出一个理由,只得巴望王建国,王建国求情似的说:"他家境为难,将将够吃……"

"咱乡有多少这样的困难户?户户都不想缴,那不缴就不缴了,是不?"副书记说。

"困难户的难处不一样,有的是眼下没有一两年能缓过来,有的是肯定没有,一辈子也没得缓。"王建国不吐不快,直到被赵乡长打断,"你们村人均收入是多少?居然有这么多困难户?"

王建国哑口无言。田禾庄的人均收入在洪城乡数一数二,其他村有多少困难户都可以,你田禾庄不行。倘若真有那么多,你田禾庄、你王建国刘大民是不是虚报收入算国家的糊涂账?

副书记适时说:"法就是法,高不成低不就,亏你还是干部!"

赵乡长语重心长地说:"建国、大民!法就是法,要谈情面还是法吗?那是执法枉法,'冤枉'的那个'枉'!咱干部不能开这个口子。你们要记住,先讲法,法允许才能照顾情面。"

"你们乡长对,村里不能这么胡来。"王副所长说。

"总是讲情面,你看看你手下的社员都成了什么德行?再这么闹下去,吃不了兜着走!"副书记说。

老农人看看赵乡长,看看王副所长,看看副书记,看看在座的村干部,不知道该对谁说些什么才好,他只知道王建国在帮他说情,但是没有说下情来,他无奈,转身要走。

"站住!"赵乡长喝道。

老农人一个趔趄,刘大民忙上前扶持。王建国有话要说,但看到赵乡长的脸色他觉得无话可说了。

"想来就来想走就走啊?九点了,老爷儿大高晒屁股了,政策讲清楚,缴什么都可以,但别拿不下蛋的老草鸡凑热闹。"

老农人吧嗒掉了泪,踉跄而去。王建国送出去,刘大民跟出去,其他村干部也紧跟着送出去。院里聚集了很多人,他们就站在闪烁的警灯下,响亮的警笛中。副书记看到昨天近在眼前心里便来气,当场指着老农人的后背说:"别搪塞!躲不过去!无论是谁都得缴!欠我没事!欠国家不行!其他人一样!马上十点了!"

——"你他娘说什么!"

——"你他娘放什么狗臭屁!"

群众中溅起叫骂,不再有驳斥。

赵乡长也出来巡视声源:不在这,不在那,不在前,不在后,不在上,不在下,也不在中间。副书记则在群众中间钻来钻去,拨弄开这个划拉开那个,情急之下掰正腕表说:"九点四十,有主动缴的吗?还剩半小时!"

——"哗……"

——"九点四十离十点还剩半小时!"

——"他会算账不?"

——"傻×一个!"

赵乡长把副书记拉回来说:"还剩十九分!"又对王副所长说,"警笛开大点儿!"

时间一分一秒地迫近,王副所长吹声口哨,两个警察自觉地站成一排,整理过衣装单等着命令。副书记命人从自己车里取油倒进警车,警车的声音更加刺耳了,就在这刺耳的声音里赵乡长抬起胳膊看着腕表倒数着:"五、四、三、二、一,出发!"随后和王副所长钻进警车,一名警察和副书记连带着王建国和刘大民挤进了赵乡长的车,车队径直开向老农人家。

——"王建国又缺德去了!"

——"大草包这下丧德丧得好硬气!"

二十分钟后警车再回来老农人连同那个小傻小子就被铐上了电线杆,紧接着副书记的车上也倒腾下两个戴手铐的人,同样被铐上了电线杆。铐好之后副书记拍拍手说:"这就是抗法的下场!这会儿想缴也不要,要的是罚款!"

——"你他娘哪是干部,分明是土匪!"

——"是啊,一群土匪!"

说着说着人们堵住警车,赵乡长他们连忙钻进车里,王副所长打开扩音器嚷道:"你们这是暴力抗法!我警告你们!散开!"

人反而越聚越多,赵乡长的脸上淌了汗,他拼命地劝众人冷静。

——"赵爱民!你他娘就起了个好名头?"

——"别以为田禾庄好欺负!"

——"在洪城你敢耀武扬威?他们缴了几个!这么折腾不拆你们的庙才怪!××就知道欺负田禾庄!"

——"你当田禾庄是肥肉张嘴就能咬?"

——"你他娘给我下来!"

——"手铐子解开!"

人们摇撼起车,车几近倾覆。王副所长拔出枪,摇下车窗对天鸣了一枪,场面被震慑住后他们连忙钻出车躲进了会议室。可是幽灵一样的田禾庄人看到被铐的人顿时醒悟过来,又发出了山崩地裂般的呐喊。

——"咣!"一块石头说。

隔着破窗户一双双眼睛对峙起来。

事情到了不可收拾的地步。

赵乡长开始反思了,他本以为田禾庄的税费工作可以做到更好,于是派副书记督促,没想到碰了一鼻子灰。他不得不亲自出马,甚至联系了邻乡派出所的同志前来支持工作,不承想田禾庄不比洪城好拾掇。怎么办、怎么办?他铁着脸,不住地问自己要办法。就此罢手?后果可想而知,那么以后别想在田禾庄收到一分一毛!倘若不收手眼前就过不去!他觉得狼狈,也觉得丢脸。

副书记也在思量,他想的是如何压制,如何重新掌握主动,二人居然不谋而合——

收拾眼下,得退一步。

退一步再进两步,其结果一样。

放人。

回到起点,缴税费照样是泼猴的紧箍咒。

先缓和一下,给点儿时间。

否则门都出不去。

副书记和副所长二人起身打算平息风波,可是刚开门石头就飞了进来。王副所长连忙掏枪,眼前又冒出一个手握铁棍的愣头青:"××的!就欺负我叔?知道他家没人敢收拾你们?"

"你个愣货!"王建国跳过来按住他,侧脸耳语说,"有我哩!我肯让你叔再吃屈?"

事情暂时被遏制，副书记撇着嘴和王副所长去解铐人的手铐，老农人的傻儿子却不肯解，他嬉笑着说："我要……"

副书记只得指挥老农人："叫他解！"

老农人捂着手腕说："我说不通他，他可拧骨哩！"

"谁能劝他解下来我就放人，否则带回派出所。"王副所长没了主意，只好又把他铐上了电线杆。

老农人愣了半晌才去劝说小子，可他戴上了瘾，这时两位小警察硬生生地脱掉了手铐。群情再次激愤，人们搀扶着老农人和他的傻儿子堵在门口，目光糊满了赵乡长。此情此景下，田禾庄的干部们蔫声不语似在接受批斗，而我们的赵乡长却说："你们敢！"

——"滚！"

——"滚出田禾庄！"

第六十七章

好热闹的田禾庄，他们和他们，门里和门外。门里坐着的干部在商讨对策，副书记愤愤不平地说："走不了，门都出不去！"

"赖这，猫几天再走？"赵乡长反问说。

"走不走的先不说，把车歇了吧，烦死了！"王副所长的脸黄黄的，像是酒伤了肝。

"我不懂车，怎么歇火？"王建国挺身而出。

"歇火不要紧，出去再添点儿油麻烦大了！"村会计说。

"先藏着，外头不吵吵了再去？"刘大民的主意让人难堪。

"怕他们？哼！"副书记说。

"那怎么办？光硬气顶屁用。"王副所长显然后悔走一遭。

"建国去！"赵乡长拉来一位小警察说，"领着他。"

王建国朝外张望一眼,见大队院里聚集了更多的男女老少,像是在等着看穆桂英大破洪州城的好戏,忙嘱咐小警察:"把手枪、手铐藏起来,车歇火你就回来。"待小警察藏到身后才开门说:"别折腾了,这不是让我下不来台吗?算我求你们,散了散了……"

——"就这么算?你看你手下的人给弄成了什么样!"

王建国边等警察熄火、拔钥匙、锁车门边和他们多嘴:"你们还有什么事?今儿没事了,都散了!"

——"人白逮了?想抓谁抓谁想铐谁铐谁还有王法不?"

"不缴税还有理?"副书记抻脖子唾出一口话,脑袋刚离开就飞进来一块土坷垃,王建国忙趁乱把警察带回了屋。

这样下去不是办法——赵乡长说,赵书记想,那怎么办——王副所长看看在座的人也失了主意,并且在失去耐心;冲出去,看他们敢不敢动手——副书记抛来一个冷酷的眼神;赵乡长终于开口说:"让他们出代表,谈一谈。"

"妥协?"副书记诧异地说,"谈什么?谈他们为什么这么瞎折腾?穷山恶水出刁民,一点儿也不假!"

刘大民无可奈何地说:"谈谈吧……村里出面调解调解?"他顺势想到村委会可以出面主持公道。

"村里出面?排解乡上的纠纷?"副书记冷笑说,"你也在纠纷里头!别忘了,不放过我们也放不过你们!"

就在他们继续讨论并且打算和村民谈判时屋里的几个村干部起身走了,接着又走了几个,不一会儿只剩下了王建国、刘大民和会计。副书记冷眼看着众人鱼贯而出,之后绕着屋子走了几圈说:"同意几个条件,来谈。一、不许胡来,人多势众不是违法犯罪的理由。二、来俩仨人代表,结果好赖其他人不许不服。三、就事论事,只谈税费不谈其他。你们还有补充?"

赵乡长点头说:"三值得商榷,可以再限定一下,只谈如何补缴税费,你看……"

"肯定不行。他们的意向很明确,不会给你谈补缴,肯定谈合理性,或者干脆说不缴不谈!"王建国分析说。

"那还有什么可谈的哩?"副书记无辜地摊开了双手。

赵乡长和王副所长碰了下意见,还是觉得王建国沟通比较合适。外面的人已经有了组织似的,否定了王建国带来的三个条件,只说,要谈可以什么都谈,要走不行把人治好。王建国进来汇报,又出去通报,几遭下来心里难免骂娘:×你们全数的娘,公家的娘私人的娘!最终好不容易达成共识:乡干部的说法是倾听群众呼声,也不再限定议题,村民的说法是和干部交涉,讨要公家的说法。

达成一致后副书记把会议室的椅子全搬到了面南背北的一侧,南侧只剩下一张坐起来咯吱咯吱响的长条椅,他叼着烟头心满意足地对王副所长笑呵呵地说:"过堂了,君请上坐……"

屋里的干部已然准备就绪,院里的村民才开始讨论究竟选谁当村民代表,这个人一定得了解田禾庄的现状和国家的政策,一定得没有缴或者没有缴足税费。他们三五成群地议论着,然后这一伙说出个名字,那一伙就推出个人,名字和人对上号后有人起了说法:"大脚不行,他掏钱了,怎么能替咱说话。"

"他是被王建国打了劫,要不肯从钱眼里钻出来?"

"算了,他当过队长懂行市,让他去。"

方载亲就这样被推举为村民代表。

"王建立也行?"

王建立,王建国的亲弟弟,不知道是被人推出来的还是自己占着地方没挪开,也是嘻嘻哈哈的样子,像是在等待村民首肯。

"滚,你给我滚!"王建国骂一句又踹一脚,他却犟道,"不冲你,冲乡里!我就是得去,你别管我!"

这样的王建立让人肃然起敬,但人们心中的疑虑难消:"他代表哪一派?税费缴了还找他亲哥的不自在,为什么目的?"

有人私下说,联产承包以后他依靠王建国承包了田禾庄的林场,租期长不说租金还少得可怜,现在水果价格走高,管护一亩果树的收益远远大于种植一亩庄稼。后来王建国又因为村务接待向他打下不少白条,他资金吃紧,王家林场貌似难以为继。现在他站出来反他哥的江山,精明的庄稼主一眼看穿了:他王建立没有吃饱,想就着这场风波降低成本哩!果然他说:"我只为两条。一是农业特产税,有人帮我说我不凑热闹。二是村里的欠账得偿本还利!"

"对!大脚,得谈村务!咱村葛洪山年年门票好几万,怎么还欠下这么多外债?"

"是啊是啊,让他们交代清楚!"

"山不是干部的,钱劈一半也有社员一份!光兴他们干部?"

当这么多年干部的确欠下二十多万元外债,这个窟窿被当众挖出来后王建国很不耐烦,正要骂王建立时刘大民出来说:"行了,老爷儿快掉了!你们不饿我们可扛不住哩,赶紧攒班子来吧!"

"傻子兄弟得去!"

"要点儿补偿,你看你哥你叔这个惨。"有人出主意说。

就这样,方载亲、王建立和愣头青组成村民代表,进屋后发觉面对干部坐吧矮一头,像罪犯,不坐吧高一头,还像罪犯。方载亲一动脑筋仰靠下来,王建立也撇开了大腿,愣头青则目不转睛地盯着王副所长,似乎要抠出眼珠了砸他两下。

"还等什么哩?开始吧!"副书记刚说完愣头青如炬的目光便瞪向了他,他也气杀杀地瞪回来。在这一番较量中,愣头青击发的是纯粹的愤怒,而副书记则动用了三昧真火:你个平头老百姓也敢跟我较劲？谁他娘借给你的熊心豹子胆？连你都杀不住……连你都杀不住我还当什么领导哩……

可是，我们的愣头青居然占据了上风，眼神愈发得犀利，而我们的副书记最终避开了锋芒。就这样，目空一切的愣头青凭借寒剑一样的目光为方载亲争取到了主动，他拉下脸说："先说医药费，你们随随便便抓了人又伤了人，能不管？"

"没得谈！"副书记拍板说。

"你他娘赔也得赔不赔也得赔！"愣头青隔空揪住了他的脖领子，方载亲担心坏事，忙喊个五大三粗的判官镇住他。

副书记得了理，问王建国说："你们村是土匪窝子？"

方载亲单对赵乡长说："首要解决的是逮人的事。这个事解决不好真说不过去，我代表的是全村……"

王建国气不过，心里话，你代表全村？在田禾庄只有我王建国才能代表全村！转眼看到王建立更来气，主动地安分守己了。

赵乡长点根烟，慢条斯理地听完了才弹弹烟灰说："话不是这样说，理不是这样讲。种地得讲究水土、粪肥跟种子，单纯把抓人这件事择出来没有任何意义，要考虑为什么抓他……"

"不是抓他，是带他问话。"王副所长纠正说。

"不是抓？"愣头青说话间撸起了袖子。

眼看谈判要破裂赵乡长说："建国，这破事你包圆算了。"

王建国拍着愣头青的肩膀说："你叔受了罪你气不过，大家都知道你孝顺，不过你也得知道他是抗法。早给他袖子里掖一百不就没今儿的事了？领你叔回去验伤，回头找我报销。"

刘大民气哼哼地想，你小子要不跳出来今天也没有风波，却不想说走了嘴："装什么孝子……"

愣头青立马不敢了，居然躺上桌子说："一个都别想走！"王副所长气不可耐，掏手铐要抓，他手一伸说，"往死里铐！"

刘大民走过来指着胸脯说："三月庙你偷人家东西，还不是我出面把你抢回来的哩？摸摸良心，对得起我不！"

赵乡长摆摆手对方载亲说："这事算过去了，村里负责。办好你们一桩，我们还有一件，就是税费什么时候缴齐？"

一直不吭声的王建立等到了发言权："税费的事，我声明，我愿意缴税，但我得说道几句。我承包了几亩荒山野岭就管我要农业特产税，临了比种玉米小麦还不如哩！地是最劣等的地，结果税费反倒比好地高，刨除管护我就收一树虫子！我只要求两样，一是多缴的税退给我，二是以后和庄稼地缴一样的税，我真心愿意缴税。"他忽然开窍，也觉得提大队的欠账很不合适。

赵乡长沉思半晌说："国家设立农业特产税的目的，是想平衡粮食作物和经济作物的收入，以经补粮……"

"少张嘴闭嘴说国家。"王建立断了话，"同样的地我承包我经营，我想种什么都没有决定权？种苹果投入比种庄稼多，难道收益就不该比庄稼好？"

"乡长还没说完你急什么？"乡随从愤恨地说。

"还说什么狗屁政策？不许农民先富起来就让养活你们？这会儿打药的钱都没有还催特产税！让贷款也行，贷款给你们缴，×他娘让贷不？老百姓去储蓄所存钱他叫你'农民兄弟'，贷款连孙子都不如！我干不下去社员还眼红，让他们承包不亏死他们！"

方载亲说："王建立，税费关系到全数，不单提特产税，我还想提电费哩！农村电费比城市高多少，还动不动就停电，他们知道？再说，你跟他们讲这些，他们能改……"

"等！"赵乡长对王建国说，"他是谁？"

"呃……我兄弟。"

"你兄弟也搞这一套？"副书记和王副所长齐刷刷地说，"你这个村干部还真是个楷模哩！"

"滚，别当混脚！"刘大民提起王建立要扔出去，王建立打着千斤坠说，"我不是他兄弟！他也不是我哥！"

"狗咬狗。"愣头青笑着爬起来说，"我只要一句话，村里负责不？"赵乡长朝王建国使个眼色，王建国满口应下，可是他走后又来了个替补——戴着几枚军功章的老红军。王建国和刘大民忙迎过来放到自己的阵地，又对赵乡长介绍说："动手术得去省里，开会也在省里，正经八百的老红军，不是土八路。"

赵乡长、副书记和王副所长连忙过来握手。

"今儿不是党员会，你来干什么哩？"王建国径直发问。

"腿脚不好在家歇着吧，就算是党员大会你也可以不来。"刘大民说，"回头我们去家里递你说。"

"听说有事过来看看。"

"没事。有什么事。"

"怎么这么多人？好像还铐人，犯什么法了？"

"欠公家钱，他们不缴……也没有铐。"

"哼。"老红军起身坐到方载亲旁边说，"看来有句话很对。"

"什么话？"王建国问到了赵乡长前头。

"上头政策很好，下头政策好狠！"老红军哆哆嗦嗦地说，"不怪群众，群众多数是好的哩！向群众收税，铁心肠铁面孔铁手腕还不得弄成这样？怪不得群众，是你们方式方法不对。平时看不到你们，可一收秋就来了。说是下乡，就跟葫芦瓢扔进水缸差不多，从上头看是下来了，可从下头看还浮在上头！你们问心无愧？是谁养活你们，是群众、社员、老百姓！什么三提五统，老百姓需要养活还收这么多……上头不知道底下，你们也狗屁不通？农民走道、上学、种地、生孩子、养猪、栽果树，哪样不收税？再说取之于民用之于民，这个破学校，这个破马路……"

"说完没有？"王副所长不耐烦了。

"你们这群败家子！当官不为民做主该不如老封建哩！"

"别仗着老资历，教训谁哩？"副书记也不耐烦了。

"行。等着。我去省里告你们。"

王建国坐不住了，他只想回家吃顿安生饭。赵乡长早就坐不住了，他起身离座，扶着老红军来到院里，众目睽睽之下说："我们的做法有问题，回去给县里打报告，看能不能减免一部分，你们看哩？"他这头说着那头的汽车已经发动。

社员们不依不饶，方载亲忙对众人说："说不通！你们谁有法谁去！趁他们没走……"

赵乡长已然钻进汽车，探头朝外说："田禾庄情况特殊，乡上研究之后会给一个说法！乡亲们，散了吧，回家吃饭吧！"

汽车开动了，王建国和刘大民忙对乡领导挥手告别，也对田禾庄村民说："该吃饭了，散了吧！"

第六十八章

李天柱踩着田禾庄的风波回村招人时有个人很想跟他走。

这个人是田忠。

田忠和田新凤在我们的视野里消失了很久，我们几乎忘掉了他们的存在，因为他们过着与世无争的日子。对田忠来说白天和黑夜是黑白分明的，白天他要把家里地里的活儿忙完，入夜院门一关鸡不叫不出来，不再像方载亲或者田学富那样黑夜里串门子。

时至今日，田新凤的肚子大了，所以他也孕育出修工的打算。

李天柱吆喝那天他心动,和田新凤商量,田新凤说这会儿家里没有大开销,往后再投门路。他说黑夜我去看看,要行就去几天。家里就他俩,挺着大肚子的田新凤自然不让他出远脚——其实他应该能够想到,但脑子里缺少这根弦,只看到了以后的紧张日子却看不到眼下操心的光景。田新凤没有阻拦,心想你反正是为这个家那就为将来探探路。可是他走到李天柱家门口时意识到了自己没有出去的理由,于是转回家睡觉了——好像什么事情都没有发生。

我们的田忠有着过人的本领,一觉醒来他能够忘掉所有不想上心的事情,每一天对他来说都是属于自己的一天。比如家门口税费征缴的热闹,他看都不看,好像全然不关他的事,现在秋收后上不压下不顶的,好像也不关田禾庄的事了。

大秋来过田禾庄。

修工人集体返回来,忙活完又集体返回去,没开介绍信的没有再找王建国或者刘大民,他们觉得没必要办这道手续了,在城里,老实待着吧,因此田禾庄大队成了可有可无的门槛。虽然方载亲替乡亲们在干部面前出了回头,看似风光无限,但他知道这不是什么好事情。在安友会一天天的责难声中,忙完大秋他装病躲了几天,连钢磨都没有心思开了。

方载亲的确得了心病,他伤透了脑筋,又感觉车到山前眼下无路了。他不再像以前那样嘻嘻哈哈大大咧咧,在病与装病的几天里终日搔挠日渐颓歇的头顶。是的,我们的方大脚有很多心事,仿佛发自一夜间。庄稼主的操心事无非是庄稼和孩子,收过秋种过秋庄稼事就算忙活完了,他闹心的正是孩子,和方载德一样。

方敬来了封信,和往常一样寥寥数语,说马上要调到一个在黄帝县的偏远煤矿,叫家里不要担心。这封信和田禾庄大队收到的红头文件一样没有商讨的余地。家里有吃商品粮的户口方载亲该熨帖,但去煤矿上班又是担心,甚至和安友会说:跑那么远又那么偏,将来肯定落地生根,不如不买户口!那个黄帝县我听说过,比尧县还"山"还"老"哩!将来结婚,走动不起来。安友会也苦楚,却劝他:都是命,敬子命里该着,将来就算拔也拔不出来也是咱丫头。按敬子说的,家里好她才好,家里不好她也没心思上班。她嘴上说着心里却在想:能调过去,找找人兴许还能调回来。只是没有把这想法告诉方载亲,否则方载亲定会抻着青筋斥责她:你当你是煤炭局哩,你当你是下象棋哩!总之,她不像方载亲这样风来土起雨来墙倒,有谱也好没谱也罢总是看得开一些。

一连几天方载亲都在思谋如何回信,想拿出前前后后的主意给方敬参考,毕竟她还是个阅历浅的孩子,可是拿起的笔很快又会放下去,铺开的纸很快又会揉搓掉,反反复复不下五回。心里矛盾就想找个地方喝一壶或者倒头睡上三天三夜,然而自从我们的"老绝户"走后这个田禾庄便不再有他躲清静的地方了。是的,田禾庄早就淡忘了厚道会计田厚生,也早就淡忘了瓦房好手方才顺,所幸的是,我们的方载亲还有一位时常不请自来的老伙计——

这天傍晚田学富过来,见面就臊:"嘿!装什么不熨帖?大丫头有工作,小小子材料强,钢磨还嗡嗡响……"方载亲的眉头舒展了些,但不急着臊回去,而是递缸水问起秋收,这下子田学富反倒愁眉苦脸地说,"柱子家的地折腾人,带苗看毛眼好,收秋剃光头才瞅出来,哪是过去的天字号地,分明是等外地!"

"那你还不嫌够,非种?"

"饭一天三顿吃了长劲,劲用完才舒坦。"田学富又臊着说,"哪像你钢磨加牲口,财主哩!"

方载亲清清喉咙慢条斯理地说:"当了几辈子贫农当怕了,你想当财主,这会儿就开始跑马圈地。你觉着看透了大行市,以后就算少缴甚至不缴农业税费柱子家的租你也得扛。等地收拾好，要是柱子抽回去……唉，你也是红牛的掖扯命！"

李天柱的地多年不上粪肥，苗有多硬老天爷肯帮多少忙就收多少粮。田学富有心收拾好，此刻心里也扑腾："他要……就还他。"

两个人聊着聊着又转到税费上，方载亲说："鼓励发家致富还收这么多费，这不是让庄稼主改行是什么？"

"八六年提发家致富，八年抗战打过去了，寻常人家，根本不显。"田学富看似在喃喃自语。

"摊开说，这一亩地得养活多少人？都靠它吃饭，说白了还不是全吃农业全吃农民？"

"关键是粮价上不去，不值钱，种地要致富除非亩产万斤！"田学富笑吟吟地看着方载亲说，"咱大队以前也风光过。"

方载亲嘿嘿一笑说："粮食要不值钱，只是个吃食，那种地多会儿也不是正经行当。"

"粮食不是吃食是什么？我种它就为吃它。"

"你是庄稼爹，厚生叔也比不过你。"方载亲又是嘿嘿一笑。

"我种它不为吃它该为什么？"田学富又是喃喃自语。

"你说，种地是职业不？"方载亲忽然问道。

"职业要是生存的手段，那种地就是职业吧？种地的是庄稼主，庄稼主就是老百姓，老百姓就是职业？"田学富自我推敲说。

方载亲哭笑不得地说："打个比方，挖煤和种地，本质上是不是一样，都为养家糊口，对不？"

"对。"

"那种地就是职业了？"

"嗯。"

"那地里的煤相当于地里的粮食不？"

"相当于。"

"煤矿工人和种地农民是不是差不多?"

"是。"

"煤矿工人挖国家的煤卖了能拿工资,有了工资能养家糊口,是这样不?"

"是。"

"那庄稼主卖粮食养家糊口,行不行?"

"卖了你吃什么?"田学富被方载亲绕糊涂了,本能地反问过后又起自语,"粮食卖不出钱……嘿,将将够本?赖庄稼主本钱都下得旁外多。"他的话透着自信。

方载亲一拍大腿说:"问题就在这!"

"嗯?"

"煤比粮食值钱!粮食由价格控制着又不能随便卖!卖了你吃什么?卖了粮食换钱,再拿钱来买粮食是不是脱裤子放屁?所以说庄稼主不能随便卖粮食,除非你家粮食旁外多……这么捋摸,是不是就是说,钱,离庄稼主比其他人,远?"

"钱,离庄稼主,远?"

"嗯?"方载亲紧瞅着田学富。

"怎么……"田学富转不过弯来,嚼着话头说,"虽说种地刚刚够本,可是几年下来积攒的余粮打着滚糟蹋不完,手头的剩余也能粜出个把钱,怎么能说钱离庄稼主,远?"

"你就是成天盘算地主家那点儿余粮。你别忘了,你种地刚刚够硬成本,你那点儿余粮叫余粮?你粜它换来的钱还是你的血汗本!也就是说你在摊大饼,别以为摊得大能多咬几口。要是说粮食这个价公至公,那归根结底只能说庄稼主的力气,或者是命,贱。要么就是说,地少或者是地,便宜。"

"那种地不成累傻小子了？"

"你说哩？"

"种地的庄稼主离钱远，你这说法刚开春，挺新鲜……"

"庄稼主跟钱之间隔着不值钱的恰好不多又不少的粮食，再就是缴税费不像原先，也纳现钱。"方载亲笑着说，"钱不往口袋里进还从口袋里出，是不是更远了？"

"好像是这么回子事，可是我有粮食就知足。"

"我知道你是好庄稼爹，时时刻刻割舍不下孩子。"

"这几天你为这闹心？"

"我有这么小气？"方载亲又唉声叹气了。

"为小子？"田学富心想肯定是为刚上初三的方永。

"哦。"方载亲这才想到方永早晚各加了一节课，现在天黑黢黢的了还没有提着墨水瓶改装的煤油灯回到家。

安友会一直在外边，推完钢磨又做饭，倘若把田学富换成外人她早就闯进来制止方载亲杂七杂八的说道了。方载亲不想说心里的邋遢事，揣摩着换了话题："你来为宝儿？"

"先是看看你，都说你装病，一点儿也不假，再是问问永儿上初三什么感觉。"

"紧张得不行，问他都来脾气，谁对他好也知不道。"

"你俩叽里咕噜地讲鬼子话哩？一句也没听懂。"安友会这时才进来，笑着说，"也不敢往懂里听，大家都揣着明白装糊涂吧。"

田学富笑呵呵地说："糊涂不难过。"

"他这两天着了魔，本没有什么事，只是个忙活，不愿意搭理他也就算了。"安友会狠狠地瞪了方载亲一眼，临出去又说，"你来坐会子正好，多臊几句，省得他心口窝子往死里疼。"

第六十九章

　　方永的学习方载亲操心，洪城乡中的教学质量更令他揪心。近年来洪城乡中只在去年考走一个中专，他看到了一点儿希望，可是再看方永并非数一数二的成绩，又觉得这希望是个摆设。是的，他觉得田禾庄子弟想通过考取大学离开皇天后土，简直是做梦。

　　就在方载亲为中考发愁时方永得了一场病，这场冬日里持续二十天的大病让方永彻底丢落了课程。头几天安友会也在担心影响学习，可是李民庆检查出结果后她更在意起了方永的身体，每天早晚输液时都眼巴巴地盯着药水说："老天爷，可别把我这气管炎的病根遗传给我永儿。"

　　方永的气管炎治好后快放年假了，安友会索性让他在家静养起来。方载亲终日里愁得没有办法，经方爱提醒才想起找老师，于是年初一提着烟酒找到洪城班主任家，班主任的确给他指了一条明路，还当面鼓励似的安慰说："不怕，他年纪还小怕什么哩！明年我还带毕业班，让他继续跟我念。好饭不怕晚，好苗子也不怕蹲班，今年中考先不给他报名，明年照样以新生身份参加中考，还能报中专、中师，学得更扎实些我还想让他冲刺尧中哩！"

　　尧中可是全尧县最好的高中，它离大学只有一步之遥。听到这说法方载亲重燃起希望，到家立马给安友会打气说："嘿！班主任说让永儿多念一年考尧中，尧县第一高级中学哩！那咱就让他试巴试巴，兴许咱老方家的祖坟也要冒青烟哩！"

　　"幸亏让永儿早上了一年学，那……冬天我可得好伺候，再也不能犯气管炎了。"安友会转眼又沉甸甸地思量说，"我得想个万全办法，把小永儿的病根彻底祛除了。"

方载亲不知道她能想出什么好办法,只到三月庙才弄明白。三月十九日,天远没有亮她就背着好大一包香帛纸钱和安再启家的钻进了葛洪山,娘儿俩从山脚的龙王庙一直烧到了山头的奶奶顶,每一座庙宇都没有落下。下午下山在玉皇阁歇脚时,一位头盘发髻的算卦先生叫她,说她脸上有挂,她犹豫了一下才凑过来问:"准不准哩?"

算卦的指着身后的玉皇阁说:"你说准不准哩?"

这时旁人说:"我是来还愿的,去年让他掐算的,真准哩!"

安再启家的说:"会子,让他批一卦,他是年年来。"

算卦的端详着安友会的面相说:"一命二运三风水,四积功德五读书,你家是不是有人得了病?"

安友会仰望着玉皇阁里透出来的青烟说:"小子有病。"

算卦的说:"除了祛病消灾想不想知道小子的命数。"

他敢说便是有真本事,安友会立时对他刮目相看,一门心思地说:"主要是怕耽误学习,小子还是个念书的学生。"

算卦的摇过卦签却拿出纸笔说:"先批个八字,再称称骨重,看看到底讨来一条什么命。"

安友会写好方永的生辰后算卦的便掐算着旁注下八字与骨重:

一九八〇年	庚申	金金	0.8两
五月	癸未	水土	0.5两
廿九日	乙酉	木金	1.6两
四点半	戊寅	土木	0.7两

"这是好命还是赖命?"安友会看不明白。

旁边还愿的人说:"还没掏钱就让人家算,逗笑话。"安友会要掏钱,算卦的说:"我先给你算,不准不要钱。"随即指点说,"三金二木一水二土,乙木命,五行缺火,骨重三两六钱。"

"这怎么补救哩？"听得五行有缺安友会立时紧张了。

"叫什么名字？"算卦的问。

"方永，方块的方，永远的永。"

算卦的沉默半晌问道："你家有没有红色的活物？"安友会径直想到了红牛，算卦的听后微笑着说，"那不要紧，红火红火红即是火，红牛的生命力更旺盛哩！"

安友会暗自庆幸起来，心里话：大红牛，你好好活吧，一直福星高照小永儿。从今往后我不当你是牲口，就当你是我们家里的一口子人，我不打你不骂你更不卖你，我还给你养老送终！

安再启家的又瞅着那张纸问："刚说永儿几两命？"

算卦的指着一溜数字说："骨重三两六钱。"

"这么点儿？"安友会的脸色又吃紧了。

"不是越重越好。"算卦的随即笑吟吟地说，"不须劳碌过平生，独自成家福不轻；早有福星常照命，任君行去百般成。"安友会听不懂只觉得像是好命，算卦的这就打量着她的行头说，"出生在好人家，不愁吃穿，比较有福气，运气也比较好，好像有福星照着一样，做什么事都容易成功。总之一句话，骨重三两六钱，超群拔类、乘巧智慧，是衣禄厚重之人哩！"

想想家境，因为有钢磨的零花方永确实没有缺少过吃穿，念书以后又有红牛的帮衬，也似福星高照一般顺顺利利地念了九年，回头再想到降生，虽说生在半路的野地里，可是有方载德的守护也算是顺顺当当……转念想到眼下安友会不敢大意，紧张地说："去年冬天得了场气管炎，耽误了中考不是很顺当了哩！"

算卦的掐算说："灾星要走，上道疏安心考大学吧！"

这时旁边卖供飨的凑过来，指着玉皇阁神神秘秘地说："别看他没穿道袍，其实他是玉帝脚底下的真人，正经的半仙，道行高深能直接给玉皇大帝上疏,根本不用上求情的预告疏!"

安友会左思右想,看了看安再启家的,安再启家的做主说:"上疏吧,也叫上天知道知道。"安友会这便默认了,只见算卦的大笔挥就了消灾赐福的表文——

伏以

　　天恩罔極,從人心而應願。

　　聖德靡涯,隨世事以兆祥。

今據

　　中華人民共和國河北省冀中市堯縣洪城鄉田禾莊方永本命生於庚申年癸未月乙酉日戊寅時,誠惶誠恐。稽首頓首。謹以素筵、香茶、鮮花之儀。為消災植福之事。虔誠敬獻於葛洪山上清虛玉皇閣昊天金闕無上至尊自然妙有彌羅至真玉皇上帝之座前。

　　空念鶯下,生居中土。愧未能超行正道。每誤入邪徑,以致災害及身。甚至疾病纏綿,無計可申。轉恩玉皇閣列聖諸真,飛鶯顯化。濟世救人。大開覺路。指點迷津。鶯下方永,自效勞以來。兢兢業業。始終貫徹。以報洪恩。無如年來坎坷時常。精神萎靡。願求諷經以後,卻病延年。災消禍解。家門清泰。疾病康安。永無惡曜之侵臨。定有吉星之護體。無任懇禱之至。謹拜奉聞。

　　　　　　　　　　天運乙亥年庚辰月己卯日李崇玉
　　　　　　　　　　　　　　　　　　　　　　九叩上申

安友会娘儿俩看了半晌全然不懂,算卦的接过来,朱笔勾批加盖三清宝印后将表文封于表筒,又从旁边卖供飨的摊位拾掇了一盘春桃、一捧山茶和一束野花，便带着安友会娘儿俩进玉皇阁焚香祷告，熏沐文疏三跪九叩再出来安友会心理惴惴不安的，那卖供馔的喜兴地说："吉事自有天成，你做得了人家的亲娘！"

先前还愿的人也凑过来说："给天公行了大礼，回家瞧好吧。"

安友会拍净膝盖的土，战战兢兢地说："没想着这么折腾，这……这得花多少钱？"

"批字、称骨带上疏，总共五十块。"见安友会面色吃紧，卖供馔的忙接茬儿补充，"大妹子，我给上界的供馔只算十块哩！"

安再启家的恳切地说："总共给五十，再送一卦。"

算卦的笑纳安友会的一张伍拾元后又给安友杰批了一卦，说他中年以后浪子回头。虽然有些遥远，但安友会还是听得心花怒放，于是不再苦楚转手的钱了，下山时和安再启家的说："他要是算得准，明年要是应验在小永儿身上，后年上山还愿还找他，再给小敬子和小爱子各算一卦。"随即畅想着说，"算一算小敬子什么时候调回来，算一算小爱子初中毕业是不是另有门路。"

安再启家的说："心诚则灵，必须实打实地信，还要长长久久地信，神仙也要考验人心哩！"

待天黑黢黢地回到家，安友会的第一事是打着手电让方载亲给红牛拌糠食，喜眉笑眼地说罢经过方载亲嘻嘻哈哈地说："他最好是半仙哩！算不准，天王老子也挡不住我拆他的台！"

第七十章

一九九五年是无事之秋，无论麦秋还是大秋，修工人根本就没有返回田禾庄，他们觉得把力气卖给城市比瞎在地里要划算。

这个秋天过后方永适应了独自上下学，方载亲当年一口气种下的两棵苗成了独苗。是的，方爱和方敬一样要强，她没有参加中考，也看不起"丢人的分数"。安友会知道家里再没有方敬那样碰巧的机会留给她了，心里愧疚又别扭，每次看她的眼神都生涩得很，眼洼里像是析出了血液里的盐。方爱反倒懂事了，每天主动生火做饭，甚至亲手端给方永说："兄弟，你先吃，吃完赶紧写作业。"每到这时候方载亲都要和红牛躲到村边去。

田禾庄无事，即便有事那么所有的事好像都无关田学富，他找方载亲只为田宝。从方永身上他的确取到了真经，同样是春节，同样是提着烟酒，他也找到班主任家申请留级，生怕田宝失去方永这个样板，生怕自己面临方载亲未曾遭遇的难题。是的，我们的田学富只是个老实本分的庄稼主，不抽烟不喝酒，不打牌不凑热闹，即便串门膘晾晾也没有几家，即便去一家也要精打细算，去做什么又待多长时间。他这样的生活，说起来很像地里的庄稼，不动声色地拔高，却和其他庄稼没什么两样。

这天傍晚他例行来找方载亲。

他来时方载亲正在当院喝片汤，喝口片汤嚼瓣蒜，满头大汗的样子，而安友会和方爱则吃得不声不响也不冷不热。他坐下后径直问方载亲中考的事，方载亲便把问题转给了方爱，方爱说："初中后头是中专，中专后头是大专，大专后头是大学，大学后头是硕士，硕士后头是博士，博士后头是博士后，北台后头就是北台后头了。"

田学富的指头已经数不过来，在方载亲嘻嘻哈哈的笑声中他好半天才反应过来说："我的亲娘！难怪老辈子中个秀才要熬到白胡子哩！"安友会娘儿俩也笑了，他自嘲般笑过之后又问，"你刚说的那些没有高中，高中相当于中专的水平是不？"

方爱正经地解释说："初中毕业可以考中专也可以考高中，高中毕业可以考大专也可以考大学，中专毕业也可以考大专，大专约等于大学。"

田学富被绕糊涂了,索性拿块石子在地上画起了符号,理顺关系后指着初中后面的一处空当说:"还有个中……什么来着?"

"中师,中等师范专科学校,相当于中专。"

"没想到初中毕业能结出这么多果子来。"田学富连忙多加一种符号,瞅了半晌说,"中师、中专和高中考哪个好哩?"

方载亲插话说:"那得看你想让宝儿干什么。"

田学富瞅着几样符号不知道把石子落定在哪个上头,只得问方爱,方爱给他解释说:"中师毕业当老师,中专得看你是什么学校什么专业,一般是当工人。"说到这里方爱不说了,他接茬儿问,方载亲接过话头说:"上高中只为考大学,初中毕业就算考上高中将来考不上大学,也是屁用没有。"

安友会撂下饭碗,巴望一眼门口叹口气说:"供几年高中要是考不上大学,前功尽弃拿钱打水漂不算,还得把身体念成逮不住小鸡的文弱书生。要是再念成个近视眼,你说怎么拿锄榜地,又怎么搬砖修工,还怎么当老百姓?百无一用是书生哩!"

方载亲吃不下了,把饭碗递给方爱说:"你想让宝儿念什么?"

"总归有个命,还有时间拾掇。"田学富已然将地上的符号连接成了路线图。

他的确还有仔细盘算的时间,方载亲却没有了,所以我们的方大脚急得直抓挠头皮,像是等不见一个拍板拿事的人。安友会忧心忡忡地接替方爱去刷碗了,可是没刷几个又端着湿漉漉的手出来瞧,就倚着门框愣起了神。方载亲见她这副模样心里更烦乱,却不得不宽慰似的说:"不管走哪条道都得靠本事,有本事自然有好命。初中就算在白合甚至县城念,考不上尧中的照样挺多。"

他的话相当于没说,安友会依旧愁眉不展,田学富出主意似的说："关键在孩子。"

"归根结底是孩子参加考试。"方载亲劝完自己便支配安友会，"你赶紧刷碗去，又不是立马做决断。"

"过年九六年，麦秋里就考试，非等火烧屁股才抓紧？"今年不似去年，要真枪实弹地参加中考，安友会的心提到了嗓子眼。

的确是时不我待，方载亲面对着田学富思量说："考上中师念几年，学费比高中多，毕业回来当正经八百的老师，不是民办也不是代课，结果说不上是老百姓，跑不远但保险，挣钱还早，是不？要念高中，考上尧中才叫有盼头，考不上……嘿，趁早拿锄榜地。就算千辛万苦地考上，还有高考一道坎儿，就算千军万马地闯进大学，学费更得费姥姥劲……听说以后不包分配，念出来没有工作或者工作找不好，高中大学的本钱他爹靠种地收不回来。依我看，高中要想比中师好，前提是考上尧中再考上大学还得分个好工作！"

安友会嚼了嚼，赶在田学富跟前说："你听谁说以后不包分配哩？谁这么瞎说八道不负责任哩？他怎么不堵死大学的门哩？"

田学富扑哧笑了，笑过之后说了句让方载亲肃然起敬的话，他是这样说的："三十年河东，三十年河西。"

方载亲朝他点点头转对安友会说："还用听谁说不？一口锅，一个掌勺，几双筷子几个碗，世道历来不是这样？八三年全国开始大变动，至今一轮十二年，你说锅沿四周还有没有吃饭的岗位？光是自带筷子等着捞的，不早围了个里三层外三层？凡事是不是得讲求个先来后到？何况还有那么多削尖了脑袋加塞的。"

安友会正想说些什么时方永到家了，方爱接下他的书包刚递来饭碗田学富就开口了："永儿，你初三那些书本卷子，给你兄弟留着行不？"方永应下他后方载亲朝他使眼色，他心领神会，忙笑呵呵地问，"你接下来念哪？"

"考哪念哪。"

"想考哪？"

"能考上哪考哪。"

"你小哥考的哪？"

"二中。"

"你哩？"

"不知道。"

"糊涂虫，一问三不知神仙没法治。"方载亲刚说完听得有人喊推钢磨，方永气呼呼地瞪他一眼他才嘻嘻哈哈地招呼说，"来了来了！咱村属你会折腾，白天黑夜忙活不算还不叫别人安生！"

"谁像你，人坐在家里钱自动送上门，比打税的还强！"

方载亲一走方爱接茬儿去刷碗了，田学富和安友会各自起了思量，方永安生吃饭时冷不丁听得田学富说："永儿，你说哩？"

方永不答话，安友会就责怪他："你叔问你，你倒是吭个声。"方永撂下饭碗说："他什么都没问你叫我说什么！"

院里的红牛见证了方永的委屈，它不管不顾，依旧卧在墙角倒嚼，耳朵晃晃尾巴摇摇，安详而自在。那头半大牛犊倒是欢实，竟然跑到方永跟前撒欢，像是故意要惹他生气似的。

安友会对田学富歉意地笑着说："刚没听见，你重问。"

田学富这才发觉原来仅仅是在心里和方永对话，赶在方永发火前忙说出了心思："我是说让你兄弟考个师范，将来当老师有保障，正式老师好歹属公家……永儿，你说哩？"他态度诚恳，像是在征求方载亲的意见。

方永又端起饭碗一本正经地说："是挺好，我们班就有好几个想报中师。"

"有人报说明这条道不是很差。"田学富趸摸着地上的路线图说,"永儿,你说哩?"

"嗯。"方永肯定地说。

方载亲已经磨完又偷听了一会儿,此刻觉得关系重大忙说:"他是个孩子,四六不懂,你拿主意,别耽误宝贝疙瘩。"

"问你要主意你前后左右模棱两可,还是什么小队长。"

"是得你亲自拿主意哩。"安友会强调说。

"好歹不要你们负一丁点儿的责任。"

安友会这才笑着说:"等的就是你这句。"

田学富又问方永考不考中师,方永干脆地说不考。方载亲要问理由,安友会使了个眼色,田学富忙替他们问,而方永的回答很简单,不愿意。田学富顺势问下去,方永却没有再回话。送走田学富,直到上炕熄灯,我们的方载亲都懒得看他亲小子一眼。

第七十一章

一连几天夜深人静时方载亲两口子都在说道中考,最终一致认为应该迁就方永,万一他不如意,考场上来了脾气就糟糕了。这天晚上,两口子说完尧中入睡时院里传来一声闷响,方载亲匆忙出去,见安友杰正从里往外开大门,再看进来的是安再启老两口。如此神秘令他不解,四人进屋后安友会也是一脸纳闷儿,再启老汉径直说:"你兄弟媳妇有了。"

"什么……怎么……又有了?"安友会纳闷儿极了。

"你娘烧香求来的。"再启老汉的脸上掠过一丝难以察觉的喜悦,他家的忙解释,"三月庙跟你许下的,等生下来咱娘儿俩去还愿,要不尽着还,以后再求什么都不灵验。"

安友会边穿衣服边气呼呼地说:"你求点儿什么不好,非求这个？"方载亲扑哧乐了，安友杰也乐了，她怨他俩两眼说，"这跟赌钱一样也犯国法……怎么……偏偏还求来了！"

"怎么国家连孩子都不让生！"再启老汉的话很是硬气。

"你跟国家讲什么儿女情分，国家只认国法。"安友会下炕瞅了瞅说，"东林哩，他娘儿俩哩？"

"东林不得要个兄弟？我不得再要个孙子？"

"你怎么知道又是孙子？孙女你待见不？"安友会很窝火。

"你娘求的就是孙子！我什么时候不待见孙女不待见丫头了？要不待见，你们生下来就喂给野狼了！"再启老汉也很窝火。

安友会恶狠狠地盯着方载亲，方载亲便问安友杰："深更半夜翻墙入院，除了报喜，还为什么不？"

"叫你兄弟在你家躲一阵子。"再启老汉对安友会说。

"我家？"

"嗯。"

"你鬼迷心窍了？我家房后是大队，见天来人推钢磨……"

"他俩安生藏着，不说话不出门。"再启老汉旁外里说，"就知道你不待见你亲兄弟，叫你伺候你亲兄弟媳妇几天都不情愿。"说完带着他家的和安友杰走了。

几天没去娘家竟然多了一摊子不可收拾，倘若帮兄弟自己要受牵连，可是他又没别人可指望。安友会心里踌躇，只得问方载亲，方载亲关好大门说："咱爹的想法着实好，我保险支持。"安友会知道是反话，只得一脚踹正了，挨过踹方载亲才正经地说，"再生一个不是虱子多了不咬，你兄弟还是养活不起，你爹只知道捂在手心里当宝贝，到头来又是野孩子一个。以后不是人多力量大，种庄稼也是保一棵好苗。"转念想起他们的打算，叹口气说，"离大队这么近，见天吆喝计生，你爹听不见，你兄弟听不懂，你哩？要想生干脆躲到天边去，等生下来交罚款好了。"

"一没关系二没钱，可我娘偏偏求来了，再错两年也罚不着。"安友会的心里揣着好大的不满意。

"好。行。算是你娘求来的。"方载亲指着大队的方向说，"税费没有收上去干脆不来要了，老百姓又收了个安生秋，可是干部们青黄不接了，这亏空不得找补？大队干部去乡里开会是热脸对着冷屁股，他们提心吊胆的，要是再抓不好计生，税费的屎盆子不得往下扣？"见安友会低了头他又加码说，"计生就是罚款，罚款就是开支，你兄弟就是人家放养的猪。"

"你这人一句人话都不会说？"

方载亲忙赔上笑脸说："好好好，我说人话。首先来说，事来了等着处理关键是怎么处理，对不？"安友会点点头，"最起码有三样处理方法。一是该这么处理，你这么干；二是该那么处理，你这么干；三是车到山前必有路，不去处理自然而然就有个处理。你兄弟没当一回事，咱爹当了一回事，你什么心思？"安友会叹了一口气，方载亲苦口婆心地说，"无非三种，一是大队让怎么处理就怎么处理，这罚不上款。二是东躲西藏俩结果，要么逮着又做手术又罚款，要么生下来咱爹掫扯，还得把家罚到揭不开锅。这最不好，一点儿道理都没有，光是替刺儿头分摊税费。"安友会蔫了，问第三种方法，"三简单，看米下锅，主动权在人家手里，人家想什么时候收拾你就什么时候收拾你，一群人单瞅着月份牌哩！"

一番话后安友会的心里清楚了也糊涂了。

方载亲让她嚼了嚼才说："你情愿看咱爹咱娘过要吃没吃要穿没穿的光景？挨罚，粮食剩不下一点儿，驴也得牵走。"

"可我爹不懂，愣是想……"

"咱带仨孩子够受累了，你兄弟……"

"行了行了你别说了。"安友会听到了大门响。

安友杰家的挺着大肚子来了,后头跟着安友杰和安再启老两口。方载亲看一眼,呱唧着后脖子问:"杰子,怎么打算哩?"

"躲几天。"

"没别的打算?"

"能不能躲过去还两说。"

方载亲闭嘴了,把再启老汉不爱听的话全咽了,不一会儿安再启家的收拾好了东房,再启老汉也抱来了锅碗瓢盆,安友会见状哭笑不得地说:"还单独做饭?吃一个锅算了。他们想吃好的我家也有,粮食全在他们屋。"

"不搬粮食了?"再启老汉说。

"不搬了。"方载亲说。

"那你们想吃什么跟我说,让你娘做,黑夜我端过来,行不?"

"行了行了半夜还啰唆。"安友杰不耐烦了。

"我们走了,你们好好睡,别出门子,有事让你大姐……"

"还啰唆?"

安再启老两口走后安友会才想起数落安友杰:"你四六不懂,怎么跟爹娘说话哩?"

"几点了还不怕别人听见。"方载亲赶忙来降火。

"我看你是躲干净来了,跟你大姐夫一个德行……你也没有谱,给逮了怎么办?"

"谁来我捅谁。"安友杰从腰里拔出了刀,安友会夺走后他又问有没有酒,看样子像是想多喝点儿睡个安稳觉。

"明儿再说,赶紧睡。"安友会心里醉翻了天。

"睡不着。"

"也不让你大姐夫睡?"

"把电视搬到我屋去,总不能憋死我俩吧,亲大姐。"

"你外甥女还看哩。"安友会说。

"去我们屋看。"

打发走安友杰后方载亲毫无睡意,清晨刚发困时听得院里传来脚步声,随即大门又传来响动,他边穿衣服边说:"这个死杰子学会了翻墙头,迟早不得栽跟头?"可是出门后傻了眼,院里站着的是王建国和刘大民,另有几个根本不是田禾庄人,他们正扒着窗户挨个瞧,王建国过来拉住他说:"大脚,我们没办法,我想你清楚为什么来。"方载亲铁青着脸,刘大民又过来抱着他的腰说:"他们执法,一个都不放过,我们好难办。"

这时有两个执法人员从东房里架出了迷迷瞪瞪的安友杰,其他人也拽出了蓬头垢面的他家的。方载亲昨晚预想过这场景,只是没有想到发生得如此突然,当场除了窝囊毫无办法。急匆匆奔出来的安友会正好看到安友杰家的被带走,待她想到追时官街口已传来汽车声。安友杰醒悟过来后挣脱开,随手抄起木棒拍过来,那伙人躲开后又利索地拿住了他,他动弹不得只得叫骂:"我×你们八辈祖宗!要敢带走人,你等着,看我不把你们的窝轰了!"

"我看你小子敢!"执法的人说。

眼见着安友杰要闹起来,王建国示意执法人员少说几句,递个眼色给方载亲,方载亲脸上挂不住,安友会则是哭哭啼啼的毫无主张,刘大民只得说:"杰子,你别胡来,事还没完哩!"

"谁说跟他们完!"

"不是说你,是他们。到这地步得罚款,你这态度说不定还得关半年哩!"王建国截了刘大民的话,"差不多了,人抓了指标也够了,再抓咱村也不同意。罚款,我看少点儿,只要……"

"什么?"安友杰冷静了些。

"只要你态度好,你再闹腾村里也不好替你说情。"

"××的,罚多少?"安友杰发起愣来就像是一块毛石。

方载亲知道人是救不回来,恶狠狠地吐口唾沫说:"来我家抓人,是谁通风报信。"

"大脚,不用报信,肚子多大、住哪条胡同、家里有什么人他们一清二楚,不光咱村,外村也一样……"王建国委屈地说。

"还不是你们!又当干部又当奸细!就知道欺负老百姓!"官街里传来人声,刘大民气呼呼地跑出去却找不见人,再跑回来说:"逃过去的罚三几千,逃不过去的少说也得三几百。"

"给我三几千还差不多!"安友杰愣乎乎地说。

"顶多罚你两百,等村里开会吧。人马上送回来,这我担保。"王建国见众人的心思被领到了罚款上,使个眼色让执法人员退到了门口。这时安再启老两口跌跌撞撞地跑了进来,安友会忙迎过去大声地解释,安再启家的听后抹着眼泪说:"这……什么法。"人们听不清她齿风里一兜而过的是"是",还是"有"。

刘大民说:"是法!计生法!"

王建国说:"没法!有这劫,烧再多的香也过不去!"

再启老汉听懂了,拉起他家的颇是无奈地说:"算了,抓就抓吧,就是不知道罚多少。"

安友会原本没有抱希望,但此刻团聚在心胸的恶气难以下咽,当场指着王建国和刘大民对再启老汉说:"你这会儿倒老实了?他就是罚也不给!一个镚子也拿不走!"

第七十二章

方载德的脸色越来越黄,像是蒙着一层蜡纸,纸上横横竖竖地写着些什么。他回家有年头了,一年两年还是三年五年,他记不清了,他觉得自己从来没有离开过田禾庄,他觉得自己枯坐在田禾庄像是为等什么事情的发生而等待了一辈子,他觉得自己以前的风光全然发生在梦境。

他难受,总以一种奇怪的眼神盯着院里的卡车,一看就是小半天。在他眼里,那辆饱受风吹日晒雨淋的汽车在一瞬间老态龙钟了,轮胎说瘪就瘪,胎面说裂就裂,绿油油的车漆说掉就掉。

日子和尧河水一起不紧不慢地流着,它裹挟着方载德,使他逐渐认识到了以后不能开车,不能抽烟,不能风风火火地忙活,甚至也不能痛痛快快地呼吸。不能做的事情太多,他觉得压抑,觉得悲哀,觉得痛苦,但是从来没有和李学勤说过,只是把这份痛苦隐忍在心田,所以皱纹日益深刻,脸色日益蜡黄。

按他的性子,就算天塌下来也不会窝在家里,可他偏偏窝在家里,甚至连吃饭都窝在饭桌的一角——显然他的身体出现了问题,难以修复的毛病。是的,每个人都想知道他到底得了什么病。

我们悄悄地进屋,把那些瓶瓶罐罐拿出来,找一瓶还没有撕掉标签的药仔细地看一看。我们看到了,并且从药效中推测出我们的方载德,这个能耐的中年农人得了二十世纪的"白色瘟疫"——肺结核。病痛,它直连着人身最柔弱又最敏感的神经,不管你是什么样的人你都有那样一根神经,不管你有什么样的本事病痛就是病痛,一旦染了病,身与心的痛就会包围你并且蚕食你。

方载德病入膏肓了,每到夜晚咳得吓人。默不言声地伺候时,李学勤总会替他对生活做出种种假设。是的,如果方载德还是以前的方载德,没有病痛折磨与思想压抑的方载德,他肯定不会让方良修工,肯定不会让方杰去尧县二中就读,肯定不会单等着方军退伍而不做出任何安排——

一九九五年冬方军退伍了。

当他穿着摘除领章的空白军装出现在苗洼台时，人们看到他已经是一位精干的青年，像极了当年复员回乡的方载德，然而他却看到了一个三年前的田禾庄。

这个田禾庄看上去没有变化。

这个田禾庄看上去唯一算得上有所变化的是他的父亲。

第一眼看过去，他的父亲不是年老了，而是体衰了，整副身躯像是苗洼台丢失肥力固结成块的黄土。他从没有想过父亲会成为这副模样，他无法接受这样一个父亲，他的眼洼里瞬间滋生出了泪水。再这样泪眼蒙眬地看过去，恍然间觉得昨日出门今日回家的一夜之间，有太多的事情突然降临又全然压在了父亲头上，像是要把他的生命都压进脚下的大地里。

方载德站得笔直，他在冷静地审视方军，他看到了一个脱胎换骨的孩子，他看到了一个能扛事情的小子，他知道他的三年没有虚度，他知道他有大把大把的未来。他观察了好一会儿，没有从他的脸上发觉遗憾或者抱怨，他心满意足，正打算回家时看到了他眼洼里弥漫出了泪水，当场冷冷地命令说："憋回去。"

方军把泪水硬生生地憋了回去，他知道父亲仍在以军人的标准要求他，他知道虽然交还了钢枪但是仍旧身处生活的战场。

"回家吧。"李学勤给方军擦净了眼角。

三人默默地向家走去，一路上方军都在稳定情绪，但他无法压抑内心。是的，他觉得自己回来晚了，他觉得自己被一封又一封的家书欺骗了，他觉得父亲已经在另一个方向上走得太远了。

饭桌上的方载德失去了方才的精神，身形委顿，苗洼台的行走显然耗费了他太多的精力。休息了好一会儿他才端得稳酒瓶，小心地倒下两满杯后说："军子，一来一去，感觉怎么样？"

今天不是伤感的时刻,方军安慰过心底那个悲伤又悔恨的自己才举起酒杯强颜欢笑说:"当初对了,爹。"

方载德呷口酒望着他,像是在问,说说看?

"见了世面。"方军喝下酒,但觉得酒精没有进入胃里,更像是直接浇在了心头,一股长远的冰凉或者灼热瞬间感染了血液。

方载德咽下酒说:"书你念不出去。要说为见世面,这会儿修工天南海北都能闯荡,都能见着大世面。"

"嗯,爹。"方军略一思索说,"三年下来开车修车一门清。"

"跟着我,一年。"方载德似乎较上劲了。

方军知道父亲的心思和用意,他是在敲打自己,他是要自己对不复存在的过去进行整理,他是要自己塌下心来迎接现实的人生。是的,我们的方军意识到了自己的处境,但他一时回不过弯,他很难相信昨天的自己还在为日益强大的祖国站岗放哨而今却是身处日益苦难的家庭。他无法面对也无从整理,只能以沉默应对。我们的方载德也是一副沉默的样子,他想过方军见识到真实家境后的感受,他觉得自己没有尽到父亲的责任,他很想再发动汽车,他宁愿活在三年前最为辛苦和劳累的时期。

李学勤听不见父子俩之间的对白,她不待见冷清,她仿佛看到了参军送行时父子俩的踌躇满志,所以由着心思说:"别再讲大道理了,当兵也不是完完全全为国家。不打仗养那么多兵干什么,光是献血救灾?成天唱铁打的营盘流水的兵,总有一天得脱下军装回到地方,到老家总不能两眼一抹黑什么都不会吧?要不真是当三年兵不如修三年工哩……"

方载德抬起头冷冷地看着她,她吞了话,方军只得笑着说:"娘说得在理,不过当兵的使命本就是……"

李学勤立马驳斥说:"还说那些有什么用?都退伍了,要是有门路留在部队多好？别看你是老大，可我也不想你像棵庄稼一样长在田禾庄。"她的话惹得方载德放下了筷子，她忙说，"好好好。锅里炖着菜。光兴你们爷儿俩说道。"

"娘也是为我好，有她在我才放心。"方军想隐忍掉泪水，可它们还是不争气地掉进杯中成了酒。方载德没有说什么，一口气将两杯水酒一饮而尽了。

李学勤递来干净杯便去盛菜了，方载德再次满上酒说："军子，要有个当过兵的样子，任何时候，面对任何人、任何事，都别流口水，更别掉眼泪。"

"这说明我小子好人性。"李学勤笑着端来了菜。

方载德不想再说道沉重的话题，尽管有一个问题他很想问出口。是的，这个问题三年前他曾经问过，就在这张酒桌前，而当时的方军并没有给出他想要的答案。桌面再次冷清下来，直到快吃完时方载德才开口："今儿太晚了，明儿买瓶好酒去看看你大大，他不抽烟。"方军应下后李学勤又说："是你亲大大，关系好比你跟良子和杰子，生前一口锅死后一块坟。"

昨天听推钢磨的说方军来了，方载亲寻思他肯定来看自己，所以停掉生意去赶露水集，待背来蔬菜方军正精神抖擞地站在当院。他恍然间看到了当年的方载德，那一年的方载德也是这般站在当院等着他回家，一愣神后他嘻嘻哈哈地说："德子，你来了。"

"大大，是我，军子。"方军笑着说。

"嗯。军子。我知道。"方载亲没有意识到称呼错了，见他夹着烟便不悦地说，"少抽。"方军扔掉烟跟进屋，刚坐下又听得他说，"你爹早盼着你来哩！去年麦秋闹税费，那时良子刚修工，你爹找我说你要休探亲假，后来我去看他，知道你没回家。"

"嗯,大大。二年才有探亲假,正赶上有任务。"

方载亲依旧顺着自己的思路说:"那会儿我要了你的地址,想给你写封信说道说道家事,后来这头家里事多,加上脑筋也不够使,就忘了,你别埋怨我。"

"嗯,大大。"方军端坐着听着。

"按理说,你刚到家,有些事可以错两天再说。"

"你说,大大。"

方载亲望着葛洪山的方向,遥遥地说道:"八代前咱老方家搬到的田禾庄,老家是葛洪山老后头的摩天岭,摩天岭至今还有咱方姓的老祖坟。有一年你爷走活去过,说起姓方来还亲得不行。要是再往上说,咱家什么时候搬到的摩天岭,那可早了。老辈子传说,是大明朝洪武爷的时候,从山西洪洞大槐树下迁过来的,少说也是二十几代前的事了。单说八代祖宗,当时来田禾庄时是条单身汉,到你爷那一代,五服之内正经八百的亲戚只剩方至书校长了。说起来,你爷和方校长是一个高祖,这个高祖有俩小子,老大留了咱们这一支,历来好单传;老二是他们那一支,人丁突然旺了,方校长的爷就瞎主张,迁走了老子的坟,可迁走后香火也弱了。唉,你看咱家祖坟,辈分清楚得很。再往下哩,我跟你爹这一代只有我们俩,你们第九代里头你最大。咱家从没出过秀才,我跟你爹之前的先人都是大字不识一箩筐,也就没人修家谱,毕竟上回祖坟就能明白血亲脉络,也能明白从哪里来最终又得到哪里去。明白归明白,可这些来头跟名堂,多多少少的你还是得知道。"

"嗯,大大,我知道了。"

方载亲愣了一会儿神,心中一叹,低下头又说:"这会儿回到家,有些事你心里也得有个准备,我怕来不及。你爹……身体不行了……你要有打算,不想和你爹商量的,任何时候找我说道都行。最当紧的忙活是什么，有没有模样？"和方载德一样，大事正事面前他也喜欢把问题先提给别人。

"大大，我有点儿想法不知道行不行得通。"

"你说。"方载亲忽地抬起头，眼巴巴地看着方军。

"我想跑车，毕竟这行当熟，也放不下。"

"你爹要是身体好肯定放不下，你拾起来，他欢喜。"

"还没往深里想。"

"跟你爹说过？"

"他还没问。"

"不管干什么，有一点儿是根本，踏实正干又一门心思。你看这会儿说修工是条门路，可是好些人不正干，去工地待两天赔个路费就跑回来了。实打实一句话，家道就是找条正经门路一门心思地忙活，好比你爹，谁不佩服他？可……唉！"方载亲一脸沉痛，说到激动处唾沫都喷了出来。

"你跟军子说道什么哩，刚到家就摆架子，旁外不。"窗下择菜的安友会不痛不痒地说。

"你做饭去。"方载亲来了情绪。

"我懂，大大，你放心。"

"趁冬天清闲多考虑考虑，别没有想好就着急上手，重来最费事，就算百密一疏也不要紧。总之哩，车到山前必有路。"方军记下教诲后问起方敬，方载亲冷冷地说，"山沟里挖煤黑子。"

"大大，她在煤场，不下井。"方军把知道的情况告诉了方载亲，方载亲正寻思写封信时方永回了家，见到方军他愣住了，在安友会的催促下才腼腆地唤一声"大哥"。

"永儿，学习行不？"

"材料不强。"安友会说，"你大哥问你，你就照实说。"

方爱倒显得开朗,摆菜置杯时说了几句大模大样的话,方永则躲在外面,直到安友会使唤他端菜时才进来说:"不行。"

方军想了想才明白他在回答刚才的话,便说:"你小哥也不行,你们小哥儿俩都好好学吧!"

"大哥还走不?"方永突然很是认真地问。

"不走了,寒假里找我玩行不?"

"行!"

第七十三章

方军退伍后的这个冬天冷得出奇,田禾庄的日头似乎被冻僵了,发得出光亮却送不出温暖。

尧河表面上不再流淌,也很难听到冰层下的水流声,乡野里终日刮着凛冽的西北风,这从遥远之地匆忙赶来的风,整整刮了三天三夜,之后,是一场暴雪。雪,覆盖了乡村,覆盖了大地,还覆盖了时间,使得晴朗的夜晚和白天几乎没有了区别。倘若非要问白天和夜晚有什么不同,那不同只能是,夜晚的风和空气比白天的风和空气更要冷淡、稀薄。

这场雪下在元旦前后,一九九六年就这样到来了。

方载德已经好些天没有出门,他终日坐在煤火旁,形容憔悴了许多。是的,他的肺显然不能承受轻薄生冷的空气,我们只能见到他大口大口地吞下空气,却不见吐出来。他的咳嗽也更厉害了,吐出来的痰渍带着血块。家庭正陷入苦难之中,这些天方军没有出门,但他无能为力,所能做的只是守在门口,静静地陪护方载德。

这天大喇叭吆喝拿信,从刘大民冻得哆嗦的声音里我们听到了"方载德"。自己的名字还在田禾庄传播,他的脸上掠过一丝苦笑,随即抬头指了指院外。方军赶忙取来了信。信来自方良，内容很简单，称呼之外的第一句是报平安，第二句是询问方载德的病情并要求速回信告知，第三句是问退伍回家的方军，最末一句是说春节不回家了，原因是来来去去耗费时间，工地上的事务也很繁忙。

方军念得很慢，念得心酸，也念得后悔……

方载德听得落下了泪水。他知道仁小子最终受到了自己的拖累，跳跃的煤火突然成了他的希望。他烤热身体，走向门口，可是一股冷酷的风即刻迎面扑来，直吹得他站立不稳。是的，有那么一股风就逡巡在门口堵着他的出路。他在和它斗争，这些天，这些年，现在我们可以断定它占据着"上风"。他不得不坐回煤火旁，咳嗽几声说："军子，你知道，你兄弟的信里，写了什么不？"

"我回信让良子回来，我替换他。"方军坚定地说。

"现在不是谁替换谁的事，往后干事别莽撞。"方载德笑着说过后李学勤凄楚地说，"家里往后全靠你，这么莽撞你爹不放心。"

这几句话过后屋里沉静下来，谁也没有说话，活像一座庙宇。

天色已黑，冷风透过棉门帘把房间变得更加冷清。李学勤愣了好久才想起做饭，做饭要用煤火，方载德主动让出来，慢腾腾地坐上了炕头。方军把窗帘拉下来，屋里的冷风少了但也暗淡无光了——方载德不要他开灯。是的，方载德早已习惯田厚生所过的日子，李学勤显然也习惯了他的习惯。突然方载德说："军子，你也坐，焐焐脚。"他挪了挪，方军坐过去，面对面地听他说，"军子，你知道爹怕是不行了。这年冬天冷，爹的病怕这个。"

"我明儿去买炉子，蹲屋里。家里有的是煤，去苗洼台拉车土，再借个打煤机多打蜂窝煤。只是这天气怕是干起来慢，要不先买一点儿用……对了，再买几截烟囱，屋里就没有硫煤味了。"方军哽咽着说，"爹，你看，这行不？"

方载德笑了，但方军没有听到这笑声，只是听得短暂沉默后的话语："再暖和也暖和不到哪了，天就这样，就算把屋子封起来架到火上烤，也这样。"

方军不甘心，仍说："外屋暖和就是多炉煤火，里屋加炉子也暖和。我明儿就去乡里，供销社肯定有，花不了几个钱。"

"那你就买去，等你兄弟放寒假用，他那个小屋冰窖似的。"

"我住过去，让他睡过来。"

"你俩谁住不一样？"

"起码我……"

"军子，拿根烟，我抽一口。"

"军子！别拿，不叫你爹抽。"外屋的李学勤说。

"就一口。"方载德命令说。

"别拿！他今儿抽过了！"

"爹，听娘的，不抽了。你看，我也戒了，你肯定能。"

"我有话说，得抽一口。"方载德还在坚持。

"说什么话非得抽烟，一会儿给你半盅酒行不？"

"爹，别抽了，抽一口屋里就有味，这么密实散不出去，非得开门，又冷……"

方载德不再坚持。

屋里静下来，静得出奇，虽然有三个人在。李学勤做好饭打开灯后果然给方载德倒了半盅酒，也给方军倒了一杯，三人围着炕桌默默地吃起来，突然，停电了，屋子归于黑寂。

方军抻了几下灯绳，还是没有光。

方载德第一个说："雪大，电线压断了。"

李学勤点起蜡烛说："以前刮风也停，不知道一会儿来不来？"

方军看着手表说："估计不来了，八点多了。"

三个人说着无关紧要的话，方军见方载德很是悠闲，边吃菜边喝酒，半盅酒喝了半个小时，饭竟然一口也没有吃。他劝父亲吃几口，李学勤却唉声叹气地撤走了饭碗。

"军子，拿根烟。"方载德又冒出这句话来。

方军慢腾腾地掏一根，点上，抽着，递过去。李学勤眼巴巴地看着方载德抽过两口忙抢下来扔进雪地，再回来撑起门帘守着堵着，单等着烟味一散就关门闭户。

烟气进入肺里呛了几声咳，方载德喘息定后冷不丁地说："军子，你是老大，将来家里全靠你，得多帮你兄弟，即便他们有什么不对也得帮……你们是兄弟，相互帮扶的亲生兄弟。"他的话没有一点儿预兆，一口气说了长长的一串。手足无措的方军看到摇曳的烛光下，父亲精瘦额头上的血管正一脉一脉地泵着血气。

李学勤思虑片刻接茬儿说："讨生骡子讨生马也不讨生老大。当大哥最不易，尤其是你，下头俩兄弟。良子好说，大了，也懂。杰子还小，将来得靠你俩……"

"娘，我知道。"

方载德点点头说："原本我想，等过年杰子放假良子回家，咱……我再把话撂下。"说到这里他又喘息不止了。

方军看得着急也听得落魄，不知何时跌落的泪水已经打湿了被褥。李学勤没有像往常一样去刷锅洗碗，而是站在门口静听着单等着，时不时发出几声哀叹。夜深了，屋里更加冷清后她才觉察到门帘没有放好，一急之下跺跺脚，边埋怨自己边关门闭户，紧接着捅旺煤火添了几块煤结，再进来给方载德铺好被窝，和衣躺进去暖了一会儿说："你睡吧。"

方载德很听话，裹着厚实的秋衣秋裤挪进被窝，不一会儿咳出一口浓痰说："军子，你们也睡。"

"你们先睡，我等屋里暖和了封上煤火再睡。"

"娘，我封你睡。"

"你不知道怎么封。"

"知道，甩点儿煤泥再捅个眼，看见红火就行。"

李学勤觉得他说得对，却还是不放心："你弄不清楚拉多少炕砖又捅多大的眼……我来。"

"我清楚，放心吧，娘。"方军坚定地说着，心里却在埋怨自己的确很没有用处，这样的小事竟然也不能做到让母亲放心，看来自己这三年的所作所为的确很没用。

李学勤铺开方军的被子，不声不响地下炕说："我睡不着，你先躺下，陪你爹说会儿话。"

方军无奈地钻进被窝，但很快又盘腿坐起来。

"对了，你在部队开小车，我知道大车你能开，但毕竟不同，你要习惯。其他的不说，开车心里就要有车有责任。车和人和庄稼一样，你对它好它就少闹毛病，好车况甚至比好技术还重要。开车，心里不装着车要出乱子，不是磕这就是碰那。车好说，磕磕碰碰有得修，人，怎么修？说有好技术，可出车祸的都是自认为技术好的，谁能保准一辈子不出差错？要控制好车，车这东西关系到人命，半点儿都不能马虎，还要多长心眼，看一步走一步，没看清路况千万别莽撞，不要相信……车到山前必有路。控制好车，控制好方向，控制好速度，掌握好车况，掌握好路况……你把我的话记住，千万得记住，知道不？"突然间方载德出奇畅快地说。

方军点点头，觉得父亲没有看到，紧跟着坚定地"嗯"了一声。

我们可以看到，方载德把他的话几乎说完了，句句都围绕着家人这个主题，像是要把自己的责任一股脑全卸给方军。假如可以，他甚至会把生命嫁接到他身上，让自己和他一道肩负起守护家庭的这份神圣职责。可是,我们仔细地想一想,他应该还有很多话要说才对,我们不妨再听一听,听一听这个病入膏肓的能耐的中年农人,还会给予我们怎样的关于忙活的赠语!

更长时间的沉默之后,方载德翻身朝向方军说:"军子,还有一件事,爹说出来不是要你完全照做,你自己看着办……爹想你晚点儿结婚,等你俩兄弟稳成了再……怎么样?"

唉。

我们的方载德兄弟居然说出这样的话来,难道他想让长子打光棍?他明知道眼前无论如何难办的事情方军都会毫不犹豫地答应并且努力去做到,但他居然还用商量的口吻说道这样一件荒诞的事情!可是,我们再想一想,他这样要求的确很有道理!先不说他的道理,你看,我们的方载德兄弟!还有话要说——

"军子,你做事要克制自己,别太莽撞,老话说三思而后行……要说其他的不放心,就是跟人打交道。跟人打交道没个准头,将来什么样的人都能碰上,但必须得有交心的朋友,不是那些不入流的东西。做人,懂不?这个我没法教,不像开车手把手,只能靠你自己,总之一句话,将心比心,别对别人动歪脑筋。有人对你不好,大不了不和他交往,如果非得交往,就点到为止。不占便宜不吃大亏,对别人用心不要花样。你爹一辈子都没做过的事、不好的事,我也不想你做,一回都不行,知道不……"

"……"

我们把方军忽略掉吧!

他从始至终都是一副模样,盘腿坐着,腰背挺着,眼洼里亮闪闪的,无论方载德说什么他都是满口承诺。他这庄严肃穆致敬的模样完全可以被我们暂时忽略掉,就让方载德继续发出沉默之后来自深喉的声音吧——

"军子,家里事我早不管了,将来问你娘。要清楚家底,只有清楚了家底才能清楚家是什么。什么是家底?不是有多少钱财有多少家业,而是有多少外债有多少人情。你明白不?"

"……"

"唉。说起来,爹也没能留下什么,留下的大多破了也旧了……其实,为人的道理无非是正和直,持家的道理无非是勤和俭。说具体点儿,家就是一本干净又务实的账目,里头有看得见的家当和看不见的人情,其中家当不要紧人情最重要……你慢慢悟,有不懂问你娘,要拿大主意,问你大大。"

"……"

"将来,要照顾好你娘,她跟着我享过福也受过屈,往后的屈更大。要为你娘多考虑,我欠她的多。要是没有你娘,咱这个家也不会过到这地步。这地步,我知足。"

"……"

"你别说了,两口子分什么你我!"李学勤火了。

唉,我们也忽略掉李学勤的说话声和哭泣声吧!就让方载德说个够,我们到底要听一听,听一听我们的方载德兄弟,究竟还能说道些什么出来——

"想顾好这个家其实就三句话。照顾好你娘。照顾好你兄弟。欠人家的还上。我没有旁外的话,一门心思一条正道地去忙活吧!"

"……"

"……"

沉默。

再沉默。

还是沉默。

持续的沉默。

更长久的沉默。

"……"

"……"

我们可以相信方载德的确是无话可说了,他把他想说的该说的都说尽了,他亲口说道了家事也说了为人的道理,此外还有什么值得他再费尽心思去说道呢?哦!我们差点儿忘了,是时候让方军和李学勤开口了,他们已经憋屈得太久。是的,我们不应该如此残忍地剥夺别人说话的权利,尤其是他们的肺腑之言!

让我们回味一下,方军先前和现在说的都是些什么——

"爹,我知道。"

"嗯,我明白,爹。"

"嗯,我知道,爹。"

"你说得对,爹。"

"爹,你放心,我会带好兄弟,照顾好娘。"

"娘,你也放心,我会拾掇好家道。"

他还点了好多次头,叹息了好几次,也掉了好几滴泪水。

——这是他的全部。

再让我们看看李学勤说的都是些什么——

"你看看你,说的都是什么。说孩子就行,我没事。以前没有,现在没有,将来也不会有,你放心吧。咱俩最高兴的事一样,养活仨孝顺小子,其他都没这重要。你还有什么不放心,索性都说了。"

"没有?那就睡吧,我去封火,暖和了……"

李学勤哭了,李学勤笑了,李学勤叹息了,李学勤沉默了。

——这也是她的全部,之后——

李学勤洗净碗筷去封煤火,捅个眼看见了红火又拉出来半截炕砖,等到上炕吹熄蜡烛后,这个屋里顿时黑漆漆又静悄悄的,而外面的夜色却是很亮，一片冰清玉洁的样子，像是黎明早早地降临了人间，或者黑夜从不曾降临。

来电了，半夜时分，可是方载德家没有人抻灯绳，我们只是看到李学勤小心地划了根火柴，举着蜡烛看了看煤火。煤火烧得很好，炕也很暖和，她在炉口又炕下几块煤结才去睡觉。

是的，煤火渐渐地烧上来了，足够烧到明天早上。

第七十四章

日子要一天一天地过，尧河水也要顺着河道由高向低流，但这并不妨碍我们在想象的世界里跨越时间的长河提前经历未来。

是的，在日新月异的人世间，什么样的事情都有可能发生，一个"因为"可能导致多个大相径庭的"所以"，同样一个"所以"甚至有多个相互依存的"因为"——谁又能肯定地答复我们，你们的梦想是虚无！或许就在某一天，不远的一天，我们可以毫无顾忌又毫不费力地在时空的维度任意穿梭，甚至没有了生与死，没有了真与假，没有了是与非，没有了梦想与现实……

好吧，今天，让我们提前进入真实未来里的"今天"吧，让这个平凡的世界，拥有超越现实的能力！

"今天"，属于公元一九九六年，方永中考前——

方永的学习更加紧张了，每天都有科目考试和综合测验。复读一年后他的成绩比方载亲嘴上的好很多，尤其是数理化。今天，放学后他带来了消息："我决定志愿了。"

方载亲不懂"志愿"这档子事，但觉察出它很重要，于是问："你的志愿是什么？"

"高中。"

"哪个？"安友会也紧巴巴地问。

"尧中。"

"最不好考的那个？你们学校连续好几年都没有人考上的那个？"方载亲也紧张了。

"嗯。"

"有把握不？"安友会问。

"还能改不？"方载亲问。

"我想好了你们别说了！"方永甩来一句。

安友会心寒，却不敢多说，方载亲劝解似的说："孩子不想干别的就随他吧，是他考又不是咱们考。再说凡事都有定数，兴许……永儿的命挺强哩！"

安友会心不在焉地做着饭，方永吃罢走后她提心吊胆地说："也不知道永儿到底怎么样，人家见了都喊'大学生'……真考不上，这笑话田禾庄可盛不下了。"

"你看，永儿降生正好赶上计划生育，按阳历说肯定得罚，结果还不是挺顺当？再说生在半道，又有德子，也那么稳当，能说命不强？照我看，考上跟考不上比还是考上的把握更大！"方载亲找出了诸多理由，愿景和远景都值得乐观。

"去年三月庙算卦的说永儿能考上大学，那肯定能考上高中了。人家都说他是半仙，年年来葛洪山，就在玉皇阁摆摊……玉皇大帝脚底下，算不准他还敢来？"

"算不准，天王老子也挡不住我拆他的台！"方载亲嘻嘻哈哈地去村边饮牛了。

转眼中考临近，方永像是变了个人，整天不爱言语，回到家要么写作业要么躺在炕上发呆。安友会天天翻月份牌，总感觉还没有做好准备，希望日子能停下一天或者多余一天，好让方永补补课。

中考如期而至。

中考前一天方载亲特地赶了趟集，安友会和方爱则在灶膛忙活了一顿丰盛的晚饭。饭间安友会几次想说考试又都咽了回去，方爱忍不住说："考试别着急，不会的题先跳过去，最后检查完再想那些不会的。认真点儿，好兄弟。"

"你记住了不？"安友会仍旧不放心。

方载亲看着方永的脸色适时说："行了，孩子都知道，比你我懂得多，吃饭吧。"

方永吃了多半碗米饭和少半碗饺子，又看了会儿电视才整理书包。安友会把衣服叠整齐放在炕脚后，方载亲掏出一沓钱当着方永的面说："永儿，给你两白够用不？"

"用不了那么多。"方永想了想说，"一百五。"

"那给两百，俩五十，一百块零头……"

"对你亲小子还小气啥？"安友会夺下话又夺下钱说，"吉利点儿，外加六十六。"

"我怎么小气？要不干脆给六百六十六，又不是没有。"

"你怎么不拿？"安友会数了数剩下的钱，差好多。

方载亲这便对方爱说："小爱子，拿你的钱先给你兄弟垫上行不，我再攒了补给你。"

方爱愣了，她不知道方载亲在为她攒钱，但她即刻明白了，在她点头的时候方永干脆地说："不用，爹。"

当晚方载亲和安友会都没有睡着，三点半时方载亲便下炕去灶膛热饭，安友会则把方永的物件又原封不动地整理了一遍。待方永吃罢，方载亲已经背起书包朝外走了。

洪城乡中里聚集着三里五乡的家长，校长询问班主任人员是否到齐，班主任点过名他说了些很是打气的话，师生上车后又探头说："田禾庄家长，一道走吧。"

田禾庄家长面面相觑，方载亲说："我们去地里看看！"

方载亲没有去地里看看，到家后发现田学富已在守候。方爱端来剩余的饭菜，他又拎来了酒，田学富看着明晃晃的液体说："白酒我沾，给永儿打气。"说话间端饭碗似的端起酒盅说，"这下好，永儿考上高中你更有奔头了。"

"唉，真考上就是砸锅卖铁的地步。"方载亲扳着指头说，"学费、杂费、住宿费、伙食费、书本费、文具费、零花，还有月月来回的路费。一年年一月月，你说说，怎么供，快愁死我了。"

安友会忙提醒说："唉，能不能考上还两说哩！"

"他考不上你说咱村还有谁？"田学富拍起了胸脯。

"那行，永儿不为我也得为你跟你家宝儿争口气！"方载亲心里美，美得担心。

安友会不想谈方永，另起了话头："大傻子一点儿都不傻，这会儿亲身经着了，也知道了一点儿中考，索性全递你说，明年也让宝儿顺顺利利地考上它。"于是方载亲把方永的经历原原本本地告诉了他，就连早上校长打气的话也背了出来。这次田学富满意了，边琢磨田宝的中考边陪方载亲坐了小半天。

时间是多么地难熬啊！

中考期间方载亲寝食难安，像是三伏天一口气耪完了北台后头那一亩的玉米苗。终于，考试结束了。他和安友会早早地备好接风宴，方永到家后知道他们要问，所以赶在端饭碗之前说，成绩要过一阵子才下来。

"考得怎么样？"安友会实在是憋不住。

"分数下来才知道。"

"有没有模样?"方载亲也在追问。

"凑合吧。"方永的这句话更加重了方载亲和安友会的忧虑,仿佛参加考试又不知道前途的是他们……

前途,在脚下,而不在未来。

即便我们再到更远一些的"未来",即便我们泄露方永的中考成绩,但方载亲和安友会仍旧要换过这难熬的日子。或许这就是生活吧,有奔头有盼头又有压力与负担的生活。

好吧,让我们忘掉真实的未来,假装什么事情都没有发生过,再回到那个"今天"——

李学勤洗净碗筷去封煤火,捅个眼看见了红火又拉出来半截炕砖,等到上炕吹熄蜡烛后,这个屋里顿时黑漆漆又静悄悄的,而外面的夜色却是很亮,一片冰清玉洁的样子,像是黎明早早地降临了人间,或者黑夜从不曾降临。

来电了,半夜时分,可是方载德家没有人抻灯绳,我们只是看到李学勤小心地划了根火柴,举着蜡烛看了看煤火。煤火烧得很好,炕也很暖和,她在炉口又炕下几块煤结才去睡觉。

是的,煤火渐渐地烧上来了,足够烧到明天早上。

第七十五章

今天凌晨,方载亲被冻醒了。

他哆哆嗦嗦地去捅煤火,火果然死了,钻回被窝好不容易才挨到天亮。屋里冷得像冰窖,下炕后安友会把被子搭给方永,又跑到另一个冰窖似的屋里也给方爱乔搭了一床。方载亲边骂糟糕的天气边劈柴,心想着刚下犊儿的红牛是否需要旺一盆炭火,冷不防扔出去的劈柴又鬼使神差地反弹回来，匆忙间想到躲闪却挪不开步子，劈柴竟然刺破棉裤戳进了腿肚子，拔出来见带着血，他便骂："真他娘活见鬼！"安友会问他疼不疼，他感觉着说："不疼。"

"真不疼？"

"哄你干吗！"方载亲抱柴生火去了。

安友会拿着劈柴比画，疑神疑鬼却想不通透，只得回屋先热饭，待烟熏火燎地热好饭方永已经来不及吃了。

"你说蹊跷不蹊跷？"方载亲撸起裤腿，说话间仿佛看到伤口四周正蔓延出疼痛来，安友会边给他包扎边猜测说，"莫非，今年永儿考不上？"

"别瞎说。"方载亲心里却胡思乱想开了。

"莫非……"安友会没有往下说。

"什么？"

"说了你不高兴。"

煤火差不多着了，方载亲刚扔几块煤结就听得街上传来哭声。声音很熟，像是方军。安友会再看方载亲，他的眼洼里就盛满了悒惶，煤结也掉在地上摔了个粉碎。

哭声进了院。

方载亲茶愣愣地走出去，见方军跪在地上，踌躇片刻去扶他，他却起不来，只得托起他说："军子。不怕。有大大在哩。"抹把脸又戚声声地说，"先去大姑家，再写快信给良子，去县城寄，寄时顺道叫杰子，我这就过去。"转念又嘱咐，"写信，别啰唆，单写父亲病重，家急速返。"

方军去报丧后安友会提醒说："让杰子……我兄弟跑跑腿，叫人家来堪坟？"她说的是远房亲戚风水先生。

是得请人家走一趟。

方载德的离世悄无声息。

他没有惊动谁，没有惊动任何人，李学勤和方军也是做好早饭没有听到咳嗽才发现的。方载亲来后先放了几声二踢脚给乡亲报信，听得炮声李学勤奔出来哭诉道："他大哥，可怜的德子，丢下了我们娘儿四个……"

方载亲没有安慰她，选人去请吹打班后进屋打量起方载德。

我们的方载德，他整齐地躺在被窝里，面容反倒比平日里柔和多了。方载亲抚摸过他的脸面，叫李学勤找来剃刀，刮净后又卸下两扇门板支起灵床，待李学勤给他穿上衣裳才把他挪过去，之后李学勤拿床白单覆住他的头脸，又在脚下点起一盏油灯。

方载德现在需要一盏明灯了。

太阳露脸时方载德的身后事已经铺陈开，有人陆续来祭拜，二踢脚的声音时不时响彻田禾庄的上空。最先赶来善后的多是生前旧好，方载亲从中调派人手去买菜盘灶，去买烟买酒，去准备锹镐，去裱糊哭丧棒……

中午吹打班来了，下午安友杰带来了风水先生，方军也带来了方杰，吃过几口饭方载亲便带着方军和风水先生赶往祖坟。

我们等待入土的方载德，作为次子，他的坟位在才顺老汉的右脚下。之所以请风水先生，是要看墓穴的前照、后靠的具体朝向和入殓、出殡、下葬、封土以及安置家信帖等事务的具体时辰。先生四周张望算计许久，终在才顺老汉的右脚下、长子"方载亲"的隔壁界定好方位和尺寸，之后方载亲带人凿开了冰冻的大地。

当夜墓穴完工后方载亲要留下来守护，方军得回家给方载德更换寿衣，这时风水先生说，入殓宜在第三日巳时二刻，方军只道，良子赶不来。

一日一夜的忙活让我们的方军几乎老成了中年汉子，二日天光放亮时竟然唬住了李学勤。是的，从明天开始，这个丧失靠山的小伙子得支撑起家庭的门户，万事已不由他再稚嫩下去。方载亲从祖坟回来后头一事是让他刮净脸面，二一事是让他发动汽车去洪城漆木厂买棺材。目送着卡车离开又远去，我们的李学勤怔怔地对方载亲说："这个车，这辈子，他总算用了一回，他也得解放了。"

方载亲没有言语，接下方杰递来的饭食一口口地嚼着。

"他大哥，敬子……"李学勤端来了热水。

"来不及。"方载亲喝口水咽下了饭食。

"是来不及，我问问怎么办才好。"李学勤已无力抽泣。

"等过年，没几天了，叫她给叔磕头过七日。"

"我也这么想。"

二人正说道间田禾庄大队的干部和洪城乡的同事来送花圈，李学勤忙带着方杰去答谢，随后的一整天里她都在翻箱倒柜，安友会和方载萍缝制好孝衣见她还在孤零零地忙活着。是的，她知道，今晚是方载德留存于人世的最后一个夜晚了……

天亮了。

我们的方载德，作为一个人，还有最后的几里人生路需要换一种姿势去行走。

入殓前，身穿满孝的方军、方杰和方永打着招魂幡跪在枣红的棺材前，跪在军绿的解放卡车旁，而在方家人的后头是同样身穿满孝手捧家信帖的方家大外甥——方载萍的长子，陈家豪。

十点整，阵阵哭声里，有人擎起黑布遮住门口到棺材的青天，另有人把方载德抬进了棺材。哭天喊地的李学勤看过最后一眼，安家乐等人便搡起了棺钉，那刚硬的声音，一声紧似一声，一声狠似一声，声声砸在李学勤的心坎儿上……

　　走吧。

　　方载德！

　　先生发话后方军磕碎孝盆，在二踢脚弥散的硝烟里，抬棺人沉重地抬举起了方载德——

　　就这样。

　　方载德离开了方载德家。

　　方载德离开方军家已经很远了。

　　方载德在众人的抬举下，在田禾庄的街道上行走一圈，才经过苗洼台向葛洪山脚的才顺老汉走去。送葬队伍浩浩荡荡地来到坟地，鼓乐与炮仗军歌一般嘹亮，这是献给方载德的最后的礼遇。

　　下葬时，方军、方杰铲了儿锹土就五体投地了，而方载亲则亲手埋葬了他的兄弟——新坟，我们的"老糊涂"，才顺老汉次子方载德的坟，拔地而起，坟头上插着的白棉招魂幡，在冬日的冰雪大地上，迎着凛冽的寒风，拼命地摇曳招展。

　　是的。

　　方载德，走完了他的一生。

　　他的一生就此结束了，真的结束了。

　　他留给人们的最后的印象，就是那张瘦削、蜡黄而又深刻的脸，就像是血流干了。对了，下葬的前后几天，田禾庄人纷纷传说：德子算得上一个正直、勤俭而又能干的人，他一直在等大小子退伍，遗憾的是没能等到二小子回来……

　　从此以后，我们知道，方载德，就要融入田禾庄坚硬的大地了！

初稿　南京、西安　2006年08月24日